GOD'S ✝ KNIGHT

ORIGIN

가즈 나이트 6
ORIGIN

이경영 지음

네오픽션

차례

등장인물

리오 스나이퍼
여신들에게 패해 2036년 서울로 차원이동된 가즈 나이트. 친구 바이칼과 손잡고 거대 군사비밀조직 EOM(Empire Of Messiah)과 거국적 기업 제너럴 블릭의 음모를 파헤치며 맞서 싸운다.

바이칼 레비턴스
서룡족의 제왕 드래곤 로드(Dragon Load). 냉정한 판단력과 리오 이상의 막강한 힘을 보유하고 있지만 어린아이처럼 군것질을 좋아하고, 의외로 요리도 잘한다. 리오의 판단이 흐려질 때 예리한 조언으로 도움을 준다.

세이아 드리스
어떻게 현세에 다시 나타났는지, 무엇 때문에 기억을 잃었는지 알 수 없는 수수께끼의 여성. 동생 라이아와 함께 살고 있다.

라이아 드리스
언니 세이아와 함께 그동안의 행적이 베일에 싸인 아이. 현재 보통 아이들과 마찬가지로 중학교에 다니고 있다.

프시케 맥도걸
BSP의 유일한 매직 유저. 고신전쟁 때 리오 일행을 도와주었던 환수신 사이키와 동일 인물이다. 임무를 띠고 다시 지상에 내려오긴 했지만 실질적인 이유는 지크 때문이다. 성격에는 변함이 없으나 정신적으로 성숙해졌다.

와카루

나찰, 수라를 제작한 과학자. 하지만 그의 천재성은 고대의 마법을 접목해 생체병기를 만들어 낼 정도로 우수하나 광적인 잔인함은 악마조차 치를 떨 정도다. 현재는 인간을 능가하는 힘을 가지고 있으며, 바이오 버그까지 지휘하고 있다. 신이 되기 위해서라고 하지만, 그의 진정한 목적을 아는 사람은 아무도 없다.

쾌성

동방 대륙의 태자. 상당한 무술 실력자이기도 하지만 동방 대륙 각지에 귀물(鬼物)이 출현하여 무사들을 이끌고 대적하다가 부상을 당해 현재는 병상에 누워 있다. 현 왕비의 친자식은 아니다.

청성제

동방 대륙의 왕. 상당한 정치력을 가진 인물로, 의(義)를 바탕으로 국가를 다스리기로 유명하다. 하지만 그에 비해 냉정한 면이 없어, 왕비의 무례한 행동에 대해 아무 말도 못 할 때가 있다.

왕비

두 번째 왕비로서 가희와 련희의 친어머니다. 상류계층의 출신이 아니라는 사실에 상당한 콤플렉스를 가지고 있지만 부드러운 성격을 지닌 여성이다. 가희와 련희에게 꾸중을 많이 하지만 딸이 잘되기를 바라는 마음이 다른 방식으로 표출된 것뿐이다.

이중천

지곡류 당수이자 관리이며, 상당한 무술 실력만큼이나 보수적인 성격으로 유명하다. 동방인에 대한 지나친 자부심을 가진 것이 흠이지만 나라와 청성제에 대한 충성만큼은 확고한 인물이다.

난영

제궁의 비밀호위단 사건정중의 두령. 가희의 무술 스승이기도 한 그는 자신 말고는 아무도 암살할 수 없다고 전해지는 동방 최고의 살수다. 생각보다 나이가 많은 인물.

앙그나, 카에

첨단과학과 천재적인 두뇌가 탄생시킨 초(超)생체병기 베히모스로서 가즈 나이트를 능가하는 막강한 전투력을 지니고 있다. 막내 시에와 달리 성체라 할 수 있는 둘은, 이미 와카루에 의해 정신이 개조된 상태다.

시에

앙그나, 카에와 같은 베히모스지만 나이가 어리다는 이유로 와카루에게 배제된 행운아다. 베히모스로서 완전히 눈뜬 상태는 아니다. 먹을 것을 상당히 밝히며 지능 발달이 완전치 않아 아직은 언어 소통에 문제가 있다. 지크가 떠맡게 되어 레니의 양녀가 된다.

벨제브브

7인의 악마왕 중 한 명으로, 악마대공 린라우의 실질적인 직속상관이다. 다른 악마왕과의 협약에 따라 린라우를 도와주지 않고 있으며, 오히려 린라우의 행동을 즐기고 있다. 휀에게 입은 레퀴엠의 흉터가 그의 가슴에 훈장처럼 남아 있다.

리디아

동룡족의 공주. 주룡 쥬빌란의 동생이자 용제 바이칼의 동생이기도 하다. 그녀의 어지러운 과거는 베일에 싸여 있는데…….

아란 슈발츠

데스 발키리의 일원. 절망의 힘을 가지고 있다. 리오 보다 더 붉은 머리칼을 가지고 있으며 타이트한 복장을 즐겨 입는다. 리오에게 상당한 관심을 가지고 있지만 다른 여성들이 가진 관심과는 다르다. 리오에 대한 것을 상당히 많이 알고 있다.

처크 켄트

지크의 할아버지이자 대한민국 수도방위지부 부장. 매일같이 지크에게 꾸중을 하지만 그를 레니 이상으로 사랑하고 가장 잘 이해하는 사람이기도 하다. BSP 창단 멤버인 그는 그 이상의 뭔가를 가슴 속 깊이 숨기고 있다.

레니 켄트

지크의 양어머니. 지크 때문에 결혼을 못 했지만 본인은 그런 것에 그리 신경 쓰진 않는다. 처크의 조카이기도 하다.

루이 켄트

처크의 외동딸. 한국식 가족관계로 지크의 나이 어린 이모가 되기도 한다. BSP 최고의 해커이기도 한 그녀는 기계처럼 딱딱한 말투로 유명하다. 원래 성격은 상당히 원만한 편.

하리진

패션에 상당히 신경 쓰는 지크의 동료 BSP. 아침 식사는 걸러도 머리에 젤은 꼭 바른다. BSP 코디네이터로 통하기도 한다. 초능력자.

케빈 브라이언

지크의 동료 BSP. 지크조차 흉내 내지 못할 놀라운 사격 솜씨를 가지고 있다. 깔끔하게 묶어 넘긴 머리와 수염, 그리고 담배는 그의 트레이드마크다.

그렌 헤이그

오래전, 바이오 버그에게 입은 부상으로 사이보그로서 다시 태어난 BSP 원년 멤버. 처크의 후배이기도 하다. 수도방위지부 BSP의 최고참이며, 넓은 이해심과 확실한 일 처리 능력으로 위아래의 신임을 골고루 받는 뛰어난 인물이다.

마티 키드렉

지크를 따라 BSP가 된 전직 암살자 지망생. 챠오를 라이벌로 생각하고 있다.

종장
빛의 길

1

음모와 배반

마치 방전하는 듯한 불꽃에 휩싸인 채 초속 7킬로미터의 속력을 내고 있는 지크의 몸은 형체를 분간할 수 없을 정도였다. 더구나 초(超)생체병기 베히모스의 머리에는 그런 고속 생물이 자료로 저장되어 있지 않았기에 따라잡을 수 있는 명령어가 없었다.

지크가 앙그나의 주위를 고속으로 회전하자 앙그나의 몸은 강한 기류에 휩싸였다. 그 때문에 앙그나의 상처에서는 피가 터져 나오지도 않았다.

이윽고 천 번의 칼부림을 끝낸 지크는 무명도를 든 채로 앙그나의 등 뒤에 나타났다.

"윽!"

지크는 고속 회전을 하느라 기력을 소모해 바닥에 무릎을 꿇고 말았다. 너무나 빠른 움직임이었기에 자신의 몸조차 감당하지 못해 근육이 경직된 것이었다. 그동안 앙그나는 허공을 멍하니 바라보며 서 있었다.

"크억."

갑자기 앙그나는 짧은 비명을 토해 냈다. 그와 동시에 기류 압력에 막혔던 앙그나의 혈관 속 피가 봇물 터지듯 솟구치더니 주위의 지면을 시뻘겋게 물들였다. 앙그나는 과다출혈로 인해 힘없이 쓰러졌다.

지크는 무명도에 몸을 의지해 간신히 일어났다. 경직되었던 근육이 풀린 듯 숨을 심하게 헐떡거렸다.

"헤헷. 어떠냐, 덩어리. 이 지크 님을 깔보면 어떻게 된다는 것을 알았지? 커억!"

그때 완전히 쓰러진 줄 알았던 앙그나가 갑자기 일어나 지크의 등 뒤에서 목을 졸랐다. 지크는 믿을 수 없다는 표정으로 힘겹게 중얼거렸다.

"이, 이건 사기야! 말도 안 돼!"

분명 앙그나는 지크의 뇌천살을 전면으로 받은 상태였다. 그러나 앙그나의 회복력은 지크가 급습한 속도보다 빨랐다.

"비, 빌어먹을!"

지크는 점차 의식이 혼미해져 가는 걸 느꼈으나 어쩔 도리가 없었다. 아무리 몸부림을 쳐봐도 생체병기는 목을 조르며 꿈쩍도 하지 않았다.

"어, 어머니……."

간신히 한마디를 내뱉은 지크는 완전히 의식을 잃고 사지를 축 늘어뜨리며 쓰러지고 말았다.

앙그나는 끝장을 내기 위해 계속 팔에 힘을 가했다. 지크의 목을 조르는 동안 앙그나의 상처는 거의 회복되어 있었으나 여전히 지크는 미동조차 하지 않았다.

　그런데 한 가지 이상한 점은 앙그나가 괴력으로 지크의 목을 졸랐는데도 목뼈는 부러지지 않았다는 것이다. 사실 앙그나의 힘으로 지크의 목을 부러뜨리는 것은 어린아이가 막대 사탕을 부러뜨리는 것보다 쉬운 일이었다.

　지크의 눈은 아직 감긴 상태였고 말도 없었다. 하지만 움직이지 않을 것 같던 지크의 손가락이 조금씩 움직이기 시작했다. 게다가 그의 양팔도 서서히 움직였다. 무의식중에 나오는 행동인지 의식이 있는 건지는 알 수 없었다.

　당황한 앙그나는 다시금 팔에 힘을 주고 재차 목을 졸랐다. 그때 갑자기 지크의 팔이 거침없이 올라갔다.

　"크억!"

　막혀 있던 파이프가 뚫린 것처럼, 지크의 입에서 힘겨운 숨소리가 터져 나왔다. 그의 양팔이 정점에 올라감과 동시에 지크의 눈도 번쩍 뜨였다.

　"쿠어어어어!"

　지크는 괴성을 내지르며 양쪽 팔꿈치로 앙그나의 늑골을 가격했다. 엄청난 타격음과 함께 가격당한 앙그나의 늑골 반대쪽 등으로 두 덩어리의 피가 튀어나왔다.

　"커억!"

　지크의 목을 감고 있던 앙그나의 묵직한 팔이 스르르 풀렸다. 앙그나가 힘없이 물러서자 지크는 우리에서 빠져나온 야수처럼 이를 갈며 앙그나를 노려보았다.

　지금 지크에게 이성이란 없었다. 의식이 자리하고 있어야 할 머릿속에 동물적 본성과 뼈가 시리도록 수련해 얻은 잠재적 무술 능력만 있을 뿐이었다.

"크아아아앗!"

야수 같은 울부짖음과 함께, 그의 눈은 붉은빛을 폭사했다. 그리고 그의 주위에 칼날처럼 날카로운 진공의 기류가 회오리쳤다.

이윽고 지크는 오른팔을 추켜올렸다. 굳게 쥔 주먹에 진공의 회오리가 맹렬히 뭉치기 시작했다. 지크는 비틀거리며 일어나 앙그나를 향해 주먹을 휘둘렀다.

"죽어랏!"

지크가 주먹으로 지면을 강타하자 응축되어 있던 진공 회오리가 지면을 가르며 엄청난 속도로 질주했다. 강력한 폭풍이 일었고 그것을 막을 장애물은 아무것도 없었다. 그것을 증명이라도 하듯, 지크와 앙그나 사이에 있던 모든 것이 잘게 부서졌다.

그러나 정작 부서져야 할 앙그나는 아무렇지도 않았다. 그는 재빨리 몸을 옮겨 자신을 향해 날아오는 진공 회오리를 간단히 피해 버렸다.

"쿽!"

어느새 앙그나의 등 뒤로 접근한 지크는 무릎으로 앙그나의 등판을 찍었다. 앙그나는 피를 뿜으며 지면을 뒹굴었다. 앙그나의 뇌에 기록된 지크의 능력과 현재 지크의 능력은 그야말로 천지 차이였다. 힘과 속도 등 모든 데이터가 수십 배 이상의 격차를 보였다.

쓰러진 앙그나에게 다시 접근한 지크는 재차 괴성을 지르며 앙그나의 몸을 짓밟기 시작했다.

"크아아악!"

끝없이 앙그나를 짓밟을 것 같던 지크는 갑자기 공격을 멈추고 주위를 둘러보았다. 그의 동물적인 본능이 위험 신호를 보낸 것이었다. 그가 재빨리 옆으로 몸을 움직이자 뒤이어 보이지 않는 포화가 개시되었다.

은폐물 뒤에서 짐승처럼 낮은 자세로 포복한 지크는 야수와 같은 눈빛으로 주위를 살폈다. 보이지 않는 존재가 피투성이가 된 앙그나를 회수해 가는 광경이 그의 시야에 잡혔다. 그는 먹이를 빼앗긴 야수처럼 분노의 포효를 지르며 공중으로 뛰어올랐다.

"크아아아앗!"

지크는 보이지 않은 존재의 머리 위에 착지했다. 그것은 다름 아닌 BX-F의 동체였다. 대인 방어용 전기충격 시스템이 가동되어 표면에 스파크가 튀어 올랐다. 그는 그런 상황에도 아랑곳하지 않고 주먹을 아래로 내리꽂았다. 이윽고 스파크는 멈추었고 지크의 주먹에 의해 장갑이 뚫린 BX-F의 모습이 천천히 드러났다.

"크아아앗!"

지크는 괴성을 지르며 BX-F의 동체에 박힌 주먹을 뺐다. 그의 손에 이상한 기계장치가 마치 내장처럼 쥐어 있었다. 지크가 기계를 버리고 높이 솟구치자 BX-F는 거대한 폭발을 일으켰다.

지크는 가볍게 착지한 후 좌우를 살피며 아직도 주위에 있을 적을 찾았다. 그러나 지크가 눈에 보이지 않는 적에게 신경을 쏟는 동안, 또 다른 BX-F가 앙그나를 회수해 전장에서 멀리멀리 사라진 상태였다.

전투가 어느 정도 마무리되었음을 확인한 바이칼은 쓰러져 있는 리오를 바라보며 안됐다는 듯 고개를 설레설레 저었다.

"어쩔 수 없는 약골이군. 한 대 맞고 등골이 부러지다니 말이야. 어쨌든 무의식중에도 회복되는 녀석들이어서 죽는 모습을 못 봐

아깝군."

투덜대듯 내뱉은 그는 머리카락을 쓸어 올리며 주위를 둘러보았다. 쓰러져 있는 리오의 주위에 적이든 아군이든 그 누구도 남아있지 않았다. 그는 얼굴을 찌푸리며 리오의 등을 쿡쿡 찔렀다.

"진짜 아픈가?"

"윽!"

신음을 내뱉으며 마치 좀비처럼 리오가 천천히 일어났다. 바이칼의 얼굴에 잠시 놀란 기색이 스쳤다. 하지만 그는 언제 그랬냐는 듯 표정을 바꾸고 투덜댔다.

"정신이 들었나 보군. 하긴 지금이라도 일어나야 그나마 이름 값을 하지. 이봐, 그만 다가오는 게 어때?"

바이칼은 겁먹은 얼굴로 뒷걸음쳤다. 리오가 풀린 눈으로 성큼성큼 다가오며 소리를 질렀다.

"라, 라이아!"

"라이아? 난 바이칼 님이란 말이다. 그 꼬마가 아니냐! 하, 하여튼 정신 차리지 못해!"

그러나 그 말이 들리지 않는지 리오는 계속 다가왔다. 당혹감을 감추지 못하고 주춤거리는 바이칼의 입에서 한숨이 흘러나왔다.

"아!"

결국 바이칼이 상상조차 하지 못했던 일이 벌어지고 말았다. 바짝 다가선 리오는 바이칼의 어깻죽지에 턱을 대고 조용히 중얼대는 것이었다.

"반드시 지켜 줄 거야. 절대 후회하지 않게……."

어찌할 수 없이 난감한 상황이었다.

"아, 알았으니 떨어져라. 나에게 원한이 있으면 말로 해라! 죽고 싫나!"

"그럴 수는 없어, 절대로!"

리오는 바이칼을 안은 팔에 더욱 힘을 주었다.

바이칼은 빠져나가기 위해 안간힘을 썼으나 물리적인 힘으로 리오를 능가하지 못하기에 달리 도리가 없었다. 그는 이 모습을 본 사람이 없길 마음속으로 빌었다.

"그, 그만둬! 싫어!"

순간 리오는 바이칼에게서 떨어져 흐릿한 눈빛으로 주위를 돌아보며 고함을 질렀다.

"기계 괴물들인가! 절대로 라이아를 빼앗아 가지 못해, 아무도!"

'기, 기계 괴물? 라이아? 저 녀석 역시 제정신이 아니군.'

얼굴을 붉힌 채 앞섶을 단단히 감싸고 있던 바이칼은 리오가 척추를 다쳐 환각 상태에 빠져 있음을 알 수 있었다. 그는 재빨리 주위에서 느껴지는 사물을 향해 감각을 집중했다.

"저건 로봇들인가? 아, 아까 그 치욕적인 광경을 기억장치에 저장하고 있을지도 몰라. 흥, 감히 이 몸을 움직이게 하다니, 그 죗값이 클 거다."

BX-F에 둘러싸인 바이칼은 어느 때보다도 전의에 불타 있었다. 물론 그 이유야 불 보듯 뻔한 것이었다.

한편 바이론은 다크 팔시온을 들고 베히모스와 육탄전을 벌이고 있었다. 바이론이 만든 오대명룡진은 지속할 수 있는 시간이 경과하자 모두 사라져 버렸다. 그렇다고 해서 바이론이 불리한 상황에 놓인 것은 아니었다. 베히모스는 흑룡들의 공격으로 인해 이미 큰 타격을 입고 있었기에 육탄전을 벌인다 해도 바이론이 우세했다.

"크크큭, 왜 그러고 있나. 아까 등등하던 기세는 어디로 가고! 오, 그래. 죽기를 원한다면 죽여 주마, 크하하하하!"

바이론은 다크 팔시온에 최대한의 기력을 가했다. 피범벅이 된 그의 대검은 곧 무시무시한 소리를 내며 울부짖었다. 사용자의 암흑투기가 진해질수록 나타나는 피의 공명 반응이었다.

"쿠오오오오오!"

그때 베히모스의 갈기가 갑자기 바이론을 향해 뻗었다. 바이론은 대수롭지 않다는 듯 검을 휘둘러 뱀처럼 뻗어 오는 갈기를 잘라냈다. 그러나 갈기들이 사방으로, 그것도 헤아릴 수 없을 정도로 뻗어 오는 바람에 바이론은 더 이상 전진할 수 없었다.

베히모스의 자기강화 능력은 신체만 강하게 만드는 것이 아니었다. 지능마저 높이는 그 궁극의 능력은 교활함까지 더했다. 바이론이 갈기들을 쳐내는 동안, 베히모스의 꼬리가 그의 등 뒤로 서서히 접근해 왔다. 그리고 털로 뒤덮인 꼬리 끝이 갑자기 갈라지는가 싶더니, 그 안에서 생체 렌즈가 튀어나오는 것이 아닌가. 바이론은 그것을 아는지 모르는지 계속 다크 팔시온으로 갈기들을 잘라 낼 뿐이었다.

"쿠오!"

꼬리에서 튀어나온 생체 렌즈에서 얇고 날카로운 아토믹 레이가 방출되었다. 정신없이 갈기들을 자르던 바이론은 움찔하며 그 광선을 향해 돌아섰다.

"위험해요!"

순간 바이론 앞으로 한 여성이 나타나 아토믹 레이를 막아 주었다. 갈색의 긴 머리카락, 미색으로 빛나는 갑옷, 그리고 새벽의 검. 베히모스의 기습적인 아토믹 레이 공격을 막아 낸 그녀는 재빨리 바이론 곁에 섰다.

바이론은 순간 "이오스 님?" 하고 외칠 뻔했다. 그녀는 이오스의 모습과 너무나도 흡사했다. 심지어 느낌까지도.

잠시 굳어져 있던 바이론의 얼굴은 무언가 숨기듯 다시금 광기로 일그러졌다. 그는 킥킥 웃으며 옆에 선 라이아에게 말했다.

"크크큭, 감히 여자애가 남자들 싸움에 끼어들다니, 너무 감동적이어서 눈물이 나오는데? 크크크크."

라이아는 정신을 집중하고 새벽의 검을 불끈 쥐며 소리쳤다.

"상관없어요. 저 때문에 더 이상 친구들이 다치는 것을 두고 볼 수 없어요! 아저씨, 잡념은 금물이에요!"

바이론은 아무 말도 하지 않았다. 싸늘한 광기로 가득했던 그의 눈에 잠시 잔잔함이 일렁였다.

바이론은 마음속에서 일어나는 말을 라이아에게 직접 전하고 싶었지만 하지 않았다. 자신의 모습과 그런 말은 어울리지 않았다.

"크큭, 그래. 잡담은 금물이겠지."

바이론이 다시금 다크 팔시온에 투기를 불어넣자 또다시 울부짖기 시작했다. 그는 시선을 돌리며 나지막이 말했다.

"어쨌든 넌 저리 가."

"무, 무슨 소리예요, 바이론 아저씨! 저는 싸울 거라고요!"

바이론은 말이 없었다. 그는 검을 쥐지 않은 왼손으로 땀에 번들거리는 오른쪽 어깨를 주무르며 조용히 말했다.

"언니가 기다릴 텐데, 보고 싶지 않나? 사과도 해야 할 텐데."

라이아는 언니 얘기가 맘에 걸렸는지 공중에서 잠시 주춤했다.

그사이 바이론과 라이아의 힘과 자기 힘의 차이를 가늠해 본 베히모스는 재빨리 도주했다. 바이론은 추격하지 않았다. 그 역시 더 이상의 싸움은 원하지 않았기 때문이다.

바이론은 베히모스가 날아간 방향을 응시하며 말했다.

"크크크, 역시 꼬마는 어쩔 수 없군. 몸만 변했지, 머릿속은 아직 어리군. 이제 뭐하고 싸우겠다는 건가. 나? 크크, 난 아직 정리할 것이 남아 있으니 방해 말고 어서 꺼져."

"……알았어요."

라이아는 고개를 떨군 채 어디론가 날아갔다. 그녀가 날아가는 방향이 집이라는 것을 확인한 바이론은 공중에 가만히 떠서 주위를 살폈다.

"이젠 없는 건가……. 녀석을 놔준 것이 후회되는군. 하지만 왜 왔지? 라이아를 되찾거나, 우리와 결판을 낼 생각은 아닌 것 같았는데…… 크큭. 나도 과민반응인가? 멋지군."

그는 멀리 보이는 로봇들의 잔해를 향해 시선을 돌렸다. 잔해 사이에 지크도 쓰러져 있었다.

하지만 지난번처럼 괴로운 모습으로 쓰러져 있지는 않았다. 쓰러졌다기보다 오히려 자고 있다는 표현이 맞았다.

가까이 다가가 그 모습을 확인한 바이론은 킥킥 웃으며 자신의 어깨에 지크를 들쳐 멨다.

"크크큭, 심장을 강화해 놨어도 똑같군. 어쨌든 좋다. 계속 미쳐 날뛰는 거다, 지크. 강해지는 거야, 크크크크큭."

그는 묵묵히 집으로 향했다. 리오에 대한 걱정은 없었다. 그가 바이칼을 부둥켜 안고 있는 모습을 보고 안심했다.

바이칼은 기절시킨 리오를 공중에 띄우고 거대 화구를 내려다보며 중얼거렸다.

「홍, 싱거운 것들. 감히 이 몸에게 대항하려 들다니, 가소롭구나.」

바이칼은 계속 이상한 소리를 하는 리오를 다시 기절시키고 허공에 떠서 BX-F가 잔존해 있는 듯한 범위에 브레스의 일격을 가했다. 물론 그 범위 내에 남은 것은 아무것도 없었다. 마무리 작업은 쉽게 끝났다.

일을 마친 바이칼은 곁에 둥둥 떠 있는 리오를 보며 투덜댔다.

「이 고귀한 몸을 함부로 껴안은 저 녀석을 어떻게 처리하지? 아냐, 괜히 말해 봤자 이상한 소리만 듣겠지. 오늘은 봐주마.」

바이칼은 곧 리오를 끌고 집으로 향했다.

리오는 조용히 베란다에 기대어 밖을 바라보았다. 전투의 여파가 미치지 않았던 집 부근은 아주 평온했다. 대전투가 벌어지고 벌써 이틀이 지났다. 그 전투 때 절단되었던 전기선 수리공사가 오후쯤 끝난다는 방송이 스퍼커에서 떠들썩하게 들려왔다.

리오는 등을 만지며 다시 거실로 들어갔다.

"아, 오랜만에 나이 들었다는 생각이 드는군."

아직 척추가 완전히 회복된 건 아니었다. 그는 자신이 어떻게 돌아왔는지조차 모르고 있었다. 그저 깨어 보니 하루가 지나 있다는 것과 라이아가 자신에게 안겼다는 것 외에 아무것도 알지 못했다.

오랜만에 평온한 날이 찾아와서 그런지 사람들은 거의 놀러나가고 집 안에는 리오와 세이아, 바이칼만 있었다. 전기가 두절되어 TV가 나오지 않아 바이칼은 소파에 앉아 있지 않았다. 리오는 친구가 늘 앉아 있던 자리에 천천히 앉았다.

"으윽! 아직 회복이 덜 됐나?"

리오는 시큰거리는 등을 쓰다듬으며 소파 등받이에 기댔다. 상체를 펼 때 약간 쓰라렸으나 그래도 참을 만했다.

천장에 시선을 고정하고 멍하니 앉아 있는 그의 모습을 보고 부엌에서 일하던 세이아가 안쓰러운 얼굴로 다가왔다.

"아직도 아프세요?"

그녀의 물음에 리오는 대답하려고 고개를 움직였으나 그럴 때마다 등이 쑤셔 표정이 이상했다.

"어제보다는 나아요. 전투 때는 회복이 잘되는 편인데, 이런 평상시에는 회복이 느려서요. 게다가 특히 척추처럼 구조가 복잡한 부분은 회복이 더디답니다."

"……네."

리오가 회복이라는 말을 하자 세이아의 얼굴이 곧 흐려졌다. 이유를 모르는 리오는 속으로 의아했지만 곧장 말머리를 돌렸다.

"라이아는 넬과 시에랑 잘 지내는 것 같더군요. 그 아이가 다시 웃음을 찾아서 다행입니다."

세이아는 희미하긴 했지만 다시 미소를 띠었다.

"네, 이렇게 다시 만나리라고는 생각 못 했는데, 정말 다행이에요. 그런데 그 애가 도대체 어떻게 온 건지 잘 모르겠네요. 혼자 왔는데 말이죠."

그러자 리오는 웃으며 속으로 중얼거렸다.

'아, 세이아는 그 일에 대해 모르지.'

"네? 그 일이라뇨, 리오 님?"

"네?"

세이아가 갑자기 묻자 리오는 덜컥 경직되고 말았다. 자신의 생각을 읽은 것이다. 이것은 그녀가 정신적인 면에서 자신보다 더 뛰어나다는 증거였다. 그도 그럴 것이 가즈 나이트의 정신 방어력을 뛰어넘을 수 있는 존재는 신뿐이었다. 그러나 세이아는 아직 자신의 행동을 의식하지 못하는 듯했다.

당황한 리오는 더듬더듬 얼버무리려 했다.

"그, 그것이, 전투 중에 라이아를 우연히 보게 돼서, 집 위치를 알려 준 다음에……."

자신이 생각해도 말이 안 되는 대답이었다. 그러나 세이아는 고개를 끄덕였다.

"네, 어쨌든 라이아가 돌아와서 다행이에요. 정말 감사합니다, 리오 님."

리오는 그저 웃을 뿐이었다. 물론 긴장이 풀린 탓에 나온 실소였다.

담소를 나누는 둘을 묵묵히 지켜보던 바이칼은 조용히 현관으로 향했다. 리오는 의외라는 표정으로 그를 불렀다.

"바이칼, 무슨 바람이 불어서 밖에 나가?"

등을 보이던 바이칼은 리오를 흘끔 보며 말했다.

"네 녀석이 알 바 아니다."

늘 하던 말투로 대답하고 바이칼은 곧 집을 나섰다. 리오는 피식 웃으며 중얼거렸다.

"훗, 어쩔 수 없는 녀석. 아, 세이아 양, 배가 좀 고픈데 죄송하지만 식사 좀 부탁드려도 될까요?"

"아, 잠시만 기다려 주세요, 리오 님."

세이아는 기다렸다는 듯 앞치마 끈을 묶으며 부엌으로 향했다. 그녀의 발걸음이 유난히 경쾌했다.

바이칼은 파괴된 거리를 지나 에펠탑이 있는 곳으로 발걸음을 돌렸다. 에펠탑 근처를 산책하는 바이칼의 눈에 그곳에 놀러 나온 일행들 모습이 자주 눈에 띄었다.

넬과 라이아는 구슬치기를 하며 깔깔대고 있었고 티베와 케톤 남매는 아이스크림을 먹으며 담소를 나누고 있었다. 그리고 에펠탑에서 막 나오고 있는 전직 BSP 요원들도 보였다. 모두 급박한 상황을 잊은 채 평화로워 보였다.

"빠이!"

순간 바이칼은 자신의 등 뒤에 무언가 달라붙은 것을 느꼈다. 그는 조용히 물었다.

"이번엔 원하는 게 뭐냐, 원시생물."

"놀자, 빠이! 같이 놀자, 빠이!"

"흥, 쓸데없는 짓을 하다니."

그러면서도 바이칼은 시에와 함께 아이들이 놀고 있는 쪽으로 걸어갔다.

"이제 돌아가거라, 련희, 가희야. 오늘 저녁에는 연희도 있다 하지 않았느냐."

아직도 병상에 누워 있는 태자 쾌성이 힘겹게 말하자 련희는 고개를 저으며 말했다.

"아닙니다, 오라버니. 언니와 저는 괜찮습니다. 오라버니께서 한시라도 빨리 쾌유하셔야 저희 마음도 편해진답니다."

쾌성은 한숨을 깊게 내쉬며 고개를 끄덕였다.

"그래 그래. 너희에게 정말 면목이 없구나. 하지만 이 오라버니가 일찍 쉬라고 하는 이유는 내가 졸음이 와서 그렇단다. 조용히 쉬게 해 주겠니?"

"아, 그러셨군요. 그럼 저희는 이만 가 보겠습니다. 편히 주무십시오, 오라버니."

런희는 예를 갖추고 조용히 방을 나왔다. 쾌성은 힘겹게 몸을 돌려 편안하게 누워 눈을 감았다.

별궁 안을 걷고 있던 휀은 부엌으로 누군가 슬며시 들어가는 것을 목격했다. 그는 그 자리에 잠시 멈춰 서서 계속 주시했다. 잠시후 정체불명의 존재가 주위를 살피며 부엌에서 나왔다. 별궁을 급히 빠져나오다가 휀과 마주친 그녀는 움찔 걸음을 늦췄다.

휀은 속마음이 드러나지 않는 무표정한 얼굴로 목례를 하며 말했다.

"고슴도치도 제 자식은 귀여워하는 법이지요, 왕비 마마."

그러자 그녀는 인상을 찡그린 채 봉선으로 입을 가리며 불쾌감을 나타냈다.

"무슨 뜻인가, 이방인. 내가 무슨 이상한 행동이라도 했다는 것인가?"

휀은 슬그머니 왕비를 스쳐 지나가며 특유의 어조로 대답했다.

"그럴 리가 있겠습니까."

"흥!"

왕비는 휀의 뒷모습을 쏘아보다가 가던 길을 계속 갔다. 휀은 뭔가 석연치 않은 듯 왕비가 나왔던 부엌으로 들어갔다.

그날 밤, 일행은 새로 기거하게 된 별궁 숙소에 딸린 회당에서 열린 연회에 참석했다. 물론 그 자리에는 휀도 있었다. 가희는 과실주가 찰랑거리는 잔을 높이 들고 일행을 돌아보며 말했다.

"자, 여러분! 이제까지 계속 수고해 주셨는데 상황이 허락지 않아 번번이 연회를 미루게 되어 이곳에 온 지 2주일이 지나 겨우 자리를 마련하게 되었습니다. 그동안 수고해 주신 여러분께 감사의 표시로 차린 음식들이오니, 많이 드시기 바랍니다! 그럼, 건배를!"

"건배."

휀과 슈렌을 제외한 모두는 술잔을 치켜들었고 일제히 건배를 외치며 단숨에 술을 들이켰다. 그렇게 독한 술이 아니었기에 모두 부담 없이 마셨다.

슈렌은 아주 천천히 술을 들이켰고, 애주가라면 애주가라 할 수 있는 휀은 술잔에 입술만 살짝 대며 향기를 음미했다. 술을 음미하며 마시는 것이 그의 음주 습관이었다.

원래 술과 음식을 좋아하는 사바신은 1분도 채 지나지 않아 술과 고기가 바닥나도록 먹어 댔다. 그는 옆에 있어야 할 레디가 3개월간 불귀의 객이 되어 있어 마음이 아픈지 어느 때보다 과음했다.

모두 배를 채운 상태였지만, 휀은 아무것도 먹지 않은 채 술만 마시고 있었다. 그 모습을 보던 가희는 궁금한 표정을 지으며 말을 건넸다.

"휀 님은 음식이 마음에 안 드신 듯하군요. 왜 아무것도 안 드시고 술만 드십니까?"

그러자 휀은 그녀를 흘끔 바라보며 짧게 중얼거렸다.

"술에는 독이 안 들었으니까."

휀의 목소리는 작았다. 그러나 그 말의 의미는 굉장한 충격이었기에 젓가락질을 하던 일행의 손동작이 뚝 멈추고 말았다. 음식을 막 입에 집어넣던 린스는 새파랗게 질린 얼굴로 빽 소리쳤다.

"그, 그게 무슨 소리야! 여기 있는 모두 독이 들었는지 안 들었는지도 구분도 못 하는 바보란 말이야? 거짓말하려면 정도껏 해!"

그러나 휀은 빈 잔에 다시 술을 채우며 대답했다.

"지금은 아무도 모르지. 양념에 자연스럽게 첨가된 독이니까. 지금 상태로는 나라도 음식에 독이 들었는지 안 들었는지 몰라."

가만히 음식을 바라보던 슈렌은 후식으로 준비된 과일 혼합 음료에 시선을 돌렸다. 그는 뭔가 알겠다는 듯 나지막이 중얼거렸다.

"반응식 독이군. 성분을 두 개로 나눠 한쪽은 음식에, 한쪽은 음료에 넣은 후 두 가지를 모두 섭취했을 때 하나의 성분이 되어 맹독으로 변하는 것…… 위험했군."

그러자 그 독에 대해 알고 있던 가희가 믿을 수 없다는 표정을 지으며 말했다.

"그, 그런! 그 반독(反毒)은 사건정중 제2대부터 내려온 비술인데? 어째서 그런 독이 여기에 있는 거지?"

일행은 아무 말이 없었다. 단서도 없었고, 물증도 없었다. 게다가 범인이 누구인지 확실히 가려낼 수도 없었다. 그때 식사를 함께 하던 테크가 벌떡 일어서며 휀에게 소리쳤다.

"네 녀석이 음식에 독을 넣고, 연극이 들통날 것 같으니까 발뺌하려는 거 아냐? 감히 우리를 그런 유치한 연극으로 속일 수 있을 것 같나!"

그러자 휀은 술잔을 내려놓으며 조용히 말했다.

"나라면 너희를 없애는 데 독을 사용하지 않지. 그보다 손쉬운 방법은 얼마든지 있다. 추리는 아무나 하는 게 아니다, 꼬마."

"뭐, 뭐라고!"

다혈질인 테크의 눈에 불꽃이 튀었다. 술도 적당히 들어간 상태여서 그는 결국 회당까지 들고 온 검을 빼 들며 소리쳤다.

"이 자식, 말 다 했냐! 어서 일어나서 나와 한판 붙어 보자! 그 재수 없는 입을 내가 틀어막아 주지!"

훼은 못 들은 척 가만히 술잔을 채웠다. 무시당한 테크는 결국 훼을 향해 몸을 날렸다.

"녀석, 가만두지 않겠다!"

사바신과 슈렌은 말리기 이미 늦었다는 듯 가만히 앉아 있었다.

테크가 살기를 뿜으며 달려오는 순간, 훼은 술이 가득 든 술잔을 입술에서 떼며 중얼댔다.

"맛이 없군."

곧 훼은 근접한 테크를 향해 술잔에 든 술을 부었다.

"헉!"

술에 맞았다고 해야 할까. 훼이 뿌린 술에 맞은 테크는 그 자리에 쓰러졌다. 그 모습을 본 사바신과 슈렌은 동시에 고개를 저으며 중얼거렸다.

"많이 봐줬군. 다행이야."

훼은 자신의 발밑에 쓰러져 기절한 테크를 내려다보며 나지막이 중얼거렸다.

"미안하군. 내가 검을 안 가지고 왔으니 오늘은 이쯤에서 끝내지."

일순간 싸움이 끝나 버리자, 일행은 약간이나마 몸에 퍼져 있을 독의 나머지 성분에 불안해했다. 그러나 크게 걱정할 필요 없었다. 술과 안주를 마구 먹던 사바신이 아무것도 아니라는 듯 웃으며 일행에게 말했다.

"하하, 이래 봬도 난 땅에서 나는 약용식물, 즉 약초에 대해 통달했거든. 식사 후 내가 해독용 탕을 끓여 올 테니 걱정 말고 모두 먹고 마셔. 자자, 슈렌도 한 잔."

"난 차가 좋은데."

슈렌은 고개를 끄덕이며 사바신이 따라 주는 술을 받았고, 그도 사바신에게 술을 권했다. 물론 그들이야 죽음이 그리 심각하지 않은 존재들이지만 다른 일행들은 그렇지 않았다. 린스는 다시 인상을 쓰고 세 명의 가즈 나이트를 보며 투덜대듯 내뱉었다.

"저 인간들 정말 싫어."

작업을 끝낸 와카루는 밀려드는 피로와 만족감을 느끼며 의자 깊숙이 몸을 뉘었다. 현대 의학과 최첨단 산업디자인이 맞물려 빚어낸 최첨단 의자는 와카루의 피곤한 허리를 한결 편하게 해 주었다. 생명을 자신의 실험 재료 중 하나로 치부해 버리는 그였지만 생명과학이 실현된 의자가 절실히 필요한 노인이었다.

"매우 편해 보이는군, 인간."

느긋하게 앉아 있는 그의 등 뒤에서 조커 나이트가 불쑥 나타났다. 그는 예리하게 빛을 발하는 긴 낫을 와카루에게 들이댔다.

"무엇 때문에 린라우 님을 뵙자고 했나? 린라우 님은 너 같은 미천한 인간을 만날 시간이 없으니 내게 대신 말해라. 헛소리가 아니라고 판단되면 그대로 전해 주겠다. 물론 헛소리라고 생각되면 네 영혼을 가져가겠지만 말이야."

조커 나이트가 협박을 하며 와카루의 목에 시퍼런 낫을 겨누었으나 와카루의 표정에는 별 변화가 없었다. 그는 손가락으로 낫을 가볍게 튀기며 말했다.

"음, 신의 육체가 필요해서 그랬소이다. 당신들에게 이오스라는 신이 붙잡혀 있는 걸로 아는데, 좀 주실 수 있겠소?"

조커 나이트는 할 말을 잃은 채 어이없는 듯 가만히 와카루를 내려다보았다. 같은 인간을 실험재료 취급하는 것도 모자라 신까지 재료로 삼으려 하는 노인의 말에, 조커 나이트는 결국 웃음을 터뜨리며 소리쳤다.

"쿠하하하핫! 인간 따위가 감히 신의 육체를 물건 취급하다니, 정말 가소롭구나! 우하하하! 그래, 목적이나 한번 들어 보자. 이오스의 육체를 가지고 뭘 하겠다는 거냐?"

조커 나이트는 갑자기 흥미로워졌는지 겨눴던 낫을 거두며 물었다. 와카루는 옆에 놓인 인삼차를 느긋하게 한 모금 들이켰다. 그러고는 차가 식었는지 약간 얼굴을 찡그리고 천천히 대답했다.

"이 노인네가 이번에 괜찮은 기계를 제작했다오. 그런데 인간을 상대로 시험하니 무리가 생겼지, 뭐요. 인간의 허약한 몸이 그 기계의 힘을 감당하지 못하는 게 아니겠소. 그래서 인간을 뛰어넘는 육체, 예를 들어 신처럼 강한 육체가 필요하게 되었소. 그것이 이오스 신을 원한 이유요."

"오호."

조커 나이트는 쓰고 있는 가면을 매만지며 흥미를 표시했다. 모니터에 반사된 조커 나이트의 모습을 흘끔 본 와카루는 피식 웃으며 말을 이었다.

"그 기계를 사용하면 베히모스보다 더 강해질 것이 확실하오. 물론 이론이긴 하지만 충분할 것이오, 아, 그런데 말이외다. 언뜻 듣기로 당신이 휀이라는 금발의 청년에게 된통 당했다고 하던데."

"닥쳐!"

순간 조커 나이트의 낫이 섬광으로 변하는가 싶더니 와카루가 들고 있던 찻잔이 두 동강 났다. 가면의 눈구멍에서 붉은빛이 번뜩이는 것을 본 와카루는 고개를 숙인 채 회심의 미소를 지었다. 조커 나이트가 그의 미소를 알아차리기 직전에 와카루가 고개를 저으며 말했다.

"당신, 내 기계를 이용해서 그 청년을 이기고 싶지 않소?"

"……."

"아직 시험작이긴 하지만 인간 이상의 존재에게는 확실히 먹히지. 자, 빨리 결정하시오. 내 기계의 힘을 빌려 그 청년을 이기겠소, 아니면 공 하나 못 세운 채 계속 그 꼴로 있을 것이오? 나 같으면 상관을 볼 면목이 없어서 무슨 짓이든 하겠소이다."

마치 악마의 속삭임 같았다. 조커 나이트는 자신과 와카루의 역할이 바뀐 게 아닌가 하는 생각이 잠시 들었다. 누가 악마이고, 누가 악마의 힘을 원하는 가련한 영혼인지.

조커 나이트는 눈을 가늘게 뜨고 비웃듯 말했다.

"후, 알고 있나? 호기심이란 것은 인간에게 주어진 최대의 선이자 악이란 것을 말이야. 와카루, 당신은 자신의 호기심을 악의 극한으로 승화한 것 같군. 쿠쿠쿡. 좋아, 정말로 힘을 얻을 수 있다면 당신에게 속아 보도록 하지. 후후후후훗."

안경테를 추켜올리며 주시하던 와카루는 털털한 웃음을 지으며 자리에서 일어났다.

"허허헛, 속아 줘서 고맙소. 그럼 이쪽으로 오시오."

와카루는 조커 나이트를 어떤 방 앞으로 데리고 갔다. 그 말고는 어느 누구도 출입할 수 없는 그곳에 무엇이 있는지는 아무도 몰랐다.

와카루는 방의 보안장치를 하나하나 해제하기 시작했다. 조커 나이트는 가면을 벗으며 그에게 물었다.

"이 방은 뭔가?"

마지막 보안장치를 해제하며 와카루가 웃는 얼굴로 대답했다.

"판도라의 상자라고나 할까? 허허허헛, 들어가 보면 알 수 있소."

조커 나이트는 고개를 갸웃거리며 방 안으로 들어갔다. 뒤이어 들어선 와카루는 문을 닫으며 싸늘한 목소리로 말했다.

"아, 전설과 다른 점이 하나 있소. 희망은 없다는 것이지."

굳게 닫힌 방문 틈으로 새어 들어오던 한 줄기 빛마저 차단되었다. 남은 것은 음침한 정적과 깊은 어둠뿐이었다.

반독(反毒) 사건이 있었던 밤이 지나 어김없이 아침이 찾아왔다. 구름이 짙게 드리워 해가 보이지 않았다.

휀은 늘 그렇듯 별궁에서 나와 광장 중앙에 섰다. 그러나 흐린 하늘 아래서는 멀리 볼 수 없었기에 그는 다시 별궁으로 발걸음을 돌렸다.

가희가 멀리서 그런 휀을 주시하고 있었다. 그녀는 아무도 없는 등 뒤를 향해 나직하게 말을 건넸다.

"난영 두령, 당신이라면 저 사람을 암살할 수 있을 것 같소?"

그러자 천장에서 검은 그림자 하나가 떨어졌다. 난영이었다. 그녀는 고개를 숙인 채 조용히 대답했다.

"가능하지 않다고 봅니다."

"어째서 그렇소? 빈틈이 저렇게 많은데?"

난영은 낯빛 하나 변하지 않고 즉시 대답했다.

"암살이라는 것은 목표물의 다음 행동을 읽을 수 있어야만 가능한 것입니다. 아시다시피 저 사나이는 무고한 우리 병사들 수십 명을 가루로 만들어도 눈 하나 깜짝하지 않은 무정(無情)한 남자입니다. 감정이 전혀 없는 목표물의 다음 행동을 예측한다는 것은 불가능합니다. 가장 중요한 건 저 사나이에겐 보이지 않는 위압감이 존재한다는 것입니다."

그 말에 가희는 난영을 흘끔 바라보았다.

"위압감?"

"예, 공주님의 목숨을 노리고 온 마귀가 공격을 하려다가 멈춘 일이 있지 않습니까. 그건 일부러 행동을 멈춘 것이 아니었습니다. 저 사나이의 알 수 없는 분위기에 압도당해 손가락 하나도 움직일 수 없게 된 것이었죠. 개구리가 뱀 앞에서 도망치지 못하는 것과 같은 이치입니다."

듣고 있던 가희의 미간에 주름이 잡혔다. 휀과 정면으로 맞닥뜨린 적이 없는 그녀가 난영의 말을 이해할 수 없는 것이 당연했다.

"알았소. 말씀 고맙소."

"예."

난영은 날렵하게 몸을 날려 다시금 천장 위로 몸을 숨겼다. 가희는 한숨을 길게 내쉬며 별궁 안으로 들어서는 휀의 뒷모습을 바라보았다.

별궁 안으로 들어가던 휀은 시녀를 이끌고 어디론가 황망히 가고 있는 왕비와 마주쳤다.

"안녕히 주무셨습니까."

휀은 이번에도 살짝 목례만 했다. 왕비의 미간이 찡그려진 것은 말할 것도 없고, 휀의 다음 말은 그녀의 화를 더욱 돋웠다.

"어젯밤에는 수고 많으셨습니다."

"무, 무슨 소리냐! 무슨 뜻으로 나에게 그런 당치도 않은 말을 하는 것이냐!"

그녀가 호통치자 뒤따르던 시녀들이 움찔하며 그 자리에 멈춰섰다. 그러나 휀은 굽히지 않고 말을 이었다.

"당치 않은 말이 아니란 것은 왕비님께서 더 잘 아시리라 생각합니다. 그럼 이만."

할 말을 다 했다는 듯 휀은 발걸음을 옮겼다. 왕비는 분노한 듯 이를 갈았으나 더 이상 말이 없었다.

"가자!"

그녀가 별다른 말을 하지 않자 고개를 숙이고 있던 시녀들은 내심 놀랐다. 평소라면 처형한다느니 귀향을 보낸다느니 하며 노발대발할 왕비가 너무 쉽게 물러섰기 때문이다.

휀은 슈렌과 사바신, 린스가 앉아 있는 응접실을 슬그머니 지나쳐 갔다. 그의 모습을 본 린스는 못 볼 것을 봤다는 듯 인상을 구겼다. 묵묵히 차를 마시던 슈렌이 그녀에게 물었다.

"무슨 일이 있으십니까?"

린스는 고개를 휙 돌리며 통명스럽게 대답했다.

"아냐!"

그러자 슈렌은 다시 입술에 찻잔을 갖다 대며 말했다.

"다행이군요."

린스는 아무래도 슈렌과는 얘기가 안 통한다고 판단했는지 담배를 물고 지루한 표정을 짓고 있는 사바신에게 말을 건넸다.

"이봐, 뻗침 머리. 저 휀이라는 녀석 말이야, 지금까지 계속 저런식으로 일을 처리해 왔어?"

듣고 있던 사바신이 담배 연기를 길게 내뿜으며 대답했다.

"물론이죠. 동료들에 대해서도 별 신경 안 쓰는 편이에요. 여자든 남자든 냉담하게 대하고, 자기 동료가 잡혀도 눈 하나 깜짝 안해요. 그래서 휀 녀석은 애인도 없고, 친구도 없고……."

그때 슈렌이 눈을 번쩍 뜨며 그의 말을 끊었다.

"넘겨짚지 마."

"응?"

사바신과 린스는 잠시 동작을 멈추었다. 슈렌은 다 사용한 찻잔을 정리하며 조용히 말했다.

"그는 임무만을 중요시하긴 하지만, 악랄할 정도로 이기적이진 않아. 최강이란 단어는 힘만 강하다고 붙여지는 게 아니지, 사바신."

사바신은 머리를 긁적이며 시선을 슬쩍 다른 곳으로 돌렸다. 슈렌은 말을 맺었다.

"어찌 보면, 우리 중에서 가장 크게 자신을 희생하는 사람이 휀인지도 몰라. 태양이 자신을 불태워 우리에게 빛을 주는 것처럼 말이야."

가만히 슈렌의 말을 듣던 린스는 다시 인상을 찡그리며 그에게 물었다.

"휀의 팬이야? 어찌 그리 잘 알아?"

슈렌은 이번만은 묵묵부답으로 일관했다.

동쪽 성문을 수비하던 병사 중 한 명이 담배에 불을 붙였다. 담배 연기를 깊이 들이마신 병사는 연기를 길게 내뿜으며 멍한 머리를 흔들었다. 수비병에겐 보통 병사보다도 많은 담배가 지급된다. 지루한 시간을 보내야 하는 수비병에게 주어지는 배급량이 많은 건 일종의 배려였다. 그런 것이라도 없다면 성의 수비병을 할 병사가 거의 없었을 것이었다.

"……음?"

한참 맛있게 담배를 피우던 병사는 흰옷 차림에 광대 가면을 쓴 남자가 성문 쪽으로 걸어오는 것을 보았다. 그는 즉시 담배를 비벼 끄고 동료 병사들에게 경계하라는 신호를 보냈다. 몇 안 되는 병사들은 여전히 담배를 입에 물고 경계 태세를 취했다.

"악!"

순간 끔찍하고도 짧은 비명 소리가 아래쪽에서 들려왔다. 놀란 수비병들이 즉시 성벽 밑을 내려다보자 동료 병사 몇 명의 몸이 산산조각 난 채 성문 앞에 널려 있었다.

"저, 저게 웬일이지? 비상! 비상!"

병사들의 고함에 아랑곳하지 않고 시체 더미 가운데 서 있던 흰옷 차림의 사나이는 광대 가면을 벗으며 광소를 터뜨렸다.

"하하핫! 이 힘이다. 이 힘이야! 이것이 신의 힘이다. 아하핫!"

그 말이 끝나자마자 폭음이 울리며 동쪽 성문을 지키던 병사들과 성벽이 한꺼번에 조각나 사방팔방으로 흩어졌다.

방 한가운데 정좌하고 있던 휀은 감았던 눈을 뜨더니 코트와 플렉시온을 집어 들고 방을 나섰다. 밖은 이미 혼란에 빠져 있었다. 동쪽 성문이 날아가 버렸고, 뒤늦게 달려간 병사들은 아무 저항도 하지 못한 채 고깃덩이로 변해 버렸다.

별궁 밖으로 나온 휀은 가희가 전투 준비를 하는 모습을 보고 슬그머니 그녀에게 다가갔다.

"이봐."

"앗!"

휀이 기척을 지우고 오는 바람에 가희는 엉겁결에 칼을 휘두르고 말았다. 그녀의 도검은 휀의 목 근처에서 멈추었으나 휀을 알아본 가희는 십년감수했다는 듯 칼을 거두며 소리쳤다.

"기를 지우실 상황에서 지우십시오! 이런 긴박한 상황에서 기를 지우시면…… 앗?"

가희의 말을 듣는지 마는지, 휀은 갑자기 자신의 코트를 말없이 가희에게 넘겨주었다. 가희는 뜻밖에 일이라 눈을 동그랗게 뜨고 휀을 쳐다보았다. 그는 몸을 돌려 동쪽을 향해 걸어가며 나지막이 말했다.

"그 코트를 입고 있으면 마법에 의해 죽는 건 면할 수 있다. 왕비를 위해서라도 입고 있는 게 좋을 거다."

휀이 알 수 없는 말을 남기고 어디론가 걸어가자, 그를 따라가면서 가희가 큰 소리로 물었다.

"그게 무슨 말씀이십니까! 어마마마를 위해서라뇨!"

갑자기 휀은 몸을 핵 돌리더니 싸늘한 눈으로 가희를 보며 충고하듯 말했다.

"이 나라 왕도 너에게 그랬을 것이다. 왕비이기 이전에 네 어머니라고. 어떤 나쁜 말이 들려도 널 낳아 준 사람을 믿는 게 좋다. 하지만 그 전에 목숨을 보존해야 하니 그 코트를 입도록."

휀은 여전히 알 수 없는 말만 남기고 동쪽 성문으로 향했다. 그리고 가희는 이해할 수 없다는 표정으로 그 자리에 가만히 서 있었다.

슈렌과 사바신은 일찌감치 현장으로 달려간 상태였다. 병사들의 시체가 겹겹이 쌓여 마치 산처럼 솟아오른 곳에 조커 나이트가 서 있었다. 그 모습을 본 슈렌은 오랜만에 크게 뜬 눈을 꿈틀대며 중얼거렸다.

"조커 나이트 같군. 모습은 달라졌지만 기가 전해 주는 느낌이 그래."

그 말에 사바신도 동의한다는 듯 고개를 끄덕였다.

"음, 확실히 그렇긴 한데? 하지만 이 기의 수준은 그 쓰레기 나이트의 것이 아냐!"

슈렌이 동조하듯 고개를 끄덕였다. 그때 시체 꼭대기에 올라서 있던 조커 나이트가 조용히 입을 움직였다.

"후후, 약자들은 필요 없다. 휀 라디언트를 데리고 와라! 난 그 녀석과 결판을 내고 싶다!"

"뭐라고?"

그 말에 슈렌과 사바신은 멍하니 서로의 얼굴을 쳐다보았다. 사바신은 심각한 얼굴로 팔짱을 끼며 중얼거렸다.

"저 녀석을 말려야 하나? 조커 나이트라는 녀석, 지난번 휀 앞에서 꼬리도 못 내리고 사라졌다고 했잖아?"

슈렌은 눈을 지그시 감으며 말했다.

"자신이 선택한 길이니 어쩔 수 없지. 게다가 당사자도 왔으니 말이야."

슈렌의 말대로, 휀은 어느새 슈렌과 사바신 곁에 와 있었다. 그를 본 순간 슈렌과 사바신은 놀라지 않을 수 없었다. 휀이 자신의 트레이드마크라고 할 수 있는 백색 전투 코트를 입지 않은 것이었다.

휀은 조커 나이트를 응시하며 둘에게 짧게 한마디 했다.

"돌아가서 다른 사람들이나 보호하도록."

슈렌과 사바신은 고개를 끄덕이며 별궁과 제궁을 향해 각각 뛰어갔다. 슈렌과 사바신이 주위의 병사들이나 궁인들을 모두 피신시킨 덕에 성의 동쪽에는 이제 휀과 조커 나이트만 남았다.

"후훗, 좋아! 너도 조용한 걸 좋아하나 보군. 마음에 들었다."

조커 나이트는 자신이 밟고 서 있던 병사들의 시체 더미를 어디론가 증발시킨 후 휀의 앞에 섰다. 휀은 그가 코앞까지 왔는데도 무시하듯 옷매무새를 정리했다. 조커 나이트는 그런 휀을 한 번에 없애고 싶었으나, 천천히 고통스럽게 요리해 주겠다는 생각으로 흥분을 가라앉히며 그를 도발했다.

"후훗, 내가 무서운 건가? 왜 아무 말도 못 하고 옷자락만 만지작거리는 거냐? 천하의 휀 라디언트도 막강한 힘 앞에서는 어쩔 수 없는 건가? 후후훗."

"막강한 힘이 느껴지지 않아 지루할 뿐이다."

짧게 맞받아친 휀은 자신보다 키가 훨씬 큰 조커 나이트를 흘끔 올려다보고 적당히 거리를 벌렸다. 완전히 무시당한 조커 나이트는 이를 악물며 어깨에 걸치고 있던 긴 헝겊을 양쪽 팔목에 묶었다. 그는 강한 마력을 방출하며 휀에게 소리쳤다.

"버릇없는 녀석! 자, 지난번처럼 치욕을 당하지는 않겠다. 이 한 방으로 너와 이 성, 그리고 단 하나 남은 영혼의 기둥도 날려 버릴 것이다! 각오해라!"

그 말과 동시에, 조커 나이트의 헝겊에서 엄청난 빛이 뿜어져 나왔다. 하지만 휀은 여유 있게 장갑까지 매만지며 중얼댔다.

"좋을 대로."

엄청난 빛을 내던 조커 나이트의 헝겊은 점점 형태를 갖추기 시작했다. 그가 위로 붕 뜨는가 싶더니, 곧 그의 양팔 끝으로 거대한 고리 모양이 되었다. 휀은 주위를 둘러보았다. 눈에 보이진 않았지만, 무언가 조커 나이트의 헝겊을 향해 빨려 들어가는 느낌이었다. 휀은 자신의 양팔을 교차해 방어 태세를 취했다. 조커 나이트의 흰색 장갑에서 붉은색 고대어 심벌이 떠올랐다. 휀은 나지막이 중얼거렸다.

"입자가속포(粒子加速砲)인가."

휀이 방어 태세를 취한 모습을 본 조커 나이트는 더욱 기세등등하게 웃었다.

"하하하핫! 잘 느껴 봐라, 신을 능가하는 나의 힘을! 그리고 너의 무력함을!"

이윽고 조커 나이트의 양손에서 무시무시한 기운의 거대한 회청색 광선이 발사되어 바로 앞에 버티고 있는 휀을 향해 날아갔다.

"후하핫, 죽어 봐라! 아, 아니?"

조커 나이트는 자신의 눈을 믿을 수 없었다. 자신이 쏜 입자가속포의 빛줄기가 휀의 팔에 부딪히자 방향이 꺾이며 위를 향해 치솟았다.

광선은 점차 희미해졌다. 휀은 자세를 고치고 조커 나이트에게 천천히 접근하며 입을 열었다.

"나에게는 광학무기가 통하지 않는다. 입자가속포는 특수 광선이기 때문에 흡수는 못하지만 다른 곳으로 튕겨 낼 수는 있다."

그렇게 말하며 휀은 조커 나이트의 머리를 손으로 내리눌렀다. 긴장한 조커 나이트는 침을 삼키면서도 굽히지 않고 소리쳤다.

"자, 잘난 체하지 마라! 입자가속포를 막아 냈다고, 날 이겼다 생각하나? 어림없어. 난 신을 능가한다! 너 따위 안중에도 없어!"

"⋯⋯."

휀은 조커 나이트에게서 손을 떼고 플렉시온을 천천히 뽑아 들었다. 검을 든 휀은 빈손으로 머리카락을 쓸어 올리며 조용히 말했다.

"나의 검, 플렉시온을 보고 죽은 악마는 그리 많지 않다. 악마 중에서 가장 오래 견딘 자가 벨제브브다. 2시간 18분 정도였다고 기억하는데, 하도 오래되어 정확한지 모르겠군. 이해하도록."

휀의 말투에 조커 나이트는 결국 흥분하고 말았다. 그는 낫을 꺼내 들고 초고속으로 달려들며 외쳤다.

"네놈의 더러운 말 따위 들을 가치가 없다! 완전히 고깃덩이로 만들어 주겠다!"

그러자 휀은 조커 나이트를 향해 플렉시온을 뻗으며 살짝 입을 움직였다.

"죽어."

순간 플렉시온에서 엄청난 광도의 빛이 발산되었고, 휀을 낫으로 단숨에 두 동강 내려던 조커 나이트는 움찔하며 몸을 옆으로 피해야 했다.

플렉시온에서 발산된 빛은 칼끝에서부터 앞쪽을 향해 일직선으로 뻗어 나갔다. 몸을 피하던 조커 나이트는 그 빛에 손가락 끝을 살짝 데고 말았다.

"응? 우아아앗!"

살짝 닿았을 뿐이었다. 그런데도 조커 나이트는 처절한 비명을 질렀다. 이윽고 그의 몸 좌측이 무언가에 의해 증발되듯 순식간에 끓어오르며 사라졌다. 그리고 광자(光子)의 압력 때문인지 조커 나이트는 뒤로 쭉 밀려나 동쪽 성벽의 잔해 속에 처박혔다.

휀은 아깝다는 듯 고개를 저으며 감정 없는 얼굴로 중얼댔다.

"명이 길군."

휀의 말처럼 조커 나이트는 잔해를 헤치고 빠르게 빠져나왔다. 반쯤 타버린 자신의 몸을 최대한 빨리 재생시킨 그는 이를 갈며 소리쳤다.

"네, 네 녀석! 이젠 도저히 용서할 수 없다!"

"지금까지는 나를 용서했나? 황송하군."

무시하듯 다른 쪽으로 시선을 둔 휀의 모습에 조커 나이트는 몸을 부르르 떨었다. 그는 휀의 말은 들을 필요없다는 듯 양손을 앞으로 뻗으며 외쳤다.

"아까 그 인간들처럼 박살을 내 주겠다!"

조커 나이트가 손을 뻗자 그 일대에는 순식간에 진공의 회오리가 생겼다. 보통의 인간이 그 공간에 있었다면 순식간에 몸이 조각나 사방으로 흩어졌겠지만, 휀은 왼손을 가볍게 휘둘러 그 공격을 소멸시키고 고개를 저으며 말했다.

"너무 약해서 점점 화가 나는군."

"으, 으으윽!"

조커 나이트는 도저히 믿을 수 없었다. 모든 공격이 실패로 돌아가자 자신이 신을 능가하는 힘을 갖고 있는지 의문스러워지기 시작했다. 그는 자신의 머리를 감싸 쥐며 미친 듯 소리쳤다.

"크으, 달라진 게 아무것도 없잖아! 그 늙은이 결코 용서하지 않겠다. 돌아가면 반드시! 반드…… 으윽!"

순간 조커 나이트는 말을 끝맺지 못하고 이내 바닥에 쓰러졌다. 이윽고 조커 나이트의 등이 터지더니 거대한 세포질 한 덩어리가 그곳에서 돌출되었다. 그의 몸은 바람 빠진 풍선처럼 바닥에 깔렸다. 조커 나이트의 몸에서 나온 세포질은 점점 형태를 갖추었다. 팔, 손, 머리, 그리고 몸체. 얼마 지나지 않아 세포질 덩어리는 작은 체구의 소년으로 변하는 것이 아닌가.

실오라기 하나 걸치지 않은 소년은 이리저리 몸을 살펴보더니 곧 만족한 듯 미소를 지으며 휀을 바라보았다.

"아직 개조가 덜 된 것이었군, 후후후."

소년 조커 나이트가 발밑에 떨어진 옷에 손을 대자 옷은 곧바로 소년의 신체 크기에 맞게 변하며 그를 휘감았다. 그는 흡족한 미소를 지으며 가면을 쓰고 소리쳤다.

"죽어라!"

정신을 집중하고 있던 휀은 재빨리 몸을 옆으로 틀었다. 몇 초가

지났을까. 그의 뒤에 있던 작은 건물 한 채가 폭발하면서 잔해가 사방으로 흩어졌다. 건물 안에 있던 사람들 역시 두말할 나위 없었다.

다시 조커 나이트를 향해 몸을 돌린 휀은 그가 사라진 것을 알아챔과 동시에 어깨에 뭔가 서 있다는 것을 느꼈다. 어느새 휀의 어깨를 밟고 선 조커 나이트가 낫자루 끝으로 휀의 정수리를 툭툭 치며 기분 좋은 목소리로 말했다.

"그래, 바로 이거야. 내가 원하던 힘! 자, 휀 라디언트? 너도 진짜로 할 마음이 생겼겠지? 이제 말장난은 나에게 통하지 않을 거다. 후후, 하하하핫!"

"글쎄."

그때 조커 나이트의 가슴에서 피가 솟구쳤다. 갑작스레 당한 일이라 그는 깜짝 놀라며 상처와 휀을 번갈아 바라보았다. 조커 나이트를 어깨에 진 상태에서, 휀은 플렉시온의 날을 매만지며 말했다.

"아쉽군, 10센티미터가 빗나갔다."

"윽?"

조커 나이트는 자신도 모르게 뒤로 물러섰다. 휀이 고개를 저으며 말했다.

"신을 능가하는 힘을 가졌다고 했나?"

"또 무슨 헛소리냐? 난 너를 능가한다. 이기고 있어. 신도 능가하고 있다!"

조커 나이트는 그렇게 소리쳤다. 그러나 이상하게도 무언가에 쫓기는 듯 그의 목소리는 불안했다.

가만히 조커 나이트를 응시하던 휀은 엷은 미소를 띠며 나지막이 중얼거렸다.

"조금이라도 기뻐하는 모습을 보니 나도 기쁘군."

"으으윽! 아직까지도 잘난 척하는 거냐! 좋아, 네 녀석의 웃음을 완전히 지워 주지!"

조커 나이트는 뒤로 물러서서 양손을 모으고 주문을 외웠다. 휀은 팔짱을 낀 채 조커 나이트의 행동을 여유 있게 지켜보았다. 조커 나이트는 곧바로 주문탄이 응축된 팔을 치켜들며 외쳤다.

"하하핫! 네놈의 동료들이 죽었을 때 네 표정이 궁금하구나! 가거라, 성모의 절규!"

그의 외침을 기다렸다는 듯 곧바로 주문탄이 휀을 지나쳐 성안으로 향했다. 주문탄은 방향을 꺾어 일행이 있는 별궁 앞으로 정확히 급강하했다.

"저것은 설마?"

검은색 주문탄이 날아오는 모습을 본 가희는 들고 있던 휀의 배틀 코트를 급히 껴입었다.

"자세를 더 낮추십시오."

그때 푸른 장발의 사나이 슈렌이 그녀를 스쳐 지나가며 말했다.

폭발음에 낮잠을 깬 노엘은 머리를 매만진 후 안경을 쓰고 폭발음이 난 방향을 쳐다보았다. 별궁이 있는 곳으로 향하는 주문탄이 보였다. 급강하하는 주문탄을 본 그녀는 자신도 모르게 움찔하며 뒤로 주춤거렸다.

어느새 창문으로 그녀의 방에 들어온 슈렌이 그룬가르드를 똑바로 세우며 한마디 내뱉었다.

"늦지 않았군."

이윽고 엄청난 폭염이 공중으로 솟구쳤다. 그 광경을 본 조커 나이트는 낭랑하게 웃으며 휀에게 소리쳤다.

"하하핫! 어쩌냐, 저 폭염 안에 네놈의 동료들이 타 죽어 가고 있을 거다! 고통스러워하며, 울부짖으며!"

그러자 휀은 뒤도 돌아보지 않고 대꾸했다.

"그런데?"

휀의 냉엄한 표정은 조커 나이트를 바보로 만들기에 충분했다. 휀은 길게 심호흡을 하며 말했다.

"신을 능가한다고 했나? 능가하긴 하는군. 네가 떠벌리는 허풍은 솔직히 놀라울 정도다. 자신이 고양이인지 표범인지도 구별 못하는 쓰레기와는 상대하기 싫다."

"뭐라고? 닥쳐라!"

조커 나이트는 낫을 거머쥔 손목에 힘을 가하며 빠른 속도로 공격을 가했다. 일순간의 공격이었다. 그리고 예전의 조커 나이트가 했던 공격과는 차원이 다른 속도와 힘이었으나…… 아쉽게도 간단히 막히고 말았다.

"이, 이런?"

자신의 목을 향해 날아 들어온 낫을 플렉시온의 자루로 막아 낸 휀은 조커 나이트의 얼굴을 슬며시 잡으며 말했다.

"고양이 등에 날개를 단다 해도 고양이는 고양이다. 사자의 상대가 될 수는 없지."

곧이어 휀의 몸에서 엄청난 광도의 빛이 뿜어져 나왔다. 눈이 타 들어 가는 듯한 그 빛에 조커 나이트는 당황해하며 뒤로 물러서려 했으나 그것마저 알 수 없는 힘에 가로막히고 말았다.

겁에 질린 조커 나이트의 눈을 내려다보던 휀은 더 이상 볼 것 없다는 듯 눈을 지그시 감았다.

"죽어."

"으아아악!"

인간이 볼 수 있는 광도 이상의 빛과 성을 이루고 있는 석재가 견딜 수 있는 내구성을 넘어선 열로 이루어진 빅뱅(Big bang) 현상이 휀의 손과 조커 나이트의 가면 사이에서 발생했다. 그러나 그것은 오래가지 않아 사라졌다. 휀의 손에 붙들려 있어야 할 조커 나이트도 없었다. 휀은 가볍게 손을 털며 뒤돌아섰다.

"깨끗하군."

그의 말대로 조커 나이트가 있었던 성의 일부분은 흔적도 없이 사라졌다. 마치 칼로 한 조각이 깨끗이 도려진 케이크 같았다. 휀은 별궁 쪽으로 향하며 마지막으로 말했다.

"다음에 또 만나지."

그것은 누구에게 한 말이었을까. 그의 말을 받아 줄 존재는 성벽 아래 뿌려진 은색 가루뿐이었다.

한편 조커 나이트가 사용한 주문탄을 가까스로 막아 낸 슈렌은 전투가 끝났음을 느낀 듯 한숨을 내쉬며 노엘을 돌아보았다.

"괜찮으십니까."

폭발로 인한 압력 때문에 바닥에 쓰러진 노엘은 고통스러운 표정으로 대답했다.

"괜찮을 리가요? 아야얏."

제궁 밖에 있던 가희는 휀의 코트가 생성한 마법결계의 충격만 받았을 뿐, 생명에는 지장이 없었다. 그러나 충격이 꽤 컸던 탓에 그녀는 계단 아래 쓰러져 의식을 잃고 있었다.

"음?"

조금 후 그녀는 의식을 회복했다. 어깨가 상당히 아팠지만 타박상일 뿐이었다. 상반신을 일으킨 그녀는 희미한 눈을 비벼 가며 주위를 둘러보았다. 폭발로 인한 충격으로 떨어진 기와들 말고 아무 이상 없었다.

"아, 다행이야. 그런데 저 사람은……?"

그녀의 희미한 시야에 별궁을 향해 걸어오는 훼의 모습이 들어왔다. 입에 담배를 물고 걸어오던 훼은 계단 아래 앉아 있는 가희를 보고 다가왔다. 그가 묵묵히 손을 내밀자 가희는 당황한 얼굴로 그의 손을 툭 치며 소리쳤다.

"다, 당신 도움 없이도 일어설 수 있습니다!"

그러나 훼은 다시 손을 내밀며 나지막이 말했다.

"코트."

그 순간 가희는 할 말을 잃었다. 그녀가 멍한 표정으로 바라보자 훼은 한숨을 내쉬며 계단을 올라갔다.

"나중에 내 방에 가져다 놓아도 좋아."

"뭐, 뭐라고요!"

결국 참았던 화를 폭발하며 가희가 벌떡 일어서서 소리쳤다.

"당신이라는 사람은 살 가치가 없는 인간 같군요! 인간으로서 감정이 있는 겁니까, 없는 겁니까!"

훼은 그녀를 흘끔 바라보며 대답했다.

"좋을 대로 생각해."

그 말만 남기고 그는 별궁 안으로 사라졌다. 그가 들어간 별궁의 문을 멍하니 바라보던 가희는 훼의 코트를 바닥에 내던지며 분개했다.

"잘나도 너무 잘나셨군! 자신의 말이 다 옳다고 생각하는 거야, 뭐야!"

뒤늦게 별궁에 당도한 병사들은 백색 코트를 짓밟으며 소리 지르는 가희의 또 다른 모습을 말없이 지켜볼 수밖에 없었다.

자신의 방에 돌아온 휀은 조용히 방문을 닫았다. 그 직후, 그는 이를 악물며 오른손으로 재빨리 자신의 입을 막았다.

"큭!"

그의 손가락 사이로 검붉은 피가 흘러나왔다. 휀은 수건을 집어 입에서 쏟아지는 피를 닦으며 중얼거렸다.

"역시 낮에 독을 발라 두었군."

휀은 검은색 윗옷을 벗었다. 그의 등에 아주 얇고 긴 상처가 한 가닥 그어져 있었다. 조커 나이트가 휀의 어깨에 올라설 때 가한 공격의 흔적이었다. 그는 눈을 감고 몸속에 흐르는 기를 가속했다. 독의 기운을 조금이라도 빼기 위한 것이었다.

다음 날 아침, 리오는 베란다에서 지내는 바이론을 제외한 모두를 거실에 불러 모아 지크, 바이칼과 의견을 나눈 결과를 말했다.

"며칠 전 일어난 전투 때문에 파리 시내가 상당히 파괴되었습니다. 이 집이 부서지지 않은 것만도 다행이죠."

며칠 전이란 말에, 세이아와 라이아 자매는 고개를 숙였다. 그녀들이 왜 그러는지 이유를 아는 지크는 소리 없이 웃음을 지었다.

리오는 계속 말을 이었다.

"더 이상 다른 사람들이 희생되는 것을 막기 위해서라도 이곳을 떠나야 합니다. 계속 이곳에 있으면 파리뿐 아니라 프랑스 전역이 파괴될지도 모르니까요. 하지만 어디로 간다 해도 그곳이 파괴되는 것은 마찬가지입니다. 결국 갈 곳은 한 곳뿐이라는 결론에 이르 렀습니다."

그의 말에 티베는 팔짱을 끼며 리오에게 물었다.

"그럼 어디로 가실 건데요? 아프리카 사막? 남극? 시베리아? 그런 곳 말고 다른 사람들에게 피해를 주지 않을 장소가 없잖아요."

리오는 티베를 쳐다보며 옳다는 듯 고개를 끄덕였다.

"그렇죠. 하지만 아주 넓고도 살기 좋고 피해 다니기 좋은 장소가 있습니다."

그러자 모두 궁금한 눈빛으로 리오의 다음 말을 기다렸다. 리오는 베란다에 있는 바이론을 바라보며 말했다.

"출발점이라고 해야 할까요? 모두 레프리컨트 왕국으로 돌아가는 겁니다."

"예?"

일행 모두 놀라긴 했지만 언젠가는 그래야 한다고 짐작하고 있었는지 잠시 후 각자 짐을 챙기기 시작했다. 챙길 짐이 없는 지크는 바삐 움직이는 일행의 눈총을 받으면서도 앞으로 오랫동안 시청 못 할 TV를 보았다. 한편 바이칼은 먼지 따위를 만질 시간이 없다는 이유로 어디론가 사라져 버렸고, 바이론은 여전히 베란다에 앉아 술을 비웠다. 남은 술을 모조리 마실 작정인 듯했다.

짐을 챙기던 리오는 옆에서 함께 준비하고 있는 케톤에게 넌지시 물었다.

"공작님과 가족들은 무사해? 계속 걱정하고 있었는데 말이야."

"아, 예. 그분들은 아직도 레프리컨트 왕국에 계시답니다. 그것도 아주 안전한 장소예요."

리오는 의외라는 듯 케톤을 바라보며 물었다.

"음? 아주 안전한 장소라…… 비밀 장소라도 만들어 두신 모양이지?"

케톤은 미소를 지으며 고개를 저었다.

"아닙니다. 실은 저도 맨 처음 그 장소를 접했을 때 놀랐어요. 하지만 레이필 여사께서는 아시는 장소였습니다. 리오 님께 은혜를 입은 종족들이지요."

"나에게?"

리오는 전혀 감이 오지 않았다. 인간 외에 다른 종족에게 도움을 준 일은 그리 많지 않았기 때문이다. 케톤은 곧바로 대답해 주었다.

"예, 맨티스 크루저들이 저희를 도와주었습니다. 보통 맨티스 크루저들이 아닌, 고대 맨티스 왕국의 후손 말입니다. 기억하십니까?"

그제야 리오는 기억을 떠올렸다. 맨티스 퀸과 전투할 때, 자신이 도와준 우호적이면서 높은 지능을 가진 맨티스 크루저를 말하는 것이었다.

"그래, 그랬지. 그들이라면 지하에서 생활하니까 적에게 포착될 확률도 적을 거야. 정말 다행이군. 그럼 왕국 수도는 어떻게 되었지?"

갑자기 케톤은 침울한 목소리로 대답했다.

"한번 가 봤지만 아무것도 없었습니다. 오직 하나, 이상하게 생긴 검은색 거대한 기둥 하나가 왕궁이 있던 자리에 솟아나 있었습니다. 그 외에는 거의 죽음의 땅이라 할 수 있을 정도입니다. 쥐 새끼 한 마리 보이지 않았죠."

"그렇군."

리오는 굳은 표정으로 고개를 끄덕였다.

짐을 다 챙긴 리오 일행은 포르투갈로 가는 비행선을 타기 위해 파리 시내를 걸어갔다. 이곳에 직장이 있는 티베까지 군말 없이 따라오자 리오는 넌지시 이유를 물었다.

"방송국 일은 괜찮습니까? 이렇게 저희를 따라오시면 곤란하실 텐데요."

그러자 티베는 괜찮다는 듯 고개를 힘차게 끄덕였다.

"괜찮아요. 며칠 전 웬 남자가 방송국을 반파해서 몇몇 부서는 수리가 끝날 때까지 당분간 쉬게 되었죠. 덕분에 잠시 실업자가 됐어요."

티베가 지크를 흘끔 쏘아보며 말하자 짐을 등에 가득 지고 있던 지크는 퉁명스럽게 중얼거렸다.

"생명의 은인에게 감히!"

아무런 짐도 들고 있지 않은 사람은 단 두 명이었다. 앞에서 걷고 있는 바이칼과 뒤에 멀찌감치 떨어져 걷고 있는 바이론이었다. 바이칼은 자신이 왜 품위가 떨어지는 행동을 해야 하느냐며 거부했고, 바이론은 아무도 그에게 도움을 청하지 않았다.

한 시간쯤 뒤 공항에 도착한 일행은 대합실에서 지친 다리를 쉬었다. 리오는 일행에게 지도를 보여 주며 다음 행선지를 설명했다.

"비행선을 타고 포르투갈까지 가서 그곳에서 배를 타고 여러분의 고향으로 가는 것입니다. 예상 도착지는 트립톤이 될 것 같군요."

트립톤이라는 말에 케톤과 티베, 세이아와 라이아의 얼굴에 화색이 돌았다. 마티 역시 내색하지는 않았지만 속으로는 상당히 기뻐했다. 그때 공항에 설치된 가로 7미터, 세로 5미터의 대형 TV에서 뉴스가 방영되었다.

베히모스와의 전투 이후 며칠간 중단되었던 뉴스였기에 일행은 관심을 가지고 응시했다. 하릴없이 턱만 괴고 있던 바이칼도 슬며시 TV로 눈을 옮겼다.

"지금 보시는 장면은 사흘 전 일어났던 수수께끼의 괴(怪)생물체와 정체불명의 인간들에 의해 파리 시가지 일부가 파괴된 현장입니다. 파리 임시정부는 어제……."

화면을 지켜보던 리오와 지크는 주위를 둘러보며 조용히 자세를 낮추었다. 혹시 자신들의 모습이 카메라에 잡히지 않을까 해서였다. 그때 전혀 예상치 못했던 화면이 나타났다

"이 화면은 그 지역에서 영업을 하던 비디오 촬영소의 한 직원이 극적으로 촬영한 것입니다. 붉은 머리카락의 남자가 성별이 불분명한 누군가를 포옹하는 장면입니다만……."

사람들은 몰랐지만 리오와 일행들은 알 수 있었다. 지크는 완전히 굳은 표정으로 리오와 바이칼을 번갈아 바라보며 신음하듯 내뱉었다.

"언제부터 그런 사이였지?"

"……."

루이체와 세이아, 라이아는 할 말을 잃은 듯했다. 바이론은 미소를 지은 채 자신의 코트 깃과 검은색 모자를 추스리며 중얼거렸다.

"크크큭, 어쩐지 여자에게 관심이 없다 했다, 리오 스나이퍼."

리오의 얼굴에도 당황하는 기색이 역력했다. 그는 일행을 돌아보며 변명하듯 중얼거렸다.

"나, 난 기억이 없는데?"

그렇게 중얼거리며 주변을 살피던 리오는 바이칼과 눈을 마주쳤다. 언제나 냉정하던 바이칼의 얼굴에 당황하는 기색이 역력한 것을 본 리오는 움찔하며 속으로 생각했다.

'어, 어떻게 저런 얼굴을 하는 거지?'

눈을 크게 뜨고 리오를 바라보던 바이칼은 다시 평소와 같은 표정을 지으며 팔짱을 끼고 눈을 감았다. 계속 응시하던 리오는 더욱 불안했다.

'이런 곤란한 상황은 또 처음이군. 아, 아냐, 이런 우스운 일에 정

신을 빼앗길 틈이 없어. 어차피 화질이 나빠 사람들도 못 알아보니 시간이 지나면 조용히 해결되겠지.'

그러나 사람들의 눈은 날카로웠다.

"엇, 혹시 저기 저 붉은 머리카락 남자 아냐? 저기 봐, 블루블랙 머리카락 남자도 있잖아. 근데 남자 맞아?"

"어머, 진짜네, 진짜?"

사람들의 시선이 리오와 바이칼에게 집중되었다. 동시에 리오의 머릿속이 갑자기 뒤엉키기 시작할 때, 임기응변에 강한 지크가 리오에게 급히 정신감응을 보냈다.

「바보야, 둘이서 빨리 사라져! 나한테 맡기고, 어서!」

그러자 리오는 거의 보이지 않을 정도의 속도로 바이칼의 손목을 잡고 공항 밖으로 사라졌다. 둘이 갑자기 사라지자 사람들은 깜짝 놀라며 주위를 두리번거렸다. 그때 지크가 자리에서 벌떡 일어서며 소리쳤다.

"아, 아니! 그 사람들 어디 갔지? 아무래도 아까 TV에 나왔던 사람들 같은데 말이야! 이런 젠장!"

지크의 그런 모습에 챠오는 다른 곳을 바라보며 중얼댔다.

"의리 한번 좋군."

리오와 바이칼은 아무도 없는 공항 관제탑 위에 앉아 있었다. 리오는 가만히 앉아 어떻게 말을 꺼낼까 고민했지만 바이칼은 별 표정 없이 약간 구겨진 옷매무새를 매만졌다. 잠시 후 뜻밖에도 바이칼이 먼저 입을 열었다.

"별일 아닌데도 그렇게 이상한 표정을 짓다니, 인간들은 한심한 생물이야."

리오는 바이칼을 흘끔 바라보았다. 바이칼이 머리를 쓸어 올리며 계속 말을 이었다.

"너도 어쩔 수 없는 인간이군. 나를 여기로 끌고 온 이유나 말하시지. 그 이유에 따라서 너를 처벌할 테니까."

그 순간 리오는 실소를 터뜨리고 말았다. 기억도 나지 않는 일인데 괜히 죄지은 사람처럼 도망쳤다는 후회가 밀려들었다. 리오는 미소를 지은 채 슬그머니 일어서며 말했다.

"바람이나 좀 쐬려고. 하하하핫."

그때 그들 머리 위로 나머지 일행을 태운 비행선이 천천히 떠올랐다. 리오는 턱을 쓰다듬으며 누구에게 들으라는 듯 말했다.

"음, 어쩌지? 비행선이 벌써 출발해 버렸는데 말이야."

"나쁜 녀석."

바이칼은 이를 갈며 자리에서 일어났다. 공항에서 드래곤 한 마리가 날갯짓을 하며 솟아오른 건 그 직후였다.

비행선에 탑승한 지크는 옆자리에 앉은 사람 때문에 상당히 불만스러운 표정을 짓고 있었다. 결국 참을 수 없었던 그는 지나가는 스튜어디스를 불러 세웠다.

"이봐요, 누님."

"예? 말씀하십시오."

스튜어디스가 몸에 맨 친절한 어조로 지크에게 묻자 지크는 가라앉은 목소리로 말했다.

"자리 좀 바꿀 수 있을까요? 자리가 좀 좁은 것 같아서요."

스튜어디스는 옆자리에 앉은 사람을 쳐다보았다. 검은색 큰 모자와 코트로 몸을 최대한 가리고 있는 거한이었다. 하지만 그리 큰 문제는 아닌 듯했기에, 지크의 사정을 모르는 그녀는 고개를 저었다.

"죄송합니다, 손님. 본 비행선은 좌석제를 엄격히 지켜야 하기 때문에 손님의 부탁을 들어드릴 수 없습니다. 다른 말씀이 없으시면 이만 가 보겠습니다, 즐거운 여행 되십시오."

스튜어디스가 총총히 사라지자 지크는 옆에 앉은 바이론을 흘끔 쏘아보며 말했다.

"빌어먹을! 비행선 표 누가 샀는지 알고 있어?"

바이론은 킥킥 웃으며 챙이 넓은 모자를 더더욱 깊이 눌러쓰며 말했다.

"크크큭, 불만 있으면 문 열고 내리시지. 다리에 끈 매고 다이빙하는 것보다 훨씬 스릴 있을 테니. 운이 좋으면 엔진 프로펠러에 빨려 들어 가루가 될 수도 있을걸, 크크크크."

지크는 더 이상 들을 것이 없다는 듯 앞을 바라보며 힘겹게 중얼거렸다.

"차라리 내가 바이칼 녀석을 껴안을걸. 빌어먹을!"

그동안 바이칼은 드래곤으로 변하여 비행선과 적당한 거리를 유지한 채 날아갔다. 팔베개를 한 채 그의 등에 누워 하늘을 바라보던 리오는 심심한 듯 그에게 물었다.

"지크 녀석 괜찮을까? 좌석표를 건네주고 보니 바이론 옆이던데 말이야."

바이칼은 한심하다는 듯 콧김을 내뿜으며 중얼거렸다.

「흥, 자신이 저지른 범죄에 대해 죄책감이 없군.」

리오는 누운 채 어깨만 으쓱했다. 그러다 뭔가 떠올린 그는 몸을 일으키며 말했다.

"그때 내가 널 왜 껴안았지?"

바이칼은 잠시 말이 없었다. 이윽고 그는 당시의 상황을 정확히 말해 주었다.

「척추 신경이 어떻게 되었는지 정신이 나간 상태였다. 하긴 맨정신으로 이 몸을 껴안을 용기가 너에게 있을 리 없겠지.」

바이칼의 말을 들은 리오는 짓궂은 표정으로 또다시 물었다.

"오호, 그래? 그럼 그때 기분이 어땠어?"

바이칼은 간단히 대답했다.

「기억나는 대로 죽여 주마.」

그들이 비행선을 탄 지 5일이 지났다.

포르투갈에서 하룻밤을 보내고 배를 훔쳐 탄 일행은 드디어 레프리컨트 왕국의 항구도시, 트립톤에 도착했다.

오랜만에 평상복 차림으로 돌아다닐 수 있게 된 리오는 기분이 좋은 듯 배에서 내리자마자 양팔을 크게 벌렸다. 비로소 고향 대륙에 온 티베도 숨을 깊이 들이마시며 중얼거렸다.

"하, 오니까 괜히 또 싫어지네. 여기가 이렇게 촌동네였나?"

모두 그리 나쁘지 않은 얼굴인 반면, 지크는 프시케에게 기대어 지겹다는 얼굴로 중얼거렸다.

"윽, 또 여기 왔어. TV 보고 싶은데……."

"괜찮아요, 지크 씨. 프시케가 있잖아요."

프시케는 평상시처럼 지크의 머리카락을 손으로 쓰다듬으며 위로해 주었다.

생전 처음 판타지 월드에 도착한 넬은 신기하다는 듯 눈을 반짝이며 주위를 계속 둘러보았다. 반면 챠오는 팔짱만 낀 채 묵묵히 서 있었다.

리오는 일행들에게 가자는 듯 손짓을 하며 말했다.

"자, 근처에 제가 아는 빈집이 하나 있으니 그쪽으로 가시죠. 꽤 큰 집이니 문제없을 겁니다."

프시케 옆에 착 달라붙어 있던 지크는 리오의 그 말에 진지한 표정으로 중얼거렸다.

"노엘의 집을 말하는 건가, 저 녀석?"

프시케는 지크의 모습을 보고 감격한 듯 손을 모으며 감탄했다.

"어머, 지크 씨, 너무 멋있어요."

그러자 지크는 여느 때처럼 씩 웃으며 머리를 긁적거렸다.

"헤헷, 진짜?"

뒤에서 그 모습을 바라보던 넬은 인상을 찡그리고 챠오에게 물었다.

"저 두 선배, 늘 저러세요?"

"그래도 오늘은 좀 나아."

리오는 그쪽 대륙의 언어로 '미시오'라고 적힌 노엘의 집 정문 앞에 가만히 서 있었다.

수많은 일들이 그의 머릿속에 스쳐 지나갔다. 다시 시작한 모험의 첫 번째 종착지였던 집 앞에 어느덧 다시 서 있는 것이었다. 리오는 쓸쓸히 웃으며 고개를 저었다.

"음?"

그러다 순간 리오는 공격 태세를 갖추며 뒤로 재빨리 물러서서 검을 뽑아 들었다. 갑작스러운 그의 행동에 뒤에 서 있던—바이론을 제외한—사람들도 각자 전투 태세를 취하며 경계했다. 리오는 화난 표정으로 문이 열려 있는 노엘의 집을 향해 소리쳤다.

"집 안에 있는 사람은 어서 나와라! 누구냐!"

그러자 집 안에서 인기척이 들려왔다. 리오는 심각한 표정으로 문에 온 신경을 집중했다.

"빌어먹을, 누구야, 누구! 오랜만에 편히 낮잠을 자고 있는데 말이야!"

"아, 아니 세, 세상에……"

그 순간 리오는 손에 들고 있던 파라그레이드를 땅에 떨어뜨리고 말았다.

"린스 공주님?"

리오의 얼굴에 당혹스러움이 역력히 드러났다. 잠이 덜 깬 듯한 린스의 얼굴에 믿지 못하겠다는 표정이 떠올랐다. 그녀는 주춤거리며 말했다.

"리, 리오? 진짜 리오야?"

뒤에 서 있던 일행 중 그녀를 모르는 사람들은 서로의 얼굴만 멀뚱히 바라볼 뿐이었다. 리오는 금방이라도 울 것 같은 그녀에게 천천히 다가갔다.

"고, 공주님. 어떻게 여기 계십니까?"

순간 린스의 얼굴이 일그러졌다. 그녀는 갑자기 리오에게 무언가를 집어 던지며 소리 질렀다.

"거짓말쟁이! 지금 오면 어쩌자는 거야! 모두가 상처 입은 다음에야 나타나는 녀석이 무슨 신의 기사야!"

"예?"

리오는 엉겁결에 린스가 냅다 집어 던진 물건을 받아 들었다.

"아, 이것은!"

그것은 다름 아닌 은십자가였다. 린스는 곧바로 리오의 망토 자락을 움켜쥐며 울분 섞인 목소리로 소리쳤다.

"이 바보야, 네가 다른 곳으로 날아가지만 않았어도 이렇게 되지 않았을 거야! 네가 멍청하게 일을 그렇게 처리하지만 않았어도…… 흑!"

"고, 공주님……."

리오는 당황했다. 난감하고 궁금한 기색이 역력했다. 린스가 단지 오랜만에 자신을 만났다는 이유만으로 이럴 리는 없다고 생각했기 때문이다.

그사이 누군가의 부축을 받으며 파란 장발의 남자가 문가로 천천히 걸어 나왔다. 온몸이 붕대로 감겨 있는 슈렌이었다.

"슈렌!"

일행에 섞여 뒤에서 지켜보기만 하던 지크도 경악했다. 슈렌은 길게 한숨을 내쉬며 그를 바라보았다.

"너도 왔구나, 지크. 어쨌든 할 얘기가 많으니 어서 들어와라."

리오는 만신창이가 된 슈렌과 그를 부축하고 있는 노엘, 련희를 천천히 바라보았다. 모두 그리 좋은 상태는 아니었다. 특히 련희는 여전히 말이 없었으나 그녀의 눈빛은 슬픔에 가득 잠겨 있었다.

리오는 황급히 집 안으로 들어갔다. 뒤에 서 있던 일행들도 리오를 따라 들어갔다. 오직 바이론만이 집 밖에 그냥 서 있을 뿐이었다.

낯익은 얼굴과 낯선 사람들이 섞여 있는 거실에 잠시 침묵이 감돌았다. 망토를 벗은 리오는 초조한 얼굴로 앉아 있다가 옆에 있는 련희에게 넌지시 물었다.

"련희 양, 혹시 불미스러운 일이라도 있었습니까?"

"……."

련희는 대답 대신 조용히 리오를 돌아보았다. 그녀의 얼굴이 조금씩 일그러졌다. 이윽고 그녀는 리오의 가죽토시에 얼굴을 묻고 울음을 터뜨리고 말았다.

"죄, 죄송합니다. 하지만 잠깐이라도 이렇게 있게 해 주십시오, 리오 님, 도저히, 도저히 견딜 수 없을 것 같습니다."

한 번도 본 적 없는 그녀의 모습에 리오는 더욱 참담한 표정을 지었다.

"빌어먹을!"

아무 말 없이 벽에 기대 있던 지크는 이를 갈며 한마디 내뱉었다.

노기가 가득한 지크와 참담한 표정을 짓고 있는 리오를 번갈아 쳐다보던 라이아는 걱정스러운 얼굴로 언니 세이아를 바라보았다. 그녀는 슬픔이 가득한 얼굴로 리오를 응시하고 있었다. 뭐라고 위로해 주고 싶은 듯했지만 지금 분위기는 그런 여유조차 허락지 않았다.

그렇게 시간이 조금 지난 후 슈렌이 방에서 걸어 나왔다.

"기다리게 해서 죄송합니다, 모두."

"알았으니까 빨리 상황 설명이나 해!"

챠오, 프시케, 마티, 넬은 복잡한 감정이 뒤섞여 고함을 지른 지크를 보고 흠칫 놀랐다. 지크는 평소와는 달리 진지한 얼굴로 슈렌을 쏘아보았다.

'오랜만에 보는 진지한 모습이지만, 솔직히 보고 싶지 않았는데…….'

챠오는 고개를 저으며 한숨을 내쉬었다.

지크가 흥분한 이유를 알고 있는 슈렌은 별말 없이 의자에 앉아 입을 열었다.

"우리가 여기 도착한 건 어제였다. 단 하루 만에 일이 이렇게 되고 말았지."

"단 하루 만에? 아니, 휀까지 있었다며 어떻게? 린라우라도 직접 나타난 건가?"

리오의 물음에 슈렌은 고개를 끄덕였다.

"그래, 린라우가 일시에 총공격을 가해 왔다."

슈렌의 얘기는 조커 나이트가 단독으로 습격해 온 다음 날의 일부터 시작되었다.

그날 조회 때 청성제는 난감한 기색이 역력한 얼굴로 대신들의 상소를 들었다. 상소 내용 대부분은 습격을 받아 초토화 되어 가는 성과, 사람들을 지킨다는 미명하에 성을 부수고 있는 가즈 나이트에 대한 것이었다.

"전하, 저들을 위해 전하께서 희생하실 이유가 무엇옵니까! 레프리컨트라는 나라는 이미 망했사옵니다. 예전의 그 레프리컨트 왕국이 더 이상 아니옵니다. 게다가 저들을 노리고 마귀들이 쳐들어온다는 사실이 확인되지 않았사옵니까! 더 이상 그들을 이 성안에 둘 수 없사옵니다!"

"그러하옵니다! 게다가 그들 때문에 생긴 인적, 물적 피해가 극에 달하고 있사옵니다. 더 이상 그들을 보호하신다면 언제 도성이 모래 더미로 변할지 모르옵니다!"

청성제는 할 말이 없었다. 그는 이마를 손으로 짚고 고뇌에 찬 목소리로 대신들에게 말했다.

"경들의 말은 잘 알겠소. 일단 그들은 짐이나 공주들과 친분이 있는 상태이니 짐이 그들에게 직접 말해 보겠소. 오늘 조회는 이것으로 마칠 테니 오후에 다시 봅시다."

곧 대신들은 물러갔고 청성제는 시름 어린 한숨을 내쉬었다.

"친구여, 자네와의 약속을 못 지킬지도 모르겠네."

가희는 무술 수련을 끝내고 별궁에 있는 자신의 방으로 들어갔다. 깨끗한 옷으로 다시 갈아입은 그녀는 방문을 열고 성안에 있는 광장을 바라보았다.

"음? 그가 없네?"

가희는 이상하다는 듯 고개를 갸웃거렸다. 하늘이 잔뜩 흐린 날을 제외하고는 언제나 광장 한가운데서 하늘을 올려다보고 있어야 할 휀이 오늘은 보이지 않았다. 구름 한 점 없이 맑은 날인데도 휀은 나오지 않았다.

그때 누군가 방문을 두드렸다. 가희는 별 의심 없이 늘 하던 대로 말했다.

"들어오시오."

"나오는 게 좋아."

문밖에서 들려오는 차디찬 목소리에 가희는 인상을 쓰며 문을 활짝 열어젖혔다. 문밖에는 금발의 남자 휀이 서 있었다. 그는 별다른 표정 변화 없이 단도직입적으로 가희에게 말했다.

"코트를 받으러 왔다."

가희는 팔짱을 낀 채 휀을 올려다보며 화가 난 어투로 말했다.

"오호, 당신 그것 때문에 오늘은 하늘 구경을 안 한 것이군요? 그 코트가 그렇게 중요한가요?"

"말로 시간 낭비하고 싶지 않아."

가희는 머리를 절레절레 흔들며 휀에게 코트를 던졌다. 코트를 받은 휀이 말없이 등을 보이며 방문을 나서려 하자 뭐라고 그에게 말을 하려던 가희는 화가 나서 그의 등을 손바닥으로 쳤다.

"이보세요! 당신 도대체…… 앗!"

손바닥에 끈적거리는 액체가 느껴졌다. 가희는 손바닥을 펴서 확인했고, 고름 섞인 피라는 것을 금방 알 수 있었다. 그녀는 놀란 얼굴로 휀을 올려다보았으나 그는 말없이 다시 걸음을 옮겼다. 자신의 손에 묻은 휀의 피를 다시 한 번 확인한 가희는 황급히 그의 앞을 막아서며 소리쳤다.

"자, 잠깐만 기다리십시오! 고름이 나올 정도의 상처라면 치료를 해야 합니다!"

그러나 휀은 가희의 옆으로 슬쩍 돌아 계속 걸어갈 뿐이었다. 그런 그의 뒷모습을 본 가희는 더욱 놀라고 말았다. 그의 등이 축축하게 젖어 있었기 때문이다. 물이 아니라 피가 확실했다. 가희는 재차 휀을 제지했다.

"잠깐만, 어디서 그런 상처를 입으셨습니까? 설마 어제 그 악마에게?"

가희는 양팔로 좁은 복도를 가로막았다. 결국 휀은 할 수 없다는 듯 그 자리에 서며 말했다.

"어제 입은 상처가 맞다. 이제 됐으면 비켜."

가희는 입술을 지그시 깨물며 소리쳤다.

"좋아요. 당신 따위 죽어도 좋습니다! 어서 가 버려요!"

"고맙군."

가희가 옆으로 비켜서자 휀은 그 한마디만 내뱉은 채 유유히 사라졌다. 주먹을 불끈 쥔 채 몸을 떨던 가희는 곧 어깨를 늘어뜨리고 발길을 돌려 방으로 들어갔다. 갑자기 그녀의 정신 속에서 그녀와 육체를 공유하고 있는 련희의 목소리가 들려왔다.

「언니, 마음이 상당히 불안한 것 같아.」

가희는 씁쓸히 웃으며 천천히 고개를 끄덕였다.

"음, 저 남자가 왠지 베일에 싸인 것 같은 느낌이 들어서 그랬나 봐. 잠깐 바람이나 쐬면 괜찮아지겠지."

가희는 가볍게 한숨을 내쉬며 방을 나섰다.

2

영혼의 기둥

　청성제는 레프리컨트 여왕과 린스 공주, 미네리아나 세 명과 함께 조용히 얘기를 나눴다. 그들 사이에 무거운 기운이 흘러 담소는 결코 아닌 듯했다. 청성제는 그늘진 얼굴로 여왕을 보며 입을 열었다.

　"여왕의 부친과 짐이 상당히 가까운 사이라는 것을 알고 있을 것이오. 덕분에 무역도 별 마찰 없이 수십 년간 이어졌고, 문화 교류도 활발했소. 그것은 선대왕(先代王)이 운명을 달리한 후에도 변함이 없었소. 짐은 왕이기 전에 한 사람의 남자요. 친구가 죽었다고 하여 그와의 의를 저버리는 것은 남자의 도리가 아니오. 그러나 이는 백성과의 의도 쉽게 저버릴 수 있다는 것을 의미할 것이오."

　여왕은 청성제의 말뜻을 알겠다는 듯 엷은 미소를 지었다.

　"청성제께서는 아바마마와의 의를 충분히 지키셨습니다. 오히려 질타를 받을 사람은 바로 나라를 잃어버린 저입니다. 말씀을 드리려 했는데 늦었군요. 저희는 이제 다른 곳으로 가려고 합니다."

그 순간 린스는 말도 안 된다는 얼굴로 여왕을 바라보았다. 그러나 미네리아나는 예상했다는 듯 고개를 살며시 끄덕였다. 청성제는 자신이 큰 죄를 저지른 기분이 들었는지, 눈을 감으며 조용히 말했다.

"미안하오. 어질지 못한 짐의 탓이오."

"이건 말도 안 됩니다!"

린스가 눈을 부릅뜨며 청성제에게 소리쳤다. 모든 사람들이 깜짝 놀라 그녀를 바라보았다. 린스는 이해할 수 없다는 표정으로 청성제에게 말했다.

"어떤 바보 덕분에 노숙은 실컷 해봤어요! 같이 다니는 괴물들 덕에 이곳에 출몰한다는 호랑이라는 동물한테 물릴 염려는 없고요! 그러니 이건 제가 땅바닥에서 자고 싶지 않아 말씀드리는 것이 아닙니다! 또 대신들이 청성제께 상소를 올린 거죠?"

청성제는 아무 말이 없었다. 린스를 말리려던 여왕과 미네리아나도 이번만큼은 그녀를 지켜보려는 듯 잠자코 있었다.

린스는 계속 말을 이었다.

"그래요, 이런 일이 레프리컨트 왕국에서 일어나 그런 상소를 받았다면 저도 충분히 그랬을 겁니다. 아니, 아예 면박을 주고 쫓아낼 수도 있겠죠! 하지만 전하께서는 신 다음의 존재가 아니십니까! 아무나 감옥에 가두거나 목을 날릴 수 있을 정도의 절대권력을 가진 대륙의 왕이십니다. 그 할아버지들의 헛소리나 왕비 마마의 말씀 때문에 저희 앞에서 약한 모습을 보일 필요 없는 제왕이란 말입니다. 차라리 전하의 의지로 저희에게 떠나라고 말씀하십시오. 타인의 의지가 아닌 전하의 의지로 말입니다!"

할 말을 잃은 청성제는 말없이 린스의 얼굴을 바라보았다. 그런 후 레프리컨트 여왕의 얼굴을 바라보고 미소를 지으며 말했다.

"두 분이 전혀 닮지 않았군."

갑작스러운 그 한마디에 여왕과 미네리아나의 얼굴이 사색이 되었다. 두 사람의 얼굴을 보지 못한 린스는 고개만 갸웃거릴 뿐이었다. 곧 이어 청성제가 다시 말했다.

"내 친구, 레프리컨트의 선왕과 지금 여왕과도 전혀 닮지 않았어. 그 대신 눈동자에 레프리컨트 왕국의 미래가 보이는군, 하하하핫. 딸을 잘 두셨소, 여왕. 태자인 쾌성조차 이런 기백을 가지지 못했는데, 정말 부럽소. 하하하핫."

그 말에 여왕과 미네리아나는 알 수 없는 한숨을 내쉬었고, 아무것도 모르는 린스는 멋쩍은 듯 얼굴을 붉혔다. 청성제는 한숨을 내쉬며 일행에게 말했다.

"알겠소. 짐이 괜한 일로 그대들을 부른 것 같소. 짐의 생각이 얕았고, 너무 마음이 약했던 것 같소. 별궁에 가서서 편히 쉬시오."

"후후훗, 가실 필요 없습니다."

순간 사람들은 어디선가 들려온 목소리에 잔뜩 긴장하며 두리번거렸다. 그것은 인간의 목소리가 아니었다. 마성이 깃든 악마의 목소리였다. 잠시 후 섬광이 일더니 검은색 탁자 위에 거대한 낫을 든 소년이 모습을 드러냈다. 얼굴의 절반을 가면으로 가린 소년의 얼굴은 사악함으로 가득 물들어 있었다.

소년은 웃으며 말했다.

"여기서 편히 쉬게 해드리지요. 어제 입은 충격이 아직 남아 있긴 하지만 당신들 정도는 문제없습니다. 아, 쉬시기 전에 한가지 좋은 소식을 알려 드리겠습니다. 밖에 제가 모시는 분과 다른 손님들이 많이 와 계십니다. 물론 무슨 뜻인지 잘 아시리라 믿습니다.

후후후훗."

그때 린스가 옆에 놓인 물병에 재빨리 손을 가져갔다. 그러나 그 소년 조커 나이트의 낫이 더욱 빨랐다.

"쓸데없습니다!"

두 가닥의 긴 섬광과 함께, 린스가 잡았던 꽃병이 박살 나 바닥에 흩어졌다. 조커 나이트는 미소를 지으며 중얼거렸다.

"아쉽군요. 물병 따위에 당할 생각은 없습니다만 더욱 아쉬운 것은 제가 너무 말이 많았다는 것입니다. 방해자가 나타날 정도였으니까요!"

"목숨을 잃은 것보다야 덜 아쉽겠지."

린스의 코앞까지 들이닥친 낫을 적갈색 창으로 막은 슈렌은 조커 나이트에게 정신을 집중하며 사람들에게 말했다.

"밖으로 나가지 마십시오."

린스는 뒤로 슬금슬금 물러나며 겁에 질린 표정으로 슈렌에게 물었다.

"왜, 왜?"

슈렌은 린스를 흘끔 보며 대답했다.

"위험하니까요."

슈렌의 말대로 궁 밖은 그야말로 아수라장이었다. 데몬 게이트를 통해 들어온 악마들과 나찰, 수라가 닥치는 대로 병사들을 공격해 일시에 거의 전멸하다시피 했다. 남은 병사들은 수비를 위해 싸우는 것이 아니었다. 살아남기 위해 싸웠다.

그런 와중에 궁의 결계문을 지키고 있는 한 남자가 있었다. 그의 주위에 수백 마리의 악마들과 로봇들이 완전히 부서진 채 널려 있었다. 거대 목도를 가볍게 휘두르며 적들을 뭉개던 그 사나이는 입에 문 담배를 길게 빨며 자기 앞에 우물쭈물 서 있는 악마들을 향해 소리쳤다.

"후, 이래야 담배 맛이 나지. 자, 어서 사바신 님에게 오너라! 떡으로 만든다는 것이 뭔지 머리에 확실히 박아 주마, 우하하핫!"

수십 번에 걸친 낫과 창의 충돌에 청성제와 여왕 일행이 있는 곳은 아수라장이 되었다. 그런데도 사람만은 무사했다. 물론 슈렌의 실력이었다. 슈렌은 연속 공격으로 조커 나이트가 공격하지 못하도록 했다. 그리고 훽에게 당한 충격이 아직도 몸에 남아 있는 조커 나이트로선 슈렌 외 다른 것에 신경을 쓸 수 없었다.

슈렌과 조커 나이트는 다시금 창과 낫을 맞대고 대치했다. 그 순간 슈렌은 뭔가 이상한 느낌을 받았다. 마기를 감지하고 사바신과 급히 이곳으로 오긴 했지만, 훽과의 승부를 그렇게도 원하던 조커 나이트가 군말 없이 자신과 대결하고 있는 것이었다.

슈렌은 조커 나이트의 낫을 힘으로 밀어내며 말했다.

"두뇌가 아직 덜 회복되었나? 어째서 훽이 있는 별궁에 가지 않고 여기 있는 거지?"

그러자 조커 나이트는 피식 웃으며 대답했다.

"상관의 명령에 따라야겠지. 아무리 악마라도 위아래는 엄격하니까. 아쉽지만 그 훽 녀석의 시체를 구워 먹는 것으로 만족해야겠군. 후후훗!"

슈렌은 혹시나 하고 조커 나이트에게 다시금 물었다.

"상관이라면 린라우를 말하는 것인가?"

"정답이다."

슈렌은 눈앞이 캄캄했다. 직접 공격해 오리라는 예상을 못한 건 아니지만 이렇게 빨리 올 줄은 상상도 못했다.

별궁 역시 악마들이 들이닥치기는 마찬가지였다. 그러나 별궁에는 로드 덕과 일행들, 가희 그리고 휀이 있었다. 휀은 맨 앞에 나서서 플렉시온을 이용해 악마들을 간단히 처리했다. 많은 동작을 사용하지 않는 휀 특유의 전투 방식이었지만, 등의 상처에 무리가 가지 않도록 하기 위한 것이었다. 가희는 전투 중에도 휀을 흘끔흘끔 바라보았다. 그의 등에 난 상처를 아는 이상 그럴 수밖에 없었다.

그런데 갑자기 악마들과 일행들 모두 동작을 멈추었다. 악마들은 경건히 무릎을 꿇었고, 일행들은 어디선가 밀려오는 압도적인 마력을 느끼고 도저히 몸을 움직일 수 없게 되었다. 역시 그 마력을 느낀 휀은 눈을 살짝 감고 한숨을 내쉬었다. 그런 다음 자신의 뒤에 있는 로드 덕을 돌아보며 물었다.

"영감, 큐어 주문을 사용할 줄 아시오."

"큐, 큐어? 자네 미쳤나?"

로드 덕은 깜짝 놀랐다. 큐어는 강력한 해독 작용을 가진 주문이었으나 너무나 강력한 탓에 대상자의 몸이 잠시 움직이지 못하는 단점이 있었다.

평소라면 놀라지 않을 로드 덕이었지만 현재는 일촉즉발의 전투 상황이었기에 큐어를 사용해 달라는 말은 자살을 하겠다는 말과 같았다. 로드 덕의 놀란 표정에도 휀의 얼굴에는 아무 변화가 없었다.

"한시라도 빨리 쓰지 않으면 작은 희망조차 없어지지. 제자들을 살리고 싶다면 쓰시오."

휀의 그 말에, 로드 덕은 씩 웃으며 크게 소리쳤다.

"후, 좋아! 자네가 죽든 말든 상관없으니 소원대로 맘껏 사용해 주지……."

창공에 데몬 게이트가 열리고, 그 안에서 엄청난 마력이 뿜어지는 상황에서 로드 덕은 주문을 외우기 시작했다.

"자, 받게나!"

주문을 완성한 로드 덕은 주문탄을 휀에게 던졌다. 그러자 배틀코트의 마법 장벽을 없앤 휀은 그대로 그 주문을 받았다. 곧 휀의 몸에서 오색 빛이 퍼져 공중으로 치솟았고 그 빛이 사라짐과 동시에 휀의 입에서 검푸른 피가 뿜어졌다.

피를 뿜어낸 휀은 자신의 오른팔을 움직여 보았다. 역시 움직이지 않았다. 로드 덕은 걱정스러운 얼굴로 그를 바라보며 생각했다.

'상당히 강력한 독에 중독되었군. 그런데도 저렇게 움직일 수 있다니, 정말 대단한 젊은이야. 표정이나 뭘 봐도 단순한 나르시시스트 같지만, 역시 최강이라는 이름이 어울리는 남자야. 하지만 저 젊은이가 아무리 가즈 나이트라고 해도 최소 2분 동안은 움직일 수 없을 텐데?'

로드 덕이 그렇게 생각하는 동안, 데몬 게이트에선 한 사나이가 천천히 내려왔다. 흑색의 갑옷과 넘쳐나는 마력. 그 마력이 지닌 힘이 어느 정도인지 로드 덕은 상상할 수 없었다. 휀에게서는 몸을 움직이지 못할 위압감을 느꼈지만, 저 멀리 내려오고 있는 남자에게서는 피가 멈추는 듯한 느낌이 들었다.

"네가 바로 휀 라디언트인가? 후후, 조커 나이트를 어린애 취급한 남자가 어떤 자들인지 한번 보고 싶었는데, 오늘에 와서 소원이 풀리니 기쁘군."

악마대공 린라우는 몸을 움직이지 못하는 휀에게 다가갔다. 휀은 눈썹을 꿈틀대며 말했다.

"남자를 보고 기뻐하다니 고상한 취미를 가졌군, 린라우."

가희는 기가 막혔다. 몸도 움직이지 못하는 상태에서 자신보다 훨씬 강한 상대에게 여유 있게 대꾸하는 훼른을 이해할 수 없었다. 린라우는 피식 웃으며 고개를 저었다.

"후후, 역시나 입이 지저분하군. 어쨌든 너라는 녀석은 특별하니 정중히 용건을 말해 주마. 난 너에게도 볼일이 있지만, 가장 중요한 것은 이 대륙에 있는 마지막 신주를 찾는 것이다. 물론 너도 그 기둥이 어디 있는지 대강 알고 있겠지? 광황이라는 거룩한 이름이 있으니 말이야."

"그 기둥을 숨기기 위해, 이곳 사람들이 머리를 꽤 썼더군. 물론 나에겐 간단한 일이었다."

훼른은 여전히 무표정한 얼굴로 대답했다. 그러나 그의 양팔은 조금씩 움직이고 있었다.

둘 사이에 잠시 침묵이 흘렀다. 그러나 곧 린라우는 크게 웃으며 소리쳤다.

"하하하! 거짓말도 참 잘하는군, 훼른 라디언트! 내가 그 세 여신의 힘을 얻지 못했다면 네 거짓말에 속았을 것이다. 모르고 있는 사실을 아는 것처럼 말하다니, 너라는 가즈 나이트도 그런 쪽으로 머리가 돌아가긴 하는군, 하하하하핫!"

그러자 훼른은 거의 보이지 않는 미소를 살짝 지으며 흘러내린 금발을 자연스럽게 쓸어 넘겼다. 로드 덕은 그의 몸이 다시 움직이는 것을 보고 안도의 한숨을 내쉬었다. 가희도 마찬가지였다.

훼른은 비웃는 듯한 얼굴로 말했다.

"실컷 웃어라. 이후, 땅을 치며 눈물을 쏟아질 테니까."

그 순간 린라우의 얼굴이 돌처럼 굳어졌다. 훼른은 그의 얼굴을 보고 싶지 않은 듯 가희가 있는 쪽으로 시선을 돌리며 미소가 가신 얼굴로 나지막이 말했다.

"와라."

가희는 움찔 뒤로 주춤거렸다. 휀이 자신에게 오라는 말을 한 것은 이번이 처음이었다. 묘하게도 거부감이 생겼다. 휀은 차가운 얼굴로 말했다.

"오지 않으면 네 동생을 죽이겠다."

가희는 침을 꿀꺽 삼키며 어쩔 수 없이 휀에게 급히 다가갔다. 곧 가희는 린라우와 휀 사이에 섰다. 가만히 가희를 보던 휀은 눈을 지그시 감고 앞에 서 있는 그녀를 가만히 끌어안았다.

"이, 이보십시오! 지금이 어떤 상황인데……!"

그러나 휀은 아랑곳하지 않고 그녀에게 조용히 말했다.

"한 육체에 두 개의 영혼이 공존할 수 없는 것이 신의 진리. 그러나 넌 주신이 만든 영혼의 신주였기에 그 불문율이 허용되었다. 지금까지는 네 동생과 네 부모, 너 스스로가 너를 보호했다. 이젠 내가 너를 맡겠다."

자기 정체를 완전히 파악하고, 자신을 책임지겠다는 휀의 말에 가희의 얼굴은 딱딱하게 굳어졌다. 린라우도 마찬가지였다.

휀는 감았던 눈을 뜨며 말했다.

"내가 죽기 전에, 넌 절대 죽지 않아. 나에게 모든 걸 맡겨라."

"좋아요, 믿어 보죠."

동시에 가희는 련희로 변했다. 또한 휀의 온몸에서 진홍색 빛이 잠깐 뿜어져 나왔다. 스르륵 쓰러지는 련희를 안전하게 받아 바닥에 눕힌 휀은 다시 눈을 감은 후 심호흡을 하고 린라우를 향해 돌아섰다.

"자! 이제 간단하다, 린라우. 내가 죽으면 영혼의 기둥은 너의 것이다."

린라우의 눈은 핏빛으로 물들었다. 표정이 일그러질 대로 일그러진 린라우는 이를 갈며 휀을 향해 중얼거렸다.

"교활하고 영악한 놈! 그러나 지금의 내 힘을 네가 견딜 수 있다고 생각하나? 신의 힘을 얻은 나를? 너와 맞먹는 존재라는 어둠의 가즈 나이트 바이론을 쓰러뜨린 나에게? 가소롭기 그지없구나!"

그러자 휀은 코웃음을 치며 답했다.

"최고, 최강이라는 단어는 단 한 사람에게 주어지는 것이다. 맞먹을 수 있다는 것과 최강의 존재라는 것은 그 의미가 다르지. 그리고 바이론의 팔 하나를 날렸다고 해서 쓰러뜨렸다고 착각하다니 우습군."

그동안 쓰러져 있던 련희가 다시 일어났다. 휀은 그녀에게 눈길을 주지 않고 조용히 말했다.

"그것을 줘."

"예? 아, 네."

련희는 소매에서 린스, 아니 리오의 은십자가를 꺼내 건넸다. 휀은 그 십자가를 두 손 사이에 포개고 강력한 빛을 주입했다. 그가 황금색으로 변한 십자가를 련희에게 돌려주며 말했다.

"네 언니는 내가 맡겠다. 넌 그 십자가를 가지고 슈렌이 있는 곳으로 가라. 그것을 슈렌에게 전해 주면 그가 알아서 할 것이다. 이제 가라."

련희는 침을 꿀꺽 삼키며 제궁을 바라보았다. 제궁에서 별궁까지는 악마들과 나찰, 수라들로 가득했다. 련희의 술법으로는 돌파하기가 거의 불가능했다.

"……알겠습니다."

하지만 련희는 눈을 꼭 감고 제궁을 향해 달려갈 준비를 했다.

그때 휀이 양팔을 교차하며 말했다.

"마지막으로, 이건 네 언니의 선물이다."

휀은 곧 교차했던 자신의 양팔을 펼쳤고, 두 가닥의 섬광이 악마들의 대군단을 잠깐 스치고 지나갔다.

그러자 예전에 사용했던 래이브 라이트보다 훨씬 거대한 폭발광이 공중으로 치솟았다. 곧 그 대폭발의 범위 내에 있던 악마들과 나찰, 수라들이 순식간에 먼지로 변해 버렸다. 엄청난 숫자였지만 밀집해 있었던 탓에 전멸하고 말았다.

련희는 처참하게 파괴된 성과 적들의 잔해를 멍하니 바라보다, 이내 비장한 표정을 지으며 제궁 쪽으로 달려갔다.

자신이 데리고 나온 대다수의 부하들이 전멸되자 린라우는 어이없다는 듯 허탈하게 웃으며 중얼거렸다.

"쿠쿡, 그래. 내가 너를 너무 우습게 봤군. 뭐, 좋아. 조커 나이트 말고도 좋은 부하가 한 명 더 남아 있으니 말이야. 네가 여자를 보낸 제궁이라는 곳에 말이지, 후하하하."

그러나 휀은 그 말을 듣지 않은 듯 옷자락을 툭툭 털며 말했다.

"바보는 웃음이 헤프다는 말이 있지. 오너라, 바보."

제궁 쪽의 싸움 역시 해결된 상태였다. 휀의 래이브 라이트가 휩쓸고 지나간 흔적은 그야말로 처참했다. 궁전의 결계 안으로 급히 몸을 날린 사바신은 몸을 벌떡 일으키며 한숨을 내쉬었다. 하마터면 자신도 래이브 라이트의 충격 범위에 들어갈 뻔했기 때문이다.

"휴, 휀 녀석, 도대체 무슨 생각이야? 이렇게 성급히 래이브 라이트를 쓸 녀석이 아닌데?"

그때 별궁 쪽에서 누군가 뛰어오는 것이 보였다. 사바신은 팔봉신 영룡을 들고 그쪽으로 뛰어갔다. 별궁 쪽에서 나온 사람은 다름 아닌 련희였다. 사바신은 걱정스러운 얼굴로 물었다.

"련희 공주! 숙소 쪽은 어때요?"

련희는 가쁜 숨을 몰아쉬고 고개를 저었다.

"저도 잘 모르겠습니다. 휀 님이 언니의 영혼을 대신 받고 나서 악마대공과 일대일로 대치하고 계십니다. 휀 님은 언니의 영혼이 '영혼의 기둥'과 관계 있다고 하시지만……."

그 말을 들은 사바신은 의아해하며 중얼거렸다.

"영혼의 기둥? 아니, 그럴 리가? 자신의 의지를 가진 신의 봉인이 있다는 말은 처음 듣는데?"

사바신의 말을 들은 련희는 걱정스러운 얼굴로 별궁 쪽을 바라보았다. 본격적인 전투는 아직 벌어지지 않은 듯했다. 그녀는 손을 모으고 고개를 숙인 후 빌기 시작했다.

"……련희야?"

갑자기 사바신과 련희의 등 뒤에서 중년 여성의 목소리가 들려왔다. 왕비였다. 처음 만났을 때부터 그녀를 싫어했던 사바신은 무뚝뚝하게 서 있었으나 련희는 왕비를 잠시 보다가 이내 품에 안겨 울음을 터뜨렸다.

"어, 어마마마! 가희 언니가, 가희 언니가……."

왕비는 가만히 련희를 끌어안고 그녀를 내려다보다가 곧 련희의 검은색 머리카락에 자신의 얼굴을 묻으며 위로하듯 말했다.

"결국……그래, 모두 이 어미의 잘못이구나."

뒤돌아서서 가만히 얘기를 듣던 사바신은 바닥을 영룡으로 툭툭 치며 생각했다.

'뭐가 '결국'이라는 소리야? 무슨 죄라도 졌나…… 엇!'

사바신은 순간 뒤쪽에서 강한 요기가 밀려드는 것을 느꼈다. 영력이 있어야만 움직이는 팔봉신 영룡도 미세하게 떨렸다.

사바신은 굳은 얼굴로 뒤를 흘끔 돌아보았다.

"조커 나이트 말고 또 있었나? 이런, 빌어먹을!"

"무, 무슨 일인가?"

왕비는 사바신이 갑자기 뒤돌아서자 불안함을 감추지 못하고 물었다. 그는 잽싸게 제궁 안쪽으로 달리며 그녀들에게 소리쳤다.

"두 사람 다 나를 따라와요! 잘 모르겠지만 하여튼 당신들이 있어야 할 일 같으니까요!"

왕비는 무슨 소리인지 모르겠다는 듯 고개를 갸웃거렸다. 그러나 사바신이 느낀 요기를 감지한 련희는 왕비의 손을 잡고 제궁 안쪽으로 달려갔다.

한참 격돌하던 슈렌과 조커 나이트는 서서히 지쳐 갔다. 공간도 좁은 데다 슈렌이 큰 일격을 날리지 못하도록 견제했기에 조커 나이트는 짜증이 날 대로 났다. 슈렌은 가쁜 숨을 잠깐 고르며 청성제와 여왕에게 말했다.

"나가셔도 좋습니다. 밖은 이제 안전할 겁니다."

린스는 안도했지만 청성제는 여전히 굳은 표정으로 고개를 끄덕였다. 그때 누군가 다급히 청성제를 찾았다.

"아, 아바마마! 소자가, 소자가 대령했사옵니다!"

그 순간 청성제는 놀라지 않을 수 없었다. 병석에 누워 안정을 취해야 할 쾌성 태자가 병든 몸을 이끌고 달려온 것이다. 청성제는 급히 달려가 쾌성을 부축하며 소리쳤다.

"이, 이런…… 왜 이곳에 온 것이냐, 태자! 너는 환자란 말이다!"

서 있기도 힘겨워 보이는 쾌성은 완강히 고개를 저었다.

"아니옵니다, 아바마마. 저는 태자이기 이전에 아바마마의 자식이옵니다. 아바마마께서 위험에 처하셨는데 어찌 제가 달려오지 않을 수 있겠습니까!"

"멈추십시오, 쾌성 태자!"

단호한 목소리가 천장에서 들려왔다. 갑자기 검은 그림자 하나가 위쪽에서 툭 떨어졌다. 쾌성은 눈썹을 꿈틀거리며, 내려선 사건 정중 두령인 난영에게 소리쳤다.

"무슨 짓인가, 난영. 자네 갑자기 왜 이러는가!"

"어서 몸을 피하십시오, 전하. 위험하옵니다."

난영이 완강하게 청성제의 가슴을 슬쩍 밀치자 청성제는 뜨악하며 뒤로 물러섰다. 조커 나이트와 대치하고 있던 슈렌은 안 되겠다는 듯 눈을 부릅뜨며 그를 벽 쪽으로 몰았다. 슈렌의 팔에서 강한 힘이 느껴지자 조커 나이트는 놀라며 뒤로 주춤했다. 슈렌은 재빨리 왕과 여왕에게 소리쳤다.

"조심하십시오! 뭔가 이상합니다!"

슈렌과 조커 나이트는 밖으로 나가 공중으로 전투 장소를 옮겼다. 그사이 난영은 등에 멘 칼에 손을 가져가며 쾌성에게 말했다.

"제궁 호위망은 지금까지 마귀에게 돌파당한 적이 없었사옵니다. 사건정중의 방어도 있었지만 더욱 중요한 것은 제궁을 건설할 때 선인들이 난마진(亂魔陳)을 설치했기 때문입니다. 난마진에 의해 마귀들의 방향감각이 상실되어 중요 거점에 마귀가 절대 들어가지 못하게 되어 있었사옵니다. 하지만 최근에 저 마귀가 제궁 호위망을 간단히 돌파한 적이 있었사옵니다."

"그게 어떻다는 말인가! 지금 상황에서 그런 것을 따질 이유가 있는가?"

쾌성은 벽에 기댄 채 험악한 얼굴로 소리쳤다. 난영은 고개를 끄덕이며 대답했다.

"그 일 이후, 저는 사건정중과 제궁 난마진에 대한 점검을 계속했사옵니다. 그리하여 왕비께서 머무르시는 처소에서 난마진을 무너뜨리는 정체불명의 옥(玉)을 발견할 수 있었사옵니다."

"뭐, 뭣이라고!"

그러자 청성제는 말도 안 된다는 표정을 지었다. 그 말에 충격을 받았는지 쾌성은 비통해하며 고개를 설레설레 저었다.

"아니야, 아닐 걸세! 어마마마께서 절대 그러실 리가 없어!"

그러나 난영은 못 들은 척 계속 말을 이었다.

"그리고 며칠 전, 가희 공주께서 손님들과 만찬을 하신 적이 있사온데 그때 사건정중 대대로 내려오는 극약인 '반독'이 음식에 첨가되었던 사건이 있었사옵니다. 그리고 목격한 궁녀들의 진술에 의하면 왕비께서 그날 저녁에 별궁에 잠깐 들르셨다 하옵니다."

거기까지 들은 청성제는 손으로 이마를 짚었고 쾌성은 부정하듯 소리쳤다.

"어마마마께서 왜 그런 일을 하시겠나! 자네가 잘못 안 것일세!"

난영은 잠시 짧은 숨을 내쉬었다. 그런 후 품속에서 작은 은수저를 꺼내 보였다.

"이 수저는 제가 무례하게도 왕비마마의 처소에서 찾아낸 것이옵니다. 보다시피 색이 변하지 않은 깨끗한 것입니다. 그러나……."

난영은 다시 품에서 작은 병을 꺼내 액체를 은수저에 부었다. 그러자 은수저가 검은 연기를 내며 시커멓게 변하는 것이 아닌가. 그것을 본 쾌성의 얼굴은 굳어지고 말았다. 난영은 검게 변한 은수저를 높이 들며 말했다.

"제가 이 수저에 뿌린 액체는 그때 사용되고 남은 반독이옵니다. 왕비마마는 그 당시 가희 공주님과 손님들이 드실 음식을 이 은수저로 직접 검사를 하셨사옵니다. 대왕마마나 모든 문관과 무관들이 알다시피 왕비마마는 그리 높지 않은 신분으로 국모가 되신 분. 그런 분이 반독과 제궁 호위망, 그리고 복잡하다는 난마진에 대해 아시리라 생각하십니까? 반독은 사건정중에서도 간부급 인물만이 알고 있는 것이옵니다. 난마진도 마찬가지이옵니다. 강력한 만큼 정교하기 때문에 대신들조차 그 구조를 정확히 모르고 있사옵니다. 하지만 이 세 가지를 모두 알고 있는 분이 여기 계시옵니다."

"서, 설마……!"

그 순간 청성제의 얼굴은 더욱 창백하게 변했다.

"내가 생각이 얕았군. 당신을 생각 못 했소."

쾌성은 분하다는 듯 난영을 노려보았다. 난영은 칼자루를 더욱 굳게 잡으며 말했다.

"저는 쾌성 태자와 가희 공주 두 분께 어릴 때부터 제가 알고 있는 모든 암살법, 독 제조법, 격투술, 정신술법 등을 전수해 드렸습니다. 왜냐하면 이 대륙에서는 저를 능가하는 암살자가 없기에 저에게 암살법을 배우신다면 암살당할 확률이 적어지기 때문이었사옵니다. 저는 태자 전하를 제 친아들처럼 여기며 가희 공주님보다 한층 더 깊이 가르쳐 드렸사옵니다. 태자 전하, 왜 그런 일을 계획하셨사옵니까?"

"감상적인 말은 듣기 싫소, 난영."

쾌성은 벽에서 몸을 떼며 쓸쓸히 웃기만 했다. 파리했던 얼굴도 언제 아팠냐는 듯 혈색이 좋아졌다.

"쾌, 쾌성……."

그 모습을 본 청성제는 힘없이 의자에 주저앉았다. 얼굴을 일그러뜨리던 쾌성이 소리쳤다.

"모든 것이 아바마마, 어마마마 때문이오! 친자식이라고 거짓을 말씀하시면서도 행동은 그렇지 않았소. 무슨 소리인지 알겠소? 가희와 련희를 처벌하신 일은 있어도 나를 처벌하신 일은 한 번도 없었소, 지금까지! 어릴 때부터 난 느끼고 있었소. 아바마마와 어마마마께서 나를 보는 눈빛과 가희, 련희에게 보내는 눈빛이 다르다는 것을. 하지만 그런 가식의 이유는 몰랐지. 후훗…… 그걸 모르고 순진하게 살아오던 내게 성인식을 치른 날 저녁, 아바마마는 진실을 말씀하셨소. 기억나십니까, 아바마마!"

쾌성은 처절하게 청성제를 불렀다. 청성제는 아무 말도 하지 못했다. 하지만 그의 얼굴에는 뭐라고 형용할 수 없는 어둠이 가득했다.

"너도 이제 어른이 되었으니 진실을 알아야 한다고 생각했다, 너는 사실 내가 궁 밖에서 우연히 하룻밤을 보낸 여자의 아들이다, 그렇게 말씀하셨죠. 제 마음은 생각하지 않고 두 분만 편하기 위해 말한 것뿐이지 않사옵니까, 아바마마! 아무리 피가 온전히 섞이지 않다고 하지만 어떻게 그런 말씀을 쉽게 하실 수 있습니까!"

"쾌, 쾌성, 그건……."

청성제는 입술을 달싹거렸으나 쾌성은 들을 생각조차 하지 않고 말을 이었다.

"그 일이 있은 후, 저는 자포자기하는 심정으로 전국에서 출몰하는 마귀들을 닥치는 대로 사냥하기 시작했소. 그러던 중, 아주 강한 마귀와 대면하게 되었소. 아마 지금도 밖에 와 있을 거요. 그가 그랬죠. 자신을 해하는 바보 같은 짓을 왜 하느냐고. 그들에게 복수를 하는 것이 낫지 않냐고! 그래서 저는 그에게 강대한 힘을 얻은 후 부상당한 척하고 성에 돌아왔소, 복수를 하기 위해!"

쾌성이 외치고 나자 온몸에서 강력한 마력이 분출되기 시작했다. 눈을 감은 채 얘기를 듣고 있던 난영은 조용히 쓰고 있던 두건을 벗었다. 흑색 두건을 벗자 흰 수염과 무수한 흉터 자국이 난 노인의 얼굴이 드러났다. 그는 눈을 부릅뜨며 말했다.

"지금까지 저하의 아픔을 모르고 있었던 저의 책임이 크옵니다. 제가 조금만 일찍 알았더라면 이렇게까지 악화되지는 않았을 텐데……! 저는 대대로 이 제궁을 호위한 조상의 영전 앞에 설 자격이 없사옵니다. 소인, 목숨을 바꿔 태자마마를 편하게 해 드리겠사옵니다."

쾌성의 몸은 점점 변해 갔다. 겉은 여전히 인간의 형상이었지만 더 이상 인간이라 할 수 없었다.

난영은 거의 완전하다 싶을 정도로 악마가 된 쾌성 뒤에 서서 왕과 여왕에게 뒤로 물러서라는 손짓을 했다. 그런 후 등에 메고 있던 칼을 비장하게 빼 들며 자신의 기를 최대로 증폭시켰다.

"여기 난영, 목숨을 버리겠습니다!"

노호성을 지른 난영은 뒤에서 쾌성을 껴안았다. 그런 후 칼을 들어 쾌성과 자신의 몸을 한꺼번에 찔렀다. 자폭이었다.

곧 폭음이 들렸고, 한 사람의 몸을 이루고 있던 물질들이 재로 변하며 사방으로 흩어졌다. 수십여 년간 사건정중의 두령을 맡고 있던 한 남자의 마지막 모습이었다.

허무하다면 허무하다고 할 수 있는 최후에 청성제를 비롯한 모두는 허탈감과 실망감이 가득한 얼굴을 하고 있었다. 하지만 그의 희생에도 불구하고 쾌성은 멀쩡했다. 그는 한껏 마력을 발산하며 사람들에게 말했다.

"자, 이제 당신들 차례요! 그동안 내가 당했던 슬픔과 고뇌를 느끼시길 바라오! 큭!"

그 순간 쾌성의 등에 작은 마법탄 하나가 직격했다. 허를 찔린 쾌성은 파란 피를 입에서 뿜으며 무릎을 꿇었다.

마법 공격은 멈추지 않았다. 누구의 공격인지 알 수 없는 마법탄들은 규모는 작지만 강력한 폭발력으로 쾌성을 타격했다. 가까스로 결계를 친 쾌성은 결국 눈을 질끈 감으며 어디론가 사라졌다.

그가 사라지자마자 청성제는 썼던 관을 내던지며 비통한 말을 토해 냈다.

"태자야, 네…… 네가 어째서……!"

레프리컨트 여왕과 린스, 미네리아나는 측은한 표정으로 청성제를 바라보았다. 린스가 위로하기 위해 다가서려 하자 여왕이 제지하며 고개를 저었다. 린스는 알겠다는 듯 발을 멈췄다.

"여왕님, 공주님! 모두 무사하십니까!"

쾌성을 공격했던 여성이 급히 뛰어 들어왔다. 제궁 아래층에서 대기하던 노엘이었다. 그녀는 모두 무사한 것을 확인하고 비틀거리며 벽에 기댔다. 마법탄을 급조하여 날린 탓에 그녀의 정신력은 매우 소모된 상태였다. 린스는 허겁지겁 달려와 그녀를 부축했다.

"노엘! 괜찮은 거야, 노엘?"

노엘은 이마에 흐르는 식은땀을 소매로 훔치며 고개를 끄덕였다.

"네, 하지만 또다시 공격해 온다면 저로서도 어쩔 도리가 없겠군요. 다행히 맨 처음 발사한 마법탄이 직격으로 맞으면서 시간을 벌수 있었던 것 같습니다."

그때 복도 저편에서 누군가 다급하게 뛰어오는 소리가 들렸다.

급히 그쪽으로 고개를 돌린 노엘은 안도감을 느꼈다. 그들은 다름 아닌 사바신과 련희였다.

정황을 잘 모르고 있던 사바신은 사람들이 모두 무사하자 숨을 돌리며 린스에게 물었다.

"공주님, 일은 어떻게 되었나요? 강한 기 하나가 사라진 것 같았는데……."

"그게……."

린스가 사바신에게 상황을 설명하는 동안, 련희와 왕비는 침통하게 앉아 있는 청성제에게 다가갔다. 청성제의 표정이 심상치 않자, 련희는 그의 손을 잡으며 물었다.

"아바마마, 무…… 무슨 불미스러운 일이 있었사옵니까?"

청성제는 결국 고개를 돌리며 힘없이 중얼댔다.

"아비로서의 자격과 충신 한 명을 잃었단다. 어째서 이런 일이 있단 말이냐! 어째서!"

사바신은 린스에게 상황을 듣고 나서 흑색 코트를 의자에 내던지며 말했다.

"나라면 그를 찾을 수 있을 것 같으니 모두 여기 있어요. 한 사람도 여기서 나가면 안 돼요. 알겠죠!"

그러자 겁에 질려 있던 린스가 막 나가려는 사바신을 붙잡았다.

"자, 잠깐! 그가 여기 다시 들어오면 어쩌라고?"

사바신은 안심시키려는 듯 그녀의 어깨를 툭툭 치며 말했다.

"걱정 말아요. 그다지 강한 마력도 아니에요. 아직 마족으로 완전히 변한 것 같지는 않으니까요. 그가 다시 여기 온다 해도 슈렌이 이 근처에 있으니 안심하세요. 여기서 몸조리나 잘하고 있어요."

사바신은 곧 바람같이 사라졌다. 린스는 걱정스러운 얼굴로 주위 사람들을 둘러보았다. 모두 불안한 얼굴들이었다.

노엘과 여왕 사이에 앉은 린스는 두 손을 모으고 신에게 기도하기 시작했다. 신을 믿는 건 아니었지만 이렇게 불안한 상황에서는 누구에게나 매달리고 싶은 심정이었다.

'아무나 도와줘요, 제발. 모두가 슬프지 않게 말이에요.'

"흠, 그런 대로 강하군."

휀은 입가에 흐르는 피를 닦은 후, 넝마가 되어 버린 코트를 손으로 툭툭 털며 중얼댔다.

뒤에서 휀과 린라우의 불꽃 튀는 전투를 지켜보던 로드 덕은 입을 다물지 못했다.

"저럴 수가! 저것이 신의 힘이고, 신과 맞먹는 인간의 힘인가!"

로드 덕과 마찬가지로, 테크는 들고 있던 검을 바닥에 내리꽂으며 힘없이 중얼거렸다.

"쳇, 저 괴물이 싸우는 것을 보니까 검을 들기 싫어졌어."

약간의 피해를 입은 린라우는 믿을 수 없다는 얼굴로 휀을 바라보았다. 안전주문이 풀리지 않은 상황에서, 이 정도의 힘을 낸다는 것이 이해되지 않았다.

"어떻게 이 정도로 강할 수 있지? 내가 수집한 정보에 의하면 너희는 안전주문이 풀어지지 않은 상황에서 절대 신을 능가할 수 없는데 말이야."

린라우의 말에, 휀은 앞머리를 쓸어 올리며 대답했다.

"너희 악마는 결코 이해 못 할 현상이 있지. 혹시 약한 존재가 본래보다 강한 힘을 발휘할 수 있게 되는 조건을 아나?"

린라우는 대답하지 않았다. 휀은 플렉시온을 강하게 쥐며 조용히 중얼거렸다.

"자신이 지켜야만 하는 귀찮은 존재가 생기면 된다. 지금의 나처럼 말이다. 그러면 놀라운 힘을 발휘할 수 있지."

순간 휀의 이마에 두 개의 황금빛 무늬가 나타나 찬란한 빛을 뿜어냈다. 안전주문 1단계의 해제 신호였다. 그사이 몸을 완전히 회복한 린라우는 씁쓸히 웃으며 고개를 저었다.

"휀 라디언트라는 가즈 나이트는 감정도 전혀 없고 차가운 줄 알았는데 그렇지 않았군. 그 '영혼의 기둥' 어디가 맘에 들었는지는 모르지만, 좋다! 둘 다 이 세상에서 사라지도록 해주겠다!"

린라우의 몸에서 강력한 투기가 뿜어 나왔다. 하지만 휀은 여전히 냉정한 표정으로 플렉시온을 들어 올렸다.

"말이 많군."

한편 슈렌은 제궁 외곽에서 조커 나이트와 한참 전투를 벌이고 있었다. 장소가 넓어진 만큼 공격은 커졌고, 쌍방 모두 꽤 심한 상처를 입은 상태였다. 하지만 어느 한쪽도 물러설 기미는 보이지 않았다.

슈렌은 굳은 얼굴로 조커 나이트에게 물었다.

"무의미한 싸움을 하고 있다고 생각하지 않나? 여기서 너와 나 둘이 싸워 봤자 어느 쪽도 득 될 것은 없다고 생각하는데."

그러자 조커 나이트가 비웃었다.

"후훗, 그래 솔직히 득 될 건 없지. 하지만 난 벨제브브 님께 린라우 님을 보좌하며 그분의 명령을 이행하라는 임무를 받았다. 너도 인간들을 보호하라는 주신의 임무를 받고 싸우는 것이 아닌가? 너나 나나 임무 때문에 싸운다는 상황은 같다. 싸우기 싫어졌나 보군. 그런 명청한 말을 하는 걸 보니. 후후훗! 그럼 다시 시작해 볼까!"

조커 나이트는 일갈을 터뜨리며 낫을 강하게 휘둘렀다. 그러자 슈렌은 재빨리 일격을 막아 내며 중얼거렸다.

"싸우기 싫어진 건 수백 년 전이다."

슈렌은 조커 나이트의 복부를 세게 걷어찼다. 기습이라고 할 수 있는 공격에 조커 나이트는 움찔하며 뒤로 나가떨어졌다.

슈렌은 곧 자신의 창을 급속으로 돌리며 말했다.

"자, 끝내지."

복부를 쓰다듬던 조커 나이트는 슈렌의 대답이 마음에 들었는지 웃으며 고개를 끄덕였다.

"원하던 바다!"

슈렌에 대해 잘 아는 사람—리오 같은—이라면 알고 있었다. 한 방에 끝날 싸움이라는 것을. 사실 슈렌이 처음 배운 무술은 검술이었다. 그러나 정식으로 지급된 무기가 창이었기에 결국 다시 처음부터 창술을 익힐 수밖에 없었다. 피엘의 지도를 받은 그는 독자적으로 창술을 발전시키고 거기에 검술을 접목해 그만의 독특한 무술을 만들었다. 무기라면 서로 공통점이 있을 것이라는 생각에서 시도했지만 나날이 그의 창술은 발전해 갔다. 그리하여 신계에서도 몇 손가락 안에 드는 수준까지 올라갔다. 하지만 조커 나이트는 알고 있을 턱이 없었다.

"타아앗!"

조커 나이트는 몸을 잔뜩 웅크린 채 재빨리 접근했다. 슈렌도 슬그머니 조커 나이트를 향해 전진했다. 마치 완만한 경사의 계곡으로 조용히 흐르는 물처럼 부드럽게…….

"큭!"

낫을 휘두르려던 조커 나이트는 슈렌이 눈 깜짝할 사이에 다가

오자 흠칫 놀라며 급히 방어 자세를 취했다. 그러나 너무 늦었다. 이미 그룬가르드의 창 반대편 끝이 그의 복부를 살짝 찌른 후였다.

"간다!"

순간 슈렌은 창으로 상대를 강하게 올려쳤다. 조커 나이트는 자신도 모르게 무방비 상태가 되어 공중으로 튕겨 올라갔다. 기를 끌어 올린 슈렌은 재빨리 조커 나이트를 추격하며 그룬가르드로 거의 예술에 가까운 상승무(上昇舞)를 펼치며 상대를 농락했다. 그 상승무는 예전 동방 적사자대 17명을 한꺼번에 끌고 올라갈 정도로 파괴력을 지닌 것이었다. 조커 나이트는 그 속에서 정신을 잃을 정도로 타격을 받았다.

슈렌은 떠 있는 조커 나이트의 몸을 마지막으로 강렬히 내리쳤다. 경쾌한 타격음과 함께 조커 나이트는 지면으로 추락했다. 슈렌은 그룬가르드의 한가운데를 오른손으로 거머쥐며 마지막 일격을 가할 태세를 취했다.

"부탁이니, 제발 다시 나타나지 마라. 엇?"

그때 상상하지 못한 일이 벌어지고 말았다.

청성제를 비롯한 일행이 있는 곳에서 강렬한 요기가 다시 뿜어 나오기 시작한 것이다. 기의 수와 느낌으로 미루어 사바신은 거기 없는 듯했다.

"이런!"

방 한가운데 갑자기 무엇인가 치솟아 올랐다. 사람들은 강렬한 요기를 느끼고 순간 긴장하며 정체불명의 존재에 시선을 집중했다. 쾌성이 다시금 나타났다.

"다 모였군! 그래, 련희, 내 동생까지! 하하하하핫!"

련희는 모습은 그대로지만 인간이라 할 수 없는 요기를 뿜는 쾌성을 보며 경악했다. 그녀는 애절한 목소리로 쾌성을 불렀다.

"오, 오라버니!"

그러나 쾌성에게는 들리지 않았다. 그는 싸늘한 목소리로 련희에게 소리쳤다.

"시끄럽다, 련희! 네 가식적인 그 목소리는 더 이상 듣기 싫다! 내 성인식 때 모든 진실이 밝혀진 순간에도 너와 가희는 나에게 말했지. '그래도 저희의 오라버니예요'라고 말이야! 그 가증스러운 목소리, 내 가슴속에 아직도 사무쳐 있다!"

"오, 오해입니다, 오라버니!"

"시끄럽다! 그리고 왕비마마! 후후, 당신은 날 아끼는 척하면서 사실은 련희와 가희를 더 아꼈지. 내가 모를 줄 알았나? 내가 전국의 귀신들을 소탕하겠다고 궁을 나설 때도 당신은 무사히 돌아오라는 말만 할 뿐, 내 어깨조차 두드려 주지 않았어! 련희와 가희가 서방대륙으로 유학을 갈 때는 그렇게 화를 내던 사람이 말이야! 그게 무슨 뜻이겠나!"

그러자 왕비는 자리를 박차고 쾌성을 향해 호통쳤다.

"왜 그렇게 아이 같은 말만 하는 것이오, 태자! 장차 한 나라를 짊어지고 갈 태자가 아니오. 비록 피가 섞이지는 않았지만 정식으로 부모임을 인정하지 않았소. 태자는 나와 두 동생들에게조차 고민을 털어놓지 못하는 소극적이고 내성적인 사람이었단 말이오? 게다가 앙심을 품고 마귀들의 힘을 빌려 이런 유치한 모습을 보인단 말이오!"

쾌성은 말없이 그녀를 보다가 귀찮다는 듯 기합을 질러 그녀를 쓰러뜨렸다.

"시끄럽소! 목숨이 아까우면 아깝다고 말을 하시지. 내 맘을 돌릴 궁리 따위 하지 말고! 난 당신들을……!"

그때 창문으로 붉은빛이 날아들더니 그 빛 덩어리가 요기를 뿜어내던 쾌성의 가슴을 꿰뚫고 말았다.

"컥!"

"그, 그룬가르드가?"

노엘의 말대로, 그룬가르드는 쾌성의 가슴에 정확히 꽂혔다. 결국 쾌성은 입에서 녹색 피를 뿜어내며, 그 자리에 무릎을 꿇고 말았다.

"오, 오라버니!"

련희는 황급히 그에게 달려가 회복의 주술을 사용했다. 그러나 온몸에서 계속 피를 뿜어내던 쾌성은 눈을 감았다. 그는 붙잡고 있던 련희의 손을 풀고 엷은 미소를 지으며 말했다.

"너와, 가희에게는 미안하다. 내가 못할 말을 했다. 사실 난 너희에게 오라버니라는 말보다 오빠라는 말을 듣고 싶었다. 난 그게 더 좋았거든……. 나는 너희를 진심으로 사랑한다. 그러나, 그러나! 아바마마와 왕비, 당신들은 용서할 수 없어! 용서하지 않을 거야, 절대! 당신들이 나를 이렇게 만들었으니까."

"……!"

그 말을 끝으로 쾌성은 고개를 떨궜다. 잠시 침묵이 흘렀고, 청성제의 비통한 외침이 울려 퍼졌다.

"태, 태자! 쾌성아!"

급한 나머지 창부터 던진 슈렌은 묵묵히 아래쪽을 바라보고 있었다. 물론 빈손이었다. 그의 등 뒤로 조커 나이트가 슬그머니 나타났다. 그는 회심의 미소를 지으며 중얼거렸다.

"멋진 투창 실력이었다. 그러나 무기가 없지? 후후, 나의 승리다!"

그룬가르드가 없는 슈렌에게는 그야말로 절체절명의 순간이었다. 그가 미처 돌아보기도 전에 조커 나이트의 공격이 가해졌다.

"흠!"

짧은 신음을 지른 슈렌은 온몸에서 선혈을 뿜으며 지면으로 추락했다. 조커 나이트는 곧 미친 듯 웃으며 들고 있던 낫을 사방으로 휘둘렀다.

"하하하하핫! 가즈 나이트라고 으스대는 것도 이제 끝이다. 끝이란 말이다! 나머지 가즈 나이트들도 모두 이렇게 끝나는 것이다, 모조리! 하하하하핫!"

조커 나이트가 웃는 동안, 온몸에 중상을 입고 땅에 떨어진 슈렌은 조금씩 몸을 움직여 보았다.

'죽지 않은 건가.'

슈렌은 마음속으로 생각했다. 그는 즉시 몸을 반대쪽으로 돌린 후, 공중에 떠 있는 조커 나이트를 보며 나지막이 중얼거렸다.

"도움 안 되는 녀석이라고 훼에게 욕을 먹기는 싫은데……."

슈렌은 조커 나이트 외에 다른 존재가 제궁 쪽에서 튀어나오는 것을 보았다. 그 정체불명의 존재는 매우 화가 난 듯 맹렬히 기를 뿜으며 소리를 질렀다.

"빌어먹을, 무기가 없는 상대를 공격하다니, 스스로 추하다고 생각하지 않나!"

그러자 조커 나이트는 자신에게 소리치는 사바신을 비웃었다.

"후훗, 그건 생물에 따라 다른 법! 나는 승리한 쪽이 아름답다고 생각되는데? 모든 수단과 방법을 써서라도 말이야, 하하핫!"

"이 자식!"

사바신은 볼 것 없다는 듯 조커 나이트를 팔봉신 영룡으로 내려치려고 했다. 그때 순식간에 슈렌이 몸을 솟구쳐 사바신 앞을 가로막았다. 놀란 사바신과 조커 나이트는 슈렌을 바라보았다.

"슈렌!"

슈렌은 얼굴에 묻은 피를 손으로 닦으며 사바신에게 말했다.

"새치기는 나쁜 행동이다."

"무, 무슨 소리야! 넝마가 된 주제에!"

사바신은 화를 내려 했으나, 피 묻은 슈렌의 손이 뻗어 오자 움찔 뒤로 물러섰다. 슈렌은 손을 내밀고 조용히 말했다.

"영룡을 빌려줘."

사바신은 말도 안 된다는 얼굴로 소리쳤다.

"뭐라고? 이봐, 지금 네 상태로는 영룡을 들지도 못해."

"시끄러워."

순간 슈렌이 무서운 눈으로 쏘아보자 사바신은 결국 씁쓸한 표정을 지으며 팔봉신 영룡을 슈렌에게 건네주었다.

"쳇, 활약할 기회를 안 주는군. 손이 부러져도 책임 안 져!"

슈렌은 고개를 끄덕이며 팔봉신 영룡을 받아 들었다. 그런데 영룡이 무시무시한 스파크를 내며 주인이 아닌 자의 손에서 벗어나기 위해 몸부림을 쳤다. 슈렌은 가만히 영룡을 내려다보며 말했다.

"미안."

그러자 팔봉신 영룡이 뿜어내던 스파크가 거짓말처럼 멈췄다. 슈렌은 영룡을 자유롭게 휘두르며 자세를 취했다. 뒤에서 지켜보던 사바신은 입을 헤벌릴 뿐이었다.

"세상에! 그래, 잘났다. 난 안쪽 일이나 신경 쓸게."

사바신은 곧 모두가 있는 제궁으로 돌아갔다. 슈렌은 사바신처럼 영룡으로 자신의 목을 툭툭 치며 조커 나이트에게 말했다.

"심심하지 않게 해 주지, 영원히."

훼은 쓰러질 뻔한 몸을 플렉시온으로 겨우 지탱했다. 반면, 린라우는 아무 이상이 없었다. 비록 있었다 해도 놀라운 회복 능력에 금방 원래 상태로 돌아왔을 것이다. 린라우는 끝까지 버티는 훼을 보며 감탄을 아끼지 않았다.

"훗훗, 무릎을 꿇지 않겠다는 말이군. 그래, 최강의 가즈 나이트다운 행동이다. 놀랐다. 설마 네가 그 정도의 전투력을 발휘할 줄은 꿈에도 생각 못 했거든. 하지만 이젠 끝이다. 넌 내 몸속에 있는 여신들의 힘을 너무 우습게 봤어!"

린라우가 팔을 휘둘렀다. 그와 동시에 훼은 멀찌감치 날아가 쓰러지고 말았다. 린라우는 회심의 미소를 지었고 뒤에서 지켜보던 로드 덕 일행은 눈을 질끈 감으며 안타까워했다.

훼은 곧바로 몸을 일으켜, 너덜너덜한 코트를 귀찮은 듯 벗어 던지며 말했다.

"아무리 봐도 우습게 보이니 어찌할 도리가 없더군."

"뭐라고! 이 녀석, 먼지로 만들어 주겠다!"

훼이 도발하자 린라우는 다시 표정을 일그러뜨리며 손을 뻗었다. 그러자 그의 앞에 있던 지면이 모조리 먼지로 변하더니 사방으로 날렸다. 마투기였다. 그러나 그 순간을 기다렸다는 듯 훼은 반대로 밀려오는 마투기를 향해 돌진했다.

"아, 아니?"

훼이 무리 없이 막아 내자 린라우는 믿을 수 없다는 듯 눈을 크게 뜨며 투기 농도를 더욱 높였다. 그러나 휀을 막아 내기는커녕 그의 움직임조차 늦추지 못했다. 결국 마투기를 뚫고 린라우에게 접근한 휀은 무방비 상태가 된 상대의 가슴 중앙에 양쪽 손가락을 박아 넣었다.

"커억!"

"이 휀 라디언트를 상대하면서 방심하는 건 죽여 달라는 말과 같다는 걸 잊었군. 그럼, 죽어!"

린라우의 가슴에 박힌 휀의 손은 이내 섬광에 휩싸였다. 휀은 그 대로 광황포를 날리려는 심산이었다.

슈렌은 팔봉신 영룡을 든 상태로 화염을 방출하기 시작했다. 그러자 사용자의 기를 영력으로 바꾸어 방출하는 팔봉신 영룡이 붉은 영력을 뿜어냈다. 마치 불타는 몽둥이 같았다.

'지크 녀석이 봤으면 이랬겠지.'

슈렌은 그렇게 생각하며 조커 나이트에게 돌진했다. 그러나 조커 나이트는 가소롭다는 듯 몸을 살짝 비켜 가볍게 공격을 피했다. 결국 슈렌은 반대로 카운터 공격까지 받아야 했다.

그는 가까스로 몸을 돌려 조커 나이트의 공격을 피할 수 있었다. 조커 나이트는 킥킥 웃으며 슈렌을 조롱했다.

"뭐냐? 난 또 무기를 바꾸기에 다른 공격이 들어올 줄 알았더니 더 형편없군. 이거 참 실망이군, 불의 가즈 나이트. 하하핫!"

슈렌은 말없이 조커 나이트와의 거리를 벌리고, 고개를 갸웃거리며 다시금 자세를 취했다. 조커 나이트는 한심하다는 얼굴로 자세를 잡으며 슈렌의 공격을 기다렸다.

순간 조커 나이트가 들고 있는 낫에서 명징한 쇠 마찰음이 났다.

조커 나이트는 앞에서 너울거리는 푸른 장발을 마치 꿈을 꾸듯 멍하니 바라보았다.

"미안, 검을 사용해 본 지 좀 오래되어서 그랬다."

팔봉신 영룡으로 낮의 날을 꿰뚫은 슈렌은 조커 나이트를 흘끔 보며 말했다. 기습을 가했던 슈렌은 날렵하게 뒤로 물러섰다.

"이, 이런!"

조커 나이트는 언제 비웃었냐는 듯 표정을 바꾸며 본격적인 공격 태세를 갖추었다.

"둘 다 지친 것 같으니 빨리 끝내지. 난 긴 싸움은 싫거든."

그러자, 조커 나이트는 슈렌의 말을 부정하려는 듯 이를 악물며 그에게 빠른 공격을 가하기 시작했다.

"네 녀석, 의외로 짜증나게 하는구나!"

영룡으로 공격을 간단히 막아 낸 슈렌은 조커 나이트의 낮을 강하게 밀어내며 짧게 중얼거렸다.

"너도 마찬가지다."

조커 나이트의 낮이 뒤로 밀리자 슈렌은 그의 등 뒤로 이동해 목을 베듯 강하게 내리쳤다.

충격을 받은 부위에서 피가 솟구치더니 조커 나이트는 공중에서 중심을 잃고 주춤했다. 그 순간을 놓치지 않은 슈렌은 조커 나이트의 안면을 영룡으로 내리쳤다. 조커 나이트의 머리가 뒤로 젖히지자 슈렌은 다시 그의 목을 영룡으로 내리쳤다.

"크악!"

조커 나이트는 완전히 중심을 잃고 추락하던 중 겨우 정신을 차리고 방어 태세를 취했다. 슈렌은 영룡 자체가 꽤 무거웠기에 어깨에 걸치고 고개를 저었다.

"정말 무겁군."

목 관절이 완전히 뒤틀린 조커 나이트는 한 손으로 목을 쳐서 목뼈를 접골시켰다. 그러나 통증은 상당했기에 슈렌을 노려보는 눈빛에 분노가 실렸다.

"네, 네 녀석…… 네 녀석!"

"할 말 있으면 빨리 하시지, 팔이 뻐근해졌거든."

슈렌은 영룡을 들고 있는 오른팔을 주무르며 말했다. 조커 나이트는 치욕을 견딜 수가 없었는지 무작정 슈렌에게 달려들었다.

"너를 여기서 없애 버리겠다!"

그 순간 다시 경쾌한 소리가 들렸다. 팔봉신 영룡의 끝이 조커 나이트의 낫 끝을 정확히 가격한 것이다. 이윽고 낫은 유리가 깨지듯 와장창 산산조각이 났다.

순간 조커 나이트는 전의를 상실한 듯 힘없이 중얼거렸다.

"아, 아니 어째서…… 다이아몬드도 절단하는 내 낫이 어째서!"

슈렌은 왼쪽 손가락으로 마법진을 빠르게 그리며 설명했다.

"팔봉신 영룡은 2천 년 묵은 명계의 나무로 만들어진 특제품이다. 그 강도는 잘 제련된 오리하르콘과 맞먹는다. 그렇기에 무게도 꽤 나가지. 아무리 다이아몬드를 절단하는 날이라도 이것으로 타격을 받으면 온전하지 못한 것이 당연하지."

설명을 끝낸 슈렌은 마법진을 왼손에 겹치고 넋이 나간 조커 나이트의 얼굴을 잡았다.

"너는 휀과 싸웠던 어제보다 약해진 것 같군. 제발 다시 나타나지 않길 바란다. 나도 지겹거든. 그럼, 잘 가라."

슈렌의 왼손에서 소형의 멜튼이 폭발했다. 동시에 그 범위에 있던 조커 나이트는 비명도 지르지 못하고 깨끗이 사라졌다.

슈렌은 연기가 피어오르는 왼손을 툭툭 털며 제궁으로 돌아가기 위해 발걸음을 옮겼다.

'어제 레퀴엠에 맞고도 오늘 다시 나타난 듯한데……. 아냐, 설마 다시 나타날까.'

모두가 있는 곳으로 창문을 통해 돌아온 슈렌은 사바신에게 영룡을 던져 주었다. 그런 후 그룬가르드가 있는 곳으로 향하며 일행에게 말했다.

"모두 무사……하군요."

그리고는 슈렌은 갑자기 온몸에서 피를 뿜으며 바닥에 쓰러졌다. 그 광경을 본 노엘은 기겁을 하며 회복주문을 외웠다. 그러나 슈렌은 비틀거리며 일어나 사바신을 쳐다보았다. 사바신은 알겠다는 듯 황급히 그룬가르드가 있는 곳까지 부축해 주었다.

슈렌이 창을 쥐자 그룬가르드에서 곧 붉은빛이 뿜어 나와 주인의 몸을 감쌌다. 잠시 후 슈렌은 한숨을 길게 쉬며 자리에 앉았다.

"슈…… 슈렌 씨, 괜찮으십니까?"

노엘이 걱정스러운 얼굴로 사바신을 쳐다보았다. 그는 그럴 줄 알았다는 듯 머리를 긁적이며 대답했다.

"그룬가르드와 슈렌은 한몸처럼 에너지를 공유할 수 있어요. 같은 화염계 에너지기 때문에 가능하죠. 슈렌은 소모해 버린 기를 그룬가르드로 보충한 거예요."

한편, 쾌성의 죽음으로 슬픔에 잠겨 있던 련희는 슈렌이 돌아오자 옷소매로 눈물을 지우고 품속에서 은십자가를 꺼내 슈렌에게 주었다.

"슈렌 님, 이것을……."

옆에 있던 린스는 그 십자가를 보자 화들짝 놀라며 소리쳤다.

"아, 아니, 그거 내…… 아니 리오가 준 십자가잖아!"

련희는 고개를 끄덕이며 휀의 말을 슈렌과 일행에게 전했다.

"휀 님은 가희 언니의 영혼을 받아들인 후 별궁 쪽에서 전투 중입니다. 저에게 이 은십자가를 건네주며 말씀하셨지요. 이것을 슈렌 님께 보여 드리면 알아서 할 거라고요."

지친 기색이 역력한 슈렌은 고개를 끄덕이며 십자가를 받았다. 그리고 린스에게 건네주며 말했다.

"예전에 바이론이 데몬 게이트로 이 세계를 빠져 나간 걸 모두 아실 겁니다. 그처럼 휀은 선신 계열 천사들이 사용하는 '빛의 길'을 쓸 수가 있습니다. 하지만 휀의 마음대로 사용하지는 못합니다. 휀에게는 '신앙심'이 없기 때문이죠. 바이론처럼 오직 열려 있는 '빛의 길'을 통해야만 사용할 수 있지요. 저 십자가는 신앙심의 표본입니다. 리오보다 먼저 그 십자가를 지니고 있던 분은 신앙심이 깊었지요. 저 매개체를 이용하면 아마 '빛의 길'로 이 차원을 빠져 나갈 수 있을 것입니다."

그러자 린스는 믿을 수 없다는 듯 슈렌을 보며 말했다.

"서, 설마? 그 얼음덩어리가 이런 생각을 했단 말이야?"

"휀은 철저한 계산에 의해 움직이는 가즈 나이트의 진정한 표본입니다. 지금 상황으로 미루어 가희 공주님은 련희 공주님의 쌍둥이 언니가 아니라 왕실에 전해 내려오던 영혼의 기둥일 것입니다."

"아, 아닙니다!"

련희는 슈렌의 말을 강하게 부정했으나, 슈렌은 묵묵히 고개를 저으며 말을 이었다.

"휀이 가희 공주님의 영혼을 받아들인 이유는 신의 기둥이 가진 항마력 때문일 가능성이 높습니다. 신주가 가진 항마력이라면, 악마대공급의 대(大)악마가 가진 마투기도 막아 낼 수 있으니까요."

그러자 련희는 믿을 수 없다는 듯 고개를 세차게 저었다.

"그럴 리가, 그럴 리가 없습니다! 휀 님은 제 언니를 지켜 주신다고 하셨습니다. 자신을 희생하더라도 언니를 지켜 준다고 하셨습니다! 저도 느낄 수 있었습니다. 그분 말씀에는 진실과 숭고함이 담겨 있었어요!"

슈렌은 잠시 말이 없었다. 가만히 련희를 보던 슈렌은 시선을 돌리며 중얼거렸다.

"휀은 8백여 년간 임무를 위해 영혼도 속일 정도로 연기를 해 왔습니다. 저조차 그의 말에 속았던 적이 있습니다."

"그렇게 되면 가희 언니는……!"

련희는 힘없이 손을 떨구더니 흐느끼기 시작했다.

상황을 묵묵히 지켜보던 사바신은 영룡으로 바닥을 툭툭 찍으며 불만 섞인 말투로 말했다.

"쳇, 공주님. 자신이 생각하고 있는 걸 일단 믿어 보시죠. 내가 잘 알지는 못하지만 리오라는 녀석은 자신이 옳다고 믿는 것 때문에 바이론과도 많이 대립했다고 해요. 녀석이 맡은 임무는 한 세계의 존망이 걸린 게 많았거든요. 뭐, 비유가 맞는지는 모르겠지만 하여튼 공주님도 자신의 느낌을 한번 믿어 보는 게 어때요? 밑져야 본전이니까요."

련희는 말이 없었다. 대신 그녀를 제외한 일행은 의외라는 눈으로 사바신을 쳐다보았다. 사바신은 멋쩍은지 발그레한 얼굴로 뒤돌아섰다. 사바신을 보던 슈렌은 련희의 작은 어깨를 두드리며 고개를 끄덕였다.

"그런 것 같군요. 저도 한번 공주님의 생각을 믿어 보겠습니다.

자, 린스 공주님, '빛의 길'을 사용하는 방법을 말씀드리겠습니다. 우선 동행하고 싶은 사람을 선별해 주십시오."

"으, 응? 왜 내가 해야 해?"

린스가 큰 눈을 깜빡이며 슈렌을 바라보았다.

"그 매개체인 십자가는 공주님이 오랫동안 소지하고 계셨습니다. 결국 빛의 길을 가느냐 가지 못하느냐는 공주님에게 달렸습니다. 그러므로 선택권도 공주님에게 있습니다."

린스는 고개를 끄덕이며 자신 없는 표정으로 레프리컨트 여왕을 바라보았다. 여왕은 고개를 저으며 말했다.

"더 이상 너에게 짐을 지울 수는 없구나. 공주, 너에게 도움이 되는 사람과 같이 가거라."

"하, 하지만…… 알았어요, 죄송합니다."

미네리아나도 여왕과 같은 생각이었다. 린스는 노엘을 먼저 지명하고 슈렌을 바라보았다. 그러나 슈렌도 고개를 저었다.

"저는 지금 부상을 입은 몸, 공주님께 심적 부담이 될 뿐입니다. 사바신을……."

그러나 사바신은 이미 밖으로 나가고 없었다. 오직 창밖에서 피어오르는 담배 연기가 그의 대답을 대신하고 있었다.

"저라도 괜찮으시다면 따르겠습니다."

슈렌은 결국 고개를 끄덕이고 말았다.

그런 다음 린스가 련희를 쳐다보자 그녀는 고개를 저었다.

"아닙니다. 저는 아바마마, 어마마마와 이곳에 남겠습니다."

그러자 린스는 그녀의 손을 움켜잡으며 말했다.

"싫어. 그 휜 녀석이 왜 너를 이곳으로 보냈겠어? 네 언니가 원하니까 그런 것일 수도 있잖아. 가희를 실망시킬 거야?"

련희가 고개를 떨구자 린스는 그녀와 눈을 맞추며 웃어 보였다.

"게다가 잘하면 리오를 만날 수 있을 거야."

"……!"

가만히 린스를 보던 련희는 엷은 미소를 머금으며 고개를 끄덕였다. 노엘이 부축해서 일어선 슈렌은 린스에게 빛의 길을 여는 방법을 설명했다.

"그 십자가를 양손 사이에 넣고 포갠 후, 가고 싶은 곳을 떠올리십시오. 어느 곳이든 좋습니다. 반드시 그곳으로 가고 싶다는 염원을 집중해야 합니다. 단 명계나 악마계, 지옥계는 빛의 길이 닿지 않으니 유념하십시오."

그러자 손을 모으고 있던 린스는 인상을 찡그리며 투덜댔다.

"그런 곳에 가고 싶을 리가 있겠어?"

상당히 오랜 시간이 흘렀다. 린스와 일행은 곧 빛과 함께 사라졌고, 남은 사람들은 린스 일행이 무사하기를 기원했다. 어떤 신이든 제발 그들을 지켜 달라는 바람만이 가득할 뿐이었다.

"……그렇게 도착한 곳이, 바로 이곳입니까?"

린스는 고개를 끄덕였다. 슈렌은 뒤늦게 들어온 바이론을 바라보았다.

"너도 이곳에 왔군."

가만히 벽에 기대어 얘기를 듣고 있던 바이론은 킥킥 웃으며 고개를 돌렸다. 리오는 손으로 턱을 괴며 슈렌에게 재차 물었다.

"그 후 하루가 지났는데 아직 별일이 없다는 것은, 일행이 무사하다는 뜻 아닐까?"

"확실하지는 않지만 가능성이 높겠지. 적어도 휀이 있으니까."

"음……"

리오는 한숨을 내쉬며 고개를 떨궜다. 이 거대한 사건 앞에 자신이란 존재가 너무나 무력하게 느껴졌기 때문이다. 세이아는 그런 리오를 위로하기 위해 다가가려 했다.

「그냥 계십시오.」

정신감응이 울렸다.

"아, 예."

갑자기 세이아가 대답하자, 옆에 서 있던 라이아가 눈을 깜박이며 물었다.

"응? 언니, 뭐가?"

"아, 아냐. 그냥 혼잣말이야."

세이아는 순간 당황했으나 겉으로는 아무것도 아니라는 듯 고개를 저었다.

그때 리오가 자리에서 벌떡 일어서며 모두에게 말했다.

"아직 그쪽 세계의 결과가 드러나지는 않았고, 이쪽에 있는 우리도 지쳐 있으니 오늘은 이만 쉬기로 합시다. 적들이 이곳을 습격할 가능성은 희박하니 말이죠. 적들도 만만치 않은 피해를 입고 있으니까요."

그러자 가만히 서서 얘기를 듣고 있던 지크가 진지한 얼굴로 리오에게 말했다.

"하지만 아직 베히모스들이 남아 있잖아. 아직 녀석들이 모습을 나타내지도 않았는데…… 경계하는 것이 좋지 않을까?"

그러자 모두 멍한 얼굴로 지크를 보았다. 지크는 당황하며 주위를 둘러보았다. 모두 하나같이 한심하다는 얼굴이었다.

"아, 아니, 왜 그래 모두?"

그때 바이칼의 어깨와 머리에 찰싹 달라붙어 있던 시에가 지크의 어깨를 쿡쿡 찌르며 말했다.

"지쿠, 베히모스는 내 가족이야."

조바심을 태우고 있던 일행은 안도감을 느끼며 고개를 저었다. 갑자기 무안해진 지크는 호들갑스럽게 크게 웃었다.

"하하핫! 뭐, 베히모스라고 이름표 쓰고 다니는 것도 아닌데 어때! 넘어가자고 넘어가!"

그러자 지크 옆에 서 있던 프시케가 가볍게 손뼉을 치며 감격스럽게 말했다.

"우아! 맞아요, 지크 씨. 정말 멋진 말을 하시네요."

가까이 서 있던 바이칼은 씁쓸한 표정을 지으며 중얼거렸다.

"나도 면역이 될 때가 되었을 텐데."

"이봐, 공주! 왜 나더러 나가라고 하는 거야!"

달이 어슴푸레 구름 사이로 모습을 드러낸 밤.

그 적막을 깨듯 지크와 린스는 서로 고래고래 소리를 지르며 다퉜다.

"여자들이 안에서 잔다고 몇 번이나 말해! 슈렌 같은 환자도 나가서 자잖아! 닥치고 잠이나 자!"

린스가 거칠게 문을 닫아 버렸다. 모포 하나 없이 밖으로 쫓겨난 지크는 투덜대며 리오에게 말했다.

"젠장, 왜 남자들은 밖에서 자자고 한 거야!"

그러자 망토를 덮고 잠을 청하던 바이칼이 실눈을 뜨고 한심하다는 듯 말했다.

"네 머리로 이해가 되는 일이 있나?"

그러자 지크는 바이칼을 쏘아보며 물었다.

"응? 너도 들어가서 자야 하는 거 아냐?"

바이칼은 화낼 기운도 없다는 듯 돌아누웠다. 그러자 리오는 그 룬가르드의 에너지를 이용해 몸을 회복하고 있는 슈렌에게 물었다.

"언제쯤 회복될 것 같아?"

"이런 속도라면 내일 아침쯤 정상적인 활동은 할 수 있겠지. 리 오 너도 움직임이 그리 정상적이진 못한 것 같은데."

"척추를 다쳤거든. 나도 며칠 전 대(大)격전을 치렀지. 하지만 되 돌려 받은 것이 있어서 그리 아프진 않아, 후훗."

슈렌은 알겠다는 듯 고개를 끄덕이며 말했다.

"그렇군. 그런데 두 자매는 자신이 어떤 존재인지 알고 있나? 알 게 되면 정신적으로 상당히 불안해할 텐데."

"라이아는 알고 있어. 하지만 세이아는 잘 모르겠어. 지크 녀석 의 말로는 바이론이 친절하게 가르쳐 줬다고 하던데……. 어쨌 든 세이아는 자신의 능력을 무의식중에 발휘하고 있어. 그것도 아 주 엄청난 수준으로 말이야. 사람의 마음을 선택해서 읽을 수 있 고…… 내 정신 방어 능력을 훨씬 능가해. 그녀가 마법을 익혔다면 우리는 상대도 안 되었을 거야. 라이아의 육탄전 능력이 이오스 님 의 그것보다 훨씬 위력적인 것처럼, 세이아의 정신 능력은 이오스 님을 능가하고 있어. 린라우가 세이아와 라이아를 납치하기 위해 혈안이 됐던 이유가 바로 그것일 거야. 자신의 부하들로는 우리를 상대하기 힘들다는 것을 그 녀석도 알고 있으니까."

리오는 팔베개를 하고, 수많은 별들이 반짝이는 하늘을 올려다 보며 계속 말을 이었다.

"이제 얼마 남지 않은 느낌이야. 모두 편한 마음으로 저 하늘을 볼 때가 곧 오겠지."

"……그럴지도."

슈렌은 슬그머니 눈을 감았다.

모두 잠든 늦은 시간이었지만 지크는 잠을 이루지 못해 몸을 뒤척였다. 결국 그는 머리를 긁적이며 일어나 밖으로 나왔다. 잠을 자고 있는 남자들의 얼굴을 살펴보던 그는 한 명이 보이지 않는 것을 알아챘다.

"회색분자? 어딜 간 거야?"

지크는 신경 쓰지 않으려는 듯 다시 누웠으나, 무슨 이유에서인지 다시 일어나 어딘가로 향했다.

얼마나 걸었을까. 지크는 곧 항구 선착장에서 달을 벗 삼아 술을 마시고 있는 바이론을 보았다. 병째 술을 들이켜던 바이론은 터덜터덜 걸어오는 지크를 흘끔 보더니 말했다.

"크크크, 잠이 안 오시나? 옹기종기 모여 잠이나 잘 것이지 왜 돌아다니나. 너도 어둠이 좋아졌나? 크크크."

지크는 팔짱을 끼고 고개를 저었다.

"헷, 별로. 그런데 아저씨는 왜 여기서 음주를 하고 있지? 옆이 허전하기라도 한 거야?"

바이론은 아무 말이 없었다. 그러다 다시 미소를 지으며 지크에게 물었다.

"큭, 넌 자신이 위기에 몰리면 어떤 상태가 되는지 알고 있나?"

"몰라."

지크가 간단하게 대답하자 바이론은 고개를 끄덕이며 술을 한 모금 들이켜고 말했다.

"강해지지. 광분을 하며, 벌겋게 눈을 뜬 채 즐겁게 살생을 하지.

하긴 그건 모든 인간의 본성이니 너도 어쩔 수 없겠지만 말이야. 크크크큭."

지크는 덤덤한 표정으로 그 말을 듣고 있다가, 진지한 얼굴로 물었다.

"인정하긴 싫지만, 넌 나보다 경험이 많으니 어떻게 하면 강해질 수 있는지 알겠지? 네가 말한 대로 미치지 않고 말이야."

"강해지고 싶나?"

바이론은 웃음기를 거두며 지크를 바라보았다. 지크는 다시금 바이론에게 부탁조로 말했다.

"가르쳐 줘, 강해지는 법을. 내 진짜 힘을 끌어내는 방법을!"

바이론은 말없이 지크를 바라보았고, 지크 또한 묵묵히 그를 주시했다. 잠시 후 바이론은 킥킥 웃으며 지크에게 무언가를 집어 던졌다.

움찔하며 바이론이 던진 물건을 받은 지크의 얼굴에 황당한 기색이 스쳤다. 바이론이 던진 것은 술이었다.

"크크큭, 마셔라. 많이 마시지는 말고 반쯤."

"반이 안 많은 거야? 쳇, 좋아."

지크는 결심한 듯 뚜껑을 따서 술을 조금 들이켰다. 조금 마셨는데도 목구멍을 타고 내려간 술이 불꽃처럼 속에서 뜨겁게 달아올랐다. 적어도 40도가 넘는 독한 술이라는 것을 알 수 있었다.

"쿠! 이 자식, 날 죽이려고 하는군."

바이론은 그저 웃을 뿐이었다. 그는 술병을 내려놓고 천천히 말했다.

"네 진정한 힘을 얘기하기 전에, 바람이 일어나는 자연의 원리부터 짚는 게 좋겠군. 바람은 빛과 어둠의 조화로 만들어지는 부산물이다. 과학자라고 으스대는 녀석들은 그걸 대기의 순환이라고도 하지. 크크크크, 여기까지는 쓸데없는 얘기였다. 하여튼 기가 상승함에 따라 몸에서 스파크가 일어나서 사용하는 네 힘은 다른 가즈 나이트들이 사용하는 이른바 '발동 능력'과는 다르다."

지크는 전혀 모르겠다는 얼굴로 바이론을 바라보았다. 그는 아랑곳하지 않고 말을 이었다.

"네 몸에 스파크가 이는 것은 네가 가지고 있는 순수한 능력일 뿐이다. 마치 전기뱀장어처럼 말이다. 바람과 번개는 그 속성부터 달라. 그러나 넌 뇌력을 자신의 힘처럼 문제없이 사용하고 있지. 결과적으로 너는 가즈 나이트로서 받은 능력이 아닌 네 자신의 능력으로 지금까지 싸워 왔다는 말이다."

"뭐?"

바이론의 그 말에 지크는 멍한 표정을 지었다. 바이론은 킥킥 웃으며 말했다.

"크크크크, 그래. 넌 지금 가즈 나이트로서의 능력을 반도 발휘한 적이 없다. 덕을 본 때는 부상을 당해 상처를 치유할 때 정도? 솔직히 난 왜 너 같은 녀석이 가즈 나이트에 끼어 있는지 이해가 안 된다. 그러나 너와 한판 시원하게 겨루었을 때 난 느꼈다. 넌 다른 가즈 나이트들에게 없는 것을 가지고 있다는 걸."

지크는 침을 꿀꺽 삼키며 바이론에게 물었다.

"다그게 뭔데?"

그러나 바이론은 더 이상 말하지 않았다. 갑자기 시원한 바닷바람이 불어와 바이론의 은빛 머리카락을 헝클어 놓았다. 그는 흩어진 머리카락을 손으로 쓸어 넘기며 말했다.

"시원하지 않나? 크크큭, 바람이라는 것 말이다. 어떤 때는 폭풍처럼 무섭기도 하지만, 미치광이와 함께 있는 어린아이의 머리를 식혀 줄 때도 있지. 불은 물 위에서 탈 수 없지만, 바람은 물과 불 혹은 땅 어디든 가리지 않고 존재할 수 있다. 다시 말해 바람은 가리지 않는다. 주신께서 너를 가즈 나이트로 만든 이유가 바로 그것일지도 모른다. 이제 더 이상 할 말이 없으니 꺼져라. 귀찮게 하지 말고."

바이론은 다시금 술을 들이켰다. 말없이 바닷바람을 맞으며 바이론을 보던 지크는 씩 웃으며 뒤돌아섰다. 그렇게 멀어져 가는 지크의 뒷모습을 보던 바이론은 킥킥 웃으며 중얼거렸다.

"하긴 말이 필요 없지, 사나이는 가슴으로 통하는 법. 크하하핫!"

바이론은 어느 때보다 기분이 좋은 듯, 소리 높여 웃으며 술을 들이켰다.

다음 날 아침. 리오는 련희, 시에와 함께 시장으로 향했다. 트립톤 시장은 예전만큼 북적거리지는 않았지만 그래도 사람들이 간간이 눈에 띄었다.

행인들은 리오의 오른쪽 어깨에 바짝 붙은 시에를 신기한 눈으로 흘끔거렸다. 복장도 신기했지만 살랑살랑 움직이는 시에의 사자 꼬리가 더욱 신기했던 것이었다. 그러나 리오와 련희는 사람들의 시선에 신경 쓰지 않았다.

"아, 린스 공주님도 참…… 다른 사람들도 많은데 저랑 련희 양에게 이런 일을 시키다니, 너무하네요. 물론 누구 한 사람이 해야 하는 일이지만 말입니다."

"네."

련희의 목소리에 힘이 없었다. 하지만 지금으로서는 리오가 그녀에게 기운을 북돋워 줄 수도 없는 상황이었다. 그때 시에가 리오의 긴 머리카락을 살짝 잡아당기며 소리쳤다.

"리오! 사과다, 사과! 시에, 사과 좋아해!"

"음, 그래 그래."

리오는 시에의 발음이 처음보다 많이 향상되었다는 걸 느꼈다.

천진난만하게 사과를 보고 입맛을 다시는 이 아이가 혈투를 벌였던 다른 두 명의 베히모스와 같은 존재라는 게 믿기지 않았다. 하지만 인정하기 싫어도 어쩔 수 없는 사실이었다.

'이 아이 역시 그렇게 되면 어쩌지?'

리오는 그런 고민을 하면서도 웃음을 잃지 않고 시에에게 사과를 주었다. 시에는 사과를 덥석 깨물으려다가 무언가 생각난 듯 옷자락에 사과를 비볐다. 그런 시에를 리오가 흘끔 보며 물었다.

"음? 뭐 하니, 시에?"

시에는 씩 웃으며 대답했다.

"응, 빠이가 사과 먹는 거 봤다. 빠이는 언제나 옷에 닦아서 먹는다. 이렇게 먹으면 더 맛있나 봐."

"그래? 후훗, 그럴지도."

리오는 미소를 지으며 시에의 등을 톡톡 쳤다. 그 둘의 모습을 지켜보던 련희가 리오에게 말했다.

"리오 님은 가즈 나이트라는 것에 만족하십니까?"

리오는 잠시 그녀를 보다가 엷은 미소를 지으며 걸음을 옮겼다.

"그리 추천하고 싶은 직업은 아니지만 이런 때는 가즈 나이트여서 참 잘됐다는 생각이 들죠. 언제나 피를 봐야 하는 직업이긴 하지만, 련희 양이나 시에처럼 좋은 사람들을 만날 수 있어서 즐겁죠. 때로는 사람들 때문에 슬퍼지기도 하지만 즐거운 일이 더 많으니 괜찮습니다. 언제나 변함없이 믿어 주는 녀석들도 있고요. 엇!
시에, 흘리지 말고 먹어, 오늘 오랜만에 머리를 감았으니까."

"알았다, 리오!"

련희는 묵묵히 리오를 따라 걸음을 옮겼다.

시장에서 돌아온 련희는 바닷가에서 낚싯대를 드리운 채 앉아
있는 지크와 챠오, 티베, 마티를 보았다. 지크는 물고기를 계속 낚
아 올리는 마티를 신기한 눈빛으로 보고 있었고, 티베는 고개를 저
으면서 비아냥대고 있었다.

"뭐야 뭐. 똑바로 못 해, 어쩌구 씨? 어떻게 쓰레기 하나도 못 건
져 올려?"

"쳇, 집중이 안 되잖아, 집중이! 가만히 지켜보고 있으라고!"

그러자 마티 뒤에 서서 가만히 구경하던 챠오가 조용히 입을 열
었다.

"자신이 제일 시끄럽다는 걸 모르는군."

"시끄러워!"

한참 열을 올리고 있는 그들을 보던 련희는 집 밖으로 목재를 갖
고 나오는 슈렌, 라이아와 마주쳤다. 슈렌은 잘 다듬어진 넓은 나
무판을 세우고 나무토막 네 개를 조립해서 탁자를 완성했다. 그가
만든 탁자에 천을 덮자 라이아는 박수를 치며 좋아했다.

"우아, 됐다 됐다! 슈렌 오빠, 정말 못 하시는 게 없네요!"

슈렌은 입가에 미소를 지으며 라이아의 머리를 토닥거렸다. 모
두 심각한 지금 상황을 잊은 듯했다. 정말 잊은 건지, 아니면 잊으
려고 하는 건지 알 수 없었다. 그들을 보던 련희는 짧은 한숨을 내
쉬며 안으로 들어갔다.

부엌에서 세이아가 점심을 준비하고 있었고, 그 옆에 시에와 리

오가 서 있었다. 련희는 마음속에서 뭔가 울컥하는 것을 느꼈지만 덤덤한 얼굴로 세이아에게 다가갔다.

"아, 역시 음식 솜씨가 상당하시군요, 세이아 님."

그러자 세이아는 얼굴을 살짝 붉히며 미소를 지었다.

"호호, 별말씀을요, 련희 님. 이거 한번 드셔 보시겠어요?"

련희는 세이아가 끓인 수프를 맛보고 고개를 가볍게 끄덕이며 말했다.

"맛있지만 리오 님은 이보다 더 짜게 드신답니다. 아직 그분의 입맛을 모르시는군요."

"……!"

그녀의 입에서 튀어나온 말에 리오의 얼굴이 굳어졌다. 불의의 일격을 당한 세이아는 억지로 웃으며 련희에게 말했다.

"려, 련희 님은 어떻게 리오 님의 입맛을 잘 아시죠? 궁금한데요?"

"저는 그분의 모든 것을 알고 있습니다. 입맛은 기본이죠."

덤덤히 대답한 련희는 수프에 소금을 집어넣었다. 그러자 세이아 역시 지지 않겠다는 듯 련희가 넣은 소금을 희석할 만큼 물을 더 넣었다.

"무섭다, 리오."

"으, 응. 잠시 나가 있자, 시에."

리오는 시에와 함께 슬그머니 집을 나섰다. 하지만 두 여성의 고요한 대결은 쉽게 끝나지 않았다. 결국 수프의 양은 두 배 더 늘어나고 말았다.

"쇠여물이라도 끓이는 건가요?"

낚시를 마치고 돌아와 부엌에 들어선 지크는 엄청난 양의 수프를 보고 한마디 내뱉었다.

그 후로 3일간, 일행에겐 아무 일도 생기지 않았다. 그동안 모두 평화로운 나날을 보냈기에 지크는 천국에라도 온 것 같다는 말까지 했다.

하지만 너무 고요해서 일행은 오히려 불안했다. 언제 어디서 무슨 일이 일어날지 모를 상황이었다. 저녁 식사를 하는 동안, 리오는 슈렌에게 넌지시 물었다.

"왜 그들이 공격해 오지 않는 걸까? 점점 불안해지는데?"

말없이 수프를 떠먹던 슈렌은 숟가락을 놓으며 말했다.

"그쪽 역시 전력 보충이 필요하겠지. 아니면, 우리를 공격할 이유가 없어졌거나…… 둘 중 하나일 거야."

리오 옆에 앉아 식사를 하던 지크가 세이아의 특제 스테이크를 통째로 접시에 올려놓으며 말했다.

"그래 그래. 남아 있는 12신장들도 몇 안 되니 우리를 공격해 오진 않을 것이고, 베히모스들도 크게 다쳤으니 당분간 쓰지 못할 거야. 헤헷, 아마 우리가 무서워서 공격하지 않는 것이겠지. 편하게 살자고, 편하게."

지크는 다시 포크를 잡고 신나게 스테이크를 썰어 먹었다. 리오는 가볍게 한숨을 내쉬며 고개를 끄덕였다.

"음, 그랬으면 좋겠다. 하지만 아직 끝난 게 아니니 계속 경계를 늦추지 말자고. 습격이라도 당한다면 다른 일행들이 위험하니까."

슈렌과 지크는 고개를 끄덕였다. 거실에서 린스가 나와 그들에게 다가왔다.

"이봐, 리오. 상황 다 끝난 거야? 요즘 조용한데."

"예? 예…… 마침 그 얘기를 하고 있던 중입니다. 아직까지는 별다른 기미가 보이지 않으니 우리가 경계만 늦추지 않으면 공주님께서는 안심하셔도 괜찮습니다. 그런데 뭐 말씀하실 것이라도 있으십니까?"

리오는 린스가 우물쭈물하며 자신을 보고 있자 그렇게 물었다. 린스는 머리를 긁적이며 말했다.

"응, 별것 아니고, 식사 끝나고 잠깐 밖에서 얘기 좀 해,"

그 말을 남기고 린스는 다시 거실로 나갔다.

"예, 그럼 조금만 기다려 주십시오."

그녀가 나가자 지크가 놀려댔다.

"헤헤, 보이느뇨? 뭇 여성들의 질투 어린 눈빛이?"

리오는 움찔하며 주위를 둘러보았다. 부엌에서 설거지를 하던 세이아는 리오와 눈이 마주치자마자 움찔했다. 리오는 미안한 듯 머리를 긁적일 뿐이었다.

"한 명으로는 끝나지 않을 텐데?"

때마침 식사를 다 한 지크는 짓궂게 리오에게 말했다.

그는 움찔하며 거실 쪽을 쳐다보았다. 련희가 의자에 앉아 창밖을 바라보고 있었다.

"휴, 큰일이군."

리오는 실소를 터뜨릴 뿐이었다.

식사 후, 리오는 곧바로 밖으로 나갔다. 통나무 벽에 기대어 앉아 있던 린스는 리오를 보자 일어섰다. 그녀는 그에게 따라오라는 손짓을 하고 앞서 걸어갔다. 리오가 가까이 가자 그녀는 곧 몸을 돌려 목에 걸고 있던 은십자가를 내밀며 말했다.

"이 십자가, 원래 주인이 누구야?"

순간 리오는 움찔했다. 지금 와서 '리카'의 기억을 되살릴 필요는 없다는 생각이 들었다. 그는 아무렇지도 않은 듯 거짓말을 했다.

"제가 예전에 알고 있던 어떤 친구가 준 것이죠. 그건 지난번에
도 말씀드렸을 텐데요?"

그러자 린스는 인상을 찡그렸다.

"솔직히 말해! 모두 이상해. 그 휀이라는 녀석은 4년 전 어쩌고
했단 말이야! 게다가 슈렌도 이곳에 오기 직전에 그랬어! 이 십자
가의 원래 주인은 신앙심이 아주 깊은 사람이라고 말이야! 휀 녀
석과 슈렌이 알고 있다는 건 내가 모르는 사연이 있다는 소리야!
내게 똑바로 말해 줘!"

린스의 반응에 리오는 팔짱을 끼고 밤하늘을 올려다보았다.

'휀 녀석, 쓸데없는 짓을 했군. 어쩌지?'

리오는 짧은 순간 많은 고민을 했다. 사실 자신이 이번 일이 끼
여든 것도 리카를 찾기 위해서였고, 그도 처음에는 '리카'의 기억
을 되찾아 주려고 고심했다. 하지만 지금 리카의 기억을 되찾는다
해도 너무 늦었다는 생각을 하게 되었다. 그런데 지금 그녀가 이렇
게 나오니 리오도 엄청난 갈등에 빠지고 말았다. 결국 린스를 다시
바라보았다.

"예, 말씀해 드리죠."

리오는 벽에 기대어 앉아 긴 얘기를 시작했다. 물론 '리카'라는
인물에 대해서는 언급하지 않았다. 그 십자가의 주인에 대해서만
얘기했다. 키세레라는 한 여자가 있었고, 그녀가 어떤 사람이었으
며, 이 십자가가 어떻게 전해졌는지에 대해 한 시간가량 설명했다.

"……그렇게 되고 나서 불미스러운 일이 벌어지고 말았죠. 제가
아는 한 아이가 다른 차원으로 이동되어 버렸습니다. 아직까지 생
사를 확인 못 하고 있죠. 특이할 만한 것은 그 아이와 린스 공주님
의 외모가 너무 비슷하다는 것입니다. 너무 똑같아서 저도 착각했

을 정도였으니까요. 흰도 그런 것 같군요. 그렇지만 공주님이 그 아이일 가능성은 희박하겠죠. 출생부터 현재까지의 모든 것을 기억하고 계시니 말입니다."

린스는 가만히 리오를 쳐다볼 뿐이었다. 리오는 조바심이 났다.

"미안해. 그런 사연이 있었는데 난 어린애처럼 행동하고…… 정말 미안해, 리오."

갑자기 린스가 리오의 목을 끌어안았다. 리오의 마음속에서 아쉬움과 안도감이 교차했다.

리오는 괜찮다는 듯 린스의 등을 토닥거리며 말했다.

"아닙니다. 진작 이렇게 말씀드렸어야 했는데 말이죠. 그건 그렇고 그렇게 엿보는 게 취미인가 보지?"

린스는 리오의 말에 화들짝 놀라며 떨어지려 했으나 오히려 리오는 그녀를 끌어당겨 등 뒤에 서게 했다. 그러자 길게 드리운 검은 그림자 속에서 누군가 불쑥 튀어나오는 것이 아닌가. 공포스러웠던 린스의 얼굴이 찌푸려졌다.

갑자기 강한 요기를 감지하고 밖으로 나온 슈렌의 얼굴에도 지겨워하는 기색이 역력했다. 무명도를 들고 나온 지크는 그들의 표정을 보고 의아해하며 물었다.

"웅? 표정들이 다 왜 그래?"

슈렌은 한숨을 내쉬며 대답했다.

"지겨워서 그래, 인간적으로."

여유 있게 그들을 보고 있던 조커 나이트는 킥킥 웃으며 말했다.

"후훗, 날 보고 너무 그렇게 지겨워할 필요는 없다. 이번에 너희에게 한 가지 희소식을 전해 주려고 왔으니까. 들으면 너무 기뻐서 펄쩍펄쩍 뛸걸? 후후후."

"……뒤를 부탁한다, 리오."

슈렌은 이제 조커 나이트의 웃음소리도 지겨운 듯 귀를 틀어막으며 안으로 들어가 버렸다. 입술을 삐죽거리며 린스도 뒤따라 들어갔다.

영문을 모른 채 남아 있던 리오와 지크는 서로를 쳐다보며 어깨를 으쓱했다.

"흠, 좋아. 하여튼 얘기나 들어 보고 펄쩍펄쩍 뛰든가 하지."

조커 나이트는 잠시 후, 무겁게 입을 열었다.

"린라우 님은 오늘 자정을 기해 이 일에서 손을 떼신다. 한마디로 말해 종전이지."

리오와 지크는 놀라움이 가득한 얼굴로 조커 나이트를 쳐다보았다. 그는 재미있다는 듯 웃으며 말했다.

"후훗, 너무 즐거운 표정이군그래. 하지만 확실히 말해 두마. 이건 린라우 님이 결정하신 일이 아니라는 것을 말이야. 린라우 님이 악마왕들께 약속하신 작업 시일이 오늘 자정이기 때문이다. 너희는 운이 좋았던 것뿐이다."

리오는 조커 나이트를 이해할 수 없었지만 어렴풋이 뭔가 느꼈다. 린라우 정도의 악마대공이 꼼짝도 못할 존재는 악마왕밖에 없기 때문이었다.

리오는 팔짱을 끼고 담담하게 물었다.

"그래? 그렇다면 너희가 납치하고 있는 이오스님은 어떻게 되나? 설마 악마계로 데리고 갈 생각은 아니겠지?"

"그런 신 따위, 이제 우리에게 필요 없다. 밥벌레에 불과하지. 수하의 악마들을 통해 자정이 지나면 돌려보내겠다. 허울뿐인 세 여신들도 보내 주마. 이젠 필요 없거든. 나는 전했으니 이만 돌아간

다. 아, 휀이라는 녀석은 상당히 운이 좋더군. 벨제브브 님에게 구원을 받았으니 그 이상 운 좋은 녀석은 없겠지. 그 녀석을 만나면 전해라. 녀석의 목은 언젠간 내가 꼭 가질 것이라고!"

그 말을 남기고 조커 나이트는 곧 사라져 갔다. 리오는 한숨을 내쉬며 고개를 저었다. 무명도를 든 채 멍한 눈빛으로 우두커니 서 있던 지크가 갑자기 소리를 질렀다.

"이봐, 다 끝났어! 우리가 이겼단 말이야, 이겼다고! 와하하핫! 오늘 기분 최고닷!"

집 안에 있던 사람들까지 지크의 외침을 듣고 밖으로 우르르 몰려나왔다. 모두 기뻐 날뛰는 지크를 외면하고 리오만 쳐다보았다. 리오도 얼떨떨한 표정으로 일행에게 말했다.

"지크 말대로…… 끝났다는군요, 후훗."

그 순간 모두 일제히 환호성을 질렀다. 수개월에 걸친 고생이 끝났다는 것과 다시 돌아올 평화의 기대감에 가슴이 벅찼던 것이다. 지붕 위에 앉아 조용히 술을 들이켜던 바이론은 허무한 웃음을 흘리며 중얼거렸다.

"크크크, 끝인가? 왠지 속이 쓰리군. 크크크, 크하하하핫!"

바이론은 의미심장한 말을 하며 광소를 터뜨렸다. 그러나 아무도 그의 웃음소리를 듣지 못했다.

"선과 악의 균형을 무너뜨리겠다는 네 계획, 좋은 계획이었다."

악마왕 중 한 명인 벨제브브는 무릎을 꿇고 있는 린라우에게 말했다. 린라우는 머리를 조아리며 어쩔 줄 몰라 했다.

"기대에 부응하지 못해 사과드리옵니다. 악마대공의 자리에서 물러나겠습니다. 저는 자격이 없다고 생각됩니다."

그러자 벨제브브는 희미한 웃음을 지으며 말했다.

"후후훗, 괜찮다. 네 계획을 멈추라고 한 건 네 재능이 모자라서 그런 것이 아니다. 다만 악마왕들과의 협약으로 시간이 제한된 것이다. 그러니 다음에 더 멋진 계획을 세워 돌아오길 바란다. 후후후."

린라우는 더욱 이마를 조아리며 황공하다는 듯 말했다.

"성은이 망극하옵니다. 그런데 왕이시여, 감히 한 가지 여쭙고 싶은 것이 있습니다만……."

턱을 괴고 있던 벨제브브가 의아해하며 린라우를 내려다보았다.

"나에게? 후후, 뭐냐? 말해 보거라."

"왜 저와 휀 라디언트의 대결을 중단시키셨습니까? 제가 이길 승산이 높았는데 말입니다."

벨제브브는 가만히 린라우를 보고 크게 웃으며 말했다.

"하하핫! 그래, 확률은 높았을지 모르지만 100퍼센트는 아니었다. 느낌에 의존해서 일을 처리하다니 네게 내린 처분을 재고해야겠구나, 후후훗. 그건 그렇고 사실 다른 이유가 있었다."

린라우는 움찔하고 벨제브브를 올려다보았다. 그는 흉터가 있는 앞가슴을 손바닥으로 쓰다듬으며 말을 이었다.

"휀 녀석은 너에게 주기 아까운 녀석이다……. 그 녀석은 내가 없앨 것이다. 다시 선신계에 전쟁을 일으켜서라도 그 녀석만큼은 내가 나락으로 떨어뜨리고 말 것이다! 아무튼 너는 당분간 악마계의 세력을 확장하는 일에 절대 개입하지 말라. 개입하면 네 생명은 내가 보장을 못 한다. 다른 악마왕들이 널 가지고 놀 테니까 말야. 그럼 근신하도록."

린라우는 분한 듯 딱딱한 표정으로 가만히 있었다. 벨제브브가 고개를 저으며 나갔으나 여전히 린라우는 움직일 생각조차 하지 않았다.

그로부터 몇 시간이 지났다.

린라우는 무슨 결심을 한 듯 비로소 그곳에서 나왔다. 밖에는 그의 부하들인 12신장 무스카와 발러를 비롯해 루카, 맨티스 퀸, 마귀족 네그와 크라주 그리고 조커 나이트까지 대기하고 있었다.

린라우는 무거운 얼굴로 부하들을 보며 말했다.

"지금까지 나를 워닐이라 부르며 잘 따라 줬다. 아니 잘 속아 줬다고 해야 하나? 후후후…… 어쨌든 이제 너희는 자유다. 가고 싶은 곳으로 떠나라. 이 악마계만 빼고 말이다."

12신장들은 아무 말이 없었다. 발러가 대표 격으로 린라우에게 말했다.

"후, 우리가 모시던 여신들의 힘을 잔악하게 흡수하고도 우리를 이렇게 살려 둔 것에 오히려 감사해야겠지. 당신 때문에 사라진 우리의 동료들과 여신들에게 목숨으로 참회할 날이 반드시 올 것이다! 막강한 힘을 가진 누군가 분명 해낼 것이다!"

그 말을 남기고 12신장과 맨티스 퀸은 빛과 함께 사라졌다. 린라우는 웃으며 심복인 네그와 크라주를 보았다. 그들은 면목없다는 듯 고개를 숙였고, 조커 나이트는 가면으로 표정을 가리고 있었다.

"조커 나이트, 그들에게 확실히 전했나?"

"예, 명대로……."

"그래, 잘했다. 너희는 내가 근신하는 동안 이 일의 뒷처리를 한 후 휴식을 하도록. 각자 명예를 더럽히지 말고. 특히 크라주와 네그는 더욱."

네그와 크라주는 허리를 굽혔다. 예를 올린 조커 나이트는 이내 말없이 사라졌다.

"이젠 내가 사라질 차례군. 후후후, 바보 같아."

린라우는 허무한 듯 중얼거리며 돌아섰다.

그때였다.

"허허헛, 아니오. 당신들은 아직 가치가 있소, 허허헛."

순간 린라우와 네그, 크라주는 흠칫 놀랐다. 음성이 들린 쪽을 본 네그는 믿을 수 없다는 얼굴로 신음하듯 내뱉었다.

"와, 와카루? 어떻게 인간이 감히 악마계에 들어왔지?"

와카루였다. 하지만 네그와 크라주는 함부로 덤비지 못했다. 체구가 작은 그 늙은 과학자의 양쪽에 앙그나와 시에가 버티고 있었기 때문이다.

린라우는 재미있다는 듯 웃으며 농담조로 와카루에게 물었다.

"후우, 감히 인간 따위가 어떻게 악마계에 자유로이 들어왔는지 모르겠군. 건방지게도 가치가 있다느니 없다느니 하는 말을 나불거리다니!"

와카루는 까칠한 턱수염을 매만지며 대답했다.

"허허헛, 건방지게 들렸다면 사과하리다. 내가 말하고자 하는 것은 '재활용품'으로서의 가치요, 허허헛."

린라우를 비롯한 그 악마들은 잠시 할 말을 잊었다. 하룻강아지 범 무서운 줄 모르고 날뛰는 꼴이 아닌가. 린라우는 어이없는 듯 실소를 터뜨리고 굳은 표정으로 와카루에게 소리쳤다.

"흥! 미쳤군, 인간. 감히 이 몸을 재활용품이라고 놀리다니! 너 같은 인간들은 우리에게 파리 같은 존재라는 것을 알게 해 주마!"

린라우는 와카루를 향해 강하게 요기를 폭사했다. 그 정도의 요기라면 엄청난 항마력을 가진 존재가 아닌 이상 견디지 못하고 먼지로 변해 버렸을 것이다. 그런데 이게 웬일인가. 와카루와 두 베히모스들은 잠깐 꿈틀할 뿐이었다.

"아, 아니?"

와카루는 여유 있게 어깨를 으쓱거리며 말했다.

"오, 흥분을 가라앉히시오. 스트레스는 몸에 굉장히 안 좋은 것이라서 명까지 줄어들 수 있지. 자자, 시끄러워질 것 같으니 빨리 처리하자꾸나, 얘들아. 우선 양쪽에 서 있는 분들을 모시렴."

와카루의 말이 떨어지기가 무섭게, 베히모스들은 네그와 크라주에게 각각 달려들었다. 그들은 미처 피할 틈도 없이 순식간에 쓰러져 베히모스들이 만든 생체 캡슐에 갇히고 말았다. 베히모스들은 곧 제자리로 돌아갔다. 와카루는 고개를 끄덕이며 말했다.

"음, 이 캡슐은 소위 '마법'이라는 정신 파동과 재생 능력 등을 완전히 봉쇄하는 특수 물질이라오. 찾아내느라 좀 고생하긴 했지만 효과가 있구려, 헛헛헛. 자, 당신은 내 두 아이들이 처리하기에는 좀 어려우니 내가 모시고 가리다. 좀 아프긴 하겠지만……."

부우웅.

린라우는 믿을 수 없었다. 노인이 자신보다 더 빠른 속도로 자신에게 다가왔기 때문이다. 린라우는 급히 몸을 피하려 했으나 소용없었다. 린라우의 가슴에 와카루의 손이 조용히 닿자 픽 소리와 함께 등에서 심장 세 개가 튀어나왔다.

"컥!"

그뿐만이 아니었다. 그가 가진 모든 마력과 기력이 와카루의 손에 모조리 빨려 들어갔다. 린라우는 얼마 못 가서 저항조차 할 수 없는 상태가 되어 버렸다. 그러자 기다렸다는 듯 와카루는 주머니에서 캡슐을 꺼내 린라우의 온몸을 어떤 물질로 덮었다. 와카루는 비로소 끝났다는 듯 흡족한 표정으로 말했다.

"자, 이제 나가 보자꾸나, 얘들아. 아직 잡아야 할 재활용품들이 많으니 말이다. 헛헛헛."

와카루와 베히모스들은 포획물들과 함께 데몬 게이트를 열고 사라졌다. 남은 건 바닥에 뒹구는 린라우의 심장뿐이었다.

잠시 뒤 한쪽 벽에서 어떤 그림자가 슬그머니 나타났다.

"후후후, 과학의 힘을 빌린 인간이라…… 린라우 정도의 악마를 가볍게 처리하다니, 상당히 흥미 있군. 하긴 신들이 인간을 만들 때 가장 망설였던 게 바로 과학의 힘을 인간에게 주느냐 하는 것이었지만 말이야. 하여튼 이제 구경할 맛이 나겠군. 아까운 부하를 하나 잃긴 했지만……."

그는 각진 턱을 매만지며 굵은 목소리로 중얼거렸다.

붉은 피부의 벨제브브는 미소를 지으며 다시 벽 속으로 사라졌다. 잠시 후 린라우의 심장은 먼지로 변하더니 흔적도 없이 사라져 버렸다. 찌꺼기도 남기지 않은 채.

다음 날 아침, 뜬눈으로 밤을 지샌 리오는 눈을 비비며 밖으로 나섰다. 어젯밤은 파티다 뭐다 하며 모두 술로 밤을 지새웠기 때문에, 술을 마시지 않은 바이칼과 리오를 제외하고 다들 곯아떨어졌다.

리오는 주위를 둘러보았다. 아무것도 변한 게 없었다. 이 대륙이 다시 차원이동을 한 것도 아니었다. 지구라는 별 위에 아직도 존재하고 있다. 게다가 보내 준다던 이오스와 세 여신들도 오지 않았다. 리오는 한숨을 내쉬며 중얼거렸다.

"좋아하기에는 아직 이른가. 왜 변한 게 아무것도 없는 거지?"

그때였다. 현관문이 삐걱 열리는 소리가 들렸다. 그쪽으로 리오가 고개를 돌리자 세이아와 라이아가 밖으로 나오고 있었다. 그는 빙긋 웃으며 손을 흔들어 인사했다.

"잘 잤어요, 세이아 양? 라이아는?"

라이아는 리오 옆으로 가까이 다가와 고개를 끄덕였고, 세이아는 미소를 지었다.

"예…… 술 냄새 때문에 좀 곤란하긴 했어도 괜찮았어요. 다 끝났다고 생각하니 어제만큼 푹 잠든 적도 없어요."

"……그렇군요."

리오는 쓸쓸히 웃으며 저 멀리 펼쳐진 바다를 바라보았다. 확실하게 모든 일이 종결되었다는 확신이 들지 않았다.

"네, 아직 끝나지 않은 거군요."

세이아가 눈치챈 듯 힘없이 말하자 리오는 움찔하며 자신의 생각을 읽은 그녀를 바라보았다. 세이아는 힘없이 고개를 저었다. 옆에 있던 라이아도 리오가 입을 열지도 않았는데 세이아가 말한 것에 놀랐다.

"어, 언니? 언니도 설……."

리오는 라이아의 어깨를 툭 치며 제지했다. 라이아는 움찔하고 입을 다물어 버렸다.

"응? 라이아, 무슨 말을 하려고 했잖아?"

"아, 아니야, 언니……."

리오는 역시 끝난 게 아니라고 생각했다. 정말로 끝이 났다면 세이아가 자신의 생각을 읽을 리 없기 때문이었다. 그렇다면……!

"그 조커 나이트 녀석!"

세이아와 라이아는 리오가 갑자기 인상을 찌푸리며 불같이 화내자 놀라며 리오를 쳐다보았다. 리오는 재빨리 두 사람을 껴안곤 몸을 날리며 외쳤다.

"그런 유치한 거짓말을 하다니, 반드시 없애 버리겠다!"

순간 괴(怪) 광선이 바다를 가르며 급속도로 날아와 리오 일행을 강타했으나 그들은 벌써 몸을 피한 상태였다. 그 여파로 트립톤 항구가 크게 뒤흔들렸다.

둘을 안고 엎드린 리오는 몸을 일으켜 광선이 날아온 쪽을 쳐다보았다.

수십 개의 검은 점들이 이쪽을 향해 다가오고 있었다. 그 사이에 끼여 있는 두 개의 큰 점. 리오는 그것이 베히모스라는 것을 알 수 있었다. 리오는 눈을 움찔거리며 분노에 몸을 떨었다. 그러다 허탈한 웃음을 흘리며 중얼거렸다.

"후훗, 그런 거짓말에 좋아했다니…… 정말 가즈 나이트로서 자격이 없군."

리오는 양손에 대형 마법진을 전개했다. 세이아와 라이아는 불안스러운 눈빛으로 그를 바라보았다. 누군가 부들부들 떨고 있는 리오에게 다가와 어깨를 가볍게 툭 쳤다.

"가자."

바이칼은 짧게 한숨을 내쉬고 직접 가지고 나온 리오의 망토와 파라그레이드를 건네주며 변함없이 차가운 어조로 말했다.

리오는 씩 웃으며 건네받은 망토를 걸쳤다.

"좋지, 후훗!"

잠시 후 바다를 거슬러 오르며 한 마리의 거대한 드래곤이 큰바람을 일으키며 날아갔다. 그 드래곤의 등 위에서는 번뜩이는 우윳빛 섬광이 날카롭게 일고 있었다.

세이아와 라이아가 그 모습을 넋을 잃고 바라보고 있는데, 지크가 집에서 비틀거리며 나오더니 아직도 술이 덜 깬 듯한 목소리로 그녀들에게 말했다.

"응…… 무슨 일 있어요?"

리오와 바이칼이 자신들이 있는 쪽으로 빠르게 날아오자 해안으로 가던 나찰들과 수라, 베히모스들은 그 자리에 멈춰 섰다. 리오와 바이칼은 갑자기 불길한 느낌이 들어 재빨리 멈춰 섰다. 두 마리의 베히모스가 인간의 모습을 변해 그들에게 다가오고 있었다.

"……가즈 나이트, 보여 줄 것 있다!"

앙그나라고 하는 베히모스가 리오에게 입을 벌려 무언가를 뱉어냈다.

「원시생명체는…… 역시 불결해.」

바이칼이 얼굴을 찡그리며 투덜댔다. 그가 결벽증이 좀 있다는 걸 아는 리오는 살짝 웃음을 지었다. 그러나 그 미소도 잠시였다.

앙그나가 들고 있던 소형 기계장치에서 빛이 뿜어 나왔다. 그 빛의 장막에서 웬 사람이 모습을 드러냈다. 와카루였다.

"와카루…… 아, 닥터 와카루라고 불러야겠군. 이렇게 병정들을 집합한 이유가 뭐지? 단합대회인가?"

홀로그램으로 모습을 드러낸 와카루는 웃으며 고개를 저었다.

"헛헛헛…… 그런 건 아니오, 젊은이. 그보다 한 가지 묻고 싶은 게 있어서 아이들을 좀 보낸 것이오. 놀랐다면 사과하리다."

리오는 눈썹을 꿈틀거리고 퉁명스럽게 되물었다.

"물을 것? 일단 들어는 보지."

와카루는 고개를 끄덕이며 말했다.

"음, 그게, 신계(神界)로 가는 방법을 좀 알고 싶어서 그러오."

리오의 얼굴이 딱딱하게 굳어졌다. 와카루는 짧은 머리카락을 쓰다듬으며 너스레를 떨었다.

"헛헛헛, 반응이 그럴 줄 알았소. 이유는 별거 아니오, 그냥 이 나이가 되면 오래 살고 싶어지는 욕심이 들어서…… 헛헛헛헛. 뭐, 거절로 알겠소. 아, 만나게 해 줄 사람이…… 아니, 악마 한 명이 있소. 음, 어제도 만났겠지만 그리 지겨워하지는 마시오."

와카루의 말이 끝나자마자 앙그나와 시에의 등 뒤에서 웬 물체가 급속도로 날아왔다. 그것은 수많은 전선이 연결된 낫을 들고, 윤기가 반들거리는 은색 가면을 쓴 존재였다.

"조커 나이트? 어째서 저자가 당신의 부하가 된 거지?"

리오가 묻자 와카루는 손을 내저으며 말했다.

"아아, 부하가 아니라오. 정확히 말해 실험체요, 실험체. 음, 지금까지 모은 데이타에 의하면……."

순간 리오는 아무 거리낌 없이 서류를 넘기고 있는 와카루를 보고 섬뜩함을 느꼈다. 악마대공이라 불리는 린라우보다 더한 마기가 그에게서 느껴지는 것이었다. 와카루는 자신이 원한 자료를 찾았는지 서류를 내려놓으며 리오에게 말했다.

"음, 그 휀과 바이론이라는 젊은이들이 제일 껄끄러운 존재인데…… 아마 개조된 조커 나이트가 당신을 편하게 해 줄 것이오. 뭐, 운이 좋으면 당신도 실험체가 될 수 있겠지만……. 아, 동료 걱정은 하지 마시오. 나찰과 수라들 그리고 내 귀염둥이들이 당신 동료들을 맡을 테니까. 흠, 그럼 살아서 봅시다, 젊은이. 헛헛."

곧 홀로그램이 꺼졌다. 조커 나이트를 제외한 모든 적들은 리오와 바이칼을 지나 트립톤 쪽으로 향하기 시작했다. 리오는 조용히 조커 나이트를 응시했다. 그가 쓴 은색 가면에 뚫린 눈구멍에서 붉은색 빛이 희미하게 빛나고 있었다. 리오는 바이칼의 등을 손으로 툭툭 치며 말했다.

"넌 뒤로 가서 일행을 도와줘."

바이칼은 곧 인간의 모습으로 변하고는 리오를 흘끔 보며 말했다.

"흥, 후회하진 마라."

"훗, 후회라는 말뜻을 모르는 모양이군. 아무 때나 그 말을 쓰는 게 아니야."

리오가 파라그레이드의 전개된 날을 손가락으로 튀기자 바이칼은 입을 다물고 트립톤 쪽으로 몸을 돌렸다. 그러고는 날갯짓을 하기 전에 한마디 내뱉었다.

"……기다리지."

그렇게 바이칼이 떠나고 조커 나이트와 남게 된 리오는 목 근육을 풀며 그를 향해 손가락을 까딱거렸다. 순간 조커 나이트가 들고 있던 낫에서 붉은빛이 감도는가 싶더니 이내 리오의 몸을 갈랐다. 공격을 피한 리오는 망토 끝자락이 잘리지 않고 검게 타 버리자 고개를 갸웃거리며 낫을 쳐다보았다. 낫은 여전히 붉은색 빛을 음침하게 발산하고 있었다.

'이상한 낫이군. 절삭성이 뛰어나면서도 열을 내다니……. 그래, 마치 예전에 지크가 보여 줬던 레이저 커터와 비슷하군. 그렇다면 조심해야겠지. 다이아몬드도 종잇장처럼 잘리는 정도였으니까.'

다시 조커 나이트가 공격을 가했다. 이번엔 리오도 피하지 않고 파라그레이드를 휘둘러 조커 나이트의 '레이저 사이즈'를 막았다.

치이이익.

그러자 파라그레이드의 날이 반쯤 타들어 가는 게 아닌가! 리오는 움찔 뒤로 물러섰다. 파라그레이드가 두 동강 날 수도 있다는 생각이 스쳤기 때문이다. 다시 날을 재생시킨 리오는 여유 있게 서 있는 조커 나이트를 보고 어깨를 으쓱했다.

"휴, 어쩔 수 없지. 역시 공격이 최상의 방어일 수밖에!"

비(非)전투 요원과 별 도움이 안 되는 일행을 제외하고 전투를 해낼 수 있는 인원은 지크, 슈렌 그리고 바이론뿐이었다.

슈렌은 며칠 쉬는 동안 몸이 완전히 회복되었기에 별 문제 없었다. 바이론의 경우 원체 싸움에 강하기에 별탈이 없었지만 지크가 문제였다. 물론 지크도 수라와 나찰 정도는 간단히 상대할 수 있겠지만 가장 문제가 되는 것은 그의 내면, 즉 심리 상태였다.

지크는 붉은 자켓 안주머니에 손을 넣어 계산기 같은 소형 컴퓨터를 만지작거렸다. 베히모스를 제작했다는 과학자 멀린이 예전에 주었던 비상 정지 유니트였다. 사용법은 간단했지만 지크는 상당히 고민스러웠다. 이 장치를 작동할 경우 시에까지 영향을 받을 게 분명하기 때문이었다. 응당 지금 베히모스와 싸워 없애 버려야 하지만 시에는 그렇지 않았다.

'젠장! 겨우 나를 '지쿠'라고 부를 정도로 발음도 좋아지고 정도 들었는데…… 하필 이런 때에!'

지크가 끙끙대며 고민하고 있을 때, 트립톤 쪽으로 날아오는 적들을 보던 바이론이 웃기 시작했다.

"크크크큭, 정신적으로 상당히 불안하군. '그때'처럼 말이야."

순간 당황한 지크는 강하게 손사래를 쳤다.

"아, 아니야! 그렇지 않다고!"

바이론은 여전히 웃음을 지으며 지크에게 말했다.

"오호? 크크크…… 내가 너에게 뭘 물어본 적 있었나? 크크크큭"

지크는 아차 하며 신경질적으로 머리를 긁적였다. 바이론은 다크 팔시온을 천천히 빼어 들며 지크에게 말했다.

"네가 하고 싶은 대로 해, 나처럼. 크크크크…… 크하하하핫!"

지금처럼 바이론의 광소가 지크의 마음에 와 닿은 적이 없었다. 멍하니 바이론의 뒷모습을 보던 지크는 목을 풀며 씁쓸히 웃었다.

"헤헷…… 뭐, 좋아. 저것들을 정리하며 천천히 생각해 보지."

지크는 슈렌, 바이론과 함께 트립톤 항에 착지하는 나찰과 수라들을 향해 걸어가며 중얼거렸다.

리오는 라이아와 싸웠을 때처럼 시각에 의존했다. 그래서인지 공격 횟수에서 그가 일방적으로 밀리고 있었다. 하지만 리오는 공격을 받을 때마다 심각한 상황을 못 느끼고 있었다. 사실 레이저 사이즈가 아니었다면 리오가 공격력에서 훨씬 우월했을 것이다. 게다가 공격을 막아 내고는 있어도 그리 강하다고 생각되지 않았다.

'뭔가 이상해. 정말 인형하고 싸우는 느낌이야.'

리오는 점차 짜증이 났다. 마치 조종당하는 인형과 싸우는 느낌이었다.

그때 조커 나이트가 정면으로 공격해 왔다. 리오는 모험을 해 보자는 심산에 왼팔로 레이저 사이즈의 자루를 막아 냈다. 그런 후 조커 나이트의 복부를 발로 걷어차 밀어내고, 방향을 바꿔 트립톤 항을 향해 재빨리 날았다. 공격을 받아 잠시 머뭇거리던 조커 나이트는 팔을 들어 리오를 공격하려 했으나, 무슨 이유에서인지 갑자기 팔을 내려 버렸다. 그러고는 마치 넋이 나간 사람처럼 갑자기 행동을 멈추고 공중에서 우두커니 정지한 상태가 되었다. 조커 나이트가 아무 공격도 하지 않자, 리오는 허탈하게 웃으며 중얼거렸다.

"휴 뇌를 잘못 개조했나 보군. 공격 범위에서 벗어나면 공격을 아예 안 하잖아? 차라리 잘되긴 했지만…… 그럼 합세해 볼까?"

앞에 진(眞) 자가 붙은 나찰과 수라라고 해도 지크, 슈렌, 바이론 의 앞에서는 그저 장난감일 뿐이었다. 특히 지크는 뭐가 그리 신이 나는지 바람처럼 나찰과 수라들 틈을 휘젓고 다니며 무 자르듯 조 각냈다.

"좋아 좋아! 자, 전력을 다해 싸워 보자고!"

그러자 근처에서 싸우고 있던 슈렌이 지크에게 다가와 등을 맞 대며 짧게 말했다.

"전력을 다하지 마."

지크는 무슨 뚱딴지 같은 말이냐는 듯 슈렌을 돌아보았다. 슈렌 은 아무 공격도 하지 않고 고개를 들어 자신들을 응시하는 베히모 스들을 가리켰다. 지크가 고개를 갸웃거리며 말했다.

"뭐야, 힘을 아껴 두라는 소리야?"

슈렌은 고개를 저으며 대답했다.

"저 베히모스들…… 관찰하고 있어. 우리가 몇 번 숨을 쉬는지까 지 머릿속에 입력하고 있을 거야. 여기서 우리를 완전히 끝내겠다 는 심산이겠지."

그러자 지크는 놀랍다는 듯 눈을 휘둥그렇게 떴다.

"오호, 저 녀석들 상당히 머리가 좋아졌는데? 가뜩이나 상대하 기 어려운 녀석들인데 큰일 났네. 앗!"

그때 수라와 나찰 수십 대가 둘에게 집중 사격을 가했다. 지크와 슈렌은 반대쪽으로 몸을 날려 사격을 피했다. 지크는 머리를 긁적 이며 씁쓸히 중얼거렸다.

"뭐, 나중에 생각하고 우선 저 녀석들부터 정리하자고. 자, 오너 라! 오늘 지크 님의 컨디션은 최상이다!"

지크는 온몸에서 스파크를 한껏 발산하며 나찰, 수라들을 향해 재차 돌진했다. 맨 앞에 있던 나찰은 팔에 장착된 장갑판으로 지크가 오는 쪽을 막았다. 그러자 지크는 오기가 생겼는지, 왼쪽 손가락을 독수리 발톱처럼 구부려 장갑판을 향해 정면으로 돌진했다.

"장난감은!"

지크는 소리를 지르며 나찰의 장갑판을 왼손으로 강타했다. 장갑판에 손가락을 박은 지크는 팔을 움직여 나찰을 공중에 들어 올리다시피 했다.

"부서지라고 존재하는 거닷!"

지크는 왼손에 매달려 있는 나찰을 옆쪽으로 팽개쳤다. 나찰은 동료들과 충돌하고 바닥에 나뒹굴었다. 십여 대에 가까운 나찰과 수라들이 쓰러지자, 지크는 곧바로 공중제비를 돌며 품속에 있는 부적을 꺼내 나찰과 수라들 위에 뿌렸다. 노란 부적들에는 염(炎)자가 적혀 있었다. 반대쪽에 착지한 지크는 힘 있게 왼손을 쥐며 외쳤다.

"헤헷…… 터져 버려!"

수라와 나찰들의 위로 떨어진 부적들은 이내 그 몸에 붙더니 지크의 말에 반응이라도 하듯 한꺼번에 폭발하고 말았다. 결국 나찰과 수라들은 빠져 나오지 못하고 단백질이 타는 듯한 고약한 냄새를 풍기며 고철 덩어리로 변해 사라졌다. 지크는 코를 막고 손으로 연기를 저으며 투덜댔다.

"웩…… 농담이 아닌데? 괜히 터뜨렸…… 음?"

순간 그의 눈앞으로 거대한 폭염 기둥이 치솟았다. 그 속에 있던 수십 대의 나찰과 수라들은 재도 남지 않고 증발되어 버렸다. 서서히 사그라지는 폭염의 기둥 속에서 슈렌이 천천히 걸어 나왔다. 그는 한 손으로 그룬가르드를 빙빙 돌린 후 어깨에 걸치고 신이 나 있는 지크에게 조용히 말했다.

"천천히 해."

그러면서 슈렌은 나찰과 수라들이 있는 곳으로 갔다. 그의 뒷모습을 보던 지크는 맘에 안 든다는 듯 고개를 저으며 그의 뒤를 따라갔다.

"저 녀석도 의외로 멋을 부린단 말이야? 젠장!"

갑자기 슈렌이 몸을 돌려 지크의 어깨를 잡고 몸을 날렸다. 엉겁결에 슈렌을 따라 엎드린 지크가 큰 소리로 물었다.

"무, 무슨 일이야! 왜 그래!"

그러자 슈렌은 지크를 흘끔 보며 대답했다.

"위험해."

슈렌이 말을 끝내기가 무섭게 백여 대의 나찰과 수라들이 응집해 있던 곳에 검은 구체가 떨어졌다. 그 구체는 무시무시한 폭음을 일으키며 빛을 빨아들이는 듯한 거대한 칠흑을 상공으로 뿜었다. 이윽고 지크와 슈렌의 귓가에 친근한 웃음소리가 들려왔다.

"크하하핫! 어둠의 공포를 느껴라, 고통스러워해라, 울부짖어라! 크하하하핫! 죽는 거다!"

2급 중력마법 리버스 그래비티였다. 그와 동시에 중력이 사방으로 역전되었다. 빛 속에 있던 나찰과 수라들은 풍선처럼 부풀더니 그 한계를 견디지 못하고 터져 나갔다. 리버스 그래비티가 전개되고 있는 곳 주위에도 중력이 역전되어 건물과 지면, 그 위의 구름들까지 제멋대로 돌았다. 그 범위에서 조금 떨어져 있던 지크는 세반고리관이 마비되어 구토감이 밀려오자 투덜댔다.

"욱, 토할 것 같아!"

"참아."

슈렌의 위로 아닌 위로도 지크의 귀에는 들리지 않았다.

바이론은 자신이 만들어 낸 중력의 역전 공간을 보며 계속 광소를 터뜨렸다.

나찰과 수라들이 거의 전멸되어 갈 즈음, 두 마리의 베히모스 앙그나와 카에가 천천히 움직였다. 그것을 눈치챈 지크와 슈렌, 바이론은 곧바로 베히모스들의 움직임에 신경을 집중했다. 바이론이 말없이 베히모스에게 다가가자 두리번거리던 슈렌이 지크의 어깨를 툭 치며 말했다.

"우리는 다른 곳으로······. 그 로봇들이 아직 남았을지도 모르니까."

지크는 마치 흥이 깨진 아이 같은 얼굴로 슈렌을 쳐다보았다.

"무슨 소리야? 막 신날 참인데 저 미치광이 혼자만 즐기라고!"

슈렌은 고개를 저으며 말했다.

"이쪽이 더 재미있어."

지크는 코웃음을 치고 슈렌에게 말했다.

"쳇, 그렇다 치고. 저 녀석 혼자 둘을 상대할 수 있다고 생각해?"

"아니."

슈렌이 짧게 대답하자 지크는 머리를 긁적이며 다음 말을 기다렸다. 슈렌은 헛기침을 몇 번 하고는 한마디 했다.

"흠, 저기 오잖아."

지크는 슈렌이 가리킨 쪽으로 고개를 돌렸다. 바이칼이 빠르게 날아오고 있었으나 베히모스와 동료들은 본 척도 하지 않고 나머지 일행이 있는 곳으로 가 버렸다. 지크는 황당해하며 중얼거렸다.

"그냥 가 버렸는데?"

그러나 슈렌은 다시금 고개를 저으며 말했다.

"또 오잖아."

그의 말대로 바이칼이 날아온 쪽에서 리오가 빠른 속도로 오고 있었다.

모두 힘이 남아 있다는 것을 확인한 리오는 씩 웃으며 바이론에 게 말했다.

"휴, 아직까지 다들 무사한 것 같군그래?"

그러자 리오를 비웃기라도 하듯 바이론이 코웃음을 쳤다. 리오 는 상관없다는 듯 어깨를 으쓱하며 슈렌과 지크를 쳐다보았다.

"일을 간단히 처리하고 왔으니 여기는 내가 대신 맡지. 너희는 다른 곳에 피해가 없도록 수고를 해줘. 부탁한다."

그 말을 들은 지크는 씁쓸하게 웃으며 팔짱을 끼고 말했다.

"헤헷, 그렇게 말씀 안 하셔도 그럴려고 했다. 그쪽은 걱정 말고 저 애완동물들이나 교육시키시지. 좋아! 가자고, 슈렌."

슈렌과 지크는 일행이 있는 곳으로 재빨리 이동했다. 리오는 바 이론에게 다가가 물었다.

"어느 정도까지 강해졌다고 생각하나? 저 녀석들."

바이론은 다크 팔시온을 천천히 뽑아 들며 대답했다.

"우리만큼…… 크크크크큭."

리오는 피식 웃으며 고개를 끄덕였다.

"훗, 그럴지도."

리오는 피식 웃으며 손을 앞으로 뻗었다. 그와 동시에 항구 근처 에 있던 우물에서 빛에 휩싸인 검 한 자루가 솟아올랐다. 리오는 오색의 섬광을 뿜으며 날아오르는 엑스칼리버를 쥐었다. 그러자 바이론이 가볍게 숨을 내쉬며 중얼거렸다.

"엑스칼리버…… 글쎄, 네 힘으로 그 검을 '디 엑스칼리버'까지

변환할 수 있을까? 크크크크큭,"

막 자세를 취하고 기를 끌어 올리려던 리오가 움찔하며 바이론을 쳐다보았다.

"……디 엑스칼리버?"

바이론은 리오의 시선을 무시한 채 근육이 터질 듯한 가슴에 다크 팔시온을 대고 그었다. 그는 긴 상처를 내고 손가락에 그 피를 묻혀 입속에 넣으며 말했다.

"일명 마검 엑스칼리버라고 불린다……. 속성이 극에서 극으로 바뀌기 때문에 사용자의 힘이 웬만하지 않으면 바뀌지 않지. 크크크크큭…… 그래, 인간의 또 다른 면과도 비유할 수 있을지도…… 음, 오늘은 피맛이 좋군. 크크크크."

리오는 가만히 엑스칼리버를 쳐다보다가 고개를 갸웃거리고는 재차 기를 끌어 올렸다. 다른 것에 신경 쓸 겨를이 없었다. 눈앞의 베히모스들이 그런 사정에 신경 쓸 리 없기 때문이었다.

인간 모습을 한 베히모스들은 맨손으로 리오와 바이론에게 다가왔다. 리오는 느낄 수 있었다. 자신들과 싸웠던 이들이 점점 다른 차원의 힘을 발휘하며 압박해 오고 있다는 것을.

"자, 오너라!"

리오는 크게 숨을 들이쉬며 베히모스들을 향해 외쳤다.

가장 먼저 일행들이 있는 곳에 당도한 것은 바이칼이었다. 그는 도착하자마자 말없이 팔짱을 끼고 주위를 둘러본 후 다음, 항구 방향을 응시했다. 마치 무언가 불안한 기운이 느껴지는 듯…….

여관 돌계단에 걸터앉아 그를 보던 티베는 옆에 앉은 동생 케톤에게 말했다.

"얘, 저 사람 불안해 보이지 않니? 뭔가 걱정되는 것 같아."

바이칼과 오랫동안 지내 본 적이 없는 케톤은 잘 모르겠다는 듯 힘없이 웃었다. 티베는 고개를 돌려 바이칼을 보며 중얼거렸다.

"그래, 하긴 밤에도 리오 씨랑 꼭 붙어서 자니까."

그러자 티베 곁에 있던 루이체가 붉게 달아오른 얼굴로 티베에게 말했다.

"그, 그럴 리가요. 오빠가 그럴 리가……."

"아니야. 껴안고 있는 사진 봤잖아. 남자들 사이라도 모르는 거라고. 내가 방송국에 있을 때도 그쪽에 대한 기사를 얼마나 많이 다뤘는데."

케톤은 티베를 잠시 보더니 한숨을 내쉬며 생각했다.

'누나는 정말 많이 변했구나. 저런 말까지 서슴없이 하고…….'

루이체가 나지막이 티베에게 말했다.

"하긴 리오 오빠는 저 사람…… 아니, 저분 걱정을 많이 해요. 하긴 수백 년간 거의 붙어 다니다시피 했으니까요."

티베는 루이체의 말을 들으며 고개를 끄덕였다. 사실 자신도 그들을 보며 그런 느낌을 받은 적이 있기 때문이었다.

그때 엄청난 폭음이 일더니 리오, 바이론이 있는 곳에서 거대한 빛이 일어났다.

고개를 돌려 그곳을 바라보던 바이칼은 눈을 부릅뜬 채 재빨리 몸을 움직이려 했다. 그러나 막 이동하려는 바이칼의 어깨를 누군가 붙잡았다. 뭐가 그리 즐거운지 만면에 웃음을 띤 지크였다.

"오호, 그렇게 가면 쓰나. 설마 너도 저 녀석과 바이론을 못 믿는 거야?"

그러자 바이칼은 정색하며 지크의 손을 떨쳐냈다.

"흥, 언제나 믿고 있지 않아. 저런 약한 녀석 따위."

지크는 어깨를 으쓱하고 아무 말도 하지 않았다. 그사이 슈렌은 주위를 살피며 경계를 늦추지 않았다.

라이아의 어깨를 감싼 채 불안한 표정을 짓고 있던 세이아는 동생을 껴안으며 불안감을 떨쳐 내려고 애썼다.

이상하게도 그녀는 다른 어느 때보다 마음이 아팠다. 왠지 모르게 이제 더 이상 누군가를 보지 못할 것 같다는 느낌이 드는 것이었다. 세이아는 라이아에게 조용히 속삭였다.

"라이아, 언니…… 떨고 있는 것 같니?"

"……."

라이아는 세이아의 질문에 아무 대답도 하지 않았다.

"젠장, 진짜 강해졌군!"

리오는 투덜거리며 몸에 두른 두꺼운 회색 망토를 살폈다. 그의 왼쪽 어깨가 시커멓게 그을려 있었다. 그의 망토는 마법 방어력에서는 휀의 배틀 코트 '코로나'를 능가했지만 물리 방어력은 거의 전무하다고 할 수 있었다. 그래서 마법을 쓰지 않은 베히모스를 상대할 때는 귀찮은 헝겊과도 같았기에 리오는 망토를 벗어 던졌다. 그런 후 왼손으로 마법진을 급히 전개했다.

"빚은 갚아야겠지! 먹어랏! 플레어!"

리오의 왼손에서 급속으로 전개된 마법진이 새빨간 광선을 토해 냈다. 베히모스는 역중력 배리어를 플레어의 타격점으로 급히 집중시켰다. 곧 그 타격점에서 대폭발이 일어났고, 플레어의 폭발로 인해 생성된 열과 빛으로 베히모스의 뒤쪽 수백 미터까지 모든 것이 증발해 버렸다.

근처에서 있던 바이론은 씩 웃으며 중얼거렸다.

"크크, 멋지군. 나라도 저 공격을 받았다면 죽었을지도 모르겠어, 크하하하핫!"

폭발광이 사라지자 베히모스들은 리오를 찾았다. 그들이 사용할 수 있는 모든 시각 능력을 발휘하면서. 결국 베히모스의 전방위(全方位) 시각에 리오가 잡히자 그들은 즉시 반격 준비를 했다.

"크우웃!"

베히모스들은 자신들을 향해 급속도로 돌진해 오는 리오를 보았다. 또한 그가 붉은색 잔광을 남기며 손에 든 검을 일직선으로 내리치는 것을!

"이것도 막아 봐라! 마법검 플레어!"

순간 마법검이 걸린 엑스칼리버는 베히모스의 역중력 배리어에 충돌했고, 그 충돌 지점에서 강렬한 스파크가 일어났다. 그러나 그것도 잠시였다. 리오의 1차 플레어 공격에 의해 약해질 대로 약해진 역중력 배리어는 플레어 주문과 맞먹는 힘을 지닌 마법검 공격을 오랫동안 막아 내기에 역부족이었다.

잠시 후 쇠가 갈리는 것처럼 마찰음이 들리더니 베히모스의 역중력 배리어가 계란 껍질처럼 부서져 버렸다. 리오의 검은 베히모스의 등에 정확히 꽂혔다.

"크으아아아앗!"

리오는 대성을 지르며 베히모스의 등에 꽂은 엑스칼리버를 비틀었다. 그러자 베히모스의 등에서 눈이 부실 정도로 강렬한 빛이 사방으로 뿜어져 나왔다.

"쿠오오오옷!"

베히모스는 처절한 비명을 지르며 리오와 함께 폭발광에 휩싸였다. 부근에서 다른 베히모스와 대치하고 있던 바이론은 피식 웃으며 손으로 눈을 가렸다.

"크크큭, 너무 밝군. 크크크크크."

그러나 바이론의 웃음도 거기까지였다. 자신과 대치하고 있던 베히모스가 선제공격을 해 왔다. 베히모스의 입에서 뿜어 나온 아토믹 레이는 곧장 바이론을 향해 날아들었다. 그 광선이 자신에게 닿는 순간 바이론은 눈을 가리고 있던 팔을 강하게 휘둘렀다.

쿠우우우우웅.

폭음을 일으키며 그 부근의 도시가 아토믹 레이에 의해 대파되고 말았다. 그 모습을 본 베히모스는 무서운 눈으로 회색의 남자 바이론을 노려보았다.

감정이라는 것이 있어서 그럴까. 베히모스는 아토믹 레이를 간단히 팔로 쳐서 튕겨 낸 바이론의 행동에 자존심이 상한 듯했다.

"크크크크크, 왜 그러지. 내가 무서운 건가? 크크크크…… 크하하하하! 화가 난다면 덤벼라. 이제까지 당한 것도 화가 나지? 어서 덤벼 봐라, 물어봐라! 나를 즐겁게 해 주란 말이다, 크하하핫!"

"크우오오오!"

베히모스는 길게 포효를 하며 바이론을 향해 몸을 날렸다. 바이론은 광소를 머금은 얼굴로 역시 베히모스를 향해 몸을 날렸다.

베히모스는 빠르게 앞발을 휘둘렀다. 늑대의 형상을 한 펜릴과는 강도가 다른 공격이었다. 한마디로 강한 철근 콘크리트 건물조차 가볍게 두 동강 낼 정도의 위력이었다. 그러나 바이론은 눈에 보이는 그 느린 공격을 맞거나 막을 리 없었다.

"바보 같은 녀석!"

간단히 공격을 피한 바이론은 베히모스의 눈앞에 착지하고 그 눈을 쏘아보았다. 그러고 나서 왼손으로 은발을 쓸어 넘기며 광기 어린 웃음을 다시금 터뜨렸다.

"눈이 맘에 안 들어. 크크크크크!"

순간 바이론은 무서운 속도로 베히모스의 눈을 향해 달려들더니 오른손으로 안구를 강타했다.

베히모스는 고통스러운 괴성을 지르며 몸부림쳤다. 바이론은 자세를 낮추고 베히모스의 안구에 박힌 손을 더욱 깊이 쑤셔 박았다.

안구의 단단한 조직이 손가락에 잡히자, 바이론은 만족한 웃음을 지으며 중얼거렸다.

"크크크…… 좋은 감촉이야. 크크크! 그럼 죽는 게 좋아, 플레어!"

바이론의 손이 박힌 안구에서 펑 하고 폭음이 일더니 붉은색 빛이 베히모스의 몸체를 뚫고 바다를 향해 날아갔다. 머리의 절반이 날아가 버린 베히모스는 전투력을 완전히 상실한 채 공중에서 비틀거렸다. 여전히 손을 뻗고 있던 바이론은 완전히 드러난 베히모스의 인공두뇌를 보았다. 더운 김을 뿜어내며 뇌가 불끈거렸다. 뇌의 부드러운 감촉이 마음에 드는 듯 바이론은 흡족하게 웃으며 중얼거렸다.

"크크크…… 좋아, 너무 예쁘게 생겼군. 크크크. 그러나 냄새가 나, 크하하하핫!"

바이론은 다시금 손에 플레어 마법진을 전개하여 베히모스의 단면 부분에 일격을 가하려고 했다. 그러자 머리의 반이 날아간 베히모스는 필사적으로 역중력 배리어를 전개해 바이론을 밀어냈다. 마법진을 완성하기도 전에 밀려난 바이론은 하얀 빛을 발하는 눈동자를 더욱 빛내며 다크 팔시온을 뽑아 들었다. 그러자 다크 팔시온에서 검은색의 기가 무서운 속도로 밀려 나왔다. 바이론은 다크 팔시온이 지닌 중력 제어 기능으로 역중력 배리어의 영향권 안에서도 거뜬했다. 바이론은 천천히 역중력 배리어를 밀어내고 전진하며 중얼거렸다.

"이제 너희들처럼 냄새나는 녀석들과 싸우기도 질렸다. 크크크…… 그래, 차라리 인간의 모습으로 싸웠다면 이렇게 간단히 끝나지는 않았을걸? 귀찮아, 죽어라."

그 한마디를 마지막으로, 바이론은 다크 팔시온을 든 채 양손을 모았다. 가만히 바이론이 다가오는 것을 보고 있던 베히모스는 신체 조직을 바꿔 바이론을 공격하려 했다. 그러나 뇌가 온전하지 않아서인지 마음대로 되지 않았다. 변형하려는 모든 신체 조직들이 뜻하지 않은 모양으로 돌변하는 것이었다. 다리와 꼬리가 하나씩 더 나오는 등, 결국 머리가 반밖에 없는 베히모스는 괴물의 형상이 되었다. 그사이 기를 최대로 높인 바이론은 모은 양손을 앞으로 뻗으며 조용히 실소를 터뜨렸다.

"크크크크…… 크하하하핫! 다크 포스!"

그가 일갈을 터뜨리자 모아 쥔 양손에서 회청색 빛이 살기를 품고 무서운 속도로 베히모스를 향해 날아갔다. 다크 포스에 명중된 베히모스는 곧 회청색 빛에 휩싸인 채 천천히 움츠러들었다. 역중력 배리어마저 사라졌다. 그러자 바이론은 손을 움직여 다크 포스에 명중되어 압축되고 있는 베히모스를 높이 들어 올렸다.

베히모스는 끝없이 올라가 곧 보이지 않았다. 그제야 바이론은 모았던 양손을 풀며 낮게 중얼거렸다.

"크크크, 종말이다."

바이론의 말과 함께, 베히모스를 휘감고 하늘 끝까지 올라간 다크 포스는 대폭발을 일으켰다. 그 충격파는 지면까지 도달해 공중에 떠 있던 바이론조차 마치 술에 취한 듯 주춤거렸다. 가만히 고개를 숙인 채 바닥을 내려다보던 바이론은 조용히 광소를 터뜨리며 고개를 흔들었다.

"크크크큭…… 그래 그래, 이제 좀 기분이 나아지나. 죄 없는 어린양이여, 크크크크크…… 크하하하하하핫."

두꺼운 손으로 얼굴을 가리고 웃는 바이론의 그 모습은 누가 보아도 즐거운 얼굴이 아니었다. 하지만 그는 웃고 있었다. 그의 등 뒤로, 언제 물에 빠졌는지 리오가 바닷물 위로 얼굴을 내밀고 선착장 위로 올라서려 하고 있었다. 상당히 지친 모습이었지만 단지 물에 젖어서 그렇게 보인 것일 뿐이었다. 리오는 잠시 한숨을 돌리고 있었다.

"휴, 두 마리 다 없앴나? 이젠 좀 괜찮겠군."

그러나 그들도 예상치 못한 일이 일어났다.

"홉!"

슈렌은 순간 숨을 멈추고 주위를 둘러보았다. 갑자기 주위 사람들의 인기척을 느낄 수가 없었다. 지크도, 바이칼도, 그리고 챠오도 마찬가지였다. 약간이라도 기척을 감지할 수 있는 일행들도 그것을 느낀 듯 숨을 죽였다.

"어? 지크 씨, 왜 그러세요?"

라이아를 끌어안고 서 있던 세이아는 시에와 신나게 놀던 지크가 정색을 하며 자신을 보자 놀라며 물었다. 그러나 지크는 세이아를 보고 있는 게 아니었다.

"이런! 라이아에게서 떨어져요, 세이아!"

그때였다.

라이아의 팔이 눈에 보이지 않을 정도의 속력으로 휘둘러졌고

144

차마 막지 못한 지크는 피를 뿜어내며 멀찌감치 날려가고 말았다. 그사이 슈렌이 세이아를 떨어뜨리기 위해 그녀 뒤로 접근했으나 그 역시 보이지 않는 힘에 날려가고 말았다. 대단한 힘이었다. 주위의 모든 사람들에게 영향을 주어 바이칼을 제외한 모두가 멀찌감치 뒤로 밀려났다.

라이아의 눈에서 파란색 빛이 번뜩였다. 그녀가 입을 열자 이상한 음성이 흘러나왔다.

"호훗, 미안하게 됐군요, 바보 같은 언니 오빠들! 이렇게 가장하고 침투해 있으면 분명히 제 언니를 데리고 갈 수 있다고 했는데…… 사실이네요."

말하는 동안, 그녀의 몸은 점점 성장하더니 이윽고 리오와 싸웠을 때의 라이아로 바뀌었다. 바이칼은 너무 놀라서 눈을 크게 뜬채 가만히 서 있었다. 라이아는 곧 복장을 바꾸며 바이칼을 향해 말했다.

"예전에 만났을 때는 제가 당신의 힘을 따라가지 못했는데, 오늘은 괜찮을 것 같군요. 아, 드래곤은 불노불사가 아니죠? 목숨이 두렵지 않나요? 후후후훗, 저는 이만 제 언니를 데리고 가겠어요. 방해하시면 미워할 거예요, 호호호훗!"

자신의 힘을 완전히 사용하지 못하는 세이아는 라이아의 힘에 눌린 듯 가만히 서 있었다. 라이아는 빙긋 웃으며 세이아의 손을 잡았다.

"자, 가요, 언니. 꼭 만나야 할 분이 있어요. 우리 둘 다."

"크윽! 멈춰, 꼬마!"

라이아는 움찔하곤 자신을 부른 사람을 쳐다보았다. 지크였다. 그는 장갑으로 입가에 묻은 피를 닦으며 분노 섞인 목소리로 소리쳤다.

"장난도 정도껏 하란 말이야! 지금까지 우리와 함께 지낸 시간은 뭐냐고!"

라이아는 대수롭지 않다는 듯 어깨를 으쓱하고 간단히 대답했다.

"호홋, 무의미한 시간? 호홋, 그냥 잠자코 계셨다면 좋았을걸…… 그럼 더 주무세요, 지크 오빠!"

라이아는 손으로 강한 기합파를 분출했다. 그 기합파가 지크의 뒤에 있던 건물을 관통하자 마치 거인이 구멍을 낸 듯 거대한 구멍이 뚫렸다.

라이아는 자신의 기합파를 간단히 피한 지크를 의외의 눈빛으로 바라보았다. 지크는 무서운 눈빛으로 라이아를 보며 호주머니 안에 있는 소형 컴퓨터를 꺼냈다. 그는 그것을 들어 보이며 라이아에게 소리쳤다.

"나는…… 내 주위의 단 한 사람도 잃을 수 없어. 죽을 수는 있어도 그럴 수는 없다. 이게 뭔지 알아! 우리가 그렇게 피 터지며 싸워왔던 베히모스들을 버튼 하나로 없앨 수 있는 단말기야! 하지만 난 이걸 사용하지 않았어. 사용하면 시에를 잃으니까!"

지크는 악력으로 그 컴퓨터를 으스러뜨려 버렸다. 그러자 바닥에 엎드려 있던 시에가 말없이 지크를 올려다보았다. 지크는 계속 말을 이었다.

"난 겨우 내 이름을 제대로 말하기 시작한 아이를 귀찮다고 버튼 하나로 없앨 수 있는 놈이 못 돼! 너도 마찬가지야. 우리가 다시 만났을 때 지었던 네 미소가 가식적이었다 해도 난 너를 소중히 여겼어! 그리고 너 때문에 미치는 것도, 죽기 직전까지 얻어맞는 것도 감수했어! 이건 나만이 아닌 모두의 생각이란 말이야! 도대체 뭣 때문에 이러는 거야!"

지크가 처절하게 외치며 호소했다. 그러나 라이아는 귀찮다는 듯 머리를 가볍게 흔들며 무시했다.

"후훗, 지크 오빠는 한 번도 속아 본 적이 없는 사람이군요? 그런 순진한 말을 다 하고, 목적을 위해서라면 어쩔 수 없죠. 사실 아이로 변신한 게 맘에 안 들었지만 이렇게 해야 완벽하게 속일 수 있다는 그분의 말을 따른 것이니 기분 나쁘진 않아요. 호호훗, 지크 오빠도 순진한 면이 있네요?"

싸늘한 라이아의 말에 지크는 힘이 빠진 듯 고개를 푹 숙였다. 겨우 정신을 차린 바이칼은 라이아를 막기 위해 드래곤 슬레이어를 뽑아 들고 앞으로 나아갔다. 그때 지크가 바이칼의 목덜미를 잡아끌며 말했다.

"비켜…… 아니, 비켜 줘."

바이칼은 자신의 목덜미를 잡고 있는 지크를 돌아보고 체념하듯 뒤로 물러서며 중얼거렸다.

"……갈 때까지 갔군. 바이론을 닮아 가나."

지크는 아무 말도 하지 않았다. 라이아는 여전히 재미있다는 얼굴로 지크를 바라보았다. 라이아에게 붙잡혀 있는 세이아도 믿을 수 없다는 얼굴을 한 채 속수무책으로 서 있을 뿐이었다. 사실 그녀에게 이보다 더 큰 충격이 없었다. 방금 전까지만 해도 평범한 동생이었을 뿐인 라이아가 그렇게 돌변했다는 것을 인정하기가 너무나 힘들었다.

"헤헷…… 헤헤헤헷."

갑자기 지크가 웃기 시작했다. 라이아의 얼굴에서 웃음기가 사라졌다. 다른 일행들도 지크를 보고 놀랐다.

지크의 머리카락이 흔들거렸다. 금발의 스포츠 머리. 그 머리카락이 마치 바람을 맞은 듯 흔들리기 시작했다. 한참 웃던 지크는 곧 고개를 들고 기분 좋은 얼굴로 라이아를 바라보았다.

"후…… 그래, 난 바보야. 네가 말한대로 세상 물정을 너무 모르는 순진한 놈이지."

지크는 안색을 바꾸며 소리쳤다.

"난 지금까지 그렇게 살아왔어! 리오나 슈렌, 바이론처럼 경험도 많지 않아! 난 가즈 나이트로서 자격이 없을지도 모르지만 그 직업에 신경 쓰고 살지도 않았어! 오직 다른 사람들이 즐거워하는 것을 낙으로 삼으며 살아왔을 뿐이야! 어떤 빌어먹을 녀석이 너에게 무슨 말을 했는지는 모르겠지만…… 널 알고 있는 사람으로서, 널 지키기 위해, 난 널 용서할 수 없어!"

순간 지크의 몸에 거대한 폭풍이 몰아쳤다. 그의 붉은 재킷이 크게 펄럭였고 머리카락도 휘날렸다. 슈렌을 비롯해, 그를 알고 있는 모든 사람들이 그 모습을 보고 경악했다.

'바람인가?'

바이칼은 눈을 가늘게 뜬 채 작은 폭풍을 일으키고 있는 지크를 보며 생각했다. 라이아는 흥미 있다는 듯 어깨를 으쓱하며 지크에게 말했다.

"음, 저를 위해 용서할 수 없다는 말이 무슨 뜻인지 모르겠군요? 한번 가르쳐주시겠…… 흡!"

라이아는 볼 수 없었다. 머리카락이 살짝 날렸을 뿐이라고 생각했지만, 지크의 정권은 어느새 그녀의 복부를 강타했다. 라이아의 입에서 작은 선혈이 튀어나왔다. 지크는 라이아를 쏘아보며 나지막이 중얼거렸다.

"방심하면 죽을 수도 있어. 봐주지 않을 테니까!"

라이아는 지크를 향해 거칠게 기합파를 날렸다. 그러나 지크는 여느 때보다 쉽게 피하며 자신에게서 멀어지는 라이아를 추격했다.

"세, 세상에? 지, 지크…… 보이니?"

티베는 믿을 수 없다는 얼굴로 옆에 있는 챠오에게 물었다. 지크의 공격을 볼 수 없는 것은 챠오도 마찬가지였다. 챠오는 침을 꿀꺽 삼키며 희미한 지크의 모습을 바라볼 뿐이었다. 그 옆에 쓰러져 있던 슈렌은 조용히 중얼거렸다.

"저것이…… 가즈 나이트 중 최고 속력……."

그 말을 들은 케톤은 한순간 정신이 맑아지는 것을 느꼈다. 정신을 차리고 툭탁거리는 소리가 들려오는 방향으로 고개를 돌렸다. 하지만 보이는 것은 심하게 몰아치는 흙먼지뿐, 지크의 모습도 성인의 몸을 한 라이아도 보이지 않았다.

'난 뭐지?'

지크는 스스로 자문했다. 하지만 답은 없었다. 지금 지크의 머릿속에 라이아를 구하겠다는 일념은 없었다. 오직 이기겠다는 생각만이 지배하고 있었다. 이기면 구할 수 있다! 지크는 마음속으로 그렇게 부르짖었다.

지금 라이아보다 앞서는 것은 반응속도와 이동 속도, 공격 속도였다. 그야말로 속도에서는 지크가 완전히 압도했다. 하지만 체력, 즉 힘은 라이아에게 완전히 밀리고 있었다. 장기전으로 나간다면 승패의 열쇠를 누가 쥐게 될지 눈에 보였다. 그걸 알고 있는 지크는 근육이 끊어져 나가는 것을 각오하고 자신이 낼 수 있는 최고 속력으로 라이아를 공격했다. 물론 그녀가 가만히 서서 당할 리는 없었다. 라이아는 자신의 기척을 최대한 지우며 몸을 움직였다. 기척을 느끼지 못하면 지크는 시각에만 의존해 공격할 것이 뻔했다. 그렇게 되면 공격받는 횟수가 줄어 장기전으로 치달았을 때 라이아가 승리할 수 있었다. 그걸 노리는 것이었다.

하지만 라이아가 놓치고 있는 것이 있었다.

가까스로 지크의 배후를 잡았다고 생각했을 때, 지크는 곧바로 반격해 왔다. 기척을 완전히 지웠다고 생각하고 싸운 라이아는 자신이 왜 반격을 받았는지 이유를 몰랐다.

지크의 반격을 받은 라이아는 멀찌감치 나가떨어져 건물의 벽에 처박혔다. 지크는 잠시 숨을 돌리려는 듯 그 자리에 멈춰 섰다. 그의 몸에서 여전히 바람이 일었고, 흘리던 땀방울도 그 바람에 증발해 버렸다.

라이아도 물론 땀을 흘리고 있었다. 바람이 불어오는 쪽의 얼굴은 시원했다.

"생각보다 강하군요, 지크. 인정하겠어요. 하지만…… 당신은 이제 졌어!"

쿠우우욱.

순간 지크의 몸을 중심으로 몰아치던 바람이 멈추자 지크는 움찔하며 주위를 둘러보았다. 힘을 강하게 뿜어내고 있는 라이아는 웃으며 일어나더니 말했다.

"후훗, 방금 전에 알았어요. 지금까지 기척을 지웠는데도 제가 당신에게 당한 이유를 말이죠. 바람의 가즈 나이트가 바람을 읽는 건 당연한 일! 당신은 자신의 몸에서 뿜어지는 바람의 안쪽에 있는 저를 기류를 이용해 읽고 공격하는 것이죠. 그러니 지금 그 바람을 완전히 눌렀을 때 상황이 어떻게 될지 무척 궁금하군요."

그러나 라이아는 말을 끝맺지 못했다. 지크의 권격이 그녀의 왼쪽 뺨에 강태했기 때문이다. 라이아의 몸이 크게 흔들렸다. 지크는 다시 자세를 취하며 중얼거렸다.

"헤헷, 난 내가 모르는 것은 그리 궁금하지 않아. 어서 덤벼."

지크의 그 말을 들은 린스는 정말이냐는 얼굴로 지크의 직장 동료 챠오와 프시케를 바라보았다. 가만히 서로의 얼굴을 바라보던 두 사람은 곧 고개를 설레설레 저었다.

건물 벽에 기대어 지크와 라이아의 전투를 조용히 지켜보던 바이칼은 짧게 한숨을 내쉬며 중얼거렸다.

"흥! 모르는 게 너무 많아 귀찮아서 그러겠지."

갑자기 묵직한 쇳덩이가 떨어지는 소리가 들렸다. 소리가 들려오는 쪽으로 시선을 돌린 모두의 얼굴에 놀라움이 가득했다.

회색의 거인 바이론이 믿을 수 없다는 얼굴로 라이아와 지크가 싸우는 것을 멍하니 보고 있었다. 다크 팔시온도 떨어뜨린 채…….

"네가…… 어째서……?"

곧이어 전투를 마친 리오도 망토를 옆에 낀 채 달려왔다. 그 역시 믿지 못하겠다는 얼굴로 라이아를 바라보았다. 분명히 자신이 정상으로 되돌렸다고 믿었고, 다시는 그런 악몽이 되풀이되지 않을 거라고 안심했기에 충격이 컸다.

"이, 이게…… 어떻게…… 된……?"

라이아는 리오와 바이론까지 돌아오자 안 되겠다고 판단했는지 인상을 쓰며 급히 잡아둔 세이아를 향해 몸을 돌렸다. 그러나 지크는 놓치지 않겠다는 듯 이를 악물고 라이아를 뒤쫓았다.

순간 지크의 안면을 누군가의 두꺼운 손이 덮쳤다. 지크는 그만 중심을 잃고 뒤로 넘어지고 말았다. 상황을 제대로 파악하지 못한 지크는 또 다른 적이 나타난 줄 알고 다시 자세를 취했으나 그의 안면을 덮친 것은 다름 아닌 바이론이었다.

지크는 화를 벌컥 내며 소리쳤다.

"이봐, 회색분자! 지금이 어떤 상황인지 알기나……?"

화를 내려던 지크는 그만 말끝을 흐렸다. 늘 광기로 가득했던 바이론의 표정이 순수한 살기에 사로잡혀 있자 자신도 모르게 몸이 움츠러든 것이었다. 바이론은 곧 세이아를 붙잡은 라이아을 보았다. 그녀 역시 바이론의 그런 표정을 처음 보기에 약간 멈칫하고 뒤로 물러섰다. 다크 팔시온을 거머쥔 바이론이 그녀에게 접근하며 말했다.

"누가 시킨 거냐? 대답하지 않으면 죽음이다."

그러나 라이아는 아무 말도 하지 않았다. 그 대신 차고 있던 새벽의 검을 빼어 들었다. 바이론은 라이아에게 천천히 접근했다. 그 살기에 짓눌려 아무 행동도 취하지 못하는 라이아의 목덜미를 잡으며 소리쳤다.

"어서 말해! 그 늙은 과학자 따위에게 넘어갈 네가 아니잖아! 어째서 이런 짓을 하는 거냐!"

"큭."

라이아는 검을 잡지 않은 한 손으로 바이론의 굵은 팔뚝을 붙잡았다. 단지 숨이 막혀서가 아니라 바이론의 악력이 너무 강해 목이 부러질 것 같았기 때문이다. 라이아는 숨을 헉헉거리며 소리쳤다.

"엄마…… 엄마 때문이야! 난 잘못한 게 없어. 난 엄마를 위해 이러는 거라고."

바이론은 갑자기 혼이 나간 사람처럼 멍한 표정으로 라이아의 목을 잡았던 손을 놓았다. 바닥에 쓰러진 라이아는 즉시 세이아를 데리고 공중으로 날아올랐다.

"아, 이런!"

라이아의 입에서 엄마라는 말이 튀어나오자 충격을 받았던 리오도 아차 하며 라이아의 뒤를 급히 쫓았다.

모든 게 절망스러웠다.

바이론은 입을 꼭 다문 채 멍하니 서 있었고, 갑자기 긴장이 풀린 지크는 스르륵 앞으로 고꾸라지고 말았다. 슈렌은 즉시 지크를 부축하고 좌중을 돌아보며 말했다.

"모두 집으로 돌아갑시다."

슈렌의 말에, 정신이 혼미했던 런희도 겨우 정신을 차리며 슈렌에게 말했다.

"저…… 저분은 어떻게……."

슈렌은 묵묵히 바이론을 바라보았다. 그는 우두커니 서 있을 뿐이었다. 슈렌은 고개를 저으며 말했다.

"우리가 해결할 수 있는 일이 아닙니다."

런희는 말없이 고개를 끄덕였다. 모두 슈렌을 따라 집으로 향했다. 폐허가 된 주택가에 오직 바이론만 묵묵히 서 있을 뿐이었다.

한편 전속력으로 라이아를 뒤쫓던 리오는 그들이 가는 방향이 아메리카 대륙이라는 것을 어렴풋이 느꼈다. 하지만 어디를 가든 상관없었다. 그는 끈질기게 그 뒤를 쫓을 뿐이었다.

리오가 계속 추격해 오자, 결국 라이아는 멈춰 섰다. 그녀 앞에 멈춰 선 리오는 분노에 찬 눈으로 그녀를 노려보았다. 라이아는 잠시 숨을 돌리며 리오에게 말했다.

"음…… 역시 그때 얘기는 거짓말이었군요? 저 때문이 아니라 언니 때문에 오시는 것⋯⋯."

"동화에 나오는 얘기처럼 네 뒤를 쫓은 건 아니니 안심해. 난 지금⋯⋯ 아니, 우리 모두는 지금 너에게 배반당했다는 참담함에 정신을 차릴 수 없으니까. 그리고 아까 그 말은 무슨 뜻이지? 네 어머니 때문이라니⋯⋯. 린라우 녀석이 네 어머니를 담보로 너희 둘을 원하는 건가?"

리오가 노기 어린 말투로 묻자, 라이아는 어깨를 으쓱하며 대답했다.

"훗, 린라우는 이제 별 영향력이 없어요. 그보다 더 높은 악마왕들과 약속한 기한이 끝났기 때문이죠. 이건 뭐 아시는 내용일 테고⋯⋯ 아까 말했듯이 이건 순전히 제 의지대로 생각하고 행동하는 일이에요."

잠자코 듣고 있던 리오는 눈을 가늘게 뜨며 말했다.

"어떤 잘난 의지인지 점점 듣고 싶어지는데? 내게 거짓말할 생각 마. 또다시 거짓말한다면 그때는 너를 더 이상 어린아이로 보지 않을 테니까."

그러자 라이아는 우습다는 듯 미소를 지으며 비아냥댔다.

"후훗 그래요? 거짓말이라 치고⋯⋯ 저를 어떻게 할 건데요? 세이아 언니 앞에서 당신의 본성이라도 드러낼 건가요? 가즈 나이트의 잔악성을?"

그 순간 리오의 두 눈에서 붉은색 광채가 감돌았다. 그러나 리오는 왼손으로 얼굴을 쓰다듬으며 진정하고 재차 말했다.

"지크가 왜 그렇게 화를 내며 맞붙었는지 이유를 알겠군. 웬만해서는 그렇게까지 화를 내는 녀석이 아닌데⋯⋯. 아직도 그때 내 말이 거짓이라고 생각하니? 나와 지크, 바이론이 왜 너에게 화를 내

154

는지 이유를 모르겠어?"

라이아는 잠시 고개를 숙인 후 쓸쓸히 웃었다.

"알고 있어요. 저를 걱정하는 마음이 안타까움으로 바뀌고, 결국 분노로 이어졌다는 것을. 하지만 저는 지금 당신들을 생각하기 전에 해야 할 일이 있어요. 그러기 위해 언니가 필요해요. 자, 계속 가로막겠다면 당신과 싸울 수밖에 없어요."

라이아는 곧 새벽의 검을 뽑아 들었다. 리오도 파라그레이드를 뽑으려다 멈추고 최대한 자제를 하려는 듯 팔짱을 꼈다.

"좋아, 거기까지는 네 생각이라 치고…… 네 언니도 분명 인격이 있을 텐데, 그렇게 강제로 데려가는 게 옳다고 생각하나?"

"후, 어쩔 수 없죠. 당신들에게 완전히 정신이 팔린 언니가 순순히 따라올 리 없으니까요. 하지만 언니도 그곳에 가서 제 사정을 들으면 협조할 거예요."

리오는 말없이 라이아를 보다가 고개를 돌리며 웃었다.

"완전히 자기중심적으로 생각하는군. 열 살짜리 어린애같이. 네가 생각하는 대로 일이 다 풀릴 것 같아? 미안하지만 내가 아는 네 언니 세이아는 너처럼 이렇게 반신반인의 힘을 원하지도 않고, 자신이 그런 존재라는 것을 알아도 맘대로 힘을 쓰지 않았어. 다른 사람의 생각을 읽기도 했지만 결코 원해서 그런 건 아니었지. 세이아는 단지 그날 요리를 어떻게 해야 사람들이 좋아할까, 자신이 어떻게 해야 슬퍼하는 사람을 위로해 줄 수 있을까, 그리고 네가 무사히 하루를 보내고 있을까 등등, 보통 사람처럼 행동하는 것이 당연하다고 생각하며 평범하게 지냈어. 내 기억으로는 너희를 처음 만났을 때도 그녀의 바람은 오직 하나였다. 신의 힘을 발휘하는 게 아니라 눈을 뜨는 것뿐이었어. 신으로서 각성하기 이전에, 한 인간으로서 생활해 왔단 말이야. 지금 겨우 눈을 뜨고 정상적인 생활을 하는 네 언니의 행복을 네 마음대로 깨뜨리는 게 옳다고 생각해?"

리오의 그 말에, 라이아는 화를 내며 소리를 질렀다.

"그럴지도…… 하지만 저도 그러고 싶어요! 보통 아이들처럼 살고 싶어요! 다른 아이들처럼 엄마와 함께 생활하고 싶다고요!"

"그럼 지금 네가 왜 이런 행동을 하는지 솔직히 말해 줘! 혼자 이런다고 일이 해결되는 건 아니란 말이야!"

리오와 라이아 사이에 잠시 침묵이 흘렀다. 잠시 후 라이아는 손에 든 새벽의 검을 리오에게 겨누며 말했다.

"역시 당신은 말로 해서는 안 될 것 같군요. 저를 원망하지 말아요."

리오도 할 수 없다는 듯 파라그레이드를 뽑아 들고 기를 주입해 날을 만들었다.

"좋아. 그렇다면 강제로라도 너와 세이아를 데리고 돌아가는 수밖에!"

곧이어 리오와 라이아는 검을 맞대고 격렬한 전투를 시작했다. 다시는 이런 일이 없을 거라고 생각했던 리오는 마음이 쓰렸지만 어쩔 도리가 없었다. 어쨌든 이것은 실제 상황이었다. 조금이라도 방심한다면 여기서 끝장인 것이다.

서로가 상대를 봐주지 않고 검을 휘둘렀기에 주위를 감싸고 있던 대기와 바다 표면이 심하게 진동했다. 라이아가 만든 특수 주박진에 갇힌 채 둘의 싸움을 지켜보는 세이아도 안타까움으로 얼굴이 일그러져 있었다.

라이아의 강한 일격을 검으로 받은 리오는 어깨가 쓰라렸다. 강했다. 파라그레이드가 디바이너의 무속성과는 반대로 유속성이라고는 하지만 특정한 속성이 정해진 것도 아니어서 빛 계열의 검 중

상당히 강한 축에 드는 새벽의 검을 받는다는 것은 사실 무리였다. 엑스칼리버를 쓰면 상대하기가 매우 쉬워지지만 지금 엑스칼리버를 불러내기는 상당히 어려운 일이었다. 왜냐하면 엑스칼리버를 불러낼 수 있는 장소, 즉 수면이 해수면이어서는 절대 안 되기 때문이었다.

하지만 리오에게도 유리한 점이 있었다. 라이아의 일격은 빠르고 강력하긴 했지만, 기술적인 면이 상당히 부족하기 때문에 기술로 승부한다면 리오가 훨씬 유리했다.

리오는 라이아의 공격 방향으로 그녀의 검을 강하게 튕겨 냈다. 순식간에 몸의 균형을 잃어버린 라이아는 완전히 무방비 상태가 되고 말았다. 리오는 무릎으로 라이아의 복부를 세게 가격하고, 이어서 파라그레이드의 자루 끝으로 라이아의 등판을 내리쳤다.

"큭!"

리오의 일격에 라이아는 바다에 추락했다. 리오는 쉴새없이 플레어의 마법진을 왼손에 전개했다.

"가랏!"

리오가 왼손으로 전개한 거대 마법진에서 진홍색 빛이 라이아가 추락한 바다를 향해 수직으로 내리꽂혔다. 그러자 바닷속에서 곧 대폭발이 일어나 수면 위 수백 미터까지 바닷물을 밀어 올렸다. 물기둥이 서서히 가라앉자 리오는 곧바로 주위를 둘러보았다. 라이아의 기척을 읽을 수 없었다. 시각과 청각, 육감으로 라이아의 위치를 확인하는 수밖에…….

"하아아아아앗!"

라이아는 그의 바로 아래서 해수면을 뚫고 솟아올랐다. 그 정도는 충분히 반격할 수 있던 리오는 몸을 공중으로 솟구치며 라이아와 일정하게 거리를 유지했다. 그러면서 리오는 온몸의 기를 빠른 속도로 증폭시키기 시작했다.

'지하드를…… 죽지 않을 정도로만…….'

리오의 현재 계획은 라이아를 빈사 상태로 만들어 그녀와 세이아를 데리고 일행들이 있는 곳으로 돌아가는 것이었다. 그렇게 하는 것이 라이아를 위해 최선이라고 판단했다.

지하드를 적당히 사용할 수 있을 정도의 기력을 확보한 리오는 곧 공중에서 멈췄고, 라이아가 어서 지하드의 범위로 들어오기를 기다렸다.

"아프겠지만 참아라, 라이아!"

리오는 파라그레이드가 지하드는 견딜 수 있을 거라고 예상했다. 준비는 끝났다. 라이아도 그 범위 안에 들어온 상태였다.

"라이아, 어리석은 것."

그때 갑자기 리오의 모든 생체 활동이 정지한 듯했다. 돌연 누군가의 음성이 뒤에서 들려왔기 때문이다. 리오는 급히 뒤돌아보려 했으나 그 존재의 공격이 더 빨랐다.

"크아아앗!"

알 수 없는 기탄이 뒤쪽을 가격하자 리오는 뒤돌아볼 사이도 없이 중심을 잃었다. 상당한 충격을 받은 리오는 그만 아무런 반격도, 행동도 할 수 없었다. 그의 뒤에 있던 존재는 믿을 수 없을 정도의 강대한 마력을 뿜어내며 리오에게 일격을 가할 준비를 했다.

"적당히 쉬세요, 리오 스나이퍼! 홀리!"

곧바로 그 존재가 만든 마법진에서 수천에 달하는 흰색 섬광이 리오를 향해 뿜어져 나왔다. 곧 리오의 몸에서 엄청난 밝기의 빛이 발산되기 시작했다. 그의 몸속에 주입된 홀리 마법이 그의 내부에서 폭발하는 것이었다.

파아아아아앙.

곧이어 플레어의 폭발을 능가하는 대폭발이 리오를 중심으로 일어났다. 빛이 사라지자 만신창이가 된 리오는 공중에 떠 있는 라이아를 스치고 지나가 바다에 떨어졌다. 라이아는 리오를 공격한 그 존재와 추락하는 리오를 말없이 번갈아 보았다. 무덤덤한 표정으로 말이다.

반면 주박진에 갇힌 채 모든 상황을 지켜본 세이아는 하얗게 질린 얼굴을 손으로 감싸며 비명을 질렀다.

"리, 리오 님! 리오 님!"

리오에게는 세이아의 그 처절한 목소리가 들리지 않았다. 그저 대서양의 어두컴컴하고 깊은 바닷속으로 하염없이 가라앉을 뿐이었다.

3

새벽의 진실

바이칼은 아무 말 없이 소파에 앉아 련희가 끓여다 준 차를 들이 켰다. 기력을 완전히 소모한 지크는 아직까지 정신을 차리지 못하 고 있었다. 그의 치료를 다른 이에게 맡긴 슈렌은 묵묵히 창을 만 질 뿐이었다. 물론 그동안 지크의 동료들—프시케를 제외한—이 바이칼과 슈렌에게 그가 가즈 나이트라는 것이 무슨 소리냐며 따 지고 물었다. 하지만 그 두 사람은 묵묵부답으로 일관할 뿐이었다. 결국 듣기를 포기한 지크의 동료들은 밖으로 나가 버렸다. 지크에 게 미약한 회복주문을 다 써버린 린스는 지친 표정으로 바이칼과 슈렌이 있는 거실로 나갔다.

"음, 조금 전까지 다 끝났다고 신나게 놀았는데…… 갑자기 왜 이렇게 된 거지?"

바이칼은 투덜대는 린스를 흘끔 보곤 묵묵히 차를 마셨다. 슈렌 도 하던 일을 계속했다. 모두 그렇게 말이 없자, 린스는 투덜거리며 소파에 길게 누워 나름대로 휴식을 취할 준비를 했다.

홀쩍홀쩍.

그때 린스는 누군가 홀쩍거리는 소리를 들었다. 그녀는 소파 뒤 구석에 쪼그려 앉은 시에를 발견했다. 린스는 시에의 등을 손가락으로 콕콕 찔렀다. 시에는 눈물로 붉게 충혈된 눈으로 린스를 돌아보았다. 린스가 시에에게 물었다.

"왜 그래, 원숭이 꼬마? 저 방에 뻗어 있는 바보 때문에 그러는 거야?"

시에는 아무 말 없이 고개를 돌렸다. 괜히 바보가 된 듯한 린스는 투덜거리며 홱 몸을 돌렸다. 그러자 린스 앞에 앉아 있던 슈렌이 한숨을 내쉬고 시에를 불렀다.

"얘야, 잠깐 와보겠니."

린스는 힘없이 슈렌에게 다가가는 시에의 뒷모습을 보았다. 슈렌은 시에의 어깨를 자상하게 토닥거리며 말했다.

"네 가족들은…… 죄가 없어. 이렇게 말하긴 미안하지만…… 그쪽이 그들에게는 더 좋은 길인지도 몰라. 더 이상 남의 의지대로 산다는 건 옳지 않을 테니까……. 너마저 슬퍼한다면 하늘나라에 있는 네 가족들이 더 슬퍼할지도 몰라."

묵묵히 듣고 있던 시에는 가만히 슈렌을 올려다보았다. 그러고는 차를 마시고 있는 바이칼의 어깨를 가볍게 밟고 올라서서 창밖으로 보이는 하늘을 올려다보았다. 시에는 잠시 고개를 갸웃거리며 슈렌에게 말했다.

"하늘에……안 보이는데…… 앙그나랑 카에…… 안 보이는데."

불만스러웠던 린스도 시에가 측은해지기 시작했다. 자신도 더 이상 그 아이에게 해 줄 말이 없었다. 가만히 시에의 큰 눈을 바라보던 슈렌은 굳은 얼굴에 엷은 미소를 지으며 말했다.

"지금 시에 눈에는 보이지 않아. 하지만 지금보다 더 크면 볼 수 있을 거야."

슈렌의 말을 알아들었는지 시에는 천천히 고개를 끄덕이며 다른 방으로 향했다. 린스는 한숨을 내쉬며 다시 눈을 감았다.

차를 다 마신 바이칼은 시에가 밟았던 어깨를 툭툭 털며 슈렌에게 말했다.

"인공 생명체는 명계에 못 가지 않나?"

본래의 표정으로 돌아온 슈렌은 가만히 그룬가르드를 바라보다가 고개를 천천히 끄덕였다.

"인공으로 만들어진 생명체는…… 영혼이라는 것이 없어. 신에게 부여받지 못했기 때문이지. 운명이라는 끈도 없고……."

가만히 자는 척하며 슈렌의 말을 듣고 있던 린스는 순간 발끈하며 일어나려 했다. 그러나 슈렌의 말은 계속되었다.

"그렇다 해도 그 아이에게 솔직히 말할 용기는 나지 않아. 어쨌든 인간 이상의 순수한 '감정'이라는 것이 있는 아이니까. 더 이상 슬퍼하게 해서는 곤란하겠지."

"흠."

바이칼은 팔짱을 끼며 고개를 숙였다. 할 말이 없다는 뜻도 있겠지만 동감한다는 의미이기도 했다.

그날 저녁.

바이론과 리오가 집에 들어오지 않아 일행은 모두 근심스러운 얼굴을 하고 있었다.

"이봐, 찾으러 가야 하는 거 아냐?"

린스는 조심스럽게 슈렌에게 물었으나 그가 있는 위치조차 모르는 슈렌으로서는 묵묵부답일 뿐이었다. 노엘도 어두운 표정으로 안경테만 만지작거리며 거실에 모여 있는 일행에게 말했다.

"바이론 씨는 실종되셨고…… 리오 씨 역시 돌아오지 않고……. 지크 씨는 일어날 기미가 안 보입니다. 지금 베히모스급 괴물들이 다시 습격해 온다면 정말 힘들겠군요. 현재 전투가 가능한 한 분은 슈렌 씨와……."

노엘은 바이칼을 흘끔 바라보았으나 차가운 그의 눈과 마주치자 몇 번 헛기침을 하고 말을 이었다.

"흠, 슈렌 씨뿐이시니 더욱 그렇고요. 휀 씨라도 계셨다면 편할 텐데……."

"차라리 내가 싸우지."

바이칼이 무거운 목소리로 말했다. 일행들은 웬일이냐는 듯한 눈빛으로 그를 바라보았다. 물론 바이칼도 내켜서 자청한 것은 아니었다. 그냥 휀이라는 존재가 싫어서 그러는 것뿐이었다. 유일하게 자신이 이기지 못한 존재가 바로 휀이기 때문에…….

똑…… 똑…… 똑.

그때 문 두드리는 소리가 들리자 문가에 있던 넬이 고개를 갸웃거리며 다가갔다.

"바이론 아저씨인가? 누구세요?"

그러나 아무 대답도 없었다. 넬은 약간 인상을 찡그리며 문고리를 돌렸다. 슈렌은 소파에 기대 놓은 그룬가르드를 슬며시 붙잡았다.

넬은 눈을 껌벅이며 문밖에 서 있는 사람을 올려다보았다. 넬이 가만히 서 있기만 하자, 문밖의 손님은 거침없이 한 걸음을 내디디며 차갑게 중얼거렸다.

"비켜."

집 안으로 들어선 그를 본 일행은 숨을 죽였다. 특히 바이칼은 얼굴이 새파랗게 질리며 중얼거렸다.

"훼, 훼 라디언트!"

훼은 코트 주머니에 손을 찔러 넣은 채 극도로 긴장해 있는 바이칼을 보며 차가운 목소리로 말했다.

"용제. 뭐, 좋겠지…… 어린애지만 너 정도의 능력이라면 일말의 도움이라도 될지 모르니까."

바이칼의 성격상 그런 말을 들었다면 그 즉시 검을 뽑거나 공격을 하는 것이 정상일 테지만 그저 어두운 얼굴로 애써 고개만 돌릴 뿐이었다. 바이칼의 의외의 행동에, 훼을 모르는 다른 일행들은 묘한 공포감을 느꼈다.

린스는 분명히 저쪽 차원에 있어야 할 훼이 갑자기 이곳에 나타나자 놀란 듯 떨리는 목소리로 말했다.

"너, 너! 부, 분명히 저쪽에 있어야 하는데, 왜?"

훼은 바이칼이 앉아 있는 소파 팔걸이에 걸터앉아 금발을 쓸어 넘기며 조용히 말했다.

"시끄러운 건 여전하군."

련희는 훼에게 다가와 평소의 그녀답지 않게 다급하게 물었다.

"아바마마와 어마마마는…… 언니는 어떻게 되셨죠?"

그녀의 간절함과는 달리 훼은 련희를 거들떠보지도 않았다. 그저 한심하다는 듯 고개를 저으며 말했다.

"바이론 녀석이 없으니 완전히 바보들만 집합한 것 같군. 너희는 의심도 안 하나? 내가 진짜 훼 라디언트가 아니라면 어떤 결과가 났을까, 엉?"

갑자기 휀의 몸이 꿈틀거렸다. 또다시 모두 숨을 죽이고 그를 바라보았다. 손으로 얼굴을 감싼 채 가만히 있던 휀은 고개를 저으며 련희에게 말했다.

"확실히 네 언니라는 존재는 귀찮군. 가져가."

휀은 곧바로 련희를 향해 오른쪽 손바닥을 뻗었다. 그러자 그의 손에서 나온 선홍색 빛 덩어리가 련희를 향해 날아갔다. 그 빛은 련희의 몸속으로 부드럽게 빨려 들어갔다. 이윽고 련희의 머리카락이 곧 진홍색으로 바뀌었다. 그리고 갑자기 그녀는 허리에 양손을 대고 소리쳤다. 그것도 다른 목소리로.

"흥, 귀찮다고요? 어쨌든 련희나 다른 분들이 당신을 의심하지 않은 것은 당신이 얼마나 필요했는지를 증명하는 거잖아요!"

휀은 가만히 팔짱을 끼고 실체화된 가희를 보다가 관심없다는 듯 고개를 돌리며 슈렌에게 말했다.

"세 명이 안 보이는군."

"한 명은 갑자기 사라졌고, 한 명은 누워 있어. 나머지 한 명은 돌아오지 않았지."

"좋군."

둘 사이에 간단명료한 말이 잠시 오갔다. 티베는 황당하다는 듯 동생에게 소곤거렸다.

"저런 말이 통하나 봐?"

"암호가 아닐까, 누나?"

휀은 집 안에 있는 동료들을 휘둘러보았다. 그러다 챠오의 어깨에 매달려 있는 시에에게 시선이 멈췄다. 그는 그 아이에게 천천히 다가가며 허무감이 깃든 목소리로 중얼거렸다.

"형편없어……. 하긴 살고 싶으면 강자에게 붙어야 하니까."

그 순간 모두의 얼굴이 찌푸려졌으나 대항할 수 없었다. 공격할 엄두가 나지 않은 것이었다.

휀은 챠오 앞에 섰다. 챠오는 휀을 노려보면서도 떨리는 다리를 주체하느라 정신이 없었다. 휀은 아랑곳하지 않고 손을 뻗었다. 그의 손은 눈을 질끈 감은 챠오를 지나쳐 시에에게 닿았다.

"베히모스인가?"

휀은 시에의 안면을 잡고 공중으로 들어 올렸다. 시에는 본능적인 두려움에 몸을 떨었다. 휀의 눈과 표정에는 여전히 감정이 실려 있지 않았다.

"죽이는 게 좋겠지만…… 가치도 없군. 이미 애완동물이 되어 있으니."

휀은 다시 시에를 내려놓았다. 챠오는 얼른 시에를 받았다. 휀은 챠오의 분노 어린 얼굴은 무시하고 노엘을 보며 말했다.

"지크는 어느 방에 있나."

노엘은 손으로 지크가 누워 있는 방문을 가리켰다. 휀은 곧 그쪽으로 향했다. 그가 사라지자 모두 동시에 한숨을 내쉬며 그 자리에 털썩 주저앉았다.

"내가 싸우는 게 났다니까."

별 변화 없이 앉아 있던 바이칼이 고개를 저으며 중얼거렸다.

챠오는 자신의 품에 안겨 있는 시에를 말없이 토닥거리다 손바닥을 폈다. 땀으로 흥건히 젖어 있었다. 채 1분도 안 되었는데도 챠오는 마른침을 삼키며 두근거리는 가슴을 진정시켰다.

방에 들어선 휀은 침대에 누워 있는 지크를 보았다. 지크는 아직도 눈을 뜨지 못하고 있었다. 그는 지크에게 천천히 다가가며 한마디 내뱉었다.

"형편없는 녀석."

휀은 의식이 없는 지크를 내려다보며 나직이 중얼거리고는 지크의 몸에 덮인 이불을 걷어 냈다. 문가에서 휀을 바라보던 티베가 소리쳤다.

"이, 이봐요! 지크는 지금 안정을 취해야……."

"……죽고 싶나."

그 한마디에 티베는 움찔하며 입을 다물었다. 휀은 왼손으로 지크의 목덜미를 잡아 높이 들어 올린 후 오른손으로 그의 얼굴을 가격했다.

퍽 퍽.

"저, 저럴 수가!"

휀은 지크의 얼굴을 계속 주먹으로 후려쳤다. 결국 보다 못한 티베가 이를 악물며 휀에게 달려들려고 했다.

"잠깐만!"

그때 프시케가 휀에게 소리쳤다. 휀은 잠시 행동을 멈추고 그녀를 흘끔 바라보았다. 그녀는 휀에게 가까이 다가가며 조용히 말했다.

"지크 씨는 지금 탈진해서 누워 있는 것입니다. 꼭 그렇게 하지 않아도……."

휀은 들은 척도 않고 지크를 다시 가격했다. 프시케도 어쩔 수 없다는 듯 눈을 질끈 감으며 고개를 돌려 버렸다.

"으, 으윽……!"

이윽고 지크는 신음을 토하며 의식을 찾았다. 휀은 지크가 깨어나자마자 거칠게 그를 내려놓았다.

양쪽 볼에 심한 통증을 느낀 지크는 화를 내며 휀에게 소리쳤다.

"이 자식! 깨우려면 곱게 깨울 것이지, 왜 사람을 쳐!"

휀은 화를 내는 지크를 말없이 바라보며 중얼거렸다.

"아직도 꼬마일 뿐이군. 냉정함이란 먼지만큼도 없는 녀석."

지크는 휀이 갑자기 뜬금없는 말을 하자 눈을 동그랗게 뜨고 그를 바라보았다. 휀은 손을 툭툭 털고 코트 주머니에 손을 찌르며 말했다.

"가즈 나이트라는 직업은 탈진해서 침대 위에 편하게 엎어져 있으라고 있는 게 아니야. 누구를 보호하려다가? 그런 핑계는 대지 않는 게 좋아."

"무슨 소리야! 난 분명히 정당한 이유가 있다고! 윽!"

순간 휀은 오른손으로 지크의 목을 움켜잡으며 차가운 목소리로 말했다.

"네가 전력을 다해 적을 쓰러뜨렸다 해도 그 적이 혼자가 아니라서 다음 습격이 예상된다면 피를 토해 내더라도 다음 전투에 대비하는 것이 네가 지키는 사람들을 위한 본분이다. 침대 위에 누워 어리광 부리는 것은 나태함 그 자체야. 하긴 안락한 놀이에 푹 빠져 있었으니 그럴 만도 하겠지."

지크는 말없이 고개를 돌렸다. 휀은 지크의 목을 움켜잡았던 손을 풀고 돌아서서 방을 나서며 마지막으로 말했다.

"밖으로 나오면서 조금이라도 비틀거리면 죽인다."

휀의 뒷모습을 불만 어린 얼굴로 바라보던 지크는 갑자기 피식 웃으며 몸을 일으켰다.

"헹, 노인네 주제에…… 그런데 왜 뭐라고 대꾸할 말이 생각 안 나는 거지?"

지크는 곧 재킷을 챙겨 입고 밖으로 나왔다. 그사이 휀은 코트 주머니에 손을 찌르고 일행에게 얘기했다.

"아직 한 녀석이 오지 않았지만 그냥 얘기하도록 하지. 지금부터 약 아홉 시간 전, 차원결계가 완전히 사라진 덕에 난 신계로 돌아갈 수 있었다. 그리고 이쪽으로 오는 동안 12신장을 만났는데 그들이 흥미 있는 얘기를 해 주어 다시 여기 온 것이다."

가희는 씁쓸한 얼굴로 고개를 숙였다. 그녀의 반응을 본 린스는 눈을 크게 뜨며 휀에게 물었다.

"그렇게 흥미 있는 얘기라면 한번 들어 볼까? 궁금한데."

휀은 린스를 흘끔 본 후 말했다.

"2주 후, 이 세계는 차원 불안정으로 인해 모조리 붕괴된다."

모두 할 말을 잃었다. 휀은 가볍게 한숨을 내쉬며 말을 이었다.

"흠, 그리 재미있지 않은가 보군. 어쨌든 확인한 결과 확실한 것 같으니 너희는 기도나 하도록."

여전히 일행은 아무 말이 없었다.

그때 현관문이 열리고 또 한 사람이 들어왔다. 땅의 가즈 나이트 사바신이었다.

"여, 안녕들 하시오? 그건 그렇고 이 동네 많이도 부서졌네……. 시장 찾느라 고생했다고. 응? 모두 얼굴이 왜 그래? 하얗게 질려서……."

"멍청이, 철면피에 냉혈한아! 무슨 소린지 확실히 말해!"

린스가 고래고래 소리를 지르자 사바신은 움찔 뒤로 물러섰다. 휀은 한심하다는 듯 린스를 보고는 고개를 저으며 말했다.

"공포에 휩싸인 인간은 상황 판단력이 약해지게 마련이지."

"시끄러워! 당신이나 똑바로 말해!"

티베도 울다시피 휀에게 소리쳤다. 나머지 사람들도 불안한 기색을 감추지 못하자 사바신은 이제야 알겠다는 듯 고개를 끄덕였다.

"아하, 세계가 붕괴한다는 소리? 난 또 뭐라고……."

그러나 모두 사바신은 거들떠보지 않고 휀만 쳐다보았다. 사바신은 무안한 듯 조용히 입을 다물었다. 그사이 휀이 입을 열었다.

"차원결계의 역할은 신의 간섭이나 우리 가즈 나이트의 힘을 무력화하기 위한 것도 있지만, 더욱 중요한 건 차원의 흐름이 깨진 시점의 이 세계를 고정하는 기능도 가지고 있다. 전부 붕괴된 세계를 가지고 세력 균형 등을 논할 필요는 없으니까. 그러나 린라우의 간섭이 사라진 지금 세 여신의 힘을 빌려 만들어진 그 차원결계는 사라졌고, 아까 말했듯이 2주 후 이 세계는 차원의 불안정에 의해 한순간에 '차원의 먼지'가 되어 버린다. 부서진다고 표현하는 게 더 실감나겠지."

"그, 그럼…… 우리는 어떻게 해!"

린스가 다급한 목소리로 묻자, 휀은 그녀를 가만히 바라보며 말했다.

"차원이 붕괴될 때의 고통은 순간이야. 느끼지 못할 정도니 걱정할 필요 없어."

"차원 붕괴인가 뭔가가 안 될 방법 말이야, 멍청아!"

그녀가 눈물을 펑펑 쏟으며 묻자 휀은 고개를 끄덕이며 답했다.

"아, 방법을 물었나. 물론……."

"물론 있지."

휀의 말을 곧바로 사바신이 받았다. 모두의 시선은 사바신에게 옮겨갔다. 사바신은 회심의 미소를 지으며 대답했다.

"저 휀이라는 녀석은 방법이 없으면 먼저 도망가지 당신들 때문에 일부러 이곳에 오지도 않아. 방법은 간단해. 이 대륙을 원래대로 보내거나 아니면 아직 합쳐지지 않은 동방 대륙을 이곳으로 불러오는 거지. 게다가 그건 쉬워. 우리도 이제 100퍼센트 힘을 발휘할 수 있게 됐으니까 말이야. 계획을 막을 적은 없지. 특히 이 무적의 사바신 님에겐! 하하하하핫!"

노엘이 앞으로 나서며 사바신과 휀에게 말했다.

"하지만 아직 해결되지 않은 문제가 많습니다. 리오 씨도 아직 돌아오지 않았고, 다른 분들이 말하는 와카루라는 과학자도 남아 있습니다. 그리고 라이아 양의 문제도 해결되지 않았어요! 2주일 안에 무슨 일이 일어날지 모르지 않습니까!"

휀은 눈을 감고 머리카락을 쓸어 넘기며 조용히 말했다.

"2주일의 시간, 특히 나라면 지구의 모든 대륙을 파란 물로 채워 버리고도 남을 시간이다. 그 정도로 여유 있다고나 할까? 그리고 리오라는 녀석은 나를 이길 가능성이 백만 분의 일이라도 있다고 내가 인정한 유일한 녀석이야. 그러니 우습게 보지 마."

"……."

"음!"

리오는 신음 소리를 내며 몸을 꿈틀거렸다. 그는 감았던 눈을 뜨고 강렬한 빛을 보며 정오쯤 되었을 것이라고 생각했다.

"일어났군, 리오 스나이퍼. 후, 가즈 나이트는 이렇게 목숨이 질긴가 봐."

리오는 귓가에 들려오는 낯익은 목소리를 듣고 몸을 벌떡 일으키며 바라보았다. 간편한 차림에 두툼한 모자를 쓰고 있는 한 여자가 장난기 어린 눈초리로 자신을 바라보고 있었다. 리오는 그녀의 모습을 보고 의아하다는 표정을 지으며 중얼거렸다.

"……라기아?"

리오 옆에 앉아 있던 그녀는 고개를 끄덕였다. 리오는 이해할 수 없었다. 자신과 동료들에게 온갖 수단과 방법을 동원하여 전투를 했던 라기아가 지금은 옆에서 웃는 얼굴로 앉아 있는 것이었다. 라기아는 모자를 약간 들어 올리며 리오에게 말했다.

"음, 내 이름을 기억해 주니 영광인걸? 하지만 그 눈초리는 뭐지? 목숨을 구해 준 은인에게?"

"무슨 소리지?"

리오가 물었다. 그녀는 손가락으로 리오와 자신의 앞에 펼쳐진 바다를 가리키며 대답했다.

"물 위에 둥둥 떠다니는 걸 건져 올렸지. 만신창이가 되어 있었는데 나도 모르는 사이에 회복되더군. 어째서 천하의 가즈 나이트가 그런 몰골이 되었는지는 잘 모르겠지만…… 뭐, 짐작이 가긴 하지만. 아, 당신 검은 저기 꽂아 놨어. 나중에 가져가."

라기아의 말을 듣고 리오는 이마를 매만지며 기억을 더듬었다. 그는 자신이 라이아와 세이아를 쫓다가 의문의 인물로부터 '홀리'를 강타당한 것까지 기억했다. 그는 한숨과 함께 고개를 저었다.

"그래, 고맙군. 그런데 넌 왜 소풍 온 차림으로 이곳에 있는 거지? 일을 못한다고 쫓겨났나?"

라기아는 재미있다는 듯 대답했다.

"하하하핫…… 뭐, 그렇다고 할 수도 있지. 정확히 말하자면 나를 이곳으로 불러 낸 마동왕 녀석에게 버려졌다. 덕분에 난 대머리 영감의 실험체가 될 뻔했다가 간신히 도망쳐 이곳으로 왔지. 물론 천천히 오는 도중에 바다 위에 둥둥 떠 있는 당신을 건져 올린 거고. 당신, 정말 운이 좋아."

리오는 바다를 바라보며 쓸쓸한 표정을 지었다.

'정말 운이 좋은 걸까'

그는 속으로 생각했다. 리오는 천천히 팔을 움직여 보았다. 홀리이 충격이 꽤 컸지만 그래도 무리 없이 움직일 정도였다. 리오는 곧바로 자리에서 일어나, 파라그레이드를 뽑으며 떠날 준비를 했다. 리오의 그런 모습을 본 라기아는 섭섭하다는 표정으로 그에게 물었다.

"음, 벌써 가게? 후…… 하긴 뭐, 마녀 주제에 고맙다는 말을 들은 것만으로도 족하지. 갈 테면 가라고. 난 조금 있으면 멸망할 이 세계에는 더 이상 있지 않을 테니까."

리오가 눈을 크게 뜨고 라기아를 바라보자 그녀는 어깨를 으쓱하며 미소를 지었다.

라기아에게 자초지종을 들은 리오는 한숨을 내쉬며 고개를 푹 숙였다. 설마 일이 그렇게까지 꼬일 줄은 상상도 못 한 리오는 초조한 얼굴로 바다를 바라보며 라기아에게 물었다.

"……그럼 이제 시간이 얼마나 남은 거지?"

"음, 어디 보자. 내 계산이 맞다면 이제 13일 정도 남았을 거야. 아, 이 세상 사람들은 참 안됐네. 하필이면 즐거운 날에 사라지니 말이야."

"즐거운 날?"

"이런 이런, 하긴 그동안 우리와 싸우느라 정신이 없었을 테니 모르는 것도 무리가 아니지. 오늘이 12월 11일이니까…… 자, 계산해 봐."

리오는 가만히 하늘을 바라보다가 눈을 감으며 중얼거렸다.

"크리스마스이브, 빌어먹을!"

라기아는 리오의 반응이 재미있는지 씩 웃으며 말했다.

"이 세상이 끝나는 날은 12월 24일 자정 12시, 즉 12월 25일이 되는 순간이지. 아, 불쌍해라. 철없는 애들은 양말을 걸어 두고 산타클로스라는 할아범을 기다리겠지? 사람들은 징글벨 징글벨 하며 즐거워할 테고……. 호호홋, 그 표정들을 보고 싶지만 이 세계에 있으면 나도 차원 붕괴에 휘말릴 테니……."

리오는 곧 말없이 툭툭 털고 자리에서 일어섰다. 라기아는 잠시 말을 멈추고 리오에게 진지한 목소리로 말했다.

"와카루 박사는 하수인일 뿐이야. 그의 뒤에 나도 모르는 누군가가 있어. 그들의 얘기를 엿듣다가 실험체가 될 뻔했으니 내 말은 신빙성이 있을걸? 흠, 가만히 보니 이 세계를 구할 생각을 하는 것 같은데……. 그래 좋아, 나는 곧 떠나지만 응원이라도 해 주지. 당신 혼자라면 몰라도 이 세계에는 많은 강자가 있으니 솟아날 구멍을 찾을 확률이 제법 높다고 할 수 있지."

가만히 서서 라기아의 말을 듣고 있던 리오는 곧 그녀를 돌아보고 빙긋 웃으며 고개를 끄덕였다.

"그래, 기억해 두지. 그럼 난 이만……."

"음…… 아! 잠깐, 잠깐!"

라기아는 갑자기 잊었던 것이 떠오른 듯 급히 리오를 불러 세웠다. 라기아는 머리에 쓰고 있던 모자를 벗어 그 안에 손을 집어넣고 무언가를 찾기 시작했다.

리오는 궁금한 얼굴로 그녀를 가만히 바라보았다. 그녀는 곧 모자 안에서 헝겊에 싸인 기다란 물건을 거짓말처럼 꺼내 그에게 던져 주었다. 물건을 건네받은 리오는 고개를 갸웃거리며 헝겊을 풀어 보고 놀란 얼굴로 그것과 라기아를 번갈아 바라보았다. 할 말을 잊은 듯한 표정이었다. 라기아는 모자를 다시 쓰며 말을 이었다.

"후훗, 사실은 내가 기념으로 가지려고 했는데 지금 당신 상황을 보니 필요할 것 같아서 주는 거야. 그 검 신기하던데? 주워서 내 방에 가만히 놔뒀을 뿐인데 얼마 안 가서 다시 원래대로 달라붙더라고."

리오는 고개를 끄덕이며 보라색 검 디바이너를 내려다보았다. 예전에 여신들과의 전투에서 지하드의 무리한 남발로 결국 부러져 버린 디바이너를 라기아가 회수한 것이었다. 손으로 디바이너를 툭툭 쳐서 강도를 확인해 본 리오는 만족스러운 듯 고개를 끄덕이며 말했다.

"크리스마스 선물치고는 이르지만…… 어쨌든 멋진 선물이군. 다시 한 번 고맙다고 해야 하나?"

라기아는 희미하게 미소를 지었다.

"흠, 마음대로. 자, 그럼 나 먼저 갈 테니 평소대로 멋지게 해 봐. 안녕!"

라기아는 곧 자신이 그린 마법진 속으로 사라져 갔다. 리오는 그녀와 혈전을 벌였던 기억이 새로웠지만, 중요한 것은 그게 아니었다. 리오는 다시 찾은 디바이너를 파라그레이드 옆에 묶으며 몸을 서서히 공중으로 띄웠다.

"13일…… 다른 사람들은 알고 있을지 모르겠군. 어서 돌아가 봐야겠지?"

리오는 곧 빠른 속도로 동쪽을 향해 날아갔다. 한시가 급했다. 13일은 그리 길지도 짧지도 않은 시간이었기 때문이다.

'그건 그렇고 와카루 박사 뒤에 있다는 존재는 뭘까……? 린라우가 사라진 지금 또 다른 누군가가 있다는 뜻인가? 설마 악마왕?'

리오의 의문은 끊일 줄을 몰랐다.

휀은 모든 일행이 보는 앞에서 천천히 계획을 설명해 주었다.

"우선 일행을 두 조로 나눈다. 어떻게 실패하든 결과는 똑같으니 아는 곳을 찾아가는 게 좋겠지. 먼저 첫 번째 조는 레프리컨트 왕국의 수도에 있는 거대 기둥을 파괴한다. 이 일은 사바신과 슈렌, 바이론이 주축이 되어 맡는 게 좋아."

바이론의 이름이 나오자 린스는 이상하다는 듯 물었다.

"이, 이봐. 바이론은 지금 행방불명되고 없잖아? 그가 네 계획을 알고 거기에 갈 것 같아?"

그러자 휀은 린스를 흘끔 보며 말했다.

"바이론은 반드시 내가 있는 곳과 반대 쪽으로 갈 것이다. 너희도 속으로는 바이론을 믿고 의지했을 테니 계속 믿는 것도 나쁘지 않아."

린스는 휀의 거침없는 말에 고개를 숙이며 물러섰다. 휀은 계속 말을 이었다.

"너희가 말한 그 대머리 박사가 있는 나라는 나와 지크가 주축이 되어 간다. 리오가 올지도 모르지만 안 와도 상관없어."

휀의 말에 가희는 혹시나 하면서도 질문을 던졌다.

"예? 리오 씨도 상당한 전력 아닌가요?"

"내가 가는 이상 별 차이는 없으니까."

휀이 당당하게 말하자, 가희가 고개를 저으며 힘없이 중얼거렸다.

"역시 우주 황태자······."

휀은 가즈 나이트들을 양쪽으로 나누고 약간이라도 전투를 할 수 있는 일행들에게 물었다.

"슈렌 일행과 같이 가고 싶은 사람은 사바신 뒤에 서고, 나와 같이 가고 싶은 사람은 지크 뒤에 서라. 자신의 상황을 잘 보고 선택

하는 게 14일 후에 맞이할 세계를 위해서도 좋아."

먼저 린스는 노엘과 함께 사바신 뒤에 섰다. 련희 역시 그녀들을 따라 사바신 뒤에 섰다. 케톤도 마찬가지였다. 지크와 사바신을 번갈아 보던 티베는 결국 동생과 함께 사바신 뒤에 섰다. 루이체와 챠오는 아무 말 없이 지크 뒤에 섰고, 넬과 마티, 프시케도 그의 뒤에 섰다. 물론 시에는 곧바로 지크의 등에 달라붙었다.

이제 남은 사람은 바이칼뿐이었다. 휀은 소파에 가만히 앉아 눈을 감고 있는 바이칼을 보며 말했다.

"용제는 여기 남아 있는 게 좋을 것 같군."

그러자 바이칼은 휀을 흘끔 쏘아보았다. 휀은 여전히 감정 없는 얼굴로 바이칼에게 말했다.

"집에 돌아가도 좋아. 강요하지 않으니까."

그 말에 바이칼은 우습다는 듯 숨을 짧게 내뱉으며 중얼거렸다.

"홍, 죽고 싶어 안달이 나 있는 건 여전하군."

휀은 바이칼의 말을 무시하듯 일행을 바라보며 말했다.

"지금 당장 출발이다. 슈렌과 사바신 조는 곧바로 짐을 챙기고 출발하도록. 나와 지크는 그 대륙으로 갈 방법을 확정한 후 출발하겠다. 그럼 갈 때까지 서로 인사나 충분히 나누도록."

말을 마친 휀은 코트 주머니에 손을 넣으며 밖으로 나갔다. 일행은 한숨을 쉬며 의자 깊숙이 앉았다. 린스는 슈렌 옆에 앉아 팔짱을 끼며 중얼거렸다.

"아, 이제 수도엔 아무도 없을 테니, 괜찮겠지?"

가만히 앞만 바라보던 슈렌은 고개를 저으며 말했다.

"이쪽에서 생각하고 있는 것을 그쪽도 충분히 생각하고 있을 겁니다. 주의는 반드시 필요한 법입니다."

린스는 어깨를 으쓱했다. 그사이 티베는 뒷짐을 지고 지크에게 슬그머니 물어보았다.

"몸은 괜찮으신가, 어쩌고 씨?"

그러자 지크는 씩 웃으며 고개를 끄덕였다.

"헤헷, 당연하지. 밖에 나간 녀석이 기합을 넣어 주는 바람에 지금은 날아갈 것 같아. 그런데 의외네? 티베는 내 쪽으로 올 줄 알았는데?"

티베는 말없이 지크를 바라보다가 쓸쓸히 웃으며 고개를 저었다.

"내 나라의 일이니까 내가 나서야지. 도움이 될지 모르겠지만."

티베의 말에 동감한다는 듯 지크는 천천히 고개를 끄덕였다. 그 말을 한 후 잠시 머뭇거리던 티베는 다시 지크에게 말했다.

"나, 사실 방송국…… 그만뒀거든. 저번 일 때문에……."

지크가 깜짝 놀라며 티베를 바라보았다. 티베는 머리를 긁적거리며 지크에게 물었다.

"음, 그러니까…… BSP라는 직업…… 어려운 거야?"

"어려워, 상당히."

대답을 한 사람은 다름 아닌 챠오였다. 티베와 지크는 의외라는 듯 챠오를 바라보았다. 챠오는 다른 곳을 응시하며 티베에게 말했다.

"우리가 도와줄게……. 이 일이 무사히 끝나기만 하면……."

"챠오……."

챠오는 여전히 다른 곳을 보고 있었지만, 티베는 그런 챠오가 더 없이 고마웠다. 지크는 씩 웃으며 자신의 뒤에 앉은 챠오의 뒷머리를 툭 쳤다. 챠오는 뒤를 흘끔 보려다가 다시 앞으로 시선을 고정했다. 지크는 챠오 옆에 앉은 마티를 돌아보며 그녀의 머리를 손가락으로 콕 눌렀다.

"어이, 넌 또 왜 내 쪽으로 온 거야?"

"널 아직 죽이지 못했잖아."

마티가 간단하게 대답했다. 지크는 마티의 아마색 머리카락을 잡아당기며 짓궂게 말했다.

"헤헷, 그래 그래. 영원히 따라다녀라. 참, 루이체 너도 바이칼과 함께 여기 남아 있는 게 어때? 나중에 리오랑 같이 오지그래."

루이체는 지크에게 의미심장한 웃음을 지어 보이며 말했다.

"흥, 난 리오 오빠에게 짐이 되긴 싫거든. 지크 오빠를 따라가는 게 리오 오빠에게도 좋을 것 같아서 말이야, 헤헤헷."

그러자 지크는 역시나 하는 얼굴로 다른 곳을 돌아보며 나지막이 중얼거렸다.

"피가 안 섞인 게 천만다행이군."

"무슨 뜻이지요, 오라버니?"

그런 상황을 뒤로하고 프시케는 조용히 집을 빠져나와 밖에 홀로 서 있는 휀에게 다가갔다. 그녀가 가까이 다가오자 휀은 머리카락을 손으로 쓸어 넘기며 조용히 말했다.

"많이 변하셨더군요, 프시케 님."

그러자 프시케는 빙긋 웃으며 고개를 살짝 끄덕였다.

"네, 저 사람들과 생활하면서 저도 많이 달라졌답니다. 하지만 휀 님은 여전히 변함없으시군요. 몇백 년 전과 같이……."

휀은 아무 말이 없었다. 프시케는 하늘을 가만히 올려다보며 휀에게 물었다.

"13일 후면, 이 세계에서 열아홉 번째로 맞는 크리스마스군요. 그때도 파란 하늘을 볼 수 있을까요?"

그녀의 물음에 휀은 아무 말이 없었다. 프시케는 그를 가만히 바라보다가, 한동안 아무 말이 없자 다시 집으로 몸을 돌렸다.

"볼 수 없습니다."

그의 갑작스러운 대답에 프시케는 눈을 질끈 감아 버렸다. 이번 일이 성공할 수 없다는 얘기와 같은 대답이었기 때문이다. 그러나 여느 때와 같이 휀의 말은 그것으로 끝난 것이 아니었다.

"화이트 크리스마스가 더 어울리지 않겠습니까."

"그렇군요. ……고마워요, 휀 님."

프시케는 다시 그를 돌아보며 고개를 살짝 끄덕였다. 그러나 휀은 여전히 그녀를 돌아보지 않았다. 하지만 프시케는 그것이 변함없는 휀의 모습이라는 것을 알고 있었기에 말없이 다시 집 안으로 들어갔다.

"잘 가, 모두!"

지금의 상황이 어떤 것인지 잘 모르는 시에는 지크의 머리 위에 올라서서 떠나가는 슈렌과 사바신 일행을 향해 손을 흔들며 인사했다. 지크는 팔짱을 낀 채 가만히 있었고, 휀은 코트 주머니에 손을 넣고 왕국 수도를 향해 가는 일행들의 뒷모습을 바라볼 뿐이었다.

주력이 되는 둘이 아무 말도 하지 않자, 다른 일행들도 손만 흔들 뿐 별다른 인사를 하지 않았다. 그들이 멀리 사라졌을 때, 지크는 조용히 몸을 돌려 집 안으로 들어갔고, 다른 사람들 역시 지크를 따라 안으로 향했다. 그러나 휀은 무슨 생각을 하는지 가만히 서서 밤하늘을 바라보았다.

"뭐지?"

갑자기 휀은 조용히 자신의 아래쪽을 향해 말했고, 휀의 코트 끝을 손으로 잡아당기던 시에는 빙긋 웃으며 중얼거렸다.

"들어가자, 휀. 밤엔 추워."

그러나 휀은 아무 대답도 하지 않았다. 두어 차례 계속 휀의 코트 자락을 잡아당기던 시에는 결국 포기하고 집 안으로 들어갔다. 시에는 지크가 팔짱을 낀 채 가만히 소파에 앉아 있는 모습을 보고 그의 머리 위로 뛰어올라 어깨를 두드렸다.

"지쿠, 지쿠, 휀 이상해. 휀 대답을 안 한다."

그러자 지크는 피식 웃으며 말했다.

"풋, 넌 바윗돌을 앞에 놓고 말을 건넨 거라고. 저 녀석은 원래 말하기를 싫어하니 괜히 말 걸지 마."

"웅."

지크의 말에 시에는 뚱한 표정을 지었다. 지크는 다시 정색을 하고 무언가를 계속 생각했다. 사실 그는 현재 상당히 긴장하고 있었다. 이번 일이 조금이라도 잘못되면 모두와 영영 이별하게 된다는 두려움도 있었고, 멸망을 처음 접하는 일종의 공포감도 있었다.

"후……."

지크는 머리 위에 시에가 올라가 있는데도 한숨을 내쉬며 몸을 앞으로 숙였다. 시에는 팔을 양쪽으로 벌려 겨우 중심을 잡다가 결국 지크에게 불만을 터뜨렸다.

"지쿠! 얘기도 안 하고 숙이면 시에 위험하다!"

지크는 아무 말도 하지 않았다. 시에는 의아한 표정으로 가만히 지크를 내려다봤다. 이윽고 지크는 머리 위의 시에를 인형을 안듯 꼭 안으며 힘없이 중얼거렸다.

"흑, 엄마 보고 싶어."

농담 섞인 한탄이지만, 그의 솔직한 심정이기도 했다. 시에는 계속 의아한 얼굴로 자신을 안고 있는 지크를 흘끔흘끔 볼 뿐이었다.

"지쿠, 엄마가 뭐야?"

지크는 움찔하며 정신이 번쩍 들었다. 지크는 즉시 시에를 안고 그녀의 얼굴을 정면으로 바라보았다. 지크가 약간 놀란 얼굴로 자신을 바라보자 시에는 재미있다는 듯 빙긋 웃어 보였다.

지크는 시에의 미소를 보며 가만히 생각했다. 그러면서 자신은 아직도 어리다고 속으로 되뇌었다. 이런저런 생각을 떠올리던 그는 곧 씩 웃으며 시에에게 말했다.

"엄마라는 분은 우리에게 너무나 고맙고 소중한 사람이지."

"응, 그럼 시에도 엄마를 가질 수 있어?"

지크는 상당히 난감했다. 도대체 어떻게 설명해야 한단 말인가.

"그, 그건…… 아, 그래, 가질 수 있을 거야. 하하핫."

지크는 그렇게 대충 얼버무렸고, 시에는 그렇구나 생각하며 고개를 끄덕였다. 그때 어느새 집 안에 들어온 휜이 말했다.

"엄마는 가질 수 없다!"

"응?"

"대신 엄마가 될 수 있을 것이다. 어쨌든 한 가지 묻지, 지크."

"응, 그…… 그래."

멍한 얼굴로 휜을 보던 지크는 머리를 긁적이며 고개를 끄덕였다.

"내 기억으로는 이 세계에 고속으로 대륙 간을 비행할 수 있는 교통수단이 있다. 하지만 상황이 좀 안 좋은 것으로 아는데…… 지금도 그런 교통수단이 있나?"

지크는 고개를 갸웃거렸다. 사실 현재 고속은 아니더라도 비행을 할 수 있는 교통수단은 비행선뿐이기 때문이었다. 물론 비행기도 사용할 수 있으나 유럽에서 미국까지 가려면 상당히 복잡하기 때문에 결국 비행선뿐이었다. 지크는 자신 없는 목소리로 대답했다.

"고속은 아니더라도 잔뜩 타고 이동할 수 있는 수단이 있긴 해. 하지만 좀 느린데……."

그러자 휀은 됐다는 듯 고개를 살짝 끄덕였다.

"10일 이내로만 갈 수 있으면 돼. 실질적인 일은 그리 오래 걸리지 않아."

지크는 휀이 너무나 자신 있게 말하자 의아한 표정으로 물었다.

"이봐, 좀 바보 같은 질문이긴 하지만 너…… 지금 떨리지 않아?"

휀은 다른 곳으로 고개를 돌리며 가볍게 말했다.

"너와 내가 같다고 생각하나?"

"쩝, 하긴."

휀은 다시 장갑을 끼고 일어서서 밖으로 나가며 지크에게 말했다.

"출발한다. 모두 데리고 밖으로 나와!"

그는 나가 버렸고, 지크는 소파에서 일어서며 중얼거렸다.

"네네, 대장님."

일행 모두 밖으로 내보내고 나서 지크는 바이칼의 방문을 두드렸다. 바이칼은 일찌감치 자신의 방에 들어가 잠자리에 든 상태였다. 지크가 몇 차례 방문을 두드리자 바이칼은 약간 잠에 취한 눈으로 방문을 열고 나왔다.

"죽고 싶나?"

지크는 그 말을 무시하고 바이칼의 약간 헝클어진 머리를 흐트리며 미소를 지은 채 말했다.

"우리는 지금 출발할 테니 여기서 리오나 기다리고 있어. 혼자 있기 외롭다고 또 술 마시지 말고. 헤헤헷."

"알았으니 빨리 사라져!"

바이칼은 자신의 머리를 만지는 지크의 손을 가볍게 떨치고 다시 들어갔다. 지크는 이제 처리할 것을 다 끝낸 듯 어깨를 으쓱하며 소파에 기대 놓은 무명도를 들고 밖으로 나섰다.

그가 집 안에서 바이칼에게 인사하는 동안, 휀은 그와 같이 행동할 동료들을 흘끔 바라보았다. 지크와 자신을 제외하고는 전부 여자인 그들을 보고 휀은 한심하다는 듯 고개를 저으며 말했다.

"자신 없는 사람은 여기서 빠져도 좋아. 강요는 안 한다고 분명히 말했다. 물론 이곳을 떠난 후에 무섭다고 도망치면 나에게 죽는다. 이곳을 떠나면서부터 일은 시작되니까."

"흥, 우리가 여자라고 무시하는 겁니까?"

그때 챠오가 팔짱을 낀 채 당당히 말했고, 휀은 그녀를 흘끔 보며 말했다.

"실력을 무시했지 성별을 무시하진 않았다."

챠오는 발끈하며 눈을 부릅떴으나 그때 막 집에서 나온 지크가 그녀의 어깨를 두드리며 말했다.

"에헤, 밤중에 화내면 피부가 거칠어진다고. 자자, 즐겁게 즐겁게…… 어이! 휀, 이제 출발하지?"

휀은 곧 항구 쪽으로 몸을 돌려 천천히 걸어갔다. 지크는 일행들을 바라보며 크게 소리쳤다.

"자, 가자고! 우리의 산타 할아버지를 위해!"

오후 늦게 겨우 트립톤에 돌아온 리오는 급히 노엘의 집 문을 열어젖혔다. 그러나 집 안에는 아무도 없었다. 리오는 거칠게 한숨을 쉬며 고개를 숙이고 소파 위에 주저앉으며 머리를 긁적였다.

"너무 늦었가? 그건 그렇고 다 어디 갔지?"

양손으로 자신의 얼굴을 감싼 채 리오는 주위를 둘러보았다. 너무나 깨끗이 정돈되어 있었다. 먼지도 거의 없는 것을 보니 떠난 지 하루 정도 지난 것 같았다.

"다 알고 떠난 건가? 그랬으면 좋겠는데."

그때 한쪽 방 문이 스르르 열리고 그 안에서 반바지 차림의 바이칼이 잠에 취해 흐느적거리며 나타났다. 바이칼은 리오가 온 줄도 모르는 듯 터벅터벅 부엌으로 들어갔다. 그는 노엘이 손수 만든 정수기에서 물을 따라 마신 후 상의를 천천히 벗으며 욕실로 들어갔다. 그 광경을 처음부터 끝까지 지켜보던 리오는 피식 웃으며 속으로 중얼거렸다.

'잠에 취해 있을 땐 업어 가도 모르는 건 여전하군.'

리오는 소파에 편히 앉으며 바이칼이 나오기를 기다렸다. 집 안에 바이칼 혼자뿐이니 일행들 행방을 알려면 어쩔 수 없었다.

리오는 창밖을 바라보았다. 이 세계의 날짜는 12월이지만 대륙의 기후는 그리 춥지 않았다. 막 따뜻해지려는 봄 날씨와도 같았다.

"음, 크리스마스라……. 예전에 지크 녀석과 크리스마스 파티를 한 게 생각나는군. 물론 그땐 뭔지도 잘 몰랐지만. 그 녀석 이번 일이 잘 끝나면 또 양말을 벽난로에 걸어 둘까? 그건 그렇고 왜 양말을 걸어 두는지 이해가 잘 안 가는군. 설마 굴뚝으로 누가 들어와서 선물이라도 주나?"

그때 누군가의 짧은 비명이 들려왔고, 리오는 움찔하며 소리가 들려온 쪽을 바라보았다. 상의를 걸치지 않은 바이칼이 젖은 머리를 수건으로 둘둘 만 채 놀란 눈으로 리오를 바라보았다. 리오는 빙긋 웃으며 그에게 손을 흔들었다.

"여, 잘 잤어?"

가만히 리오를 바라보던 바이칼은 다시 표정을 바꾸고 머리를 말리며 반대편 소파에 앉았다. 입고 있는 건 사각팬티 하나뿐이라 바이칼은 다리를 꼬고 앉았다. 리오는 한숨을 내쉬며 물었다.

"모두 어디로 간 거지? 단체로 놀러 간 것은 아닐 테고……."

바이칼은 수건으로 머리를 계속 말리며 대답했다.

"웬 녀석이 오더니……."

바이칼은 자초지종을 얘기해 주었다. 리오는 고개를 뒤로 젖히고 얼굴 위에 자신의 손을 덮은 채 고개를 끄덕였다.

"그렇군. 정말 다행인데…… 그럼 내가 갈 곳은 미국 쪽인가?"

얘기를 하며 머리를 대충 다 말린 바이칼은 빗으로 머리를 단정히 빗으며 고개를 끄덕였다.

"그렇다고 할 수 있지. 언제 떠날 거지?"

바이칼의 질문에 리오는 잠시 말없이 천장을 바라보다가 다시 바이칼을 바라보며 대답했다.

"물론 지금 당장 가야겠지만…… 넌 이제 드래고니스로 돌아가."

그 말에 바이칼은 잠시 동작을 멈추고 리오를 바라보다가 팔짱을 끼며 말했다.

"흠, 건방지게 내가 할 말을 먼저 하다니……."

그러자 리오는 웃으며 바이칼 옆으로 자리를 옮겨 앉으며 천천히 말했다.

"이번 전투에서 실패하면 이 차원에 있는 모든 것들이 사라져 버려. 나와 같은 가즈 나이트들은 네가 알다시피 그렇게 죽는다 해도 다시 살아나겠지만 넌 그렇지 않잖아. 넌 용제, 모든 차원의 서룡족을 다스리는 용제야. 할 일이 많이 남아 있어. 여기서 허무하게 죽으면 안 돼. 그렇게 되면 난 서룡족 앞에서 얼굴을 들고 다닐 수 없게 될 거야."

바이칼은 아무 말 없이 자리에서 일어나 방으로 돌아갔고, 리오는 어깨를 으쓱하며 고개를 저었다.

"흠, 여자를 설득하는 것보다 더 힘들군."

그때 바이칼이 들어간 방의 문이 다시 열렸고, 바이칼은 리오의 정면에 무언가를 세게 던졌다. 리오는 자신의 얼굴에 덮인 묵직한 헝겊 뭉치를 만져 보았다.

질감으로 보아 자신의 망토가 분명했다. 리오는 망토를 스르륵 내리며 바이칼 쪽을 바라보았다. 바이칼은 아무 말 없이 다시 자신의 방으로 들어갔다. 리오는 짙은 붉은색 눈썹을 꿈틀거리며 중얼거렸다.

"뭐지? 이 분위기는……?"

옷을 챙겨 입은 바이칼은 역시 아무 말 없이 방을 나섰고, 리오는 배웅이라도 해야 한다는 생각에 바이칼이 던져 준 망토를 몸에 두르고 밖으로 나섰다.

바이칼은 곧 리오에게 돌아서서 나지막이 물었다.

"이런 내가 어리다고 한심해하겠지."

'물론이지.'

리오는 그렇게 말하고 싶었으나 떠나라는 자신의 말이 바이칼의 자존심을 보통 건드린 게 아닌 듯 싶어 고개를 저으며 대답했다.

"나이가 몇인데 어리다고 생각하겠어. 난 지금 네가 보통 때처럼 네 스스로의 의지대로 떠나는 것이라고 생각해."

리오는 속으로 자신의 이런 거짓말이 지크가 그렇게 부르짖는 '사탕발림'이라고 생각했다.

리오의 말을 듣고 가만히 서 있던 바이칼은 곧 리오 쪽으로 방향을 돌려 여전히, 언제나처럼 차가운 얼굴로 그를 바라보며 말했다.

"네 녀석이 나보고 떠나라는 말을 한 것은 이번이 처음 같군. 좋아, 가 주지. 마침 장로를 비롯해 모두 나를 걱정하고 있을 테니까. 그럼 이만."

바이칼은 손으로 마법진을 그린 후 공중에 차원문을 만들고 재빨리 그곳으로 몸을 날렸다. 그 모습을 말없이 바라보던 리오는 머리를 긁적이며 생각했다.

'저 녀석, 지크가 하도 놀려서 성격이 변한 건가…… 아냐, 방에서 술을 마셨을지도…….'

리오는 잠시 생각하며 바이칼이 보든 말든 손을 흔들고 조용히 공중으로 떠올랐다. 아메리카 대륙으로 가기 위해서였다.

"……음?"

순간 리오는 어디선가 강한 생체 에너지가 모여드는 것을 감지했다. 하지만 어디인지 알 수 없어서 긴장한 채 주위를 두리번거렸다. 높은 상공에 만들어 놓은 차원문을 향해 떠올랐던 바이칼도 그 반응을 감지했다. 하지만 그는 뒤돌아보지 않았다.

그때 리오가 떠 있는 바다 밑에서 그리 강하지 않은 고출력 에너지 광선이 솟구쳐 올랐다. 리오는 자신을 스쳐 지나간 그 광선이 나온 지점을 내려다보며 쓸쓸한 표정을 지었다.

"젠장, 선제공격인가? 그건 그렇고 빠르기도 하……."

순간 리오는 뒤쪽에 펼쳐진 바다로 무언가 추락하는 소리를 들었다. 리오는 불안한 마음에 그쪽을 응시했다. 해수면 위에 공기 방울과 함께 붉은색 피가 솟아오르는 것을 볼 수 있었다.

"아니야. 녀석이 멍청하게 맞고 있을 리가……."

리오는 더욱 불안감을 감추지 못하고 바이칼이 만든 차원문을 바라보았다. 차원문은 아직도 열려 있었다. 하지만 바이칼의 모습은 어디에도 보이지 않았다.

리오는 할 말을 잊었다. 그때 밑에서 무언가 천천히 솟아오르기 시작했다. 리오는 뒤로 물러서며 바닷물을 헤치고 나오는 존재를 바라보았다. 검은색 물체였다. 더 정확히 말하면 검은색 털로 뒤덮인, 마치 누군가의 공격으로 하반신이 날아가 버린 사자와 흡사했다.

하반신이 날아가 척추가 드러난 그 거대 사자는 리오를 노려보며 포효했다. 리오는 아직도 피가 섞인 공기가 떠도는 항구 쪽 바다와 자신을 쏘아보는 거대 사자 베히모스를 번갈아 보다가 붉은 안광을 폭사하며 나지막이 중얼거렸다.

"마법검 플레어를 맞고 하반신만 날아간 건가? 잘도 살아 있군."

리오는 천천히 디바이너를 뽑으며 중얼거렸다. 그의 몸에서 살기가 무서우리만치 뻗어 나왔고, 눈에서 뿜어지는 붉은 안광의 밝기도 점점 증대됐다.

"털 하나도 남겨 두지 않겠다…… 최대한 빨리!"

리오는 현재 두 가지 일을 한꺼번에 해야 했다. 그것도 자신의 말처럼 최대한 빨리. 한 가지는 베히모스를 완전히 없애는 것이었고, 또 하나는 부상을 입고 바다 어딘가에 빠진 바이칼을 늦기 전에 건져 올리는 것이었다.

"크아아아아앗!"

리오는 대성을 토하며 자신의 기를 최대한 끌어 올렸다. 그러자 그의 이마에 네 개의 기다란 무늬가 떠올랐다. 그가 떠 있는 주위의 대기가 크게 진동하는가 싶더니 이내 대류를 멈추고 말았다. 그 사이 베히모스는 몸을 크게 꿈틀거리더니 열어젖힌 온몸의 피부에서 수백여 개의 생체 렌즈를 생성시켰다.

"없애 버리겠다!"

리오는 곧바로 베히모스를 향해 맹렬히 돌진했다. 베히모스는 크게 포효하며 온몸에 생성된 생체 렌즈를 사방으로 발사했다. 생체 렌즈가 튀어나가자 리오는 순간 멈춰 주위를 둘러보았다. 그 투명한 적색 구체가 자신을 넓게 둘러싼 채 공중에서 움직이지 않고 둥둥 떠 있었다.

'자체 공격력은 없는 건가……. 그럼 시간 낭비할 필요 없겠지!'

리오는 다시금 베히모스를 향해 돌진했다. 베히모스는 기다렸다는 듯 눈에서 아까 리오를 공격하고 바이칼을 맞춘 얇고 날카로운 광선 두 개를 내뿜었다.

"다 쓸데없어!"

처음 공격당할 때 그 광선의 속도와 범위를 익혀 버린 리오는 간단히 그 공격을 피한 후 계속 베히모스를 향해 돌진했다.

그러다 순간 리오는 베히모스의 눈동자에서 다각도로 꺾어지는 빛줄기를 보았다. 리오는 재빨리 뒤로 돌아서며 디바이너로 방어 자세를 취했다.

광선을 가까스로 방어한 리오는 뒤로 약간 밀려났다. 그는 다시 베히모스에게서 떨어지며 자신과 베히모스 주위에 떠 있는 생체 렌즈들을 쳐다보았다. 리오는 베히모스가 왜 생체 렌즈들을 공중에 띄웠는지 이유를 알 것 같았다.

'광선을 반사시켜 전 방향 공격을 감행해 도망 못 가도록 하겠다는 것인가……. 영악한 녀석!'

그사이 베히모스는 다시금 눈에서 광선을 발사했다. 그 광선들은 생체 렌즈에 반사되더니 사방으로 튀어나가 리오를 공격했다. 계속 피하기만 하던 리오는 속으로 분노를 터뜨리며 머리를 굴리기 시작했다.

'마법을 사용해서 저것들을 없애기에는 마법진을 만들 시간이 모자라고…… 그렇다고 직접 공격을 가하기에는 너무 많고……. 게다가 본체에는 접근조차 못하니, 이런 제기랄!'

그때 광선이 리오의 왼쪽 팔을 스쳐 지나갔다. 리오는 상처와 함께 그을린 왼팔을 오른손으로 막으며 이를 악물었다. 더 이상 피하는 것은 자신을 위해서나 바이칼을 위해서나 좋은 것이 아니었다. 눈을 가늘게 뜬 채 생각하던 리오는 씩 웃으며 검을 굳게 잡았다.

"좋아, 끝을 내주지…… 어차피 13일이나 남았으니까!"

리오는 곧 초고속으로 움직이기 시작했다. 공중에 떠 있던 생체 렌즈들 역시 그의 움직임에 따라 빠르게 움직였다.

순간 리오의 몸에서 뿜어 나오던 푸른색 기가 점점 녹색을 띠기 시작했다. 눈에서 광선을 뿜어내 렌즈들을 조종하던 베히모스는 자신의 동체 시력으로 리오의 움직임을 보지 못할 정도가 되자 더욱 빨리 광선을 뿜었다.

리오는 초고속으로 베히모스를 향해 다가왔다. 어느새 왼손에 파라그레이드를 쥐고, 오른손에 디바이너를 쥔 채 그는 베히모스의 눈앞에 정지했다. 베히모스가 연사(聯射)한 광선들은 리오의 등을 향해 정확히 날아오고 있었다. 리오는 그것을 아는지 모르는지 두 검을 교차하며 외쳤다.

"간다…… 기다려라, 바이칼! 지하드!"

그 순간 리오의 몸에서 녹색 빛이 사방으로 분출됐다. 그 어마어마한 충격으로 생긴 공간왜곡은 날아오던 광선들을 휘어버리고 말았다.

"쿠웃?"

베히모스는 놀라운 광경에 잠시 안구를 이리저리 굴렸다. 녹색 빛이 번뜩였을 뿐이었기에…… 순간적인 충격에 의한 공간 왜곡 말고는 별다른 변화가 없었다.

그 순간 베히모스의 뭉툭한 코끝이 수박처럼 터져 나갔다. 그것을 기점으로 베히모스의 몸이 바람에 무너지는 모래성같이 분해되어 갔다.

베히모스는 털 한 올까지 분해되어 처절한 비명을 질렀다. 어느새 베히모스의 머리 위 상공에 나타난 리오는 이미 날이 타 버린 파라그레이드와 연기를 내뿜고 있는 디바이너를 칼집에 넣었다. 그러자 베히모스의 몸은 대폭발을 일으키며 티끌 하나 남기지 않고 사라졌다. 하반신이 끊겨졌어도 끈질기게 살아 남았던 베히모스의 최후였다.

리오는 미련 없이 폭발로 생긴 잔광을 뚫고 바이칼이 떨어진 항구 쪽 바다를 향해 날아가기 시작했다. 리오는 안타까운 표정으로 중얼거렸다.

"넌 죽지 않아. 그래, 용제잖아. 용들의 제왕이잖아! 그런 광선 한 방에 죽을 녀석이 아니야!"

리오가 도착했을 때 바이칼이 떨어졌던 바다에는 이미 흐려진 핏물의 흔적만이 있을 뿐이었다.

"젠장해! 살아나면 내가 죽여 버릴 테다!"

리오는 소리치며 재빨리 바닷속으로 들어가 적외선 시각을 발동해 바이칼을 찾았다.

'빌어먹을, 빌어먹을!'

얼마나 시간이 지났을까. 리오는 해저에서 솟아오르는 핏줄기를 발견했다. 그는 곧바로 바이칼을 데리고 바다를 빠져나갔다.

선착장 위에 바이칼을 눕힌 리오는 즉시 상처 부위를 확인했다.

그의 상처가 가슴 중앙에 난 것을 본 리오는 잠시 허탈한 표정을 지었다. 그러나 희망을 버리지 않고 바이칼의 맥박을 손으로 짚어 보았다.

"아, 아니야. 잘못 짚었겠지…… 아니란 말이야!"

리오는 물에 젖은 머리카락을 세차게 흔들며 바이칼의 가슴 위에 손을 얹고 자신의 기를 강하게 주입했다. 그러자 바이칼의 몸은 기의 충격으로 잠시 꿈틀거렸으나 그것은 그저 충격에 의한 것일 뿐이었다.

바이칼의 우윳빛 얼굴은 혈색 없는 옅은 회색을 띠고 있었다. 입술도 파랗다 못해 보라색으로 변해 있었다.

리오는 침대 모서리에 기대 방바닥에 주저앉아 고개를 숙였다. 자신이 할 수 있는 모든 것을 다 시도해 보았으나 상황은 나아질 기미를 보이지 않았다.

"멍청한 녀석! 그러고도 용들의 제왕이야?"

그렇게 중얼거리며 리오는 풀어 헤친 머리카락을 양손으로 강하게 움켜쥐었다. 그는 망토도 벗어 던진 채였다. 신룡의 날개 가죽으로 제작된 그의 망토는 어떤 상황에서도 체온을 유지해 주었다. 리오는 이미 싸늘히 식어 버린 바이칼의 몸을 자신의 망토로 감싸고 있었다.

말없이 머리카락만 움켜쥔 채 가만히 있던 리오는 곧 허리를 펴고 고개를 돌렸다. 그는 자신이 기댄 침대 위에 누워 있는 바이칼을 바라보았다. 그러나 바이칼은 어떤 눈빛으로도 자신을 보고 있지 않았다.

"의형제가 아닌…… 친구로서 처음으로 너에게 신계의 천공을 보여 주었지. 그 후로 넌 무슨 이유에서인지 몇백 년간 나를 계속 쫓아다녔고…… 후, 나도 많이 멍청해졌군. 듣지도 못하는 녀석에게 이런 말을 해봤자 아무 소용 없는데……"

그렇게 중얼대며 리오는 침대 위에 얼굴을 묻었다. 그는 바이칼을 덮은 망토 속으로 손을 넣었다. 그리고 차갑게 식어 버린 바이칼의 갸름한 손을 꽉 잡으며 다시 중얼거렸다.

"아직도 어린애일 뿐이면서…… 왜 날 쫓아다닌 거지? 여자애라면 이해를 하겠는데…… 남자 녀석이 왜 날 따라다닌 거야. 다시 살아나지도 못할 녀석이!"

리오는 침대 시트를 잡은 손에 힘을 주었다. 그의 악력을 견디지 못한 시트는 스프링이 망가지더니 크게 흔들렸다. 리오의 몸도 부르르 떨렸다. 감정을 억누르던 리오는 바이칼의 뺨에 자신의 이마를 갖다 댔다. 그리고 그의 부드러운 머리카락을 쓰다듬으며 힘없이 말했다.

"지쳤어…… 그만 쉴게. 바이칼, 미안해."

리오는 그렇게 잠 들었다.

"네 번째 심장에 맞았군."

바이칼은 자신의 가슴과 등에 난 관통상을 회복주문으로 치료하며 중얼거렸다. 차츰 치료되어 가는 동안 바이칼은 침대 옆에 쓰러져 자고 있는 리오를 흘끔 바라보며 말했다.

"그건 그렇고 저 녀석은 왜 내 침대 위에 쓰러져 자고 있지? 건방지게……"

그는 리오가 이마를 갖다 댔던 볼을 만지며 밖으로 나갔다.

정오쯤 되어 리오는 겨우 잠에서 깨어났다. 무리하게 사용한 것은 아니지만 그래도 '지하드'라는 대(大)기술을 사용한 탓이었다.

천천히 몸을 일으키던 리오는 깜짝 놀랐다. 망토를 덮고 누워 있어야 할 바이칼이 없어진 것이다. 갑자기 리오는 고개를 푹 숙이며 낮은 목소리로 미친 듯 웃기 시작했다.

"후후…… 그래, 용제답게 그냥 사라졌구나. 후훗…… 하하핫!"

그렇게 웃으며 리오는 망토를 즉시 걸치고 벽에 세워 둔 검을 거칠게 쥐었다. 그는 붉게 빛나는 눈으로 창밖을 보며 소리쳤다.

"잘 가라, 바이칼. 장례는 화려하게 치러 주마! 제너럴 블릭이든 와카루든 모두 죽여 버릴 테니!"

리오는 곧바로 벽을 부수고 퀭한 두 눈으로 살기를 내뿜으며 서쪽을 향해 날아갔다.

그때 바이칼은 거실 소파에 누워 이불을 덮고 자고 있었다.

갑자기 움찔하고 일어선 그는 아직도 귓가를 맴도는 리오의 음성에서 불길함을 느꼈다. 예상외로 일이 크게 번져 버렸다.

"큰일이다!"

휀 일행은 포르투갈에서 대륙 간 비행선에 몸을 실었다.

"지크."

객실 등이 꺼지고 미등만 희미하게 빛나는 취침 시간, 휀은 옆자리에서 편히 누워 자고 있는 지크를 불렀다. 막 잠이 들려던 지크는 고개를 돌리며 말했다.

"음, 뭐가 또 불만이야."

"이 애완동물이 여기 있는 이유를 좀 알고 싶군."

지크는 휀의 팔 밑에 바짝 붙어 곤히 잠든 시에를 쳐다보았다. 그는 어깨를 으쓱하고 대답했다.

"아직 좀 어리거든."

"그럴지도."

훤은 아무 말 없이 지크를 보다가 그냥 눈을 감고 모포를 끌어당기며 중얼거렸다.

다음 날. 아침을 알리는 부드러운 음악 소리와 함께 긴 귀를 쫑긋거리며 시에가 눈을 떴다.

시에는 덮고 있던 모포를 걷고 머리를 내밀며 자리에서 빠져 나왔다. 그런 후 의자 등받이에 올라가 어디론가 사라진 훤을 찾았다. 그러나 훤이 보이지 않자 기내 바닥에 내려와 코를 킁킁거리며 움직였다. 시에가 자동문을 지나 식당칸으로 들어서자 청소를 하던 스튜어디스들이 흠칫 놀라며 시에를 쳐다보았다. 그러나 시에는 아랑곳하지 않고 계속 냄새를 맡다가 식당칸에서 여유 있게 술을 음미하는 훤을 발견하고 소리를 질렀다.

"와, 헨이다!"

시에는 벌떡 일어서더니 달려갔다. 술을 마시던 훤은 동작을 멈추고 시에를 흘끔 바라보았다. 그러나 곧 무시하고 다시 술잔을 들었다. 시에는 급기야 훤이 있는 테이블 위에 올라서며 빙긋 웃었다.

"헨, 헨. 시에 배고프다."

훤은 술잔을 내려놓고 시에를 쳐다보았다. 시에는 가만히 훤을 바라보다가 그의 얼굴 가까이 자기 얼굴을 들이대고 냄새를 맡았다.

"웅…… 기분 이상해지는 물 냄새. 바이롱이 많이 먹던 물 냄새다."

훤은 다시 술잔을 입에 대었다. 시에 역시 아무 말 없이 테이블 위에 앉아 훤이 술 마시는 모습을 지켜보다. 훤은 술이 얼마 남지 않자 잔을 내려놓으며 말했다.

"눈에 거슬려."

그러자 시에는 입을 동그랗게 모으고 고개를 갸웃거렸다. 휀은 여전히 차가운 얼굴로 다시 말했다.

"의자에 앉아."

시에는 그제야 이해된다는 듯 테이블 밑으로 뛰어내려 의자를 끌어당기고 앉았다. 휀은 고개를 저으며 다시 말했다.

"다리를 내리고 앉아. 다리는 모으고, 손은 무릎 위에 놓도록. 그러지 않으면 넌 영원히 애완동물일 뿐이다."

"배고파."

휀은 눈을 감으며 스튜어디스에게 손짓했다.

"예, 주문이 있으십니까?"

휀은 고개를 살짝 끄덕이며 그녀에게 말했다.

"간단한 아침 정식 1인분, 음료는 우유로. 그리고 브랜디 한 잔 더."

스튜어디스는 노트 패드에 주문을 적고 주방으로 향했다. 휀은 남은 술을 다 마시고 팔짱을 끼며 창밖을 바라보았다. 곧 그가 주문한 식사들이 나왔다. 휀은 술을 한 모금 살짝 마신 후 침을 흘리고 있는 시에를 보며 말했다.

"앞에 포크와 나이프가 있을 거다. 나이프는 오른손에, 포크는 왼손에 잡도록."

시에는 고개를 끄덕이며 나이프를 집어 들었다.

"포크로 스테이크 왼쪽 끝을 고정하고, 나이프로 조금씩 스테이크를 자른다. 한입에 들어갈 크기로."

그러자 시에는 대뜸 스테이크 중간에 나이프를 갖다 댔다. 휀은 조용히 말을 정정했다.

"크기는 아주 작게. 그리고 먹을 때는 소리 내지 말도록."

시에는 고개를 끄덕이고 적당한 크기로 스테이크를 잘랐다. 그러고는 스테이크 조각을 들어 올려 조심스럽게 입에 넣고 조용히 씹어 삼켰다.

"빵을 먹을 때는 역시 같은 방법으로 작게 잘라 먹는다. 수프를 떠먹을 때는 스푼 가장자리에 입을 대고 조용히 마시고, 수프가 얼마 남지 않았을 때는 접시를 살짝 기울여 같은 방법으로 먹는다."

시에는 약간 어렵다는 표정을 지으면서도 열심히 휀의 말을 따랐다.

그때 식당 밖에서 시끄러운 소리가 들리더니 곧 지크와 나머지 일행들이 안으로 들어왔다. 지크는 곧바로 패스트푸드 카운터에 달려가 미소를 지으며 음식을 주문했다.

"헬로? 햄버거 여덟 개랑, 치킨 세트 세 개랑, 감자, 핫도그 하나…… 아, 음료수는 모두 콜라로! 이봐, 제대로 앉으라고!"

주문하던 지크는 일행들이 서성거리기만 하자 한심하다는 듯 소리쳤다. 일행들은 투덜대며 두 개의 테이블에 천천히 앉았다. 지크는 다시 스튜어디스를 바라보며 말했다.

"헤헷, 이런데 처음 와 보는 애들이라서요. 아, 여기도 셀프 서비스인가요?"

스튜어디스는 지크의 행동이 재미있는 듯 미소 지으며 고개를 끄덕였다.

"예, 패스트푸드는 모두 셀프 서비스입니다. 5분 후에 나오니 조금만 기다려 주십시오."

"예, 고마워요. 어? 저건 휀이랑 시에잖아?"

테이블에 마주 앉아 있는 둘을 뒤늦게 발견한 지크는 주머니에 손을 찌르고 건들거리며 다가갔다. 접시에 담긴 시에의 빵을 손으로 집어 먹으며 지크는 시에의 모습을 신기한 듯 바라보았다.

"우아, 얘가 웬일이야? 휀, 설마 얘한테 협박한 건……?"

지크의 질문에도 휀은 말없이 창밖으로 시선을 던졌다. 지크는 어깨를 으쓱하며 의자를 당기고 앉아 시에에게 말을 걸었다.

"이야, 시에 참 대단하구나? 설마 휀이 이런 것을 가르쳐 줬을 리는 없고…… 누구에게 배웠니?"

지크가 빵을 하나 더 집자, 시에는 웃는 얼굴로 말했다.

"앗, 애완동물이다! 빵 손으로 집어 먹으면 애완동물이다, 지쿠!"

빵을 오물거리며 먹던 지크가 인상을 쓰고 휀에게 말했다.

"얘 갑자기 왜 이러는 거야?"

휀은 술잔을 내려놓으며 허무한 듯한 목소리로 대답했다.

"아직 좀 어리거든."

말을 잊고 휀과 시에를 번갈아 보던 지크는 쓴웃음을 지었다.

"그럴지도, 헤헷."

"예상보다 빨리 도착했군."

휀은 일행과 함께 뉴욕 시내를 거닐며 중얼거렸다. 오랜만에 고향에 온 사람처럼 두리번거리던 지크는 휀에게 다가가며 말했다.

"슈렌 일행보다 먼저 목적지에 도착한 것 같은데? 하긴 본부를 먼저 부수는 게 그들을 위해서도 좋을 거야, 헤헷."

지크의 말을 듣는 둥 마는 둥 하며 계속 길을 걷던 휀은 갑자기 걸음을 멈췄다.

"저기가 네가 말한 제너럴 블릭의 본사인가?"

지크는 휀이 보고 있는 곳을 향해 고개를 돌렸다. 고층 빌딩들 사이로 80층짜리 건물 네 채의 제너럴 블릭 본사가 그 웅장한 모습을 뽐내고 있었다. 지크는 희미하게 웃으며 고개를 끄덕였다.

"그래. 우리가 전 인류의 크리스마스 선물로 만들어야 할 건물."

"크리스마스. 이 세계에 내려온 선신의 세 사자 중 한 명이 태어난 날 말이군."

옆에 서 있던 넬이 궁금한 표정으로 휀에게 다가왔다.

"선신의 사자 세 명이라뇨? 무슨 말씀이세요?"

그러나 휀은 아무 대답이 없었다. 대신 그는 지크의 어깨를 툭 치며 말했다.

"점심시간이다. 이쪽은 네가 잘 알 테니 좋은 곳으로 안내해 봐."

"저, 점심? 그냥 가서 쳐 버리는 게 좋지 않을까?"

지크는 황당하다는 표정을 짓고 휀에게 말했다. 그러자 휀은 시선을 돌리며 대답했다.

"아직 열흘이나 남았다. 점심 한 끼 먹는다고 그 열흘이 다 가지는 않아."

지크는 수긍이 간다는 듯 고개를 끄덕이며 말했다.

"자자, 오랜만에 갈비나 먹을까, 모두? 넬하고 시에, 마티는 갈비 못 먹어 봤지?"

마침 배가 고팠던 넬은 웃으며 고개를 끄덕였다. 갈비라는 말을 들은 시에는 고개를 갸웃거리다가 가슴을 손가락으로 가리키며 지크에게 물었다.

"갈비?"

그런 시에의 모습에 지크는 힘없이 웃으며 대답했다.

"고기구이라고, 고기구이. 상당히 맛있으니까 기대해도 좋아."

"하, 고기! 좋아 좋아! 시에 고기 좋아해!"

시에는 상당히 즐거운 듯 깍깍거리며 지크의 어깨에 올라탔다. 지크는 곧 일행을 이끌고 근처에 있는 한식집으로 갔다.

콰아아아아앙.

그런데 순간 갑작스러운 폭음과 함께 무언가 맞은편 지면에 강하게 충돌했다. 췐은 곧 눈을 살짝 찌푸리며 잠시 멈춰 있는 일행을 뒤로하고 충돌 지점으로 걸어갔다. 지크는 갑작스러운 상황에 혼란스러운 듯 멍하니 그곳을 바라볼 뿐이었다.

"아, 아니, 이게 갑자기 무슨 일이야? 우리가 온 것을 예상하고 있었다 해도 환영식이 너무 급작스러운데?"

그때 그곳에서 누군가의 괴성이 들려왔다.

"크아아아아앗! 모두 없애 버리겠다!"

그 목소리에 지크의 눈이 더욱 휘둥그레졌다. 그 지점으로 걸어가던 췐은 쓰디쓴 표정을 지으며 중얼거렸다.

"리오 스나이퍼."

연기가 걷히며 서서히 나타난 것은 온몸에서 붉은색 투기를 내뿜고 있는 리오의 광기 어린 모습이었다. 그의 손에는 어느새 디바이너가 쥐어 있었다. 그는 적을 찾고 있는 야수처럼 주위를 살폈다.

"리, 리오! 저, 저 빌어먹을 녀석. 갑자기 왜 저러는 거지?"

지크는 믿을 수 없다는 표정으로 말했다. 리오가 바이칼과 함께 합류 장소 부근에서 놀고 있을 거라고 생각했기 때문이다. 루이체가 지크의 팔목을 손으로 꽉 잡았다.

"지, 지크 씨…… 큰일이 하나 더 늘었어요."

갑자기 뒤에서 프시케가 말했다. 그녀는 자신이 가진 바이오 버그 레이더를 보여 주며 말했다.

"이쪽으로 오고 있어요. 제너럴 블릭 본사로부터 이곳으로 몰려오고 있어요."

"쳇, 산 넘어 산이군. 어이, 췐 너라면 어떻게 하겠어?"

리오에게 계속 접근해 가던 휀이 지크를 흘끔 보며 대답했다.

"너희라면 바이오 버그쯤은 막을 수 있겠지. 난 저 녀석을 맡겠다."

지크는 고개를 끄덕이고 레이더에 나타난 방향으로 몸을 돌리며 일행에게 소리쳤다.

"좋아. 오랜만에 한번 뛰어 보자고! 저 벌레 녀석들을 화끈하게 반겨 주는 거다!"

"오옷!"

모두 기다렸다는 듯 장비를 갖추고 전투를 준비했다. 그러나 루이체는 멍하니 서서 리오를 바라볼 뿐이었다. 장갑을 조이며 호흡을 조절하던 지크는 헛기침을 하며 루이체에게 다가갔다.

"난 괜찮아, 오빠."

루이체의 어깨에 막 손을 올려놓으려던 지크는 그녀의 말에 잠시 손을 멈췄다. 그런 후 가볍게 웃으며 그녀의 어깨를 톡톡 두드리며 말했다.

"알고 있어. 저 리오 녀석에게 무슨 일이 있었는지는 모르지만 휀도 생각이 없는 녀석은 아닌 것 같으니 한번 맡겨 보자고. 자, 우리는 방해되지 않게 무대나 정리해 주자. 오빠 부대가 가까이 다가 왔으니까!"

루이체는 눈을 질끈 감으며 고개를 흔들었다. 지크의 말대로, 어디선가 엄청난 괴성이 몰려오는 소리가 들렸다. 루이체는 양 주먹을 불끈 쥐며 뒤돌아섰다.

"알았어. 난 리오 오빠를 믿으니까!"

루이체는 그렇게 말하며 전투 준비를 마친 챠오에게 달려갔다.

"갑자기 뭘 믿는다는 거야."

지크는 머리를 긁적대며 괴성이 들려오는 쪽으로 걸어갔다.

한편 휀은 숨을 몰아쉰 후 살기를 내뿜고 있는 리오를 관찰하듯 지켜보았다. 리오의 시선과 휀의 시선이 마주쳤다. 리오는 알 수 없는 미소를 지으며 휀에게 말했다.

"후, 뭐지? 나에게 무슨 볼일이라도 있나?"

휀은 코트 주머니에 손을 찌르고 차가운 표정으로 리오에게 말했다.

"내 기억으로 넌 용제와 이곳에 와야 하는 것 같은데…… 왜 너 혼자인가?"

"상관할 거 없어. 난 지금 저 건물을 박살 내고 그 녀석들을 없애 버릴 거다! 반드시 저 녀석들의 피로 그 녀석의 장례를 치를 거다, 바이칼 녀석의 장례를!"

휀은 살짝 고개를 끄덕이며 허무한 듯 천천히 말했다.

"그런가? 좋은 생각이군. 그러나…… 지금은 진정하는 게 좋아. 널 위해서라도."

"크윽, 무슨 소리냐, 휀 라디언트! 난 6백 년 이상 같이 지내 온 친구를 잃었어. 너라면 진정할 수 있나! 진정하는 게 좋다고? 헛소리하지 마!"

리오의 분노에 찬 얼굴을 가만히 보던 휀은 희미하게 비웃었다.

"난 임무에 방해되는 존재는 죽인다. 독에 비실거리는 동료도, 누구처럼 분노에 휩싸여 상황 파악도 못 하는 가즈 나이트도 가릴 것 없이. 죽고 싶지 않으면 진정하는 게 좋아."

말없이 휀을 보던 리오는 또다시 분노를 터뜨리며 디바이너를 거머쥔 손에 힘을 넣었다.

"그래? 소원이라면 해 봐라! 그 전에 내가 널 없애 주마!"

리오의 기가 한층 더 강해지자 옅은 미소를 짓고 있던 휀은 정색을 하며 중얼거렸다.

"뭐, 좋을 대로."

"이거나 먹어랏!"

리오의 강렬한 디바이너의 일격을 플렉시온으로 받아 낸 휀은 눈썹을 꿈틀거리며 숨을 죽였다. 확실히 리오의 공격력만큼은 무시할 수 없었다. 자신보다 강한 공격력을 가진 몇 안 되는 존재인 것만은 확실했다.

"4년 전보다 강해졌군. 확실히 넌 내가 인정한 녀석답다."

휀은 약간 거리를 벌리고, 기를 증폭시켜 전투 준비를 했다.

"하지만 너에게 최강의 자리를 주고 싶은 마음은 아직 없다."

말을 끝낸 휀은 플렉시온을 쥔 손에 힘을 주며 리오에게 일격을 가했다.

"마그나 소드, 운명."

한 줄기 빛으로 변한 플렉시온의 일격이 디바이너에 꽂혔다. 리오는 그 공격을 받은 상태에서 뒤로 쭉 밀려나고 말았다.

"윽!"

리오가 밀린 것을 본 휀은 멈추지 않고 그에게 돌진하며 계속 일격을 날렸다. 리오는 재미있다는 듯 미소를 지으며 디바이너를 맹렬히 휘둘렀다.

"진짜로 한번 붙어 보자는 얘기군!"

리오는 기합을 터뜨리며 디바이너를 바닥에 내리꽂았다. 근접한 상태에서 땅으로 전해지는 날카로운 충격파와 맞선 휀은 중심을 잃게 된다는 것을 눈치챘는지 몸을 피했다. 그러고는 즉시 다시금 몸을 뒤로 젖혔다. 그의 몸 위로 아슬아슬하게 리오가 일으킨 진공의 칼날이 지나갔다. 코트 앞깃이 약간 잘려 나간 것을 보며 휀은 굳은 표정으로 중얼거렸다.

'피할 걸 예상했나…… 훌륭하군.'

몸을 공중에서 회전시켜 중심을 다시 잡은 휀은 플렉시온을 옆으로 세운 후, 온몸에서 빛을 뿜으며 리오를 향해 돌진했다. 이른바 역습이었다.

리오는 곧바로 방어 자세를 취하고 휀의 공격을 기다렸다. 휀은 순간 눈에서 빛을 번뜩이며 중얼거렸다.

"마그나 소드, 광염 소나타."

순간 리오의 주위에서 연쇄 폭발이 일어났다. 그와 동시에 리오는 입으로 선혈을 뿜으며 힘없이 공중으로 떠올랐다.

"헉!"

리오는 경악을 금치 못했다. 휀의 공격이 눈에 보이지 않았기 때문이다. 이윽고 리오가 아스팔트 바닥에 쓰러지자 휀은 다가서며 나지막이 말했다.

"이것이 너와 나의 실력 차다."

그러나 휀의 등에서도 긴 핏줄기가 솟구쳤다. 리오는 회심의 미소를 지으며 몸을 일으켰다.

"후, 운이 좋았군. 느낌대로 친 것뿐인데. 후훗."

"그런가? 운이라니 다행이군."

휀은 여전히 표정 없는 얼굴로 자세를 가다듬었다. 리오는 평소처럼 여유 있는 얼굴로 자세를 취했다. 휀은 이렇게 한다면 리오가 가즈 나이트인 이상 정신을 차릴 수 있다는 것을 알고 있었다. 하지만 이상하게도 그는 그것을 말해 주고 싶지 않았다. 쓸데없는 행동이라는 것을 알면서도 자신 역시 이상하게 흥분되었기 때문이다. 결판을 내고 싶었다. 리오와 휀은 지금까지 정식으로 맞서 본 적이 한 번도 없었다.

둘의 검은 다시금 충돌했다. 그 충격파로 인해 근처의 건물 유리창들이 모조리 박살 나고 말았다. 둘은 그야말로 있는 힘을 다해 전투에 임했다.

한편 몰려오는 바이오 버그들을 한참 소탕하던 지크는 자신의 뒤에서 무시무시한 기들이 한껏 충돌하고 있음을 느끼고 불안감을 감추지 못했다.

'저 녀석들 설마 진짜로 한판 붙는 건 아니겠지? 그렇다면 지금 바이오 버그들이 문제가 아닌데?'

"쿠오오오오!"

"응?"

순간 지크의 눈앞으로 바이오 버그 한 마리가 솟아올랐다. 무방비 상태였던 지크는 이를 악물며 급히 반격하려 했다.

펑.

그러나 지크가 손을 내밀 겨를도 없이 한껏 포효하던 바이오 버그의 머리에 커다란 구멍이 났다. 바이오 버그는 길쭉한 입과 코에서 청색의 비릿한 체액을 뿜으며 바닥에 쓰러졌다. 지크는 머리를 긁적이며 탄환이 날아온 방향을 바라보았다.

"챠오 아냐? 고마워!"

"정신이나 차리시지."

블래스터를 잡고 서 있던 챠오는 쓸쓸한 표정을 지으며 다시 총구를 적들에게 돌렸다. 지크는 어깨를 으쓱하고 다시금 무명도를 휘둘렀다.

그로부터 한참 지나자 바이오 버그들은 서서히 물러가기 시작했다. 오랜만에 괴물들과 한바탕 전투를 벌였던 일행들은 한숨을 내쉬며 아스팔트 바닥에 주저앉았다. 물론 다른 일행과는 달리 체력이 남아 있던 지크는 옆에 쓰러져 있는 넬의 엉덩이를 손가락으로 콕콕 찌르며 말했다.

"헤이, 잘 싸우던데, 견습생?"

온몸에 바이오 버그의 비릿한 체액을 뒤집어쓴 넬은 말할 기운조차 없는지 고개만 저을 뿐이었다.

다른 일행들이 모두 무사한 것을 확인한 지크는 곧바로 리오와 휀이 있는 곳으로 달려갔다.

"이 녀석들, 서로 죽이지나 말아야 할 텐데?"

그러나 지크의 바람과는 달리 리오와 휀은 만신창이가 된 채 대치 중이었다. 리오는 가쁜 숨을 몰아쉬며 디바이너를 양손으로 잡은 채 휀을 노려보고 있었다. 휀 역시 플렉시온을 양손으로 잡은 채 거친 호흡을 내쉬었다.

"말리는 것으로 끝날 상황이 아닌 것 같은데?"

지크는 곧 주위를 돌아보았다. 성한 건물이 없었다. 자신들이 바이오 버그를 처리한 것은 말 그대로 장난에 불과했다. 1층이 완전히 날아가 버린 건물을 시작으로 모서리가 잘려 나간 건물 등 주위에 온전한 건물이 없었다.

"마법 대결이라도 펼쳤으면 뉴욕이 날아갔겠군. 그런데 저걸 무슨 수로 말린다?"

지크가 그렇게 고민하는 동안, 잠시나마 체력을 회복한 둘은 다시금 격돌했다.

"이것으로 끝을 내주마, 휀!"

"헛소리."

둘의 검이 충돌한 지점에서 여지없이 강력한 충격파가 발생했다. 지크는 건물을 잡고 가까스로 넘어지는 것을 모면했다.

"우아, 엄청난걸? 말릴 사람이 없겠는데?"

"저 두 바보는 왜 저렇게 싸우고 있지."

"응? 응, 아까 리오 녀석이 막 바이론 흉내를 내서…… 엉? 바이카…… 헙!"

바이칼의 이름을 막 말하려던 지크는 바이칼이 입을 막자 제대로 말을 잇지 못했다. 바이칼은 계속 리오와 휀을 바라보며 고개를 저었다.

"최강 결정전도 상황을 보고해야지, 멍청이들."

한편 둘은 다시 거리를 벌리고 서로를 주시했다. 휀은 검을 수직으로 세우고, 몸에서 서서히 빛을 뿜어냈다.

"끝이다, 리오."

휀의 자세에서 기가 무섭게 번뜩였다. 바이칼은 그것이 무엇인지 알 수 있었다. 바이칼은 굳은 표정으로 나지막이 중얼거렸다.

"레퀴엠!"

물론 리오도 알고 있었다. 휀이 그 자세를 취하자, 리오도 곧 파라그레이드를 꺼내 날을 생성시키고, 두 개의 검을 교차한 자세를 취하며 씩 미소를 지었다.

"난 이걸로 답하지."

그 말과 함께 리오의 몸에서 녹색 빛이 희미하게 뿜어 나왔다. 이번엔 지크도 리오의 생각을 알 수 있었다. 그는 얼굴이 하얗게 질린 채 넋이 나간 사람처럼 중얼거렸다.

"지하드? 저 두 녀석 미친 거 아니야!"

바이칼은 팔짱을 끼고 눈을 가늘게 뜬 채 중얼거렸다.

"레퀴엠…… 지하드…… 두 기술의 공통점은 지금까지 정면으로 맞고 견딘 자가 없다는 것. 그리고 또 한 가지…… 서로 충돌한 적도 없다는 것이지. 최대의 힘으로 충돌한다면 오늘이야말로 이 행성의 종말이지. 하지만 둘 다 마무리 지을 정도로만 자제하겠지. 종말을 부르는 기술이 맞붙는 최대 이벤트군."

바이칼의 말을 들은 지크는 이해할 수 없다는 얼굴로 바이칼을 바라보며 따지듯 묻기 시작했다.

"이, 이봐! 지금 저건 이벤트로 끝날 일이 아니라고! 빨리 가서 말려야지 구경만 할 거야!"

바이칼은 대답 대신 지크를 잡아끌어 건물 뒤로 날려 버렸다. 그 사이 휀과 리오는 한 걸음씩 내디디며 외쳤다.

"레퀴엠."

"끝이다! 지하드!"

수천 개의 검광, 한 줄기의 섬광. 그리고 그 둘을 가로지르는 푸른색 빛줄기. 그 셋은 한 지점에서 충돌했고, 곧이어 어마어마한 대폭발이 발생했다. 콘크리트의 건물 따위는 남아날 리가 없었다.

그날 저녁, 여기저기서 몰려온 소방차들과 구급차들은 일순간에 구멍이 뚫린 뉴욕 시내를 정리하기에 바빴다. 물론 취재 차량들도 만만치 않았다. 수소폭탄이 떨어진 것과 같은 초(超)파괴력의 폭발이 사방 약 2백 미터라는 작은 공간에서 발생했다는 초현실적인 일은 경찰들과 기자들 사이에 충격이었다.

"알면 용이지."

지크는 오른팔에 깁스를 하고 왼팔로 햄버거를 든 채 그 모습을 구경하며 호텔로 향했다. 먼저 리오가 있는 방에 들어선 지크는 온몸에 붕대를 감고 있는 리오를 보고 피식 웃으며 중얼거렸다.

"형편없이 당했는데, 빨간 머리 소년? 헤헷, 며칠간 편히 쉴 생각하니 기분이 어때?"

얼굴의 반을 붕대로 휘감은 리오는 대답할 기운도 없는 듯 힘없이 미소를 지을 뿐이었다. 지크는 혀를 차며 리오를 간호하고 있는 루이체에게 물었다.

"헤이, 동생. 이 녀석 상처는 어느 정도야?"

양쪽 눈이 퉁퉁 부은 채 계속 치유마법을 사용하고 있던 루이체는 아직도 남아 있는 눈물을 닦으며 힘없이 대답했다.

"양팔의 뼈가 모두 으스러졌고…… 대퇴부 골절에 내외 타박상과 내출혈까지…… 시체라고 시체. 아니 어떻게 서로 그런 기술을 사용할 생각을 했어, 오빠! 말리지 않은 지크 오빠는 또 뭐야!"

지크는 햄버거를 입에 문 채 머리를 긁적거릴 뿐이었다. 지크는 곧바로 옆방에 누워 있는 휀을 찾아갔다. 바이칼은 온몸에 붕대를 감고 있는 휀을 말없이 바라보고 있었다.

휀을 간호하던 프시케는 지크가 들어오자 웃으며 고개를 살짝 끄덕였다. 지크는 눈을 감고 있는 휀을 보다가 프시케를 보며 물었다.

"음, 왕자님께서도 상당히 다치셨구먼. 음, 사이키, 이 녀석 상처는 어느 정도야?"

치유마법을 사용하느라 약간 피곤한 프시케는 이마에 맺힌 땀을 닦으며 천천히 답했다.

"양팔의 뼈가 모두 으스러졌고…… 늑골 골절에 타박상과 내출혈까지…… 살아 있는 게 기적이에요. 설마 두 분이 이렇게까지 크게 싸우실 줄은……"

햄버거를 모두 삼킨 지크는 역시나 하며 고개를 끄덕였다. 그는 곧 바이칼을 스쳐 지나가며 그의 머리를 쓰다듬고 창가에 기대서서 조용히 말했다.

"이 정도로 끝난 게 정말 다행이었지. 바이칼 녀석이 충돌 지점에 메가플레어를 미니급으로 써서 서로 튕겨 나가게 한 덕에 최대의 이벤트는 보지 못하게 됐다고. 물론 두 기술의 파워가 남아 있어서 크게 다치긴 했지만."

바이칼은 지크의 말을 들으며 헝클어진 머리카락을 조용히 매만질 뿐이었다.

그러나 지크는 다시 바이칼의 머리카락을 헝클어뜨리며 조용히 말했다.

"나와 봐, 미소년."

"버릇없는 녀석…… 존댓말을 쓰면 나가 주지."

그런 바이칼을 조용히 바라보던 지크는 왼팔로 바이칼의 허리를 찔렀다. 바이칼은 헉 소리를 내며 소리쳤다.

"이 하등동물이 무슨 짓이야!"

지크는 그 말을 무시하고 바이칼의 허리를 왼팔로 감아 짐을 들듯 가볍게 들어 올리며 나지막이 말했다.

"조용히 안 하면 맴매한다, 쯧."

지크는 바이칼을 든 채 밖으로 나갔다. 남아 있던 프시케는 조용히 미소 지으며 훼에게 다시 회복주문을 사용했다.

복도에 나온 지크는 바이칼을 내려놓고 진지한 얼굴로 물었다.

"음, 주력 두 명이 전투 불능이란 말이야. 이제 우리에게 남은 날은 열흘 남짓…… 다른 동료들도 지쳤으니 사실 남은 건 하루 이틀뿐. 이 사태를 어떻게 하지?"

불쾌한 표정을 지으며 옷을 툭툭 털던 바이칼은 팔짱을 낀 채 냉랭하게 답했다.

"백기를 흔들면 끝이지. 어차피 나랑은 상관없으니…… 흑!"

순간 지크의 손가락이 바이칼의 이마를 강타했다. 바이칼은 이마에 손을 댄 채 지크를 노려보았다. 물론 지크는 진지한 표정으로 계속 말을 이었다.

"지금 이 적진 가운데에서 현재 전투가 가능한 사람은 너뿐이라고. 난 보다시피 이렇게 깁스를 하고 있으니 바이오 버그 아니면 어려워. 그러니 너도 좀 진지하게 동료의식이라는 것을 가져봐. 단 며칠이라도 좋으니까."

"좋아."

바이칼은 곧 이마에서 손을 떼고 팔짱을 끼며 고개를 끄덕였다. 지크는 바이칼의 어깨를 감싸며 즐거워했다.

"헤헷, 좋아 좋아! 역시 사탕발림에 약한 미소년! 리오 녀석이 어떻게 하는지 봐 두길 잘했지, 헤헤헤헷."

파악.

순간 지크의 오른팔 깁스에 바이칼의 펀치가 작렬했다. 지크는 신음 소리도 내지 못한 채 팔을 부여잡고 몸을 숙였다.

"나, 나쁜 녀석! 환자를!"

"하등동물 주제에……."

바이칼은 유유히 리오와 루이체가 있는 방으로 들어갔다.

무모한 싸움을 치른 지 5일이 지났다. 이제 그들에게 남은 시간은 7일이었다. 거리는 종말을 모르는 사람들이 부르는 캐럴로 가득했다. 그러나 일행이 묵고 있는 숙소는 침묵으로 일관했다.

그 5일 동안 전 세계에 이상한 일이 일어났다. 몇 달 전 거짓말처럼 사라졌던 바이오 버그들이 다시금 모습을 드러내기 시작했다.

결국 보통 경찰로는 속수무책이던 각 나라에서 이미 수배가 정지된 BSP들을 다시 임시로 소집하기에 이르렀다. 지크와 BSP 일행들에게는 오히려 잘된 일이라 할 수 있었다.

그러나 BSP 일행들은 오랜만에 힘든 전투를 한 탓인지 근육통이 생겨 아직도 호텔에 기거하고 있었다. 물론 육탄전을 하지 않은 프시케는 예외였다. 프시케는 아직도 휀을 간호하고 있었다. 깁스를 이틀만에 푼 지크는 바이칼과 함께 호텔 밖에서 경비를 서고 있었다.

입에 핫도그를 문 채 계단에 앉아 행인들을 흘끔흘끔 보던 지크는 반대편 계단에 기대서서 하품을 하고 있는 바이칼을 보았다. 그는 씩 웃으며 바이칼을 불렀다.

"어이, 미소년. 졸리면 들어가서 자라고. 벌써 사흘째 밖에서 잠 안 자고 경비를 섰으니 세 시간 정도는 내가 봐줄게."

그러나 바이칼은 묵묵부답이었다. 지크는 눈썹을 위로 추켜올리며 다시 주위를 둘러보았다. 그때 지크의 머리 위로 무언가가 덮쳤다. 지크는 팔을 위로 올려 시에의 머리를 쓰다듬으며 물었다.

"음, 언니들이 안 놀아주던?"

시에는 고개를 끄덕이며 약간 심통 난 목소리로 대답했다.

"응, 다 침대에 누워 있다. 시에, 심심해."

지크는 그럴 만도 하겠지 하고 중얼거리며 한숨을 내쉬었다. 지크의 입에서 하얀 입김이 뿜어져 나왔다. 그걸 본 시에는 신기한 듯 숨을 길게 내쉬며 따라 했다. 싸늘한 찬바람이 불어왔다. 거리를 지나던 사람들은 인상을 쓰며 옷깃을 여몄다. 그러나 마땅한 옷이 없던 시에는 지크의 머리에 바짝 밀착하며 몸을 떨었다. 지크는 곧 재킷을 벗어 시에에게 주었다.

"자자, 입고 있어. 리오의 망토만은 못하겠지만 그런 대로 따뜻

할 거야."

"웅…… 알았다, 지쿠."

지크의 붉은색 재킷을 껴입은 시에는 괜찮아졌는지 다시 몸을 일으키며 주위를 둘러보았다. 그러나 언제나 반팔 차림인 지크는 그렇지 않았다.

'인간적으로 참 춥군.'

그러나 지크는 내색하지 않았다.

"에취!"

"음?"

바이칼이 갑자기 재채기를 하자, 지크는 놀란 얼굴로 그를 바라보았다. 바이칼은 재빨리 정색하며 시선을 돌렸다. 지크는 혹시나 하면서도 속으로 생각했다.

'설마, 용이 감기에 걸리겠어? 그보다 시에에게 아이스크림이나 사 줘야지.'

"에취!"

다시금 재채기 소리가 들려오자, 지크는 한숨을 내쉬며 고개를 푹 숙였다.

"왜 그래, 지쿠?"

"아냐, 아이스크림 먹으러 가자, 시에."

지크는 곧 시에를 어깨 위에 올리고 아이스크림 가게로 향했다. 바이칼은 그사이 품속에 넣어 두었던 휴지를 꺼내 코를 만지며 주위를 계속 둘러보았다.

잠시 후, 아이스크림을 사 들고 지크와 시에가 돌아왔다. 지크는 바이칼에게 딸기 맛이 나는 분홍색 아이스크림을 건네주었다.

"자, 이열치열이라고 먹어 봐."

바이칼은 시에가 들고 있는 초콜릿 맛 아이스크림에 잠시 시선을 두다가 할 수 없다는 듯 아이스크림을 받아 들며 중얼거렸다.

"이걸 바친다고 내가 용서할 거라고 생각하나."

"알았으니 기침이나 하지 마쇼, 헤헤헷."

지크가 킥킥 웃으며 자리로 돌아가자, 바이칼은 아이스크림을 핥아먹었다. 그러나 그 순간 뜻하지 않은 일이 일어나고 말았다.

"에취!"

바이칼이 또 재채기를 했다. 그 바람에 아이스크림이 바닥에 떨어지고 말았다. 바이칼은 멍하니 아이스크림 덩어리를 바라보았다. 지크는 황당하다는 듯 중얼거렸다.

"무서운 녀석."

그날 저녁 일행은 모두 한자리에 모여 회의를 했다. 물론 회의라고는 했지만 가즈 나이트 세 명을 제외하고는 모두 참관인에 불과했기에 나머지 일행들은 피곤에 찌든 얼굴로 음식을 먹을 뿐이었다. 머리에 붕대를 감고 있는 휀은 주머니에 손을 찌르고 모든 일행에게 말했다.

"이제 실질적으로 남은 날짜는 6일이다. 이틀 후면 몸이 정상으로 돌아올 테니 일찌감치 일을 처리하도록 한다."

손으로 턱을 괸 채 가만히 휀을 바라보던 리오는 일행 중에 누군가가 보이지 않자 옆에 앉은 지크를 툭 치며 물었다.

"바이칼은 왜 안 왔어?"

"감기로 누웠어."

"또?"

리오가 고개를 푹 숙였다. 휀은 옆에 놓인 브랜디를 들며 허무한 목소리로 중얼거렸다.

"전력에 차질이 생겼으니 3일 후 일을 시작한다."

"하여튼 넌 몸이 허약하단 말이야."

리오는 바이칼이 누운 침대에 걸터앉으며 말했다. 바이칼은 아무 말 없이 눈을 감고 있었다. 리오는 고개를 저으며 바이칼의 이마를 덮은 물수건을 치우고 손을 대보았다.

"음, 열이 있군. 하여튼 드래곤이 감기에 걸린 건 네가 처음이야."

그러자 바이칼은 손으로 리오의 팔을 툭 치고는 몸을 돌렸다.

"맘대로 지껄이시지."

리오는 어깨를 으쓱하며 침대에서 일어섰다. 그리고 방의 불을 미등으로 바꾸고 방문을 열며 말했다.

"그럼 푹 잠이나 자. 버리고 가지는 않을 테니 안심하고, 후훗."

바이칼은 다시 똑바로 누워 이마에 물수건을 덮고 눈을 감았다.

"여기인가, 케톤?"

마을 입구를 살펴보던 슈렌은 뒤에 서 있는 케톤에게 물었다. 케톤은 고개를 끄덕였다.

"네, 수도의 난민들과 그레이 공작님 일행이 맨티스 크루저들과 함께 생활하고 있다고 들었습니다. 이곳은 원래 맨티스 퀸이 자리를 잡고 있던 크로플랜이라는 도시인데, 예전에 노엘 선생님들과 리오 씨가 맨티스 퀸을 몰아내고 이 도시를 다시 평화롭게 한 일이 있습니다. 그 후 우호적인 맨티스 크루저들은 이 도시의 지하에서 안정된 생활을 하고 있었는데, 수도에서 일이 터진 후 그들의 도움을 받아 이 도시에서 같이 생활을 하게 됐습니다. 지금은 별다른 일이 없을 겁니다."

그러나 슈렌과 사바신의 생각에는 그렇지가 않았다. 슈렌은 맨 뒤에 서 있는 사바신을 보며 말했다.

"나는 안에 들어갈 테니 여기를 맡아줘."

사바신은 걱정 말라는 듯 윙크를 하며 어깨에 지고 있던 팔봉신 영룡을 내렸다.

"하핫, 걱정 마시지. 지금 주위에 있는 것들이 하나라도 나오면 박살을 낼 테니."

"좋아."

슈렌은 그룬가르드를 감싸고 있는 헝겊을 풀고 마을 안으로 질주했다.

"자, 우리도 시작해 볼까?"

사바신은 머리를 긁적이고 영룡으로 땅을 강하게 내리찍었다. 곧 지축이 울리며 주위가 짧고 강하게 흔들렸다. 그 바람에 몇몇 일행들이 넘어지기는 했으나 사바신은 그것을 신경 쓸 여유가 없었다. 지축이 울림과 동시에 근처 나무에 숨어 있던 괴물들이 땅바닥으로 후두둑 떨어졌기 때문이다. 사바신은 영룡을 잠시 땅에 박아 놓고 이마에 두른 붉은색 띠를 조이며 말했다.

"음, 첨 보는 괴물들이긴 한데, 그리 강하지는 않겠군. 모두 정신 차리고 기습에 대비해요. 내가 적당히 쓸어 놓을 테니, 하하하핫!"

사바신은 크게 웃으며 영룡을 들고 괴물들을 향해 돌진했다. 그 광경을 보던 린스는 팔짱을 끼며 중얼거렸다.

"그냥 휀 녀석을 따라갈걸."

그사이 괴물들에게 접근한 사바신은 팔봉신 영룡을 크게 휘두르며 소리쳤다.

"자, 어디 한번 신명나게 놀아 보자고, 괴물 딱지들! 우하하핫!"

금강석보다 단단하고 무거운 영룡의 일격에 괴물들은 추풍낙엽처럼 사방으로 날려갔다. 그래도 성에 안 차는지 사바신은 그 틈을 타 지면에 왼손을 박으며 소리쳤다.

"너희들, 볼링이라는 스포츠 알고 있나? 아주 즐거운 스포츠지!"

우르르르릉.

순간 사바신의 손이 박힌 지면이 크게 울렸다. 곧 지면이 위로 솟아올랐다. 그가 왼손을 뽑자 그야말로 집채만 한 바윗덩이가 그의 팔에 이끌려 공중으로 들어 올려졌다. 오른손에는 영룡을, 왼손에는 바윗덩이를 들고 있는 사바신의 모습에 일행은 등줄기가 서늘해짐을 느꼈다. 곧 사바신의 주위로 괴물들이 우르르 몰려들기 시작했다. 사바신은 기다렸다는 듯 바윗덩이를 휘둘렀다.

"으하하하핫! 이 사바신 님이 너희를 육포로 만들어 주마!"

사바신은 수십 톤이 넘어 보이는 바위를 망치 휘두르듯 휘두르며 몰려드는 괴물들을 찍어 내렸다. 그 바위 밑에 깔린 괴물들은 과일이 터지듯 으깨졌다.

한참 동안 살육을 끝낸 사바신은 싱겁다는 듯 웃으며 바위를 집어 던졌다. 바위는 지축을 울리며 숲의 일부분을 밀어 버리고 말았다.

"하핫, 자…… 주위의 괴물들은 적당히 처리했으니 이제 슈렌이나 기다릴까?"

한편 마을에서는 주민들이 사바신이 물리친 괴물과 사투를 벌이고 있었다. 그 속에는 낯익은 두 노인이 있었다.

"이놈의 늙은이, 보약이라도 달여 먹었나 보구나!"

"조용히 하지 못할까, 노망 난 영감탱이! 난 아직 청춘이라고!"

레프리컨트 왕국의 전설적인 두 검사, 그레이와 하롯은 등을 맞대고 서로에게 소리쳤다. 후방에서 공격마법과 보조마법을 사용하던 레이필 여사는 한심하다는 듯 미소를 지으며 중얼거렸다.

"변한 게 없다니까, 저 두 사람은……."

그동안 괴물들은 다시금 공작과 하롯에게 달려들었다. 하롯은 이를 악물며 그레이에게 소리쳤다.

"온다, 늙은이! 죽어도 책임 못 진다!"

"네놈의 장례는 내가 치러 줄 거다, 노망 난 영감!"

두 노장의 검은 다시금 빛과 함께 괴물들을 갈랐다. 후방을 맡고 있던 젊은이들은 두 노장들의 화려한 검술에 감탄을 아끼지 않았다. 그러나 역시 노인은 노인이었다. 수십 마리의 괴물들을 상대하던 두 노인은 숨이 턱까지 차올랐다.

결국 그들은 뒤로 밀리기 시작했다. 그레이 공작은 얼굴에 흐르는 땀을 소매로 닦으며 힘겹게 중얼거렸다.

"이런, 리오 군이라도 있다면 훨씬 나을 텐데……. 하다못해 맨티스 크루저의 아이들이라도 좀 자라 있다면……."

그러자 조금 전과 같이 등을 맞댄 채 숨을 돌리고 있던 하롯이 피식 웃었다.

"흥, 내 손자는 꿔다 놓은 보릿자루냐? 네놈도 노망기가 있구나."

"헛소리!"

둘은 다시 몰려오는 괴물들을 향해 검을 뻗었다. 뒤에서 지켜보던 레이필은 젊었을 적 둘의 모습을 잠시 떠올렸다. 최고의 삼총사였던 그들의 청춘 시절, 그리고 친구인 그레이를 위해 레이필이 아닌 다른 여자를 택했던 하롯. 그 모든 것들이 마치 동화처럼 눈앞에서 지나갔다. 레이필은 다시금 정신을 집중하고 마법진을 그렸다. 그때 뒤에 있던 그녀의 손녀가 갑자기 소리쳤다.

"하, 할머니! 옆으로 비키세요!"

레이필은 무슨 일인가 하며 마법진을 거두고 뒤를 돌아보았다. 붉은색 창을 든 청년이 이쪽을 향해 질주해 오고 있었다. 레이필은 방해되지 않게 곧 옆으로 비켜섰고, 순식간에 그레이와 하롯 앞에서 발을 멈춘 푸른 장발의 청년은 한숨을 짧게 내쉬었다.

"늦지 않았군."

두 검사는 갑자기 나타난 지원군에 눈을 깜박일 뿐이었다. 슈렌은 창을 옆구리에 끼고 두 노인들을 바라보며 나지막이 말했다.

"교대입니다."

"교, 교대라고?"

그레이는 놀란 얼굴로 슈렌을 바라보며 물었고, 슈렌은 고개를 끄덕이며 자세를 취했다.

"그렇습니다만…… 말씀 드릴 시간이 부족하군요."

그 말과 동시에 슈렌은 몰려드는 괴물들을 향해 돌진했다. 슈렌은 괴물들 가까이 다가가면서 이상하다는 생각이 들었다. 자신의 앞에 있는 괴물들은 슈렌의 기억으로는 절대 이 대륙에 나타날 수 없는 것이기 때문이었다.

"바이오 버그?"

어쨌든 지금은 추리할 여유가 없었다. 슈렌은 곧바로 창을 휘두르며 근접한 바이오 버그들을 해치웠다. 에너지가 조금씩 방출되고 있는 그룬가르드에 맞은 바이오 버그들은 모조리 불덩이로 변하여 사방으로 날아갔다.

갑자기 감당할 수 없을 정도의 강자가 나타나자 바이오 버그들은 이내 도망치기 시작했다. 슈렌은 그들이 더 이상 달려들지 않고 후퇴하자 창을 거두며 숨을 돌렸다.

"아, 공주님. 무사하셨군요!"

레이필은 몇 달째 소식을 모르고 지냈던 린스를 안으며 재회의 기쁨을 나누었다. 린스 역시 다행이라는 듯 레이필을 안은 팔에 더욱 힘을 주었다. 그녀는 곧 레이필과 떨어져 일행 쪽을 가리켰다.

"만나면 더 반가워할 사람이 있어, 레이필."

"예? 하지만 케톤 군 말고는…… 아, 아니?"

레이필은 케톤의 뒤에 숨은 듯 서 있는 티베를 보고 말을 잊었다. 옆에 있는 그레이도 마찬가지였고, 하롯은 더욱 그랬다. 마법에 대해서는 노엘 이상의 천재라 불리고 레이필 이후 궁중 마법사 제1후보로 손꼽혔던, 그러나 마왕 아슈테리카와의 전투 후 다른 차원으로 날아가 생사조차 모르던 티베가 지금 케톤의 뒤에서 울음을 참으며 서 있었다.

"티, 티베?"

하롯은 기세등등한 모습과는 달리 완전히 넋 나간 노인의 모습으로 티베를 향해 천천히 걸어갔다. 티베는 잡고 있던 케톤의 어깨를 놓았다.

"할아버지!"

티베는 곧 하롯의 품에 안겨 울음을 터뜨렸다. 하롯 역시 참았던 눈물을 흘리며 손녀를 잊고 살았던 자신을 한탄했다.

"살아 있었구나……. 살아 있었어, 내 손녀야."

하롯은 품에 안긴 티베의 머리를 계속 쓰다듬었다. 1년 넘게 까맣게 잊고 있었던 귀여운 손녀의 감촉이었다.

그날 밤 모두는 그레이의 숙소에 모여 그동안의 이야기를 나누었다. 그레이는 굳은 표정을 지으며 한숨을 쉬었다.

상황을 설명한 슈렌은 그레이를 바라보며 물었다.

"이 도시에서 수도까지는 얼마나 걸립니까?"

"음…… 이삼일이면 갈 수 있을 걸세. 하지만 훨씬 더 걸릴 지도 몰라."

더 걸릴 거라는 말에 슈렌이 의아한 눈으로 바라보자 하롯이 대신 대답해 주었다.

"오후에 봤던 그 괴물들이 수도 근처에 거의 깔리다시피 했거든. 수도로 가던 도중에 슬쩍 봤는데 오늘 본 것은 비교도 안 될 만큼, 그러니까 거짓말 안 하고 평지에 괴물들이 재배되고 있다고 생각될 정도로 쫙 깔려 있다네. 웬만한 사람들 아니면 그곳을 돌파하기가 불가능할 거야. 괴물들도 만만치 않게 강한 듯하고……."

가만히 생각하던 슈렌은 곧 눈을 지그시 감으며 중얼거렸다.

"그렇겠군요……."

다음 날 슈렌은 사바신과 함께 수도로 가기 위해 일찌감치 출발 준비를 서둘렀다. 단둘이 출발하려는 것이었다. 물론 다른 일행의 반대가 만만치 않았다.

"무슨 소리야! 단둘이 가겠다는건 미친 짓이라고!"

린스는 슈렌과 사바신의 앞을 가로막은 채 소리쳤고, 슈렌은 고개를 끄덕이며 짧게 대답했다.

"압니다."

"알면서 왜 굳이 둘만 가겠다는 거야!"

이미 슈렌과 얘기를 끝낸 사바신은 아무 말이 없었다. 슈렌은 한숨을 쉬며 린스에게 말했다.

"저희처럼 전투가 가능한 사람들이 함께 가면 수도까지 쉽게 통과할 수 있습니다. 하지만 수도로 들어간 이후부터는 위험합니다. 레이필 여사님의 경우 1급 주문도 거뜬히 사용할 수 있고, 티베 양과 노엘 선생님도 2급 정도의 마법은 쉽게 사용할 수 있을 겁니다. 그러나 그것을 사용한다고 해서 상황이 끝나는 건 아닙니다. 그런 대주문을 한 번만 사용해서는 돌파조차 할 수 없기 때문입니다. 아마 레이필 여사님은 더 잘 아시겠지요."

린스는 곧 레이필을 바라보았고, 레이필은 인정한다는 듯 고개를 끄덕였다. 그런데도 린스는 안 된다고 고개를 저었다.

"그, 그래도 안 돼! 휀 녀석도 그랬잖아, 같이 행동하라고!"

순간 조용히 있던 슈렌이 눈을 부릅뜨며 린스를 바라봤고, 린스는 움찔하며 표정을 풀었다. 슈렌은 더욱 가라앉은 목소리로 린스에게 말했다.

"분명히 그랬습니다. 하지만 같이 행동하라고 했지 방해하라고 하지는 않았습니다."

"······!"

슈렌의 입에서 의외의 말이 튀어나오자 일행은 깜짝 놀라 그를 바라보았다. 슈렌은 아랑곳하지 않고 계속 말을 이었다.

"휀의 경우라면 여러분이 전투 중 사망해도 눈 하나 깜짝하지 않겠지만, 저는 그런 성격이 못 되기 때문에 여러분들과 함께 갈 수 없습니다. 저희가 할 일은 여러분이 미래로 갈 수 있게 하는 것입니다. 그리고 여러분이 할 일은 저희가 만든 길을 통해 미래를 만들어 나가는 것입니다. 미래를 만드는 것은 저희 가즈 나이트들이 할 수 있는 일이 결코 아닙니다."

린스는 고개만 숙이고 있었다. 슈렌은 다시 눈을 지긋이 감으며 말했다.

"이해하셨다면 길을 비켜 주십시오, 공주님."

그녀는 곧 노엘과 함께 일행이 있는 곳으로 돌아갔고, 슈렌은 사바신과 단둘이 도시의 출구를 향해 가며 나지막이 말했다.

"다녀오겠습니다."

그 말을 들은 린스는 다시금 고개를 들고 슈렌에게 크게 소리쳤다.

"이봐! 꼭 살아야 해, 알았지!"

4

최후의 크리스마스

"오늘로서 4일 남았다."

모두를 불러 놓고 휀이 그렇게 말하자 지크는 고개를 끄덕이며 중얼거렸다.

"음, 크리스마스이브는 이틀 남았군."

"……."

"미안."

지크는 자신을 바라보는 모두에게 머리를 긁적이며 사과했고, 휀은 다시 말했다.

"모두의 컨디션은 최상이겠지. 며칠 전 시작하려던 일을 이제 시작하겠다. 늦은 감이 있지만. 그럼 위치를 배정해 주겠다. 리오와 나, 그리고 용제는 지하층을 맡는다. 정보를 모아본 결과 그 건물은 지하에도 몇십 층에 가까운 시설물이 있다고 한다."

그러자 리오가 의아한 표정으로 물었다.

"잠깐, 지하에 꼭 중요 목표가 있을 거라는 보장은 없잖나?"

그러자 휀은 리오를 바라보며 대답했다.

"이 세계 인간들은 지하에 들어가는 것을 좋아하는 습성이 있다. 그리 지능이 발달하지 못했던 시대부터 본능적으로 땅속에 집을 만들어 왔지. 그런 연유로 모든 건물을 설계할 때 전원부나 안전을 요하는 시설 등은 지하에 설계를 한다. 게다가 몇 십층에 가까운 거대 공간을 식료품 가게에 투자할 이유는 없겠지."

리오는 눈을 감으며 고개를 끄덕였고, 휀은 계속 임무 배정을 했다.

"지크와 나머지 사람들은 건물 내외에서 진을 치고 있을 바이오 버그를 맡아 주기 바란다. 매우 쉬운 일이지만 최선을 다하는 것이 내년을 위해서도 좋을 것이다."

'쉽긴 뭐가 쉬워.'

넬은 고민스러운 표정을 지으며 그렇게 생각했다. 그때 휀이 넬을 바라보며 바이오 버그를 맡은 일행에게 말했다.

"너희의 실수는 이미 계산하고 있다. 그 실수는 지크가 커버할 것이다. 그럼 일을 시작한다."

호텔을 나선 일행은 나름대로 생각을 가지고 제너럴 블릭의 본사를 향해 걸음을 옮겼다.

지크는 아무 생각이 없었다. 다만 지금 내리고 있는 눈이 반가울 따름이었다. 챠오와 마티는 속으로 상당히 떨렸지만 내색하지는 않았다. 넬과 프시케는 담담하게 얘기를 나눴다. 루이체는 시에를 안고 두근거리는 가슴을 조금이라도 더 따뜻하게 하려고 했다.

휀은 코트 주머니에 손을 넣은 채 걸었고, 바이칼은 휀과 가급적 거리를 두려고 애썼다. 리오는 미리 빼놓은 엑스칼리버 덕분에 검이 총 세 개가 되어 약간은 부담스러웠는지 고개를 갸웃거리며 검을 맨 허리끈을 매만졌다.

이윽고 일행은 제너럴 블릭의 본사 건물 앞에 섰다. 리오는 휀을 바라보며 넌지시 물었다.

"이봐 과연 위층에 중요 시설이 있는지 없는지 알아보는 게 어때?"

그러자 휀은 오른손을 대각선 방향으로 뻗어 올리며 중얼거렸다.

"좋겠지. 광황포!"

순간 휀의 오른손에서 굵은 빛줄기가 뿜어졌고, 그 빛줄기는 네 개의 본사 건물 중 하나의 중간 지점을 직격으로 강타했다. 곧 그 건물은 대폭발과 함께 무너져 내렸고, 일행은 떨어져 내리는 철근과 유리 조각을 피했다. 리오는 황당하다는 웃음을 지을 뿐이었고, 지크는 곧바로 화를 내며 휀에게 소리쳤다.

"이봐! 시작부터 우리에게 부상 입힐 생각이야!"

그러나 휀은 지크의 말을 무시하며 중얼거렸다.

"역시 최상층엔 별거 없군."

"뭐?"

휀은 자신을 멍하니 바라보고 있는 지크를 흘끔 보며 짧게 중얼 거렸다.

"시작이다."

휀은 곧바로 건물 로비를 향해 뛰었다. 리오는 바이칼의 어깨를 툭 두드린 후 그를 따라 들어갔다.

"오빠, 힘내!"

"힘내라, 리오! 시에가 응원한다!"

뒤에서 들려온 목소리에 리오는 잠시 멈추고 뒤를 돌아보았다. 루이체, 넬, 시에 등…… 잘못하면 마지막이 될지도 모르는 위험한 일을 앞두고 모두 응원하고 있었다. 리오는 곧바로 엄지손가락을 펴 내보인 후 바이칼과 함께 로비 안으로 뛰어 들어갔다.

지크는 곧 고개를 끄덕이며 일행에게 들어가자고 손짓했다. 일행은 묵묵히 걸음을 옮겼다. 지크는 평소대로 생기 있게 소리쳤다.

"자, 가자! 우리의 크리스마스를 위하여!"

슈렌과 사바신은 등을 맞댄 채 서로에게 물었다.

"슈렌, 넌 몇 마리나 없앤 것 같아?"

"3백 아니 4백 정도…… 확실히 많이 깔렸군. 넌?"

"나 역시 그 정도……겠지만!"

사바신은 갑자기 언성을 높이며 팔봉신 영룡을 휘둘렀고, 엄청난 파괴력이 실린 그 공격에 바이오 버그들은 낙엽처럼 사방으로 흩날렸다. 사바신은 힘겹게 웃으며 자신의 허름한 검은색 코트 안 주머니를 뒤적거렸다. 곧 그는 길다란 담배 한 개비를 꺼냈다. 슈렌이 손가락에 불을 만들어 사바신의 담배에 불을 붙여 주었다. 담배 연기를 흠뻑 들이마신 사바신은 연기를 길게 뿜으며 말했다.

"후, 이거 힘든데그래? 딴 직장을 알아보든가 해야지, 원. 하핫."

"동감이야."

슈렌은 그렇게 중얼거리며 왼손에 기염을 모아 앞 열에 흩뿌렸다. 그러자 그 폭염의 파도에 휩쓸린 바이오 버그들은 잿더미로 변해 사라졌다. 그러나 그렇게 많이 없앴는데도 바이오 버그들은 끝없이 몰려들었다.

슈렌과 사바신은 수도 근처 숲에서 잠시 야영을 하며 휴식을 취하기로 했다. 벌써 천 마리가 넘는 바이오 버그들을 물리친 그들은 다음 전투를 위해 휴식이 필요했다. 사바신이 주위 풀을 이용해 만든 특제 피로회복제를 마시고 결계를 친 후 둘은 조용히 잠들었다.

몇 시간 후 깨어난 두 사람은 눈을 감은 채 이야기를 나누었다.

"이봐, 자는 거야?"

"아니."

"수도 근처인데도 녀석들이 나타나지 않는 게 뭔가 이상하지 않아? 이 숲에 들어오기 몇 분 전까지 그렇게 난리를 피우던 녀석들이 말이야. 설마 녀석들도 자는 건가?"

"그렇게 생각하면 편하지, 뭐."

"그래, 잠이나 더 자자고."

쿠우우웅.

순간 엄청난 폭음과 함께 수도 쪽에서 거대한 폭발광이 번쩍였다. 슈렌과 사바신은 약속이라도 한 듯 동시에 벌떡 일어나 새벽 하늘보다 더 밝게 피어오른 폭발광을 바라보며 할 말을 잊고 말았다.

"저건, 플레어의 폭발광 아냐! 아니 휀 녀석들이 벌써 일을 끝내고 이쪽으로 오는 건가?"

역시 눈을 크게 뜨고 폭발광을 바라보던 슈렌은 고개를 저었다.

"그럴 리 없겠지. 그렇다면 뭔가 변화를 느껴야 했을 거야. 그렇다면 답은 하나뿐이고."

"크크크크, 어떻게 된 건가. 몇 초 전만 해도 날 죽이겠다고 아우성치던 녀석들이? 크크크크."

바이오 버그들은 감히 자신들 앞에 서 있는 회색의 거인에게 덤벼들지 못했다. 수백 명의 동료들이 그의 널찍한 검 아래 쓰러졌고, 그의 마법에 의해 또 비슷한 숫자의 동료들이 재도 남기지 못하고 사라져 갔기 때문이다. 그는 미친 듯이 웃었다.

"내가 무서운가? 크큭…… 크크크크, 크하핫! 죽는 거다, 죽는 거야! 너희를 죽여 주겠다! 크하하하!"

그는 광소를 터뜨리며 다시금 바이오 버그들을 도륙했다. 바이오 버그들의 저항은 무의미했다. 그들의 팔다리는 순식간에 잘려 나갔다. 그런 괴물 같은 존재에 의해 바이오 버그들은 천천히 뒷걸음치기 시작했고, 회색의 거인은 도망치는 바이오 버그들을 보고 적색의 안광을 번뜩이며 대성을 질렀다.

"크크크큭, 어딜 도망가느냐. 난 아직 보여 줄 게 너무나 많단 말이닷! 크하하핫!"

강하게 휘두른 검에서 암흑투기가 뿜어졌다. 그것을 정면으로 받은 바이오 버그들은 잠시 멈추었다가 이내 풍선처럼 사방으로 터져 나갔다. 갑자기 터진 바이오 버그의 내장기관들은 더운 김을 뿜어내며 잠시 동안 꿈틀댔고, 그 모습을 보고 회색 거인은 다시금 광소를 터뜨리며 즐거워했다.

"크크크…… 멋지군. 붉은색 피를 보지 못해 재미는 없지만…… 크크크크큭. 그렇지 않나, 너희들?"

그는 뒤를 돌아보며 그렇게 말했지만 뒤에 서 있던 슈렌과 사바신은 아무 말 없이 계속 바라볼 뿐이었다. 사바신은 그가 있는 방향으로 걸어가며 슈렌에게 말했다.

"이거 구원군 등장인걸?"

슈렌도 동의한다는 듯 고개를 끄덕였다.

"그런데 지금까지 어디 있었지?"

슈렌이 묻자 바이론은 킥킥 웃으며 대답했다.

"크크큭, 그냥 이러저리 돌아다녔지. 그런데 너희들도 이곳에 뭔가 있을 거라고 생각하고 온 건가? 너무 궁금한데그래. 크크크크큭."

"음, 이곳 수도의 왕궁이 있던 자리에 뭔가 있다고 하더라고. 그걸 파괴하면 된다고 해서 이곳에 온 거지. 바이론 너는 여기 어떻게 왔어?"

사바신은 영룡으로 어깨를 안마하듯 툭툭 두드리며 가볍게 물었다. 바이론은 시선을 잠시 옆으로 돌렸다가 다시 웃으며 대답했다.

"그냥 괴물들을 하나씩 죽이다 보니…… 크크크크크."

슈렌과 사바신은 할 말을 잃은 듯 조용히 서 있었다. 바이론은 여전히 광소를 머금은 채 수도 안쪽으로 방향을 돌리며 말했다.

"크크, 그럼 나도 동참해 볼까? 그렇지 않아도 요즘 너무 살생을 못 해서 몸이 근질거렸는데…… 크크크크, 잘됐지, 뭐."

'아까 죽인 건 뭐지?'

사바신은 그렇게 생각하며 바이론과 함께 수도 성벽을 지나 안쪽으로 들어섰다. 수도 안쪽은 거의 폐허 상태였다. 예전의 대전투 때 왕궁 주변만 날아가 버린 것과는 차원이 달랐다. 인간의 기척은 찾아볼 수 없었고 다니는 것은 쥐와 별 볼 일 없는 곤충뿐이었다. 바이론은 킥킥 웃으며 중얼거렸다.

"크크크, 맘에 드는 분위기군. 안 그런가? 크크크크크."

"그럭저럭……."

슈렌은 살짝 인상을 구기고 조용히 말했다. 사바신은 말없이 심각한 표정만 지었다.

조금 더 걸어가다 보니 일행의 눈에 검은 안개에 휩싸인 무언가가 희미하게 보였다. 바이론은 흥미 있다는 듯 눈을 크게 떴다.

"오호, 왕궁이 있던 자리에 뭔가 서 있군. 크크크크."

슈렌은 그 물체에 시선을 고정하고 고개를 끄덕였다.

"우리의 목표물이다. 마지막 목표가 되길 비는 수밖에."

사바신 역시 고개를 끄덕이고 자신의 주먹을 맞부딪치며 자신감 어린 목소리로 소리쳤다.

"좋아. 신나게 한번 박살 내 보자고! 하하하하핫!"

그때 폐허 곳곳에서 바이오 버그들이 슬금슬금 나타났다.

"크크크크, 먹잇감들이 나타났군. 크하하핫!"

바이론은 준비할 것도 없는 듯 곧바로 바이오 버그들을 향해 몸을 날렸다. 전열에 나타난 바이오 버그들은 바이론의 다크 팔시온 아래 무참히 쓰러졌다. 바이론 주위의 바이오 버그들은 순식간에 고깃덩이로 변해 땅 위에 널브러졌고, 한순간에 전열을 잃어버린 바이오 버그들은 이리저리 움직이며 아무 행동도 취하지 못했다.

그때 마치 정리라도 하려는 듯 대형 바이오 버그들이 폐허를 비집고 나와 포효하며 살기를 내뿜었다. 몸에 바이오 버그들의 체액을 잔뜩 뒤집어쓴 바이론은 더욱 크게 광소를 터뜨렸다.

"크하하! 죽고 싶은가, 살고 싶지 않은가! 둘 중 하나를 골라 봐라! 크하하. 플레어!"

다크 팔시온을 옆에 꽂은 뒤 양손에 마법진을 띄워 올린 바이론은 곧 손에서 피어오르는 마력을 한곳에 응축해 앞으로 뿜었다. 그 진홍색 빛은 대형 바이오 버그들과 하급 바이오 버그들을 길게 밀고 지나갔다.

쿠우웅.

어김없이 폭음과 섬광이 폐허와 함께 바이오 버그들을 집어삼켰다. 폭발이 일어나는 동안 슈렌과 사바신은 말없이 눈을 감고 빛이 사라질 때까지 기다릴 뿐이었다. 곧 둘의 귀에 바이론의 광소가 들려왔다.

"크크크, 깨끗해서 좋군."

사바신은 플레어의 순간적인 열에 의해 아직도 이글거리는 공기를 배경으로 서 있는 바이론을 바라보며 힘없이 중얼거렸다.

"1급 마법 플레어를 여전히 뻥뻥 쏴대는군. 보통 사람 같으면 한 번 쓸 때마다 이틀은 수면을 취해야 할 정도로 정신력 소모가 심한 마법인데……."

슈렌이 사바신의 어깨를 두드리며 말했다.

"우리가 나설 차례가 온 것 같은데."

"응?"

사바신은 깜짝 놀라 바이론의 먼 앞쪽을 바라보았다. 그곳에는 몸에서 희미한 빛을 뿜어내고 있는 남자 둘이 있었다. 한 명은 양복을 입은 노년의 남자였고 또 한 명은 그와 닮은, 흰 양복을 입은 청년이었다. 슈렌과 사바신은 이 세계에 저런 정장을 입을 만한 사람이, 게다가 이런 상황에서 저렇게 태연히 서 있을 사람이 없다는 것을 알았기 때문에 즉시 바이론 옆에 서서 전투를 준비했다.

"제너럴 블릭의 회장과 그 아드님이군. 크크."

바이론이 턱을 매만지며 하는 말에 슈렌은 깜짝 놀라 다시 한 번 그 둘을 바라보았다. 둘은 완전히 풀린 눈으로 천천히 그들 쪽으로 다가왔다. 그러면서도 인간으로서 생명 반응이 전혀 없었다.

"자, 어떠신가요? 와카루 박사님께서 심혈을 기울이신 작품인데…… 호호홋."

순간 그 둘의 뒤에서 누군가의 목소리가 들려왔다. 바이론은 잠시 표정이 굳어졌으나 다시 미소를 머금으며 중얼거렸다.

"크크큭, 드디어 나타나셨나. 타락한 신의 따님이…… 크크크크."

곧 둘의 뒤에 한 여성이 나타났다. 새벽의 검을 들고 있는 긴 갈색 머리의 미녀였다. 슈렌은 조용히 그녀의 이름을 읊조렸다.

"······라이아."

"어머, 슈렌 오빠도 계셨군요? 흠, 오랜만에 뵈니 반가워요. 호호 호홋, 그동안 별일 없으셨나요?"

슈렌은 무거운 목소리로 대답했다.

"그럭저럭, 하지만 지금은 별로 대답하고 싶은 기분이 아니군."

"흠, 무슨 고민이라도 있으신가 보군요. 제가 상담이라도 해 드릴까요?"

슈렌은 고개를 가볍게 흔들었다. 라이아는 웃으며 뒤에 서 있는 제너럴 블릭의 회장과 그의 아들을 손으로 가리켰다.

"자, 저분들은 아까 말씀드렸듯이 와카루 박사님께서 잘 개조한 작품이죠. 호호홋, 여러분의 목적은 알고 있어요. 저기 뒤로 보이는 '차원 분단의 기둥'을 파괴하려는 것이죠? 음, 아쉽게도 그럴 수는 없어요. 여기서 돌아가 줘요. 여러분과 싸우기는 싫거든요. 호호호홋."

"차원 분단의 기둥? 그랬군."

그 말을 듣고 바이론은 웃으며 라이아 앞으로 성큼성큼 다가갔다. 그래도 라이아는 여전히 얼굴에 미소를 지우지 않았다. 바이론은 오른손에 자신의 암흑투기를 잔뜩 모아 그 손을 라이아에게 뻗으며 말했다.

"그런데 아쉽게도 내 목적은 그게 아니거든? 크크크크."

"음, 그럼요?"

"크크크, 널 죽이는 것이다!"

바이론의 오른손에서 모아진 암흑투기는 시퍼런 불빛으로 변해 라이아를 향해 날았고, 라이아는 여전히 미소를 지은 채 마법 결계로 바이론의 공격을 간단히 막아 냈다.

"크하하핫, 넌 역시 어리다!"

순간 사방으로 퍼지는 푸른색 빛과 마법 결계를 바이론의 손이 뚫고 들어왔다. 라이아는 흠칫 놀라 피하려 했으나 바이론의 손이 더 빨랐다. 바이론은 라이아의 안면을 손으로 붙잡고 광소를 터뜨리며 다크 팔시온을 거머쥔 손에 힘을 넣었다.

"크크크, 여신의 딸은 피 색이 어떨까? 너무 궁금해서 미칠 지경이야, 크하하하하!"

그 즉시 바이론은 자신에게 붙들린 라이아의 몸을 난도질했고, 라이아의 몸에서 피가 사방으로 튀었다.

"크하하핫, 죽는 거다, 죽는 거야! 크하하핫!"

바이론의 모습을 지켜보던 사바신은 인상을 잔뜩 찌푸리고 씁쓸한 투로 중얼거렸다.

"음, 저건 너무 심한 거 아냐? 아무리 저 애가 그렇더라도…….'

그러나 사바신과는 달리 슈렌의 얼굴은 쓸쓸했다. 슈렌은 창을 옆에 세워 놓고 사바신에게 말했다.

"느끼지 못하겠어? 바이론의 모습에서 말이야."

사바신은 의아한 얼굴로 슈렌을 바라보며 말했다.

"그, 글쎄 평상시보다 광기가 좀 지나치다는 것 정도?"

사바신의 말에 슈렌은 고개를 저으며 말했다.

"평상시의 바이론과 달라…… 그는 지금 슬퍼하고 있어."

"음?"

사바신은 깜짝 놀라며 다시 바이론을 바라보았다. 하지만 그가 보기에는 별다른 것이 없었다. 그때 바이론은 피투성이가 된 라이아를 옆으로 내던지고 검을 부여잡은 채 조용히 라이아를 내려다보았다. 바이론의 거대한 근육질이 조용히 떨렸다.

"크큭, 이제 완전히 죽여 주마……. 아니, 없애는 것은 불가능하겠지. 신의 딸이니까…… 크크크큭."

바이론은 곧 검을 거꾸로 돌려 잡은 후 바닥에 쓰러진 라이아를 그대로 내리칠 자세를 취했다. 그때 쓰러진 라이아가 눈을 뜨고 바이론을 똑바로 쳐다봤다. 그러자 바이론은 더욱 사악한 미소를 띠며 중얼거렸다.

"오호…… 그래, 더 좋은 생각이 났어. 눈을 감고 있는 상대의 미간을 검으로 찍는 것보다는 두 눈을 멀쩡히 뜨고 있는 상대를 치는 것이 감촉도 더 좋을 거야. 크크크…… 죽어랏!"

"그러기에는 너무 허술해요!"

평.

순간 라이아는 왼손에 모은 기탄을 바이론의 안면에 내던졌다. 바이론은 그 기탄의 충격에 멀찌감치 뒤로 날아가 건물 잔해 속에 처박혔다.

어느새 상처가 깨끗이 회복된 라이아는 너덜너덜한 옷까지 재생한 후 씁쓸히 웃으며 중얼거렸다.

"후, 여러분들이 가즈 나이트라는 것을 깜박했군요. 호호홋, 좋아요. 정식으로 해 드리죠. 자, 회장님과 그 아드님…… 힘을 좀 빌릴 수 있을까요?"

그 말과 함께 회장과 그 아들의 몸에서 피부와 근육 조직이 변하는 끔찍한 소리와 함께 엄청난 세포질들이 터져 나왔다. 그리고 조금 후 그 세포질들은 천천히 인간형의 괴물 모습을 갖춰 갔다.

"강하다!"

사바신은 자신도 모르게 소리쳤다. 엄청나게 강력한 사념의 기운이 그 둘에게서 뿜어 나왔다. 라이아는 얼굴에 묻은 자신의 피를 손수건으로 닦으며 말했다.

"후훗, 저 두 분은 보통 인간과는 비교할 수 없을 정도로 사념이 강하더군요. 금전에 대한 욕구, 이성에 대한 욕구, 그리고 남을 지배하고 싶어 하는 욕구 등등 헤아릴 수 없을 만큼 사리사욕이 강해서 그걸 바탕으로 와카루 박사님이 저 두 분을 사념의 힘에 따라 전투력이 강해지는 절대적인 인조 전사로 바꾸셨죠. 박사님께서는 저들의 전투 능력이 베히모스보다 강하다고 하셨어요. 게다가 인간의 생존 본능까지 충분히 반영되어 있어서 아마 여러분이 저 두 분을 궁지에 몰수록 강해지실 겁니다. 여러분은 저 두 분을 처리하느라 바쁘실 테니 저는 조용히 구경을 하지요. 호호호홋."

회장과 그의 아들은 라이아가 말하는 동안 완전히 형태를 갖추었다. 라이아의 말을 들으며 둘의 모습을 지켜보던 슈렌은 라이아의 말이 끝나자 고개를 끄덕이며 말했다.

"그것도 좋겠지……. 하지만 쉴 수는 없을 거야."

"네?"

라이아가 의아한 얼굴로 바라보자 슈렌은 바이론이 쓰러진 방향으로 고개를 돌렸다. 곧 바이론이 잔해를 밀어 올리며 천천히 일어섰다. 턱 부분에 약간의 타박상이 생기긴 했지만 곧바로 회복됐다. 바이론은 턱을 쓰다듬으며 라이아에게 말했다.

"크크크, 짜릿했다. 하긴 반항하는 상대를 죽이는 재미도 만만치 않지. 크크크크큭……."

라이아는 바이론의 살기등등한 모습을 보며 할 수 없다는 듯 어깨를 으쓱하며 곧 새벽의 검을 뽑았다.

"흠, 하는 수 없죠. 바이론 씨는 제가 상대해 드려야겠네요. 하지만 아까 같지는 않을 거예요. 당신 말대로 좀 짜릿할 테니."

슈렌은 사바신의 등을 툭 치며 말했다.

"정신 차리자. 우리는 이제 저 둘만 쓰러뜨리면 되니까."

"음? 음…… 좋아, 기다렸지. 후후, 이 사바신 님께서 땀 좀 흘려 주마!"

사바신은 어깨에 걸치고 있던 팔봉신 영룡을 두 부자를 향해 뻗으며 소리쳤다. 슈렌은 그룬가르드를 양손으로 짧게 잡으며 사바신에게 말을 건넸다.

"난 아버지 쪽을 맡지. 그럼…… 행운을!"

슈렌은 괴물로 변한 회장에게 옆으로 가자는 눈짓을 보냈다. 얼굴마저 흉측하게 변한 회장은 씩 웃으며 고개를 끄덕였다.

곧 슈렌은 옆으로 재빨리 빠졌고, 사바신은 자신 있는 표정을 지으며 회장의 아들을 향해 손가락을 까딱였다.

"와라, 애송이. 이 사바신 님이 가볍게 안마해 줄 테니. 하하핫!"

"쿠…… 쿠오오오!"

순간 회장의 아들은 괴성을 지르며 사바신에게 달려들었고, 자신에게 달려드는 괴물의 모습을 보는 사바신의 눈은 점점 황금빛으로 변해 갔다. 곧 그의 이마에 두 개의 갈색 무늬가 떠올랐다. 사바신은 크게 웃으며 그 괴물에게 달려갔다.

"하핫! 사바신 님을 위한, 사바신 님에 의한, 사바신 님의 승리다! 으하하핫!"

콰아아아앙.

곧 둘은 동시에 어깨를 맞부딪쳤고 그 주위에 있는 건물 폐허는 지축이 울리는 소리와 함께 폭풍을 맞은 듯 사방으로 뿔뿔이 날아갔다. 엄청난 충격파였다. 속도와 몸의 크기, 근육질의 양으로 보아 사바신이 훨씬 불리했지만 힘에서는 절대 밀리지 않았다. 마치 이

것이 가즈 나이트 최강의 물리력이라는 것을 자랑이라도 하려는 듯 사바신은 자신감 있는 미소를 짓고 다리에 힘을 가했다. 회장의 아들은 지면을 발로 긁으며 조금씩 뒤로 밀려났다.

"차원결계가 풀린 탓인가?"

회장과 멀찌감치 마주한 채 바람을 맞으며 서 있던 슈렌은 그렇게 중얼거리며 자신의 휘날리는 앞머리를 가볍게 옆으로 쓸었다. 곧 그의 이마에 두 개의 적색 무늬가 떠올랐다. 슈렌의 몸에선 찬란한 기염이 피어올랐고, 그의 창 그룬가르드도 반응을 하듯 더욱 붉게 물들어 갔다.

"먼저 시작하시죠."

슈렌은 준비가 끝났다는 듯 괴물로 변한 회장을 향해 정중히 손을 내밀었다. 회장은 자신의 아들과 마찬가지로 괴성을 지르며 슈렌에게 달려들었다.

"후, 힘들군."

리오는 가볍게 호흡을 조절하며 왼팔 아래로 흐르는 땀을 닦았다. 벌써 여섯 시간…… 그 긴 시간 동안 리오와 바이칼, 휀은 제너럴 블릭 본사의 지하층에서 오로지 전투만 하고 있었다. 물론 수라와 나찰뿐이어서 그리 어렵지는 않았지만 그 숫자는 바이칼이 벌써 여러 차례 이 건물 자체를 통째로 날려 버리겠다고 협박할 정도였다. 리오 역시 솔직히 지겨웠지만 이제 그들에게 시간이 얼마 남지 않았기 때문에 어쩔 수 없었다.

속으로는 상당히 지겨워하고 있는 둘과는 달리, 휀은 냉정함을 잃지 않고 여유 있게 적들을 처리해 갔다. 그 여섯 시간 동안 그가 한 말은 단 한마디뿐이었다.

"약하군!"

물론 그 한마디는 리오와 바이칼의 뇌리에 박힐 정도로 잔혹했다.

이윽고 셋은 거대한 방 앞에 도착했다. 철회색의 거대한 문······ 마치 영혼을 빨아들이는 듯한 음침한 분위기의 문이었다. 리오는 왼 주먹으로 오른 어깨를 툭툭 치며 바이칼에게 물었다.

"이 문 뒤에 뭐가 있을지 궁금하지 않아?"

그러자 바이칼은 팔짱을 낀 채 조용히 대답했다.

"물론 아이스크림 가게는 없겠지."

둘의 대화를 들으며 그 거대한 문을 조사하던 휀은 말없이 뒤로 돌아서 반대편 벽에 기대앉았다. 그는 앉은 상태에서 자신이 취할 수 있는 최대한의 편한 자세로 휴식을 취했다. 리오는 그렇게 열심히 싸우던 휀이 쉬고 있자 의아한 눈으로 그를 바라보며 물었다.

"이봐 휀, 저 문 건너로 가지 않을 거야?"

휀은 눈을 감고 고개를 숙인 채 말했다.

"너희도 쉬는 게 좋을 거다. 용제의 말대로 저 문 뒤에는 아이스크림 상점보다 위험한 것이 있을 테니까."

리오는 알겠다는 듯 고개를 끄덕이며 자신 역시 검을 거두고 반대편 벽에 기대 휴식을 취했다. 바이칼은 팔짱을 끼고 중얼거렸다.

"시간이 남아도는가 보군."

리오는 미소를 지은 채 손짓하며 바이칼에게 말했다.

"걱정 마. 나중에 아이스크림 사 줄게."

바이칼은 아무 말 없이 반대편 벽에 기대앉았다.

"우씨, 이거 너무 심한 거 아냐? 엘리베이터도 고장 났는데 80층 짜리 건물을 꼭대기까지 어떻게 올라가란 말이야?"

중간에 있는 직원 휴게실 의자에 앉아 있던 지크는 주머니에 들어 있던 초코바를 씹으며 투덜댔고, 다른 동료들 역시 휴식을 취하고 있었다. 지크가 돌린 초코바를 씹으며…….

큰 초코바 하나를 다 먹은 넬이 만족한 미소를 지으며 지크에게 다가와 물었다.

"지크 선배, 하나 더 있어요?"

"웅? 있긴 있는데…… 이거 많이 먹으면 살찐다?"

"괜찮아요, 괜찮아. 한바탕 올라가면 배가 푹 꺼질 텐데요, 뭐."

지크는 하는 수 없이 주머니를 뒤적거려 하나 남은 초코바를 건네주었다. 넬은 그 초코바를 둘로 쪼개 옆에 있는 시에와 나눠 먹었다.

그사이 챠오는 빈 탄창에 예비 탄환을 하나하나 넣고 있었다. 마티는 이제 막 챠오에게 총기류에 대한 교습을 받고 있는 중이었다. 모두 적당히 휴식을 취하고 잡담까지 나누는 것을 본 지크는 이제 됐다는 생각이 들었는지 자리에서 일어나며 말했다.

"자, 이제 탐험을 계속해 보자고. 대열은 아까와는 반대로 내가 앞에, 챠오가 뒤에 서는 거야, 알았지?"

챠오는 총을 손가락으로 빙글빙글 돌리며 고개를 끄덕였고, 지크를 선두로 모두 자리에서 일어났다.

삑.

순간 프시케가 가지고 있던 바이오 레이더가 이상 반응을 일으켰다. 지크는 지겹다는 듯 머리를 긁적이며 물었다.

"어느 쪽이야, 프시케?"

"네, 여기서 오른쪽으로 13미터 부근입니다. 약 B급 이상의 바이오 버그 내지는 그와 비슷한 생체 주파수를 가진 생물 같아요."

B급이라는 얘기에 지크는 회심의 미소를 띠며 고개를 끄덕였다.

"헤헷, 그래? 좋아, 모두 날 따라와. 유인 작전인지도 모르니 같이 가는 게 좋겠어."

그러자 루이체가 펄쩍 뛰며 지크의 말에 반문했다.

"자, 잠깐만 오빠! 함정이라면 오빠 혼자 걸려도 되잖아. 왜 모두를 끌어들이려고……."

"음? 루이체 너 머리가 상당히 좋아졌구나?"

지크는 의외라는 표정으로 루이체를 바라보았고, 루이체는 깜짝 놀라 지크를 멍한 눈으로 바라보았다.

"함정이 맞다고. B급 이상의 괴물 단지라면 저 레이더보다 내가 먼저 느껴. 하지만 난 B급 바이오 버그가 지니고 있는 살기를 느껴 본 역사가 없거든? 게다가 갑자기 나타났고 말이야."

루이체는 고개를 끄덕였다. 지크는 씩 웃으며 말했다.

"자, 모두 이 건물에서 내려가자. 더 이상 볼일이 없는 것 같으니까. 아래층에 바이오 버그들이 약간 남아 있으니 정리운동 겸 쓸어 버리고……."

"잠깐, 그러면 지금까지 우리가 한 일은 뭐지?"

지크의 말을 가만히 듣던 챠오는 언제나 찡그리고 있는 얼굴을 더욱 찡그리며 물었다. 지크는 양손을 활짝 벌리며 가볍게 답했다.

"응…… 헛수고!"

챠오는 눈앞이 깜깜해졌다. 지크는 그녀의 어깨를 두드리며 다시 말했다.

"하여튼 빨리 내려가자. 너희를 지상에 내려준 다음 난 바로 이 건물 지하에 내려가 봐야 할 것 같으니까. 자, 가자!"

모두 한숨을 쉬며 지크를 따라 건물에서 내려갔다. 모두의 지루한 표정과는 달리 지크의 표정은 진지하기만 했다.

리오는 천천히 철문을 열었다. 물리적인 힘은 셋 중에 리오가 가장 강했다. 사람이 들어갈 만큼 문을 연 리오는 한숨을 내쉬며 뒷사람들에게 오라는 손짓을 했다.

"음?"

문에 들어서자마자 리오가 느낀 것은 강한 피비린내였다. 바이칼은 손수건으로 입과 코를 막고 차가운 눈으로 주위를 둘러보았다. 휀은 아무 표정 없이 앞쪽을 바라보았다.

"저건 무슨 기계지?"

리오는 어느 정도 예상을 하면서도 자신의 눈에 띈 거대한 유리관을 가리키며 휀에게 물었다. 그 유리관에 가까이 다가간 휀은 턱을 살짝 매만지며 말했다.

"물질 분해기다. 저기 앞에 모범 답안도 있군."

리오는 눈을 부릅뜨며 휀이 보고 있는 방향으로 시선을 돌렸다. 그곳엔 유리관이 있었고, 그 유리관 속에는 인간이 되다 만 세포질과 인간의 골격들이 반쯤 쌓여 있었다.

"빌어먹을! 도대체 저 기계로 무슨 짓을 한 거야!"

리오는 분노 어린 목소리로 소리쳤고, 바이칼은 여전히 손수건으로 입과 코를 막은 채 조용히 서 있었다.

"아, 드디어 왔구려, 청년. 헛헛헛헛…… 메리 크리스마스라고 하기엔 좀 이른가? 허허헛."

그때 리오를 비롯한 일행의 귀엔 낯익은 노인의 목소리가 들렸다. 그 목소리와 함께 천장에서 작은 스크린 하나가 내려왔다. 그리고 스크린에 대머리 노인의 모습이 선명히 떠올랐다.

"와카루 박사?"

리오가 중얼거리자, 스크린 속의 노인이 고개를 끄덕이며 말했다.

"호오, 내 이름을 기억해 주다니, 정말 영광이오, 청년. 리오 스나이퍼라고 했던가…… 하여튼 잘 왔소이다. 이곳은 그냥 생물만 분해하는 장소가 아니고 연구시설이자 나찰과 수라의 생산 공장이외다. 나찰과 수라는 기계적인 외부 구조보다는 내부의 생물적 구조가 더 중요한 녀석들이기 때문에 인간의 생체 조직과 예전 차원에서 구했던 거대 악마의 세포질이 필요하오. 그 두 가지를 적절히 섞으면 아주 오래전 자네에게 달라붙어 '기'라는 생체 에너지를 흡수하던 귀염둥이들이 탄생한다오. 그 귀염둥이들을 나찰과 수라의 생물적 구조물에 삽입하면 완성품이 탄생하는 것이외다."

리오는 분노를 억누를 수 없었다. 자신이 지금까지 싸워 왔던 나찰과 수라들이 그런 끔찍한 공정을 통해 탄생했다는 사실에 분노했다. 리오는 몸을 떨며 와카루에게 물었다.

"좋아. 그렇다 치고…… 왜 저런 기계적 분해 방법을 사용해서 사람들을 악마적인 물질로 만든 거지? 너무 궁금해서 몸둘 바를 모르겠으니 빨리 대답하는 게 좋을걸!"

와카루는 한심하다는 듯 미소를 지으며 대답했다.

"헛헛, 좋소. 막이 내려갈 무렵이니 내 얘기해 주리다. 나찰과 수라는 최강의 대인병기요. 살아 있는 생물, 더욱이 인간은 대대적인 적개심을 가지고 있다는 것을 리오 군도 느껴 봐서 잘 알 것이오. 인간들을 저 기계에 넣고 공정을 시작할 때 난 일부러 공정의 완성 시간을 늦춘다오. 왜냐, 아주 천천히…… 천천히 해야 유리관 속에 들어간 인간들이 고통을 느끼며 세포 단위로 분해되기 때문이오. 그들 인간들은…… 살고 싶어 하는 욕망이 어떤 생물보다 높다오. 그래서 심한 고통과 함께 천천히 죽어 가는 인간들은 공통적으로 생각하지. 살아 있는 인간, 즉 동족들에 대한 시기심과 질투 등 말이오. 자신은 죽어 가는데 다른 사람들은 즐겁게 살아가고 있다는 사념(邪念)들이 뭉쳐진 세포들이기 때문에, 나찰과 수라들은 인간을 먹는 원시적인 행동까지 하며 예전에 동족이었던 사람들을 무차별로 죽이는 것이오. 허허헛…… 이해가 되오?"

"……멋지군."

휀은 코트 주머니에 손을 넣고 고개를 끄덕이며 중얼거렸다. 바이칼은 여전히 아무 말도 하지 않았다. 하지만 리오는 도저히 용서할 수 없다는 표정으로 붉은 살기를 뿜어내며 분노를 토했다.

"그 화면 속에서 떠벌리고 있는 것을 보니 이곳에 없는 모양인데?"

리오가 인상을 쓰고 묻자, 와카루는 고개를 끄덕였다.

"헛, 역시 눈치가 빠른 청년이구려. 지금 난 로키산맥 내에 있는 블랙 프라임의 비밀기지에 있소. 리오 군도 위치는 어느 정도 파악했으리라 믿소. 아, 크리스마스 선물로 이 기지의 지도도 보내 드리리다."

와카루의 양어깨가 흔들리는가 싶더니 곧 한쪽 화면에 작은 전자 지도가 떠올랐다. 그 지도 중간에 붉게 표시한 지점이 있었고, 와카루는 빙긋 웃으며 계속 말했다.

"자, 어딘지 이제 확실히 알 거요. 오늘이 12월 23일이니 빠른 시일 안에 오도록 하시오. 그러지 않으면 산타클로스에게 크리스마스 선물을 받지 못할 테니까. 허허허허헛…… 그리고, 세이아 양도 되돌려 받지 못할 것이오."

순간 리오의 눈이 번쩍 떠졌고, 와카루는 오른손으로 자신의 껄끄러운 수염을 매만지며 마지막으로 말했다.

"헛헛…… 난 인내심이 약해서 빨리 오지 않으면 그녀를 연구 대상으로 삼을지 모르오. 그녀 역시 반신반인이라 실험체로 하기

엔 적격이기 때문에…… 하하하하핫. 빨리 오시구려. 내 기다릴 테
니……."

화면이 꺼지자 리오는 들고 있던 디바이너로 바닥을 강하게 찍
었다. 휀은 이마에 손을 대고 예상이 빗나갔다는 듯 고개를 저을
뿐이었다. 바이칼은 팔짱을 낀 채 리오에게 물었다.

"이제 어떻게 할 거지? 다른 차원으로 피할 건가, 아니면 그곳으
로 갈 건가."

바닥에 검을 박은 채 조용히 몸을 굽히고 있던 리오는 잠시 후
검을 뽑고 몸을 세우며 씁쓸한 미소와 함께 바이칼에게 답했다.

"선택의 여지가 없잖아. 자, 나가 보자, 모두! 그리고 여기는 완전
히 폭파하는 것이 좋겠어."

리오는 디바이너를 거두며 힘없이 뒤로 돌아섰다.

그때 유리 깨지는 소리가 들려 리오는 다시 뒤돌아섰다. 그는 남
아 있던 실험용 세포질들이 유리관을 깨고 나와 자신들을 향해 밀
려오는 것을 보았다.

"쳇, 찌꺼기인가?"

리오는 손을 내밀며 그 부정형의 괴물체를 없애려고 했다. 그때
휀이 차가운 목소리로 말했다.

"이곳을 폭파할 생각이라면서 힘을 소모할 필요 없다. 무시하고
그냥 가는 게 좋겠어."

리오는 동감한다는 듯 손을 거두었다. 곧 셋은 밖으로 급히 뛰어
나갔다. 그 부정형의 괴물은 천천히 밀려왔다.

제너럴 블릭의 건물에서 나온 리오 일행은 지크 일행이 나오기
를 기다렸다. 리오는 바리케이트에 걸터앉아 무언가를 생각했다.

바이칼은 약간 추운 듯 몸을 웅크리며 굳은 표정을 짓고 있었다.

근처 가게에서 산 슬립형 담배를 입에 물고 상념에 잠긴 휜은 지나치는 여성들의 시선을 한몸에 받고 있었다. 하지만 그는 신경 쓰지 않았다. 아니, 그런 잡다한 것에 신경을 쓸 여력이 없었다.

그 무렵, 지크 일행은 1층 로비에 도착했다. 지크는 건물 밖에 리오 일행이 있는 것을 보고 안심하는 얼굴로 한숨을 내쉬었다.

"휘이, 역시! 저 녀석들이 더 빨랐군. 자, 모두 밖으로 나가자, 무슨 일이 벌어질지 모르니까 말이야."

지크는 뒤를 돌아보며 내려오는 일행들에게 손짓을 했다.

우르릉.

순간 지크는 뒤에서 들려온 소리에 표정이 굳어졌다. 일행들의 얼굴 역시 돌처럼 굳어지고 말았다. 지크의 뒤를 따라오던 루이체가 뒤쪽을 가리키며 소리쳤다.

"지, 지크 오빠! 뒤를 봐, 뒤를! 위험해!"

"젠장, 알고 있어!"

지크는 한순간 뒤로 몸을 날리며 무명도를 휘둘렀다. 그 청색 검광은 지크의 뒤를 치려던 끈끈한 세포질을 깨끗이 잘라 냈다. 로비 천장의 샹들리에에 매달려 아래쪽을 바라본 지크는 이를 갈며 거칠게 내뱉었다.

"쳇, 저 빌어먹을 덩어리는 도대체 어디서 나온 거야!"

지크의 말 그대로 리오 일행을 쫓아 위층까지 올라온 세포질은 언제 기계장치들을 흡수했는지 기계 덩어리들을 몸 곳곳에 박은 채 로비 중앙에서 꿈틀대고 있었다. 그리고 지크가 잘라 낸 세포질은 자신의 본체 쪽으로 기어가 달라붙어 다시 본체와 함께 꿈틀댔다.

뒤따라온 챠오와 마티는 물리적인 공격이 전혀 통하지 않을 것이라는 사실을 아는지 곧장 계단 옆으로 몸을 돌렸다. 넬도 그녀들과 함께 몸을 피했다. 프시케와 루이체는 주문을 사용하기 위해 정신을 가다듬었다.

"나와라, 지크."

그때 로비로 잠시 들어온 휀이 한마디 했다. 지크는 무슨 뚱딴지같은 소리냐는 듯 휀을 바라보았다.

"뭐? 이 자식, 내가 나가면 동료들은 어떻게 하라는 거야! 내가 저 괴물 팥죽을 막을 테니 모두 저 얼음덩이를 따라 밖으로 나가!"

"나오지 않으면 죽이겠다."

그러나 휀은 차갑게 한마디 내뱉었다. 지크는 도저히 참을 수 없다는 듯 휀을 쏘아보며 소리쳤다.

"무슨 빌어먹을 소리야! 그렇게 내가 나가는 것이 소원이면 네가 빨리 끝내 버리란 말이야! 난 저 녀석들을 놔두고 갈 수 없어!"

"말싸움할 시간 없다는 건 너도 잘 알 텐데. 저 여자들을 돌볼 시간 역시 없다는 것도……."

휀은 코트 주머니에 손을 찌른 채 그렇게 말했다. 지크는 결국 휀에게 몸을 날리며 무명도를 휘둘렀다.

"이 더러운 자식, 너부터 죽여주겠다!"

파악.

지크의 무명도를 가볍게 피한 휀은 팔꿈치로 지크의 뒷머리를 찍어 내렸다. 지크는 그 자리에서 정신을 잃으며 바닥에 쓰러지고 말았다. 휀은 가볍게 숨을 내쉬며 조용히 중얼거렸다.

"나에 대한 도전은 아직 이르다. 5백 년 후라면 모를까."

휀은 프시케를 흘끔 본 후 가볍게 목례를 한 다음 지크의 옷자락을 잡고 질질 끌고 나가 버렸다. 프시케는 옅은 미소를 지은 채 고개를 저을 뿐이었다. 그녀는 곧 루이체에게 말했다.

"아무래도 우리가 저 부정형 생물체를 쓰러뜨려야 할 것 같군요. 휀 님의 말씀대로 저분들에게는 시간이 없으니까요. 자, 루이체 님은 냉기계열 마법을 어서 준비해 주세요. 저는 화염계 마법을 준비할 테니까요."

루이체는 자신 있는 표정을 지으며 마법을 준비했다. 목표를 잃은 괴물은 프시케와 루이체 쪽으로 서서히 방향을 바꿨다.

마법을 쓸 때는 사용자가 무방비 상태가 된다는 것을 알고 있는 챠오는 말없이 권총을 뽑으며 괴물을 향해 지원 사격을 펼쳤다. 옆에 있던 마티와 넬 역시 챠오와 함께 사격을 개시했다.

70구경 블래스터가 그 부정형 괴물에게 통할 리 만무했지만, 그래도 탄환의 압력 덕분에 그들의 공격을 어느 정도 막을 수는 있었다.

한편 그 상황을 지켜보던 시에의 눈은 이상한 색의 빛을 내뿜고 있었다.

"하앗!"

사바신은 일갈을 터뜨리며 자신과 대치 중인 괴물의 허리 부위를 강타했다. 괴물은 허리가 반 이상 함몰되어 옆으로 날아갔다. 폐허에 처박힌 괴물을 보며, 사바신은 여유 있는 미소를 지었다.

"하핫, 이거 완전히 물인데그래? 한번 날 건드려 보란 말이야! 이 사바신 님이 그렇게 두려운 거냐? 하하하하핫!"

순간 사바신은 자신의 시야가 검게 변한 것을 느꼈다. 갑자기 덮쳐 온 괴물의 공격에 무방비 상태였던 사바신은 속수무책으로 당하고 말았다. 안면과 복부에 강렬한 일격을 맞은 사바신은 피를 공중에 흩뿌리며 날아갔다. 그에게 완전한 빈틈이 생긴 것을 확인한 괴물은 계속해서 연속 공격을 터뜨렸다.

"크으윽!"

공중에 뜬 채로 계속 얻어맞던 사바신은 몸을 급히 뒤틀어 팔봉신 영룡으로 괴물의 안면을 가격했다. 그 일격에 괴물은 주춤하며 사바신에 대한 공격을 잠시 멈췄다.

상당한 타격을 입은 사바신은 턱 부위가 아픈 듯 손으로 매만지며 쓸쓸히 중얼거렸다.

"푸, 우습게 봤다고 화가 났나 봐. 상당히 아픈데그래?"

바닥에 반쯤 쓰러져 있던 사바신은 다시 몸을 일으켰고, 영룡의 일격으로 얼굴의 반이 날아가 버린 괴물은 다시 그 부분을 급속도로 복원한 후 다시금 사바신에게 돌진했다.

몸에 아직 충격이 남아 있는 사바신은 속전속결을 위해 팔봉신 영룡을 땅에 반쯤 박아 넣고 육탄으로 괴물을 향해 돌진했다.

"오너랏! 최종기, 지령도로 끝장을 내주마!"

사바신이 육탄으로 괴물과 싸우는 동안 팔봉신 영룡은 황색의 빛을 점점 발하기 시작했다. 반면 영룡 주위의 토지는 마치 생기가 빠진 땅처럼 푸석푸석하게 변해 갔다. 나무도 풀도 역시 죽어 가고 있었다.

"나이를 생각하시는 게 좋을 것입니다."

슈렌은 괴물이 된 회장을 압도적으로 밀어붙였다. 이성을 잃은 상대와 침착한 상대의 싸움은 그런 것이었다. 괴물은 숨을 몰아쉬며 자신의 상처를 회복하려고 했으나 그 틈을 주지 않고 슈렌이 공격을 가했기 때문에 회복할 여력이 없었다.

"자, 편하게 해 드리겠습니다!"

슈렌은 그룬가르드를 벨트 옆에 차고 기염력을 최대한 끌어올렸다. 마침내 끝을 내려는 듯 슈렌의 붉은색 기염력은 그의 머리카락처럼 푸른색으로 바뀌었다. 슈렌은 곧 그 기염력을 자신의 양팔에 집중했다.

슈렌의 눈과 자세에서 뿜어 나오는 엄청난 살기에 공포감을 느낀 괴물은 괴성을 터뜨리며 달려들었다. 그 괴물들은 양팔을 마구잡이로 휘두르며 진공의 충격파로 슈렌을 공격했다.

날카로운 진공파에 상처가 났지만, 슈렌은 움직이지 않고 무언가를 기다리는 사람처럼 계속 괴물을 노려보았다. 이윽고 범위 안에 괴물이 들어오자 슈렌은 즉시 자세를 취하며 공격을 개시했다.

"끝이다."

조용한, 그러나 엄숙함이 실린 목소리와 함께 슈렌은 기염력이 집중된 양팔을 좌우로 휘둘렀다. 거기에 맞춰 괴물이 있던 장소에서 굉음과 함께 푸른색 거대한 불꽃 기둥이 지면을 뚫고 연속으로 솟아올랐다. 수십 개의 불꽃 기둥이 내는 충격파에 의해 괴물은 온몸이 그을린 채 공중으로 힘없이 떠올랐다.

그때를 기다린 슈렌은 곧바로 그룬가르드를 잡고 몸을 날린 후, 양손으로 그룬가르드를 엄청난 속도로 회전시켰다. 곧 회전에 의해 생긴 원형의 공간에서 짙푸른색을 두꺼운 고열의 광선이 폭발하듯 분출했다. 그 광선 한가운데 정확히 들어온 괴물은 지면을 증발시킬 정도의 고열에 의해 흔적도 없이 사라져 갔다.

곧 공중에서 대폭발이 일어났고, 기력을 일시에 소진한 슈렌은 겨우 쓰러지지 않고 지면에 착지했다.

"휴."

슈렌의 손에서 잠시 벗어나 공중에 떠 있는 그룬가드르도 에너지를 많이 소비한 탓인지 붉게 달아오른 채 연기를 뿜으며 주위의 습기를 태우고 있었다. 슈렌은 조금 쉬려는 듯, 지면에 편히 누워 지그시 눈을 감았다.

한참 동안 육박전을 펼치던 사바신은 피에 젖은 검은색 코트를 벗어 던지며 자신이 땅에 박아 둔 팔봉신 영룡을 흘끔 바라보았다. 팔봉신 영룡은 연두색 빛을 은은히 뿜어내고 있었다.

사바신은 이제 됐다는 듯 회심의 미소를 지으며 영룡이 있는 곳으로 재빨리 뛰어갔다. 그러나 그의 행동이 무언가 수상했는지 괴물은 즉시 사바신 앞을 막아섰다. 사바신은 씁쓸한 표정을 지으며 몸을 멈추고 온몸에 힘을 가했다.

"하아아아아아앗!"

일갈과 동시에, 사바신의 몸에서 폭발적인 기가 뿜어 나왔다. 가즈 나이트 중 최고의 물리력을 자랑하는 그의 근육은 크게 꿈틀거리며 사바신이 걸치고 있는 러닝셔츠를 찢어 버렸다.

"감히 날 방해하다니! 이거나 먹엇!"

몸의 힘을 최고 상태로 높인 사바신은 이를 악물며 강력한 일격을 던졌다. 괴물은 갑작스러운 펀치를 양팔로 막았다.

뼈 부서지는 소리와 동시에 괴물의 양팔이 으스러졌다. 방어 효과를 보지 못한 괴물은 뒤의 영룡을 지나 멀찌감치 튕겨져 나갔다.

사바신은 곧바로 뛰어가서 재빨리 자신의 목도 팔봉신 영룡을 뽑아 공중으로 치켜들었다.

"각오해라!"

주위의 모든 생명력, 토양과 식물의 생명력을 흠뻑 머금어 연두색 빛을 머금던 팔봉신 영룡은 사바신의 외침에 맞춰 찬란한 빛을 뿜어냈다. 사바신의 영룡에서 나오는 빛으로 한밤인 수도는 마치 새벽처럼 밝아졌다.

"간다! 대지의 에너지, 생명의 힘이 응축된 이 초파괴력을 몸으로 느껴 봐라! 지령도 대륙이등분참(地靈刀 大陸二等分斬)! 우오오!"

사바신은 온 힘을 다해 팔봉신 영룡으로 지면을 쳤다. 지축을 흔드는 굉음과 함께 사바신의 앞 지면 수백 미터가 마치 지진이 난 듯 일직선으로 갈라졌다.

위력으로 따지면 리오의 데이브레이크와 견줄 수 있는 사바신의 최종기 범위에 들어 있던 괴물은 비명도 지르지 못한 채 사방으로 분해됐다.

목표물을 분해했는데도, 자체적인 위력이 남은 탓에 지면은 계속 울리며 이등분되었다. 갈라진 지면에서는 용암이 벽을 만들듯 하늘 높이 분출됐다.

"하하하핫! 이 사바신 님의 힘이 어떠냐! 하하하핫!"

힘이 많이 빠져나가기는 했지만 자신이 만든 파괴 현장을 보며, 사바신은 크게 웃었다. 왠지 허탈하면서도 기분이 매우 좋았다.

"크크크크크…… 죽는 게 좋아!"

라이아와 대치 중인 바이론은 온몸에서 암흑투기를 뿜어내며 미친 듯이 라이아를 공격했다. 라이아 역시 온 힘을 다해 바이론을 상대했으나, 검술에 있어서는 바이론을 능가하지 못하기에 막아내는 데 급급했다. 바이론의 검을 힘겹게 튕겨 낸 라이아는 겨우 웃으며 말했다.

"후후, 역시 강하시군요. 예전에 린라우 님께 들었던 3대 가즈 나이트답군요. 하지만 그 정도로는 저를 이기지 못해요."

그러자 바이론은 당연하다는 듯 광소를 터뜨렸다.

"크크크크큭, 물론이겠지. 지금의 내 힘으로는 널 괴롭힐 수는 있으나 죽이진 못해. 누가 뭐래도 넌 신의 딸이니까, 크크크크큭."

그 말이 끝나자마자 바이론의 이마에 두 개의 검은색 무늬가 떠올랐다. 바이론의 몸에서 뿜어지던 암흑투기와는 비교할 수 없을 만큼 강했다. 그 힘의 압력에 의해 잠시 숨을 멈추고 말았던 라이아는 잔뜩 긴장한 채 중얼거렸다.

"설마, 아직까지 안전주문을 풀지 않고 있었다는……!"

바이론은 여전히 광소를 터뜨리며 무늬가 떠오른 이마를 손가락으로 가리켰다.

"그렇지…… 멋지지 않나? 크크크크…… 힘을 좀 아껴 두었지."

"왜죠? 차라리 저랑 싸우실 때 처음부터 안전주문을 풀지 않고요? 시험하려고 그러셨나요?"

그러자 바이론은 대소를 터뜨리며 미친 듯 소리쳤다.

"크하하하하하핫! 널 죽이기 위해서다! 아까 말했을 텐데, 반항하는 상대가 더 죽일 맛이 난다고 말이야. 크크크크크. 자, 놀이는 끝이다! 이제 얌전히 죽는 게 좋아! 크하하하하핫!"

라이아는 자신의 몸에 가해진 충격을 느끼며 눈을 질끈 감았다. 이 정도 충격으로는 죽지 않겠지만 분명 바이론의 힘은 자신을 압도하고도 남을 듯했다. 그야말로 가망이 없었다.

라이아는 갑자기 정신이 몽롱해짐을 느꼈다. 모든 느낌이 아득해졌고, 몸의 힘도 모조리 빠져나가는 느낌이었다.

죽는 느낌이 이런 것인가.

라이아는 그렇게 생각을 했다. 아니, 그 생각도 점점 어둠 속으로 빨려 들어갔다.

"야, 이거 기분 좋은데? 헤헤헤헷!"

드래곤의 모습으로 돌아온 바이칼의 등에 앉은 지크는 계속 웃었고, 지크를 등에 태운 바이칼은 씁쓸한 표정을 지었다.

그리고 바이칼의 앞쪽에서 초고속으로 날아가는 리오와 휀의 표정은 진지하기만 했다.

"과연 베히모스는 베히모스더군."

한참을 웃던 지크는 바이칼의 등을 탁 치며 그렇게 말했다. 기분 나쁜 표정을 지으면서도 바이칼은 가만히 그의 말을 듣고 있었다.

"헷, 기절한 지 얼마 안 되어 바로 일어났는데 일어나자마자 본 게 명장면이었다니, 참."

「……그 꼬마가 아토믹 레이를 쓴 것 말인가.」

바이칼의 물음에 지크는 고개를 끄덕였다.

"그래, 정말 의외였지. 그들 뒤에서 벌벌 떨고 있던 시에가 갑자기 입을 벌리고 베히모스들이 쓰던 아토믹 레이를 발사할 줄 누가 알았겠어. 아기 호랑이라고 해도 호랑이는 호랑이라더니, 그 말이 맞는 것 같아."

가만히 듣고 있던 바이칼은 곧 짧게 숨을 내쉬었다.

「홍, 그 아기 호랑이를 데리고 있어야 할 사람이 너니까 문제지.」

그 말을 들은 순간, 지크의 얼굴이 돌처럼 굳어졌다. 지크는 안색을 바꾸며 소리쳤다.

"자, 잠깐만! 그게 무슨 소리야? 내가 데리고 있어야 한다니!"

「그럼 동물원에 맡길 건가?」

지크는 가만히 생각해 보았다. 그러나 아무리 생각해도 사실이 그랬다. 리오나 다른 가즈 나이트들에게 맡겨 보았자 신계에는 한 걸음도 들여놓지 못할 것이 뻔했다. 결국 보호자로 떠오른 것이 바이칼과 지크였고, 바이칼의 성격을 알고 있는 지크는 결국 고개를 푹 숙이며 중얼거렸다.

"아, 귀여운 외동아들 노릇도 이제 끝이구나."

그러나 바이칼의 말은 아직 끝나지 않았다.

「그 시커먼 여자(마티)와 성깔 있는 여자(티베)는 어찌할 건가. 티베라는 여자는 1년 이상 이 세계에서 살았으니 오래 있지 않는다 치고…… 시커먼 여자는 너 아니면 의지할 곳이 없을 텐데.」

지크는 머릿속에서 종이 친 것처럼 멍해졌다. 미처 생각해 보지 못한 일이었다.

"티, 티베는 그냥 돌려보내면 되고…… 마, 미티도 그냥 돌려보내면 되는 거네, 뭐, 하하하하."

「흥, 가능하다고 생각하나.」

지크는 미국으로 오기 전 티베가 자신들에게 BSP가 괜찮은 직업이냐며 물어봤던 것과 마티에게 BSP가 되면 괜찮겠다는 말을 자신이 직접 했던 기억이 생생히 떠올랐다. 게다가 마티는 챠오에게 블래스터 사용법까지 열심히 강습받지 않았던가.

"바, 바이칼…… 드래고니스는 땅이 넓지?"

지크가 잔뜩 긴장된 목소리로 바이칼에게 묻자 바이칼은 차갑게 중얼거렸다.

「인간 여성의 무덤 자리는 없다.」

의지할 곳을 완전히 잃어버린 지크는 결국 바이칼의 등에 쓰러지며 힘없이 중얼거렸다.

"아, 어머니께 뭐라고 말씀드려야……."

순간 바이칼이 갑자기 공중에서 정지하는 바람에 지크는 하마터면 바이칼의 등에서 떨어질 뻔했다. 겨우 몸의 균형을 유지한 지크는 숨을 헐떡이며 바이칼에게 소리쳤다.

"이 자식, 맡기 싫으면 싫다고 할 것이지 왜 갑자기 멈춰!"

「멍청이.」

"응?"

넓디넓은 바이칼의 등을 바람처럼 타고 올라 앞의 상황을 본 지크는 진지한 표정으로 중얼거렸다.

"오호, 깡통 로봇들이 등장하셨군."

지크의 말대로, 일행의 앞에 나찰과 수라들이 공중에 즐비하게 떠서 방어 진형을 짜고 있었다. 그러나 공격은 하지 않았다.

"아무래도 이쪽에서 먼저 공격해 달라고 하는 것 같은데? 후훗."

리오는 팔짱을 낀 채 씩 웃으며 중얼거렸다.

"광황포!"

순간 리오 옆에 있던 훼의 손에서 거대한 빛의 기둥이 방출됐다. 동시에 광황포의 범위 내에 있던 수라와 나찰 상당수는 일직선으로 밀리며 폭발해 사라졌다.

리오는 황당하다는 표정으로 훼을 바라보았다. 훼은 표정 하나 바꾸지 않고 뒤에 있는 바이칼에게 말했다.

"처리를 부탁한다, 용제. 리오는 나와 함께 기지 내에 돌입한다."

"기지? 넌 기지가 보이나?"

리오의 물음에, 훼은 다시금 광황포를 수라와 나찰들이 잔뜩 떠 있는 공중의 바로 아래쪽 산지에 쐈다. 광황포에 맞은 산지 한쪽에서 대폭발이 일어남과 동시에 검은 연기가 피어올랐다. 훼은 다시 손을 코트 주머니 속에 넣으며 말했다.

"탄광이 아니라면 돌들이 저렇게 탈 이유가 없지 않나."

리오는 고개를 끄덕이며 디바이너와 파라그레이드를 뽑아 들고 회심의 미소를 지으며 중얼거렸다.

"홋, 그렇겠지! 뒤를 부탁한다, 바이칼!"

리오는 곧바로 기를 터뜨리며 수라와 나찰들을 향해 돌진했다. 휀은 고개를 저은 후 플렉시온을 뽑아 들며 중얼거렸다.

"성격이 급하군."

휀이 그렇게 말하는 동안, 리오는 벌써 수십 대의 나찰과 수라들을 산산조각 내고 있었다. 더 이상 힘의 제어에 신경 쓰지 않아도 되었기 때문이다. 로봇들의 뒤늦은 반격은 그야말로 늦은 것이었다.

벌써 반수 이상의 나찰과 수라가 파괴됐고, 공중 방어진은 돌파당한 지 오래였다. 결국 나찰과 수라의 포문은 바이칼에게 돌려졌다. 바이칼은 귀찮다는 듯 눈을 감으며 자신의 몸 크기를 원래대로 바꿨다. 몸 길이만 120미터가 넘는 용족의 제왕 앞에 고작 3미터밖에 안 되는 나찰과 수라들은 그저 장난감에 불과했다. 바이칼은 그때까지 참아 왔던 모든 것을 떨치려는 듯, 숨을 길게 들이쉬었고, 나찰과 수라들은 자신들의 모든 화력을 바이칼에게 쏟아부었다. 그러나 바이칼의 몸에 직접적인 타격을 가한 것은 아무것도 없었다. 바이칼은 곧바로 자신의 거대한 브레스를 길게 내뿜었다.

푸른 섬광 안에서 살아남을 수 있는 것은 아무것도 없었다. 설사 수천 년간 비바람을 견뎌 온 바위산이라 해도 예외는 아니었다.

"이봐! 난 내려주고 쏴야 할 거 아냐, 이 망할 녀석아!"

어쨌든 지크는 아직도 바이칼의 등에 붙어 있었다.

「……」

"좋아, 끝장을 내 주마!"

요새의 외벽을 뚫고 내부에 강습한 리오와 휀은 곧바로 요새 안을 달리며 와카루를 찾았다. 그러나 결코 찾기가 쉽지 않았다. 가는 곳곳마다 나찰과 수라들이 버티고 있어서 어느 쪽이 중요 지역인지 알 수가 없었다.

한동안 로봇들을 상대하던 리오와 휀은 어느덧 주위가 조용해지는 것을 느꼈다.

리오는 두 개의 검을 바닥에 잠시 꽂으며 한숨을 돌렸다.

"여기가 어디쯤일까…… 하는 질문은 바보 같겠지?"

"그럴지도."

여느 때처럼 간단히 답한 휀은 주위를 천천히 돌아보았다. 나찰과 수라는 이미 주위에 없었다. 있는 것이라고는 웅웅거리는 기계 소리와 여러 개의 두꺼운 철문뿐이었다.

그때 한쪽 문이 열리는 소리가 들렸다. 리오는 즉시 검을 뽑아 들고 그쪽을 바라보았다. 문 뒤에서 쏟아지는 빛 속에서 두 개의 그림자가 있었다. 하나는 2미터가 족히 되어 보였고, 하나는 보통 사람보다 약간 작은 사람의 그림자였다.

"허허헛…… 잘 왔소, 리오 군. 그리고 휀 라디언트 군. 생각보다 빨리 왔구려. 하긴 대륙 횡단 열차를 타고 올 거라고 생각하지도 않았지만…… 험험. 자, 리오 군은 이쪽으로 들어오구려. 할 말이 많으니까. 아, 휀 군은 여기 있는 이 친구와 얘기를 좀 나누구려. 이 친구 생전에 휀 군과 감정이 있었던 것 같던데."

"휀 라디언트!"

와카루의 말이 끝남과 동시에, 아니, 와카루의 입에서 휀의 이름이 나왔을 때 그의 옆에 있던 그림자가 붉은색 안광을 번뜩이며 몸을 부르르 떨었다. 플렉시온을 옆에 꽂아 둔 채 슬립형 담배를 한 대 피우던 휀은 담배를 발로 비벼 끄며 나지막이 중얼거렸다.

"뭐, 좋을 대로."

그 말이 끝나기가 무섭게, 와카루 옆에 있던 그림자가 낫을 휘두르며 돌진해 왔다. 옆으로 몸을 피한 리오는 재빨리 와카루를 향해 달려갔다.

"설마 죽지는 않겠지, 휀?"

플렉시온으로 조커 나이트의 '레이저 사이즈'를 막아 낸 휀은 리오를 바라보며 허무감이 깃든 말투로 중얼거렸다.

"네가 걱정만 안 한다면."

"훗, 좋아!"

그사이 와카루는 이미 안으로 들어갔다. 리오는 이상하게 두근거리는 가슴을 억누르며 안으로 들어갔다.

"자, 유언이라면 빨리 하시지, 닥터 와카루! 시간이 없다는 것은 당신도 잘 알 텐데?"

의자에 앉아 있던 와카루는 고개를 끄덕이며 말했다.

"음, 지금이 24일 아침 10시니까…… 딱 열네 시간 남았구려. 이 세상이 멸망하기까지 말이오, 허허허헛. 나도 솔직히 원하던 바는 아니었지만, 높은 분께서 시키시는 바람에……."

리오는 이상한 말을 들은 사람처럼 의아한 표정으로 물었다.

"무슨 헛소리지? 라이아도, 저 밖에 있는 나찰과 수라라는 괴물 로봇들도 모두 당신이 만든 것 아닌가!"

와카루는 자신의 안경을 매만지며 고개를 끄덕였다.

"아, 물론 그렇소이다. 하지만 난 말했소, 부탁을 받은 일이라고……."

"그럼 누구의 부탁을 받은 거지?"

리오는 궁금함을 견딜 수 없었다. 저 노인의 뒤를 조종할 만큼 거대한 존재가 지금은 사라져 버린 린라우 외에 또 있을 줄은 몰랐다. 와카루는 양팔을 벌리며 말했다.

"자, 리오 군 말대로 지금은 시간이 없으니 그야말로 허심탄회하게 말하리다. 자, 나오시길……."

와카루는 경쾌하게 자신의 의자에 붙어 있는 버튼을 눌렀고, 곧 천장이 열리며 두 사람이 내려왔다. 리오는 둘 다 익히 본 얼굴이어서 놀라움을 금치 못했다.

"리, 린라우! 그리고…… 세이아!"

"리오 씨! 리오 씨!"

물론 세이아가 주동이 아닌 것은 확실했다. 그녀는 린라우에게 포박당한 상태였다.

"오랜만이군요. 가즈 나이트, 리오 스나이퍼."

순간 리오는 머릿속이 정지된 듯했다. 낯익은 목소리…… 바로 여신 이오스였다.

"이, 이오스 님! 무사하셨군요!"

그러나 이오스는 리오의 인사를 받지 않았다. 와카루는 미소를 지으며 자리에서 일어났다. 이오스는 그 의자를 향해 천천히 걸어가서 앉았다. 그런 대로 다행이라는 생각에 잠시 표정을 풀었던 리오는 순간 인상을 찡그리며 믿지 못하겠다는 얼굴로 물었다.

"자, 잠깐만. 이, 이오스 님께서 설마? 그런 바보 같은!"

이오스는 옅은 미소를 띠며 고개를 끄덕였다. 그녀의 동작 하나하나가 충격 자체였다.

"아, 아니 어째서…… 이오스 님께서 어째서!"

"훗, 몇 개월간 속아 주어서 정말 고마웠습니다, 리오 스나이퍼. 그리고 제 딸들도 보호해 주셨으니 더없이 감사하군요. 아, 우선 궁금증부터 풀어 드리겠습니다. 음, 지금으로부터 수천 년 전……
인간들의 시간으로는 수만 년 전이겠군요. 저와 다른 여신 세 명은
이 지구의 여신 '가이아'가 죽은 이후 그 자리를 메우기 위해 이곳
에 왔습니다. 가이아는 지금 사람들이 부르는 공룡이라는 종족들
을 잘못 번성시킨 죄로 주신에게 처벌을 당했죠. 그 공룡들도 주신
의 심판을 받아 모두 사멸됐고요. 하지만 저를 포함한 여신들은 불
만이 많았습니다. 왜 이런 작은 행성에 여신들을 네 명이나 배치했
냐며……. 그건 저도 마찬가지였지요. 그래서 저는 작은 계획을 수
립했습니다. 요이르, 이스마일, 마그엘에게 우리도 곧 주신에게 처
벌을 당할 거라는 얘기를 퍼뜨린 것이지요. 결국 셋은 단합하여 겉
으로 주신을 지지하는 저와 대결하기에 이르렀고, 마지막에 계획
이 잘못되는 바람에 저까지 주신께 벌을 받고 말았죠. 저를 제외한
세 여신은 육체와 정신이 따로 봉쇄되는 큰 벌을 받았고, 저는 가
볍게 신체(神體)만을 쓸 수 없게 된 것이죠."

"뭐라고!"

리오는 도저히 믿을 수 없었다. 지금까지 자신과 이 세계의 모든
사람들은 이오스의 손바닥 안에서 놀아난 것이었다. 악마들도, 신
들도 모두 다. 이오스의 얘기는 계속됐다.

"저는 고민했답니다. 신벌이 풀린다 해도 다시 세 여신들과 싸울
수 있을까 하는 것이었지요. 적어도 두 명이 모자랐으니까요. 정신
도 상당 부분 봉쇄된 탓에 최근에 와서 이것을 깨닫게 됐습니다.
결국 20여 년 전 저는 인간의 남자를 만나 아이를 둘 낳게 됐죠. 신
벌이 풀리면 그 아이들도 반신반인이 되어 상당한 능력을 가지게
된답니다. 결국 그 계획은 성공해서 세이아는 저보다 강한 정신을,
라이아는 저보다 강한 육체를 가지게 됐습니다. 하지만 미처 생각

지 못한 일이 일어났습니다. 이쪽에 계신 린라우 님께서 다른 여신 세 명을 제거하고 힘을 흡수하셨기 때문이죠. 게다가 차원결계 때문에 그 일은 신계에까지 알려지지 않게 됐죠. 저의 일도 전혀 밝혀지지 않았고…… 바이론 씨가 주신에게 건네받아 저에게 주신 신약 덕분에 저는 신의 힘마저 완전히 찾게 됐습니다. 린라우 님께서 방해자도 처리해 주셨고…… 이제 이 행성은 완전히 저의 것이 되는 순간이었죠. 당신도 아시죠? 신으로서 행성을 가진다는 것은 커다란 명예라는 것을."

리오는 결국 분노에 주먹을 떨었다. 도저히 참을 수가 없었다. 세이아와 라이아마저 사랑 때문에 태어난 아이들이 아니라는 사실에 리오는 이오스를 더욱 용서할 수 없었다.

"단지 성계신이라는 명예 때문에 두 명의 생명을 비극으로 만든 것인가!"

"후훗…… 하지만 당신들, 즉 가즈 나이트라는 변수는 예상하지 못했지요. 제가 신벌을 받기 전에는 가즈 나이트라는 존재가 있는지도 몰랐으니까요. 결국 일은 이 세계의 멸망으로 끝나게 되었습니다. 참 아쉽지요. 하지만 괜찮습니다. 아직 신계에 지금의 일이 완벽히 보고된 적은 한 번도 없으니까요. 저는 표면에 드러난 행동을 한 일이 없으니 책임 추궁은 면하겠죠. 여기서 당신들만 완벽히 제거한다면! 자, 와카루 박사. 저 가즈 나이트를 처리해 주세요."

"예, 기꺼이……."

와카루는 허리를 굽혀 인사하고 천천히 린라우에게 다가섰다. 그리고 린라우 앞에 선 채 리오에게 말했다.

"허헛. 내 꿈은 오래 사는 것이었소. 그래서 생명과학을 연구하게 됐고, 결국 완성한 것이 신의 육체와 가까워지는 보조장치였소.

몇 차례의 실험 결과 지금은 100퍼센트에 가까운 완성률을 보이고 있소. 지금의 내 육체는 그 장치를 사용한 상태이외다. 하지만 그것만으로는 리오 군을 비롯한 다른 젊은이들을 이기기엔 역부족일 것 같아서 린라우 님의 몸을 잠시 빌리기로 했소. 전투력에 관해서는 톱클래스의 악마와 신에 가까워진 내가 융합되면…… 젊은이들을 충분히 이길 수 있다는 결론이 나왔기 때문이오."

그 말이 끝남과 동시에, 와카루의 등은 마치 우산처럼 넓게 퍼지며 린라우를 집어삼켰다. 곧 와카루의 몸은 변하기 시작했다. 지금보다 훨씬 젊어졌고, 그 다음에는 마치 린라우의 것처럼 몸이 두꺼운 근육질로 바뀌어졌다.

그리고 외관상의 변화가 약간 있고 나서 와카루는 빙긋 웃으며 리오에게 말했다.

"후…… 자, 이것이 바로 당신들을 이길 수 있는 힘이외다. 신을 초월한 과학의 힘을 느껴 보시길!"

"으윽!"

순간 리오는 와카루에게서 뿜어지는 엄청난 기합에 검으로 방어 자세를 취하며 자세를 낮췄다. 이번에는 농담이 아니었다. 아무리 자신이 안전주문을 풀지 않았다고 해도 이 정도의 힘은 느껴본 적이 없었다.

와카루는 여유 있는 웃음을 지은 채 천천히 다가왔고, 양팔이 묶인 채 이오스의 의자에 기대아 있던 세이아는 눈물을 흘리며 리오에게 소리쳤다.

"리오 씨, 위험해요! 저는 상관하지 마시고 도망치세요!"

자신에게 천천히 걸어오는 와카루를 바라보던 리오는 세이아의 목소리를 듣고 빙긋 웃으며 디바이너를 거두고 대신 엑스칼리버를 꺼내며 세이아에게 물었다.

"훗, 라이아가 '어머니를 위해'라고 했던 말이 무슨 뜻인지 이제 알겠군요, 세이아. 다시 한 번 몇 년 전에 제가 아무 말 없이 떠났던 것, 사과드릴 수 있을까요?"

세이아는 명한 얼굴로 리오를 바라보았다. 리오는 곧바로 전투 자세를 잡으며 조용히 말했다.

"미안해요. 세이아에게도, 라이아에게도……. 저는 평범한 생활을 해 본 일이 거의 없기 때문에 그때도 당신들 곁에 오래 있어 줄 자신이 없었죠. 저는 검과 마법 외에 할 수 있는 일이 없거든요. 하지만 지금은 검과 마법으로 할 수 있는 일이 생겼습니다."

이오스는 아무 말 없이 리오를 바라보았다. 하지만 그녀는 속으로 상당히 긴장하고 있었다. 리오의 기가 자신이 신으로 탄생한 이후 처음 느껴 볼 정도로 아니, 두려움을 느낄 정도로 증가하고 있었기 때문이다. 하지만 와카루는 그것을 모르는 듯했다.

"당신과 라이아를 자유롭게 해 줄 수 있습니다. 반신반인이라는 슬픈 운명을 내 검으로 바꿔 주겠습니다."

순간 리오의 눈은 푸른색 섬광을 내뿜었고, 그의 이마에 네 개의 회색 무늬가 떠올랐다. 그의 몸에서 터져 나가는 기의 압력에 의해 와카루는 약간 밀려났고, 주위의 벽은 마치 보이지 않는 장벽에 충돌한 듯 리오를 중심으로 둥글게 파였다.

와카루는 움찔하며 리오를 바라보았다. 리오는 눈과 몸에서 푸른색 빛을 뿜으며 와카루에게 말했다.

"당신은 분명 신이 될 거야. 물론 소원과는 달리 귀신이 되겠지만! 하아아앗!"

리오는 그렇게 일갈을 터뜨리며 와카루에게 급속으로 접근했다.

그리고 와카루의 안면을 잡고 몸을 날리며 천장에 와카루를 쳐올렸다. 그 상태로 리오는 이오스를 쏘아보며 중얼거렸다.

"다음 차례는 당신이야! 이자까지 충분히 쳐서 지금의 이 기분을 보답해 주지. 하앗!"

와카루를 천장에 쳐올린 상태에서, 리오는 와카루를 잡은 손에 기를 폭발시켰다. 엄청난 폭음과 함께 와카루는 천장을 뚫고 위로 솟구쳐 올랐다. 리오는 그를 따라 천장의 구멍으로 날아올랐다.

방에는 세이아와 이오스만 남았다. 이오스는 자신의 옆에 묶여 있는 세이아의 은발을 매만지며 조용히 말했다.

"후훗, 보이는구나. 너와 저 가즈 나이트 사이에 이어진 운명의 실이……. 저 가즈 나이트는 세 개의 운명을 지니고 있지. 하나는 다른 차원에 이어져 있고…… 또 하나는 아직 태어나지 않았고, 마지막 하나는 너에게 이어져 있단다. 하지만 걱정 말거라. 내가 너에게 이어진 것만큼은 반드시 끊어 줄 테니."

세이아는 도저히 믿을 수 없다는 듯 눈을 질끈 감으며 나지막이 중얼거렸다.

"어, 어머니…… 어째서 이런 일을?"

"……아?"

라이아는 눈을 번쩍 떴다. 눈을 뜨자마자 보이는 것은 푸른 하늘과 구름들이었다. 그녀는 곧바로 몸을 일으켜 주위를 둘러보았다. 자신은 잔디가 깔린 언덕에 누워 있었다. 그리고 자기 옆에 슈렌이, 그리고 멀리에 폐허가 된 레프리컨트 왕국의 수도가 보였다.

"일어났구나."

잔디에 편히 누워 있던 슈렌은 조용히 라이아에게 말했다. 라이아는 자신의 작은 손을 슈렌의 두꺼운 가슴에 올려놓으며 물었다.

"슈, 슈렌 오빠, 모두 어디 있어요? 언니는, 세이아 언니는 어디 있지요? 그리고 여긴 어디예요?"

슈렌은 조용히 라이아의 눈을 바라보았다. 크고 맑은 눈이 그를 향했다. 그는 곧 손으로 라이아의 머리카락을 쓰다듬으며 말했다.

"얼마 있으면 만날 수 있단다. 그리고 여기는 레프리컨트 왕국 수도 근처야. 자, 사바신이 먹을 것을 구해 올 동안 더 쉬자꾸나."

"네. 그런데 많이 피곤해 보이네요? 무슨 일 있으셨나요?"

"아니."

라이아는 이상하다는 듯 고개를 갸웃거리며 다시 잔디 위에 누웠고, 슈렌은 옅은 미소를 띠며 숨을 깊게 들이마셨다.

차원이 바뀌어서 그런지 공기가 더욱 깨끗하게 느껴졌다.

"휴, 이게 뭐야! 한 시간 반 동안이나 네 녀석 등에 매달려서 액션 영화를 찍어야 했다고!"

땅 위에 내려온 지크는 옆에 앉아 있는 바이칼에게 손가락을 휘두르며 따졌다. 바이칼은 지크의 설교를 한쪽 귀로 듣고 한쪽 귀로 흘리며 숨을 내쉴 뿐이었다.

"자식이 내 말을 무시하는 거냐! 열 받으면 키스하는 수가 있어!"

"열 받으면 없애 버리는 수가 있다."

둘의 말다툼은 끝이 없었다.

그때 요새 한쪽에서 폭발이 일어났고, 둘의 시선이 그곳으로 집중됐다. 폭발로 생긴 불꽃과 연기를 뚫고 두 개의 그림자가 공중으로 솟아올랐다. 그 두 명이 각기 엄청난 기를 뿜어내고 있었다. 지크는 진지한 표정으로 눈을 움찔거리며 중얼거렸다.

"하나는 리오의 기 같고…… 하나는 강하긴 한데 잘 모르겠군. 아무래도 저게 마지막 전투 같은데?"

"쳇."

바이칼은 팔짱을 끼며 투덜거렸다.

"어째서지? 내가 분명히 더 강할 텐데. 난 신을 초월했을 텐데!"

상당한 피해를 입은 채 공중에 떠오른 와카루는 믿지 못하겠다는 듯 자신의 몸을 바라보며 소리쳤다. 리오는 검을 앞으로 내밀며 크게 소리쳤다.

"분명히 네 힘은 날 능가한다. 세 여신의 힘에, 악마대공 린라우의 힘, 그리고 당신의 과학기술이 합쳐져서 엄청난 파괴력을 낼 수 있다. 그러나 그것뿐이야!"

와카루는 눈을 번쩍 뜨며 리오를 쏘아봤다. 리오는 두 개의 검을 교차한 채 자세를 취하며 다시 소리쳤다.

"당신의 힘은 순간에 얻은 것! 전투 한 번 제대로 해 본 일이 없는 자가 그 힘을 사용할 줄 모르니 있어도 소용없다. 하지만 난 이 힘을 얻기 위해 7백 년 이상 생사를 넘나들며 싸웠다! 힘의 차원은 다르지만 격이 틀려! 당신은 절대 나를 이길 수 없다!"

리오의 몸에서 뿜어지던 푸른색 기는 곧 녹색으로 바뀌었다. 리오가 가진 두 개의 검 중에서 파라그레이드는 연기를 내며 타기 시작했고, 엑스칼리버는 리오의 의지에 반응하듯 진동음을 내며 떨기 시작했다.

"머리부터 발끝까지, 조각 하나 남기지 않고 당신의 존재를 인정하지 않겠다! 60년간 배워 왔고, 1백 년 만에 터득했고, 수백 년간 궁극의 기술로 인정되어 온 기술, 지하드로!"

와카루는 급히 양팔을 겹쳐 방어 자세를 취했다. 하지만 그것만으로 지하드를 막아 내기 불가능했다. 방어 자세 하나 제대로 알지 못하는 와카루가 리오를 이긴다는 것은 처음부터 무리였다. 와카루는 억울하다는 듯 소리를 지르며 몸부림쳤다.

"이, 이렇게 허무하게! 이, 이렇게!"

"없애 버리겠다!"

순간 수천 개의 녹색 검광이 하늘을 밝혔다. 와카루의 몸을 이루고 있던 세포들은 하나하나 터져 나가며 소멸되었다. 와카루의 얼굴은 아직도 모르겠다는 표정을 지은 채 사라졌다.

지크와 바이칼은 서서히 사라져 가는 녹색의 검광들을 바라보며 서 있었다. 지하드의 충격파 때문인지, 하늘을 덮고 있던 구름에서 눈이 내리기 시작했다. 지크는 자신의 코끝과 속눈썹에 눈이 내려 앉는 것을 느끼며 씩 미소를 지었고, 바이칼은 손수건으로 얼굴을 닦으며 고개를 저었다.

"하아하아."

리오는 거친 입김을 뿜으며 호흡을 가다듬었다.

무슨 생각을 하고 있을까.

이제 남은 것은 하나라는 안도감일까. 아니면 남은 하나를 어떻게 처리해야 할까 하는 고민일까.

숨을 가라앉힌 리오는 해답을 찾은 듯 눈을 가늘게 뜨고 날이 다 타 버린 파라그레이드를 거둔 후 대신 디바이너를 꺼내며 자신이 뚫고 나온 구멍으로 다시 들어갔다.

이윽고 리오는 조금 전 자신이 있던 곳으로 돌아왔다. 그때까지도 이오스와 세이아는 거기 그대로 있었다. 리오는 엑스칼리버를 이오스에게 뻗으며 말했다.

"이제 끝입니다. 난 세이아와 라이아의 모친인 당신과 싸우고 싶은 생각은 없으니 그대로 주신께 판결을 받으시지요. 그러지 않으면 아까 말씀드렸던 대로 이행하겠습니다!"

그 말을 들은 이오스는 쓸쓸하게 웃으며 고개를 저었다.

"후, 와카루 박사가 설마 그런 계산 착오를 할 줄이야……. 하지만 아직 차원은 바뀌지 않았습니다. 저를 어떻게 하신다 해도 그것만은 바꾸지 못할 거예요. 라이아가 그쪽을 맡고 있으니까요. 게다가 만약 차원 분단의 기둥을 파괴한다 해도 일이 끝나는 것도 아니죠. 후후훗."

리오는 움찔하며 이를 악물었다. 하지만 잡념을 가질 시기는 아니라고 생각한 듯, 그는 다시 이오스에게 물었다.

"상관없습니다. 자, 세이아를 풀어 주고 순순히 주신께 가시지요. 얼마나 당신의 아이들을 불행하게 만드실 생각이십니까."

이오스는 여전히 미소를 지은 채 오른손을 세이아의 머리에 가져갔다. 리오는 설마 하며 이오스에게 달려들 준비를 했으나, 그녀는 웃으며 리오에게 소리쳤다.

"후훗…… 좋아요. 더 이상 불행하게 만들지 않겠어요! 이대로 이 아이의 생명을 소멸시키면 그만이니까!"

순간 무언가 벽을 뚫고 날아와 이오스의 오른팔을 자르고 뒤쪽 벽에 박혔다. 잘린 이오스의 팔은 곧바로 빛으로 변하며 공중으로 흩날렸다.

리오는 벽에 박힌 물건을 유심히 바라봤다. 조커 나이트가 들고 있던 레이저 사이즈였다.

"거기까지다. 반역자, 이오스."

곧 레이저 사이즈가 뚫고 날아온 문을 열고 누군가 천천히 들어왔다. 여전히 코트 주머니에 손을 넣고 있는, 얼음처럼 차가운 눈매의 남자 휀이었다.

이오스는 급히 자신의 오른팔을 회복시키려 했으나 그녀의 팔은 회복되지 않았다. 이오스의 얼굴은 순간 일그러졌다. 그사이 리오는 이오스에게 천천히 다가가 세이아를 묶은 포박을 풀었다.

"리, 리오 씨!"

세이아는 리오의 품에 안기며 아무 말도 하지 않았다. 리오는 한숨을 돌리며 고개를 저었다. 그때 누군가의 웃음소리가 휀이 열고 들어온 문 쪽에서 들려왔다.

"크크크, 전형적인 엔딩이군. 맘에 들진 않지만…… 크크크큭."

"바이론?"

리오는 천천히 어둠 속에서 걸어 나오는 바이론의 모습을 바라보았다. 바이론은 자신의 양손을 들어 이오스에게 보란 듯 펴 보였고, 이오스는 깜짝 놀라며 소리쳤다.

"그, 그것은?"

바이론은 왼손에 들린 검은색의 수정 조각을 바닥에 떨어뜨리며 말했다.

"그래…… 네 딸 라이아의 몸속에 들어 있던 차원 분단의 수정이다. 그 기둥은 그냥 허구였지. 난 혹시나 하고 그 아이를 찔러 본 것뿐인데 이게 나오더군. 크크크크. 운이 좋다는 게 이런 건가?"

바이론은 바닥에 떨어진 수정을 강하게 짓밟았다.

수정은 힘없이 바이론의 발밑에서 가루가 되어 사라졌다. 그 후 바이론은 오른손에 들린 두루마리를 펼치며 말했다.

"크크, 내 발밑의 일은 그런 대로 오래전에 끝난 일이다. 시간적

여유가 있어 보너스로 주신께 보고까지 하고 왔지. 크크크…… 이 서류에 주신의 인이 찍힌 순간부터 넌 신이 아니다. 상급 빛의 정령일 뿐이야. 이 차원계는 예전에 주신께서 분단한 것과 마찬가지로 다시 분할됐고, 차원 간의 불균형도 정리됐다. 크크크…… 나는 주신께 너를 어떻게 하든 상관없다는 허락까지 받아 왔다. 자, 광황님은 이거나 받아 보시지."

바이론은 왼손으로 주머니에 있던 쪽지를 휀에게 건네주었고, 그 쪽지의 글을 읽은 휀은 곧바로 쪽지를 소멸시킨 후 리오에게 안겨 있는 세이아에게 다가갔다.

"넌 반역자의 딸로서 주신께 불려 가게 된다. 날 따라오도록."

"네."

세이아는 예상했다는 듯 고개를 숙이며 리오에게서 돌아섰다. 리오는 휀의 코트를 잡으며 흥분해서 소리쳤다.

"무, 무슨 소리야! 일은 이미 끝났잖아!"

휀은 차가운 눈으로 리오를 바라보며 말했다.

"주신의 명이다. 불만 있나."

"제기랄!"

리오는 휀을 거칠게 풀어 준 뒤 고개를 푹 숙이며 돌아섰다.

epilogue

나는 어찌할 도리가 없었다. 아니, 그녀를 잡은 휀과 주신의 막강함에 겁이 나서 그녀를 다시 내 곁에 둘 수 없었는지도 모른다.

나는 가즈 나이트. 주신의 명을 받드는 전사다. 그래서 주신의 결정에 반항하는 건 있을 수도 없는 일이었다. 세이아가 반역신의 딸이라는 것 역시 부정할 수 없는 사실이기에 난 아무것도 할 수 없었다. 그저 그녀를 바라보는 것 외에…… 아무런 방법이 없었다.

그녀는 나를 보았다. 아무 걱정하지 말라는 듯 옅은 붉은색 입술을 달싹거리며. 하지만 난 이상하게도 마음이 착잡했다.

내가 왜 그녀를 좋아하게 됐는지, 또 그녀가 왜 나를 좋아했는지 알 수가 없었다. 그저 그녀가 예뻐서? 아니면 바보처럼 남의 잘잘못을 모두 감싸 주는 그녀의 성격 때문에? 그렇지 않으면 모든 사람들을 배려하는 그녀의 마음 때문이었을까. 그래, 어쩌면 그 모든 것 때문에 그랬는지도 모른다. 그런 생각에 더욱 어두워진 내 얼굴과는 반대로 그녀의 얼굴은 밝기만 했다. 휀이 만든 신계의 문이 닫히기 직전, 나를 부르는 그녀의 목소리가 들린 것 같았지만 그건 아마 착각이었을 것이다. 차원문이 닫힐 때는 이미 양쪽 공간이 분열된 상태이기 때문이다.

나는 이오스를 붙잡은 채 신계의 문을 여는 바이론에게 물었다.

"그녀를 다시 만날 수 있을까?"

바이론은 평소처럼 웃으며 답했다.

"크큭, 어린아이처럼 투정을 부리는 건가. 어쨌든 지금까지 신계 반역자의 후손들은 부모 대신 죗값을 치러 왔다. 이오스가 벌인 이번 일은 이오스를 사형시키는 것으로 간단히 끝날 일이 아니다. 크크큭, 세이아나 라이아가 신이 되지 않는 한 인간의 수명으로 죄값을 치르는 건 불가능하겠지, 크크크큭."

결국 그녀와 어린 라이아가 모든 것을 뒤집어쓰게 된다는 말이었다. 나는 더 이상 아무 말도 할 수 없었다.

그것으로 이오스가 계획하고 하마터면 성공할 뻔한 이번 일은 모두 종결됐다. 설마 타르자의 펜던트가 이렇게 거대한 일을 초래할 줄이야. 또한 이오스가 얼굴에 가면을 쓰고 우리를 이렇게 농락할 줄이야. 이렇게 후회한다 해도 일은 다 끝났다. 두 개의 차원을 통틀어 희생된 많은 사람들과 모친의 철저한 계획에 의해 태어난 불쌍한 자매를 남기고.

마티와 티베 등은 지크의 차원에 그대로 남기로 했다. 티베가 왜 지크의 차원에 남기로 했는지 이해할 수 없었다. 지크의 차원에 그렇게 미련이 있지는 않을 텐데, 어째서 그녀가 그런 결정을 내렸을까. 하지만 BSP가 될 거라니 조금은 안심이 되었다.

시에 역시 지크가 돌보기로 했다. 사실은 바이칼이 데려가려고 했으나 자존심이 강해 말도 꺼내지 못하자 결국 불쌍한 지크 녀석이 맡아야 했다.

난 시에의 그 순수한 눈을 잊을 수 없다. 수백 년간 더럽혀진 내 자신이 시에의 순수한 눈에 투영될 때마다 죄책감이 들었다. 지크, 슈렌이 시에에게 많은 걸 가르쳐 주지 않은 이유도 아마 나와 같은 마음 때문일 것이다. 세상에 대한 무지에서 나오는 시에의 깨끗한 미소를 조금이라도 더 보고 싶다는…….

지크의 세계를 떠나기 직전, 나는 시에의 작은 몸을 다시 한 번 안아 주었다. 절대로 변하지 말라는 말과 함께.

지크는 작별 인사를 하겠다며 나를 따라 레프리컨트 왕국으로 왔다. 한창 복구 중인 왕국 수도는 기공식을 치른 직후여서 더욱 활기차 보였다.

수도에는 지금까지 보지 못했던 옷차림의 사람들이 상당히 많았다. 그들은 다름 아닌 벨로크 왕국의 병사들이었는데, 어떤 불순한 목적으로 온 것이 아니라 사과의 뜻으로 온 복구 지원단이었다.

나는 그들 중 한 명에게 마동왕은 잘 계시냐고 넌지시 물었다. 그러자 그 사람은 밝게 웃으며 대답했다.

"하핫, 타운젠드 21세께서는 어느 때보다 편안하고 즐거우십니다. 왕비님도 찾으셨겠다, 또 이번에 일어난 환란도 잘 끝맺었으니 그 이상 기쁘실 수 없겠죠. 저희도 전쟁 준비를 하지 않게 돼서 정말 기쁘답니다."

생각해 보니 처음 만나는 벨로크 왕국 사람들이었다. 그래, 그들 역시 희생자였다. 나와 전사들이 부상당한 것보다 그들은 원치 않은 전쟁에서 더 마음을 다쳤을 것이 분명하다. 우리야 어차피 싸우기 위해 존재하고, 또 보통 사람들이 숨 쉰 횟수만큼 수백 년간 싸움을 해왔으니까.

나와 지크 역시 웃으며 임시 왕궁으로 향했다. 왕궁이라고 해 봤자 한 귀족의 집을 빌려 사용하는 것이 고작이었지만 여왕과 미네리아나, 그리고 린스가 더 이상 떠돌지 않아도 된다는 사실만으로도 그 귀족의 집은 임시 왕궁으로 충분했다.

그곳에 들어가기 직전 아주 반가운 얼굴을 만났다. 근위대장 케톤과 근위대장 대리직을 맡은 아슈탈, 그리고 임시 보병대장을 맡은 테크와 리마 등이었다.

케톤은 티베와 다시 헤어져 좀 슬퍼 보였지만 대신 친구를 셋이나 얻었다며 기뻐했다. 다른 이들은 떨떠름한 표정을 지으면서도 케톤의 말에 싫은 기색은 보이지 않았다. 하지만 생전 처음 어느 한곳에 정착하게 된 테크는 바늘방석에 앉은 것처럼 어색해했다.

그들의 말에 따르면 로드 덕과 노엘, 베르니카는 사신의 자격으로 동방에 갔다고 했다. 인사를 못 하게 되어 섭섭했지만, 이제 이 왕국에 필요한 것은 나보다 그들이었다. 그 점이 오히려 기뻤다.

망치 소리, 인력거 소리를 뒤로하고 나는 임시 왕궁으로 들어갔다. 안색이 밝아진 여왕과 미네리아나, 린스가 직접 지크와 나를 반겨 주었다. 특히 미네리아나는 지크에게 무슨 할 말이 있는지 그를 끌고 어디론가 가버렸다. 결국 나는 여왕과 린스와 셋이 남아 그들과 못다 한 담소를 나누었다.

마치 나라 하나를 재건하는 것 같다고 여왕이 말했고 린스 공주는 이제부터 뭔가를 보여 주겠다고 다짐했다. 절망과 고통이 사라진 그들의 표정에 남은 것은 희망뿐이었다.

내가 왔다는 소식에 그레이 공작과 가족들이 임시 왕궁으로 찾아왔다. 아이들은 오랫동안 햇빛을 못 본 탓에 멀건 얼굴을 하고 있었지만 표정만은 태양보다 환했다.

모든 사람들과 얘기하며 나는 다시 한 번 느낄 수 있었다. 내가 가즈 나이트가 된 이후, 일을 하면서 사그라졌던 용기와 패기가 사람들의 감사와 평화로운 웃음에 다시 생성된다는 것을. 나는 이런 감동을 느끼며 수백 년 동안 살 수 있었다.

얼마 지나지 않아 지크와 미네리아나가 돌아왔다. 드디어 모두에게 작별 인사를 했다.

"이전까지 제가 누구이고 어떤 사람이었으며, 또 왜 이곳에 왔는지 확실히 밝히지 못한 점을 여러분께 사과드립니다. 저희가 원인을 찾아내지 못하고 엉뚱한 곳에 정신이 팔려 있어서 여러분의 고통이 더 커졌고 희생 역시 컸습니다. 하지만 여러분은 우리를 믿어 주셨습니다. 정말 감사드립니다."

우리가 떠난다는 것을 느꼈을까. 몇 사람의 웃는 얼굴에 눈물이 흘러내렸다. 특히 린스는 훌쩍대며 고개를 돌리고 말았다. 하지만 난 말을 맺어야 했다.

"이제 저희가 이곳에서 해야 할 일은 모두 끝났습니다. 여러분의 미래의 문은 이제 열려 있습니다. 그 문 안으로 들어가는 것은 여러분만이 하실 수 있습니다. 이제 저희는 다른 세계의 일을 위해 떠나야겠지요. 분명 이곳 말고도 저희의 힘을 원하는 곳이 있을 테니까요. 그럼, 건강하십시오."

나와 지크는 사람들 배웅을 받으며 임시 왕궁을 떠났다. 이상한 것은 지크 녀석의 표정이 어두웠다는 것이다. 이런 상황에서 적당히 웃을 녀석인데 왜 그럴까? 물론 난 이 문제는 미뤄 두고 다시 모두를 돌아보았다. 그때 나와 지크를 놀라게 하는 목소리가 있었다.

"크, 클루토한테 꼭 안부 전해 줘야 해! 안 그러면 미워할 거야,

껑다리!"

눈물 범벅이 된 린스, 아니 리카의 얼굴은 수년 전 내가 마지막으로 본 그녀와 흡사했다. 나는 그녀를 향해 양팔을 벌렸다. 이마에 여왕의 키스를 받은 린스는 눈물을 흘리며 나에게 안겼다.

낮이 오면 밤이 되듯, 만남이 있으면 이별이 있다. 그러나 솔직히 말하지만, 난 이런 이별에 아직 익숙하지 못하다. 게다가 어쩔 수 없는 이별을 처음 겪은 지크는 더욱더 마음이 착잡한 듯 보였다.

모두와 헤어지고 수도를 나서는데 지크가 내 어깨를 두드렸다.

"이봐, 리오. 나 이제 네 심정을 조금이나마 이해할 것 같다."

"음? 갑자기 왜?"

"미네리아나가 날 좋아한다며 따라오겠다고 했어. 처음에는 되게 기뻤다? 그런데 내가 가즈 나이트라는 것을 생각하니 미네리아나를 데려올 수 없더라고. 그녀는 언젠가 죽을 텐데, 난 아니잖아. 그녀를 위해서라도 나 같은 불사의 건달은……."

지크는 잠시 말을 끊었다. 목이 메여 말이 안 나오는 듯했다. 연신 침을 삼키던 지크는 결국 한숨과 함께 말을 이었다.

"나 같은 불사의 건달은 이렇게 그냥 사라지는 게 나을 것 같다는 생각에, 그녀에게 관심 없었다고 말하고 그냥 왔어. 젠장."

녀석은 성벽을 후려치며 분을 토했다. 난 녀석이 누구에게 화를 내는지, 왜 그러는지 알고 있었다. 하지만 아무리 자신의 운명과 무력함에 화가 나도 지크가 한 번 이상 경험해야 할 일이었다. 언젠가 지금의 동료와, 또 녀석의 양어머니와 이별해야 할 테니까.

지크는 자기 세계의 일이 바쁘다며 먼저 돌아갔다. 와카루가 살아 있을지도 모르겠다는 불안한 말과 함께…….

물론 나도 바쁜 건 마찬가지였다. 아직 정리해야 할 일이 있었다.

수개월 동안 고통받은 이 대지 위를 나는 걸었다. 완전히 타 버린 프로빌리아 마을과 거대 수호수 바리바라 나무는 내 마음을 아프게 했다. 그러나 그 거대한 나무의 잔해 옆에서 흔들리는 작은 바리바라 나무의 떡잎은 그 아픔을 가시게 했다.

다시 이 땅에 사람이 찾아오면, 이 작은 바리바라 나무의 그늘은 다시 한 번 그들의 아이들을 가르치는 곳이 될 것이다. 그리하여 수호수라고 불릴 정도로 거대해졌을 때, 난 다시 이 나무 밑을 걷게 될지도 모른다.

많은 곳을 돌아보았다. 나와 리카 그리고 다른 동료들이 걸어왔던 이 길도……. 그리고 마지막으로 내가 출발했던 장소, 펠튼 고원의 통나무집으로 향했다.

한 걸음 한 걸음 다가갈수록 향긋한 음식 냄새가 났다. 굴뚝에서 연기가 나는 걸 보니 누군가 있는 것일까. 난 녹슨 도끼를 뒤로한 채 슬그머니 집 창문으로 다가갔다.

"련희?"

침대 위에 다소곳이 앉아 있는 련희를 보고 나는 할 말을 잊었다. 그녀가 어떻게 이곳에 온 것일까. 난 창문 안쪽까지 들릴 정도로 크게 실소를 터뜨렸다. 그 바람에 집 안에 있던 그녀도 내가 온 것을 알게 되었다.

"리오 님!"

그녀는 곧장 밖으로 뛰어나왔다. 국자를 든 채 당혹스러운 얼굴로 날 바라보던 그녀는 결국 고개를 숙였다. 난 우물거리는 그녀에게 물었다.

"아직도 기억하고 계셨나요?"

그녀는 대답 대신 고개를 끄덕였다. 난 웃지 않을 수 없었다. 하지만 솔직히 미안했다. 그녀를 깜빡 잊고 있었다.

"수도의 일이 끝나면 같이 여행 다니자는 약속, 역시 지킬 수밖에 없군요. 후훗, 그런데 이 집을 어떻게 아셨죠?"

"린스 공주님께 들었습니다. 그리고 이곳에 꼭 오실 거라는 말씀도 하셨습니다. 앗!"

난 떨고 있는 그녀의 입술에 입을 맞췄다. 갑작스러운 내 기습에 놀란 듯. 그리고 처음인 듯 당황했지만 난 계속 그녀에게 마법의 주문을 불어넣었다. 내가 왜 그랬을까. 그녀가 너무 아름답게 보여서……?

"식사하고 출발할까요?"

난 그녀의 볼을 톡 건드렸다. 붉게 달아오른 그녀는 웃으며 고개를 끄덕였다.

그래, 이제 쉬고 싶다. 언제 또 무슨 일이 내게 닥칠지 모르지만 난 조금이나마 쉬고 싶다.

1년의 고통과 4년의 방황, 그리고 쉴새없이 닥쳐 왔던 1년간의 아픔을 치료하고 싶다. 보통 사람들처럼…….

"리디아 공주가 실종되었단 말입니까?"

동룡족의 주룡(主龍) '쥬빌란'의 수채화 같은 얼굴은 환관이 전한 비보에 금세 일그러졌다. 웬만한 일로는 화를 내지 않는 그였지만, 동생 리디아의 일만큼은 철저했다.

그는 최대한 안정을 취하려는 듯 깊게 심호흡을 한 후 환관에게 말했다.

"좋습니다. 모든 예상 지점에 수색대를 보내 리디아를 반드시 찾아내도록 하십시오. 특히 리디아가 가즈 나이트나 서룡족의 제왕 바이칼 님과 만나는 일이 없도록 하십시오."

"예, 전하!"

환관은 급히 방을 빠져나갔다.

동룡족의 최고 권력자 쥬빌란. 그는 바이칼과 나이도 비슷했고 미모와 강함에서 지지 않는다고 전해지는 최고의 동룡이었다.

하지만 수백 년간 조용했던 서룡족과 동룡족의 관계가 그의 사소한 실수로 크게 벌어지고 만다.

이른바 용족전쟁으로…….

〈2부 완결〉

외전 8
천사의 외출

"이봐요, 거기 아저씨! 비켜 줄 거면 빨리 비켜요. 아니면 계속 서 있던가!"

자신을 향해 외치는 소리에 아로코엘은 깜짝 놀라 뒤를 돌아보았다. 아홉 살쯤 되어 보이는 검은 머리카락의 소녀가 인상을 잔뜩 쓰며 자신을 바라보고 있었다.

아로코엘은 왜 그런가 하며 주위를 둘러보았다.

아니나 다를까 그의 뒤에 소녀의 가족들로 보이는 사람들이 다정하게 서 있었다.

아로코엘은 아차 하며 재빨리 옆으로 비켜섰다.

그때 소녀의 목소리가 다시금 들렸다.

"앙! 막 그리기 시작했는데 지금 빠져 버리면 어떡해요! 빨리 아까 그대로 다시 서주세요!"

"아, 미, 미안."

아로코엘은 좀 전에 섰던 자리로 다시 가서 처음 보는 일가족 사이에서 멋쩍은 표정을 지으며 웃었다. 크레파스로 가족을 스케치하고 있던 그 검은 머리카락의 소녀는 활짝 웃으며 아로코엘에게 윙크를 했다.

아주 사소한 사건이기는 했지만, 아로코엘은 처음으로 누군가에게 필요한 사람이 됐다는 것 때문에 마음속으로 매우 기뻤다.

하지만 아로코엘은 그 소녀의 그림이 완성될 때까지 그냥 있을 수 없었다. 천사의 얼굴이 함부로 공개되는 것은 '천상의 법'에 어긋나기 때문이었다.

그림이 완성되기 전에 그는 일찍 그곳에서 빠져나왔다.

그 후에도 아로코엘은 아무에게도 기억되지 않은 채 신계에서 조용한 나날을 보냈다. 아무도 알아주지 않는 존재 가치에 익숙해져 가면서…….

세월은 마치 영원히 그러할 듯 변함없이 흘러갔다.

하지만 그 세월이 영원한 것은 결코 아니었다.

하리진(河莉袗). 19세. 2016년 11월 7일 UK(또는 대한민국) 서울에서 출생. 현재 BSP 한국지부 수도방위사령부에서 근무 중. 사이킥 파워 레벨 A+, 격투 능력 B+, 사격 능력 B-, 종합 평가 A. 동료 간의 화합 등에는 문제없으나 두려움이 많은 편.

"음…… 당신 정말 수상한 사람 아니에요?"

리진은 미심쩍은 표정으로 자신의 앞에 멀거니 서 있는 붉은 장발의 남자를 내리훑으며 다시금 물었다. 그 남자는 웃으며 고개를 끄덕였다.

"왜 수상한 사람으로 보이는지 그 이유부터 말씀해 주실 수 있겠습니까? 후훗."

그의 얼굴뿐만 아니라 목소리도 근사해 리진은 은근히 마음이 설렜다. 하지만 그녀는 아직도 못 미더운지 손으로 턱을 받치며 고개를 갸웃거렸다.

"음, 좋아요. 그럼 날 믿게 해 봐요."

리진이 응수하자 붉은 장발의 남자는 팔짱을 끼며 고개를 숙였다. 무언가 생각하는 모양이었다.

이윽고 그가 입을 열었다.

"음, 믿음이라…… 제가 좋아하는 단어 중 하나이긴 하지만 상당히 어려운 요구네요. 아, 좋은 방법이 생각났습니다."

"네? 뭔데요?"

남자는 가볍게 윙크하며 대답했다.

"사람이란 사회적 동물. 우리 잠깐 데이트하며 얘기를 나눠 보면 어떻겠습니까? 물론 당신 같은 미인께서 허락해 주신 다음의 이야기겠지만요."

'웬 사탕발림!'

그 말에 리진은 입을 비죽거렸지만, 표정은 그리 싫지만은 않은 듯했다.

이 정도의 남자와 데이트를 하는 것도 손해 볼 것은 없다는 생각이 들어 리진은 곧 쾌히 승낙했다.

"좋아요. 그것도 나쁘지 않겠군요. 하지만 이상한 생각은 하지 말아요! 이래 봬도 난 상당히 강하니까."

남자는 가볍게 고개를 끄덕였다.

"예, 주의하죠. 그럼 이 순찰차에 타면 되나요?"

"당연히 그래야겠죠. 한가하게 걸을 순 없으니까."

리진은 붉은 장발의 남자를 순찰차 조수석에 앉게 하고 자신은 운전석에 앉았다.

"아, 당신을 믿으려면 당신 이름부터 알아야 하지 않겠어요? 성함이 어떻게 되시죠?"

항법장치에 차를 맡겨 둔 리진은 머리카락을 매만지며 옆자리에 앉은 붉은 장발의 남자에게 물었다. 그는 어색한 미소를 지으며 대답했다.

"리오, 리오 스나이퍼라고 합니다."

"예? 아, 예."

'스나이퍼? 지크하고 같은 성이네? 하긴 뭐, 우리 나라에도 김씨가 어디 한둘이야.'

그런 생각을 하며 대수롭지 않게 넘긴 리진은 리오라는 남자의 신기한 복장을 바라보며 물었다.

"음, 그런데 왜 그런 구시대적인 복장을 하고 계시죠? 게다가 옆에 놓은 그 큰 칼은 또 뭐예요? 당신 설마 BH?"

BH란 바로 바이오 버그 헌터(Biobug Hunter)를 말하는 것이었다. 특수경찰 부대인 BSP가 UN의 휘하에 있는 것과는 달리, BH들은 제각기 행동하며 바이오 버그들을 없앤 후 UN의 바이오 버그 관리 기관에서 돈을 받아 생활하는 그야말로 사냥꾼들이었다.

BH 요원의 경우에 BSP의 정규 대원보다 훨씬 강력한 무기와 장비, 그리고 실력을 갖추고 있어 함부로 얕잡아 볼 수 없었다. 하지만 그 정도의 실력과 장비를 갖춘 요원은 극소수에 불과했기에 BH란 직업은 철없는 아이들과 청소년들 사이에서나 약간의 인기를 얻을 정도로 명성이 높지는 않았다.

리진의 질문을 받은 리오는 고개를 완강히 저으며 대답했다.

"아, 그렇지는 않습니다. BSP도 아니죠. 그냥 일 때문에 이런 복장을 하고 있으니 이해해 주십시오."

'이해하면 부처님이겠지.'

리진은 속으로 구시렁거리며 말없이 창밖을 바라보았다.

순간 쿵 하는 소리와 함께 50미터 거리 앞에서 갑자기 불꽃이 치솟았다. 놀란 리진은 항법장치를 풀어 급히 핸들을 꺾었다.

"으악, 뭐야!"

"이런, 이런."

폭염을 본 리오는 진지한 표정으로 고개를 저었다.

이온부상식 순찰차는 불꽃이 퍼진 지역 앞에 겨우 정지했다. 리진은 핸들에 이마를 대며 한숨을 길게 내쉬고 말했다.

"휴, 도대체 뭐지? 폭탄 테러인가?"

"그렇진 않습니다. 어쨌든 생각보다 빨리 발견해서 다행이군요."

옆에 앉은 리오가 그렇게 말하며 일어나자, 리진은 깜짝 놀라며 그를 바라보았다.

"예? 무슨 말씀이세요?"

차 밖으로 나온 리오는 안에 있는 리진을 향해 미소를 지었다.

"죄송합니다. 데이트가 생각보다 짧았군요. 그럼 가 보겠습니다."

"예? 자, 잠깐만요!"

리진은 급히 일어나며 무언가를 물어보려 했으나 리오의 모습은 시야에 잡히지 않을 정도로 멀어져 버렸다. 리진은 머리를 긁적이며 무전기 스위치를 켰다.

"루이, 여기는 리진. 여기는 리진. S구 48지역에 적색 하나. 지원 좀 해 줘."

"여기는 본부. 리진, 미안하지만 Y구 8번 대교에 적색 둘 경보가 떠서 48지역엔 지원이 불가능해. 거기서 대기하거나 상황을 보고 후퇴해."

그러자 리진은 말도 안 된다는 표정을 지으며 마이크에 대고 소리쳤다.

"마, 말도 안 돼! 지금 서커스단 한 명이 불속으로 뛰어들었단 말이야! 그 멍청이는 그렇다 쳐도 상황이 심상치 않다고!"

애원에 가까운 리진의 말에, 결국 오퍼레이터 루이는 스피커로 들릴 정도로 긴 한숨을 내쉬며 말했다.

"하, 알았어. 최대한 지원을 요청할 테니까 무리한 행동은 하지 마. 몸조심하고 이상."

"그래, 이상."

리진은 머리를 긁적이며 무전기 스위치를 껐다. 그러고는 천천히 장비를 갖추며 차 밖으로 나왔다.

순간 리오가 엄청난 속도로 그녀에게 다가왔다.

"아, 데이트를 계속해야 할 것 같군요."

"앗?"

리오는 그녀가 반응하기도 전에 그녀를 안고 재빨리 순찰차에서 멀리 벗어났다. 동시에 순찰차는 어디선가 날아온 정체불명의 빛에 격파당해 폭발하고 말았다.

"악! 당신 뭐 하는 사람이에요!"

리진은 망토로 자신을 감싸 준 리오를 보며 소리쳤다. 리오는 곧 리진을 놓고 허리에 차고 있던 긴 보라색 검을 뽑으며 대답했다.

"나쁜 사람은 아닙니다. 그리고 이건 제가 처리할 일이니 아가씨께서는 다른 곳으로 피해 주십시오. 특히 지원을 요청하지는 말아

주십시오."

그러나 이미 지원을 요청해 놓은 터라 리진은 의아해하며 리오에게 물었다.

"지원을 부르면 어떻게 되는데요?"

리오는 쓸쓸히 웃으며 대답했다.

"십중팔구는 모두 죽겠죠."

"뭐, 뭐라고요?"

리오의 대답에 리진의 얼굴이 순간 굳어졌다. 리오는 눈을 동그랗게 뜨고 물었다.

"설마 벌써 부르지는 않았겠죠?"

그 질문에 대답이라도 하듯, 멀리서 사이렌 소리가 울렸다. 리오는 난감한 표정으로 고개를 저었다.

"휴, 큰일이군요. 이 일은 웬만하면 알려지지 말아야 하는데. 할 수 없지. 그럼 저를 좀 도와주십시오······. 손에 든 장비는 사이킥 소드죠?"

"예? 아, 예."

리진은 자신의 오른손에 장갑처럼 끼고 있는 특수 무기를 바라보며 고개를 끄덕였다.

사이킥 소드란, BSP 무기개발연구소 영국 지부에서 1년 전에 개발한 사이키커 전용 무기로서, 사용자의 초능력을 절삭성이 강한 반물질 소드로 바꿔 주는 고급 무기였다.

리오는 그 무기를 손으로 가리키며 말했다.

"특히 그 무기는 절대 사용해서는 안 됩니다. 지금 싸울 상대는 염동 능력 등 초능력 수준이 인간이 낼 수 있는 한계를 훨씬 뛰어넘은 존재이기 때문에 인간의 사이킥 파워는 오히려 그들의 화를 돈울 뿐입니다. 대신 70구경 블래스터라면 웬만큼 싸울 수 있을 겁니다. 그럼 내 뒤에 바짝 붙어 계십시오."

'말할 틈도 없이 겁만 주는군, 이 남자.'

리진은 마음에 안 든다는 표정을 지으면서도 블래스터를 뽑아 들고 그와 함께 이동했다.

얼마나 이동했을까.

갑자기 리오가 멈춰 섰다. 리진은 흠칫 놀라며 리오 옆으로 고개를 내밀었다.

"뭐예요? 무슨 일이…… 헉?"

리진은 놀라지 않을 수 없었다. 사거리 중앙을 가득 메우고 있는 은색의 빛 덩어리 주위에 백여 마리에 가까운 바이오 버그들이 꿈틀대고 있었다. 보기보다 겁이 많은 리진은 덜덜 떨며 중얼거렸다.

"저, 저건 모조리 D급! 이, 이봐요, 자, 작전상, 후, 후퇴를……."

리진이 말을 더듬거리자 눈을 가늘게 뜬 채 바이오 버그들과 은색 구체를 바라보던 리오는 피식 웃으며 어깨를 으쓱했다.

리오가 너무 태연자약한 표정을 짓고 있자 리진은 기겁을 하며 그를 향해 소리쳤다.

"이, 이봐요! D급라도 상당히 강한 녀석들이라는 것을 모르나요! 게다가 저 녀석은 체액이 강산성이라 탄도 강화 플라스틱 수지탄을 쓰지 않으면 통하지 않는단 말이에요!"

그러나 리오는 대답 대신 자신의 보라색 검을 아스팔트에 꽂고 양손을 모아 앞으로 뻗었다.

"커미트!"

리오의 양손에서 거대한 빛이 분출되었다. 그 빛은 일격에 바이오 버그들을 쓸어버리며 건너편에 있는 상가의 셔터를 날려 버렸다.

리진은 믿을 수 없었다. BSP 중에서도 단 한 명, 같은 부서에 일하고 있는 프시케만이 마법이라는 것을 쓸 수 있다고 알고 있었는데 마법을 쓸 수 있는 사람이 또 있다는 것을 두 눈으로 확인한 것이다.

리오는 양손에서 피어오르는 연기를 날려 버리고 아스팔트에 박아 두었던 자신의 검을 뽑아 들었다.

"바이오 버그들은 적당히 처리했으니 이제 따라오십시오. 지원이 오기 전에 일을 처리해야 합니다."

"아, 네."

리진은 블래스터를 꽉 쥐며 리오를 따라갔다.

둘은 아스팔트의 반을 파고든 채 빛을 내는 구체 앞에 섰다.

리오는 자신의 건장한 어깨를 검으로 두드리며 물었다.

"결계를 전개한다고 해서 내 공격을 막을 수 있는 건 아냐. 순순히 나와라, 천사, 아로코엘."

그러자 구체는 사라졌고 구체가 있던 자리엔 두 쌍의 날개를 등에 단 사람의 모습이 나타났다.

"세, 세, 세상에…… 천사라고?"

리진은 놀란 나머지 그 자리에 풀썩 주저앉고 말았다.

천사 아로코엘은 씁쓸한 미소를 지은 채 리오 앞에 서며 말했다.

"도미니온즈 계급의 천사 일곱 명도 간단히 이기는 당신에게 반항할 생각은 없어요. 하지만 저는 반드시 도망칠 겁니다!"

그 말을 들은 리오는 피식 웃으며 고개를 저었다.

"훗, 선신 계열 천사치고는 꽤 반항적이군. 미안하지만 난 임무를 처리할 뿐이야. 그리고 나와 함께 주신계로 가는 것이 훨씬 좋을 거다. 너도 알다시피 선신 계열 천사들은 임무에 대해 우리보다 더 잔혹해. 나에게 먼저 발견된 건 행운이라고 할 수 있어."

"아니에요. 그렇지도 않죠. 보통 천사들에게는 반항이라도 하지만 당신에게는 반항조차 못 하니까 말이죠."

아로코엘은 잠시 말이 없더니 갑자기 리오 앞에 무릎을 꿇고 애원하기 시작했다.

"제발 부탁입니다! 저를…… 저를 단 일주일만 보호해 주세요! 꼭 만나야 할 사람이 있습니다. 반드시 말이에요!"

"……?"

반드시 만나야 할 사람이 있다는 말에 리오는 고개를 갸웃거렸다. 인간적으로, 임무보다는 아로코엘의 절박한 사정이 궁금했다.

그는 한숨을 휴 내쉬고 리진 쪽을 바라보았다.

"음, 아가씨라면 어떻게 했을 것 같…… 이런, 기절했군."

그때 사이렌 소리가 크게 울려 퍼졌다. 지원군이 도착한 것을 안 리오는 달갑지 않다는 표정을 지으며 아로코엘을 바라봤다.

"여기서 처리하긴 좀 그렇군. 다른 곳에 가서 얘기를 더 하지. 그럼 이 아가씨부터 좀…… 음!"

순간 달려오던 지원 차량들이 갑자기 연쇄 폭발을 일으키며 아스팔트 위를 굴렀다. 아로코엘과 리오의 표정이 동시에 굳어졌다.

아로코엘은 공포에 질린 표정으로 위를 바라보며 중얼거렸다.

"아, 아아, 가르바엘! 디바인 크루세이더 823대대 단장 가르바엘!"

리오는 힐끔 공중을 쳐다보았다. 두 쌍의 날개를 가진 천사 일곱 명이 공중에 뜬 채 자신과 아로코엘을 포위하고 있었다.

그중 푸른색 날개를 가진 깡마른 천사가 리오에게 말했다.

"가즈 나이트인가? 잘됐군. 아로코엘을 잡아 줘서 고맙다. 지금부터 아로코엘은 우리가 맡겠다. 이제부터 이 일에서 손을 떼 주기 바란다."

그러자 리오 역시 미소를 지으며 말했다.

"아, 그래? 귀찮은데 잘됐군. 그런데 저 경찰들은 왜 죽인 거지? 그들은 아무 잘못도 없는 걸로 아는데?"

깡마른 천사 가르바엘은 당연하다는 듯 리오에게 답했다.

"우리는 천사…… 피조물에 지나지 않는 인간들이 보아서는 안 될 성스러운 존재다. 그리고 인간 한두 명 없앤다 해도 이 세계의 인구가 많아 별 표시도 나지 않아. 잔말 말고 우리에게 그 타락천사를 넘겨라."

리오는 아무 대꾸도 하지 않았다.

그때 아로코엘이 타락천사라는 말에 발끈하며 가르바엘에게 소리쳤다.

"무슨 소리십니까, 가르바엘! 저는 타락하지 않았습니다. 타락천사가 아니에요! 저는 누군가를 만나러 왔을 뿐입니다!"

"닥쳐라."

가르바엘의 싸늘한 태도에는 변함이 없었다. 그는 코웃음을 치며 말했다.

"흥, 허락 없이 선신계를, 니르바나(Nirvana)를 떠났다는 것 자체가 타락천사의 증거다. 너에 대한 처벌은 단 하나, 무의 공간에서 지내는 것이다, 영원히!"

"후, 너무 고통스럽겠군."

그 순간 가르바엘의 눈앞에 붉은 광채가 번뜩였다. 가르바엘은 움찔하며 앞을 바라보았다. 붉은 장발의 사나이, 리오가 미소를 지으며 자신의 앞에 떠 있었다.

"무슨 짓이냐, 리오 스나이퍼? 너도 설마 저 타락천사와 한패는 아니겠지?"

그러자 리오는 고개를 저었다.

"아, 물론 그렇진 않아. 그리고…… 미안하지만 나 역시 저 천사를 데려오라는 지시를 주신께 받았거든. 저 천사는 내가 먼저 발견했으니 나에게 넘기시지."

가르바엘은 비웃음을 머금으며 물었다.

"풋, 거절한다면 어떻게 할 건가?"

푹.

순간 보라색 검광이 가르바엘의 머리에서 사타구니까지 수직으로 통과했다. 두 개로 나뉘어진 가르바엘의 몸은 곧 푸른 구체에 휩싸이며 폭발했다.

"가, 가르바엘 님!"

리오는 폭발을 뒤로한 채 여섯 명의 천사들을 바라보며 나지막이 말했다.

"이렇게 혼내 줘야겠지."

여섯 명의 천사들은 놀라서 어쩔 줄을 몰라 허둥댔다.

"이런, 어서 벨제뷰트 님께 보고드리자!"

남은 여섯 명의 천사들은 도망을 치려는 듯 등에 달린 날개를 크게 퍼덕였다. 그 모습에 리오는 고개를 저으며 왼손에 주문을 넣었다.

"자, 목격자 제거를 해볼까? 마법검, 바이올릿."

우우웅.

리오의 보라색 검에 곧 붉은색 문자가 떠올랐다. 그는 곧장 여섯 명의 천사들을 무참히 도륙하기 시작했고, 그들은 리오의 검 앞에서 무기력하게 쓰러지고 말았다.

그 모습을 지켜보던 아로코엘은 등줄기에 식은땀이 흐르는 것을 느꼈다. 자신들 사이에서도 상당히 강하다고 소문난 디바인 크루

세이더의 천사들이 마치 바람에 흩날리는 가랑잎처럼 그에게 당하는 것이었다.

평소 상위 천사들로부터 가즈 나이트들이 강하다는 말을 들어왔던 아로코엘은 실제로 목격하자 그 '강함'이라는 것이 알 수 없는 공포감으로 다가왔다.

"제거 끝! 자, 이제 대화의 장을 열어 볼까."

천사들을 다 처리한 리오는 가볍게 숨을 고르며 아로코엘 앞에 내려섰다. 그러자 아로코엘은 뒷걸음질을 치며 그에게서 멀어지려 했다.

그러나 리오는 검을 거두며 부드럽게 말했다.

"자, 가자. 일주일 동안 너를 지켜보도록 하지."

"아, 감사합니다. 감사합니다, 리오 님!"

아로코엘은 그제야 안심한 듯 몇 번이고 고개를 숙였다.

그러나 그에게는 아직 마음에 걸리는 문제가 남아 있었다.

"그런데 천사들을 없앤 것이 밝혀진다면 당신께서 보복을 당하실지도 모르는데, 괜찮을까요?"

기절한 리진을 어깨에 걸친 리오는 씩 웃으며 고개를 끄덕였다.

"목격자는 너뿐이잖아. 자, 어서 나를 따라와. 안전한 곳을 알고 있으니 안심해도 좋아."

"정말, 정말 감사합니다!"

아로코엘은 뭔가 이상했다. 신계 최고의 전사라 불리는 가즈 나이트, 그중 가장 강한 세 명 중 한 사람인 리오가 선뜻 자신의 요청을 들어주다니 말이다. 그 일주일간 리오의 보호를 받게 되었다는 사실이 두렵기보다는 신기하다는 마음이 앞섰다.

"양심도 없는 녀석, 우리 집이 무슨 방공호인 줄 알아! 뭐가 안전한 장소야!"

간편한 면 티셔츠에 청바지 차림을 한 금발의 청년은 리오의 말을 듣자마자 펄쩍 뛰며 소리쳤다.

리오는 미안한 웃음을 지으며 말했다.

"알았어. 하지만 그래 봤자 일주일이니까 좀 봐줘, 지크."

"쳇, 빌어먹을……! 그건 그렇고 왜 달고 다니는 녀석마다 전부 이런 녀석뿐이야! 여자인지 남자인지 구별도 못하겠네! 바이칼 녀석도 그렇고!"

"바이칼이야 원래 그렇게 생긴 녀석이잖아. 그리고 아로코엘은 선신계 천사니 어쩔 수 없어. 아, 먹을 거나 줘. 천사 일곱 명을 상대로 몸을 풀어서 좀 피곤하니까."

"천사 일곱? 또 사고 친 거야?"

리오는 대답 대신 어깨만 으쓱했고, 결국 지크는 한숨을 길게 쉬며 부엌으로 향했다.

"얘는 또 왜 데리고 왔어?"

지크는 소파에 누워 있는 리진의 코를 손으로 살짝 쥐며 물었다.

"BSP라고 하기에 네 동료일 거라고 생각해서 데려온 거야. 게다가 나 때문에 기절했으니 그냥 두고 올 수는 없었어. 깨어나면 네가 알아서 말해."

"쳇, 차라리 프시케나 걸리지 왜 하필이면 리진이야."

지크는 계속 투덜거리며 부엌으로 들어갔다. 리오는 편히 고개를 뒤로 젖히며 피로를 풀었다.

그때 옆에 가만히 앉아 있던 아로코엘이 리오에게 넌지시 물어왔다.

"저, 저분 혹시……."

"응, 맞아. 나와 같은 가즈 나이트지. 이름은 지크야."

한편 의식을 되찾은 리진은 리오에게 자초지종을 듣고 나서도 계속해서 그와 아로코엘을 의심스러운 눈초리로 쳐다보았다. 지크는 이번 일에 끼지 않겠다고 선언한 뒤에 자신의 방에서 나오지 않아 이런 상황이 벌어지고 있는지도 몰랐다.

얼마간의 침묵이 흘렀을까. 리진은 곧 헛기침을 두어 번 하며 리오에게 말했다.

"흠, 좋아요. 일주일이라고 했죠? 하여튼 저는 이번 일로 당신을 더욱 못 믿게 되었으니 그렇게 아세요. 그리고 천사 씨? 도대체 이유가 뭔지 한번 들어 보면 안 될까요? 뭔지 알아야 도움을 주든가, 감방에 가두든가 하죠."

아로코엘은 자신 없는 눈초리로 리오와 리진을 흘끔흘끔 쳐다보다가 결국 눈을 질끈 감으며 대답했다.

"저는 한 소녀를 찾아왔습니다. 이 세계의 시간으로 10년 전에 만난 소녀인데……."

"푸훗, 그만해."

리오는 아로코엘의 말을 끊어 버렸다. 아로코엘은 깜짝 놀라며 리오를 바라보았다. 리진 역시 뚱한 표정을 지은 채 아로코엘을 쏘아보았다.

리오는 고개를 저으며 아로코엘에게 말했다.

"알았으니 위층에 올라가서 잠이나 자."

"예……? 알겠습니다."

아로코엘은 곧 고개를 폭 숙이며 일어섰다. 리오는 위층으로 올라가는 아로코엘에게 나지막이 말했다.

"그 여자아이는 내일부터 찾아보도록 하지. 됐지?"

"아, 감사합니다! 감사합니다, 리오 님!"

아로코엘은 눈물까지 글썽이며 리오에게 감사를 표했다.

그가 위층으로 사라지자, 리오는 손으로 얼굴을 덮은 채 투덜대듯 중얼거렸다.

"진짜 타락천사군. 여자 하나 찾으려고 쫓겨 다니지를 않나."

순간 발끈한 리진이 갑자기 일어서며 따졌다.

"어머머? 이봐요! 당신 아무리 지크랑 형제라고 해도 어쩜 그렇게 똑같은 말을 할 수가 있어요? 사랑하는 여성을 찾기 위해 쫓겨 다닐 정도의 용기를 가진 사람을 그렇게 평가하다니, 너무하다고 생각하지 않아요?"

그러자 리오는 웃으며 그녀를 바라보았다.

"농담이지 않습니까."

리진은 기가 막힌 듯 고개를 다른 곳으로 돌렸다. 그러다 분위기를 바꾸려는 생각이 들었는지 리오에게 다른 질문을 던졌다.

"아 참, 당신들 집안 사람들은 다 그렇게 강해요?"

"네?"

리진은 계속해서 질문을 덧붙였다.

"지크도 그렇고, 당신도 그렇고, 모두 강하잖아요. 부모님도 그렇게 강하세요?"

그러자 리오는 실소를 터뜨리며 고개를 저었다.

"후훗, 아닙니다. 저와 지크는 의형제 사이죠. 한 명 덧붙여 삼형제…… 아, 여동생까지 합해서 사형제군요. 죄송하지만 더 이상 묻지 말아 주십시오. 설명하기 곤란하니까요."

"흠, 알았어요. 봐드리죠."

리진은 팔짱을 끼며 곧 시계를 바라보았다. 시계는 정확히 9시를 가리키고 있었다. 그녀는 곧 화들짝 놀라며 급히 자신의 황색 재킷을 챙겨 입고 일어섰다.

"앗! 집에 돌아갈 시간이 지났어! 리오 씨? 빨리 가요!"

리오는 리진이 갑자기 같이 가자는 말을 하자 움찔하며 그녀를 바라보았다.

"네? 어딜 말입니까?"

그러자 리진은 의아한 표정을 지으며 리오에게 말했다.

"어머? 신사가 숙녀를 데려다주는 건 당연한 거 아니에요?"

어쩔 수 없이 끌려 나온 리오는 순찰차를 타고 집을 출발했다. 그는 피식 웃으며 등받이에 편히 기대고 리진에게 물었다.

"리진 양께서 BSP가 되신 이유를 알고 싶은데, 실례가 되지 않는다면요?"

"네? 하하, 처음 만난 여자에게 별걸 다 물어보시는군요."

리오가 무안한 듯 어깨를 으쓱하자, 리진은 천천히 이야기를 시작했다.

"저희 집안은 대대로 사이킥 파워, 즉 초능력을 사용할 수 있었어요. UN에서 특수경찰대 BSP를 만들기 전까지는 표면에 드러나지 않았지만 저희 아버지께서 할아버지의 반대를 무릅쓰고 BSP창단 멤버가 되시면서 밝혀지게 되었죠. 덕분에 저 역시 중학교에 입학하는 대신 BSP 사관학교에서 특별 훈련을 받게 되었어요."

"그렇군요. 하지만 리진 양은 무술도 꽤 하시는 것 같던데……."

"아, 어머니께서도 BSP 창단 멤버예요. 어머니께서는 현재 스포츠가 된 태권도의 고대 유파인 '강격태권'의 전승자 중 한 분이시죠. 그 때문에 격투에서도 저의 소질이 발휘되어……."

'거의 바이칼과 맞먹는 성격이군.'

리오는 속으로 중얼거리며 빙긋 미소를 지었다. 그동안 리진의 얘기는 계속되었다.

"……현재 부서 내에서 근접전투 부문은 지크와 챠오라는 대원 다음으로 제가 강해요. 하지만 저는 솔직히 이 일을 즐기지는 않아요. 매일같이 뒤집어쓰는 바이오 버그의 체액도 지겹고, 강산성 체액을 가진 녀석들에게 지크 말고는 근접전을 할 수 없도록 금지되어 있어서 스트레스도 쌓이고 말이에요. 그래서 저는 스무 살 생일 다음으로 BSP가 해산하는 날을 기다릴 정도죠."

"예? 왜죠?"

리오는 의아한 눈으로 리진을 바라보았다. 리진은 씩 웃었다.

"바이오 버그가 다 없어질 때 BSP도 해산될 거 아니에요? 해산 돼도 좋으니, 빨리 평화가 왔으면 좋겠어요."

리오는 알 수 없는 미소를 지으며 고개를 끄덕였다. 그러자 리진은 불쾌하다는 얼굴로 그를 바라보았다.

"이봐요! 뭐가 그렇게 우스워요!"

"아뇨, 저랑 비슷한 생각을 가진 사람을 만난 게 반가워서요."

리진은 아무 말 없이 다시 시선을 앞으로 돌렸다.

"쿠오오오오!"

"으악!"

그때 어디선가 나타난 바이오 버그 한 마리가 차 앞 유리에 달라붙었다.

리진은 급히 에어 브레이크를 작동시켜 차를 급정거했다. 차창에 달라붙은 바이오 버그는 관성에 의해 날아가 아스팔트와 충돌했지만 별 충격을 받지 않았는지 곧바로 일어나 다시 차창에 몸을 부딪쳤다. 그 때문에 순찰차의 방탄유리에 꽤 깊은 금이 가고 말았다.

그뿐이 아니었다. 여기저기서 바이오 버그들이 도로 위로 기어올라 순찰차를 향해 다가왔다. 리진은 겁에 질린 얼굴로 무전기 버튼을 연속적으로 두드렸다.

"본부! 본부! 이게 어떻게 된 일이야? 바이오 버그들이 한꺼번에 공격하고 있어!"

그러자 오퍼레이터인 루이 역시 놀란 목소리로 리진에게 소리쳤다.

"리진? 도대체 어디 갔었어! 갑자기 행방불명되더니 퇴근 시간 넘어서 비상사태 지역을 통과하는 건 또 뭐야! 그 지역은 적색 5호가 걸린 위험지역이란 말이야!"

"뭐, 뭐라고?"

"……흠."

리오는 꽤 심각한 상황이구나 생각하며 자신의 옆 창문을 바라보았다. 바이오 버그 한 마리가 미끌미끌한 차창에 이빨을 세우고 으르렁대고 있었다. 리오는 그 바이오 버그에게 손을 흔들어 주고 리진에게 말했다.

"음, 이렇게 될 것을 예상하셨습니까?"

리진은 리오를 보고 배시시 웃었다. 하지만 다시 갑작스레 표정을 바꾸며 그의 멱살을 잡고 소리쳤다.

"그럴 리가! 당신이 책임져요, 당신이!"

그러자 무전기에 연결된 소형 카메라가 리진의 옆자리를 비추었다. 무전기 옆 화면에 나타난 오퍼레이터 루이는 놀란 듯 리진에게 물었다.

"리, 리진? 그 남자……?"

그러자 루이의 질문을 오해한 리진은 급히 손을 내저으며 부인했다.

"아, 아냐! 아니라고! 난 이 남자랑 아무 상관도 없어!"

가만히 밖을 바라보던 리오는 리진의 어깨를 톡톡 두드리고 조용히 말했다.

"책임은 제가 질 테니 여기서 조용히 저 여자분하고 얘기나 하고 계십시오. 밖에서 아우성치는 친구들 좀 조용히 시키고 오겠습니다."

"네? 자, 잠깐만 기다려요! 저 밖에 바이오 버그들이 몇 마리나 있는지 아세요?"

리진은 황당함과 경악이 교차하는 어투로 물었다. 리오는 잠시 생각해 보다가 힘없이 웃으며 대답했다.

"음…… 계산이 잘 안 되는군요. 하나씩 물리치면서 계산해 보겠습니다."

리진은 할 말을 잃고 말았다.

한편 리오는 그 바이오 버그가 붙은 차창에 손바닥을 대며 씩 웃어 보였다.

"미안하지만 비켜 줄래?"

펑.

순간 리오의 손에서 시퍼런 기가 분출되었다. 그로 인해 유리창 가까이 있던 바이오 버그는 머리가 바깥쪽으로 터져 나갔다. 하지만 신기하게도 유리창은 멀쩡했다. 출구를 마련한 리오는 리진의 볼에 살짝 키스하며 말했다.

"그럼, 기다리고 있어요."

"이, 이봐요!"

리오는 리진이 말할 틈도 주지 않고 곧장 밖으로 나갔다. 차 문을 닫자마자 곧 바이오 버그의 공격이 리오에게 집중되었다. 리진은 손으로 눈을 가리며 고개를 숙였다.

잠시 뒤 리진은 밖에서 검을 닦고 있는 리오의 모습을 넋을 잃고 쳐다보았다. 그가 나간 지 단 몇 분 만에 그 많던 바이오 버그들은 모조리 단백질 덩어리로 변해 보도블록에 흩뿌려져 버렸다.

지크가 바이오 버그를 쓸어버리는 광경을 하루 이틀 보아 온 그녀가 아니었지만 그 많은 바이오 버그를 한꺼번에 처치한 리오의 실력에 감탄을 금할 수 없었다.

"상황 보고는 내일 하도록 할게, 루이. 이상."

"응? 자, 잠깐만 기다려 리진! 그 남자는……."

철컥.

리진은 정신 멍한 상태로 루이와의 교신을 끊고 밖으로 나갔다.

바이오 버그들 때문에 표면과 주행 부위가 쓸 수 없을 정도로 망가진 차와 리오를 번갈아 바라보며 그녀는 놀란 입을 다물 줄 몰랐다.

리오는 그녀의 놀란 시선을 보고 아차 하며 말했다.

"아, 미안해요, 리진 양. 깜빡 잊고 있었군요. 바이오 버그들은 모두 86마리였어요. 몇 마리 도망치긴 했지만 아마 맞을 겁니다."

리진은 더욱 할 말을 잊고 말았다.

잠시 후 그녀는 한숨을 내쉬며 리오 옆으로 다가갔다.

"……집에나 데려다줘요. 당신 실력은 볼 만큼 봤으니까."

"후훗, 예. 그럼 안내를 부탁드릴까요?"

리오는 웃으며 리진에게 먼저 가라는 손짓을 했다. 리진은 그제야 미소를 살짝 띠며 자신의 집 쪽으로 걸음을 옮겼다.

둘이 걸어간 거리에는 이미 늦어 버린 패트롤카들의 사이렌 소리만이 울려 퍼졌다.

"어디 보자, 지금이 10시 반이니까 꾸중을 꽤 들으시겠군요."

"꾸중······ 하긴, 저에게 꾸중보다도 끔찍한 말이 쏟아질 거예요."

리오의 말을 들은 리진은 승강기 버튼을 누르며 힘없이 고개를 끄덕였다.

승강기 문이 열리자 리오는 몸을 돌리며 리진에게 작별 인사를 했다.

"자, 저는 이만 가 보겠습니다. 안녕히 주무시······ 엇?"

순간 리진은 리오를 승강기 안으로 끌고 들어갔다. 리진은 팔짱을 긴 채 불만 어린 말투로 말했다.

"오호, 누구 덕분에 늦어서 꾸중 듣게 생겼는데 그냥 가시겠다? 안 될 말이죠. 책임을 지셔야 할 거 아니에요."

"아, 그렇군요. 죄송합니다."

리오는 빙긋 웃으며 사과할 따름이었다.

곧 승강기가 28층에서 멈췄다. 복도를 걸어 자신의 집 현관문 앞에 선 리진은 손을 가슴에 대고 심호흡을 크게 한 번 한 후 초인종을 눌렀다. 스피커에서 곧 한 소녀의 목소리가 들려왔다.

"누구세요? 언니구나? 옆에 있는 남자는 누구야! 그 남자랑 지금까지 뭐 했어!"

리진은 문을 손가락으로 가리키며 인상을 찌푸렸다.

"이거나 열어, 빨리!"

이내 문 열리는 소리가 들렸다. 리진은 한숨을 내쉬며 현관문을 열었다.

문을 열자마자 그녀의 부친으로 보이는 중년 남자가 맨발로 현관까지 나왔다.

"아이고, 리진아. 아빠랑 엄마가 얼마나 걱정했는지 아니? 못된 녀석들에게 우리 예쁜 딸이 끌려갔으면 어쩌나, 사고가 났으면 어쩌나 하고 말이다."

'그리 걱정하지 않아도 될 것 같은데······?'

리오는 속으로 그렇게 중얼거리며 리진의 아버지에게 인사했다.

"실례합니다. 리진 양이 늦은 것은 저 때문입니다. 무슨 일이 있었는지는 안에 들어가서 설명드리겠습니다."

"응? 자네는?"

리진의 부친은 깜짝 놀라며 리오를 바라보았다. 그를 위아래로 훑어보던 리진의 부친은 눈을 껌벅이며 딸에게 물었다.

"······드림 랜드에 갔다 오는 길이니?"

리진은 별로 대답하고 싶지 않은 듯, 안으로 불쑥 들어가며 아버지에게 말했다.

"요즘 유행이에요. 들어가세요, 아버지."

"오, 그래? 하긴 요즘 신세대들은 유행에 민감하지. 허허헛······."

리오는 어색한 미소를 지을 수밖에 없었다. 리진의 부모에게 적당히 설명을 끝내고 거실에서 쉬던 리오는 문득 벽에 걸린 유아적인 그림에 시선을 돌렸다.

언덕, 사람들, 그리고 사람보다 더 큰 꽃들을 크레파스로 그린 그림은 서툴기 짝이 없었지만, 너무나 행복하고 다정해 보이는 그림 속의 사람들을 보며 리오는 잠시 부럽다는 생각을 했다.

한참 그 그림을 들여다보던 리오는 동생과 함께 과일을 먹고 있는 리진에게 물었다.

"저기 걸린 그림은 누가 그린 거죠? 동생분?"

뭔가 하며 리오가 가리킨 그림을 바라본 리진은 멋쩍은 듯 뒤통수를 긁으며 씩 웃었다.

"제가 초등학교 때 그린 그림이에요. 평가는 사절이에요."

리오는 고개를 끄덕이며 다시 그 그림을 바라보았다.

"음…… 아버님, 어머님, 동생분, 리진 양 같고…… 한 사람 더 있 군요? 가족이 한 분 더 계신가요?"

리오의 질문에 리진은 고개를 저으며 대답했다.

"아뇨, 당신 말대로 가족은 넷이에요. 나머지 한 명은 저도 모르 겠어요. 초등학교 2학년 때 사생대회에서 그린 그림이라 기억이 잘 안 나요."

"그렇습니까……."

리오는 여전히 미소를 띠고 고개를 끄덕였다.

"왜 내가 너란 녀석과 같이 방을 써야 하는지는 모르겠다만……."

지크는 자신의 침대에 앉아 있는 아로코엘에게 설교를 시작했 다. 아로코엘은 고개를 끄덕이며 지크의 말을 진지하게 들었다.

"리오 녀석이 널 보호해 달라고 부탁해서 어쩔 수 없이 재워주는 거다. 그놈의 형제간의 우애라는 말만 아니었어도 거절하는 건데, 제길. 그리고 널 습격하는 녀석들을 쥐도 새도 모르게 없애라는 덧 붙임까지 들었으니 넌 나에게 엄청 빚지는 거야. 젠장, 차라리 바 이칼 녀석이 낫지……."

아로코엘은 지크의 입에서 '바이칼'이라는 이름이 나오자 깜짝 놀라며 그에게 물었다.

"바, 바이칼 님? 설마 서룡족의 제왕 바이칼 님을 말씀하시는 건……?"

지크는 가볍게 고개를 끄덕였다.

"맞아. 나랑 잘 아는 사이지. 헤헤헷…… 하지만 그 녀석은 '특별한 상황' 외에는 남자니까 그렇다 치지만 넌 너무 완벽한 중성이니 같은 방을 쓰기에 위화감이 드는군."

지크의 빈정거림에 아로코엘은 고개를 푹 숙였다.

약간 마른 듯한 체형에 청순한 얼굴, 뚜렷한 이목구비를 지니고 있어 긴 가발을 씌우고 여성적인 옷을 입히면 그야말로 '여자'로 착각할 정도였다. 그를 바라보던 지크는 잠깐 무슨 생각이 났는지 장난기 어린 미소를 띠며 말했다.

"그렇다고 너무 그렇게 풀 죽어 있을 필요는 없어. 자, 벗어."

"네…… 네?"

지크의 입에서 갑자기 벗으라는 말이 나오자, 아로코엘은 화들짝 놀라며 그를 바라보았다. 지크는 킥킥 웃으며 아로코엘에게 서서히 접근했다.

"벗으라면 벗는 거지. 후후후후……."

"자, 잠깐 기다려 주세요, 지크 님! 저, 저는 천사라고요!"

아로코엘은 겁에 질린 표정을 지은 채 뒤로 물러서려 했지만 더이상 갈 곳이 없었다. 지크는 여전히 미소를 띤 채 말했다.

"천사라고? 그게 어쨌다는 거지?"

"아, 안 돼요, 지크 님! 이러시면 저는 영원히 천계로 돌아갈 수 없어요!"

아로코엘은 눈물까지 글썽이며 호소했다. 지크는 눈을 동그랗게 뜨고 물었다.

"응? 어떻게 하면 돌아갈 수 없는데?"

"그, 그러니까, 지크 님께서 말씀하신 대로 저는 중성적인 존재이기 때문에…… 하, 하여튼 제발 부탁이에요!"

순간 지크는 인상을 찡그리며 아로코엘의 머리를 주먹으로 살짝 쥐어박았다.

"이 자식, 난 중성에겐 관심 없어! 잠옷 줄 테니 빨리 갈아입어!"

지크는 자신의 면 티셔츠와 반바지를 아로코엘에게 거칠게 던져 주며 말했다. 아로코엘은 얼굴이 붉게 물든 채 지크가 던져 준 옷으로 갈아입었다.

그동안 지크는 게임기를 켜고 늘 하던 게임을 하려고 했다.

"넌 그 침대에서 잠이나 푹 자. 난 내일 비번이라 게임하면서 밤새울 생각이니까. 한 번만 더 이상한 생각하면 가만두지 않겠어!"

"……훌쩍."

"시끄러!"

다음 날 아침, 지크의 집 거실에서 잠을 깬 리오는 몸을 풀며 TV 전원을 켰다. 마침 나온 뉴스에서 어제 출동했던 지원부대가 전멸한 소식이 나오고 있었다.

"일어나셨어요?"

리오는 목소리가 들려온 쪽을 올려다보았다. 아로코엘이 2층 계단에 서서 인사했다.

아로코엘의 복장이 바뀐 것을 본 리오는 지크가 옷을 갈아입혔구나 생각하며 손을 흔들어 주었다.

"음, 좋은 아침. 잠자리는 편했나?"

아로코엘은 리오 옆으로 다가와 앉으며 고개를 끄덕였다.

"예, 지크 님 덕분에 편히 잘 수 있었습니다."

"그래? 의외인데? 아, 네가 찾으려는 사람의 인상착의 좀 알 수 있을까? 알면 조금이라도 쉽게 찾을 수 있을 테니."

그러나 아로코엘은 쓸쓸한 미소를 지었다.

"검은색 머리카락의 여자아이라는 것 말고는 모르겠습니다."

그러자 리오는 빙긋 웃으며 고개를 저었다.

"후훗, 천사치고는 참을성이 없구나. 인상착의도 기억이 안 나는데 무작정 목숨을 걸고 찾으러 내려오다니. 아, 지크 녀석은 아직안 일어났나?"

"예, 지크 님은 오늘 비번이라며 밤새 일하셨습니다. 방금 전에잠이 드셨답니다."

'녀석, 또 게임에 빠졌군.'

리오는 피식 웃으며 고개를 끄덕였다.

딩동.

그때 초인종이 울렸다.

리오와 아로코엘의 긴장도 잠시, 문밖에서 리진의 목소리가 들려왔다.

"헤이, 일어나셨어요. 리오 씨?"

먹거리를 잔뜩 사 온 그녀는 손을 흔들며 집 안으로 들어왔다.

"일찍 일어나셨네요? 아, 어제 그 천사분은 어디 계시죠?"

아로코엘은 안심한 표정으로 소파에서 일어나며 리진에게 인사했다.

"여기 있습니다. 안녕히 주무셨어요?"

"예, 덕분에요. 이거 드세요. 지크 어머니께서 여행을 가셔서 저랑 다른 직원들이 돌아가면서 먹을 것을 챙겨다 주기로 했거든요.오늘은 챠오가 당번인데 챠오에게도 급한 일이 생겨서 제가 대신온 거예요."

"아, 그렇군요."

리오는 고개를 끄덕이며 리진이 가져온 먹거리들을 꺼내 보았다. 그러나 하나하나 꺼낼 때마다 리오의 얼굴에 힘이 빠졌다.

"초콜릿, 사탕, 빵, 전자레인지 피자, 콘프레이크…… 대단하군요."

"어머, 싫으세요? 지크가 제일 좋아하는 것만 사 온 건데……."

"아, 괜찮아요. 싫지는 않으니까요."

리오가 그렇게 말하며 빵을 하나 꺼내 먹자 리진은 다행이라는 미소 지었다. 그것도 잠시, 리진은 서둘러 리오에게 인사를 했다.

"저 이만 가볼게요, 리오 씨. 출근 시간이에요."

리오는 의아한 표정을 지으며 리진에게 물었다.

"네? 하지만 지금은 6시 반인데요? BSP의 출근 시간은 8시 반 아닙니까? 시간이 꽤 남은 것 같은데……."

그러자 리진은 쓸쓸한 표정을 지으며 얘기했다.

"어제 차가 부서졌잖아요. 걸어가든가 버스를 타고 가든가 해야죠, 뭐. 그럼 나중에 또 봐요, 리오 씨."

"잠깐 기다리세요. 제가 지크의 오토바이로 모셔다 드리죠."

리오의 말에 리진은 깜짝 놀라며 되물었다.

"네? 오토바이도 탈 줄 아세요?"

리오는 헝클어진 머리를 위로 묶어 올리며 고개를 끄덕였다.

"지크에게 배웠죠. 그 녀석처럼 잘 타지는 못하지만 그래도 여성 분을 안전하게 모셔다 드릴 정도는 됩니다. 자, 가시죠."

리오의 말에 그녀는 흔쾌히 응했다.

"아로코엘, 아무 능력도 쓰지 말고 지크의 방에 가서 기다리고 있어. 절대 혼자 나가거나 하면 안 돼. 알았지?"

"알겠습니다. 다녀오세요, 리오 님."

리오의 말에 아로코엘은 걱정하지 말라는 듯 고개를 끄덕였다.

리오는 거추장스러운 망토는 벗어 놓고 리진과 함께 밖으로 나섰다.

잠시 후 오토바이에 걸려 있는 지크의 선글라스를 쓰고 시동을 건 리오는 턱짓으로 리진에게 타라는 시늉을 했다.

그러나 그녀는 머뭇거리며 타지 않았다. 리오는 의아한 표정을 지으며 물었다.

"음? 좌석에 뭐라도 묻었습니까?"

"아, 아뇨, 뒤에 같이 타기가 좀 무서워서……."

리오는 고개를 갸웃하며 말했다.

"그럼 제 앞에 타시겠습니까?"

"예? 그건 더 싫어요!"

리진은 얼굴을 붉히며 순순히 리오의 뒤에 올라탔다.

"선배님, 좋은 아침!"

오랜만에 대원 대기실에 일찍 온 리진은 활짝 웃으며 벌써 와 있는 선배, 그렌 헤이그에게 인사를 했다. 헤이그는 의아한 표정으로 그녀를 바라보며 물었다.

"리진이 오늘은 웬일이지? 거의 정시에 맞춰서 오더니 오늘은 일찍도 왔군. 그건 그렇고 얼굴에 화색이 도는 것 같은데 혹시 누구 사귀는 거 아냐?"

"네? 그, 그런 건 아니지만…… 근데 누구와 사귄다는 걸 얼굴만 보고도 아시나요, 선배님?"

헤이그는 빙긋 웃으며 고개를 끄덕였다. 그러고는 추억에 잠기듯 눈을 감으며 말했다.

"물론이지. 결혼하기 전 아내의 표정이 리진의 지금 표정과 비슷했고, 살아오면서 그런 표정들을 많이 보아 왔기 때문에 그쯤은 금방 눈치챌 수 있지. 게다가 리진은 너무 솔직해서 무슨 생각을 하는지 얼굴에 바로 나타나지."

리진은 쑥스러움에 머리를 긁적였다.

"아, 리진 왔구나. 오늘은 일찍 왔네?"

그때 오퍼레이터인 루이가 대기실로 들어왔다. 리진은 그녀를 향해 손을 흔들었다.

"안녕. 루이는 언제나 일찍 오네? 그런데 대기실에 웬일이야?"

"응, 리진의 출근계에 불이 들어온 걸 보고 할 말이 있어서 왔어. 잠깐 영상실로 같이 갈래?"

리진은 어깨를 으쓱하며 의자에서 일어섰다.

"그래, 어차피 출근 시간까지는 아직 많이 남았으니까. 자, 가자, 루이."

"뭐 떠오르는 거 없니, 리진?"

"이, 이건……?"

리진은 루이가 보여 준 동영상을 보고 입을 다물 수 없었다.

동영상에는 붉은 장발의 사나이가 산발을 흩날리며 바이오 버그들을 순식간에 쓸어 버리는 모습과, 지크마저 간단히 눕히는 모습이 생생하게 나오고 있었다.

그 사나이의 얼굴이 나오는 부분에서 루이는 화면을 정지시키고 왼쪽 화면에 다른 동영상 파일을 열었다. 붉은 머리카락을 한 꼭 닮은 두 사나이가 화면 양쪽에 나란히 나타났다.

루이는 그 장면에서 정지시킨 후, 펜으로 두 화면을 번갈아 가리키며 리진에게 말했다.

"내가 보기에 4개월 전에 나타난 이 남자와 어제저녁 너와 함께 있었던 남자가 동일 인물로 보이는데……?"

리진 역시 그런 생각을 하고 있었다. 아니, 누가 보더라도 동일한 사람이라는 것을 부정할 수 없을 것이다.

하지만 리진은 고개를 저었다. 한쪽 화면에 나타난, 그야말로 싸움을 즐기는 듯한 일그러진 표정의 4개월 전 얼굴과 좀 전에 자신을 BSP 본부까지 데려다준 온화한 얼굴을 도저히 같은 사람이라고 믿을 수 없었다.

'아, 아냐…… 바이오 버그들을 없앨 때도 저런 표정을 지은 일이 없었어. 하지만 4개월 전에는 왜……?'

"흠."

리진의 굳은 얼굴을 보며 루이는 헛기침을 크게 했다. 리진은 움찔 놀라 루이를 바라보았다. 루이는 미소 지으며 리진에게 말했다.

"……어느 쪽이 더 마음에 드니? 한쪽은 나름대로 터프해서 좋고, 또 한쪽은 나름대로 친절해서 보기 좋은데그래?"

리진은 잠시 루이를 바라보다가 마우스를 잡고 오른쪽 화면에 열린 동영상을 닫으며 말했다.

"난 왼쪽. 호호홋……."

둘은 킥킥 웃으며 영상실을 나갔다.

"가르바엘은 아직도 돌아오지 않았나?"

대천사장 벨제뷰트는 굳은 표정을 지은 채 자신의 비서에게 물었다. 그의 비서는 정중히 대답했다.

"그렇습니다. 또한 아로코엘의 영력도 지상에서 사라졌습니다."

비서의 대답에, 벨제뷰트는 손가락으로 턱을 매만지며 눈살을 찌푸렸다. 이해가 안 되는 일에 부딪혔을 때 나오는 그의 버릇이었다.

"가르바엘 대대장 같은 투천사를 물리칠 정도의 인간이 그 세계에 있다는 말은 듣지 못했는데…… 물론 다른 인간계도 마찬가지지만."

"제가 아는 바로는, 그 세계에 가즈 나이트 한 명이 예전부터 파견되어 있었다 합니다. 바람의 가즈 나이트라고 합니다만……."

그러자 벨제뷰트는 눈을 번쩍 뜨며 비서에게 물었다.

"가즈 나이트? 바람의 가즈 나이트, 지크 스나이퍼를 말하는 것인가?"

"예, 그렇습니다."

벨제뷰트는 난처했다. 만약 악마나 다른 강한 족속이었다면 보고를 하고 간단히 넘어갈 수 있지만, 가즈 나이트라면 선신계가 위험에 빠질 상황으로까지 일이 커질 위험이 있었다.

"좋아. 그렇게 급한 상황은 아니니 천천히 지켜보도록 하지. 진짜 가즈 나이트가 이 일에 끼어들었다면 곤란해지니까. 게다가 우리 오해를 샀다면 일은 더욱 커지겠지. 계속 그 세계를 관찰해라."

"예, 벨제뷰트 님."

지크의 오토바이를 잠시 빌리기로 한 리오는 아로코엘을 뒤에 태우고 천천히 거리를 달렸다. 신호 대기로 잠시 멈췄을 때, 리오는 뒤에 있는 아로코엘에게 물었다.

"음, 진짜로 느낄 수 있는 건가? 이렇게 무작정 달린다고 해서 꼭 그 소녀를 찾는다는 보장은 없잖아."

그러자 아로코엘은 고개를 저으며 답했다.

"그렇지는 않습니다. 저희 천사들은 보통 사람들이 냄새를 맡을 수 있는 것처럼, 영혼의 냄새를 맡을 수 있습니다. 그리고 그것은 영적인 냄새이기 때문에 어떤 사람인지 바로 알 수 있습니다."

신호등이 파란불로 바뀌자, 리오는 오토바이를 움직이며 신기하다는 듯 중얼거렸다.

"음, 그렇군. 그럼 사람마다 냄새가 다른가?"

"예, 그렇습니다. 제가 찾고 있는 아이의 경우, 아주 순수한⋯⋯ 꼭 비유를 하자면 인간계에서 향료로 사용하는 바닐라 향을 가지고 있죠. 그리고 지크 님의 경우 상쾌한 라벤더 냄새가 난답니다."

리오는 고개를 끄덕였다. 그러다가 자신의 냄새도 궁금해진 듯 물었다.

"그럼 나는 무슨 냄새가 나지?"

그러자 아로코엘은 곤란한 듯 입을 다물었다. 리오는 아무 말 없이 오토바이를 몰다가 어깨를 으쓱하며 말했다.

"대답하기 곤란하면 말하지 않아도 좋아. 뭐, 그리 중요한 것도 아니니까. 자, 계속 찾아보자."

"예. 죄송합니다."

아로코엘은 그렇게 사과하면서도 속으로는 이해하지 못했다. 바로 리오에게서 풍겨지는 영혼의 냄새 때문이었다.

'어째서 리오 님에겐 아무 냄새도 나지 않는 거지?'

"하루 내내 돌아다녔는데 결국 찾지 못했군."

'한강'이라 불리는 강가 도로에 오토바이를 세운 리오는 헝클어진 머리카락을 풀어 다시 묶고 아로코엘에게 말했다. 아로코엘은 시무룩한 표정으로 고개를 끄덕이며 대답했다.

"예. 죄송합니다. 괜히 폐만 끼치는 것 같군요. 저 말고도 신경 쓸 일이 많으실 텐데⋯⋯."

리오는 바람에 날리는 머리카락을 뒤로 넘기며 고개를 저었다.

"아, 그렇지는 않아. 난 아직 널 체포하라는 임무 수행 중이니까. 게다가 돌아다니면서 이 세계에 대해 조금은 알 수 있게 되었어. 지크가 기를 쓰고 지키려는 이 세계에 대해 말이야."

아로코엘은 조심스럽게 리오를 올려다보았다. 리오는 도로를 달리는 이온부상 승용차의 행렬을 보며 조용히 말했다.

"어느 세계든 거기 사는 사람들은 열심히 일하지. 물론 그중 일하지 않고 편히 살려는 사람들도 있긴 하지만 그건 어떤 세계든 마찬가지야. 우리 가즈 나이트들의 임무는 세계의 균형을 맞추는 것이야. 일하지 않고 편히 사는 사람들을 처벌하는 게 아니고, 두 부류 사람들을 파멸하려는 존재를 없애는 것이 주된 임무지. 지금 이 세계를 어둠 속에서 갉아먹는 바이오 버그라는 존재가 바로 우리의 목표물과 비슷해. 자, 이제 돌아가 볼까? 저녁 먹을 때도 됐으니 말이야."

"……예!"

리오는 다시 선글라스를 쓰고 오토바이의 시동을 걸었다.

리오와 함께 돌아가는 동안, 아로코엘은 가만히 생각해 보았다. 자신이 왜 선신계에서 타락천사로 쫓겨났어야 했는지를. 그리고 선신과 최고급 천사들이 강조하는 '선'이라는 개념이 과연 어떤 것인지를.

집에 돌아온 리오와 아로코엘이 맨 처음 본 것은 즉석 햄버거를 먹으며 TV를 보고 있는 지크의 모습이었다. 일어난 지 얼마 안 되었는지 그의 머리카락은 엉망으로 헝클어져 있었다.

"이제 일어난 거야?"

지크는 햄버거를 한 입 더 베어 물고 대답했다.

"어, 방금 전에. 그런데 챠오 녀석은 왜 안 오는 거야. 오늘 식사 당번이면서⋯⋯."

"어머니는 언제 오시지?"

"사흘 뒤에. 아까 전화가 왔는데 동네 아주머니들하고 즐겁게 보내고 계신 것 같아. 목소리가 들떠 계시더군."

그렇게 대화를 하는 둘의 모습을 보던 아로코엘은 왠지 자신이 끼어들면 분위기가 어색해질 것 같아서인지 조용히 위층으로 올라갔다.

딩동.

그때 초인종이 울렸고 지크는 반가운 표정을 지으며 현관으로 달려 나갔다.

"헤이, 챠오 님 오셨⋯⋯가 아니네? 리진 넌 오늘 당번이 아니잖아?"

"어때, 굶는 거보다는 낫잖아."

봉투에 무언가를 잔뜩 싸 들고 온 리진은 천천히 집 안으로 들어서며 주위를 둘러보았다. 탁자 위에 널린 햄버거 포장지와 소파에 누워 TV를 보고 있는 리오의 모습이 한눈에 들어왔다.

"어머, 리오 씨까지 지크하고 닮아 가시면 어떡해요."

"아, 리진 양? 아침에도 오시더니 저녁에도 고생하시는군요."

"호홋, 별말씀을."

봉투를 들고 부엌에 들어간 리진은 냄비 등 각종 기구를 꺼내며 저녁 식사를 준비했다. 그 모습을 본 지크는 웬일이냐는 듯 눈을 휘둥그레 뜨며 물었다.

"어? 오늘은 인스턴트 요리가 아닌가 봐? 식사 준비를 직접 하는 모습은 처음 보는데?"

"왜 그래, 나도 부모님한테 요리 강습은 받는다고. 아무 말 말고

TV나 보시지."

지크는 어깨를 으쓱하며 다시 거실로 돌아갔다.

리진은 앞치마를 두르며 재료를 늘어놓았다.

"음? 이 느낌은……?"

침대 위에 누워 있던 아로코엘은 갑자기 아래층에서 친근한 느낌이 밀려오자 깜짝 놀라며 자리에서 일어났다. 아로코엘은 즉시 영적 후각 능력을 발휘했고, 잠시 후 믿을 수 없다는 표정을 지으며 급히 옷을 갈아입었다.

"이런 일이? 왜 갑자기 그 아이의 냄새가……!"

옷을 대충 갈아입은 아로코엘은 급히 아래층으로 내려갔다.

"벨제뷰트 님. 아로코엘의 위치를 포착했습니다."

수정 침대에 누워 조용히 휴식을 취하고 있던 벨제뷰트는 비서관의 말에 살며시 눈을 떴다.

"왜 갑자기 나타난 거지? 뭐, 이유는 나중에 알 수 있겠지. 그럼 내가 직접 내려갈 테니 준비해 놓도록. 위치를 잘 파악해 둬라."

침대에서 일어난 벨제뷰트는 옷을 걸치고 자신의 무기인 파사의 검을 들며 천천히 방을 빠져나갔다.

"저, 리진 양."

아로코엘은 요리 중인 리진을 살짝 불렀다. 리진은 이마에 묻은 땀을 닦으며 아로코엘을 바라봤다.

"왜요, 천사 씨?"

아로코엘은 말을 잊고 말았다. 자신이 왜 처음에 그녀를 알아보지 못했을까. 아마도 평소에 그녀가 자신을 조금 경계하고 있었기 때문에 그랬을 것이라는 생각이 아로코엘의 머리를 스쳤다.

'그래…… 리진 양은 초능력이 상당히 높으니까 영적 방어 능력도 뛰어나겠지. 그래서 내가 알아볼 수 없었던 거야.'

아로코엘은 리진에게 빙긋 미소를 지으며 말했다.

"그 아이를 찾았습니다. 정말 감사합니다, 리진 양. 전 이제……."

순간 거실에서 리오의 급박한 목소리가 들려왔다.

"이런 바보 같은! 왜 지금 능력을 쓴 거야, 아로코엘!"

"네, 네?"

아로코엘은 깜짝 놀라며 창밖을 바라보았다. 분명 시간은 늦은 8시. 하지만 밖은 환히 빛나고 있었다. 그 빛을 본 순간 아로코엘은 공포감에 사로잡혀 힘없이 중얼거렸다.

"베, 벨제뷰트 님!"

"이 집인가. 흠, 왜 갑자기 아로코엘의 위치가 포착되었는지 이해가 안 가는군. 이런 가정집에 아로코엘의 영력을 감출 정도의 강자가 있을 이유가 없는데."

벨제뷰트는 중얼거리며 자신의 갸름한 턱을 매만졌다.

순간 무언가 그 집의 문을 박차고 나와 공중에 뜬 벨제뷰트의 정면으로 날아올랐다. 벨제뷰트는 눈을 꿈틀거리며 조용히 상대의 이름을 읊조렸다.

"그렇군, 가즈 나이트 리오 스나이퍼. 너라면 아로코엘 정도의 영력을 자신의 기로 중화하는 게 가능하겠지."

황급히 장비를 챙기고 나온 리오는 쓸쓸히 웃으며 고개를 저었다.

"후, 오늘은 운이 좋지 않군. 상대하기 싫은 녀석 중에 하나를 만났으니 말이야."

"그렇군. 그걸 안다면 어서 아로코엘을 나에게 넘겨라. 난 임무를 수행하고 있는 중이니 양보할 마음은 없다. 정중히 넘겨주는 것이 좋아."

그러자 리오는 어깨를 으쓱댔다.

"미안하지만 나 역시 그 천사를 데려오라는 임무를 수행 중이라 너에게 넘겨줄 수는 없어. 너야말로 정중히 돌아가시지."

이윽고 둘 사이에 말이 사라진 대신 묵직한 긴장감만이 감돌았다. 결국 벨제뷰트는 검을 뽑으며 말했다.

"남은 것은 실력 행사뿐인 듯하군."

"훗, 그렇다면 절대 환영이지!"

리오가 디바이너를 뽑으며 자세를 잡자 벨제뷰트 역시 검술 자세를 취하며 리오를 쏘아보았다.

전대 대천사장 미카엘의 뒤를 이어받은 벨제뷰트. 그는 태어날 때 운명에 의해 지어진 이름이 '벨제뷰트'였기에 다른 천사들로부터 상당한 배척을 받았다. 일곱 명의 악마왕 중 한 명의 이름이 바로 '벨제브브'였기 때문이다.

하지만 그는 그런 난관을 모두 딛고 일어서서 미카엘 이후 최강의 천사라는 칭호를 얻으며 대천사장의 자리에 올라섰다.

그런데 벨제뷰트는 가즈 나이트에 대한 적대감이 높았다. 오랫동안 대천사장의 자리를 맡고 있던 미카엘을 살해한 것이 바로 가즈 나이트 중 한 명이라는 소문 때문이었다. 또한 5백 년에 한 번씩 펼쳐지는 신계 무술 대회에서 가즈 나이트 중 최강이라 불리는 휀에게 공격 한 번 못하고 쓰러진 뒤 자존심이 상할 대로 상해 있는 그였다.

"하앗!"

"윽!"

리오의 일격을 방어한 벨제뷰트는 순간 뒤로 튕겨 나가며 중심을 잃고 말았다. 꽤 오랫동안 느껴 보지 못했던 강한 충격이기도 했고, 공격력만큼은 리오가 전 가즈 나이트 중 제일 높다는 것을 간과한 탓도 있었다.

일부러 벨제뷰트와 검을 맞댄 리오는 살의가 담긴 미소를 띤 채 벨제뷰트에게 조용히 중얼거렸다.

"후훗, 널 여기서 죽이진 않겠다. 다음 대천사장 취임식에 들르기 위해 선신계에 가는 건 솔직히 귀찮거든! 그 대신 포기라는 두 글자를 네 녀석의 뇌리에 확실히 심어 주마!"

"건방진……!"

말을 마친 리오는 그 즉시 벨제뷰트를 밀어내며 공격을 가했다.

벨제뷰트는 120년 전보다 리오의 공격력이 훨씬 더 막강해진 것을 느끼며 거의 속수무책으로 공격을 당하고 말았다. 물론 아직 한 번도 맞지는 않았지만, 손이 저릴 정도로 방어를 한 탓에 과연 언제까지 방어할 수 있을까 하는 의문에 사로잡혔다.

결국 물리적 공격으로는 리오를 이기기 힘들다는 결론에 다다른 벨제뷰트는 눈을 번뜩이며 대천사장만의 특권인 오러를 전개하기 시작했다.

"이런!"

벨제뷰트의 몸에서 뿜어지는 오러의 압력과 장력에 리오는 공격 범위 밖으로 멀찌감치 밀려나고 말았다. 벨제뷰트는 한숨 돌리려는 듯 검을 옆에 띄우고 팔짱을 끼며 리오에게 말했다.

"이 오러는 너도 알다시피 물리적 공격을 완전 무시하는 장벽이다. 너의 검술로는 이 장벽을 뚫을 수 없어. 물론 지하드라면 상황이 달라지겠지만, 그 여력이 엄청나겠지. 최소 이 도시를 날릴 정도? 자, 어떻게 할 것인가, 리오 스나이퍼?"

리오는 어찌할 도리가 없었다. 벨제뷰트의 말대로 오러를 뚫을 정도의 공격 기술이라면 그 여력이 현재 지역을 날릴 수 있을 정도로 엄청나기에 결국 방법이 없는 것과 마찬가지였다.

"기다려 주세요, 벨제뷰트 님! 리오 님!"

그때 지상에서 아로코엘의 목소리가 들려왔다. 아로코엘은 침울한 표정으로 날아오며 둘에게 말했다.

"……저는 선신계로 돌아가겠습니다. 제 스스로의 의지로 이 세계에 내려온 목적이 달성되었으니까요. 그러니 두 분 모두 싸움을 멈추십시오."

그러자 리오는 깜짝 놀라며 소리쳤다.

"이봐! 넌 그대로 돌아가면 무의 세계로 추방되어 죽지도 못하고 거기서 영원히 살아야 한단 말이야! 그래도 좋단 말인가!"

아로코엘은 고개를 끄덕였다.

"……저는 이제 여한이 없습니다. 저에게 존재 가치를 일깨워 준 유일한 아이, 그 아이를 찾았습니다. 리오 님, 그동안 정말 감사했습니다."

아로코엘은 쓸쓸히 웃으며 벨제뷰트에게 다가갔다. 하지만 리오는 도저히 참지 못하겠다는 듯 팔을 부르르 떨며 소리쳤다.

"바보 같은 녀석! 그렇게 함부로 자신의 생을 포기한단 말인가!"

그렇게 소리쳐도, 아로코엘은 리오를 돌아보지 않았다. 결국 리오는 고개를 떨구며 뒤돌아섰다.

벨제뷰트는 자신의 오러를 거두고 아로코엘에게 영력이 깃든 포승을 던졌다.

"결과는 알고 있겠지, 타락천사 아로코엘."

"예."

타락천사라는 말에 리오는 결국 눈을 번뜩이며 뒤를 돌아보았다. 벨제뷰트는 천천히 공간의 문을 만들고 있는 중이었다. 리오는 다시 지크의 집을 바라보았다. 집 현관에는 펑펑 울고 있는 리진과 역시 쓰린 표정을 짓고 있는 지크가 있었다.

리오는 지크를 뚫어지게 바라보았다. 리오의 눈빛에서 그의 의도를 읽은 지크는 깜짝 놀라며 눈을 휘둥그레 떴다. 그래도 좋다는 듯, 리오는 고개를 끄덕였고 지크는 결국 눈을 질끈 감으며 옆에 있는 리진의 목을 손으로 가볍게 쳐서 그녀를 실신시켰다.

리오는 뒤로 돌아서며 아로코엘에게 소리쳤다.

"그렇게 삶을 쉽게 포기할 생각이면 넌 무의 세계에서조차 살 가치가 없어!"

리오의 손에서 보라색 잔광을 남기며 날아간 디바이너는 아로코엘의 등판에 정확히 박혔다. 그러자 아로코엘이 입과 상처에서 천사의 광혈(光血)을 뿜으며 리오를 힘겹게 돌아보았다.

아로코엘은 멍한 눈으로 그를 바라보다가, 곧 슬프게 웃으며 고개를 끄덕였다.

"고맙습니다, 리오 님……."

그 말을 끝으로, 아로코엘의 몸은 빛으로 변하며 사방으로 흩날렸다. 그리고 아로코엘의 몸에 박혀 있던 디바이너는 힘없이 떨어져 지면에 박혔다.

"리, 리오 스나이퍼! 이 녀석!"

벨제뷰트는 순식간에 일어난 일에 당황스러움을 감추지 못했다. 리오는 붉게 빛을 내고 있는 자신의 눈을 손으로 가린 채, 뒤로 돌아서며 나지막이 중얼거렸다.

"이만 꺼지는 게 좋아, 벨제뷰트. 다치기 싫으면 말이야."

"……좋아. 이번 일은 무승부로 해두지. 너나 나나 이번 일은 실패했으니까."

벨제뷰트는 곧 자신이 만든 차원의 문을 통해 돌아갔다. 검을 찾아 거둔 리오는 묵묵히 지크의 집으로 돌아왔다.

"그게 더 나을지도 몰라. 무의 세계보다는 사후 세계로 가는 게 나을 테니까…… 네가 잘한 거야."

그 말을 남긴 지크는 아무 말 없이 TV로 시선을 돌렸다.

리오는 지크가 소파에 눕혀 둔 리진을 바라보았다. 기절한 리진의 눈가에는 아직도 눈물이 고여 있었다. 리오는 자신의 망토로 리진의 눈물자국을 닦아 주며 지크에게 말했다.

"일어나면 적당히 꾸며 줘. 최대한…… 말이야."

리오는 곧 망토를 벗고 검을 옆에 내려놓았다. 갑작스레 밀려오는 피로로 인해 그는 소파에 깊이 몸을 묻었다. 그는 손으로 얼굴을 덮으며 나지막이 중얼댔다.

"또 한 번 의미 없는 짓을 했군…… 바보같이."

"음? 크레파스로 뭐하게?"

리진은 크레파스의 사용처를 묻는 동생에게 씩 웃으며 말했다.

"응, 그림 좀 완성하게. 거실에 있는 그림, 한 사람 얼굴이 불분명하잖아."

"응."

리진의 동생은 검지 끝을 입술에 대며 고개를 살짝 끄덕였다. 리진은 어릴 적에 그렸던 그림을 액자에서 빼내 얼굴이 그려져 있지 않은 곳을 검은색 크레파스로 윤곽을 그려 가기 시작했다. 짧은 시간 그림을 완성한 리진은 다시 액자에 그림을 넣으려다가, 뭔가 부족하다고 느꼈는지 이번에는 노란색 크레파스를 꺼내 얼굴을 그려 넣은 그 사람의 등과 어깨에 무언가를 그려 넣기 시작했다.

잠시 후 TV를 보기 위해 거실로 나온 동생은 액자에 걸린 그림을 보며 고개를 갸웃거렸다.

"어, 언니, 얼굴만 그린다며? 왜 날개까지 그려 놨어?"

리진은 알 수 없는 미소를 지으며 대답했다.

"어때, 멋있잖아. 호호훗……."

〈외전 8 끝〉

외전 9
빛과 어둠의 새벽

어둠침침한 주신전 박물관을 은은하게 비추던 촛불이 잠시 흔들렸다. 시간이 꽤 흘렀는지 촛농이 촛대를 타고 뱀처럼 긴 꼬리를 남긴 채 굳어 있었다.

두 개의 검은 그림자는 박물관 벽에 닿을 만큼 길게 늘어져 있었다. 그들은 퇴색되어 빛바랜 초상화 앞에 서 있었다. 그들은 다름 아닌 피엘과 바이론이었다.

피엘은 심각한 얼굴로 바이론을 향해 고개를 돌렸다. 바이론은 광기 어린 표정으로 눈앞의 초상화에 시선을 고정하고 있었다. 바이론이 수행해야 할 임무를 설명해 주던 피엘은 다시 입을 열었다.

"그렇게 된 탓에, 바이론 님은 엘타인 차원계로 가서서 일을 처리해 주셔야 합니다. 이번 임무에서……."

"이 여신은 누구인가."

바이론은 묵직한 목소리로 말했다. 바이론에게 열심히 설명하던 피엘의 얼굴에 잠시 난감한 표정이 스쳤다. 여지껏 설명했던 것이 다 물거품처럼 느껴졌는지 잠시 허탈해하다가 그녀는 곧 미소를 띠며 다시 설명했다.

"새벽의 여신, 이오스 님이십니다. 아, 바이론 님께서는 처음 보시겠군요. 하지만 유감스럽게도 이 초상화를 통해서만 이오스 님을 보실 수 있습니다. 오래전 주신께서 어떤 사건과 관련해 이오스 님과 또 다른 세 여신에게 벌을 내리셨습니다. 지금은 어떤 차원에 유폐되어 계시지요."

바이론은 앞에 걸려 있는 이오스의 초상화에 손을 가져갔다. 캔버스 위에 유화 물감으로 그려진 그림일 뿐이었지만, 수백 년 전 잃어버렸던 무언가가 손끝에서 느껴지는 듯했다.

그때 바이론의 옆모습을 본 피엘은 흠칫 놀라고 말았다. 바이론이 예전과는 다른, 무언가를 찾으려는 듯 아련한 표정으로 이오스의 초상화를 만지고 있었기 때문이다.

잠시 후 바이론의 얼굴은 다시 광기로 일그러졌다. 그림에서 손을 뗀 바이론은 나지막이 광소를 터뜨리며 중얼거렸다.

"크크큭, 불쌍한 신이군. 잠시 정신을 잃을 정도로 말이야. 아까 하던 임무 얘기나 계속해 보시지, 비서 씨. 엘타인 차원으로 가려는 것까지 들었다."

"아, 예."

임무에 대한 설명을 모두 들은 바이론은 두말없이 그곳을 떠났다. 그 뒤로 그 초상화 앞에 선 바이론의 모습은 두 번 다시 볼 수 없었다.

그로부터 수백 년이라는 억겁의 시간이 지났다. 그동안 바이론은 피에 굶주린 야수처럼 무수한 싸움을 하며 다녔다.

바이론은 지쳤다.

12신장 라우소의 공격으로 인한 상처를 급격히 재생시키느라 기력을 너무 소비했다. 하지만 바이론은 숨을 크게 들이마시며 정신을 집중했다. 자신이 쓰러진다면 누구도 그녀를 지켜줄 수 없다는 생각이 들어서였다.

다시금 그의 회색빛 근육이 꿈틀거렸다. 그 어떤 전사도 막지 못했던 회색의 광기사(狂騎士) 바이론이었다. 그런 그가 피로 따위에 쓰러질 수는 없었다.

지쳐 있던 그의 등 뒤에서 갑자기 따뜻한 기운이 밀려왔다. 빛의 느낌이었다. 빛을 소멸시키는 암흑투기를 내뿜는 그와는 전혀 어울리지 않는 빛의 힘이었다.

몸에서 희미한 빛을 내뿜고 있는 여성이 바이론에게 가까이 다가왔다.

"상처는 괜찮으십니까, 바이론? 심하게 다치신 것 같습니다만."

바이론은 뒤도 돌아보지 않은 채 낮은 목소리로 중얼거렸다.

"고양이가 쥐 걱정을 하는 것인가? 난 당신에게 어울리지 않아, 크크크크……. 나와 당신은 도저히 화합할 수 없는 빛과 어둠이라는 것을 잊으신 모양이군. 약하디약한 엘프의 몸으로 살아와서 그런가? 크크크크큭."

그 여성은 바이론의 말에 화를 내기는커녕 오히려 바이론을 향해 회복의 빛을 은은하게 뿜으며 말했다.

"새벽은 빛과 어둠이 공존하는 네 개의 시간, 즉 새벽, 황혼, 일식, 백야 중 시작의 시간입니다. 저는 어둠의 마음과 빛의 마음 두 가지를 모두 알고 있습니다. 그것은 당신도 느끼고 있을 거라고 생각해요. 가즈 나이트 바이론."

갑자기 몸이 시원해진 느낌이었다. 이것이 신력일까. 바이론은 광기 어린 미소를 잠시 거두며 짧게 중얼거렸다.

"헛소리, 크크크크크. 몸보신이나 제대로 하시지. 나와 같은 미치광이에게 신경 쓰지 말고."

그러나 이오스는 다정하게 웃을 따름이었다.

"당신이 쓰러지신다면 당신을 믿고 있는 사람들 모두 걱정할 것입니다. 그걸 아시기 때문에 당신은 상처가 고통스러워도 아무 말씀 못 하셨겠죠. 다른 사람은 몰라도, 제 눈은 속일 수 없습니다. 치료할 때만큼은 가만히 계셔 주십시오. 다른 사람들도 알고 있답니다. 당신께서 모두를 지키려 하신다는 것을요."

바이론은 묵묵히 이오스가 내뿜는 회복의 빛을 받았다. 사실 바이론은 묻고 싶었다. 모든 이의 배신으로 회색이 되어 버린 자신의 피부를 되돌릴 수 없느냐고.

하지만 그는 입을 열지 않았다. 어둠의 가즈 나이트인 자신에게, 지금의 회색 피부는 가장 어울리는 갑옷이라는 생각이 들었다.

바닷바람이 찼다. 뱃머리로 솟구쳐 오르는 파도가 바닷물을 흩뿌렸다. 휘몰아치는 바람에 곧 찢어질 듯 돛도 팽팽하게 긴장했다.

바이론은 배 한구석에서 얇디얇은 모포에 의지한 채 새우잠을 자고 있는 라이아를 조용히 내려다보았다. 라이아는 추운 듯 모포를 끌어당기며 자꾸 뒤척였다. 그 모습을 본 바이론은 천천히 라이아를 향해 걸어갔다.

자신의 몸에 비해 작디작은 라이아를 품에 안은 채 그는 정좌를 하고 앉았다. 마치 자신의 아이를 포근히 감싸 안은 아버지처럼.

바이론의 체온 덕분인지, 어두운 표정이었던 라이아의 얼굴에 차차 편안함이 깃들었다.

"이 아이는 반드시 지키겠습니다. 당신을 위해서."

바이론은 창문으로 쏟아져 내리는 달빛을 바라보며 광기가 사라진 얼굴로 혼잣말을 했다. 마치 신께 맹세하는 전사처럼.

그러나 그의 바람에도 불구하고 라이아는 한 달도 안 되어 와카루라는 과학자에게 납치되고 말았다. 그때 라이아가 빨려 들어가는 데몬 게이트를 다크 팔시온으로 겨우 막은 바이론은 분노에 몸을 떨었다.

바이론은 일행에게 사건의 전모를 설명하면서도 어서 빨리 데몬 게이트 안으로 들어가고자 했다. 그는 한시가 급했다. 린라우가 라이아의 정신을 조종할지, 와카루가 그녀를 개조할지 알 수 없었다.

데몬 게이트로 들어가기 직전, 바이론은 훤에게 일행을 부탁했다. 훤은 그의 생각을 충분히 짐작하고 있었다. 바이론이 데몬 게이트 안으로 몸을 던지기 직전, 바이론의 넓은 어깨를 아무도 모르게 두드려 주기까지 했다.

바이론은 지크를 비롯한 동료들이 있는 집 베란다에 앉아 홀로 술을 마시고 있었다. 그의 몸에는 술기운이 전혀 먹혀들지 않았다. 알코올 성분이 전혀 흡수되지 않기 때문이다. 그에게 있어서 술은 한낱 음료일 뿐이었다.

그날 오후에 바이론은 보지 말았어야 할 사건에 직면하고 말았다. 자신이 지켜 주려 했던 그 소녀가, 악마들과 함께 자신들을 공격한 것이었다.

"멍청한…… 크크크크크."

끔찍한 기억을 잊고 싶은 듯 바이론은 다시금 술을 벌컥벌컥 들이켰다. 이 정도면 만취했겠다고 싶을 정도로. 그리고 술로 고통스러워하겠다고 여길 정도로.

"저, 안주도 같이 드셔야 몸에 좋답니다. 바이론 님."

그때 먹음직스럽게 차려진 고기 안주 한 접시가 그의 눈앞에 놓였다. 세이아가 미소 지으며 접시를 내밀었다.

안주를 받아 든 바이론은 광소를 흘리며 말했다.

"……크큭, 넌 내가 두렵지 않은가?"

세이아는 고개를 살짝 저으며 대답했다.

"예, 저는 느낄 수 있답니다. 바이론 님께서 모두를 지키려 하신다는 것을요."

세이아는 그녀와 너무나도 닮았다. 거실을 비추는 황색 조명등 때문인지 그녀의 은발마저 이오스의 금발처럼 느껴졌다.

정말 어머니를 쏙 빼닮았다.

바이론은 하마터면 실토할 뻔했다. 그러나 그는 하지 못했다. 자신에겐 어울리지 않는 말이라고 생각했다.

"그럼 안녕히 주무십시오, 바이론 님."

고개를 잠시 숙인 후 세이아는 곧 자신의 방으로 향했다. 그녀의 뒷모습을 묵묵히 바라보던 바이론은 웃으며 자리에서 일어났다.

"크큭, 안주를 먹으라면서 포크는 주지 않는군."

그러나 잠깐 지은 그 미소는 광기와 거리가 멀었다. 다행히 그의 그런 미소를 본 사람은 아무도 없었다.

바이론의 묵직한 발소리가 부엌에서 점차 멀어졌다.

〈외전 9 끝〉

prologue

서룡족, 그리고 동룡족.

마룡족과 함께 3대 용족이라 불리는 두 종족은 대부분 지상에서 활동하고 있는 인간이란 종족이 생겨나기 전부터 대립해 왔다. 하지만 유감스럽게도 그 수억만 년이란 세월 동안 이어져 내려온 두 종족의 대립은 두 종족 상부의 이유 없는 대립일 뿐, 용족의 평범한 주민들과는 아무런 상관이 없었다.

두 종족이 왜 싸워야 할까? 난 어릴 적 아버지께 여쭤 보았다. 용제 직속 전룡단 제1단장이신 아버지는 작은 내 머리를 만지며 말씀하셨다.

"라이벌 관계라고나 할까? 그래, 서로에게 뒤처지지 않기 위해 노력하는 강한 라이벌이라고 해야겠지."

라이벌 관계? 무슨 말씀인지 이해하지 못한 난 라이벌이면서 왜 싸워 왔는지 여쭤 보았다. 아버지는 간단히 답해 주셨다.

"두 용족은 아주 사소한 일 때문에 싸웠단다. 강한 라이벌일수록 작은 일에 민감한 법이지. 아버지가 럭만 했을 때 발발한 115차 (次) 용족전쟁은 동룡족 신하 한 명이 용신제 때 재채기를 했다는 이유로 발발했단다. 지금 생각해 보면 우습지만, 두 종족은 목에 핏대를 세우며 자신들이 정의의 수호자라고 외쳤지. 그 때문에 죄 없는 젊은이들은 생피를 흘리며 싸웠단다."

난 뭐라고 할 말이 없었다. 어린 나에게 아버지의 말이 너무도 어려웠기 때문이다. 사관학교에서 배운 대로, 우리 서룡족만이 정의가 아니었던가?

아버지는 잘 피우시지 않는 담배를 입에 물고 말을 맺었다.

"신룡, 브리간트 님께서 수억만 년 전 내리신 벌이 계속 이어지는지도 모르겠구나. 당시 모든 용족은 신과 맞먹는, 아니 능가하는 유일무이한 종족이라고 자부하며 방탕한 생활을 계속했거든. 삶의 목적도 없이 쾌락을 찾아 방황했고, 개발이란 미명 아래 자연을 계속 파괴했으며, 이유 없이 다른 종족을 사냥하며 즐거워하기도 했고 말이다. 서룡족도 그랬고, 동룡족도 그랬지. 그걸 보다 못한 브리간트 님께서 두 종족에게 끊임없는 갈등을 숙명의 벌로써 내리셨다는 전설이 있단다. 후훗, 그것 때문인지도 모르겠구나. 물론 그 숙명 덕분에 서룡족과 동룡족은 모든 종족 중 최고의 발전을 했다만……."

아버지는 담배 연기와 함께 말끝을 흐리셨다. 어렸던 나는 그때 아버지가 보이신 힘없는 모습을 이해하지 못했다.

그로부터 수십 년 후, 117차 용족전쟁이 발발했다.

유년 시절을 겨우 벗어난 나는 아버지를 따라 전장으로 향했다. 그래, 전장이다. 피가 튀고 살이 떨어져 나가고 뼈가 꺾이는 진짜

전쟁터. 아니, 전쟁터라는 장대한 이름 따위 어울리지 않는 살육의 현장이다.

사관학교 학생이었기에, 언젠가는 진짜 전쟁을 경험해야 하는 난 미리 망원경으로 전투 광경을 지켜보았다. 그러나 단 5분간 지켜본 난 구토까지 하면서 아버지의 막사 안으로 도망치고 말았다. 동룡족의 마법에 고깃덩이가 되는 우리 병사들, 뿐만 아니라 우리 병사들의 검에 처참히 조각나는 동룡족 병사들…… 어린 나에게 너무도 끔찍한 광경이었다.

막사에 앉아 떨고 있는 나에게 아버지께서 따뜻한 수프를 건네 주셨다. 매운 맛이 나는 수프여서 구토에 효력이 있을 거라고 하셨다. 이리저리 찌그러지고 지저분해 보이는 컵에 아무렇게나 담긴 수프였지만 난 그 수프 맛을 아직도 잊을 수 없었다.

더구나 수프를 먹을 때 막사 밖에서 터진 함성은 아직도 귓가에 생생하다.

"음? 무슨 일인가, 부관?"

막사를 뒤흔드는 병사들의 함성에 아버지께서도 상당히 당황해 하셨다. 상황을 확인하러 나간 아버지의 부관은 다행히 밝은 표정으로 돌아왔다.

"단장님, 리오 님께서 오셨습니다! 적장 바레로그의 후방 포위진도 완전히 섬멸하셨답니다!"

아버지의 표정은 순식간에 밝아졌다.

"오오, 그런가! 그럼 리오 님은 지금 어디 계신가?"

"여기 왔네, 발자크."

그때 거대한 그림자 하나가 막사 문을 걷고 안으로 들어섰다.

피에 젖은 회색 망토와 토시, 그리고 피범벅이 된 날카로운 얼굴과 피를 흠뻑 머금은 것 같은 붉은 장발을 늘어뜨린 남자였다. 그 남자의 거대한 체구와, 살기 어린 모습에 압도당한 나는 그만 들고 있던 컵을 떨어뜨리고 말았다. 그 작은 사고는 아버지와 아버지의 부관, 그리고 그 붉은 남자의 시선을 나에게 집중하기에 충분했다.

"음? 저 아이는 누군가? 옷을 보니 사관학교 생도인 것 같은데……."

남자는 망토로 얼굴에 묻은 피를 대충 닦으며 물었다. 내가 떨어 뜨린 컵을 치우신 아버지는 이내 활짝 웃으며 나를 소개하셨다.

"제 아들 릭이라 합니다. 전쟁에 대한 공부도 할 겸 인생 수업도 시킬 겸해서 데리고 나왔답니다. 하하핫……."

붉은 머리카락의 남자는 나를 가만히 바라보더니 곧 부드러운 미소를 지으며 다가왔다.

"그런가? 후훗, 정말 힘든 수업을 하러 나왔구나, 릭. 우리 인사 할까?"

남자는 그 큰 손을 나에게 내밀었다. 손짓을 보나, 준수한 얼굴 과 멋진 미소를 보나 여자아이였다면 그에게 한눈에 반할 것만 같 았다. 그는 같은 남자가 보기에도 멋졌고, 게다가 사교에도 능숙해 보였다.

나는 조심스럽게 그 붉은 남자와 악수하며 말했다.

"저, 전 릭 발레트라 합니다. 잘 부탁드립니다!"

실수였다. 예의상 그가 먼저 소개해야 하는데. 하지만 남자와 아 버지는 그저 웃기만 하셨다.

"그래, 난 리오 스나이퍼라고 한다. 만나서 반갑다, 릭."

그때 제2전룡단 단장님께서 막사 안으로 급히 들어오셨다.

"리오 님, 적들이 총공격을 해 옵니다! 제9방어부대는 전멸했고 제8방어부대는 위태롭습니다! 리오 님의 지원이 필요합니다!"

리오라는 남자의 안색은 단숨에 변했다. 미소가 사라진 그의 얼굴에 남은 것은 진지함과 투지뿐이었다. 그와 악수를 마치고 침을 삼키며 아버지께 가까이 다가갔다.

"내가 온 걸 알아 버린 건가? 하긴 이곳으로 올 때 신고식을 화려하게 치렀으니 당연하겠지. 좋아, 같이 나가세."

남자는 곧바로 막사를 나섰다. 저 남자가 누구냐는 내 물음에, 아버지께서 담담히 대답해 주셨다.

"주신, 하이볼크 님께서 탄생시킨 가즈 나이트 중 한 분, 무속성의 리오 스나이퍼 님이시란다. 오직 싸우기 위해 태어나신 가련한, 그리고 고마운 분이시지. 지금 그분의 모습을 보겠니, 릭?"

사실 무서웠지만 나는 쾌히 고개를 끄덕였다. 강하다는 소문만 들어온 가즈 나이트가 실제로 어떤 존재인지 무척이나 알고 싶던 나였다. 막사 밖으로 나온 나는 떨리는 손으로 망원경을 잡았다.

그 거대한 전장에서 리오 님을 찾기는 어렵지 않았다. 피가 솟구치는 곳을 찾기만 하면 되니까.

그분의 모습을 보는 순간, 나는 알 수 없는 카타르시스에 빠져들었다.

동룡족의 대군 속에서 거침없이 춤을 추는 진보라색의 검광, 기술의 사각지대라는 말이 전혀 통하지 않는 현란한 몸짓, 그 움직임에 맞춰 마무리 춤사위를 펼치는 붉은 장발. 그야말로 투신의 모습이었고, 싸우기 위해 태어난 자의 진정한 모습이었다.

하지만 동룡족이 전열을 가다듬기 위해 물러섰을 때 리오 님의 뒷모습은 왠지 이상했다. 망토 앞자락으로 얼굴을 닦는 그분의 모습은 어딘가 슬퍼 보였다.

동룡족이 다시 밀려왔다. 혼을 빨아들일 듯한 보라색의 검, 디바이너도 다시금 움직였다.

난 끝까지 그분의 모습을 지켜보았다. 전투에 이기고, 승리를 자랑스러워하는 영웅의 모습은 많이 알았지만 전쟁이 있기에, 처절하게 싸워야 하는 슬픈 영웅의 모습은 처음 봤기 때문이다.

아주 단단한 호두가 세상에 존재하고, 그것을 까기 위해 호두까기 있는 것처럼, 어려운 싸움이 세상에 존재하고, 그 싸움을 도맡아하기 위해 가즈 나이트도 존재하는 것이 아닐까. 리오 님께서 그런 싸움을 수백 년간 해 왔다는 생각에 난 시선을 뗄 수 없었다.

그날 이후부터 제1전룡단 단장이 된 지금까지 나는 그분을 존경해 왔다. 마치 그분의 슬픈 숙명을 동정하려는 듯 말이다. 하지만 새로운 용족전쟁이 터진 지금, 난 그분의 입장에 서서 그분을 다른 시점에서 존경하기로 했다.

어릴 적 아버지께서 나에게 해주신 모든 말씀을 이제야 이해하면서……. 그리고 서룡족과 동룡족에게 내려진 영원한 갈등의 숙명을 저주하면서…….

1장
혼돈의 서막

1

새로운 이웃

"아, 또 11시네. 이러다가 정말 아줌마 되는 건 아닌지 모르겠네."

잠에서 겨우 깨어난 레니 켄트는 옆에서 자고 있는 시에를 확인하고 세면실로 향했다.

복도를 거닐던 그녀는 언제나 비어 있던 옆방을 살그머니 열어 보았다. 지크가 급히 마련한 더블 침대 위에 두 명의 여자가 새근 새근 자고 있었다. 그녀들을 잠시 바라보던 레니는 복도를 걸으며 중얼거렸다.

"지크가 나가 있는 동안에는 집이 심심했는데 식구가 셋이나 늘어나니 이젠 좀 괜찮네. 호홋, 괜히 지크를 혼냈나 봐."

레니는 세면대에 물을 받다 비어 있던 옆집이 아침부터 시끄러운 것이 의아해서 창문을 열어 보았다. 세 대의 이사 차량이 작년 혼란기 때부터 비어 있던 빨간 지붕집 앞에 서 있었다. 게다가 인부들이 열심히 가구를 집 안에 들여놓는 모습도 보였다. 그 빈집에 누군가 이사를 오는 것이었다. 레니는 즐거운 얼굴로 그 모습을 계속 지켜보았다.

"세상이 조용해지니 이젠 사람들도 돌아오는 모양이네. 어?"

레니는 그 집에서 나온 젊은 여성의 모습에 잠시 얼굴이 굳어지고 말았다. 흔히 볼 수 없는 은발의 아름다운 모습이 같은 여자인 레니의 넋을 뒤흔들 정도였다. 그녀는 집 안으로 옮겨지는 가구를 보며 행복한 표정을 지었다. 따뜻하게 내리쬐는 연초(年初)의 햇살 아래 그 여자의 모습은 더욱 아름다워 보였다.

인부들도 황홀한 눈빛으로 그녀를 바라보며 이삿짐을 날랐다.

"지크도 보면 혼이 나가겠는걸? 호호홋."

레니는 기분 좋은 표정으로 세면을 하기 시작했다.

작년 크리스마스 전까지만 해도 레니는 기분 좋게 아침을 맞이할 수 없었다. 하지만 지크가 모두 끝났다며 크리스마스 다음 날 세 명의 새로운 식구를 끌고 되돌아왔을 때부터 그녀는 예전처럼 '좋은 아침'을 맞이할 수 있었다.

물론 바이오 버그들이 다시 들끓기 시작했지만 그건 오히려 반가울 정도였다. 그만큼 지금 세상의 사람들에게는 바이오 버그가 너무나 익숙한 존재였다.

"언니, 일찍 일어나셨네요? 하암."

아직도 잠이 덜 깬 마티를 억지로 끌고 나오다시피 한 티베는 하품을 길게 하며 세면실로 들어왔다. 레니의 요청으로 '아줌마' 대신 '언니'라는 호칭을 쓰기로 한 티베는 자연스럽게 그렇게 불렀다. 물론 보름 전에는 아니었지만.

레니는 얼굴에 비누칠을 하며 응대했다.

"일찍은…… 게을러진 게 좀 나아졌다고 해야겠지. 지크 아침도

챙겨 주지 못해서 늘 미안해. 그런데 티베는 오늘도 BSP 본부에 가
야 하니?"

세면대에 떨어지는 물방울을 멍하니 바라보던 티베는 BSP란 말
에 움찔하며 고개를 저었다.

"아, 아뇨. 오늘은 가지 않아요. 테스트 전에 컨디션을 최상으로
만들라나 뭐라나 해서요. 그렇지, 마티? 마티?"

마티는 어느새 변기에 편히 앉아 자고 있었다. 전투가 치열했던
만큼 피로가 누적되었던지 잠이 많아진 그녀들이었다.

저녁 8시.

마티와 시에가 식사를 잘하는 것과 달리, 티베는 수프를 수저로
젓기만 할 뿐 먹지 않자 레니가 걱정스레 물었다.

"티베, 오늘 쇼핑 나갔다가 무슨 일 있었어? 음식이 다 식겠네."

"아, 죄송합니다. 아무 일도 아니에요, 언니. 그렇지, 마티?"

그러자 마티의 얼굴이 붉게 달아올랐다. 사실, 그녀는 티베와 쇼
핑 나갔다가 만난 소매치기를 가전제품용 대형 손수레로 가볍게
후려쳐 잡았다. 거기서 끝냈다면 좋았을걸, '미스터'라고 부르며
달려온 백화점 사장마저 홧김에 때려눕혀 그녀와 티베는 망신을
당하고 백화점에서 도망쳐야만 했다.

그런 사정을 모르는 레니는 고개만 끄덕일 뿐이었다.

"그래? 음, 그건 그렇고 지크는 왜 이리 늦나? 퇴근 시간이 지났
는데?"

그렇게 걱정하는 레니에게 티베가 이유를 말해 주었다.

"오늘 지크는 무슨 '작전'을 한다며 좀 늦을지도 모른다고 했어
요. 그러니 걱정하지 마세요."

레니는 고개를 끄덕이며 다행이라는 표정을 지었다. 그때 문이 열리는 소리와 함께 활기찬 인사 소리가 들려왔다.

"다녀왔습니다, 어머니! 오빠 왔다, 시에!"

지크는 인사를 하며 부엌으로 들어왔다. 그러자 티베와 마티, 시에가 인상을 구기며 지크를 쏘아보았다. 레니 역시 입과 코를 손으로 살짝 가리며 난감한 얼굴로 말했다.

"샤워 좀 하고 돌아오지 않고."

바이오 버그의 체액을 잔뜩 뒤집어썼다는 사실을 깜빡 잊고 있던 지크는 머리를 긁적이며 즉시 위층으로 뛰어 올라갔다.

"아, 본부에서 샤워하는 걸 잊었네요. 죄송, 죄송!"

그런 지크의 모습에 티베는 설마 하는 얼굴로 레니에게 넌지시 물었다.

"저, 언니. BSP가 되면 저 걸쭉한 국물을 언제나 뒤집어쓰고 다녀야 해요?"

마티나 시에가 일순간 식욕을 잃은 것과는 달리, 체액 냄새에 상당히 익숙한 레니는 다시 수저를 들며 답했다.

"지크가 BSP가 된 이후 바이오 버그의 체액을 뒤집어쓰지 않은 날이 없었으니까 대체로 그렇겠지. 동료인 챠오 양이나 리진 양도 지크와 사정이 비슷할걸? 좀 덜 뒤집어쓰긴 하겠지만……."

티베에겐 그야말로 억장이 무너지는 말이었다.

'아, 가정부가 눈에 보이는구나.'

의욕을 잃은 티베는 식탁 위에 쓰러졌다.

지크의 양어머니 레니는 몇 개월째 자신이 경영하는 문구점에 나가지 못하고 있었다. 지크가 BSP로서 수배당할 때부터 정부에서 보호감찰이라는 명목으로 레니의 활동 범위를 집 밖 1킬로미터 이내로 좁혀 버렸기 때문이다.

바로 어제 그 보호감찰이 끝났다. 그래서 레니는 다시 문구점에서 팔 물건을 구하기 위해 여기저기 전화를 걸고 있었다.

학교 근처에서 문구점을 한다고 해서 돈이 많이 들어오는 것은 아니었다. 게다가 이번 달은 물건을 모두 새로 구입해야 했기 때문에 손해가 더욱 심했다. 하지만 지크의 급여 워낙 많았기에—대기업 회사원의 20배—별 문제 없었다. 게다가 몇 달 동안 받지 못했던 봉급까지 한꺼번에 받는 바람에 예전에 저금한 돈까지 합하면 그야말로 빌딩이라도 한 채 살 수 있을 정도로 두둑했다.

그런데도 그녀가 문구점을 하는 이유는 지크가 없는 동안 무료함을 달래기 위해서였다.

"아줌마, 배고파."

"어머, 시에 일어났니? 부엌으로 오너라, 점심 줄게."

한참 통화를 하는 도중에 시에의 목소리가 들리자 레니는 웃으며 당장 부엌으로 달려갔다.

그녀는 지금 생활이 예전보다 더 낫다고 생각했다. 지크가 돌아온 탓도 있지만 정말로 딸처럼 느껴지는 어린 시에가 늘 집에 같이 있어서였다. 물론 꼬리가 달리고 사자 귀를 하고 있어서 괴상해 보이는 아이였지만 지크를 양아들로 둔 그녀에게 그런 것이 괴리감을 느끼게 하지는 않았다. 그녀에게는 시에의 특이한 모습이 그저 귀엽게 보일 뿐이었다.

"시에야, 가장 하고 싶은 일이 뭐니?"

레니가 보름 만에 던진, 그야말로 어머니 같은 질문이었다. 꼬리로 볼을 긁적이며 생각하던 시에는 한참 만에 힘겹게 대답했다.

"엄마가 되고 싶어. 시에, 엄마 없으니까."

시에가 인조 생물이란 사실은 지크에게 익히 들어 알고 있었다. 그녀는 단정히 묶은 시에의 머리를 매만지며 나지막이 물었다.

"그럼 아줌마를 엄마라고 부르면 안 되겠니?"

"응?"

"내가 시에 엄마가 되어 주면 되잖아. 이젠 시에도 지크를 오빠라고 부르잖니."

시에는 다시금 고민에 휩싸였다. 낳아 주고, 길러 준 사람이 엄마라는 말을 예전에 들은 적이 있던 그 아이는 한참 고민 끝에 웃으며 고개를 끄덕였다.

"응, 좋아! 시에, 엄마 좋아!"

"그래, 고맙구나."

시에가 먹는 모습을 행복한 얼굴로 지켜보던 레니는 갑자기 초인종 소리가 들리자 의아해하며 현관으로 나섰다. 마티도, 티베도 모두 나간 지금 집에 올 사람이 아무도 없었기 때문이다.

현관 밖에는 의외의 인물이 서 있었다. 사흘 전 옆집에 이사 온 은발의 여성이었다.

"아, 저번에 이사 오신 분이군요. 안녕하세요?"

"예, 안녕하세요."

그녀는 헝겊을 덮은 바구니를 들고 서 있었다. 레니는 순간 의아했다. 이 나라 풍습대로 시루떡이라도 해 온 것일까. 그녀는 바구니를 레니에게 내밀며 말했다.

"이 집에 가족들이 많다는 말씀을 듣고 같이 드시라고 직접 구운 빵을 가져왔답니다. 앞으로 잘 부탁드린다는 말씀도 하려고요."

"어머, 그래요?"

레니는 기뻐하며 바구니를 덮은 헝겊을 살짝 들춰 보았다. 햄이 곳곳에 박힌 빵에서 고소한 냄새가 물씬 풍겼다.

"어머머, 고마워라. 그럼 어려우신 점 있으시면 저희를 찾아오세요. 대가족이 되어서 일꾼은 많거든요, 호호홋. 아, 그런데 혼자 사세요?"

그녀가 고개를 저었다.

"아뇨, 여동생하고 함께 지낸답니다. 지금 중학교 3학년인데, 아직은 이곳에 적응되지 않나 봐요. 그 애가 저보다 더 고생하는 것 같답니다. 그럼 나중에 또 찾아뵙겠습니다."

"예, 바구니는 나중에 직접 가져다 드릴게요. 또 오세요."

곧, 그녀는 자신의 집으로 돌아갔고, 레니는 지크와 시에가 기뻐하겠구나 생각하며 바구니를 들고 부엌으로 향했다. 아직도 식사를 하고 있던 시에는 눈을 동그랗게 뜨며 레니에게 물었다.

"찾아온 사람 누구야, 엄마! 여자 같던데……."

아주 자연스럽게 엄마란 말을 하는 시에의 모습에 레니는 잠시 멈칫했다. 너무 놀랍기도 하고, 너무 기쁘기도 했다.

"응, 옆집에 이사 온 아가씨란다. 아, 시에 이거 먹어 볼래? 그 아가씨가 갖고 온 빵인데, 맛있어 보이는구나."

레니는 바구니에서 빵 몇 개를 꺼내 시에에게 주었고 시에는 냄새를 맡는 순간 눈을 반짝이며 고개를 끄덕였다.

"왓! 빵이다, 빵! 잘 먹겠습니다!"

시에는 지크가 가르쳐 준 대로 인사를 하며 레니가 건네준 빵을 먹기 시작했다. 한참 빵을 맛있게 먹던 시에가 뭔가 이상한 듯 손에 든 빵을 가만히 바라보았다. 냉장고에서 우유를 꺼내던 레니는 무슨 일인가 의아해서 물어보았다.

"어머, 시에야. 왜 그러니? 맛이 없니?"

시에는 시무룩한 표정으로 대답했다.

"아냐, 옛날에 리오랑 지크 오빠 친구가 해 주던 빵하고 맛이 똑같아서…… 앗, 우유, 우유."

시에의 말에 레니는 고개를 갸웃거리며 컵에 우유를 따라 줬다.

"다녀왔습니다."

그날은 별다른 임무가 없어서 집에 일찍 돌아온 지크는 여느 때처럼 웃으며 집 안으로 들어섰다. TV를 보던 레니와 시에는 웃으며 그를 반겨 주었다.

"왓! 잘 왔다, 지크 오빠!"

시에는 기뻐하며 지크에게 안기며 머리를 비벼 댔다. 지크는 늘하던 대로 시에의 등을 쓰다듬어 주며 고개를 끄덕였다.

"그래 그래, 별일 없었지?"

"응! 시에한테 엄마 생겼다! 너무 좋아!"

"엄마?"

지크는 고개를 갸웃거리며 재킷을 벗고 소파에 앉아 TV 화면으로 시선을 돌리며 물었다.

"얘네는 어디 갔니? 그 애들 테스트 직전까지는 팍팍 놀 텐데?"

"음, 아까 왔단다. 내가 잠깐 시장에 보냈으니까 할 얘기 있으면 좀 기다려. 아, 이거 먹어 볼래?"

레니는 옆에 놔두었던 바구니에서 빵을 꺼내 지크에게 주며 시에 대신 대답했다. 지크는 시에와 함께 빵을 집어 들며 물었다.

"웬 빵이에요? 이 햄빵은 어머니 솜씨로는 도저히 불가능한데? 헤헤헷."

그러자 레니는 지크를 잠깐 흘겨보더니 곧 다시 웃으며 대답했다.

"녀석이…… 옆집에 이사 온 아가씨가 가져다준 거야. 지난번에도 잠깐 봤지만 정말 예쁜 아가씨더구나. 리진 양이나 챠오 양도 예쁘지만 그 아가씨는 정말 차원이 다르더라. 중학교 3학년인 동생하고 같이 산다는데?"

"그래요?"

지크는 그렇구나 하고 생각하며 아무 생각 없이 빵을 한입 베어 물었다.

"음?"

순간 지크는 움찔하며 표정이 굳어지고 말았다. 레니도 깜짝 놀라며 그를 바라보았다. 빵을 억지로 삼키다시피 한 지크는 급한 목소리로 레니에게 물었다.

"이, 이사 온 아가씨요? 동생이 중학교 3학년 정도고요? 혹시 그 아가씨 머리색이 어땠나요?"

레니는 지크가 진지한 표정으로 호들갑을 떠는 모습을 별로 본 적이 없기 때문에 의아한 표정을 지으며 대답했다.

"음…… 은발이었을걸? 그런데 왜 그러니?"

은발이라는 말에 지크는 멍하니 천장을 바라보다가, 곧바로 자리를 박차고 뛰쳐나가며 소리쳤다.

"마, 말도 안 돼! 있을 수 없어!"

지크가 쏜살같이 뛰어나가자, 레니는 이해할 수 없다는 듯 팔짱을 낀 채 힘없이 웃었다.

"후훗, 여전히 이상한 아이야. 그건 그렇고 그 아가씨 요리 솜씨가 정말 기막히네? 나도 배워야겠는걸? 시에는 어떠니?"

"좋아, 좋아!"

은발의 여성이 이사를 왔다는 집으로 황급히 뛰어간 지크는 속으로 수만 가지 생각을 하며 초인종을 눌렀다.

'맞을까? 아냐. 하지만 빵 맛이 똑같았는데? 설마, 그럴 리가. 아냐, 그럴 수도! 하지만 말도 안 돼…… 그렇지만!'

심하게 갈등하던 지크는 드디어 결심한 듯 손가락을 부르르 떨며 초인종을 눌렀다.

"예, 누구세요?"

지크는 안에서 들려온 목소리에 확신을 가진 듯, 손가락까지 튀기며 환호성을 질렀다.

"맞아! 똑같아!"

"네?"

곧 문이 열리고 의아한 표정을 지은 은발 여성이 모습을 드러냈다. 고민이 해결된 지크는 문틀에 기댄 채 그녀를 바라보았다.

"휴, 세이아 씨, 무사하셨군요. 신계로 끌려가신 후 어떻게 된 게 아닐까 걱정했는데 말이에요. 이거 리오 녀석이 보면 좋아서 뒤집어지겠군, 헤헤헷."

"네? 저, 무슨 말씀을 하시는 거죠?"

"하핫, 그러니까요…… 뭐라고요?"

지크는 눈을 휘둥그레 뜨며 앞에 있는 여성을 바라보았다. 그녀는 당혹스러운 표정으로 지크에게 말했다.

"저, 제 이름이 세이아가 맞긴 합니다만, 누구시죠? 처음 뵙는 분 같은데……."

"……."

지크는 할 말을 잊고 말았다. 분명 자기 앞에 있는 여자는 자신의 기억으로 미루어 애절한 사연을 가진 두 자매 중 언니인 세이아가 분명했다. 하지만 지금 그녀는 한 번도 본 적 없다는 듯 멋쩍은 미소를 짓고 있을 뿐이었다.

지크는 속이 뒤집어질 듯 답답했다.

"도, 동생분 이름이 라이아 양 아니신가요?"

그러자 그녀는 신기하다는 듯 손바닥을 마주치며 대답했다.

"어머, 제 동생 이름을 어떻게 아시죠?"

지크는 뒤로 주춤하고 말았다. 도저히 이해할 수 없는 일이었다.

결국 지크는 자신의 경험으로는 처리하지 못할 일이라는 것을 깨닫고 즉시 표정을 바꿔 인사했다.

"아, 하하하핫! 죄송합니다, 죄송합니다. 저는 옆집에 사는 여자 분의 아들 되는 사람입니다. 아침에 빵을 가져다주셨기에 고맙다는 인사를 드리려고……."

"예?"

세이아는 다시금 당혹스러운 표정을 지었다. 지크는 계속 횡설 수설했다.

"아, 아가씨와 동생분의 이름을 어떻게 알았냐고요? 저는 BSP거 든요. 아시죠? 그쪽 정보에 훤해서요. 하하하핫. 아, 물론 아가씨의 개인 정보를 괜히 알아낸 건 아니에요. 아가씨를 노린 스토커냐고 요? 에이, 저는 세상에서 스토커를 가장 싫어한답니다. 안심하세 요. 그냥 이웃에 대한 관심이라고 생각해 주십시오, 하하핫. 그럼 나중에 또 뵙겠습니다. 좋은 하루 되시길."

지크는 허리를 꾸벅 굽혀 인사하고 번개같이 집 쪽으로 뛰어갔 다. 그의 뒷모습을 보던 세이아는 고개를 갸웃거리며 집 안으로 들 어갔다.

자신의 집 앞에 멍하니 서 있는 지크는 도저히 이해할 수 없다는 듯 머리를 긁적였다. 결국 지크는 혼자 힘으로는 안 되겠다는 듯 차고로 들어갔고, 주신계로 가는 차원의 문을 열며 중얼거렸다.

"리오 녀석을 데리고 와야겠다. 그래, 녀석을 데려와서 그녀 눈에 콩깍지를 다시 씌우면 제정신으로 돌아올지 몰라! 아하하핫! 난 너무 머리가 좋아!"

아직도 제정신을 차리지 못한 지크였다.

주신계.

루이체는 모두가 외출한 상태여서 혼자 하릴없이 낮잠을 자고 있었다. 특별히 할 일도 없었고, 식사는 자신의 것만 준비하면 되기 때문에 낮잠을 자도 그녀를 방해할 것은 아무것도 없었다.

"이봐! 리오 녀석, 어디 있어!"

순간 루이체의 귓가에 익숙한 외침이 들려왔다. 단잠을 깬 그녀는 인상을 쓴 채 아래층으로 내려갔다.

"웬일로 오랜만에 나타나 행패를 부리는 거야? 무슨 문제 있어?"

"오, 루이체!"

순간 지크는 잘됐다는 듯 루이체에게 달려갔고, 그녀는 갑작스러운 행동에 깜짝 놀라며 방어 자세를 취했다.

"앗! 이게 무슨 짓이야!"

그리고 잠시 후.

"그러니까 리오 녀석은 그 일이 끝난 후 말도 없이 어디론가 사라졌다, 이거지?"

지크는 루이체에게 불의의 일격을 맞아 부어 버린 한쪽 눈을 손으로 가린 채 물었다. 루이체는 미안한 표정으로 고개를 끄덕였다.

"응. 하지만 어디로 갔는지는 잘 모르겠어. 리오 오빠가 말 한마디 없이 가 버린 건 이번이 처음이라서 말이야. 피엘 님도 리오 오빠를 급히 찾으시던데. 도대체 어디서 뭘 하고 있을까?"

지크는 고개를 끄덕였다.

'그렇겠지. 그 녀석은 자신에게 무슨 일이 생길 걸 염두에 두고 언제나 이 녀석에게 자신이 간 차원 좌표를 말하고 다녔으니까. 모르고 있는 게 사실이군. 그런데 녀석이 웬일이지?'

해답을 얻지 못한 그는 그냥 일어설 수밖에 없었다.

"쳇, 알았어. 그럼 녀석이 돌아오는 대로 우리 집에 잠깐 들러 달라고 전해 줘. 알았지?"

루이체는 고개를 끄덕이며 그를 배웅했다.

"걱정하지 마. 참, 아까 오빠 때린 거 미안해. 헤헷, 이해하지?"

"헷, 너무 이해가 잘돼서 눈이 쓰릴 정도지. 자, 나중에 또 보자."

지크는 루이체의 머리를 거칠게 비비고 천천히 차원이동의 문으로 향했다.

자신의 세계로 돌아온 지크는 2초의 시간이 지났음을 확인한 후 만족스러운 미소를 지으며 다시 집으로 돌아갔다. 신계에서 두 시간이 지날 동안, 지크의 세계에서는 2초의 시간이 흐른다. 이른바 '시간차'인데, 이 개념은 모든 차원에서 통용되는 것으로써 지크의 나이가 상당함을 설명해 주는 중요한 개념이기도 했다.

한편 집 안에서는 레니가 불안한 표정으로 지크를 기다렸다.

"엇? 어머니, 무슨 일 있어요?"

"아, 돌아왔구나. 지크 네가 나간 다음에 곧바로 처크 삼촌에게 전화가 왔단다. 그분답지 않게 급한 목소리였으니 어서 본부로 가 보렴."

"예? 할아버지께서요? 시에, 잠깐 뉴스 좀 틀어 볼래?"

리모콘을 사용할 줄 모르는 시에는 직접 TV 앞으로 뛰어가 채널을 바꿨고, 지크의 예상대로 뉴스에서 긴급 속보가 흘러나왔다.

속보 내용인즉, 다수의 바이오 버그들이 시청 앞 광장에 나타나 난동을 부리고 있다는 것이었다. 지크는 피곤한 얼굴로 한숨을 내쉬며 재킷을 걸쳤다.

"젠장, 난동을 부릴 거면 미리 부릴 것이지, 왜 하필 퇴근한 다음에 난리야. 어쨌든 저는 가 볼 테니 다시 전화 오면 현장으로 갔다고 말씀드려 주세요. 티베와 마티가 돌아오면 집에 가만히 있으라고 하시고요. 그럼 다녀올게요."

지크의 얼굴이 오랜만에 진지하자 레니는 말없이 고개를 끄덕였다.

지크가 나간 직후, 속보가 흘러나오던 TV 화면에 심한 노이즈가 일기 시작하더니 이내 아무것도 나오지 않았다. 다른 채널도 마찬가지였다.

레니는 불안한 마음에 무선전화를 들어 BSP 본부에 연락을 취하려 했으나 전화 역시 불통이었다. 레니는 설마 하고 유선전화를 들었다. 다행히 유선 전화는 신호가 갔다. 그녀는 즉시 BS 본부에 연락을 취했다.

2

돌아온 매드 사이언티스트, 와카루

"젠장, 그 벌레들이 우글거리는 소리가 여기까지 들리는군! 아직 500미터나 남았는데 이 정도면 아무리 나라도 지원을 기다려야겠는걸?"

지크는 통행이 금지된 도로를 홀로 오토바이를 타고 달리며 투덜댔다.

이상하게도 집에서 나온 직후 모든 무선통신이 끊겼다. 본부와의 연락은 물론 정지위성 레이더와의의 교신도 할 수 없었다. 그는 바이오 버그의 수를 자신의 초인적 감각으로 느낄 수밖에 없었다.

이윽고 지크는 시청 앞 대로에 도착했다.

"빌어먹을! 환장하겠군."

광장을 비롯해 자기 앞 100m 이후의 모든 도로가 바이오 버그들로 점령되어 있는 것을 본 지크는 한숨을 쉬는 밖에 별다른 방도가 떠오르지 않았다. 하지만 쉽게 물러서지 않는 성격인 그는 결국 무명도를 들고 오토바이에서 내렸다.

그는 긴장을 풀려는 듯 혼잣말을 중얼거렸다.

"바이오 버그 대통령 후보가 유세라도 하는 것 같군. 헤헷, 지역 감정은 없을까?"

지크는 도로를 점거한 E급 바이오 버그들 외에도 C급, B급 이상의 대형 바이오 버그들이 시청 앞 광장에 득실거리는 것을 보고 제발 자신이 쓴 오토바이용 고글에 문제가 있는 것이기를 바랐다.

그런데 한 가지 이상한 점이 있었다. 바이오 버그들이 지크에게 전혀 신경 쓰지 않았다.

"쳇, 하여튼 오늘은 너희의 합동 영결식이 펼쳐지는 날이다!"

지크는 곧바로 무명도를 빼어 들고 고속으로 바이오 버그들에게 돌진했다. 그 순간 바이오 버그들의 대열은 양옆으로 갈라졌다. 광장 중앙까지 한순간에 길이 뚫리자 지크는 공격하려던 자세를 멈추고 주위를 둘러보았다.

"……뭐지?"

바이오 버그들은 여전히 살의를 띠지 않고 있었다. 오히려 지크에게 길을 안내하려는 듯, 사람 키보다 작은 바이오 버그 한 마리가 지크 앞에 나타나 손짓했다.

"오너라, 강한 인간. 파더(FATHER)께서 너를 기다리신다."

"어? 바, 바이오 버그가 인간의 말을 다 하네?"

지크는 놀라지 않을 수 없었다. 지금까지 A++급 이상의 바이오 버그들을 실제로 본 일이 없는 그였다.

하지만 BSP 대원들의 일지를 살펴보면, A+급에서 A++급 바이오 버그는 인간 이상의 초지능과 상상을 초월하는 엄청난 전투력을 가진 존재라는 기록이 적지 않게 나와 있었다.

지크는 불안한 가슴을 진정하며 조심스럽게 바이오 버그를 따라가기 시작했다.

"헤이, 친구. 마더(MOTHER)는 알겠는데, 파더는 또 뭐 하는 작자야? 그냥 '아빠'는 아닐 거 아냐?"

작은 바이오 버그는 걸음을 늦추지 않고 지크의 질문에 답했다.

"우리의 창조주이신 마더와 동격의 존재…… 아니 더욱 강한 존재이시다. 마더께서 잠시 힘을 잃으신 동안 파더께서 나타나 마더와 함께 우리 모두를 살려 내셨다. 자, 고개를 숙이고 예를 갖춰라. 인간의 전사여!"

"닥치고 꺼져."

바지 주머니에 손을 깊숙이 찔러 넣은 지크는 자신에게 예를 갖추라고 손짓하는 바이오 버그를 발로 멀리 차 버린 후, 불량스러운 얼굴로 앞을 보았다. 그곳에는 한 노인이 의자에 편히 앉아 있었다.

지크는 경악에 찬 미소를 지은 채 노인에게 물었다.

"헤이. 하, 할아버지 어디서 많이 본 듯한데?"

지크의 말에 의자에 앉은 노인은 자신의 머리 위에 있는 B급 대형 바이오 버그들에게 물러나라는 손짓을 했다. 바이오 버그들이 물러나자 그는 천천히 의자에서 내려와 지크 앞에 섰다.

"허허헛…… 당연하네, 젊은이. 한 달 전에 우리는 감정이 좀 있었지, 아마? 허허허헛."

지크는 믿을 수 없었다.

리오의 지하드에 전신이 날아가 버렸어야 할 작은 몸집의 과학자, 닥터 와카루가 멀쩡한 모습으로 자기 앞에 서 있었다.

"오, 오호? 이게 어찌 된 영문이지? 할아범은 그때 힘을 흡수한 후 젊어져서 리오 녀석과 싸우다 돌아가신 걸로 아는데?"

와카루는 수염이 듬성듬성 난 턱을 매만지며 고개를 끄덕였다.

"오, 그렇긴 하지. 하지만 그때는 연극을 할 만한 사정이 있었네. 괜히 세상을 멸망시켜 봤자 나에게 득 될 것이 없거든. 나를 부리려 한 그 여신을 제거한 후에 내 계획을 실행해도 별 문제 없겠다는 생각에 죽은 척하고 잠시 사라져 주었지. 허허허헛. 자, 오랜만에 악수나 하세, 젊은이."

와카루는 주름이 잡힌 자신의 손을 지크에게 내밀었다. 그러자 지크는 잔뜩 신경을 곤두세우고 와카루와 악수를 나누었다.

"……!"

순간 와카루는 눈을 번쩍 뜨며 엄청난 살기를 내뿜었다. 지크는 즉시 잡았던 손을 놓으며 멀찌감치 뒤로 물러섰다.

"어라, 이거 왜 이러시나, 할아범? 나 화장실에서 일 본 다음 손 깨끗이 씻는다고. 오해하지 마."

그의 농담에 와카루는 고개를 저으며 자신의 오른손을 뻗었다.

"아니, 자네의 힘이 의외로 강력해서 그렇다네. 내가 리오 군과 싸웠을 때는 전투에 대한 지식이 없었는데 지금 자네의 지식을 얻고 나니 갑자기 즐거워지는군. 허허허허헛. 자네의 도검술(刀劍術)과 체술, 잘 익혔네."

"뭐?"

그 말이 끝남과 동시에, 와카루의 손에서 검은색의 긴 도검이 손바닥 피부를 뚫고 나왔다.

지크는 이해가 되지 않았다. 단 한 번 악수했을 뿐인데 자신의 모든 기술이 저 노인에게 흡수되었다니…… 도저히 믿을 수가 없었다. 한편 와카루는 자신의 손에서 생성시킨 도검을 손에 쥐고 만족스러운 미소를 띠며 말했다.

"자, 증명할 시간인가?"

"자, 잠깐! 그런 허튼수작으로 나를 속일 생각 마라!"

지크는 만일에 대비해 무명도에 손을 가져가며 소리쳤다. 그러나 마음은 상당히 불안한 상태였다. 자신의 기술을 진짜로 다 익혔다면 와카루의 힘을 고려할 때 그것만 한 대인살상병기가 없었다.

와카루는 고개를 갸웃거리며 말했다.

"어허, 사람을 잘 못 믿는군, 젊은이. 벌써 일본 BSP 수십 명이 그런 절차를 밟아 내게 기술을 흡수당했는데 말이야. 그럼 몸으로라도 믿게 해 줘야지!"

순간 와카루의 칼이 한 줄기 호선을 그리며 지크에게 내리꽂혔다. 그러나 지크는 가볍게 옆으로 몸을 돌리며 무명도로 방어 자세를 취했다.

"어라?"

와카루의 칼은 무명도에 닿지도 않았다. 게다가 와카루가 펼친 기술은 지크 특유의 연속 베기 기술과는 거리가 먼 단순한 찌르기 기술에 불과했다.

"쳇, 거짓말을 너무 리얼하게 하는군, 할아범!"

지크는 가볍게 와카루의 칼을 튕겨 냈고, 와카루가 만들어 낸 칼은 뒤로 멀찌감치 날아가고 말았다. 손을 부여잡고 의아한 표정을 짓고 있던 와카루는 눈썹을 꿈틀대며 말했다.

"이, 이럴 리가? 분명히 신경 정신 접촉에 의해 대상물의 뇌 기억 세포 정보가 나에게 들어왔을 텐데?"

그 말에 지크는 코웃음을 치며 이유를 말했다.

"정신 접촉? 흥, 난 또 정말 손만 잡고 내 기억을 읽은 거라고 오해했잖아. 미안하지만 나와 같은 가즈 나이트들은 정신 방어력이 뛰어나다고. 뇌세포를 먹는다면 모를까, 정신 접촉만으로 기억을 읽기는 힘들걸? 헤헷."

"허헛, 뇌세포라?"

순간 와카루의 얼굴에 화색이 돌았다.

"윽?"

와카루의 몸에서 갑자기 엄청난 기운이 뿜어 나오기 시작하자 지크는 다시 거리를 두고 방어 태세를 취하며 공격에 대비했다.

와카루의 몸이 변하기 시작했다. 잠시 후 그의 몸은 더 이상 70대 노인이 아닌 20대의 팽팽한 몸으로 바뀌었다. 리오와 마지막 전투를 치를 때와 같은 모습으로 변한 와카루는 생물학적인 갑옷을 두른 채 지크를 쏘아보며 외쳤다.

"그렇다면 너의 뇌세포를 먹어 주겠다. 남김없이! 너의 모든 기술과, 음속의 수십 배에 달하는 속도에서도 몸을 조절할 수 있는 운동신경, 그 모든 것을 내 것으로 만들겠다!"

순간 부우웅 하는 낯익은 소리와 함께 와카루의 몸은 사라졌고, 그 움직임이 무엇을 뜻하는지 알고 있는 지크는 곧바로 반대편 건물 외벽을 향해 힘차게 뛰어올랐다.

"쳇, 진짜로 해보시겠다, 이건가!"

"당연하지!"

공중에 떠 있는 지크 앞에 와카루가 다시 나타났다. 지크가 몸을 돌려 피할 겨를도 없이 와카루는 지크의 옷자락을 잡고 몸을 회전시킨 후 급속도로 지면을 향해 떨어졌다.

"일본 유도의 고대 기술 중에 이런 살인 기술도 있지!"

지크도 알고 있었다. 현대 스포츠인 유도는 상대방을 몇 초간 꼼짝 못 하게 묶거나, 양어깨가 땅에 닿도록 메어치면 한판으로 이기는 것이지만, 원래 유도도 엄연히 살상을 위한 격투기였다. 지금 그대로 지면에 떨어진다면, 두상이 아래로 향하게 된 지크는 최하 두개골 파손이었다.

"젠장, 닥치지 못해!"

필사적으로 몸을 돌린 지크는 발뒤꿈치로 와카루의 두상을 강타했다. 숨골을 정확히 맞은 와카루는 이내 손이 풀려 버렸고, 덕분에 지크는 안전하게 착지할 수 있었다.

지크는 십년감수했다는 듯, 땀이 찬 고글을 벗어 던지며 와카루에게 소리쳤다.

"좋아, 대인 격투기라면 이 지크 님이 몸소 가르쳐 주마!"

"훗."

숨골을 정확히 가격당하고 잠시 몸을 비틀거리던 와카루는 회복되자마자 이번에는 다른 무술 자세를 취하며 미소를 지었다.

"일본 BSP들에게 흡수한 고대 유도 기술을 막아 내다니, 놀랍군. 그렇다면 이건 어떤가, 지크 군?"

지크는 가만히 와카루의 자세를 살펴보았다. 왠지 모르게 어색하긴 했지만 그것은 공수도의 자세와 비슷했다.

지크는 곧바로 자세를 취하며 소리쳤다.

"헷, 태권도의 청색 띠도 할아범보다는 자세가 좋겠군. 괜히 어정쩡한 자세나 취하지 말고 덤벼 보시지!"

그러나 지크는 한 가지 잊은 사실이 있었다. 전투 경험은 와카루가 지크보다 적을지 모르지만, 물리적인 운동력은 와카루가 훨씬 위라는 것을. 그것은 예전 리오와 와카루의 전투에서도 확실히 증명된 사실이었다.

"윽?"

순간 전광석화와 같은 와카루의 오른발 돌려차기가 지크의 두상을 노리고 날아들었다. 지크는 깜짝 놀라며 급히 방어 자세를 취했다. 그러나 방어를 위한 팔에 발이 닿았는가 생각한 순간 와카루의 오른발이 지크의 복부에 꽂히고 말았다.

"헉!"

명치를 강타당한 지크가 잠시 경직된 동안, 와카루의 화려한 발차기 공격이 연속적으로 들어왔다. 상상을 초월하는 스피드와 파괴력 앞에 지크는 급소만 겨우 피할 뿐이었다.

"크앗!"

와카루의 결정적인 왼발 돌려차기에, 지크는 멀찌감치 날려가 광장 아스팔트 위에 떨어졌다. 얼굴뿐만 아니라 온몸이 순식간에 피투성이가 된 지크는 숨을 몰아쉬며 천천히 일어섰다.

"하아, 하아! 이, 이 기술은 공수도가 아닌 것 같은데?"

고개를 끄덕이던 와카루는 천천히 지크에게 다가가며 말했다.

"후훗, 이 무술은 공수도면서 공수도가 아니다. 이것은 일본 고유 무술. 내가 만난 BSP 중에서 우연치 않게도 이 무술을 쓸 줄 아는 사람이 하나 있더군. 즉시 배웠지, 후후후훗. 자, 이제 너의 뇌세포를 흡수하기만 하면 난 리오 스나이퍼가 와도 두려울 것이 없다. 자, 목을 내밀어라, 지크 스나이퍼!"

하지만 지지 않겠다는 듯 지크는 다시금 주먹을 불끈 쥐었고, 곧 그의 몸에서 강한 스파크가 일기 시작했다. 지크는 귀찮은지 허리에 찬 무명도와 블래스터를 벗어 던진 후 다시 자세를 잡았다.

"이제부터 나에게 경로사상을 지껄이는 녀석은 맛을 보여 주겠어! 자, 와 보시지, 할아범! 순순히 내 기술을 전수해 줄 생각은 없으니까 말이야!"

"순순히 받을 생각도 없다!"

소리친 보람도 없이 지크는 와카루의 긴 정권 지르기에 복부를 강타당하고 멀리 날아가 은행의 셔터에 처박히고 말았다.

"허, 허억!"

다시 몸을 일으키려던 지크는 입에서 선혈을 토하며 주저앉았다. 와카루는 혀를 차며 조롱했다.

"이런, 이런. 너무 허약하게 쓰러지면 기술을 얻은 보람이 없지 않나? 자, 어서 일어나는 게 좋아. 난 지금 내가 익힌 기술이 효력을 발휘하는 게 너무 신나거든? 일어나라! 나를 더욱 즐겁게 해 주는 것이다! 하하하핫!"

"그만하세요, 와카루 박사님."

그때 갑자기 누군가 소리쳤다. 와카루는 움찔하며 목소리가 들려온 쪽을 바라보았다. 한 여성이 공중에 뜬 채 지크와 와카루를 내려다보았다. 주위에 꽉 차 있던 바이오 버그들은 갑자기 웅성거리기 시작했다.

와카루는 빛을 뿜고 있는 그 여성의 모습에 쓴웃음을 지었다.

"후, 이게 누구신가. 이오스의 따님 아니신가? 그런데 어떻게 이런 힘을 갖게 됐지? 예전에는 신의 힘을 전혀 각성하지 못했는데?"

와카루를 측은히 바라보던 그녀는 천천히 고개를 저었다.

"더 이상 악행을 저지르지 말아 주세요. 신의 영역을 너무나 침범해 버린 당신의 불행한 영혼은 지옥에서도 받아 주지 않을 것입니다. 지금이라도 늦지 않았으니 참회하시고 예전 모습으로……."

"닥쳐!"

순간 와카루의 손에서 검붉은 빛 덩어리가 매섭게 발사됐다. 그

러나 먹이를 노리는 뱀처럼 휘어져 나간 그 빛 덩어리는 여성이 만
들고 있는 보이지 않는 장벽에 가로막혀 그대로 사라져 버리고 말
았다. 그와 동시에 와카루의 눈이 꿈틀댔다.

"오호, 자신의 힘을 완전히 각성한 모양이군. 육체적 전투 능력
은 모르겠지만, 정신적 전투 능력은 이오스를 확실히 능가할 정도
야. 그래, 좋다."

와카루는 피식 웃은 뒤 자신 앞에 의식을 잃고 쓰러져 있는 지크
의 머리를 매만지며 중얼거렸다.

"네 녀석의 능력은 나중에 받으러 오겠다. 그때까지 힘이나 키워
두도록, 후후후. 그리고 공중에 떠 있는 당신, 내 일을 더 이상 방해
하지 않는 게 좋아. 어차피 내가 이러지 않는다 해도 이 세상은 얼마
못 가 멸망할 테니까. 하하하핫! 자, 돌아가자, 나의 가족들이여!"

곧 와카루의 몸에서 거대한 빛이 뿜어 나왔고, 그 빛의 범위 안
에 있던 바이오 버그들은 거짓말같이 사라지고 말았다. 시청 앞 광
장에 남은 것은 무명도와 블래스터, 그리고 피투성이가 된 채 의식
을 잃은 지크뿐이었다.

"지크 님……."

공중에 떠 있던 그녀는 지크를 측은한 얼굴로 바라보다가 멀리서
사이렌 소리가 들려오자 잔광만을 남긴 채 어디론가 사라졌다.

BSP들은 경찰들과 함께 바이오 버그들이 있었던 현장에 뒤늦게
도착했다. 그들은 피범벅이 된 채 의식을 잃고 있는 지크를 발견하
고는 즉시 구급차로 옮기기 시작했다.

"지크, 지크, 정신차려!"

그의 동료 하리진은 그렇지 않아도 큰 눈을 더욱 크게 뜨고 구급
차에 실려 가는 지크의 몸을 흔들었다. 그러나 지크는 더 이상 대

답하지도, 예전처럼 웃지도 않았다.

그녀뿐만 아니라, 지크의 모든 동료들은 지금 벌어진 사태를 도저히 믿을 수 없었다. 그리 긴 시간도 아니었는데 전 BSP 중 최강인 지크가 저 정도로 엉망이 되었다는 것은 이해하기 힘든 일이었다.

"아니, 급한 환자가 있다고 해서 왔더니 송장이 있구먼."

응급실 침대에 누워 있는 지크의 모습에, BSP 의료진 중 가장 연장자인 의사가 그런 말을 하자 응급실 분위기는 일시에 굳어 버렸다.

급히 달려온 레니는 지크의 동료 케빈의 부축을 받으며 근처 휴게실에서 정신을 가다듬었고, 다른 동료들 역시 상당히 불안한 얼굴로 그 의사에게 상태에 대한 보고를 들었다.

"도대체 몇 층 빌딩에서 추락한 거요? 대퇴부 골절, 내장 파열, 두개골 파손, 늑골은 말할 것도 없고, 오른쪽 어깨뼈와 쇄골은 거의 가루가 됐고, 근육들까지 골고루 손상을 입었소. 특히 내장 부위에 손상이 크니 음식물에 의한 영양 보충은 당분간 거의 불가능할 거요."

정말 '시체'라는 말이 무색할 상황이었다. 그런 지경에 처했으면서도 즉사하지 않는 지크가 더 신기할 정도였다.

기록 파일을 닫던 의사는 문득 옛일이 떠올랐는지 BSP들을 다시 돌아보았다.

"지크 군이 이렇게 엉망으로 얻어맞은 건 정말 오랜만이구려. 예전에 붉은 장발을 한 수수께끼의 남자에게 엉망으로 외상을 당한 이후 처음이야. 자, 어쨌든 모두 나가 주시오. 지크 군을 수술실로 옮겨야 하니까."

지크의 동료들은 한숨을 내쉬며 응급실을 나섰다.

얼마 후 산소마스크를 쓰고 수술실로 향하는 지크를 보며 그들은 살며시 고개를 저을 뿐이었다.

처크 부장은 늘 끼고 있던 선글라스를 벗으며 헤이그에게 물었다.

"다른 곳의 피해 상황은 없나?"

"오늘은 시청 앞 한 군데뿐이었습니다. 무선통신들도 현재 전파 방해에서 벗어나 원활합니다."

처크는 고개를 끄덕이며 다시 선글라스를 꼈다. 하지만 그의 미간은 여전히 일그러져 있었다.

"BSP의 통신망이 이렇게 간단히 무너질 줄이야. 이런 일은 한 번도 없었는데 말일세. 아무래도 우리의 상상 이상으로 바이오 버그들이 강해진 것 같군. 자, 당분간 비상 경계 태세를 유지하도록. 그럼 각자 위치로."

"예!"

처크 부장은 헤이그와 함께 레니를 데리고 병원을 나섰다. 리진과 챠오는 쉬려는 듯 의자에 앉아 한숨을 돌렸다.

수염을 살짝 기른 말총머리의 사나이, 케빈 브라이언은 턱을 괸 채 골똘히 생각하다가, 곧 고개를 숙이며 담배 한 개비를 꺼내 입에 물었다. 하지만 불은 붙이지 않았다. 그런 대로 원칙을 지키는 성격이어서 병원 안에서 금연을 지키려는 것이었다. 물론 애연가 수준을 넘어선 스모킹 마니아이기에 흡연 욕구는 굴뚝같았지만.

"케빈 선배, 무슨 생각을 그렇게 골똘히 하세요?"

리진이 힘없는 목소리로 묻자, 케빈은 피식 웃으며 답했다.

"후, 나와 지크는 동갑인데 리진과 챠오가 왜 나한테는 선배라고 하는지 고민하고 있었지. 존댓말은 물론이고 말이야."

"농담하지 마세요."

경고하는 듯한 리진의 말에 케빈은 주머니에 넣고 있던 손을 빼고 들어 보였다. 미안하다는 뜻이었다. 그는 곧바로 자신이 생각하고 있던 것을 얘기했다.

"바이오 버그가 다시 나타난 지 한 달이 넘었는데, 사실 모두 느끼는 바와 같이 바이오 버그들의 전투력이 E급에서 D-급으로 상승할 정도로 강해진 건 아냐. 하지만 예전과 달라진 점이 하나 있지. 예전처럼 마구잡이로 파괴하는 것이 아니라, 좀 더 체계적으로 사회를 갉아먹고 있어. 일주일 전에 원자력발전소를 집단 습격한 것도 그렇고 말이야. 우리가 알고 있는 마더 외에 무언가 다른 보스급 인사가 생겨난 것인지도 몰라."

"보스급 인사요?"

리진의 눈이 반짝였다. 케빈은 씁쓸히 웃으며 고개를 저었다.

"아, 이건 내 예상일 뿐이니 너무 신경 쓰지 마. 자, 난 이만 본부로 돌아가지. 지크 상태나 잘 보고 나중에 얘기해 줘. 그럼."

리진과 챠오는 본부로 돌아가는 케빈을 배웅한 후 다시 휴게실로 돌아왔다.

챠오와 단둘이 있게 된 리진은 약간 얼굴을 구긴 채 왁스를 듬뿍 바른 머리카락을 매만지며 챠오에게 물었다.

"챠오, 부장님 좀 너무하신 것 같지 않니? 어떻게 지크 얘기는 한마디도 안 하시고 현재 상황에 대한 얘기만 하실 수 있을까? 아무리 지크하고 피가 섞이지 않았다 하더라도 말이야."

그러자 챠오는 대답 대신 자신의 팔 프로텍터를 풀며 리진에게 물었다.

"부장님 안색 보지 못했어?"

"응?"

챠오는 옆자리에 프로텍터를 놓으며 천천히 말했다.

"부장님 안색 말이야. 지크가 저렇게 당했다는 소식을 들은 직후부터 계속 안 좋으셨어. 성격이 호탕하신 부장님께서 그렇게 오랫동안 안색이 안 좋으신 건 처음 봐. 하지만 부장님은 알고 계실 거야. 지금 우리에게 지크보다 더 중요한 건 오늘 이후 바이오 버그들의 행동에 따른 우리의 대응이란 것을 말이야. BSP 중 최강인 지크가 저렇게 쓰러졌다는 것은 현재 BSP 중에서 그것에 대적할 만한 사람이 아무도 없다는 뜻이야. 부장님은 호탕하지만 냉정한 분이셔. 그래서 지크 얘기를 한마디도 꺼내지 않으셨을 거야."

"응."

챠오의 얘기에 공감하는 듯, 리진은 고개를 끄덕이며 나지막이 중얼거렸다.

"아, 그 남자라도 있었다면 조금은 숨통이 트일지도 모르겠다. 아, 챠오는 그 남자 모르겠구나? 빨간 장발의 잘생긴 남자……."

그러자 챠오는 리진을 흘끔 바라보며 말했다.

"리오 스나이퍼?"

"응, 그래. 어? 챠, 챠오가 어떻게 그 남자 이름을 아는 거야?"

리진이 놀란 눈으로 보자, 챠오는 시큰둥한 표정으로 대답했다.

"작년 그 혼란기 때 지크, 마티, 티베와 같이 행동했다고 말했잖아. 그때 그 남자도 함께 있었어. 하긴 객관적으로 지크보다 훨씬 강하긴 했지. 좋은 남자인지 아닌지 잘 모르겠지만 말이야. 그리고 사실 그 남자를 작년에 처음 본 건 아니야. 예전에 지크가 처음 엉망이 됐을 때 한 번 본 적이 있거든. 그때 일 기억나지?"

"으, 응. 하지만 그때의 리오 씨와 지금의 리오 씨는 상당히 다르던데?"

그를 변호하는 듯한 리진의 말에 챠오는 살짝 한숨을 내쉬었다.

"그건 그렇지만 적을 대하는 그의 태도는 별로 달라지지 않은 것 같았어. 우리는 그를 적으로 만들 만한 일을 하지 않았으니 상관없지만, 만약 우리가 그의 적이 된다면 그런 말이 나지 않을걸."

그렇게 말하는 챠오의 모습에 리진은 속으로 의아해하지 않을 수 없었다.

'생각보다 속이 깊네? 챠오한테 이런 면이 있었나?'

어쨌든 그날 하루도 그렇게 지나갔다.

다음 날 지크가 빠진 회의실에는 두 명이 더 참가했다. 바로 지크가 데리고 온 견습이었다.

"마티 키드렉! 오늘부터 BSP…… BSP……."

"……수도 방위지부."

"아, 수도 방위지부에서 일하게 되었습니다! 잘 부탁드립니다!"

티베의 도움으로 자기소개를 마친 마티는 얼굴이 약간 붉어진 채 자리에 앉았다. 그녀가 상당히 긴장하자, 처크 부장은 슬그머니 고개를 저었다.

곧 마티 옆에 앉은 티베가 자리에서 일어나며 자신을 소개했다.

"티베 프라밍이라고 합니다. 오늘부터 마티와 함께 수도 방위지부에서 일하게 되었습니다. 잘 부탁드립니다."

기자 출신인 티베가 너무도 자연스럽게 자기소개를 했는데도 처크의 얼굴은 그리 밝지 않았다. 마티는 근접 격투 능력이 A+여서 초보라 할 수 있었지만, 티베는 사이킥 파워의 레벨이 기계의 한도를 넘어섰는데도 A는커녕 그저 '이상 수치'라고만 적혀 있었기 때문이다. 그녀가 처크에게 믿음을 주는 항목은 특기 사항인 '마법'뿐이었다. 물론 '전직 기자'라는 항목은 펜으로 지워진 지 오래였다.

두 사람의 소개가 끝난 후, 서류를 덮은 처크는 크게 고개를 끄덕였다.

"좋아. 오늘부터 함께 일하게 되어서 기쁘다. 다른 대원들과 함께 힘을 모아 임무를 잘 수행할 수 있도록. 기타 사항은 넘어가고, 오늘의 안건부터 설명하겠다. 루이, 부탁해."

"네."

루이는 보통 때와 마찬가지로 포커페이스를 유지한 채 전자 슬라이드로 걸어가 비밀 안건 파일을 전개했고, 전면에 떠오른 반투명 윈도를 보며 브리핑을 시작했다.

"BSP의 업무에는 바이오 버그로부터 사람들을 보호하는 것뿐 아니라, 경찰력만으로는 처리하기 어려운 민생 치안을 해결하는 것도 있습니다. 어제 정각 20시 이후부터 현재까지 바이오 버그에 대한 표면적인 사건, 사고가 집결되지 않았으므로, 오늘은 특수 순찰 임무가 여러분께 주어집니다."

'첫날부터 재수 없군.'

특수 순찰이란 말에 티베는 속으로 투덜댔다. 마티 역시 힘에 겨운 듯 낮게 한숨을 내쉬었다. 루이의 임무 설명은 계속되었다.

"최근 서울 시내에서 이유를 알 수 없는 사건들이 연이어 벌어지고 있습니다. 목격자들의 말에 따르면 중국식 옷을 입은 네 명의 남자가 블루블랙으로 머리를 염색한 여성들을 납치해 어디론가 사라진다는 것입니다. 왜 그 색으로 염색한 여성만을 노리는지 이유는 알 수 없지만, 벌써 그 희생자가 10여 명을 넘고 있어서 BSP도 간과할 수 없는 지경에 이르고 있습니다."

"잠깐, 질문."

사이보그인 헤이그가 육중한 기계 팔을 높이 들었다. 루이를 비롯한 모두의 시선이 그에게 집중됐다.

"희생자라고 했는데 그럼 납치된 여성들은 모두 죽었단 말인가?"

"그렇습니다. 납치된 여성은 모두 다음 날 변사체로 발견되었습니다. 수수께끼는 이것입니다. 금품을 강탈당한 흔적도 없고, 성폭행을 당한 흔적도 없습니다. 게다가 어떻게 사망했는지 부검의조차 이유를 모를 정도로 사체가 깨끗했기에 경찰로서는 속수무책입니다. 특히 그 네 명의 용의자는 CCTV 화면에 잔상만 잡힐 정도로 몸이 빠르다고 합니다. 보통 경찰의 힘으로는 그들을 추적할 수조차 없기에, 결국 오늘부로 이 사건은 BSP에게 넘어왔습니다."

헤이그를 비롯한 모든 대원들은 의문 속에 고개를 끄덕였다.

자신들이 이 수수께끼를 해결할 수 있을까. 상당한 힘을 가진 듯한 그 용의자들을 자신들이 제압할 수 있을까 하는 의문은 BSP 대원들을 더더욱 압박했다.

묵묵히 스크린을 바라보던 처크 부장은 다시 대원들에게 시선을 돌리며 말했다.

"오늘 회의는 이것으로 끝마치겠다. 지크가 빠지고, 대원 두 명이 새로 들어왔으니 제군들은 루이에게 새로운 조를 배정받은 후 임무를 개시하도록. 그럼 아무쪼록 사고 없이 하루를 보내기 바란다. 이상."

"에구!"

체질상 마취제의 효과가 몸에서 빨리 사라지는 지크는 수술을 받은 복부와 오른쪽 어깨 부위에 통증이 오는지 짤막한 신음을 터뜨렸다. 그러자 곁에서 그를 간호하던 레니와 시에가 깜짝 놀라며 걱정스레 물었다.

"어머, 지크, 또 아픈 거니?"

지크는 씁쓸히 웃기만 할 뿐 평소대로 손을 흔들거나 고개를 젓지는 못했다. 그만큼 골격의 손상이 상당했다.

"제가 원래 그렇잖아요. 코끼리 마취제를 써 달라고 그렇게 부탁했건만 보통 마취제를 쓰다니…… 그나저나 어머니도 주무세요. 밤새 저를 간호하셨잖아요."

레니는 웃으며 고개를 저었다.

"아냐, 넌 밤새도록 통증을 참느라 고생했잖니. 그건 그렇고 그애들 괜찮을지 모르겠구나."

"예? 그 애들이라뇨?"

"마티랑 티베 말이야. 오늘 처음 정식으로 출근하자마자 작전 지역에 배치되었다고 처크 삼촌이 그러시더라. 첫날부터 사고를 당하지 않았으면 좋겠는데……."

"음…… 헙!"

순간 지크의 갑작스러운 기합 소리와 함께 그의 오른쪽 쇄골에서 우두둑 뼈 소리가 들려왔다. 레니와 시에는 다시 눈을 휘둥그레 뜨며 물었다.

"무, 무슨 일이니, 지크?"

살며시 목을 돌리던 지크는 레니 쪽으로 고개를 돌리며 만족한 듯 웃어 보였다.

"헤헷, 부서진 쇄골이 방금 맞춰진 거예요. 휴, 이제야 목을 돌릴 수 있겠네."

목을 푸는 아들의 모습에 레니는 안도의 한숨을 내쉬었다. 그녀의 아들은 언제나 그랬다. 고등학교 시절 바이오 버그와 처음, 그것도 맨주먹으로 싸웠을 때 지금처럼 큰 부상을 입은 지크는 사흘후 씻은 듯이 나아 퇴원할 정도로 무서운 회복력을 보였다. 그 이상의 상처를 입어도 지크는 수리받은 기계처럼 다시 멀쩡해졌다.

그런 모습을 보고 레니의 마음은 복잡했다. 아무리 부상을 입어도 멀쩡하게 낫는 아들을 보며 즐거워해야 할지, 아니면 안타까워해야 할지 그녀는 아직까지 알 수 없었다.

"엄마, 지크 오빠 무섭다."

자신의 몸집만큼 큰 과자 봉지를 옆에 낀 시에는 레니의 옷자락을 잡아당기며 어리둥절한 표정을 지었다. 하지만 베히모스의 회복 능력을 누구보다 잘 알고 있는 지크는 피식 웃을 뿐이었다.

시에가 동생이 되었다는 사실은 지크에게 새삼 놀라운 일은 아니었다. 사실 자신이 먼저 레니에게 시에에 대한 문제를 얘기하려 했던 그였기에 레니의 선택은 그를 편하게 만들어 줬다. 이상하게 가족이 늘어났지만 지크는 지금 정말 행복했다. 고아였던 자신이 이런 좋은 가족을 가지게 되다니, 자신은 정말 행운아인지도 모른다는 생각이 들었다.

하지만 문득 이런 생각도 들었다. 자신이 가즈 나이트로서 주신과 약속한 지금의 일, 즉 바이오 버그의 소탕이 완전히 끝나면 자신은 레니와 시에 그리고 정든 동료들과 영영 헤어져야 할 것이다. 그때 자신은 과연 냉정하게 돌아설 수 있을까. 가족들과의 행복한 시간을 깨트릴 수 있을까.

예전에도 그런 생각을 해 보지 않았던 건 아니었지만 지크는 울고 싶은 마음이었다. 차라리 바이오 버그를 소탕하느라 힘든 것이 수백 배 편할 거라는 생각이 들었다.

"지크, 우는 거니?"

"예? 아, 아니에요."

지크는 애써 고개를 돌렸다. 하지만 팔을 움직일 수 없어서 눈가에 흐른 눈물 자국을 지울 수 없었다. 그런 아들을 가만히 바라보던 레니는 쓸쓸히 웃으며 아들의 머리카락을 만져 주었다.

"난 대학교 들어가기 전에 이런 생각을 했었단다. 지금 나와 함께 있는 가족과 친구들과 언젠가는 떨어질 텐데…… 죽음이 언젠가는 우리를 필연코 갈라놓을 텐데 하고 말이야. 그렇게 고민하고 있을 때 처크 삼촌께서 그러셨단다."

지크는 슬그머니 고개를 돌렸다. 레니는 휴지를 뽑아 아들의 눈가를 닦아 주며 말했다.

"곁에 있는 가족들과 친구들이 소중하고 걱정된다면, 그들과 헤어진다는 생각보다 어떻게 하면 그들과 소중한 추억을 만들 수 있을까 고민하라고 하셨지. 우리는 불멸의 존재는 아니지만 그 추억은 오래 머물 테니까. 그렇지 않겠니? 호홋."

지크는 망치로 머리를 맞은 느낌이었다. 그래, 그런 것인가. 리오도, 슈렌도 그걸 알기 때문에 수백 년 가까이 사람들과 즐겁게 만나고 아쉽게 헤어졌으면서도 지금의 동료들에게 다시 웃을 수 있었던 것인가.

뭔가 깨달은 듯 지크는 이내 떨떠름한 표정을 지으며 투덜댔다.

"쳇, 말도 안 돼요."

"응?"

지크의 갑작스러운 말에 레니는 움찔하며 손을 멈췄다. 지크는 예전처럼 장난기 어린 미소를 지은 채 고개를 저었다.

"헤헷, 그 털보 처크 할아버지가 그런 멋진 말씀을 하셨다고요? 말도 안 돼요. 매일 나를 어떻게 혼낼까 고민하기 바쁜 분이 말이에요? 하하하핫."

"지, 지크야. 처크 삼촌이 옛날에 얼마나 인기가 많으셨는데. 대학 시절 별명이 로맨티스트 처크일 정도로 유명하셨다니까."

"로맨티스트? 에헤, 안 믿어진다니까요."

지크와 레니는 이내 크게 웃었다. 과자에 신경을 집중하고 있던 시에도 이유를 모른 채 덩달아 웃었다.

그렇게 웃으면서도 지크는 몇 번이고 마음속으로 다짐했다. 이 사람들을 잊지 않겠다고. 절대 무슨 일이 있어도 이 사람들과의 추억만은 잊지 않겠다고.

3

동룡족 공주의 실종

"사, 살려 주세요! 살려 주세요!"

분명 대낮인데도 건물 외벽에 둘러싸여 어두컴컴한 골목의 막다른 곳에서 한 여성의 비명이 새어 나왔다. 중국식 옷에 중절모를 쓴 네 명의 괴한에게 납치된 불쌍한 여성은 처절하게 도움을 청하고 있었다. 하지만 그녀의 구조 요청을 들어주는 사람은 아무도 없었다. 아니, 들은 사람이라도 그냥 지나쳐 갔다. 무관심은 이미 이 사회의 기본 소양이었다.

"리디아 공주가 아니다. 이번에도 실패인가."

붉은색 옷차림의 남자가 중얼대자 파란 옷의 남자가 고개를 끄덕였다.

"정말 큰일이군. 가즈 나이트가 이 일을 알기라도 하면 귀찮아질 텐데 말이야. 특히 서룡족 녀석들이 알게 되면 문제가 더 커진다."

겁에 질린 여성은 그들의 말을 이해하지 못했다. 괴한들은 유럽

쪽 언어도, 에스페란토어도 아닌 생소한 언어를 사용했다.

"일단 이 인간부터 깨끗이 처리하자. 다른 사람들은 나가 있게."

다른 세 명이 나가는 동안, 황색 옷차림의 남자가 중절모를 벗으며 여성에게 다가갔다. 겁에 질린 여성은 그 남자가 코앞까지 다가온 순간 또 한 번 놀라고 말았다.

남자의 눈동자 색이 인간의 것과 달랐기 때문이다. 그렇다고 해서 컬러 콘택트렌즈를 낀 것 같지는 않았다. 마치 빛을 받은 루비처럼 새빨간 남자의 눈동자를 본 그녀는 기절이라도 할 것 같았다.

"머리카락을 그런 색으로 염색한 네 죄다, 인간. 그래도 우리 신성한 동룡족의 손에 생을 마감하는 것을 영광으로 여기도록."

"오, 오지 말아요! 가까이 오지 말아요!"

그러나 황색 옷의 남자는 여성의 거부를 무시하고 오른손 중지를 그녀의 관자놀이에 댔다.

"이 기술 절영지(切靈指)는 아무 고통 없이, 그리고 신체 손상 없이 네 육신과 영혼의 이음새를 끊어 놓는다. 잘 가라. 천국이든 지옥이든."

남자의 손에서 황색빛이 번뜩인 순간 여성의 눈이 풀리는가 싶더니 이내 바닥에 쓰러졌다. 손에 남은 빛을 툭툭 털어 낸 남자는 다시금 중절모를 깊숙이 눌러쓰고 골목을 나섰다. 남자는 밖에서 기다리던 동료 셋에게 물었다.

"목격자는 물론 없겠지."

그러자 적색 옷차림의 남자가 고개를 저었다.

"처음부터 끝까지 우리를 지켜본 존재가 있다."

황색 옷을 입은 남자의 눈동자가 모자 그늘 속에서 꿈틀댔다. 적색 옷의 남자가 턱으로 자신들의 앞쪽을 가리켰다.

황색 옷을 입은 남자의 눈에 길 건너 가로수에 요염한 자세로 기댄 채 자신을 응시하고 있는 한 여성의 모습이 들어왔다. 상당히 큰 키에 진한 화장, 타이트한 가죽 재킷, 가죽 스커트, 그리고 가죽 부츠 차림의 그녀는 묶어 올린 진홍색 머리카락을 매만지며 요기가 실린 미소를 지었다.

「수고들 하시는군요, 동룡족 여러분. 아직도 귀여운 공주님을 찾지 못하셨나요?」

그녀에게 들려온 정신감응에 네 남자의 인상이 구겨지고 말았다. 엄청난 마기(魔氣)가 느껴지는 정신감응이었다. 악마나 마족이 내뿜는 그것과는 달랐지만 그래도 힘을 예측할 수 없을 정도의 마기였기에 적색 옷의 남자는 긴장한 채 역시 정신감응으로 물었다.

「누군지 모르겠지만, 동룡족의 일에 관여하지 마라. 그건 그렇고 우리에게 시비를 거는 목적이 뭔가?」

「후훗, 제가 찾는 남자에 대해 묻고 싶어서입니다. 당신들이 저보다는 이 세계에 오래 계셨으니, 혹시 그 남자를 아실까 해서죠.」

「남자?」

동룡족 남자들의 의문스러운 눈빛과는 달리, 그 여성은 눈에 독기를 품으며 고개를 끄덕였다.

「예. 리오 스나이퍼라는 가즈 나이트죠. 이 세계에 자주 나타난다고 들었는데 혹시 보셨습니까?」

「리오 스나이퍼? 후하하하핫!」

그녀가 찾는 남자가 가즈 나이트, 그것도 리오 스나이퍼라는 말에 동룡족들은 조소를 금치 못했다. 자신들에게 공포의 존재나 다름없는 리오 스나이퍼를 봤냐는 질문은 황당함 그 자체였다.

적색 옷의 남자는 동료들과 함께 돌아서며 고개를 저었다.

「리오 스나이퍼를 만났다면 우리가 이렇게 살아 있을 거라고 생각하나? 당신이 누군지 모르겠지만 우리가 동룡족인 것을 알면서 그런 질문을 하니 이상하게도 당신을 무시하고 싶군. 헛소리를 하고 싶다면 다른 자를 찾아봐.」

조소와 냉대를 받았는데도 그 여성의 표정에는 변화가 없었다. 그녀의 얼굴에는 여전히 사악해 보일 정도의 여유가 흘렀다.

「오호, 모르신다는 말이군요? 하지만 난 당신들이 찾는 리디아 공주의 소재를 알고 있는데, 어쩌죠?」

그 순간 동룡족 남자들의 발길이 멈췄다.

자신을 아란 슈발츠라고 밝힌 그 여성은 동룡족 남자들을 시내 구석진 곳에 위치한 편의점으로 인도했다. 그 작은 편의점은 그럭저럭 깨끗해 보였다. 아파트 단지 옆이라 손님도 상당히 많은 편이었다. 많은 손님들 틈에서 당황스러운 표정을 지은 채 허둥지둥 일하는 여종업원의 모습이 보였다. 국적을 알 수 없는 얼굴형에 연한 블루블랙 머리카락, 그리고 상당히 큰 눈을 지닌 그 여종업원은 주인에게 끊임없이 혼나 가며 일을 하고 있었다.

길 건너편에서 편의점 안을 관찰하던 네 명의 동룡족 중 붉은 옷을 입은 남자는 그 종업원을 보자마자 안도의 한숨을 쉬었다.

"리디아 공주가 확실하군. 고맙소, 아란. 이제부터 리디아 공주는 우리가……."

그때 진한 향수 냄새가 섞인 아란의 손이 남자의 입을 막았다. 그녀는 빙긋 웃으며 고개를 저었다.

"후훗, 무슨 말씀이시죠? 이건 거래예요. 우리가 저 푼수 아가씨를 당신들에게 넘겨드리는 대신, 당신들은 현재 행방불명 중인 리오 스나이퍼를 이 세계로 끌어들이셔야 합니다. 동룡족은 서룡족과 함께 전(全) 차원계에 퍼진 종족 아닌가요? 그런 일 정도는 아주 쉬울 거라고 생각됩니다만……."

아란의 손바닥은 입술 위를 살짝 덮었을 뿐이라 동룡족 남자는 말하는 데 무리가 없었다. 그는 거래라는 말에 실소를 터뜨렸다.

"아무래도 불균등한 거래 같군. 우리가 아무리 리디아 공주를 애타게 찾는다지만, 다른 가즈 나이트도 아닌 리오 스나이퍼를……."

우둑.

순간 동룡족 남자의 광대뼈에서 음산한 뼈 소리가 들렸다. 입술을 덮었던 손으로 남자의 얼굴을 강하게 움켜쥔 아란은 히스테릭한 미소를 띤 채 말했다.

"후훗, 잘 들어요, 동룡족 아저씨. 저 공주님을 찾고 싶으면 우리 거래를 따르는 게 좋을 겁니다. 당신들 한마디에 따라 저 불쌍한 아가씨는 거래 품목이 아닌 인질이 될 테니까요."

"으, 읍!"

남자는 도저히 입을 열 수 없었다. 반항할 수도 없었다. 자신들 넷을 합친 것보다 훨씬 더 무서운 힘이 여성에게서 느껴졌다. 남자를 내던지듯 놓아준 아란은 비웃으며 말했다.

"아, 몰래 공주님을 빼내 갈 생각은 추호도 마시길. 저 공주님을 맡은 사람은 저뿐만이 아니니까요."

아란이 손가락을 튀기자, 편의점 양옆에서 두 명의 여성이 더 나타났다. 황갈색 머리카락, 190센티미터는 훨씬 넘어 보이는 키에 엄청난 근육질의 여성은 위풍당당한 미소를 띤 채 동룡족에게 손가락을 까딱였다. 그리고 순백색 옷을 입은 다른 한 명의 여성은 자신의 검고 단정한 머리카락을 흔들며 활달한 미소를 지었다.

아란보다는 약해 보였지만, 그래도 자신들보다는 강했기에 동룡족들은 아무 저항도 하지 못했다. 결국 적색 옷을 입은 동룡족은 굳은 얼굴로 일어나며 고개를 숙였다.

"리오 스나이퍼라고 했나? 하긴 바이론이나 광황보다는 낫겠군. 노력해 보겠다."

입원한 지 이틀째 아침. 몸이 어느 정도 회복된 지크는 침대에 가만히 누워 시에와 함께 TV를 보고 있었다. 지크는 몸을 쭉 뻗으며 행복에 겨운 탄성을 질렀다.

"와, 정말 오랜만에 뒹굴어 보네. 이거 살까지 찌는 거 아냐? 헤헤헷."

아침이라 그런지 TV에서는 어린이 프로그램이 한창 방영되고 있었다. 시에와는 먹는 것과 노는 것 외에 같이 할 일이 없었기에 지크는 계속 TV를 시청했다.

— 어린이 여러분, 여러분은 나중에 커서 뭐가 되고 싶나요? 언니에게 한 명씩 말해 봐요. 자, 승희 어린이부터!

— 어, 저는요, 나중에 과학자가 돼서요, 멋진 로봇을 만들어서요, 외계인으로부터 지구를 지킬 거예요.

가만히 아이의 말을 듣던 지크는 씁쓸히 웃으며 고개를 저었다.

"푸, 요즘 애들은 너무 폭력적이라니까."

— 그래요? 너무너무 멋있겠어요! 그럼, 상범 어린이는 뭐가 되고 싶나요?

— 저는요, 중국에 가끔 나타난다는 용을 찾으러 다니고 싶어요. 아빠도 그런 꿈을 가지고 계시구요, 저도 그게 꿈이에요. 아빠가 그러셨어요. 사람에게 가장 중요한 건 꿈이라고 말이에요.

그 아이의 힘찬 말에, 지크는 당연하다는 듯 고개를 끄덕였다.

"오, 간만에 옳은 말을 하는 꼬마가 나왔는걸? 나중에 BSP 재킷이나 선물해 줄까?"

그러나 다음에 이어진 진행자의 말은 어처구니가 없었다.

— 어머, 상범 어린이 그러면 안 돼요. 세상은 꿈만으로 살 수 없답니다. 이 세상은 돈, 명예, 권력이라는 현실이 중요해요. 알았죠?

꿈을 말하던 아이를 비롯한 모든 아이들은 멍하니 진행자를 바라보았다. 지크는 어이가 없어 입술을 씰룩거리며 투덜거렸다.

"저 꼬마가 저 여자 치마라도 들췄나? 뭐라고 하는 거야?"

그때 누군가 갑자기 병실 문을 벌컥 열고 들어왔다. 장막 때문에 그쪽이 보이지 않는 지크는 꽤나 거친 간호사구나 하고 생각하며 속으로 투덜댔다.

"흠, 지금까지 봐 왔던 네 모습 중에서 가장 얌전하군."

"쳇, 아직도 입은 더럽군, 미소년. 응? 바이칼?"

지크는 자신의 앞에 바이칼이 나타나자 깜짝 놀라며 침대에서 일어났다. 흰색 계통의 펑퍼짐한 스포츠웨어를 입은 바이칼은 냉랭한 표정을 지은 채 의자에 앉았다. 한편 바이칼을 본 시에는 활짝 웃으며 그에게 몸을 날렸다.

"우아, 빠이다 빠이!"

바이칼의 어깨에 살짝 매달린 시에는 그의 머리에 턱을 비비며 반가워했다. 바이칼은 위를 흘끔 바라보며 차갑게 중얼거렸다.

"내 옷에서 과자 가루가 하나 발견할 때마다 너를 한 번씩 베겠다. 그건 그렇고 너구리, 리오 녀석 보지 못했나?"

지크는 눈을 동그랗게 뜨고 전혀 모른다는 표정을 지었다.

"아니? 나도 찾고 있긴 한데, 넌 또 왜?"

시에를 침대 위에 내려놓은 바이칼은 팔짱을 끼며 답했다.

"너에게 말할 이유가 있나?"

그 말에 장난기가 발동한 지크는 특유의 미소를 지으며 농담을 던졌다.

"오호, 함부로 말할 일이 아닌가 본데? 설마 청혼하려고?"

"……."

"하핫, 그런 거야? 에이. 그럼 내가 전해 줄게. 리오 녀석, 의외로 부끄러움을 잘 타니 미리 말해서 충격을 완화해 줘야…… 응?"

몸을 엄습해 오는 서늘한 느낌에 옆을 본 지크는 바이칼이 손에 기가 피니셔를 응축한 채 자신을 쏘아보고 있는 것을 발견했다.

"사, 사과할게! 무릎꿇고 사죄할 테니 제발 진정하세요, 바이칼 용제님!"

지크가 절까지 하며 사과하자, 바이칼은 다시 냉랭한 표정을 지은 채 눈을 감으며 기가 피니셔를 거두었다. 그리고 안도의 한숨을 쉬며 다시 침대 위에 누운 지크를 향해 나지막이 말했다.

"목숨이 백 개라도 모자랄 녀석."

"헤헷, 미안하다고. 그런데 무슨 일이라도 생긴 거야? 지금까지는 리오 녀석을 우연히 만난 것처럼 위장하고 다니던 녀석이 직접 나에게까지 와서 찾는 걸 보니 심상치 않은 일인 것 같은데?"

지크의 말에 핵심을 찔린 바이칼은 헛기침을 몇 번 하고 말을 돌리려 했으나, 지크의 능글맞은 눈빛을 피할 수는 없었다. 결국 바이칼은 냉장고에서 주스를 꺼내며 얘기했다.

"장로에게 얼핏 들은 성계신의 일 때문이다."

"성계신?"

"그렇다. 특수 장소로서 오랫동안 성계신이 배치되지 않은 이 행성에 성계신이 배치됐다는 것이다. 최근 한 달 사이 이 세계에 기상이변이 단 한 번도 일어나지 않은 것도 그 증거 중 하나지. 이 세계에 성계신이 배치됐다는 것은 대단한 일이기 때문에 서룡족의 제왕으로서 이 몸이 직접 리오를 찾으려는 것이다."

오랜만에 바이칼의 말을 진지하게 듣고 있던 지크가 턱을 괴며 물었다.

"그래? 근데 그 몸이 직접 찾아서 뭐하게? 옷도 여자처럼 차려입고 말이야.

"그런 게 있다. 일단 성계신이 있는 위치는 주신과 선신, 악신, 이렇게 3대 신 외에 아무도 모른다. 혹시나 해서 리오 녀석에게 물어보려고 그 녀석을 찾고 있는 것이다."

지크는 이해할 수 없다는 듯 고개를 갸웃거렸다.

"그래? 그런데 네가 왜 이 지구의 성계신에 대해 관심을 가지는 거지? 예전만 하더라도 이 행성이 부서지든 말든 상관하지 않던 네가 말이야. 보물이라도 묻어 둔 거야?"

"닥쳐라. 네 녀석은 여태 이 행성의 중요성에 대해 모르고 있군."

"중요성?"

지크는 눈을 크게 뜬 채 고개를 갸웃거렸다. 시에가 지크의 행동을 그대로 따라 하는 것을 보던 바이칼은 오래 말을 한 탓에 목이 말랐는지 주스를 마시고 계속 말을 이었다.

"이 세계는 어떤 시점 이후 신이 간섭하지 않기로 한 곳이다. 이 세계의 인간들이 마법을 사용하지 못하는 이유도 그중 하나다. 덕분에 기계문명만이 비정상적으로 발달한 이상한 곳이 됐지. 이 세계의 인간은 파괴에서 모든 것을 얻는 바이러스 같은 존재가 되고만 것이다. 주신이 왜 이 세계에 그런 결정을 내렸는지 모르지만 일단 이 세계는 가장 중립적인 세계이기도 하다. 선신의 힘도 악신의 힘도 가장 균형이 맞고, 또 서룡족이나 동룡족이 가장 적게 살기도 한다. 인간끼리의 충돌은 있어도 신이나 드래곤들의 충돌은 없다. 그런 세계에 신이 배치됐다는 것은 맑은 물에 이 주스 한 방울을 떨어뜨리는 것과 같은 파급효과를 가진다."

바이칼은 말을 끝낸 후 연거푸 주스를 들이켰고, 지크는 황당하고도 놀라운 얘기에 입을 벌린 채 아무 말도 하지 못했다.

"그, 그럼 이 세계에 신이 개입했다면 용족도 개입할 수 있다 이거고, 결국 이 중립 세계에서도 선과 악, 서룡족과 동룡족이 충돌할 수 있단 말이야?"

"이해했다면 다행이군. 자, 어서 리오가 있는 곳을 말해."

주스를 다 마신 바이칼은 냉담한 얼굴로 물었다. 지크는 고개를 끄덕이며 솔직히 털어놓았다.

"몰라."

"괜한 걸 바랐군. 그럼 나중에라도 리오를 보면 성계신에 대해 얘기해 주기 바란다. 그럼 난 이만."

바이칼은 그렇게 말을 맺으며 자리에서 일어났다. 지크는 바이칼이 가려 하자 고개를 저으며 말했다.

"어허, 문병을 왔으면 더 놀다 가셔야지. 이리 와서 TV나 같이 보자고. 좀 있으면 만화 한단 말이야."

그 말에 바이칼은 잠시 걸음을 멈추었으나 이내 고개를 세차게 저으며 말했다.

"그런 것으로 나를 유혹하려 하지 마라. 자고로 군주는 냉철해야 하는 법이니까."

"에헤, 그러지 마시고!"

지크는 재미있다는 듯 킥킥 웃으며 바이칼의 팔을 잡아당겼다.

순간 중심을 잃은 바이칼은 기우뚱하더니 힘을 가한 지크 쪽으로
쓰러지고 말았다.

"읍."

갑작스레 벌어진 그 상황에 시에는 박수를 치며 즐겁다는 듯 소
리쳤다.

"앗! 뽀뽀다, 뽀뽀! 빠이 뽀뽀!"

잠시 경직 후 침대에서 몸을 벌떡 일으킨 바이칼은 새빨개진 얼
굴로 지크를 노려보았다. 역시 당황한 듯 얼굴이 붉어진 지크는 입
을 급히 닦으며 손을 내저었다.

"바, 바이칼 용제님! 저는 고의로 그런 게 아니에요! 그냥 같이
놀자는 뜻에서……!"

바이칼은 여전히 몸을 부르르 떨며 서 있었다. 지크는 그의 눈에
눈물까지 맺혀 있자 바닥에 무릎을 꿇고 절을 하며 소리쳤다.

"절대 말하지 않을게요, 용제님! 용제 전하! 저는 아무것도 못 봤
고, 아무 짓도 하지 않았고, 당신을 끌어당기지도 않았고, 당신은
끌려오지도 않았어요! 시에 입단속도 제가 다 할게요!"

그러나 바이칼은 소매로 눈물을 훔치며 말없이 밖으로 나가 버
렸다. 그가 나가자 지크는 곧바로 세면대에서 양치질을 하며 비통
한 목소리로 외쳤다.

"윽, 이건 지크 스나이퍼 일생일대의 치욕이야, 치욕. 아아악!"

2장
용기병의 귀환

1

또 하나의 애상(哀傷)

런희의 무릎을 벤 채 한가로이 잠을 자고 있는 리오는 그 어느 때보다 편한 10년을 보냈다. 직접적인 전투도 몇 번 치르지 않고 오로지 자기 수련만 해 왔기 때문에 전투에 대한 감각 역시 상당히 잊은 상태였다. 물론 그렇게 느끼는 것은 리오 자신뿐이었다. 올해로 여덟 살이 된 세자를 비롯해 무관들에게 그의 실력은 여전히 귀신같은 것이었다.

"저, 리오 님."

리오의 머리카락을 만져 주던 런희가 조심스레 입을 열었다. 그제야 눈을 뜬 리오는 웃으며 그녀의 볼을 만져 주었다.

"음, 중요한 말을 하고 싶은 얼굴인데? 우리 예쁜 아가씨께서 무슨 일이실까?"

이제 내년이면 서른 살이 되는 런희. 그녀는 걱정스러운 얼굴로 리오의 두툼한 손을 살며시 잡으며 말했다.

"이제 10년 가까이 됐는데, 어떻게 하실 생각이세요?"

언뜻 이해할 수 없는 말이었지만 리오를 괴롭히기엔 충분한 말이었다. 언제 주신계로 불려 가도 이상할 것이 없는, 자신의 상황을 잘 아는 그는 이곳 시간으로 10년 동안 련희와 동거 생활을 하고 있었다.

동방에서, 그것도 제궁에서 지내고 있었고 청성제와 왕비는 리오를 진짜 사위 이상으로 잘 대해 주었다. 게다가 왕비가 어렵사리 낳은 어린 세자는 그 누구보다 리오를 잘 따랐다.

련희와 리오는 이미 책임지지 않을 수 없는 사이였기에 리오는 결혼식을 올려야만 하는 처지였다.

그러나 가즈 나이트로서 휴가 기간의 짧은 동거는 몰라도 결혼은 금기 사항이었기에 리오는 이러지도 저러지도 못했다.

리오는 련희의 얼굴을 바라보았다. 처음 만났을 때의 앳된 모습은 성숙함에 가려 많이 사라졌지만 그래도 그녀는 여전히 아름다웠다. 그는 그녀의 몸을 끌어당기며 말했다.

"만약, 지금 내가 떠나 버린다면……."

리오의 가슴에 닿아 있는 그녀의 눈이 잠시 커졌다. 하지만 그녀는 이내 손으로 리오의 입을 막으며 말했다.

"10년 전에도, 5년 전에도 당신은 그러셨죠. 그때나 지금이나 제 생각은 변함없답니다. 저는 언제든지 당신을 보내 드릴 수 있어요."

그때 그녀는 리오의 목으로 무언가 넘어가는 소리를 들었다. 그녀는 리오의 얼굴을 마주 보며 말했다.

"당신을 사랑한다면 당신께서 가셔야 하는 이유까지도 이해해야 하지 않을까요? 언제든지 가셔도 저는 괜찮답니다. 하지만 아무 말 없이 가지는 말아 주세요. 그러면 저는 정말로 슬퍼질 테니까요."

리오는 말없이 몸을 일으켰다. 련희는 혹시나 하는 생각에 흠칫 놀랐지만 그의 손은 다행히 구석에 놓인 두 개의 검과 망토 쪽으로 가지는 않았다. 그는 살짝 눈웃음을 지으며 말했다.

"미안. 잠깐 바람 좀 쐬고 올게."

궁 밖으로 나온 리오는 거대한 기둥 앞에 섰다. 그 기둥은 다름 아닌 가희였다. 그 신벌의 기둥이 어째서 가희가 됐는지 리오는 최근에야 그 이유를 왕비에게서 들을 수 있었다.

련희가 태어나기 직전 왕비를 진찰하던 어의와 청운 선인은 련희의 영혼이 너무 약해 아이가 태어나다가 사망할 것이라는 진단을 내렸다. 왕비와 청성제는 그 충격에서 오랫동안 벗어나지 못했다.

만 가지 약을 다 동원해도 영혼의 힘을 증폭시키기는 어려웠다. 결국 청성제의 간곡한 부탁을 받은 청운은 바로 제궁 지하에 위치한 신주를 이용했다.

신주의 영적인 힘이 강하다는 사실을 안 청운은 신주를 파괴해 얻은 석재를 수백 번 정제하여 약을 만들었는데 문제의 발단은 거기서 시작되었다. 신주의 영적인 힘이 강하다는 것만 알았던 청운은 신주 자체가 의지를 가지고 있다는 사실을 몰랐던 것이다.

결국 약을 복용한 왕비는 얼마 후 련희를 출산했는데 그 아이는 '가희'라는 영혼을 지니게 되었다. 갑작스러운 사태에 청운은 자결을 하겠다며 슬퍼했지만 청성제와 왕비는 오히려 딸이 둘 생겼다며 기뻐했다.

그러나 8년 전 가희는 신주의 모습으로 다시 돌아갔다. 뜻하지 않게 일어난 일이었기에 정확한 이유는 아무도 알 수 없었다. 하지만 리오는 그런 가희에게 미안한 감정을 가졌다. 자신과 련희 때문에 가희가 이렇게 됐다는 생각 때문이었다.

"……가 볼까."

리오는 쓸쓸히 웃으며 성 밖으로 향했다. 어깨에는 낚시 도구를 멘 채.

그가 멀리 사라지는 것을 끝까지 지켜본 련희는 길게 한숨을 내쉬며 하늘을 올려다보았다. 짙게 깔린 먹구름이 바람을 타고 빠르게 움직였다. 동방 대륙 북쪽에 가끔 나타난다는 용이 꿈틀대듯 구름들은 근육질 같은 몸을 한껏 일그러뜨리며 남쪽으로 흘러 내려갔다. 한참 동안 고개를 푹 숙이고 있던 련희는 상당한 시간이 흐른 후 누군가에게 고백했다.

"그에게 했던 말은 사실 거짓이었습니다. 그가 말을 하고 가건 하지 않고 가든 저는 그가 없다는 사실 하나만으로 슬플 것입니다. 저는 그와 절대 헤어질 수 없습니다. 저는 너무 이기적이기에 그가 또 다른 여자를 만나는 것을 인정할 수 없습니다. 저를 용서하지 않으셔도 괜찮습니다. 그와 함께 있게만 해 주신다면……."

비가 올 듯한 날씨였지만 아직 비가 내리지는 않았다. 하지만 난간을 잡은 련희의 치맛자락 위엔 작은 물방울이 떨어졌다.

"네가 리오 스나이퍼의 여자인가."

순간 하늘에서 들려온 목소리에 련희는 고개를 들었다. 어느새 궁중을 메운 그림자들, 그리고 목선(木船)인 듯 보이는 공중함선 두 척은 왠지 불길한 기운을 내뿜었다.

"무슨 일이십니까?"

슬며시 눈물을 지운 련희는 이전처럼 차분한 얼굴로 물었다. 련희에게 말을 던진 남자—두꺼운 흑색 갑옷을 입은 중년 남자—는 바위처럼 굳은 얼굴로 그녀에게 말했다.

"난 동룡족 제8장갑무사대장 카커스다. 리오 스나이퍼가 올 때까지 넌 잠시 인질이 되어 줘야겠다. 그리 슬퍼하지는 말도록. 이것도 다 리오 스나이퍼 덕분이니까."

자신에게 다가오는 카커스의 묵직한 손에도 불구하고 련희는 차분한 표정을 유지했다. 10년 전에도 그랬듯이 리오가 자신을 반드시 구해 줄 거라는 생각에서였다.

"저를 인질로 삼으시려는 이유가 무엇이죠?"

카커스의 알 수 없는 힘에 공중에서 포박당하고 만 련희는 조용히 그 이유를 물었다. 카커스의 두꺼운 입술이 움직였다.

"후훗, 다른 이유는 없다. 넌 우리의 생명보험일 뿐이야. 사실 여기 있는 병력으로 리오 스나이퍼를 상대하는 것은 불가능하거든. 나도 자존심이 있는 이상 인질을 쓰면서까지 임무를 처리하기는 싫지만, 상대가 상대인 만큼 어쩔 수 없지."

"그분이 두려우십니까?"

카커스는 침착하게 정곡을 찌르는 말을 던지는 련희를 흘끔 바라보았다. 일말의 두려움도 없는 그녀를 없애는 것은 동룡족, 그것도 장군인 그에게 아주 쉬운 일이었다. 하지만 카커스는 알고 있었다. 최근에 일어난 용족전쟁 때, 리오를 협박하려고 붙잡은 서룡족 여성이 목숨을 잃은 대가로 자신들은 6만의 병사를 한 번에 잃고 말았다는 사실을.

"후후, 두렵냐고? 당연하지. 신계를 포함한 전 차원계에서 신이나 악마왕을 제외한 전사 중 세 손가락 안에 드는 강한 녀석인데 두렵지 않겠나? 동룡족 중에서 녀석을 제대로 상대할 수 있는 전사는 단 넷뿐이다. 난 그 넷 중 어느 누구도 아니니 이럴 수밖에. 자, 내려가자."

련희는 아무 말 없이 카커스에게 이끌려 지상으로 내려왔다. 동룡족이라고 했던가? 그렇다. 이들은 모두 용이었다. 이들은 인간뿐만 아니라 모든 생물이 범접할 수 없는 존재라 알려진 최강의 생물이었다.

런희는 혹시나 하는 불안한 생각이 들었지만 겉으로 드러내지는 않았다. 그녀는 편안히 리오를 기다리자고 다짐하며 순순히 카커스 옆에 섰다.

편한 마음으로 낚시터로 가던 리오는 슬쩍 낚싯줄을 풀었다. 말총으로 만들어진 그 줄이 잘못 감긴 것도 아니었고, 벌써 낚시터에 도착한 것도 아니었다. 하지만 낚싯줄을 푸는 리오의 여유 있는, 그러나 차가운 미소가 그 이유를 설명해 주었다.

"여기 숨어 있었군, 리오 스나이퍼."

대나무 숲에 들어선 순간 그의 앞쪽에 갑옷을 입은 그림자 셋이 모습을 드러냈다. 그들의 붉은 눈동자와 넘치는 기력을 본 리오는 실소를 터뜨리며 낚싯대를 든 오른손을 늘어뜨렸다.

"동룡족 장갑무사인가? 나에게 무슨 볼일이지?"

"이유는 네가 나온 성에서 알게 될 것이다. 잔말 말고 우리와 같이 가자."

그들은 단도직입적이었다. 리오는 가볍게 고개를 끄덕이며 성 쪽으로 돌아섰다.

"좋아, 날씨가 좋지 않아서 그만 돌아갈까 했는데 잘됐군. 그럼 자네들에게 충고 한마디 하지."

낚싯대가 바닥에 떨어짐과 동시에 리오의 오른손이 잔영을 남기며 빠르게 움직였다. 그의 갑작스러운 행동에 동룡족 무사 셋은 멍한 눈을 껌벅일 뿐이었다.

"일어나면 언어 예절을 다시 배우도록. 듣는 사람이 싫어할지도 모르는 말은 조심스레 해야지. 안 그런가?"

리오의 오른손이 다시금 움직였다. 세 명의 무사는 순간 자신의 목을 감싸 쥐며 공중으로 둥실 떠올랐다.

"커, 컥!"

거친 숨소리가 세 명의 목에서 터져 나왔다. 그들은 목에 감긴 낚싯줄을 풀기 위해 안간힘을 썼지만 리오의 기가 실린 낚싯줄은 쉽사리 풀리지 않았다. 이윽고 리오가 주먹을 풀자 의식을 잃은 셋은 바닥에 곤두박질쳤다.

손에 감긴 낚싯줄을 푼 리오는 곧장 성을 향해 달렸다. 동룡족이 자신을 찾기 시작했다는 사실만으로도 큰일이 아닐 수 없었다.

얼마 지나지 않아 그는 성 위에 떠 있는 함선 두 척을 보았다.

"동룡족 강습함(強襲艦)! 도대체 무슨 일이 생긴 거지?"

리오는 열린 성문 안으로 단숨에 들어갔다. 그가 제궁을 향해 달리며 본 것은 40명 가까이 되는 동룡족 장갑무사들과 낯익은 얼굴인 카커스, 그리고 그에게 인질로 잡혀 있는 련희였다.

그가 도착하자 카커스를 중심으로 진형을 이루고 있던 장갑무사들이 술렁였다. 리오를 소문으로만 들었던 젊은 병사들이기에 나름대로 흥분과 두려움에 휩싸인 듯했다.

물러선 장갑무사들 사이로 전진하던 리오는 카커스의 육중한 모습이 가까워지자 씩 웃으며 말했다.

"오호, 이게 누구신가? 이전 전투 때 제10장갑무사대가 박살 난 후 야인이 되신 카커스 장군 아니신가?"

살기등등한 리오의 눈빛에 압도된 카커스는 마른침을 꿀꺽 삼키며 애써 미소 지었다.

"오…… 오랜만이군, 리오 스나이퍼. 일단 여기 온 용건부터 얘기를……."

"나를 찾으려고 동룡족 정규부대가 나섰다는 것은 큰일이 아닐수 없군. 후훗, 이거 기뻐서 말이 다 안 나오는데? 아, 그리고 거기 있는 숙녀분의 포승은 풀어 드리는 게 어떤가? 그녀는 밧줄과 전혀 어울리지 않아."

리오는 철저히 카커스의 말을 무시하고 있었지만 카커스는 분을 터뜨릴 수도 없는 상황이었다. 그가 만약 잘못 행동하게 된다면 엘리트 병사 40명과 자신의 목숨을 보장할 수 없기 때문이었다.

카커스 앞에 바짝 다가온 리오는 그의 눈을 쏘아보며 나지막이 말했다.

"마지막으로 말하지. 꺼져라, 동룡족에겐 볼일 없어."

온몸을 엄습하는 살기에 심장이 멎는 듯했지만 카커스도 물러설 수는 없었다.

"하지만 네가 가지 않으면 우리 동룡족의 공주인 리디아 님을 돌려받을 수 없다. 가즈 나이트는 우리와 조약만 맺지 않았을 뿐, 적대 관계는 아니지 않나? 우리를 도와주는 셈치고 제발 우리 얘기를 들어주기 바란다."

"리디아 공주라고? 돌려받다니, 그건 또 무슨 말이지?"

바이칼의 동생이자 동룡족 주룡, 쥬빌란의 동생이기도 한 리디아의 얘기를 리오는 어렴풋이 알고 있었다. 그의 반응이 조금이나마 누그러진 것을 느낀 카커스는 속으로 안도의 한숨을 쉬며 말을 이었다.

"데스 발키리라 자청하는 악신의 전사 세 명이 예전에 실종된 리디아 공주를 인질로 잡고 있다. 그 일이 벌어진 차원은 네 형제인 지크 스나이퍼가 있는 곳이다. 그들은 너를 그 차원으로 끌어들이라는 조건을 내걸었기에 우리는 어쩔 수 없이 이런 극단적인 방법을 택해야 했다. 그러니 반드시 가 주길 바란…… 큭!"

그때 리오의 손이 카커스의 안면을 덮었다. 그를 들어 올린 리오는 굳은 표정으로 그에게 말했다.

"그 차원으로 가든, 가지 않든 그건 내 마음이다. 일단은 들었으니 생각해 보지. 볼일이 끝났으면 이제 사라져라. 사람을 벤 지 10년이 넘었기에 급소를 피하면서 벨 수 있을지 자신이 없거든."

"윽!"

리오의 손에서 풀려난 카커스는 련희를 묶은 포승을 풀어 준 후 즉시 부하들과 함께 강습함으로 돌아갔다. 강습함이 차원문을 통해 사라진 것을 확인한 리오는 굳은 표정으로 고개를 저었다.

또 어떤 일이 일어나려는 것일까. 이번 일로 인해서 서룡족과 동룡족이 지크의 세계에서 대전투를 벌이는 것은 아닐까. 또 데스 발키리라는 악신의 전사는 누구일까. 그런 복잡한 생각들이 리오의 머릿속을 오랜만에 헝클어 놓았다.

리오의 모습을 가만히 지켜보던 련희는 헐레벌떡 달려온 청성제와 왕비를 안심시킨 후 귓속말로 뭔가를 말했다. 그러자 청성제와 왕비는 경악한 표정을 지었지만 련희는 고개를 저으며 그들의 말문을 막았다. 련희는 안타까워하는 부모를 뒤로하고 궁인에게 지시를 내린 후 리오에게 다가갔다. 리오는 그녀가 가까이 온 것도 모른 채 고민했다.

이윽고 네 명의 시녀가 낑낑대며 리오의 검 두 자루와 망토를 련희에게 가져다 놓았다. 리오는 여전히 그 사실을 모르고 있었다. 그런 그를 잠시 바라보던 련희는 표정을 굳히며 입을 열었다.

"리오 님. 보세요, 리오 님."

"음? 아, 미안해, 련희. 내가 그만……."

"오늘로, 아니 지금 당장 이 성을 떠나 주십시오, 리오 님. 더 이상 왕궁이 위험해지는 것을 볼 수 없습니다. 리오 님이 여기 계시면 아까 왔던 자들이 다시 올 수도 있기 때문입니다."

그녀의 갑작스러운 말에 조금 전의 일을 사과하려던 리오의 얼굴은 단숨에 굳어졌다. 뿐만 아니라 다른 모든 이의 얼굴도 사색이 되었다. 그 말은 과연 그녀의 진심일까 의심될 정도로 단호했다.

리오는 련희 옆에 놓인 자신의 망토와 검에 시선을 보냈다. 차곡차곡 접힌 망토와 가지런히 놓인 검. 머릿속의 혼란을 주체하지 못하던 그는 지그시 눈을 감았다.

"……좋아."

10년이란 세월에 비해 아주 짧은 대답이었다. 리오는 왜냐는 질문도, 그럴 수 없다는 거부도 하지 않았다. 련희가 무엇을 생각하고 있는지 그는 누구보다도 잘 알고 있었다.

그는 검과 망토만 장비하면 끝이었다. 토시 같은 기타 장비는 늘 하고 다녔기에 챙겨야 할 다른 물건은 없었다. 리오는 먼저 검을 허리에 찼다. 연습할 때 말고는 거의 사용하지 않은 디바이너, 그리고 파라그레이드를 오랜만에 장비한 탓인지 허리에 잠시 압박감이 느껴졌다. 그러나 그리운 감각이었기에 그의 얼굴은 전혀 일그러지지 않았다.

망토는 련희가 직접 건네주었다. 평소보다 더욱 덤덤한 얼굴로 망토를 들고 있는 그녀에게 리오는 따뜻한 미소를 지으며 말했다.

"요즘 날씨가 쌀쌀하니 좀더 두꺼운 이불을 덮고 자는 게 좋을 거야. 방에 있는 이불이 너무 얇더라고."

그녀는 아무 대답도 하지 않았다.

접혀 있던 망토가 공중에서 너울거렸다. 수년 만에 펼쳐진 회색 망토는 얼룩 하나 없이 깨끗했다. 리오는 천천히 망토를 둘렀다. 그동안 변하지 않은 그의 미소와 뒷모습에 얼음장같이 굳어 있던 련희의 얼굴이 조금씩 일그러졌다.

모든 준비를 마친 리오는 다시 그녀를 바라보았다. 련희는 표정을 유지하려고 애썼지만 이번만큼은 그럴 수 없었다. 리오는 그런 그녀의 어깨를 지그시 잡으며 말했다.

"어려운 결정을 내려 줘서 고마워. 그런데 말이야……."

그가 잠시 말을 끊자, 련희는 고개를 들어 그를 바라보았다. 리오는 웃음을 지우지 않고 말을 이었다.

"……다시 돌아와도, 화내지 않을 거지?"

련희는 아랫입술을 깨물었다. 그렇게라도 해야 눈물을 참을 수 있을 것만 같았다.

련희를 비롯한 여러 사람들에게 많은 것을 남긴 리오는 그 세계를 떠났다. 그의 말대로 돌아올지, 아니면 돌아오지 못할지 기약도 남기지 않은 채.

2

다시 나타난 드래군 전사

연쇄 납치살인범의 행적이 잠잠해진 지 열흘째.

특별히 할 일이 없어진 챠오는 부장의 부탁에 따라 지크가 있는 병원 앞에 순찰차를 주차해 놓았다. 순찰차로 직접 지크와 레니 일행을 집에 데려다주는 간단한 일이었지만 챠오의 표정은 여느 때와 많이 달라 보였다.

그녀의 표정이 예전과 같이 않은 건 BSP가 다시 소집된 직후부터였다. 가끔 멍하니 어떤 곳을 응시하기도 하고, 예전보다 집중력이 흐트러진 것은 물론 수도 방위 지부 BSP 사이에서 코디네이터로 통하는 리진에게 옷을 사러 가자는 충격적인 제의까지 던져 주위 사람들을 놀라게 했다.

차창 밖으로 하늘을 멍하니 바라보던 챠오는 고개를 흔들더니 차내 사물함을 열었다. 사물함 구석엔 작은 립스틱 하나가 있었다. 연한 색이었기에 바른다 해도 크게 다를 바가 없는 듯했지만 그녀는 그 립스틱을 한 번도 사용하지 않았다.

그녀는 누가 볼까 봐 자세를 낮추고 립스틱 뚜껑을 열었다. 연분홍색 립스틱에서 은은한 향기가 났다. 챠오는 그 향기를 맡으며 그것을 샀을 때의 기억을 되살렸다.

'챠오 씨에게는 아마 이 색이 어울릴 겁니다. 당신은 화장을 하지 않아도 아름답거든요. 프랑스에서 가장 아름답다는 장미도 당신의 천연 미모에 질투하고 말 것 같군요, 후훗.'

그런 엄청난 칭찬을 하며 자신에게 립스틱을 선물해 준 남자. 그런 말투 탓에 '사탕발림꾼'이라는 오명을 지크로부터 받은 그 남자는 지금 무엇을 하고 있을까. 챠오는 잠시 고개를 갸웃거렸다.

"여기는 본부! AHS-8구역에 있는 모든 BSP들은 응답 바랍니다! 반복합니다. 모든 BSP들은 응답 바랍니다!"

순간 갑작스러운 비상 호출에 당황한 챠오는 급히 립스틱 뚜껑을 닫고 마이크를 들었다.

"여기는 챠오, 응답했습니다."

곧 통신기 화면에 신입 오퍼레이터의 얼굴이 떠올랐다. 자리를 지키고 있어야 할 루이가 출장을 간 탓에 임시로 오퍼레이터를 맡은 신입 대원은 완전히 사색이 된 채 반갑게 웃었다.

"아, 챠오 선배님! 너무 기뻐요, 너무 기뻐요! 아아, 눈물이 나는 이유가 뭘까."

그녀의 갑작스러운 행동에 챠오는 어이가 없는 표정으로 눈을 감으며 고개를 돌렸다.

"……알았으니 상황이나 전달해."

"죄, 죄송합니다! AHS-8구역에 적색 6호 발령이 났습니다! 바이오 버그의 예상 개체는 약 2백 마리 이하이며, 현재 경찰력이 버티고 있긴 하지만 20분을 넘기기 힘들다고 합니다!"

고개를 끄덕이며 시동을 걸던 챠오는 순간 움찔하며 신입 오퍼레이터에게 물었다.

"잠깐, AHS-8구역에 뭐가 있었지?"

"고압축 열병합 발전소입니다!"

챠오는 시동이 걸린 즉시 엑셀을 깊숙이 밟았다. 15년 전 한국에서 자체 개발된 고압축 열병합 발전소. 그것은 쓰레기를 태운 열을 최고한도로 압축해 발전 효율의 극대화를 이루도록 만들어진 첨단 시설 중 하나였다. 하지만 그 열 압축량이 워낙 막대했기에 발전소의 열 압축기가 터지기라도 하면 도심 중앙에서 거대한 열폭풍이 일어나 대형 폭탄이 터진 것 이상의 대참사를 불러일으킬 수도 있었다.

"다른 대원들은?"

"지금 모든 대원들이 그쪽으로 향하고 있습니다! 전투경찰대가 막 도착했으니 시간을 조금이나마 벌 수 있을 겁니다!"

이를 악문 챠오의 이온부상식 순찰차는 특수 유도체가 박힌 도로를 미끄러지듯 달렸다. 그녀에게 버림받은 남자의 비통한 목소리를 뒤로한 채.

"챠오 녀석, 방금 전까지만 해도 있던 애가 도대체 어딜 간 거야! 어머니, 저 배신당했어요!"

병원 로비에서 펄펄 뛰는 지크의 모습은 막 퇴원한 사람의 모습이 아니었다.

열병합 발전소 정문. 그곳에서는 경찰, 전투경찰과 바이오 버그의 치열한 공방전이 계속되고 있었다. 그러나 실상은 경찰들이 콘크리트 장벽과 벙커에 의지하고 있을 뿐, 거의 속수무책이었다. 잠시나마 활약한 전투경찰의 다목적 장갑차량은 바이오 버그의 강산(强酸)에 녹은 고철 덩이로 바뀐 지 오래였다.

콘크리트 벙커 안에서 탄을 장전하던 전경은 계속 쏟아지는 바이오 버그의 산성 타액과 돌진 공격에 공포감을 느낀 듯, 결국 애꿎은 BSP들에게 분통을 터뜨리기 시작했다.

"젠장, BSP들은 언제 오는 거야! 저 녀석들 가래침에 떠밀려 집에 가게 생겼는데 말이야! 으악!"

또다시 덮쳐온 타액 세례에 투덜대던 전경은 결국 비명을 지르며 몸을 웅크렸다. 벙커 안으로 액이 튀긴 했지만 다행히 몸에 직접 닿지는 않았다. 곧바로 반격에 나선 전경들은 고함을 지르며 벙커 소총을 난사했고, 다가오던 E급 바이오 버그들은 차례로 쓰러졌다. 하지만 사체를 넘어 또다시 밀려오는 바이오 버그들의 모습은 경악 그 자체였다.

"미쳐 버리겠군…… 응? 왜 이리 어둡지?"

갑자기 시야가 어두워지자 벙커 안의 전경들은 당황한 얼굴로 주위를 살폈다. 그때 굉음과 함께 거대한 발톱 하나가 벙커 천장을 뚫고 내부를 급습했고, 그 누런 발톱과 함께 벙커 천장은 힘없이 뜯겨 나갔다.

"B, B급?"

벙커 천장을 부순 것은 다름 아닌 B급 대형 바이오 버그였다. 멍한 얼굴로 그 거대한 바이오 버그를 바라보던 전경들의 모습은 E급 바이오 버그의 몸에 덮여 영영 보이지 않았다.

대형 종을 앞세워 2차 방어선까지 가볍게 뚫은 바이오 버그들은 곧장 마지막 3차 방어선까지 진격해 들어갔다. 3차 방어선을 지키는 전경들은 다가오는 바이오 버그들에게 욕만 퍼부을 뿐, 이렇다 할 방어를 하지 못했다.

그때 빨간 불덩이 하나가 하늘로 솟아오르더니 이내 바이오 버그들에게 내리꽂혔다. 작았던 불덩이는 거대한 연옥(煉獄)으로 변해 바이오 버그들을 집어삼켰고, 잔뜩 찌푸렸던 전경들의 얼굴은 이내 활짝 펴졌다.

"아, BSP다! BSP가 도착했다!"

이윽고 BSP 순찰차 몇 대가 3차 방어선 안쪽에 도착했다. 임시로 특수 네이팜 탄을 쏴서 바이오 버그의 진격을 막은 헤이그는 어깨 부분에 장착된 네이팜 바주카 탄을 재장전하며 먼저 내렸고, 중화기를 든 케빈과 프시케, 마티, 티베 등이 차례로 내렸다.

레이저 개틀링건 등으로 준비를 마친 헤이그는 방벽 위로 올라가며 전경부대 책임자에게 상황 보고를 들었다.

"B급 대형 종을 비롯해 다수의 소형 바이오 버그들이 정문 쪽으로 공격해 들어왔습니다. 2차 방어선까지 그렇게 뚫릴 줄 상상도 못 했지만, 일단 여러분께서 오셨으니 정말 다행입니다. 아아, 정말 간담이 서늘……."

픽.

"이런!"

전경대 책임자의 말은 거기서 끝났다. 그의 머리에 길고 날카로운 뼈가 박힌 것을 본 헤이그는 즉시 개틀링건을 들어 공중을 향해 개레이저 탄을 쏘았다. 공중에 포진해 있던 비행형 바이오 버그들이 기괴한 비명을 지르며 땅으로 떨어졌다.

케빈 일행의 도움으로 일단 공중 상황을 정리한 헤이그는 도저히 모르겠다는 얼굴로 고개를 저었다.

"비행형까지? 아니 바이오 버그들이 이렇게 전략적으로 인간을 상대했던 적이 있었나?"

"열흘 전 고리 원자력 발전소 습격 때도 그러지 않았습니까. 우리는 직접 당해 보지 않았을 뿐이죠, 선배님."

뒤로 깔끔히 넘겨 묶은 머리카락이 오늘따라 유난히 윤기 있어 보이는 케빈이 대형 기관총 두 개를 짊어진 채 방벽 위로 올라왔다. 스모킹 마니아라는 별명대로 굵직한 담배 하나를 입에 문 그는 네이팜 탄이 떨어진 지역을 흙으로 메우기 시작한 바이오 버그들을 보자 결국 실소를 터뜨리고 말았다.

"후, 저 녀석들 진짜 대단하군. 헤이그 선배님, 이거 지상이나 공중이나 어렵긴 마찬가지겠는데요? 우리가 나서는 것보다 공군이 나서는 게 훨씬 낫겠습니다. 폭격 한 번 때리는 게 탄환 절약도 되고 말이죠. 아차!"

케빈과 헤이그의 대화는 거기서 잠시 중단됐다. 네이팜 탄이 만든 연옥을 순식간에 메운 바이오 버그들이 다시금 진격해 오기 시작했기 때문이다.

10대 초, 확실하지 않지만 11세부터 용병 생활을 한 케빈은 이상 시각 능력과 사격 능력을 가진 남자였다. 보통 인간이 가질 수 있는 시각 능력을 훨씬 초월한 그는 400미터 떨어진 곳에 놓인 바늘 귀를 권총으로, 그것도 오로지 시력에 의존해 100퍼센트의 확률로 날릴 수 있었다. 게다가 놀랍게도 그 실험이 행해진 때가 탄환의 방향을 바꿀 수 있는 초속 15미터의 강풍이 불던 때여서 관계자들의 입을 다물지 못하게 했다. 사격에 대한 천부적인 감각만이 이뤄 낼 수 있는 그의 능력은 지크마저 흉내 낼 수 없는 그야말로 신비의 능력이었다.

헤이그와 케빈이 중화기를 동원해 지상과 하늘의 BSP를 막는 동안 프시케와 티베는 그들만이 할 수 있는 특기인 마법으로 발전소 전체에 마법 배리어를 쳐두었다. 그렇게 해 두면 바이오 버그들이 아무리 벌 떼처럼 공격해 온다 해도 충분히 퇴치할 시간을 벌 수 있었다. 마법 배리어 특성상 바깥에서 안으로 들어오는 공격은 막아도 안에서 바깥으로 통하는 공격은 그냥 지나치기 때문이었다.

방어가 충분해진 지금부터는 인간 쪽의 일방적인 살육이었다. 전경들은 지금까지 당한 빚을 배로 갚겠다는 듯, 원(怨)을 실어 바이오 버그들에게 사격을 가했다. 하지만 그 기쁨도 잠시였다.

"쿠오오오오!"

총알 세례를 두꺼운 표피로 받으며 돌진해 온 대형 바이오 버그가 희미하게 빛나는 마법 배리어에 육탄 공격을 가했다. 대형 종은 몸 길이만 해도 수십 미터에 달했고 체중 역시 그에 비례했기에 몸통 박치기의 파괴력도 가공할 만했다. 그런 탓에 마법 배리어도 크게 흔들리기 시작했다.

"악! 뭐야, 저 빌어먹을 자식!"

마력의 역류로 인해 충격을 받은 티베는 비틀대는 몸을 마티의 도움으로 겨우 추스리면서도 할 말은 다 했다. 하지만 또 다른 대형 종이 가세하고, 두 마리가 육탄 공격을 번갈아 감행하자 티베와 프시케의 표정은 점점 파랗게 질렸다. 레이저 개틀링건을 난사하던 헤이그도 당황스러운 기색을 감추지 못했다.

"이런, B급이라 그런가? 레이저 개틀링건이 표피를 완전히 뚫지 못하고 있어!"

"네이팜 탄을 쓰십시오, 선배님! 생물인 만큼 그건 통할 겁니다!"

유탄발사기를 이용해 대형 종을 공격하던 케빈이 비명을 토하듯 소리치자 헤이그는 즉시 네이팜 탄을 공중에 쐈다. 낙하한 네이팜 탄은 대형 종과 마법 배리어에 불을 옮겨 붙였다. 수천 도에 달하는 네이팜 탄의 열에 대형 종도 결국 버티지 못하고 몸부림쳤다.

"됐어! 조금만 있으면 깨끗이 구워질 테니 전원 대기…… 응?"

그러나 전혀 예상치 못한 일이 벌어졌다. 공중에서 급강하한 신종 바이오 버그들이 불타는 대형 종 위에서 풍선 터지듯 연달아 터졌고, 그들이 남긴 희뿌연 가루는 대형 종 위에 눈처럼 떨어져 불을 말끔히 제거했다.

"저, 저건 탄산수소나트륨? 바이오 버그가 생리적으로 탄산수소나트륨을 생산할 수 있단 말인가? 이럴 수가!"

헤이그는 자신의 눈을 믿을 수 없었다. 케빈도 놀란 나머지 새로 물고 있던 담배를 바닥에 떨어뜨리고 말았다.

"쿠워어어어!"

미약한 화상을 입은 대형 종들은 다시금 육탄 공격을 감행했다. 물리적 병기가 효력이 없자, 프시케는 뭔가 결심한 듯 티베에게 마법 배리어를 맡기고 거의 사용하지 않던 공격마법 주문을 외웠다. 현재로서 방법은 그것뿐이었다.

"지크라도 있으면 좋을 텐데! 그가 이렇게 그리운 적은 처음이군."

프시케의 모습을 애타게 지켜보던 헤이그의 말이었다.

"저, 선배님. 저게 뭐죠?"

넋 나간 듯한 얼굴로 있던 케빈이 기계로 된 헤이그의 몸을 힘없이 툭 쳤다. 헤이그는 이번엔 또 뭐가 등장했을까 하는 얼굴로 후배가 가리킨 쪽을 보았다.

"마, 맙소사!"

한참 공격을 퍼붓는 대형 바이오 버그의 머리 위에 중형급 비행형 바이오 버그가 떠 있었다. 물론 그냥 떠 있기만 했다면 헤이그가 그렇게까지 놀라진 않았을 것이다. 그 바이오 버그는 놀랍게도 BSP 순찰차를 들고 있었다.

"저건 챠오잖아요!"

티베의 외침대로, 그 순찰차 안에 의식을 잃은 챠오가 있었다. 발전소로 오는 도중 바이오 버그로부터 기습을 당했는지 순찰차는 반쯤 파괴된 상태였다. 완전한 인질이었다. 프시케는 비통한 얼굴로 주문을 중단해야 했다.

지금 상태로는 희망이 없었다. 소수의 BSP들로는 본능이 아닌 전략에 따라 움직이는 바이오 버그들을 처리하기가 도저히 불가능했다. 지크란 괴물이 있다면 상황은 좋아지겠지만 지크가 올 때까지 버틸 수 있을지도 의문이었다. 헤이그는 레이저 개틀링건을 내렸고, BSP와 전경대는 시선을 떨궜다.

"흠, 지크가 보이지 않잖아? 녀석이 왜 없는 거지, 마티?"

고개를 폭 숙이고 앉아 있던 마티는 갑작스러운 질문에 짜증을 내듯 고개를 돌렸다.

"그걸 제가 어떻게 알아요! 그 녀석이 오든 말든, 우리는 상관이…… 힉?"

일그러진 마티의 그을린 얼굴이 일순간 펴졌다. 질문을 던진 남자는 언제나 그랬듯 부드러운 미소를 띤 채 그녀의 머리카락을 만지며 말했다.

"아, 미안. 상황이 나쁜데 괜한 질문을 한 것 같군. 후훗."

마법 배리어에 온 신경을 집중하고 있던 티베는 마티의 놀란 목소리에 뒤를 돌아보았다.

"뭐야, 마티? 설마 리오 씨를 보기라도 한 거야? 힉?"

티베의 얼굴도 짧은 비명과 함께 하얗게 변했다. 침통한 얼굴로 고심하던 케빈과 헤이그, 그리고 프시케의 시선도 즉시 그쪽으로 향했다.

상반신을 감싼 두꺼운 회색 망토에 비주얼쇼크 록 밴드에게서나 볼 수 있는 엄청난 붉은 장발, 그리고 지크보다 약간 커 보이는 키의 괴한이 어느새 마티의 옆, 즉 티베의 뒤에 서 있었다. 회색 헝겊으로 입을 가렸기에 얼굴은 제대로 알아볼 수 없었지만 눈가에 흐르는 미소는 상당히 여유 있어 보였다.

"누, 누구요? 놀이동산에서 판타지 쇼를 하는 사람치고는 꽤 진지해 보이는데?"

질문을 던진 케빈을 슬쩍 지나친 남자는 싱긋 눈웃음을 지으며 대답했다.

"흠, 그냥 지나가던 떠돌이 기사라고 하면 되겠군요. 아, 저에 대한 조사는 나중에 합시다. 일단 저기 계신 숙녀분부터 구해야 할 것 같으니까요."

방벽 끝에 선 남자는 허리에 찬 두 개의 검 중 보라색 검을 꺼냈다. 그러자 검을 든 손등에 즉시 화염의 마법진이 떠올랐고, 그와 동시에 남자의 미소가 살의를 머금었다.

"마법검, 파이어 크레이브. 몸 좀 풀어 볼까, 친구?"

곧 그의 손등에 생성된 마법진에서 시뻘건 화염이 치솟았다. 그 화염은 보라색 검 표면에 옮겨 붙었고 그 순간 남자의 몸은 잔상과 함께 사라졌다.

헤이그와 케빈, 그리고 전경들의 입이 딱 벌어지는 사이 챠오를 붙들고 있던 순찰차와 바이오 버그는 폭염의 검광에 휩싸여 폭발했다. 공중을 가득 메운 화염을 뚫고 다시 나타난 붉은 장발의 남자는 품에 안긴 챠오를 헤이그에게 맡기며 말했다.

"여기서부터는 제가 처리하겠습니다. 챠오 양을 잘 봐주십시오."

"아, 잠깐!"

그러나 남자는 더 이상 말없이 대형 바이오 버그 앞에 섰다. 그는 다른 검도 마저 뽑았고, 검에 반투명 날이 생기자마자 적들을 향해 초고속으로 돌진했다.

순간 대형 바이오 버그가 있던 곳부터 뒤에 대기하고 있던 E급 바이오 버그가 있는 곳까지 불규칙적인 직선 궤도가 어지럽게 그려졌다. 다시 공중에 나타난 남자는 검에 붙은 마법의 화염을 끄고 검을 거두며 중얼거렸다.

"레드라인 크러시…… 끝이야."

그가 만든 붉은 실선들은 이내 폭발하며 바이오 버그들을 휘감았고, 곧 박살 난 바이오 버그들은 구역질 나는 냄새를 풍기며 타들어 갔다.

"말도 안 돼!"

자신의 내부 메모리에 그 광경을 저장하면서도 헤이그는 자기 눈을 믿을 수 없었다. 지크가 와야 처리할 수 있을 것 같던 대형 종과 대기하고 있던 저급 바이오 버그들까지 의문의 남자가 일격에 처리한 것이다.

또다시 담배를 떨어뜨린 케빈은 침을 꿀걱 삼키며 자신도 모르게 중얼거렸다.

"그냥 떠돌이 기사치고는 엄청난데? 도대체 뭐 하는 괴물이지?"

운 좋게 살아남은 소수의 바이오 버그는 재빨리 다른 곳으로 사라졌고 일을 마친 남자는 가볍게 숨을 내쉬며 BSP에게 돌아왔다.

"바쁜 일이 있어서 빨리 처리했으니 이해해 주십시오. 그건 그렇고 챠오 양은 어떻습니까?"

남자는 챠오를 진찰하던 프시케에게 살짝 윙크를 하며 물었다. 그가 뭘 원하는지 눈치챈 프시케는 웃으며 대답했다.

"충격으로 의식을 잃은 것뿐이니 괜찮을 겁니다. 그런데 당신은 누구시죠?"

프시케의 갑작스러운 질문에 티베와 마티는 당황했다. 그 남자가 누구인지 뻔히 아는 그녀가 어째서 그런 질문을 던졌을까. 하지만 그녀들 역시 리오의 눈짓을 받고는 짐짓 모르는 척했다.

"아, 당신 누구야! 확실히 정체를 밝히지 않으면 체포하겠어!"

"마, 맞아!"

하지만 둘의 연기는 표정부터 너무도 어색했다. 헤이그와 케빈이 어이없다는 표정을 짓자, 두 사람은 결국 진땀을 흘려야 했다. 곤란한 표정으로 머리를 긁적이던 붉은 장발의 남자는 다시 공중에 떠오르며 말했다.

"오래 있기는 곤란하니 나중에 다시 뵙겠습니다. 그럼 수고하십시오, 아리따운 숙녀분들."

남자는 바람 소리와 함께 어디론가 사라졌다. 그가 사라진 곳을 가만히 응시하던 헤이그는 두뇌에 내장된 화상 레코더를 끄며 의심스러운 동료들을 바라보았다.

"아, 자네들 말이야."

"어, 어머? 그 남자 어디로 사라졌을까, 마티? 꽤 괜찮아 보였는데 말이야?"

"저, 정말? 다시 한 번 보고 싶네? 하하하."

둘은 헤이그의 시선을 애써 피하며 다시 어색한 연기를 펼쳤다.

둘의 모습에서 뭔가 어색함을 느낀 케빈은 떨어뜨린 담배를 다시 물며 불을 지폈다.

"그냥 넘어가죠, 선배님. 어차피 취조할 시간은 많지 않습니까."

"음."

케빈의 말에 헤이그도 결국 팔짱을 끼며 고개를 끄덕였다. 하지만 '취조'란 말에 얼어붙은 마티와 티베의 표정은 헤이그의 편한 얼굴과 상당히 대조적이었다.

"일단 상황부터 정리하지. 적당히 꾸며야 할 것도 많으니까 말이야. 본부에 연락해 줘, 프시케."

"예, 알겠습니다."

순찰차를 향해 달리던 프시케는 모여 앉아 휴식을 취하던 전경들이 작년에 나타났던 '드래군'이 다시 나타났다는 말을 하는 것을 들었다. 그 말에 프시케는 이상한 뿌듯함과 안도감을 함께 느꼈다.

"네가 우리 유파의 '강권'을 익히고 싶다고?"

조부의 물음에, 무릎을 꿇고 앉아 있던 챠오는 묵묵히 고개를 끄덕였다. 워낙 비장한 손녀의 모습에 조부는 길게 한숨을 내쉬며 눈을 감았다.

챠오의 말수가 적어지고 분위기가 가라앉은 지 사흘째가 되었다. 그들의 집에서 지크가 떠난 시간과 동일했다.

지크가 떠난 직후 챠오는 학교에서 돌아오자마자 방에 틀어박혔고, 식음을 전폐한 채 도통 나오지 않다가 자신의 조부를 찾아갔다. 그리고 비장한 눈빛으로 대뜸 던진 말이, 여자로서는 배우기 힘든 강권을 배우겠다는 말이었다.

챠오의 조부는 앳된 손녀의 얼굴을 다시금 바라보았다. 이전까지는 귀엽고 사랑스러웠던 아이가 갑자기 이렇게 나오자 그는 걱정을 하지 않을 수가 없었다. 하지만 언젠가 닥칠 일이라고 예상하고 있었다.

"음, 여자는 '유권'만 배워도 충분히 활용할 수 있는데 왜 굳이 강권까지 배우려 하는고? 그래, 이유는 내 묻지 않으마. 이미 너의 유권 실력이 이모들을 훨씬 능가하고 있기에 충분히 배울 수 있겠지. 그럼 내일 정오에 본당으로 다시 오너라."

"예."

챠오가 인사하고 본당에서 나가자, 그녀의 조부는 담뱃대에 불씨를 넣으며 중얼거렸다.

"충분히 배우는 건 물론이고 네 큰아버지도 능가할 수 있겠지. 그렇지 않으냐, 아범아?"

챠오의 아버지가 조용히 본당의 문을 열고 안으로 들어오더니 챠오가 앉았던 자리에 앉으며 동감한다는 듯 고개를 끄덕였다.

"그렇습니다. 저 아이의 재능은 우리 가문의 여자들 중 4백 년에 한 번 나온다는 '적호의 상'(赤虎之相)입니다. 근력도 가문의 남자들에게 지지 않을 정도로 강하고, 신장도 크며, 탄력도 있습니다. 게다가 남자들에겐 부족한 유연성도 충분히 갖추고 있어 타인의 재능을 볼 줄 아는 사람으로서는 두려울 정도지요."

챠오의 조부는 담배 연기를 길게 뿜으며 덧붙였다.

"그래. 내가 보기에도 챠오는 19세 정도가 되면 키가 육 척에 가까울 것 같으니 후에 가면 더하겠지. 사흘 전에 떠난 그 청년은 도저히 사람이라고 할 수 없는 입신(入神)의 재능을 가졌으니 제외한다 치지만…… 하여튼 적호의 상을 처음 보는 나로서도 감탄하지 않을 수 없었지. 하지만 지금까지 보통 아이로만 자라기를 바랐는데 갑자기 강권을 배우겠다니…… 흠, 설마 그 청년 때문일까?"

그 순간 몸을 움찔한 챠오의 아버지는 고개를 번쩍 들며 버럭 소리쳤다.

"제 눈에 흙이 아니라 황산이 들어가더라도 우리 귀여운 챠오를 그 녀석에게 주진 못합니다!"

아들의 외침에 잠시 움찔한 챠오의 조부는 자신의 넷째 아들을 한심하다는 눈으로 바라보며 담뱃재를 천천히 털었다.

"누가 뭐라고 했느냐? 하여간 사소한 말에도 화부터 내는 버릇은 여전하구나."

"예? 아, 예,"

챠오의 아버지는 고개를 깊이 숙였다. 잠시 후 챠오의 조부는 엄숙한 목소리로 말을 이었다.

"예로부터 전해 내려오길 적호의 상은 수라(修羅)의 숙명이라 했다. 적호의 상을 가진 여자가 아무리 보통 사람으로서 생활하려고 해도 그 수라의 숙명이 놔주지 않는다 했지. 챠오도 아마 그 숙명에서 벗어나기 힘든 것 같구나. 챠오만큼은 그냥 지나가 주기를 바랐는데……."

챠오의 조부는 쓸쓸히 고개를 저었다.

"……음?"

할아버지와 아버지의 꿈을 꾼 챠오는 움찔하며 잠에서 깨어났다. 아니 의식을 되찾았다. 자신이 병원에 있다는 것을 안 그녀는 머리를 흔들며 몸을 일으켰다. 옆에서 그녀를 간호하던 티베가 활짝 웃으며 그녀를 반겼다.

"어머! 일어났구나, 챠오?"

"응? 으응."

일어나자마자 머리가 상당히 아파 왔기에 챠오는 머리를 감싸 쥐려 했다. 하지만 뜻대로 되지 않았다. 꽉 쥔 오른손이 근육경직으로 쉽사리 풀리지 않았다.

티베의 마법 덕분에 겨우 오른손 근육이 풀린 챠오는 다른 것도 아닌 립스틱을 꽉 쥐고 있었다는 사실에 얼굴을 붉혔다. 놀란 것은 티베도 마찬가지였다.

"어, 챠오가 립스틱을? 이거 어디서 난 거야?"

호기심에 립스틱을 가로챈 티베는 프랑스제라는 것을 확인하고 휘파람을 휙 불며 뚜껑을 열어 보았다. 아쉽게도 립스틱이 뭉개져 있었다. 이전에 챠오가 급히 뚜껑을 닫았기 때문이었다.

"어머, 좋은 것 같은데 아깝다, 얘. 그런데 누가 사 준 거야? 프랑스에서 사귄 남자라도 있었니?"

풀어 헤친 머리카락을 정돈하던 챠오는 슬며시 고개를 저었다. 그녀의 분위기가 심상치 않은 것을 느낀 티베는 립스틱 뚜껑을 덮고 그녀에게 돌려주었다.

"자, 의식을 잃으면서도 꼭 쥐고 있었으니 귀중한 거겠지? 쓸 수는 없겠지만 소중히 보관해."

"고마워. 그런데 누가 날 구해 줬지? 쉽게 구할 수 있는 상황이 아니었던 것 같은데……."

챠오는 다시금 립스틱을 손에 쥐며 물었고, 티베는 씩 웃으며 대답했다.

"얘는…… 그렇게 어려운 상황에서 구조할 수 있는 사람이 몇이나 되겠니?"

그녀의 대답에 챠오는 설마 하는 얼굴로 되물었다.

"혹시 지크?"

"이런, 이런…… 리오 씨야, 리오 씨. 그 남자 정말 타이밍 잘 맞춰서 나타나더라. 무슨 만화 주인공처럼 가장 멋있게 보일 상황에 나타나 바이오 버그들을 싹쓸이하고 가더라고. 하긴 작년에 보니 대사도 수준급이더라. 그 남자 검술 연습보다 대사 연습을 더 많이 하는 것 같아, 하하."

수다꾼인 티베의 말을 한 귀로 흘려보낸 챠오는 양손으로 립스틱을 꼭 쥐며 고개를 숙였다. 홀로 수다를 떨던 티베도 머쓱한 듯 수다를 멈추며 말했다.

"뭐 전할 말이라도 있으면 나한테 해. 이 세계에 왔다면 언젠가 우리 집에 들를 테니 말이야."

챠오는 슬그머니 고개를 저었다. 그녀의 모습을 가만히 보던 티베는 또 한 명의 희생자가 생겼구나 하고 속으로 한탄하며 옆에 놓인 주스를 한 번에 들이켰다. 이상하게 가슴이 답답했다.

"이야, 오랜만에 집에서 먹을 생각을 하니 살 것 같네. 사람 억지로 건강하게 만드는 병원 음식은 정말 질려서 못 먹을 지경이었는데 말이야. 헤헤헷."

동료들에게 어떤 일이 벌어졌는지 모르는 채로 집에 돌아온 지크는 냉장고에서 음식을 꺼내 먹을 생각에 흐뭇하게 웃으며 거실 문을 열어젖혔다. 같이 병원을 나섰던 레니와 시에는 오는 도중 시장으로 갔기에 그를 반겨 줄 사람은 아무도 없었다.

"아, 돌아왔구나, 지크. 도대체 어디 있었던 거야?"

그러나 예상치 못한 인사가 그를 맞이했다. 오랫동안 소식이 끊겼던 자신의 형제, 리오였다.

"리오? 아, 아니 너 어떻게 여기 있는 거야? 그리고 지금까지 뭐 했고? 무슨 죄라도 짓고 도망 다니는 거야?"

리오는 가볍게 웃으며 고개를 저었다.

"그럴 리가. 여기 오기 전에 주신께 혼이 나긴 했지만 그래도 큰 일은 없었어. 그냥 넘어가자. 그런데 네가 날 찾았다고 루이체에게 들었는데, 도대체 무슨 일이야?"

지크는 헛기침을 하며 이야기를 시작했다.

"와카루 할아범이 아직 살아 있어. 예전에 내가 살아 있을지도 모른다고 했잖아. 근데 진짜 살아 있더라고. 나도 그 할아범에게 당해서 병원 신세를 좀 졌지."

리오는 순간 눈을 꿈틀거렸으나 아무 말도 하지 않았다. 지크는 이상하다고 생각하면서도 계속 말을 이었다.

"음, 그리고 요즘 바이오 버그 쪽 움직임이 심상치 않아. 와카루 가 가세해서 그런지 조직적으로 우리를 공격하고 있지. 게다가 이상한 사건들까지 터져서 사람 미치게 한다니까."

거기까지 들은 리오는 눈을 굳게 감으며 단호히 말했다.

"사정은 알겠지만 난 이 세계의 일에 정식으로 끼어들 수 없어."

"뭐? 왜! 믿을 녀석은 너 하나뿐인데!"

지크는 기대가 무너진 듯 눈을 휘둥그렇게 뜨며 리오에게 따져 물었다. 지크가 자신을 찾은 이유를 어렴풋이 눈치챈 리오는 덤덤 히 말했다.

"이 세계의 성격상 그래. 이 세계는 다른 어떤 세계보다 기계문 명이 발달해 있고 인구가 많지. 한마디로 마법과 대형 검술을 사용 하는 나 같은 경우는 이 세계에 많은 피해를 입힐 수 있기 때문에 잘 배치되지 않아. 너는 거의 대부분 육탄으로 전투를 치르기 때문에 고작 피해를 입혀 봐야 건물 하나, 다리 하나니까 별로 상관없지. 이번 일은 너 스스로 처리하는 게 좋을 거야."

와카루의 생존이란 카드가 무용지물이 된 것을 깨달은 지크는 결국 최후의 카드를 제시했다. 그가 필사적으로 리오를 붙잡으려 하는 이유는 단순했다. 세이아의 일과 와카루의 일로 고민하기 싫어서였다.

"잠깐! 너에게 보여 줄 것이 있어!"

"음?"

지크는 리오의 팔을 잡고 창가로 데려갔다. 리오는 영문을 모르겠다는 듯 그를 따라갔다. 지크는 창문을 열고 똑똑히 보라는 듯 옆집을 가리켰다.

"자, 봐라! 뭔가 보이는 게 있지?"

리오는 살짝 인상을 찌푸리며 대답했다.

"불 꺼진 집하고…… 이불 빨래가 보이는군. 저게 뭐?"

"그것 말고! 그래, 저기 오는 두 사람 말이야! 여자 두 명!"

리오는 가볍게 한숨을 내쉬며 그쪽을 바라보았다. 순간 리오의 얼굴은 돌처럼 굳어지고 말았다. 지크가 가리킨 곳에는 빨간 지붕 집으로 향하는, 시장바구니를 옆에 낀 은발의 여성과 그녀의 손을 잡은 갈색 단발의 소녀가 있었다. 둘의 모습은 리오의 마음을 뒤흔들기에 충분했다. 그의 반응을 본 지크는 됐다는 듯 킥킥 웃으며 주먹을 불끈 쥐었다.

"세이아와…… 라이아?"

중얼거리는 리오를 보며, 지크는 더욱 바람을 불어넣었다.

"그래! 하지만 저 둘은 나를 포함해서 예전에 같이 생활했던 사람들조차 기억 못 해! 자, 그러니 나에게 협조하란 말이다!"

집으로 들어가는 세이아와 라이아의 모습을 지켜보던 리오는 쓸쓸히 웃으며 지크에게 말했다.

"이전과 마찬가지로, 난 이 일에 끼어들 수 없어."

"뭐, 뭐라고?"

지크의 웃던 표정은 다시 울상으로 바뀌었고, 리오는 미안하다는 듯 형제의 어깨를 두드리며 말했다.

"미안해. 그 대신 세이아와 라이아를 잘 보호해 줘. 만에 하나 이곳으로 임무가 떨어지면 반드시 돌아올 테니 말이야. 그럼 난 이만 가 보도록 하지. 나도 내 일을 해야 하거든."

"잠깐 아직 하나 남아 있단 말이야! 제발! 제발! 제발!"

지크가 팔을 붙잡고 매달리다시피 애원하자, 리오는 고개를 흔들며 말했다.

"후, 녀석. 그래, 한번 들어나 보자."

벼랑 끝에 몰린 지크는 양심의 가책을 느끼며 천천히 말했다.

"바이칼 녀석이 널 찾고 있어. 덕분에 나도 그 녀석도 피해를 입긴 했지만 말이야. 나중에 다시 온다고 했으니 여기서 잠깐만이라도 날 도와주다가 바이칼이 오면 얘기를 들어 보자고. 나도 그 녀석이 왜 널 찾고 있는지 듣지는 못했으니까."

지크의 말은 모두 거짓이었다. 하지만 동룡족에 대한 문제로 온 리오를 설득하기에 충분했다. 결국 리오는 졌다는 듯 한숨을 길게 내쉬며 소파에 앉았다.

"음, 좋아. 단 바이칼이 올 때까지만이다."

"무, 물론이지! 하하핫!"

지크는 속으로 만세를 부르며 기뻐했다. 리모컨으로 TV 전원을 켜던 리오는 잠시 무언가 떠올랐는지 지크를 홀끔 돌아보았다.

"그건 그렇고, 아까 말했던 그 피해라는 게 뭐야? 둘이 서로 싸우기라도 한 거야?"

"읍!"

순간 지크의 얼굴은 파랗게 질려 버렸다. 그는 밀려오는 구토감을 참기 위해 손으로 입을 굳게 막았고, 그 모습을 본 리오는 흠칫 놀라며 손사래를 쳤다.

"아, 알았어. 무슨 일인지 모르겠지만 나중에 바이칼을 만나면 물어보도록 하지. 서로 키스라도 한 것처럼 행동하는군."

지크의 얼굴은 더욱 파랗게 질려 버렸으나, 그 모습을 미처 보지 못한 리오는 묶었던 머리카락을 풀고 손으로 쓸어 넘기며 가볍게 말했다.

"음, 내 기억으로는 바이칼 녀석이 아직 아무하고도 키스해 본 적이 없을 텐데……. 뭐, 설마 아니겠지. 술이라도 마셨다면 모를까, 후훗."

그때 뒤에서 갑자기 누군가 쓰러지는 소리를 듣고 리오는 움찔하며 뒤돌아보았다. 지크였다. 리오는 놀라서 얼른 지크에게 다가가 흔들어 깨웠다.

"이, 이봐! 이 녀석 갑자기 왜 이래! 정신 차려!"

지크는 사실 기절한 것은 아니었으나 마음속으로는 그렇게 되길 빌었다. 리오가 아무리 흔들어대도 지크는 일어나기를 거부했다. 그는 육체적으로나 정신적으로나 막대한 충격을 입은 상태였다.

"어머, 리오 씨. 여기 계셨네요? 아까는 정말 고마웠어요!"

레니를 만나 함께 집에 온 티베는 리오를 보고 기뻐하며 그의 팔에 매달렸다. 리오는 약간 쑥스러운 듯 머리를 긁적이며 티베에게 인사했다.

"별말씀을요, 티베 양. 그건 그렇고 그동안 더 예뻐지셨는데요?"

리오는 티베의 손등에 가볍게 키스하며 답례를 했다. 그 모습을 본 마티는 흠칫 놀라며 손을 뒤로 감춘 채 리오에게 인사했다.

"아, 아까 도와주셔서 감사합니다."

"아, 마티도 정말 오랜만이군. 음…… 지금까지는 반말을 썼지만 지금은 어엿한 직업인이니 예의를 갖출까? BSP가 된 걸 축하합니다."

몸을 숙인 리오는 마티와 시선을 맞추며 빙긋 웃었고, 마티는 얼굴이 붉어진 채 고개를 살며시 끄덕였다. 곧 뒤따라 들어온 레니와 시에도 리오를 보고 반가워했다.

"어머, 리오 씨 오셨군요?"

"예, 안녕하셨습니까. 시에도 잘 있었니?"

"우아! 리오!"

레니의 손을 잡고 들어온 시에는 리오를 보자마자 뛰어올라 리오의 볼에 자신의 볼을 비비며 반가워했다. 리오 역시 시에의 머리를 만지며 반가움을 표시했다.

"음, 그래 그래. 이렇게 건강한 걸 보니 나도 참 기쁘구나."

"아, 리오! 시에, 엄마 생겼다!"

"음? 엄마?"

리오는 무슨 말인지 알 수 없었다. 그러나 레니가 시에를 안아들자 그 의문은 자연스레 풀렸다.

"후훗, 지크 하나 키우기는 좀 심심해서요."

"……그렇군요."

리오는 옅은 미소를 띠며 시에의 머리를 만져 주었다. 이번만큼은 그도 시에를 부러워하지 않을 수 없었다.

한편 그런 상황에서도 지크는 여전히 시체 같은 몰골을 한 채 소파에 누워 있었다. 리오에게 들은 말이 너무나 큰 충격을 받은 듯했다.

3

연속되는 피습 사건

아침 조회 시간.

그날 아침 처크 부장의 얼굴은 다른 어느 때보다 심각했다. 하지만 급히 처리해야 할 사건은 20세기에서도 흔히 있었던 일이기에 지크와 티베는 통통거리며 딴청을 피웠다.

처크는 둘을 보고 피가 끓어오르는지 얘기를 빨리 끝낸 후 예전처럼 루이에게 뒤를 맡겼다. 루이는 전자 스크린을 켜고 차분한 목소리로 브리핑을 했다.

"오늘 올라온 안건은 최근 잇달아 일어나고 있는 젊은 여성들의 피습에 대한 것입니다."

그 말은 오랜만에 회의실에서 커피를 마시는 지크를 긴장시키기에 충분했다.

"응? 지난번 블루블랙으로 염색한 여자들이 피습당한다고 했잖아? 여전히 그런 거야?"

루이는 말을 가로챈 지크를 불쾌한 표정으로 바라본 후 안경을 추켜올리며 말을 이었다.

"그때는 불확실한 용의자에 추상적인 피해자였지만 지금은 확실한 용의자에 확실한 피해자입니다. D급 이상의 중급 바이오 버그들이 '라이아'라는 이름을 가진 10대 여성들을 피습하고 있는 것입니다."

"풋!"

순간 지크가 마시던 커피를 입 밖으로 쏟아 버리자 옆에 있던 대원들은 인상을 찡그리며 그를 쏘아보았다.

"역시 지크는 병원에 있는 게 우리를 돕는 거라니까."

리진이 투덜대는 말에 동료들이 동감하자 지크는 연신 손을 흔들며 미소를 지어 보였다. 잠시 중단됐던 브리핑은 계속됐다.

"바이오 버그의 개입이기 때문에 BSP가 직접 해결해야 하지만, 바이오 버그들이 자주 출몰하고, 전략적으로 움직이고 있는 현 상황에서 전원을 그 사건에 투입하기는 어렵습니다. 결국 상부에서 우수한 대원 한 명을 뽑아 단독 수사를 맡기기로 결정했습니다."

브리핑을 마친 루이는 전자 스크린을 끄고 제자리로 돌아가 앉았다. 그녀의 말을 받아 다시 처크가 대원들을 돌아보며 말했다.

"들었다시피 이번 일은 극비로 진행되어야 사회 혼란을 막을 수 있다. 그 때문에 상부에서 우리 대원들 중 가장 날렵하고⋯⋯."

순간 지크가 눈을 동그랗게 뜨며 처크를 바라보았으나 처크는 포커페이스를 유지한 채로 말을 이었다.

"잠입술, 은신술이 가장 뛰어나며 판단력은 비정상적으로 부족하지만 단독 전투 능력이 가장 뛰어난⋯⋯."

"자. 잠깐! 그 상부라는 자가 도대체 누구예요!"

지크가 인상을 쓰고 벌떡 일어나 따져묻자 처크는 쓰고 있던 선글라스를 매만지며 근엄한 목소리로 대답했다.

"당연히 나지. 어쨌든 발탁된 인물이 누구인지 지크 자네가 더 잘 아는 듯하니 오늘 조회는 이것으로 마치겠다. 수고하도록, 지크. 다른 사람들은 지난번 짜여진 조 그대로 순찰을 하도록. 오늘 24시간 순찰할 사람은 헤이그, 케빈, 챠오다. 이상."

"할아버지! 이러시면 곤란하다니까요! 저는 우리 대원 중 가장 날렵하고 잠입술, 은신술이 가장 뛰어난 사람은 알아도 판단력이 비정상적으로 부족한 녀석은 몰라요! 만약 저여도 저는 못해요!"

지크는 일어나는 처크의 앞을 가로막고 애원했지만 수년 동안 그의 모든 말버릇을 겪은 처크는 눈썹 하나 꿈쩍하지 않았다..

"하라면 해."

"싫어요, 싫어요, 싫어요!"

"시끄러, 시끄러, 시끄러."

대원들 중 지크와 처크를 말리는 사람은 아무도 없었다. BSP 요원들 사이에서도 '지크 조련사'로 불리는 처크 부장의 승리는 불을 보듯 뻔했기 때문이다.

지크는 뚱한 얼굴로 오토바이에 기댄 채 햄버거를 먹고 있었다. 졸지에 비밀요원이 되어 버린 그는 학교와 학원가, 대학로 등을 돌며 순찰 활동을 했으나 얻은 것은 아무것도 없었다.

"쳇, 당연하지. 목표가 뻔한데 얻을 것이 뭐 있겠어? 그건 그렇고 이상하네. 주위에 뭔가 있긴 한 것 같은데 사람들이 하도 많아서 기(氣)만으로 위치를 파악하긴 어렵군. 여기가 확실하다는 소리 같은데…… 라이아는 어디 있는 거야?"

현재 지크가 있는 지점은 NRJ 지역 학원가였다. 저녁 시간이 되자 그곳은 학원을 나서는 재수생들과 들어오는 중·고등 학생들로 붐비기 시작했다. 그 많은 사람들 사이에서 라이아를 찾는다는 건 가시밭에서 바늘을 찾는 것과 같았기에 지크는 난감했다.

"어머? 지크 아냐?"

그때 갑자기 낯익은 여성의 목소리가 들려왔다. 지크는 쓰고 있던 고글을 벗으며 옆으로 고개를 돌렸다.

"엇? 엘렌?"

"하하, 잘 있었어? 네가 병원 신세를 지고 있다고 아빠한테 들었는데 말이야."

"헤헷. 이 무적의 지크 님이 병원 신세를 오래 질 리 없지."

미소를 짓고 있는 금발의 여성은 헤이그의 외동딸 엘렌 헤이그였다. 일류 공대의 건축과를 수석으로 졸업한 그녀의 나이는 지크의 현 차원에서와 같은 25세였다.

한층 더 성숙해진 그녀는 지크와 함께 오토바이에 기대어 앉으며 그동안 못다 한 얘기를 나누었다.

"작년 독일에서 본 이후로 정말 오랜만이네? 그건 그렇고 지나가는 여자애들한테 왜 그렇게 집중하고 있어? 설마 헌팅이라도 하는 건 아니겠지?"

지크는 다시 고글을 쓰고 지나치는 여학생들에게 시선을 보냈다.

"그랬으면 좋겠지만, 이것도 임무 중 하나라서 말이야. 내일 헤이그 선배님 집에 들어가시면 여쭤 봐. 여기서 얘기하긴 좀 그러니까. 그런데 여기서 뭐 해? 직장은 다른 곳에 있잖아?"

엘렌은 왼쪽으로 살짝 늘어뜨린 머리카락을 쓸어 올리며 고개를 끄덕였다.

"응, 오늘은 설계 의뢰 때문에 잠깐 여기 온 거야. 그런데 지크도 올해로 나이가 적당히 찬 것 같은데, 아직 생각 없어?"

"생각? 무슨 생각?"

"여자 나이 25세부터는 아마 결혼 적령기라고 하지?"

"으, 응?"

순간 지크는 침을 꿀꺽 삼키며 긴장했다. 엘렌은 지크의 팔짱을 끼며 밀착해 왔다. 그러고는 야릇한 목소리로 속삭였다.

"후훗, 재작년 일 기억해? 내가 대학 다닐 때 말이야. 그때 아빠께서 나를 지크한테 맡긴다고 하셨는데……."

그렇게까지 나오자, 지크는 잔뜩 긴장해 겨우 대답했다.

"그, 그렇긴 하지. 하지만 그때는 임무 중이었고, 선배님께서는 중상을 입으셨던 터라 경황이 없으셨지. 그때는 그럴 수밖에 없었다고 선배님도 내게 미안하다고 하셨어."

그러나 엘렌은 별로 상관하지 않는 듯 지크의 얼굴에 자신의 얼굴을 가까이 들이대며 계속 소곤거렸다.

"난 아빠께서 언제나 진심을 말씀하신다고 생각하는데 지크는 그렇게 생각 안 해?"

"그, 그러니까 그건……."

"이봐! 저녁도 안 됐는데 벌써부터 무슨 짓을 하는 거야!"

그때 그리 멀지 않은 도로변에서 귀에 익은 목소리가 들려왔다. 지크에게 밀착해 있던 엘렌은 그쪽으로 시선을 돌리고 빙긋 미소를 지었다.

"어머? 저 꼬마 아가씨, 또 나타났네?"

지크와 엘렌 앞에 주인공이 나타났다. 그녀는 지크의 옷깃을 거칠게 거머쥐며 윽박질렀다.

"임무 중에 무슨 짓이야! 아침에 부장님께서 그렇게 강조하신 업무를 벌써 잊어버린 거야!"

지크는 차라리 다행이라고 생각하며 변명하듯 말했다.

"강조하신 것까지는 모르겠지만…… 그런데 사람들 다 쳐다보잖아, 리진. 얼굴 안 팔려?"

호랑이 같은 얼굴로 지크를 노려보던 리진은 얼른 주위를 돌아보았다. 그의 말대로 지나가던 사람들 모두 걸음을 멈추고 리진과 지크, 엘렌을 바라보고 있었다.

리진은 얼굴을 붉히며 지크의 옷깃을 놔주었고, 엘렌은 미소를 지으며 자신보다 키가 작은 리진의 어깨에 팔을 두르며 속삭였다.

"후훗, 그러고 보니 너도 질투할 나이가 됐네? 그럼 언니가 어른답게 행동할 수 있도록 일대일로 코치해 줄까?"

"귀, 귀에 대고 속삭이지 말아요! 집에 데려다줄 테니 빨리 떨어져요!"

리진은 나중에 두고 보자는 듯 지크를 쏘아본 반면, 엘렌은 지크에게 손으로 키스를 보내며 리진과 함께 순찰차로 갔다. 주위에 모여 있던 사람들은 웅성거리며 다시 흩어졌고 지크는 어색한 표정으로 다시 거리에 있는 여성들에게 시선을 돌렸다.

"왠지 리오 녀석의 심정을 이해할 것 같군…… 음?"

한숨을 쉬던 지크는 문득 멀리 보이는 학원 버스에서 갈색머리카락의 학생이 내리는 것과 무언가 빠르게 벽을 타고 학원 내부로 들어가는 것을 동시에 볼 수 있었다. 그는 오토바이에 시동을 걸고 그 학원 쪽으로 향했다.

"D급 이상의 녀석이라…… 아까부터 느껴지던 이상한 기운이 바로 저 녀석들이었나? 헤헷, 오랜만에 몸 좀 풀어 봐야겠군. 병원에 있는 동안 숨 쉬기 운동밖에 못 했으니까."

학원 주차장에 오토바이를 세워 둔 지크는 오토바이 보안장치를 켜고 학원 안으로 들어갔다. 도중에 학원의 젊은 수위가 그를 막긴 했지만 큰 문젯거리는 아니었다. 복도에 들어선 그는 실눈을 뜬 채 학원 안에 들어온 바이오 버그의 기를 감지해 뒤쫓았다. 바이오 버그들이 천장을 통해 이동하는 듯했기에 그의 발걸음도 빨라졌다.

"자, 교재 183페이지를 펴주시기 바랍니다."

남자 학원 강사가 차가운 목소리로 교실 내의 학생들에게 지시하자 학생들은 분주히 교재를 넘기며 페이지를 찾았다.

맨 뒤에 앉은 갈래머리 소녀가 손가락으로 펜을 돌리다가 문득 옆에 앉은 갈색 머리카락의 소녀에게 물었다.

"라이아, 오늘은 이 수학만 하고 그냥 땡땡이칠래?"

갈색 머리카락의 소녀는 케이스 속에 넣어 두었던 안경을 꺼내 끼며 작은 목소리로 물었다.

"오늘도 역시 같은 장소로?"

"당연하지!"

두 소녀는 킥킥거리며 책상 위에 펼쳐진 교재로 시선을 돌렸다.

10분 정도 지났을까. 학생들이 갑자기 책상 위에 털썩털썩 쓰러지기 시작하자, 열강을 하던 강사는 학생들을 돌아보며 엄중하게 말했다.

"조는 사람 깨워 주세요."

재미없기로 유명한 그 강사의 수업은 맨 뒷자리 학생들에겐 고역이었다. 이번 시간이 지나면 밖으로 나갈 기대감에 겨우 졸음을 참고 있던 갈색 머리카락의 소녀는 결국 참을 수 없었던지 앞에 앉은 남학생의 거대한 몸집에 기대며 책상 위에 엎드리려 했다.

그때였다.

"어?"

소녀는 갑자기 몸을 일으키더니 강사의 머리 위 천장을 유심히 바라보았다. 옆에 앉은 소녀는 친구가 눈을 부릅뜬 채 천장을 바라보고 있자 고개를 갸웃거리며 살며시 물었다.

"라이아, 왜 그래?"

순간 소녀는 의자에서 몸을 벌떡 일으키며 강사에게 급박하게 소리쳤다.

"선생님! 옆으로 피하세요!"

교실 안은 잠시 침묵에 휩싸였고 강사는 눈을 동그랗게 뜬 채 소리친 소녀에게 조용히 말했다.

"학생, 나가 주세요."

그러나 소녀는 절박했다. 그녀는 두 주먹을 불끈 쥔 채 다시 강사에게 소리쳤다.

"피하지 않으면 큰일 나요! 어서 피하세요!"

"알았으니 앉든지 나가든지 해 주세요."

강사는 눈살을 찌푸리며 몸을 돌려 전자 칠판에 다시 글을 쓰기 시작했다. 그 순간 강사의 머리 위 천장이 갑자기 붕괴됐고 그와 함께 검은 몸체의 무언가가 천장에서 떨어지면서 강사를 덮쳤다.

"쿠오오오오!"

"으, 으아아악!"

바이오 버그는 비명을 지르는 학생들을 흘끔 바라본 뒤, 체액이 줄줄 흐르는 입을 벌리며 쓰러진 강사를 잡아 문 쪽으로 내동댕이쳤다. 강사는 벽에 부딪쳤고, 나무 벽은 충격을 이기지 못하고 산산이 부서졌다.

"크르르르."

바이오 버그는 눈을 부릅뜨고 학생들을 돌아보았다. 괴물의 시선은 곧 자신의 정면에 있는 갈색 머리카락 소녀에게 고정됐고, 서서히 그 소녀에게 다가갔다. D급이어서 그런지 몸체의 육중함이나 위압감이 상당했다. TV 특집방송으로 E급 이하의 바이오 버그만 봐 왔던 학생들에게 외부의 추위를 잊을 정도의 정신적 서늘함이 엄습했다.

"어이구, 아무리 수업이 재미없어도 강사를 이렇게 집어 던지는 건 좀 너무한데그래? 요즘 학생들은 너무 폭력적이라니까."

부서진 벽 밖에서 들려온 누군가의 목소리에 바이오 버그는 재빨리 시선을 돌렸다. 어렴풋이 사람이 보이자 바이오 버그는 괴성을 지르며 그쪽으로 몸을 던졌고, 학생들은 반사적으로 귀를 막으며 이후에 들려올 비명에 대비했다. 하지만 비명 대신 들려온 건 남자의 장난스러운 목소리였다.

"스킨십을 좋아하나? 그렇다면 받아 주지!"

뒤이어 강한 충격음과 함께 머리가 움푹 파인 바이오 버그가 괴성을 지르며 교실 안으로 굴러 들어왔다. 그 뒤를 따라 붉은 재킷을 입은 청년이 팔목을 돌리며 여유 있게 교실 안으로 들어왔다.

"화끈했지? 헤헷, 끝났다고 아쉬워하지 마라."

그는 앞에 쓰러진 바이오 버그의 긴 머리를 발로 짓밟았다. 바이오 버그는 최선을 다해 몸을 움직이려 했으나 보는 것과는 달리 바이오 버그의 머리를 밟은 다리 힘은 상상을 초월했다.

공포스러운 바이오 버그가 자신들 앞에서 간단히 유린당하는 모습을 학생들은 멍하니 지켜볼 뿐이었다. 지크는 미소를 지으며 학생들에게 말했다.

"헤이, 여기 고등부예요, 중등부예요?"

맨 앞에 있던 남학생이 멍한 얼굴로 대답했다.

"주, 중등부인데요?"

그러자 지크는 아쉽다는 표정을 지었다.

"어허, 이런. 난 좀 나이가 찬 소녀들이 좋은데. 흠, 뭐 괜찮아. 난 20세 미만은 모두 눈에 들어오지 않으니까. 하하하핫."

그때 강사에게 위험을 알렸던 갈색 머리카락 소녀가 지크를 향해 다시 소리쳤다.

"아, 아저씨 위험해요! 피하세요!"

'아저씨'라는 말에 지크는 인상을 구기며 그 소녀를 바라보았다.

"이봐, 난 아직 스물다섯 살밖에 안 먹었…… 윽, 라이아?"

그가 움찔하며 소녀의 이름을 말하자 그녀는 놀란 표정을 지었다. 잠시 후 지크의 뒤쪽으로 바이오 버그 한 마리가 내려와 날카로운 팔꿈치로 그의 머리를 공격했다.

"어르신 뒤를 노리면 욕먹지!"

엄청난 속도로 몸을 회전시킨 지크는 돌려차기로 바이오 버그의 안면에 카운터를 꽂았다. 순식간에 바이오 버그의 긴 머리에서 뿜어 나온 뇌수가 전자 칠판을 더럽혔다. 경직된 바이오 버그에게 지크의 공격이 재차 감행됐다.

"건너편 학원은 장사가 잘되는지 한번 보고 와요, 학생!"

상당히 강하게 찬 덕분에 바이오 버그는 창문을 통해 밖으로 튕겨 나갔고, 건너편 학원 건물에 충돌하여 몸의 절반이 벽에 박히고 말았다. 결과는 당연히 즉사였다.

"헤헷, 말도 못할 정도로 좋다는군."

지크는 만족한 듯 고개를 끄덕였다. 순간 발밑에 깔려 있던 바이오 버그가 벌떡 몸을 일으켰으나 그는 여지를 주지 않고 다시 팔꿈치로 바이오 버그의 두상 정점을 강하게 가격했다. 바이오 버그는 힘없이 바닥에 쓰러졌고, 학생들은 바이오 버그들도 기절하는구나 하며 안도의 한숨을 쉬었다. 그러나 사실은 기절한 것이 아니라 뇌가 파괴된 것이었다. 입에서 뇌수를 줄줄 흘리는 바이오 버그를 뒤로한 지크는 학생들에게 다가갔다. 갈색 머리카락 소녀에게 다가가는 것이었다.

"자자, 여러분? 학교에서 배운 대로 질서정연하게 대피해 주세요. 시간 남는 학생은 원장 선생님께 대신 말 좀 해 주고. 그리고……."

소녀 앞에 선 지크는 무슨 말을 할까 고민하다가 엄숙한 목소리로 말했다.

"좋아. 우선 넌 나하고 같이 좀 가는 게 좋겠어. 바이오 버그들이 원하는 건 고등학교 합격이 아니고 바로 너니까. 음, 빨리 가는 게 좋겠는데?"

"예? 왜, 왜요?"

지크는 한숨을 내쉰 뒤 소녀를 기습적으로 옆구리에 끼며 동시에 소리쳤다.

"너도 지금쯤이면 느낄걸!"

순간 교실 천장 반이 무너지며 각종 바이오 버그들이 물밀듯이 내려왔다. 지크는 학생들 비명을 들으며 창문 밖으로 날아올랐다.

그가 다른 학생을 신경 쓰지 않은 건 아니었다. 바이오 버그들이 목표만을 쫓는다는 것을 알아챘기 때문이다.

"악!"

지크에게 안긴 소녀는 자신의 발밑에 보이는 지상 풍경에 놀랐는지 비명을 지르며 양손으로 눈을 가렸다.

지크는 건너편 건물에 닿기 직전 손가락을 벽에 박아 마치 곤충처럼 건물 벽에 달라붙었다. 그러자 바이오 버그들도 아우성을 치며 창문을 깨고 지크가 달라붙어 있는 건물을 향해 뛰어올랐고, 지크보다 점프력이 낮은 그들은 약간 아래에 매달렸다.

양손을 쓸 수 없는 상황인 지크는 짧게 기합을 내지르며 건물 외벽에 박은 손가락과 팔에 힘을 주었다. 곧 지크와 소녀의 몸은 공중으로 다시 튀어 올랐다. 두어 번의 회전과 함께 지크와 소녀는 건물 옥상까지 무사히 올라갈 수 있었다. 지크는 숨을 고르며 소녀를 내려 주었다.

"뒤로 물러서. 너무 뒤로 물러서지 말고 나와 최대한 가까울 정도로. 안 그러면 어려워지니까."

소녀는 교실 안에서와는 달리 진지해진 지크의 얼굴을 보며 고개를 끄덕였다. 지크는 곧 무명도에 손을 가져가며 신경을 집중해 주위를 둘러보았다.

"쿠오오오오!"

곧 바이오 버그들이 건물 옥상으로 하나둘씩 올라왔다. 숨을 몰아쉬던 그들은 이내 미친 듯이 목표를 향해 달려들었다. 바이오 버그들이 일직선상으로 달려오는 것을 본 지크는 씩 웃으며 무명도를 뽑아 공중으로 치켜들며 소리쳤다.

"자, 즐겨 볼까, 친구들!"

지크는 무명도 끝을 옥상 지면에 강하게 내리박았고, 그에 따라 생긴 날카로운 충격파는 지면을 따라 정면에 있는 바이오 버그들을 식빵 썰듯 조각냈다. 그 범위에 있지 않던 바이오 버그들은 공중으로 뛰어오르며 지크와 소녀를 공격했지만 지크에게 빈틈이란 없었다.

"떨어져!"

지크가 골프 자세처럼 몸을 회전시키며 무명도로 지면을 치자, 그 충격에 콘크리트 조각 총탄처럼 튀어 올라 공중에 있던 바이오 버그들과 충돌했다. 바이오 버그들은 엄청난 대공포화를 맞은 비행기처럼 산산이 부서지며 바닥에 떨어지고 말았다.

전면에서 바이오 버그들의 기가 느껴지지 않는 것을 확인한 지크는 소녀의 뒤쪽으로 돌아갔다. 그에 맞춰 바이오 버그들도 그 방향에서 뛰어올랐다.

지크는 곧바로 그들을 향해 달리며 빠르게 무명도를 뽑았다.

"차앗!"

소녀는 지크와 바이오 버그 사이에 푸른색의 날카로운 빛줄기가 일순간 번쩍이는 것을 보았다. 바이오 버그들의 몸은 공중에서 처참히 잘리며 옥상 위에 흩어졌다. 지면에 착지한 지크는 재빨리 소녀 쪽으로 돌아와 주위를 살폈다.

소녀는 지크의 실력에 감탄하지 않을 수 없었다. 보통 사람을 능가하는 몸놀림, 자신을 안고 있는 상황에서 한 팔만으로 공중으로 날아오른 힘과 탄력, 그리고 놀라운 무술 실력 등등.

"와, 대단하시네요? 만화에서 보던 사람들보다 더 강한 것 같아요. 그런데 한 가지 여쭤 봐도 괜찮나요?"

지크는 아직도 주위에서 느껴지는 불길한 기운에 집중하고 있었기에 건성으로 고개를 끄덕였다.

"좀 간단한 걸로."

"저, 아까 제 이름을 말씀하시던데, 어떻게 아셨죠?"

"큭!"

순간 지크는 대답 대신 소녀를 끌어안고 공중제비를 돌았고, 그와 동시에 건물 바닥에서 C급 이상으로 보이는 중형 바이오 버그가 튀어 올랐다. 지크는 소녀를 내려놓자마자 이를 악물며 무명도를 거머쥐었다.

"네가 마지막이지? 그럼, 이 지크 님의 다이내믹하고 아름다운 기술로 널 끝장내 주마! 으랴!"

순간 소녀의 시야에서 지크의 모습이 사라졌다. 바이오 버그도 주위를 두리번대며 그를 찾았다. 소녀의 눈앞에 흰 무언가가 떨어지기 시작한 것은 그 직후였다.

"……눈?"

착시 현상일까, 아니면 진짜 눈일까. 어쨌든 소녀와 바이오 버그의 눈앞에서 하얀 눈들이 어지러이 떨어지고 있었다. 그러나 그 눈들은 바닥에 떨어져도 쌓이지 않았다. 그건 눈이 아니라 빛이었다.

빛으로 된 눈이 떨어지는 것을 멍하니 보던 소녀는 바이오 버그 주위에서 지크가 엄청난 속도로 움직이는 것을 볼 수 있었다.

지크가 소녀 옆으로 돌아오자 내리던 눈은 거짓말처럼 사라졌고, 바이오 버그의 몸 위에 수십 개의 검광이 어지러이 떠오르며 바이오 버그의 육체를 자르고 갈랐다.

"쿠워어어어!"

그것으로 상황은 끝이었다. 바이오 버그들의 사체는 뜨거운 김을 뿜으며 천천히 녹아내렸고, 지크는 무명도를 거두며 만족한 듯 웃음을 흘렸다.

"헤헷, 내리는 눈에 시선을 빼앗기면 그대로 죽음이다. 처음에는 이 공격술의 이름을 설사(雪死)로 하려 했는데, 어감이 안 좋아 사설(死雪)로 바뀠지. 헤헷, 나 멋지지?"

그가 씩 웃자 소녀는 감탄을 금치 못하며 고개를 끄덕였다.

"정말 대단하시네요. 설마 그렇게 빠른 속도로 움직이며 반사광을 만들고 계실 줄은 몰랐어요. 나중에 저 괴물들을 벨 때 보이긴 했지만요."

"하핫, 당연하지! 이 몸은 BSP 중 최강이라 불리…… 뭐? 내가 보였다고?"

자신 있게 웃던 지크의 얼굴이 순간 일그러졌다. 소녀는 웃으며 고개를 끄덕였다.

"예, 잔상 정도였지만 말이에요. 히힛, 제 눈이 좀 안 좋거든요."

그러나 보였다는 얘기 말고는 지크의 귀에 들리지 않았다. 그는 멍한 얼굴로 심각하게 생각했다.

'서, 설마! 이 꼬마가 챠오 정도의 동체시력을 가지고 있다는 건 말도 안 되는 얘기인데! 아, 아냐. 아까도 바이오 버그들의 위치를 느낌으로 알아냈으니 충분히 가능해. 게다가 라이아잖아!'

지크는 팔짱을 낀 채 오른쪽 눈을 살짝 뜨고 소녀를 내려다보며 생각에 잠겼다.

'아직 라이아와 세이아에게 신으로서의 능력이 남아 있다고 할 때, 와카루 할아범으로서는 그것만큼 좋은 재료가 없겠지. 하긴 괜히 라이아라는 아이를 피습하지는 않았을 거고……. 이거 원, 점점 복잡해지는군!'

지크는 머리를 양손으로 감싼 채 고통스러워했다. 머리가 복잡할 때 나오는 그의 습관이었다. 소녀는 어색한 미소를 지은 채 지크의 재미있다면 재미있을 수 있는 행동을 말없이 구경하고 있었다. 그런 상황에서도 지크는 계속 생각했다.

'좋아, 만약 내 가설이 맞다면 지금부터 바이오 버그들은 라이아를 향해 철저히 접근할 거란 말이야? 아무래도 며칠간 라이아의 보디가드가 되는 수밖에 없군! 리오도 있으니 뭐, 그리 불편하진 않겠지!'

자세를 바로 한 지크는 곧장 소녀에게 말했다.

"좋아, 오늘은 학원을 땡땡이친다는 기분으로 날 따라와. 집에 데려다줄 테니까 말이야."

소녀의 얼굴에 화색이 돌았고 손뼉까지 치면서 기뻐했다.

"우아, 정말이에요! 나이스, 나이스!"

주먹을 불끈 쥐며 기뻐하는 소녀의 모습에 지크는 살짝 인상을 쓰고 속으로 중얼거렸다.

'설마 나 때문에 고등학교 입시 망쳤다고 세이아가 따지지는 않겠지.'

지크와 소녀는 곧 옥상을 내려갔다. 그러나 소녀와 함께 집에 간 것은 아니었다. 지크가 한참 전투하는 동안 소집된 동료 BSP들이 밑에 있었다.

리진, 케빈과 함께 순찰차에 탄 소녀는 문을 닫기 전 밖에 있는 지크에게 소리쳐 물었다.

"잠깐만요! 아저씨 성함이 어떻게 되나요? 저는 라이아 드리스라고 하거든요?"

소녀의 이름을 들은 지크는 멍하니 그녀를 바라보았고, 소녀와 다른 BSP 동료들은 지크의 과민 반응에 고개를 갸웃거렸다. 물론 라이아를 아는 챠오는 설마 하는 표정을 지었지만…….

"우오오오!"

순간 지크는 머리를 감싸 쥔 채 아스팔트 위에 꿇어앉아 고통스러운 비명을 지르다가 주먹으로 지면을 내리치는 등 알 수 없는 행동을 계속했다. 하지만 지크의 그런 모습을 한두 번 본 것이 아닌 케빈은 차의 시동을 걸며 소녀에게 말했다.

"안심해, 꼬마 숙녀님. 저 녀석은 가끔 머리에 한계를 일으킬 정도의 생각이나 추억이 밀려오면 저렇게 자아가 붕괴되니까. 뭐, 거의 오버액션 수준이지만, 하하핫."

"네……."

소녀는 놀란 얼굴로 차 문을 닫으며 고개를 끄덕였다. 뒷자리에 앉아 있던 리진은 쓰디쓴 표정을 지으며 덧붙였다.

"예전에 교황께서 방한하셨을 때 공항에서 저랬다면 이해하겠니? 그땐 정말 기절하는 줄 알았다니까."

소녀는 어이가 없는 듯 그저 웃기만 할 뿐이었다.

3장
시련의 그림자

1

또 다른 여성 바이칼

"지크 녀석, 가정부가 필요했나?"

시에를 데리고 시장에 갔다 오는 길인 리오는 한숨을 푹푹 쉬며 중얼거렸다. 그도 그럴 것이 그렇게 도와 달라며 애원을 하던 지크가 막상 도와준다고 승낙하자마자 특수 호출기만 주고는 며칠째 그를 가정부로 쓰고 있었다.

"앞치마까지 두르게 하면 그냥 가야겠군. 동룡족 일도 처리해야 하는데, 이게 뭐야?"

리오는 계속 투덜거렸다. 하지만 그가 그렇게 투덜거리는 동안에도 그의 어깨에 매달려 있는 시에는 여전히 즐거운 표정으로 과자를 우물거렸다.

"힘내라, 리오. 시에도 먹고 힘내잖아."

리오는 힘없이 웃으며 시에의 머리를 쓰다듬어 주었다.

"후훗, 제일 태평한 사람은 너로구나. 그나저나 동룡족 공주 리디아가 어쩌고저쩌고 하던 녀석들은 도대체 어떻게 된 거지? 데스 발키리인가 뭔가 하는 여자들은 향수 냄새조차 못 맡았고…… 이 거 세이아의 일까지 포함하면 복잡하기 그지없군."

리오는 다시 한참을 걸어갔다. 그렇게 급한 심부름도 아니었기 에 여유 있게 움직여요 상관없었다. 물론 시에 덕분에 지나가는 사 람들의 시선을 한 몸에 받긴 했지만.

"음?"

그때 리오의 어깨 위에 거의 걸쳐 있다시피 한 시에가 갑자기 몸 을 벌떡 일으키며 왼쪽을 바라보았다. 리오는 눈을 깜박거리며 시 에에게 물었다.

"시에? 왜 그러니?"

잔뜩 긴장한 표정으로 왼쪽을 바라보던 시에는 곧 인상을 찡그 리며 골목을 향해 빠르게 달려갔다. 시에의 돌발적인 행동에 당황 한 리오는 오른손에 쥔 봉투를 양손으로 꽉 쥐고 시에를 쫓아갔다. 차도를 넘고, 건물 사이를 삼각 점프로 질주하며…….

"저 애도 지크를 닮아 가나? 베히모스답게 정말 엄청난 몸놀림 이군. 밀가루, 오이, 고추장과 쇠고기 한 근을 들고서 앞지르는 것 은 불가능할 것 같은데."

이윽고 시에는 거리의 가로등 위에 멈춰 섰다. 뒤따라온 리오는 그 거리에서 피 냄새가 나는 것을 느끼고 곧장 건물 벽에 몸을 숨 긴 후 상황을 살펴보았다.

"설마, 시에가 이 거리의 피 냄새를 맡았다는 소리인가? 그렇게 진한 냄새가 아닌 것 같은데…… 음?"

주위를 확인하던 리오는 누군가 거리에 피를 흘리고 쓰러져 있 는 것을 보고 일순간 석화 상태에 빠져들었다. 말도 안 되는 일이 눈앞에 벌어진 느낌이었다.

육교 밑에 쓰러진 블루블랙 머리카락의 존재. 그리고 앞이 엉망으로 찌그러진 차와 멀리서 달려오는 구급차…… 리오는 결국 심각한 일이 생겼다는 것을 느끼고 복장을 즉시 바꾸었다.

입을 가리는 것으로 준비를 끝낸 리오는 계속 이상하다는 생각을 하면서 사고가 일어난 방향으로 달려갔다. 사고 지점에서 아스팔트 위에 쓰러진 바이칼과, 어쩔 줄 몰라 하는 젊은 운전자가 있었다. 구급차 역시 상당히 가까운 지점에 와 있었다.

리오는 우선 구급차를 막아야 한다는 생각에 오른손을 재빨리 휘둘렀고, 적당한 공격력을 머금은 진공의 충격파는 달려오던 구급차 엔진 부위에 정확히 꽂혔다.

"으악!"

충격이 일어남과 동시에 구급차의 보호 시스템은 즉시 차를 멈추고 환자와 직원을 보호할 목적으로 만들어진 발포성 수지를 세차게 뿜어냈다. 갑작스러운 상황에 구급차에 탄 병원 직원들은 발포수지가 굳어감에 따라 아무런 행동도 취할 수 없었다.

리오는 한숨을 쉬며 사고를 낸 운전자에게 다가갔고, 운전자는 리오가 온 것도, 구급차가 멈춘 것도 모른 채 자신이 친 사람을 계속 흔들어 댔다.

"아, 아가씨! 제발 정신 좀 차려요, 아가씨! 나는 집에서 기다리는 아내와 두 살짜리 딸이 있다고요! 그리고 지금 가서 신용카드 할부금을 못 내면 카드도 영영 못 쓰게 되고, 신용 불량자로 찍히고…… 엉엉엉!"

"아가씨라니 무슨 소리요? 이 녀석은 분명 남자…… 음?"

운전자의 애절한 말을 들으며 피해자에게 다가간 리오는 풍기는 술 냄새에 인상을 찡그렸다.

리오는 그의 상태를 보기 위해 머리와 그 밖의 중요 부위를 손으로 진찰해 보았다. 뇌에만 충격이 가해졌을 뿐, 다른 부위에는 아무런 이상이 없었다. 머리에서 나는 피도 그렇게 걱정할 수준은 아니었다.

리오는 바이칼을 어깨에 둘러멨다. 그리고 갑자기 느껴지는 부드러운 느낌에 그는 고개를 설레설레 저으며 생각했다.

'이 녀석 실연당한 것도 아니면서 술은 뭐하러 이렇게 많이 마셨지? 여자로 변해도 화끈하게 변했군, 쯔쯔쯧.'

"저, 저, 그 아가씨와 일행이십니까?"

자신보다 훨씬 거구인 리오를 겁에 질린 얼굴로 바라보던 운전자는 용기를 내어 물었고, 리오는 고개를 끄덕이며 대답했다.

"그렇긴 합니다만, 우선 상황 설명 좀 해 주시겠습니까? 어지간해서는 이런 꼴이 되지 않는 녀석이기에 그렇습니다만…… 아, 걱정 마십시오. 이 녀석은 보기보다 튼튼해서 당신 차나 걱정해야 할 겁니다. 그보다 설명부터 좀 해 주십시오."

리오의 말에 안도한 운전자는 자신의 찌그러진 차 위에 걸터앉으며 거추장스러운 듯 넥타이를 풀고 천천히 얘기했다.

"아, 아가씨가 술을 많이 드셨나 봐요. 이 아가씨가 육교 위에서 비틀거리며 가는 것을 운전하면서 봤죠. 저러다가 떨어지면 어쩌나 생각하고 있었는데 진짜로 떨어지더라고요! 겨, 결국 미처 정지하지 못한 제 차에 다시 충돌하고 말았죠! 하지만 무사하시다니 다행입니다. 저를 집에서 절 기다리는 아내와 두 살짜리 딸이……으ㅎㅎ흑!"

리오는 한숨을 쉬며 운전자의 어깨를 두드려 주고 곧바로 시에가 간 쪽으로 갔다. 운전자는 리오가 사라진 것도 느끼지 못한 듯 계속 흐느끼며 비극적 대사를 읊어 나갔다.

"이 차는 36개월 할부로 산 거고, 아파트는 20평도 안 되는데 월세를 얻어 근근이 살아가고 있답니다. 밀린 카드 할부금도 오늘 친구에게 겨우 꿔서 갚을 정도로…… 흑흑흑!"

남자의 한 맺힌 인생담은 끝이 없었다.

한편 남자도 리오도 눈치채지 못한 존재가 있었다. 리오가 사라진 직후 골목에서 슬그머니 나타난 진홍색 머리칼의 여성, 아란 슈발츠는 특유의 히스테릭한 미소를 지으며 중얼거렸다.

"후훗, 푼수 공주님을 놓쳐서 어쩌나 했는데 의외로 대어가 걸려들었군. 후후후, 어쨌든 오랜만이군요, 리오 씨. 그동안 너무 잘 지내신 것 같아 기쁘군요, 후후후훗!"

아란이 잡고 있던 건물 모서리는 그녀의 악력을 이기지 못해 두부처럼 뭉개져 버렸다. 앞머리가 흘러내려 그늘진 얼굴로 웃는 그녀의 모습은 뒤에 있던 동료까지 압도할 정도의 무언가가 있었다.

집에 돌아간 리오는 바이칼에게 응급처치를 한 후 임시로 지크의 침대에 눕혀 놓았다. 어차피 약을 쓸 수 없고—용과 인간은 체질적으로 달라 천연 약품이 아니면 오히려 독이 된다.—머리 상처는 곧바로 낫진 않겠지만 그리 걱정할 정도는 아니었기에 리오는 잠이나 재우자 생각하며 레니가 있는 1층으로 내려갔다.

"리오 씨, 바이칼 씨의 상태는 어떤가요?"

레니는 걱정 어린 얼굴로 물었고, 리오는 안심시키려는 듯 웃으며 대답했다.

"머리에 약간 상처를 입은 것뿐입니다. 그건 그렇고 바이칼에게 옷을 좀 갈아 입혀 주시면…….”

그러자 레니는 얼굴을 붉힌 채 당황하며 리오에게 말했다.

“네? 하, 하지만 제가 어떻게…….”

리오는 아차 하며 머리를 긁적였다. 그는 자신이 아직까지 착각에 빠져 있다는 사실을 알지 못했던 것이다.

“아, 제가 실수했군요. 바이칼은 몸이 호리호리해서 지크의 옷이 맞지 않기 때문에 갈아입을 옷을 좀 빌려 주십사 말씀드리려 했습니다만…….

“아, 그렇군요. 그럼 제 옷을 가져다 드릴게요. 여기서 잠깐 기다리세요.”

레니는 곧 자신의 방으로 향했다. 그녀가 없는 사이 리오는 고민에 빠졌다. 예전의 쓰디쓴 기억이 다시 되살아난 것이다.

‘저 녀석, 깨어나면 누가 자기 옷을 갈아입혔냐며 날뛸 게 분명한데……. 하는 수 없지. 구멍 난 옷을 입혀 재우는 것보다는 욕을 덜 먹을 테니 갈아입히는 수밖에.’

조금 후 레니에게 옷을 건네받은 그는 다시 지크의 방으로 향했다. 문을 열자마자 리오를 반긴 것은 지독한 술 냄새였다. 그는 눈을 질끈 감으며 고개를 흔들었다.

“위스키 같은 독한 술을 마셨나? 대단하군. 그럼 옷을…….”

리오는 문을 굳게 닫고 바이칼의 상의를 벗겼다. 그 시점에서 그는 한 가지 의문이 들고 말았다. 러닝셔츠여야 할 속옷이 브래지어인 것이었다.

“음? 속옷을 왜 이런 걸 입고 있지? 이 녀석에게 이런 취미가 있었나?”

상의를 갈아입힌 그는 곧바로 하의를 벗겼다. 하지만 그는 더더욱 놀라고 말았다.

"……아래쪽까지? 아무래도 일어나면 따져 봐야겠는걸?"

트레이닝복 하의로 갈아입힘으로써 작업을 끝낸 리오는 바이칼에게 이불을 덮어 주고 침대 옆에 앉았다. 바이칼이 입은 속옷에 대해 이런저런 고민을 하던 그는 본인에게 직접 물어 보자고 생각하며 TV를 켰다.

"후, 다녀왔습니다."

지크는 재킷을 벗어 던지고 소파에 몸을 묻었다. 건너편 소파에 앉아 있던 시에는 물고 있던 과자를 삼킨 뒤 지크에게 오늘 벌어진 일을 말해 주었다.

"오빠 오빠, 오늘 큰일 났었다."

정신적으로 타격을 입은 지크는 건성으로 고개를 끄덕였다.

"응, 그래?"

"빠이가 차에 치였다. 리오가 데리고 오빠 방으로 올라갔다."

"차에 치였다고? 큰일이구나."

지크는 잠시 동안 TV 화면에서 움직이고 있는 만화 인물들을 바라보았다. 그러다 고개를 갸웃거린 후 부엌에서 열심히 저녁을 짓고 있는 레니에게 물었다.

"어머니, 손님 하나 또 추가됐나요?"

"음? 응, 바이칼 씨가 머리를 다쳤단다. 한 시간 전에 리오 씨가 데리고 올라갔는데 어디서 그렇게 다쳤는지, 원. 그 고운 얼굴에 흠이라도 갔으면 큰일일 텐데, 걱정이구나."

"……!"

지크는 터져 나오는 비명을 손으로 틀어막으며 바람같이 자신의 방으로 뛰어 올라갔다. 그동안 재빨리 수만 가지 생각을 정리한 그는 방문을 열어젖히며 소리쳤다.

"리오! 도대체 어떻게 되…… 우욱!"

순간 숨이 턱 막히는 술 냄새에 지크는 구토감을 느꼈는지 몸을 돌렸다. 말없이 TV를 보던 리오는 조용히 하라는 듯 손가락을 입에 대고 지크에게 사정을 말해 주었다.

"녀석이 무슨 일인지 술을 엄청 먹고 육교에서 떨어진 다음 차에 치였어. 머리만 다친 것 같은데 아직 의식은 안 돌아오고 있지. 술기운 때문인지도 모르겠지만 말이야. 하여튼 오늘은 네가 소파에서 자는 게 좋을 것 같다. 자초지종은 녀석이 깨어나면 들어 보자."

'안 돼!'

지크는 속으로 그렇게 부르짖으면서도 고개를 끄덕였다. 분칠이라도 한 듯, 얼굴이 하얗게 변한 그는 아래층으로 내려가며 힘없이 중얼거렸다.

"산 넘어 산이구나. 왜 이리 일이 꼬이지?"

"어, 안색이 왜 그래, 지크? 귀신이라도 본 거야?"

마침 집으로 돌아온 지 얼마 안 된 티베가 그의 안색을 보고 불안한 표정을 지었다. 지크는 가볍게 웃으며 답했다.

"귀신? 그거라도 보면 차라리 즐겁게? 너는 몰라도 돼."

그의 성의 없는 대답에 티베의 얼굴이 금세 일그러졌다. 식빵을 입에 문 마티는 티베의 어깨를 두드리며 부엌으로 향했다.

"무시해, 무시해."

"그래. 그게 정답이겠다."

티베는 툴툴대며 부엌으로 향했다. 그런 그녀들의 모습에 지크는 지금 자신만큼 불쌍한 사람이 또 있을까 하는 생각이 들었다.

"거짓말의 대가인가."

그는 자신의 말에 더없이 동감하며 부엌으로 향했다.

다음 날.

리오는 밤을 새우면서 바이칼이 일어나기를 기다렸으나 바이칼은 결국 일어나지 못했다. 심야 방송까지 본 리오는 피로한 눈을 좀 붙이려는 듯 방바닥에 앉아 망토를 덮고 조용히 잠을 청했다.

그동안 지크와 티베, 마티는 본부에 있었다.

지크는 조회가 시작되자마자 어제 일을 보고해야만 했다. 그런데 처크는 별로 기대를 안 하는지 담배에 불을 붙였고, 다른 대원들도 그리 집중하지 않는 얼굴로 스크린 앞에 선 지크를 바라보았다.

지크는 헛기침을 두어 번 한 후 보고를 시작했다.

"험, 어제 일은 제가 상당히 운이 좋았습니다. 바이오 버그들의 목표물을 정확히 찾아낼 수 있었기 때문이죠."

"뭐라고?"

담배 맛을 즐기고 있던 처크는 깜짝 놀라며 지크를 바라보았다. 다른 동료들도 지크가 전투 이외의 일을 해냈다는 말에 귀를 곤두세우고 집중하기 시작했다. 지크는 이런 상황이 얼마 만인가 생각하며 얘기를 계속했다.

"지금까지 납치를 당했던 여성들의 공통점은 갈색 머리카락에, 20세 이하의 젊은 여성들이라는 점이었습니다. 하지만 그것뿐이었죠. 그러나 어제 제가 보호했던 소녀는 좀 달랐습니다."

'……까지는 좋은데 라이아가 특별하다는 걸 어떻게 꾸며 대지? 반신반인이라는 사실을 말할 수도 없고…… 아, 그래!'

지크는 머리를 긁적이다가 생각난 듯 계속 얘기했다.

"챠오나, 그밖의 다른 동료들은 알겠지만 제가 기술 전개 시에 제 모습을 볼 수 있는 사람은 동체시력이 뛰어난 챠오나 케빈뿐이었습니다. 보통 사람이나 저급 바이오 버그들은 전혀 눈치채지 못하죠. 하지만 그 소녀는 제가 공격하는 모습을 볼 수 있었습니다."

"흥, 제대로 못해서 그렇겠지."

리진은 킥킥 웃으며 중얼거렸고, 다른 동료들도 동감한다는 듯 고개를 끄덕였다. 지크는 헛기침을 한 번 한 후 계속 말을 이었다.

"제 생각엔, 바이오 버그들이 그 소녀를 찾기 위해 지금까지 사건을 벌였다고 생각합니다. 그 소녀는 저와 거의 비슷한 시간 안에 바이오 버그들의 위치도 알아냈으니 바이오 버그들이 노릴 만한 특별한 점이 있다고 생각됩니다."

오랜만에 지크가 옳은 소리를 하자, 처크는 담배를 비벼 끄고 지크에게 물었다.

"좋아. 그럼 결론은 무엇인가?"

"예. 그 라이아라는 소녀의 옆에 누군가를 붙여서 그 소녀가 어떠한 점이 더 특별한가 조사를 하고, 경호도 겸하는 것입니다. 조사 중에 다른 소녀들이 납치를 당하면 제 생각은 틀린 것이고, 그렇지 않고 그 소녀를 계속 습격한다면 제 생각이 맞는 것이겠죠."

"음, 훌륭하군."

처크는 고개를 끄덕였고, 다른 동료들도 좋은 생각이라고 생각했는지 고개를 끄덕였다. 또 하나의 산을 무사히 넘은 지크는 곧 자기 자리로 돌아갔다.

잠시 생각하던 처크는 대원들을 돌아보며 말했다.

"음, 지크의 생각은 상당히 좋은 방법인 듯하다. 다른 대원들 중 이의가 있는 사람들은 손을 들어 보도록. 없다면 루이가 조사한 소녀의 신상을 들어 보도록 하겠다."

곧 루이는 앞에 있는 디바이스를 조작해 전자 스크린에 파일을 열었다.

라이아라는 소녀의 신상 명세서가 떠오르자 루이는 자리에서 일어나 설명했다.

"라이아 드리스. 15세. ○○여자 중학교에 재학 중인 소녀입니다. 학점은 상당한 수준이며, 스포츠에도 발군의 실력을 가지고 있습니다. 부모는 없고, 언니와 단둘이 생활을 하고 있습니다. 주거지는 ○○구 ○○동 817번지, 바로 지크 대원의 옆집입니다."

"에휴……"

지크는 그 말이 나올 줄 알았다는 듯 고개를 푹 숙였다. 처크는 고개를 끄덕이며 말했다.

"아, 그런가. 그럼 지크가 이번 일을 책임지고 맡으면 좋겠군. 오늘부터 지크 대원은 그 라이아라는 소녀를 경호하며 소녀에 대한 조사를 겸하도록 한다. 조사 중에 지원을 요청하면 가능한 정도에서 받아들여질 것이며, 최종적인 결과를 빠른 시일 내에 제출하기 바란다."

"네네네네네."

힘없이 대답한 지크는 자기가 왜 스스로 무덤을 팠을까 고민했으나, 한편으로는 라이아와 세이아에 대한 조사를 하고 싶었으므로 차라리 잘됐다는 생각도 했다.

안건이 모두 끝나자 처크는 서류철을 정리하며 회의를 끝내려 했다.

"자, 별다른 소식이 없다면 이만 회의를……"

"말씀드릴 사항이 있습니다, 부장님."

"음? 뭔가, 헤이그?"

헤이그는 가슴에서 외부입출력 단자를 꺼내 책상과 연결한 뒤, 전자 스크린으로 데이터를 전송하며 말했다.

"사실 일찍 말씀드렸어야 했는데, 허황된 얘기로 들으실 것 같아 지금까지 말씀을 못 드렸습니다. 일단 스크린을 봐주십시오. 지금 보여 드릴 인물은 상당히 위험한 인물입니다."

처크를 비롯한 모든 BSP 요원들은 긴장하고 스크린을 지켜보았다. 이윽고 화면에 붉은 장발에 회색 망토를 두른 리오의 모습이 떠올랐다. 헤이그는 열병합 발전소 사건 때 찍은 화면을 계속 돌리며 말했다.

"보다시피 이 인물은 움직임이나 파괴력 등에서 우리를 압도하고 있습니다. 대형 바이오 버그는 물론 포진하고 있던 소형 바이오 버그까지 일격에 쓸어버릴 정도로 강하며……."

헤이그의 설명이 진행되는 동안, 리오를 알고 있는─챠오를 제외한─대원들은 웃음을 참느라 진땀을 뺐다. 리오가 위험인물로 찍힌 것부터 우스웠다.

하지만 상황을 모르는 처크와 헤이그, 그리고 케빈은 진지하기 이를 데 없었다.

"……제가 조사한 바에 따르면 작년 혼란기 때 홀연히 나타난 이 인물은 드래군이란 별칭으로 전 세계 사람들에게, 특히 유럽 사람들에게 잘 알려져 있습니다. 다른 나라에서 비밀리에 만든 생체병기인지, 아니면 다른 세계에서 온 존재인지 밝혀진 바는 없지만, 작년의 혼란기가 끝나자마자 모습을 감췄던 그가 왜 지금 다시 나타났는지 그 이유를 알아내야 할 것 같다는 생각이 듭니다. 제 생각에, 지금 우리에게 직접적인 문제가 되고 있는 바이오 버그와 어느 정도 관련이 있을 것 같습니다."

담배 연기를 내뿜으며 헤이그의 말을 진지하게 듣던 처크는 고개를 끄덕이며 시선을 돌렸다.

"흠, 그럴지도 모르겠군. 다른 대원들의 생각은 어떤가?"

"……네?"

웃음을 참느라 정신이 없던 대원들에게 처크의 질문은 너무도 갑작스러운 것이었다. 그때 당황한 다른 대원들 대신 뭔가를 심각하게 생각하던 챠오가 대답했다.

"일단 그가 우리에게 피해를 입힐 거라는 보장도 없고, 아군이라는 보장도 없기 때문에 시간을 두고 지켜보는 게 좋을 것 같습니다. 게다가 우리에게는 바이오 버그가 더 시급하지 않습니까."

"좋아. 그럼 일명 드래군이라 불리는 괴한에 대한 일은 미루도록 하겠다. 다른 의견이나 질문은 없나? 없다면 오늘 회의를 마치겠다."

리오에 대한 안건이 무사히 넘어가자 지크를 비롯한 대원들은 힘없이 미소를 지었다. 그런데 웃어넘기던 지크의 눈에 안도의 한숨을 쉬는 챠오의 모습이 들어왔다. 평소에 그런 모습을 보인 적이 없는 그녀였기에 지크는 놀라지 않을 수 없었다.

'설마, 리오 녀석이 챠오에게까지 마수를 뻗은 건가? 쟤가 왜 저러지?'

하지만 지크는 더 이상 깊이 파고들지는 않았다. 물론 순전히 고민하기 싫어하는 그의 성격 탓이었지만.

한참 편하게 잠을 자던 리오는 누군가 자신의 팔을 콕콕 건드는 느낌에 잠에서 깨어났다.

'바이칼 녀석이 일어난 건가? 그건 그렇고 녀석이 팔을 건드려서

깨운 적이 있었던가?'

이상하다고 생각하며 눈을 뜬 리오는 머릿속이 굳어지는 것을 느꼈다. 머리에 붕대를 감은 블루블랙 머리카락의 아름다운 소녀가 붉은색 눈을 반짝이며 자신을 정면으로 바라보고 있었다.

소녀는 얼굴을 붉힌 채 리오에게 자그마한 목소리로 물었다.

"저, 여기가 어디죠? 당신은 누구시고요?"

리오는 살짝 인상을 찡그렸다. 겁에 질린 소녀가 뒤로 흠칫 물러서자 그는 다시 표정을 풀며 물었다.

"무슨 소리를 하는 거야, 바이칼. 아직도 머리가 아파?"

그러자 소녀는 큰 눈을 반짝이며 고개를 갸웃거렸다.

"제 이름은 바이칼이 아닌데요?"

"뭐?"

리오는 곤란과 혼란의 구렁텅이로 한꺼번에 빠졌다. 단순히 기억상실증에 걸린 것일까, 아니면 일부러 이런 행동을 취하는 것일까.

리오의 생각으로는 둘 다 가능성이 없었다. 사실 육교 정도 높이에서 떨어져 받은 충격이나 차에 치여 받은 충격은 바이칼에게는 벌레에 물린 것이나 다름없을 정도로 경미한 것이었다. 또한 아무리 술을 마셨다 하더라도 뇌에 손상이 갈 정도의 충격을 받았을 리가 없었다.

두 번째 경우도 마찬가지였다. 바이칼의 성격상 자신의 외모에서 오는 콤플렉스를 감추기 위해 아는 사람 앞에서 모른 척한다 해도 지금과 같은 장난을 칠 가능성은 제로에 가까웠다.

그걸 잘 아는 리오는 현재 상황을 도저히 이해할 수 없었다.

"죄, 죄송해요. 그럼 바이칼로 할게요. 제 이름은 바이칼이에요. 됐죠?"

리오가 곤란해하는 것을 느꼈는지 소녀는 황급히 자신의 이름을 바꿔 말했다. 그러자 리오는 애써 웃으며 그녀에게 물었다.

"그럼 성이 뭐지?"

성씨가 뭐냐는 질문에 그녀의 얼굴은 일순간 굳어졌다. 농담이 아니라는 것을 깨달은 리오는 그녀의 머리를 살짝 만지며 말했다.

"레비턴스야. 바이칼 레비턴스. 하지만 내가 바이칼이라 했다고 해서 일부러 그 이름을 쓸 이유는 없어. 네 본명을 말해 볼래?"

그 질문에 그녀는 상당히 고민하는 듯했다. 하지만 오랫동안 고민한 끝에 그녀가 내놓은 결론은 리오를 더욱 괴롭히고 말았다.

"바이칼요."

머리를 식힐 겸 바이칼—하는 수 없이 바이칼이라 부르기로 했다—을 데리고 공원으로 나온 리오는 굳은 표정으로 그녀를 바라보았다. 바이칼은 리오의 시선도 느끼지 못하는 듯, 밤사이 눈이 내려 하얀 잔디밭을 환한 얼굴로 바라보았다.

"우아, 신기해요. 눈이라는 게 이렇게 아름다울 줄은 몰랐어요, 리오 님."

우지직.

순간 리오가 기대고 있던 벤치에서 무언가 부러지는 소리가 났다. 바이칼은 깜짝 놀라며 그를 바라보았으나 리오는 태연히 다른 곳으로 시선을 돌리고 있었다. 덕분에 그녀는 그가 부서진 벤치의 파편을 버리는 것을 끝내 눈치채지 못했다.

바이칼은 걱정스러운 표정을 지으며 리오에게 물었다.

"무슨 일 있으세요?"

"아, 별일 아냐."

리오는 그렇게 말하면서도, 속으로는 이만저만 고민이 아니었다.

'확실히 바이칼이 아냐. 아침에는 당황해서 느끼지 못했지만 눈동자 색이 파란색이 아니라 빨간색이고, 몸이 단련된 흔적도 전혀 없어. 아무래도 동룡족 여성인 것 같은데…… 설마?'

리오는 눈을 감으며 생각을 계속했다. 잠시 후 주위가 따뜻해지는 것을 느꼈다.

'구름이 걷혔군. 겨울 햇볕치고는 따뜻한데?'

"음, 햇볕이 따뜻해요. 기분이 좋네요."

"……."

순간적으로 또다시 그녀를 바이칼이라고 착각한 리오는 더 이상 여기에 있다가는 자신의 머리가 어떻게 될 것 같은 느낌에 그녀를 데리고 집으로 돌아가기로 했다.

"자, 갈까, 바아칼?"

"어머, 벌써 돌아가게요? 더 있고 싶은데……."

바이칼은 아쉽다는 표정을 지으며 주위를 둘러보았다. 자신의 친구와 너무도 똑같은 그 모습에 리오는 손바닥으로 얼굴을 덮으며 생각했다.

'태연해지자.'

2

안개에 가려진 사건들

"괜한 짓을 하는 게 아닐까."

라이아가 다니고 있는 학교 근처 분식점에서 라면을 먹고 있던 지크는 고개를 저으며 중얼거렸다. 만두를 빚고 있던 분식점 주인은 오랫동안 앉아 있는 지크를 흘끔 바라보며 물었다.

"왜 그러슈, 총각? 설마 돈이 없는 건 아니겠지?"

지크는 피식 웃으며 말했다.

"헷, 오늘 만두 1억 원어치 만들고 싶으세요?"

"농담한 것 가지고…… 하여간 요즘 젊은이들은 말도 못 붙이겠다니까."

분식점 주인은 투덜대며 계속 만두를 빚었다. 지크는 분식집에 걸려 있는 시계를 쳐다보며 주인에게 물었다.

"아주머니, 저 학교 보충수업은 언제 끝나나요?"

"보충? 아마 한 시간 정도면 끝날 거유. 물론 더 일찍 나오는 애들도 있긴 하지만. 흠, 그렇게 땡땡이치는 애들은 나중에 커서 뭐가 되려고 그러는지⋯⋯."

그때 분식점 문이 열리며 여학생 둘이 재빨리 들어왔다. 웃음 가득한 표정이나, 약간 움츠러든 듯한 몸짓이 '땡땡이'를 친 것이 분명했다. 하지만 불만이 가득했던 주인 얼굴은 곧바로 활짝 펴졌다.

"에구, 학생들 벌써 왔어? 호호호. 잘 왔네, 잘 왔어. 그래, 오늘은 뭐 줄까?"

"만두 2인분하고요, 떡볶이 1인분요!"

지크는 신나게 주방으로 들어가는 주인을 보며 할 말을 잃고 다시 라면 먹는 데 열중했다.

"헤헷, 저 아줌마도 눈앞의 이익을 쫓는군."

라면을 다 먹은 지크는 계산하고 밖으로 나와 분식점 옆에 세워둔 자신의 오토바이에 걸터앉으며 학교를 바라보았다. 아직 수업 중인지 학교는 조용했다. 점점 따분함을 느끼기 시작한 지크는 한숨을 길게 쉬며 고개를 숙였다.

"이봐, 네가 지크 스나이퍼지?"

그때 갑자기 뒤에서 들려온 목소리에 지크는 눈을 부릅뜨며 놀랐다. 그가 아무리 해이해진 상태라 하더라도 뒤에서 접근하는 기척을 이렇게 눈치채지 못한 일은 없었기 때문이다. 그는 자신의 장갑을 천천히 죄며 물었다.

"아가씨 같은데⋯⋯ 무슨 일이지?"

"그냥, 한판 붙어 보자고!"

지크는 반사적으로 몸을 숙였다. 그의 머리 위로 음속에 가까운 발차기가 스쳐 지나갔다.

"빠른데!"

"닥치고 덤벼 보시지! 응?"

지크는 자신의 오토바이 옆에 서 있는 여성을 보고 아연실색했다. 러닝셔츠와 군복 바지 차림을 한 황갈색 머리카락의 여성이 한껏 근육을 불끈대며 서 있었다. 챠오도 상당한 근육을 가지고 있지만 지금 앞에 있는 여성의 근육은 오랫동안 헬스로 다져진 남자 이상의 것이었다. 처음 보는 여성이기에 지크는 이내 화난 표정을 누그러뜨리며 물었다.

"혹시 사바신이나 바이론 동생이야?"

"흥, 네가 알 바 아냐! 승부다!"

지크와 키가 비슷한 그녀의 발차기 범위는 그야말로 엄청났다. 힘도 자신을 능가할 정도여서 그는 피하면서도 감탄했다.

"이 정도면 보통 인간이 아닌데? 도대체 누구냐!"

"나보다 약한 녀석에게 정체를 말하고 싶지 않아!"

사실 지크는 현재 피하기만 할 뿐 반격은 하지 않았다. 하지만 상대가 보통이 아닌 만큼 지치기를 기다릴 수도 없을 것 같아 그는 반격의 길을 택했다.

"나중에 울면서 자기소개 하지나 마라!"

지크는 왼팔로 머리를 가린 채 그녀에게 돌진했다. 무턱대고 돌진하는 그의 모습에 황갈색 머리카락의 여성은 가소롭다는 듯 웃으며 자신의 굵은 팔을 뻗었다.

"흥, 죽은 사람 앞에서 우는 취미는 없어!"

지크의 팔뚝과 그녀의 육중한 주먹이 충돌했다. 아니 충돌한 게 아니었다. 그녀의 주먹이 팔에 닿았다고 생각된 순간 지크의 몸이 잔상과 함께 멈췄고 그녀의 주먹은 그의 팔뚝에 아무 충격 없이 닿았다. 공격이 가해지는 속도대로 몸을 움직여 상대의 공격과 동작을 일순간 무력화하는 기술이었다. 거기에 제대로 당한 여성은 자신에게 내리꽂히는 지크의 팔꿈치를 멍하니 볼 수밖에 없었다.

"끝이야!"

그러나 지크도 상대를 확실히 파악하지는 못했다. 분명 그의 공격이 두상에 들어갔음에도 불구하고 그 여성은 멀쩡히 서 있었다. 움찔한 지크와는 달리, 그녀는 씩 웃으며 지크의 팔을 밀쳐 냈다.

"헤, 일대일이지? 좋아, 맘에 들었어. 알테미스나 유로보다는 약한 것 같지만 테스트 통과할 자격은 확실한 것 같군. 난 데스 발키리 소속의 레베카야. 레베카 프람베르그."

그녀가 명랑하게 자신을 소개했는데도 지크의 얼굴은 그리 밝지 않았다. 여자인데도 엄청난 괴력에 자신의 공격을 몸으로 받아 내는 맷집을 자랑하는 상대가 그리 반가울 리 없었다.

"테스트? 데스 발키리? 도대체 무슨 말을 하는 거야?"

"후, 나중에 차차 알게 될 거야. 그럼 난 가지."

레베카라고 자신을 밝힌 여성은 바지 주머니에 손을 찌르며 다른 곳으로 향했다. 잠시 동안 그녀의 뒷모습을 바라보던 지크는 한숨을 내쉬며 다시 오토바이에 몸을 실었다.

"젠장, 뭐가 이렇게 꼬여? 와카루 할아범에다 세이아 자매까지, 또 데스 발키리인지 데스를 밝혀라인지…… 아무래도 엄청 피곤한 일이 닥칠 것 같군."

댕댕.

때마침 종강을 알리는 종소리가 들려오자 지크는 갑자기 무리하게 움직여 뻐근해진 몸의 근육을 이리저리 풀며 라이아가 나오길 기다렸다. 조금 후 학교에서 보충수업을 마친 여학생들이 몰려나오기 시작했다.

"뭐 해요, 아저씨?"

멍하니 교문을 바라보던 지크는 순간 움찔하며 자신의 옆을 바라보았다. 어느새 그의 옆에 라이아가 서 있었다. 그는 손날로 라이아의 머리를 콕 치며 불쾌한 듯 투덜댔다.

"이 녀석, 내가 스물다섯 살이라고 몇 번이나 말해야 알아듣겠니? 오빠라고 불러, 오빠!"

그러자 라이아는 맞은 부위를 손으로 감싸며 기어 들어가는 목소리로 말했다.

"그래도 애 하나 있을 나이가 아니란 건 부정할 수 없잖아요."

할말을 잃은 지크는 졌다는 듯 머리를 설레설레 저으며 오토바이에 타라는 손짓을 했다.

"좋아, 아저씨라고 부르든 할아버지라고 부르든 편한 대로 하려무나. 자, 다음 장소는 어디니?"

어제 지크에게 경호를 하겠다는 말을 들은 라이아는 가벼운 백색 헬멧을 쓰며 말했다.

"보충 교재를 사야 하거든요? 그러니 먼저 서점부터 들러 주세요, 지크 오빠. 호호홋."

지크는 씩 웃으며 오토바이 시동을 걸었다. 가솔린 엔진이 아닌 수소 엔진으로 움직이는 오토바이였기에 시동 걸 때의 소리는 흔하디흔한 이온부상 승용차와 비슷했다. 그래도 이륜으로 가는 교통수단이었기에 라이아는 상당히 기대되는 듯 눈을 반짝였다.

"우아, 버스나 택시하고는 느낌이 다르네요? 바퀴로 가는 오토바이는 한 번도 못 타봤거든요."

헬멧 대신 고글을 쓴 지크는 라이아를 돌아본 뒤 엄지손가락을 들어 보였다.

"헤헷, 그럼 마음껏 즐기라고! 자, 가 볼까?"

"좋아요!"

지크와 라이아를 실은 오토바이는 조심스럽게, 하지만 힘 있게 거리로 출발했다.

"처음 뵙겠습니다. 이번에 한국을 방문한 일본 큐슈 방위 BSP 대표 유키타 사이조(雪他 祭場)라고 합니다. 방문 시일 동안 잘 부탁드립니다."

붉은 스포츠형 머리카락의 청년은 자신의 앞에 선 리진과 티베, 챠오, 케빈에게 정중히 인사를 했다. 이어서 다른 일본 BSP들도 인사했다. 처크 부장과 헤이그가 잠시 외출을 한 상태였기에 상급자인 케빈은 대표로 손을 내밀며 말했다.

"대한민국 수도 방위 BSP의 케빈 브라이언이오. 잘 오셨소."

사이조는 쾌히 케빈과 악수를 나누었다. 그러고 나서 다른 BSP 대원들을 둘러보던 그는 팔짱을 낀 채 서 있는 챠오를 보고 반가운 얼굴로 다가가 손을 내밀었다.

"당신이 바로 모든 BSP 중에서 근접 전투의 2, 3위를 다툰다는 강자, 린 챠오 대원이군요. 만나 뵙게 되어서 정말 영광입니다. 저는 금년에 소집된 신인 대원이라 미처 알아뵙지 못했습니다."

평소같이 약간 인상을 쓴 표정으로 그 손을 바라보던 챠오는 말없이 손을 내밀어 그와 악수를 나누었다. 그때 맞잡은 사이조와 챠오의 손이 미세한 진동을 냈다.

꽤 오랫동안 악수를 한 사이조는 피식 웃으며 가볍게 말했다.

"흠, 실망이군요. 그 정도의 힘으로 BSP의 2위를 다투신다니, 설마 한국 내에서 2, 3위를 다툰다는 말이 와전된 건 아닙니까? 후훗."

챠오는 사이조의 불쾌한 말을 듣고도 별 내색을 하지 않았다. 그러다가 눈을 지그시 뜨며 무덤덤하게 중얼거렸다.

"악수를 하자는 게 아니었습니까?"

우두둑.

"흡!"

순간 사이조의 손과 이마에 푸른 힘줄이 솟더니 불길한 소리가 들렸다. 챠오는 곧 손을 풀었고 사이조는 자신의 손을 부여잡았다.

챠오는 리진에게 받은 손수건으로 사이조와 악수한 손을 닦으며 충고하듯 말했다.

"BSP의 제2격투가라는 말이 장난으로 들렸다면 정식으로 도전하셔도 좋습니다. 방문 중 대련은 규칙 위반이 아니니까요."

챠오는 곧 리진에게 손수건을 돌려주었고, 리진은 그 손수건을 다시 사이조에게 건네며 살짝 윙크를 했다.

"손수건은 기념으로 가지세요. 저는 이상한 남자의 체취는 질색이라서요."

"자자, 그런 말 말고 어서 갑시다. 세계에서 두 번째로 큰 BSP 본부라 볼 것도 많으니 말이오."

곧 케빈은 방문한 일본 BSP들에게 본부를 안내해 주기 위해 회의실을 나섰다.

그들이 사라지자 의자에 앉은 티베는 맘에 안 든다는 얼굴로 다리를 꼬며 리진에게 말했다.

"저 애들, 뭔가 맘에 안 들어."

리진도 고개를 끄덕이며 회의실 탁자에 걸터앉았다.

"나도 그래. 우리하고 인사할 때 그 사이조라는 남자 말고는 눈도 마주치지 않더라고. 게다가 그 사이조라는 남자, 도대체 뭐가 특기인지 모르겠어. 몸은 상당히 단련된 것 같은데……."

덤덤한 얼굴로 챠오가 대답했다.

"닌자야. 닌자가 BSP인 것은 이상할 게 없지만 이번처럼 구성원 모두가 닌자인 적은 처음이야. 뭔가 불길해."

그녀뿐만 아니라 리진과 티베 모두 석연치 않다는 생각을 가졌다. 하지만 대한민국과 일본의 BSP들은 지방을 옮겨 다니며 세 달에 한 번씩 상호 방문을 하기 때문에 뒷조사를 할 수도 없는 상황이었다.

그녀들이 의심을 하는 동안에도 시간은 계속 흘러갔다.

집에 도착한 리오는 머리를 흔들며 바이칼과 함께 집 안으로 들어갔다. 특별히 할 일이 없는 리오는 소파에 앉아 TV를 켰고, 마침 고정된 채널에서 만화가 나오고 있었다. 리오는 뉴스나 보자 생각하며 채널을 돌리려 했으나, 앞에 앉은 바이칼이 TV 화면을 뚫어지게 바라보고자 아차 하며 채널 바꾸는 것을 그만두었다.

'만화 좋아하는 것도 녀석과 비슷하군. 기가 막힌걸.'

만화에 그리 관심 없는 리오는 소파에 푹 눌러앉으며 천장을 올려다보았다. 만화에서 나오는 효과음과 음악 외에는 너무나 조용한 오후였다.

'지크 녀석 모르게 이번 일을 처리하려고 했는데 짐까지 붙어버렸으니 고민이군. 그건 그렇고 사이키 님은 예전의 기억을 가진 채 인간화가 되셨는데 왜 세이아는 예전 기억이 없는 거지? 예전의 능력은 이오스가 신의 자격을 잃은 후 역시 잃어버렸을 텐데…… 설마 신의 힘을 잃어버렸기 때문인가? 모르겠군……'

리오는 살며시 눈을 감았다. 겨울치고는 나른한 오후라는 생각이 들었다.

「도와주세요!」

"……?"

그때 갑자기 머릿속에 울려 퍼진 목소리에 리오는 눈을 번쩍 뜨며 주위를 둘러보았다. 하지만 바이칼은 여전히 TV에 집중하고 있었고, 방영 중인 만화에서도 도와달라는 대사는 나오지 않았다.

'정신감응? 도대체 누구지? 아차!'

리오는 순간 눈을 부릅뜨며 정신을 집중했다. 잠시 후 그는 창문을 보고는, 피식 웃으며 자리에서 일어섰다. 그가 일어나자 바이칼이 리오를 올려다보며 물었다.

"리오 님, 어디 가시려고요?"

"음, 잠깐 나갔다 올게. 금방 돌아올 테니 걱정 말고 기다리고 있어. 알았지?"

"네. 꼭 빨리 돌아오셔야 해요. 혼자는 무서울 것 같아요."

리오는 어색한 웃음을 지은 채 바이칼의 머리카락을 살짝 비비고는 곧장 지크의 집을 나섰다.

"설마 이 근처에 BSP들이 순찰을 하고 있지는 않겠지."

"후, 그럴 리가. 내가 알아본 바에 의하면 오늘은 순찰이 없어. 그리고 한국의 보통 경찰들 중 우리의 기를 읽을 만큼 뛰어난 녀석들은 없으니 마음 푹 놓으라고."

"그렇군. 그런데 두령께서 왜 이 여자를 데려오라고 하셨을까? 그냥 예뻐서?"

흰색 복장을 한 두 명의 닌자 중, 입에 재갈이 물린 은발의 여성에게 신경마비제를 놓으려던 닌자는 이유는 모르겠다는 듯 물었다.

"모르지. 두령이 하시는 일을 우리가 어떻게 알겠어."

"모르면 그냥 놓고 가지 그러나."

"안 돼. 그러면 우리는 야단을 맞는 정도가 아닐 거라고."

"그럼 그럼."

"윽! 누, 누구냐!"

두 닌자들은 순간 몸을 은신하며 주위를 살펴보았으나 집 안에는 자신들이 잡은 여자 말고는 아무도 없었다. 두 닌자는 다시 은신을 풀어 봤으나 역시 아무것도 감지하지 못했다. 조금 이상했지만 둘은 신경마비제가 든 주사기를 여성의 눈앞에 들이밀었다.

"자, 이걸 맞으면 여행하는 데 편할 거야. 그사이 무슨 일을 당해도 모를 거고. 헤헤헷."

"오호, 좋은 약이군."

순간 마비제를 놓으려던 닌자의 머리를 누군가 뒤에서 잡더니 그대로 허공으로 들어 올렸다.

"읍! 으으읍!"

"이런!"

그것을 본 다른 닌자는 동료를 구하기 위해 등에 장착한 칼을 빼들었으나 그의 이마에 곧 차가운 감촉이 전해졌다.

"으, 으윽?"

닌자는 자신의 이마에 닿은 보라색 대검에 눈을 고정한 채 도검을 놓고 손을 위로 올렸다. 다른 닌자의 머리를 잡아 들어 올린 괴한, 리오는 빙긋 웃으며 그들이 떨어뜨린 주사기로 시선을 돌렸다.

"자, 주사기 안에 든 약물을 반씩 투여해. 자네 반, 이 친구 반. 그러면 자네들을 갖다 버릴 때 편할 테니까. 중간에 무슨 일을 당해도 모른다며?"

"으, 으으윽!"

닌자는 분하다는 표정을 지은 채 아무런 행동도 취하지 않았다. 그러자 리오는 고개를 저으며 검을 잡은 오른팔에 힘을 가했다.

"흠, 숙녀 앞에서 묘기 부리기도 오랜만이군."

순간 닌자가 떨어뜨린 소태도가 공중으로 튀어 올랐다. 그 칼의 주인은 자신의 칼에 보라색 검광 두 줄기가 보이지 않을 정도의 스피드로 빠르게 스쳐 지나가는 것을 볼 수 있었다.

곧 칼은 네 조각으로 나뉘어 바닥에 흩어졌다. 그걸 본 두 닌자의 안색은 옷 색과 같이 하얗게 변했다.

"자, 괜찮았나? 다음 묘기는 인체 해부니까 좋은 쪽으로 한 번 더 생각해 보시지."

닌자는 즉시 주사기를 들어 동료와 자신에게 반씩 약품을 투여했고, 약 효과는 빠르게 나타나 두 닌자는 금세 축 늘어졌다.

"후, 약효가 좋군."

리오는 자신의 검을 보이지 않게 한 후 포박되어 바닥에 쓰러져 있는 은발 여성을 풀어 주었다.

"자, 이제 괜찮습니다. 무섭지 않으셨습니까?"

"……."

그녀는 아무 말도 하지 않았다. 리오는 미소로 그 여성을 안심시키려 했으나 그녀는 경계하는 눈초리를 거두지 않았다. 그러나 리오는 걱정하지 않았다. 그 여성의 성격이 어떻다는 것을 누구보다 잘 알고 있었기 때문에.

"이후의 일은 걱정 마십시오. 이들이 당신을 다시 습격하는 일은 없을 겁니다."

리오는 닌자 둘을 어깨에 둘러메고 밖으로 나갔다. 아무 말 없이 그를 바라보던 여성은 침을 꿀꺽 삼키고 긴장된 목소리로 말했다.

"저, 저, 감사합니다. 어떤 분이신지 모르겠지만 구해 주셔서 감사합니다. 성함이라도…… 제 이름은 세이아 드리스라고 합니다만……."

그녀의 이름을 들은 리오는 씩 웃으며 그녀를 바라보았다.

"리오, 리오 스나이퍼라고 합니다. 옆집에 머물고 있죠. 그럼 이만."

그는 조용히 밖으로 나갔고, 그가 나간 후 세이아는 바닥에 떨어진 소태도 조각을 주워 쓰레기통에 버리는 등 주위를 정돈한 후 의자에 앉았다.

그녀는 쓸쓸한 표정을 지은 채 창밖으로 보이는 옆집으로 시선을 돌렸다. 납치될 뻔했는데도 그녀의 표정이나 마음은 그리 혼란스러워 보이지 않았다. 마치 예견했다는 듯한 얼굴이었다.

집 밖으로 나온 리오는 길바닥에 두 명의 닌자를 던져 놓은 뒤, 의미심장한 미소를 띠며 나지막이 중얼거렸다.

"두 바보를 데리고 조용히 가는 게 좋을 거다. 너희가 누군지 모르겠지만 한 번 더 그녀를 건드리면 그때는 재미로 끝나지 않을 테니까. 나에게 도전한다면 물론 사양하지는 않지. 후훗."

리오는 유유히 지크의 집으로 들어갔다. 잠시 후 버려진 두 닌자의 근처에 다른 닌자 한 명이 나타나 씁쓸히 중얼거렸다.

"은신술을 모두 파악할 줄이야……. BSP 이상으로 귀찮은 녀석이 나타났군."

그는 두 닌자를 데리고 조용히 사라졌다.

"잠깐 잠깐! 경호하는 것도 아쉬운 내가 왜 너에게 점심이랑 저녁까지 대접해야 하는 거지!"

패스트푸드점에서 라이아와 함께 식사를 하던 지크는 뭔가 손해라는 생각이 들었는지 따지기 시작했다.

한참 맛있게 햄버거를 먹던 라이아는 눈을 가늘게 뜨며 말했다.

"에, 짜게 굴지 마세요. BSP 봉급이 상당하다고 들었는데……."

"그, 그거하고는 상관없잖아. 게다가 네가 먹은 햄버거와 프라이드 포테이토의 양을 계산하지 못하는 거니? 혹시 네 언니 음식이 맛없어서 이러는 거야?"

"아, 아니에요! 햄버거는 우리 언니가 훨씬 잘 만든다고요!"

"쳇, 그것보다 여기 햄버거가 너무 맛있다고 하는 게 옳겠지."

"맞아요. 프렌치 프라이는 더위 먹은 엿처럼 축 늘어지고……."

점원들의 따가운 시선을 아는지 모르는지 지크와 라이아는 가벼운 발걸음으로 음식점을 나섰다. 지크는 휴지로 입을 닦으며 라이아에게 다음 목적지를 물었다.

"자, 다음 스케줄은 어딥니까, 공주님?"

"이제 끝이에요. 집에 가면 된답니다, 지크 기사님, 호호호호홋."

그 순간 지크는 자신의 몸에 오한이 서린 것 같은 느낌을 받았다. 다름 아닌 라이아의 웃음소리 때문이었다.

예전에 신의 힘을 휘두르며 자신들에게 도전해 왔던 라이아를 잠시 떠올린 그의 표정은 굳을 대로 굳어졌다. 라이아는 그의 얼굴을 보고 깜짝 놀라 물었다.

"지, 지크 오빠? 무슨 일 있어요?"

"으, 응? 아니야, 아무것도. 하하핫."

지크가 곧 아무 일도 아니라는 듯 머리를 긁적이며 미소를 짓자 라이아는 다행이라는 듯 고개를 끄덕였다. 지크는 라이아를 오토바이에 태우고 곧장 집으로 향했다.

라이아를 데려다준 지크는 집에 티베와 마티가 돌아와 있자 손을 흔들어 반가움을 표시했다.

"여, 오늘은 다들 괜찮았어? 요즘 하도 순찰 근무를 안 하니까 본부에서 일이 어떻게 돌아가는지 알 수가 없어야지. 헤헷."

그 말에 티베가 갑자기 인상을 구기자 지크는 움찔하며 상황을 물었다.

"음? 인상이 왜 그래? 본부에 무슨 일이라도 있는 거야!"

"그 일본 BSP들, 원래 올 때마다 그런 식이었어?"

"일본 BSP? 아, 그러고 보니 정기 방문 시즌이었구나. 그 애들이 왜? 추근대기라도 해?"

티베는 소파에 털썩 주저앉아 불평을 늘어놓기 시작했다. 옆에서 마티도 함께 거들었다.

"추근거리기만 하면 괜찮지! 챠오에게 시비를 걸지 않나, 나에겐 무슨 배경으로 BSP가 됐냐고 하질 않나, 마티에겐 어디서 선텐했냐고 물어보질 않나, 장난이 아니었다고! 게다가 그 녀석들 모조리 닌자인가 하는 녀석들로 구성되어 있다는데 남자고 여자고 하나같이 뭐 씹은 표정으로 본부 안을 누비고 다니더라고……. 정말 한 대 갈겨 주고 싶었다니까."

"게다가 모두 1월에 들어온 신인 BSP라더군. 그래서 더 버릇없나 봐."

마티의 묵직한 말까지 들은 지크는 너희도 신인이잖아 하고 속으로 생각하며 고개를 끄덕였다.

"그래? 음, 내일이 일요일이지? 좋아, 내일 라이아의 경호는 리오 녀석에게 부탁하고 녀석들을 묵사발로 만들어 주지! 헤헤헷. 그런데 바이칼하고 리오 녀석은 어디 있어?"

지크의 입에서 '바이칼'이라는 이름이 나오자, 티베와 마티의 얼굴이 순간 굳어 버렸다. 그는 의아한 표정을 지으며 둘을 보았다. 티베와 마티는 참았던 웃음을 터뜨리며 소파 위를 굴렀다.

"쿡, 쿠구쿠쿡!"

"핫, 하하핫!"

지크는 더욱 이해할 수 없다는 눈빛으로 둘을 번갈아 바라보았다. 몸을 숙인 채 최대한 웃음을 참고 있던 마티는 부엌 쪽을 가리키며 힘겹게 입을 열었다.

"부, 부엌으로 가 봐……, 쿠쿠쿡!"

"……부엌?"

지크는 뭔가 이상하다고 생각하며 부엌으로 갔다. 부엌에서 오늘 남은 음식을 처리하고 있는 레니와 그녀를 도와주고 있는 시에, 그리고 식사를 하고 있는 리오와 바이칼이 있었다. 레니는 지크가 부엌으로 들어오자 깜짝 놀라며 물었다.

"어머, 지크. 저녁 식사 안 하고 온 거니?"

"아, 아뇨. 그건 아니지만, 음?"

바이칼 쪽을 돌아본 지크는 자신을 등지고 앉은 바이칼의 체형이 뭔가 이상한 것을 느꼈다. 어깨도 좁아졌고, 몸의 굴곡도 말로 형용할 수 없을 정도였다. 게다가 키도 좀 줄어든 것처럼 보였다.

"왔구나, 지크."

리오는 덤덤한 얼굴로 손을 들어 보였다. 리오의 반응에 바이칼은 즉시 의자에서 일어나 지크에게 인사를 했다.

"아, 안녕하세요, 처음 뵙겠습니다. 저는 바이칼이라 합니다. 잘 부탁드립니다."

지크의 얼굴은 흙빛으로 변했다. 리오는 손으로 자신의 이마를 감쌀 뿐이었고, 레니는 입을 막으며 시에를 데리고 빠르게 거실로 나갔다. 멀찌감치 들려오는 어머니의 웃음소리를 들으며 지크는 슬쩍 달력을 바라보았다.

"만우절치고는 숫자가 좀 다른 것 같은데? 이, 이봐 바이칼, 웃기려고 하지 말라고. 설마 지금 시간에 술이라도 마신 거야?"

바이칼은 흠칫 놀라며 지크에게 말했다.

"수, 술요? 저는 그런 것 이제 안 마실 거예요. 그리고 저는 진심으로 인사드리고 있는 건데……."

바이칼은 어깨를 움찔하더니 이내 훌쩍거렸다. 리오는 이젠 적응이 됐는지 그녀의 어깨를 토닥거리며 지크를 소개했다.

"울지 마. 저 녀석 피곤해서 그런 것뿐이니 맘에 두지 마. 악의는 절대 없으니 안심해."

"훌쩍…… 예, 죄송해요."

"저 녀석은 지크 스나이퍼라고 내 형제야. 누가 형인지는 가리지 않고 살지. 어차피 의형제니까."

지크는 몸이 공중에 붕 뜨는 것 같았다. 전신의 모든 감각이 마비되는 것 같았고 자신의 눈도 믿을 수가 없었다. 이윽고 그는 딱딱한 동작으로 팔을 들어 보이며 인사했다.

"안녕, 아까는 미안했어. 난 지크라고 해. 자기 집처럼 생각하고 편안히 생활해 줘."

반쯤 정신이 나간 그는 어감 없는 딱딱한 목소리로 말했다. 바이칼은 뭔가 이상하다는 생각을 하면서도 고맙다는 표정을 지었다.

"아, 감사합니다. 잘 부탁드려요."

"바이칼, 잠깐 거실로 가서 다른 분들과 얘기 좀 하고 있을래? 둘이서 할 말이 있어서 말이야."

"예, 그렇게요, 리오 님."

바이칼이 곧바로 나가자 리오는 다시 자리에 앉으며 지크에게 말했다.

"자, 천천히 얘기해 줄 테니 앉아 봐."

"안녕…… 아까는 미안했어. 난 지크라고 해. 자기 집처럼 생각하고 편안히 생활해 줘."

"……정신이 나갔군."

"안녕, 아까는 미안했어. 난…… 흐흑."

지크는 힘없이 식탁에 엎드리며 말을 끊었다. 리오는 후추 병으로 지크의 머리를 톡톡 치며 얘기했다.

"알았으니 들어. 사실 저 애는 바이칼이 아냐. 바이칼과 놀랍도록 닮긴 했지만. 동룡족에 가깝지. 적색 눈동자를 보면 알 텐데……. 이봐, 듣고 있는 거야?"

지크는 고개를 끄덕였다. 듣고 있는지는 알 수 없었지만, 리오는 어쨌든 지크에게 당부했다.

"다른 사람들에겐 적당히 둘러댔어. 옷 문제는 너희 어머니께서 알아서 처리해 주신다고 하셨으니 괜찮을 것 같아. 하지만 장난이라도 목욕을 같이 하자든가 하는 말은 하지 말아 줘. 왠지 모르지만 저 녀석, 남이 싫어하는 일은 절대 안 하고, 남이 좋아하는 일을 하기 위해서 최선을 다하더라고. 어느 정도냐 하면 자신의 본명이 있으면서도 나를 위해 바이칼이란 이름을 계속 쓰고 있지."

문득 정신을 차린 지크는 고개를 슬쩍 들며 물었다.

"그야말로 나쁜 아저씨가 사탕 줄 테니 잠시 골목으로 오라면 따라갈 성격이라 이거야? 그저 아저씨를 위해서?"

"말하자면."

"웃기는군."

지크는 다시 고개를 떨궜다. 리오 역시 이젠 설명하기도 지쳤는지 고개를 뒤로 젖히며 한숨을 길게 쉬었다. 하지만 이상하고도 재미있는 생각이 떠올랐다. 만약 진짜 바이칼이 지금의 바이칼을 본다면 어떤 표정을 지을까 하는…….

"아, 너 데스 발키리라는 게 뭔지 알아?"

"……데스 발키리?"

지크의 갑작스러운 질문에 리오는 눈을 부릅떴다. 일전에 동룡족 장군 카커스가 한 말 중에 악신계의 전사 데스 발키리라는 말을 들은 적이 있었다.

"나도 확실히 알진 못하지만……. 그런데 왜? 누가 데스 발키리라면서 덤비기라도 한 거야?"

"응. 아까 라이아를 기다리고 있는데 자신을 레베카라고 밝힌 근육질 여자가 맛보기라면서 덤비더라니까!"

"……음."

리오는 길게 한숨을 쉬었다. 동룡족 공주를 인질로 잡고 있다는 것과 악신계 전사라는 것 외에는 정보가 없지만 그 두 가지 사실만으로도 불길한 느낌을 주었다.

"뭐, 그렇게 고민하진 마. 그리 강해 보이진 않았고, 또 무슨 일이 생긴다 해도 직접 몸으로 부딪혀 보면 알 거 아냐, 헤헤헷."

지크는 특유의 자신감 어린 미소를 지으며 형제를 안심시켜 주었다. 리오도 이내 웃으며 고개를 끄덕였다.

다음 날 아침.

"어? 지크, 오늘은 경호 안 하고 출근할 거야?"

마티와 함께 순찰차를 타려던 티베는 지크가 이른 시간에 차고에서 오토바이를 꺼내는 것을 보고 놀란 표정을 지었다. 그는 씩 웃으며 대답했다.

"헤헷, 어제 그 닌자 녀석들이 심하게 시비를 걸었다며? 가서 혼내 줘야지. 게다가 오늘은 나보다 더 믿음직한 녀석이 대신 경호를 해 주기로 했으니 괜찮아."

"더 뛰어난……? 설마 리오 씨가? 하지만 리오 씨는 바이칼 하나로도 벅차하시던데?"

그러자 지크는 손을 내저으며 자신감 있게 말했다.

"헤헷, 오늘 경호는 리오 녀석이 먼저 하겠다고 했어. 자, 먼저 천천히 가고 있어. 내가 뒤따라갈게."

"응, 알았어. 아, 마티, 운전 좀 배워. 운전도 생각보다 힘들다고!"

"힘드니까 안 하지."

"얘가 점점 누구 닮아 가네."

티베와 마티는 서로 투덜거리며 먼저 출발했다. 오토바이를 도로변으로 몰고 온 지크는 한숨을 쉬며 몸을 이리저리 움직였다.

"음, 어제 갑자기 몸을 움직여서 그런가? 왜 이리 뻐근하지?"

"어, 지크 오빠! 오늘은 경호 안 해 주실 거예요?"

그때 뒤에서 라이아의 목소리가 들리자 지크는 뒤돌아보며 대충 사정을 설명해 주었다.

"아아, 그래. 본부에 무슨 일이 생겨서 오늘은 다른 녀석에게 경호를 부탁했어. 있다가 아침 먹은 다음에 너희 집에 직접 간다고 했으니 언니하고 기다리고 있어. 그럼 하루 잘 보내라, 라이아."

지크는 손을 모아 거수경례를 붙인 후 본부를 향해 출발했다. 라이아는 그에게 팔을 흔들며 소리쳤다.

"그럼 잘 다녀오세요!"

"오케이!"

3

이국의 암살자들

"오늘은 옆집 분들이랑 유원지에 가신다고요?"

수프를 데워 리오에게 건네던 레니는 의외라는 표정을 지으며 물었다. 방금 머리를 감아 산발인 채로 리오는 고개를 끄덕였다.

"예. 지크에게 부탁받은 경호도 할 겸, 바이칼하고 둘만 집을 지키기도 그렇고 해서 옆집 분들과 함께 가기로 했죠. 아, 함께 가시면 어떻겠습니까?"

그러자 레니는 아쉽다는 얼굴로 손을 저었다.

"아, 아니에요. 오늘은 문구점 정리를 해야 하거든요. 그런데 바이칼 씨는 잠을 오래도 주무시네요? 아직도 일어나지 않은 걸 보니……."

리오는 살짝 미소 지으며 말했다.

"바이칼은 원래 잠이 많거든요. 식사는 걸러도 잠은 꼭 자죠."

"어머, 그랬군요."

이윽고 식사를 다 마친 리오는 자신이 사용한 식기를 설거지하고 밖으로 나갈 준비를 했다. 물론 준비라고 해 봤자 머리를 묶는 일뿐이었다.

아직도 잠에 빠져 있는 바이칼을 확인한 리오는 이불을 제대로 덮어 주고 집을 나섰다.

세이아를 만나는 것은 그리 어렵지 않았다. 그녀는 일요일 아침마다 운동 삼아 동생과 마당에서 배드민턴을 하기 때문이었다.

리오는 세이아의 집 낮은 울타리에 팔을 기대고 자매가 배드민턴을 치는 모습을 잠시 바라보았다.

둘은 생각보다 오랫동안 셔틀을 떨어뜨리지 않고 잘 치고 있었다. 리오는 자신이 온 것도 모른 채 배드민턴에 열중인 둘을 보며 조용히 생각했다.

'음, 생각보다…….'

"어머! 위험해요!"

"……못 치는군."

얼굴을 향해 정면으로 날아온 배드민턴 라켓을 손으로 잡은 리오는 라켓을 손가락으로 빙글빙글 돌리며 세이아를 바라보았다. 세이아는 미안한 나머지 손을 모은 채 고개를 숙이고 있었다.

리오는 빙긋 웃으며 그녀에게 물었다.

"들어가도 되죠? 후훗."

그녀들의 안내로 집 안으로 들어간 리오는 세이아가 권해 준 차를 마시며 천천히 얘기를 나누었다.

"생각보다 잘 치시던데요? 라켓을 날리시는 것도 상당히 위력적이시고 말이죠."

라켓 얘기가 나오자 세이아는 다시금 고개를 숙이고 말았다. 리오는 그녀의 성격은 전혀 변하지 않았구나 생각하며 내심 안도의 한숨을 내쉬었다.

"아, 괜한 말을 해서 제 점수가 깎인 건 아닌지 모르겠군요. 정말 잘 치셨는데……."

"아, 아니에요. 이번이 처음은 아닌걸요."

그 말을 들은 리오는 움찔하며 눈을 휘둥그렇게 떴다. 그러자 라이아가 킥킥거리며 말했다.

"헤헷, 이사 온 다음부터 언니를 보러 온 동네 오빠들이 꼭 한 번쯤은 얼굴에 라켓을 맞았거든요. 이사 온 지 한 달은 지났으니까…… 오빠를 빼면 지금까지 열 명도 넘을걸요? 그런데 참 대단하시네요? 언니의 기습을 피한 남자는 오빠가 처음이에요."

"후훗, 운동 좀 했거든. 그건 그렇고 오늘 특별한 일 없으시죠?"

라이아와 리오의 협공에 얼굴이 완전히 붉어진 채 아무 말도 하지 못하던 세이아는 슬그머니 고개를 끄덕였다.

"예, 그렇습니다만……?"

"음, 사실은 라이아의 경호를 오늘 제가 대신 맡았거든요. 집에 내버려 두기가 곤란한 사람이 또 있어서 근처의 유원지로 함께 가시면 어떨까 해서요. 괜찮습니까?"

그러자 세이아와 라이아는 움찔하며 서로를 쳐다보았다. 리오는 둘이 의외의 반응을 보이자 당황하지 않을 수 없었다.

"아, 아니, 곤란하시면 그냥……."

하지만 둘은 감격에 겨운 눈빛을 반짝이며 떨리는 목소리로 확인하듯 물었다.

"지, 지금 유원지라고 하셨나요? 놀이동산 말씀이시죠?"

"예? 예, 그렇습니다만……?"

그러자 둘은 서로 손을 맞잡으며 눈물까지 글썽이더니 고맙다는 말을 했다.

"저, 정말 기뻐요. 저희가 드디어 놀이동산에 갈 수 있다니……."

"지금까지 나가 봤자 동네 공원이었는데……."

둘의 반응을 지켜보던 리오는 침을 꿀꺽 삼키며 잠시 생각했다.

'그렇게 대단한 곳이었나……? 예전에 지크랑 같이 가 보긴 했지만 눈물을 흘릴 정도로 대단한 곳은 아니던데?'

어쨌든 리오는 약속 시간을 잡고 다시 집으로 돌아왔다. 그리고 이제 막 일어나 주위를 두리번거리고 있는 바이칼에게 아침 식사를 가져다주며 물었다.

"바이칼, 놀이동산 가지 않을래?"

하품을 하며 주먹으로 눈을 비비던 그녀는 놀이동산이란 말 자체를 모르는지 눈을 동그랗게 뜨고 물었다.

"예? 놀이동산이 어디 있는데요?"

"음? 음…… 어디 있다고 하긴 좀 그렇고, 그냥 재미있는 놀이 기구와 휴식 공간이 잔뜩 있는 곳이라고 생각하면 돼. 이웃 사람들과 같이 가기로 했으니 더 재미있을 거야."

'이웃 사람'이라는 말에, 바이칼의 얼굴은 이내 흐려졌다.

"저, 혹시 이웃이라면 옆집의 은발 머리카락 아가씨를 말씀하시는 건가요?"

잼을 적당히 바른 토스트를 바이칼에게 내민 리오는 의외라는 표정을 지었다.

"그렇긴 한데, 왜? 싫어?"

토스트를 받아 든 바이칼은 리오의 궁금한 얼굴을 보기가 미안했는지 억지웃음을 지으며 고개를 저었다.

"아, 아니에요. 같이 가면…… 좋죠."

리오가 보기에 그녀는 전혀 좋아하는 것 같지 않았다. 토스트를 씹는 입놀림부터 평소에 비해 배는 거칠었기 때문이다. 리오는 그런 그녀가 진짜 바이칼과 똑같다는 느낌에 허탈한 미소를 지었다.

"어라? 경호인가 뭔가는 때려치운 거야?"

아침을 먹지 못해 야채 샌드위치를 우유와 곁들여 먹고 있던 리진은 지크가 티베, 마티와 함께 회의실로 들어서자 깜짝 놀랐다.

지크는 왁스를 바른 리진의 머리카락을 헝클어뜨리며 대답했다.

"이런, 다 큰 여자애가 아직도 입버릇이 그러면 어떡해? 오늘 경호는 다른 사람에게 맡겼으니 걱정 붙들어 매셔."

"잠깐! 오늘 머리에 왁스 바르고 왔단 말이야! 이게 뭐야!"

리진은 급히 거울 앞으로 가서 빗으로 머리카락을 매만졌다. 지크는 손에 묻은 왁스를 닦으며 고개를 저었다.

"그거 바를 시간 있으면 아침이나 제대로 먹고 오든지……."

"흥, 남이야. 그건 그렇고 그 대타는 누구야? 설마 레니 아줌마?"

지크는 한심하다는 얼굴로 대답했다.

"어머니는 오늘 문구점 일 때문에 하시고 싶어도 못 하신다고. 붉은 장발의 내 형제에게 맡겼지."

"웅? 아, 그러고 보니 리오 씨가 계셨지?"

"음, 그 녀석 말고도 혹이 하나 더 붙어서 문제지만……. 내가 나중에 견학시켜 줄 겸해서 데려올게. 헤이그 선배님이랑 할아버지께 걸리지만 않으면 되는 거지, 뭐."

그때 다른 때보다 늦게 출근한 챠오가 불쑥 회의실로 들어왔다. 리진은 그녀를 돌아보며 의외의 제의를 던졌다.

"챠오! 오늘 퇴근하면 리오 씨 보러 가자. 생각해 보니까 그 사람 왔다는 사실도 잊고 있었지, 뭐니?"

그러자 챠오의 얼굴은 보통 때보다 굳어졌다. 둘의 반응을 묵묵히 지켜보던 지크는 눈살을 찌푸리며 속으로 중얼거렸다.

'리오 녀석이 언제 저 둘에게까지 마수를 뻗었지? 마티도 그렇고…….'

"쳇. 어이, 챠오 양, 오늘 그 일본 BSP들은 언제 온대? 그 녀석들 혼내 주려고 온 건데…….'

노트북을 한참 정리하던 루이는 마침 잘됐다는 듯 대신 말했다.

"오늘 본부에서의 스케줄은 없어. 관광차 유원지에 갈 거야."

"아, 그래. 그 자식들 오늘 운이 좋군?"

순간 지크는 머릿속으로 리오가 오늘 유원지에 갈 거라고 한 말을 떠올렸다. 그는 의자에서 벌떡 일어서며 소리쳤다.

"으악! 큰일 났다!"

지크는 급히 회의실 전화기로 집에 전화를 했으나 전화를 받는 사람은 아무도 없었다. 지크가 머리를 감싸며 괴로워하자 루이가 한숨을 쉬며 말했다.

"유원지라면 걱정 마. 오늘 안건도 그거니까."

"뭐라고, 이모?"

십여 분 뒤 처크 부장과 헤이그, 케빈이 도착하자마자 조회가 시작됐다.

한참 처크의 말이 진행되는 도중에도 지크는 안절부절못하며 루이의 안건 보고를 기다렸다.

'아, 안 돼, 최악의 상황이다! 리오가 일본 BSP를 죽이면 이건 국제 문제로 대두된다고!'

루이가 안건 설명을 하기 위해 스크린으로 다가가는 동안 지크는 식은땀을 흘리면서 계속 고민했다. 처크는 한심하다는 얼굴로 그에게 말했다.

"속이 안 좋으면 바로 나가지, 왜 식은땀까지 흘리며 참고 있어? 괜히 고생하지 말고……."

"그게 아니에요! 루이, 빨리 말해!"

처크는 흠칫 놀라며 고개를 갸웃거렸다. 루이는 한숨을 쉬고는 안건을 설명했다.

"어제 저녁, 부장님 댁으로 긴급한 연락이 왔습니다. 큐슈 지역 BSP들이 공항 하수도에서 시체로 발견됐다는 것입니다."

그러자 모든 BSP 대원들의 얼굴이 굳어 버렸다. 하지만 지크는 초조한 나머지 다른 동료들의 얼굴을 보지도 않고 손가락으로 책상을 두드리며 루이에게 질문을 던졌다.

"잠깐, 큐슈 지역 BSP들이 죽은 거랑 우리랑 무슨 상관인데? 우리는 지금 국제분쟁 직전에 휘말려 있다고!"

그러자 루이는 잠깐 정신이 아득했는지 이마를 손으로 짚으며 머리를 흔들었다. 그건 다른 동료들 역시 마찬가지였다.

"……?"

이상한 분위기를 느낀 지크는 움찔하며 동료들을 돌아보았다. 동료들 모두 지크를 한심하다는 얼굴로 바라보았다. 루이는 곧 지크에게 설명해 주었다.

"어제 우리를 방문했던 일본 BSP 대원들이 바로 큐슈 방위 BSP야. 하지만 원래 이곳을 방문할 사람들은 아냐. 그리고 BSP도 아냐."

"엉?"

지크는 순간 눈을 크게 뜨며 루이의 이야기에 귀를 기울였다. 루이는 이제야 설명이 되겠다는 안도감에 한숨을 내쉬며 계속 이야기했다.

"그런 연유로 우리는 그들의 이번 방문지인 놀이동산에서 그들을 체포한다는 전격 작전을 수립했습니다. 본부에 방문한 사람들은 모두 네 명이지만 입국이 확인된 총 인원수는 여덟 명입니다. 게다가 직업이 모두 닌자이기 때문에 더 많을 수도 있습니다. 그런 연유로 수도방위 BSP 전 대원들은 그곳으로 출동하게 됩니다. 작전 시간은 도착한 직후부터 20시까지입니다. 그럼 수고해 주시기 바랍니다."

브리핑을 마친 루이가 자리로 돌아가 앉자 처크 부장이 다시 앞으로 나서며 대원들에게 설명했다.

"자, BSP를 사칭한 테러 집단 사건이 한두 번은 아니니 모두 마음의 여유를 가지고……."

처크 부장은 순간 말을 멈추고 대원들을 둘러보았다.

리진과 티베는 믿을 수 없다는 표정을 지은 채 서로를 바라보았고, 케빈과 헤이그는 눈을 감은 채 팔짱을 끼고 있었다. 마티와 챠오는 사람 많은 곳에 가기 싫은 표정을 지은 채 다른 생각을 하는 중이었다. 게다가 지크는 웬일인지 환희의 표정을 지으며 주먹을 부르르 떨고 있었다.

모두 정신이 다른 곳에 가 있는 것을 어렴풋이 느낀 처크 부장은 한숨을 내쉬며 짧게 말했다.

"자, 작전 개시. 수고해 주길 바란다."

"와!"

지크는 기쁜 나머지 소리를 지르며 회의실 밖으로 나갔다. 다른 대원들도 소리만 지르지 않았을 뿐 재빨리 밖으로 나갔다.

회의실에 남은 사람은 루이와 헤이그, 처크뿐이었다. 처크는 역시 헤이그는 다르다는 생각을 하며 전화를 들고 있는 그를 바라보았다. 그러나 헤이그의 말은 처크를 실망시키기에 충분했다.

"음, 엘렌이니? 지금 엄마 모시고 K시로 나오너라. 지금이 8시 30분이니까, 10시쯤 정문에서 만나자꾸나. 음? 웬일은. 오늘 일을 거기서 하니 겸사겸사……. 그래, 거기서 보자."

"휴……."

처크는 의자를 돌린 채 아무 말 없이 담배에 불을 붙였다.

세이아가 싸 온 점심 도시락을 한참 먹던 리오는 그녀의 솜씨가 여전히 좋다는 것을 느꼈다. 변한 것이라고는 끔찍하다면 끔찍하다 할 수 있는, 추억이라면 추억일 수 있는 예전의 기억뿐이었다.

"음, 역시 솜씨가 좋으시네요."

"네? 역시…… 라뇨?"

세이아가 의아한 얼굴로 묻자, 리오는 탁월한 임기응변으로 옆에 앉은 라이아의 머리를 쓰다듬으며 대답했다.

"이런 맛있는 음식을 해 주시니 동생도 예쁘게 잘 크는 것 아닌가요? 후훗."

"어머, 별말씀을요."

모두 담소를 나누는 동안 바이칼의 표정이 좋지 않았다. 웃으며 대화를 나누는 리오와 세이아의 모습에서 이상한 감정을 느끼고 있었기 때문이다.

그 순간 리오는 갑자기 이상한 느낌이 주위로 모여들고 있다는 것을 알아챘다. 그는 빵 하나를 집어 입에 물며 조용히 그 느낌을 뿜어내는 물체의 수를 헤아렸다.

'하나 둘…… 일곱…… 기를 숨기려고 노력하는 녀석까지 합하면 여덟인가?'

리오는 씩 웃으며 계속 그 기의 움직임을 주시했다.

그때 옆에 앉아 있던 바이칼이 팔을 붙잡는 바람에 리오는 움찔하며 그녀를 바라보았다. 바이칼은 상당히 불안한 듯 흐린 눈빛으로 리오를 바라보고 있었다.

'음? 용족이라 본능적으로 살기를 느낀 건가? 흠, 그럼 잘됐지만……'

"저, 화장실이 어디인가요?"

바이칼 입에서 나온 말에 리오의 기대는 한순간 물거품이 됐다. 더구나 지금 바이칼을 화장실에 데려다주면 이곳이 완전히 무방비 상태가 되기에 그는 상당히 난감한 표정을 지을 수밖에 없었다.

'이런, 어쩌지? 음?'

리오는 근처에 있던 살기들이 갑자기 빠른 속도로 하나씩 사라지는 것을 느꼈다. 기를 감추고 있던 존재도 어디론가 사라진 것을 느낄 수 있었다.

이때다 생각한 리오는 재빨리 바이칼을 화장실에 데려다주려고 일어섰다.

"흥, 저급 암살자들……."

마티는 손목을 돌리며 자기 앞에 쓰러져 있는 닌자 셋을 내려다보았다. 의식을 잃은 닌자들은 꼼짝도 하지 않았다. 그때 쓰러진 닌자 위에 다른 닌자 네 명이 포개졌다. 마티가 놀라 옆을 바라보자 어느새 챠오가 손을 탁탁 털며 서 있었다.

챠오에 대해 이상한 라이벌 의식을 느끼고 있던 마티는 눈을 가늘게 뜨며 말했다.

"운이 좋았군."

그러자 챠오 역시 눈썹을 꿈틀대며 나지막이 중얼거렸다.

"실력 차이일 뿐이야."

이후 갑자기 대결하는 듯한 기류가 두 사람 사이에 흘렀다. 둘은 눈을 마주한 채 잠시 그 자리에 서 있었다. 그러다 먼저 돌아선 마티는 챠오에게 조용히 중얼거리며 그 자리를 떠났다.

"아직 승부 안 났어."

마티가 사라진 방향을 묵묵히 보던 챠오는 쓰러진 닌자들의 손목에 전자수갑을 채우고 어디론가 걸어갔다.

화장실 앞에서 바이칼을 기다리던 리오 앞에 의외의 상황이 벌어졌다. 지금까지 숨어 있던 닌자 20여 명이 바로 앞 광장에 나타나 자신을 주시하고 있었다.

리오는 머리를 긁적이며 맨 앞에 있는 검은색 도복 차림의 닌자에게 말했다.

"이봐, 너희 복장을 보니 숨어서 암살하는 것이 주된 스타일인 것 같은데 갑자기 대중 앞에 단체로 나타나는 건 무슨 경우지?"

검은 도복의 닌자는 단호히 말했다.

"임무일 뿐이다."

리오는 고개를 갸웃거리며 주위의 기척을 살폈다. 짐작대로 네 개의 기가 세이아와 라이아가 있는 쪽으로 급히 접근하고 있었다. 빨리 끝내자고 생각한 그는 씩 웃으며 말했다.

"후. 그런 건가? 좋아, 그러면 쇼에 동참해 줘야겠지. 복장부터."

리오는 곧 자신의 오른손 주먹을 왼쪽 어깨에 대고 무언가를 끌어 내리듯 팔을 옆으로 돌렸다. 그러자 그의 복장은 거짓말처럼 일순간 바뀌었다.

회색 망토, 갈색 토시, 그리고 망토 사이로 보이는 두 개의 검. 리오는 보라색 검을 빼 들며 자세를 취하고 검끝을 까딱했다.

"그럼 멋진 판타지 쇼를 연출해 보지. 후훗."

"아, 죄송해요, 리오 씨. 집 화장실하고 구조가 틀려서…… 아?"

화장실에서 볼일을 마치고 나오던 바이칼이 본 광경은 리오와 흰색 복장의 남자 세 명이 공중에서 격돌하는 것이었다. 보라색 검광이 리오의 몸 주위를 휘감는다 싶더니 다른 세 명은 이내 피를 뿜으며 사방으로 흩어졌다.

'머, 멋지다!'

바이칼이 뒤에서 그렇게 생각하고 있는 것을 아는지 모르는지 다시 지면에 착지한 리오는 자신을 포위한 닌자들에게 말했다.

"자, 단역 ABC는 이제 대본에서 사라졌고 다음 차례는 누구지?"

닌자들은 뭔가 잘못된 듯한 느낌을 받았다. 단지 세 명이 쓰러진 것뿐이었지만 그들이 어떻게 쓰러졌는지 보지 못한 탓이었다.

주위로 사람들이 하나둘씩 모여들기 시작하더니, 초가집 모양의 건물이 늘어서 있는 놀이동산 광장으로 짧은 시간 동안 상당히 많은 사람들이 둘러앉았다.

군중 속에는 수도방위 BSP 대원도 끼어 있었다. 방금 전 세 명이 날아가는 것을 본 헤이그는 잠시 정신이 멍한 느낌마저 들었다.

'역시 강하군. 슈퍼 슬로우 카메라로도 움직임을 잡기 어려워. 그런데 저 친구 오늘은 웬일로 얼굴을 공개하고 나선 거지? 카메라로 찍고 있는데…….'

헤이그는 내심 걱정스러운 얼굴로 멀리 있는 방송국 스태프와 리오의 모습을 번갈아 바라보았다.

그때 옆에 있던 부인 사라가 분홍색 도시락을 건네며 말했다.

"그렌, 점심 좀 먹으면서 봐요. 쇼가 아무리 재미있어도 그렇지 점심도 안 먹으면 어떡해요?"

"아, 미안."

헤이그는 도시락을 열고 안에 들어 있는 햄 샌드위치를 하나 꺼낸 뒤 계속 '쇼'에 집중했다.

대장 격으로 보이는 검은 옷의 닌자가 네 손가락을 들어 신호를 보냈다. 그러자 그의 뒤에 있던 닌자 넷이 한꺼번에 앞으로 나와 리오의 앞에서 독특한 전투 자세를 취했다.

맨 앞에 한 사람이 서고 뒤에 또 한 사람이 서서 리오와 일직선 상태로 만들었고, 나머지 둘은 리오의 양옆에서 동시 공격을 하려는지 준비 자세를 취하고 있었다.

곧 또 한 번의 신호와 함께 넷이 동시에 리오를 향해 달려들었다. 그러나 리오는 피식 웃으며 검을 밑으로 약간 내릴 뿐이었다.

마침 그 모습을 본 챠오는 눈을 살짝 찡그리며 중얼거렸다.

"양옆의 두 명이 목표물을 포위하고, 앞에 있는 일직선상의 두 명은 같은 호흡으로 시간 차 공격을 감행해 목표물이 빠져나갈 수 없게 하는 사진(死陣)……. 하지만 상대를 잘못 골랐어."

챠오의 말대로 리오와 일직선상에 있던 두 명은 마치 기계 같은 동작으로 그에게 달려들었고, 양옆의 두 명은 소태도 두 자루를 넓게 잡은 채 포위 공격을 하고 있었다. 그러나 리오의 얼굴은 여느 때와 다름없이 여유가 있었다.

"정면 승부!"

순간 몸을 날린 리오는 오른쪽 어깨로 정면에 있는 닌자를 강하게 들이받았다.

리오와 직접 충돌한 닌자는 같이 오던 닌자와 같이 충격에 휘말리며 뒤로 멀찌감치 밀려나고 말았다. 그때 리오의 양옆으로 달려들던 닌자 두 명이 방향을 바꿔 리오의 뒤로 공격해 왔다.

"오호, 아직도 의지를 굽히지 못했나?"

재빨리 돌아선 리오는 닌자들이 공격하기도 전에 자세를 다시 잡았다. 곧 두 개의 보라색 섬광과 함께 두 명의 닌자는 피를 흩뿌리며 옆으로 각각 나가떨어졌다.

프시케와 함께 그 광경을 보던 케빈은 심각한 얼굴로 담배에 불을 붙이며 중얼거렸다.

"전력을 다해 숄더 태클을 한 후에 지체하지 않고 후방 공격을 한다…… 자동차로 보자면 전속력으로 달리다가 급브레이크를 밟고 방향을 바꿔 다시 후진하는 것과 마찬가지인데, 너무 쉽게 저런 행동을 하는군. 저런 괴물 같은 운동 능력을 지닌 사람은 지크뿐이라고 생각했는데 또 있다니……. 하긴 지난번에는 공격 자체가 보이지도 않았지만."

어느새 옆에 온 프시케는 묵묵히 미소를 띠고 있을 뿐이었다.

일곱 명이 순식간에 당하자 닌자 부대의 두목은 분노를 금치 못했다. 결국 그는 앞으로 나서며 몸을 최대한 숙인 채 말했다.

"부하가 추한 꼴을 보여 미안하군. 하지만 이번엔 좀 다를 거다."

순간 그 닌자의 몸이 빙글빙글 돈다 싶더니 지면을 파고들며 그곳에서 사라졌다.

지금 상황을 아직도 쇼라고 생각하는 군중은 탄성을 터뜨렸으나 리오는 피식 웃으며 몸을 재빨리 움직였다.

바람 소리. 그와 동시에 리오의 몸은 먼지와 함께 사라졌다. 한참 싸움이 벌어지던 그 장소에 잠시 적막이 흘렀다. 군중은 술렁였다.

"끄, 끝난 건가?"

"하지만 분위기가 아닌데……?"

"끄억!"

순간 공중에서 둔탁한 비명이 들리더니 검은 물체 하나가 빠른 속도로 추락하며 뒤로 주욱 밀려나고 말았다. 떨어진 검은 복장의 닌자는 상처가 심한지 지면에 쓰러진 채 몸을 꿈틀댈 뿐이었다.

곧이어 그를 쳐서 떨어뜨린 리오가 가볍게 지면에 착지했다. 리오는 너무 싱겁다는 듯 고개를 저으며 한숨을 쉬었고, 쓰러진 자신들의 두목 주위에 몰려든 닌자들은 잔뜩 긴장한 채 리오의 다음 행동을 주목했다.

군중들이 보는 앞에서 더 이상 큰일을 벌이고 싶지 않았던 리오는 검으로 어깨를 툭툭 치며 닌자들에게 말했다.

"자, 웬만큼 검은 사용하지 않았으니 그냥 돌아가시지. 너희가 한꺼번에 덤빈다면 그중 한두 명의 목숨은 보장할 수 없어. 나도 실수라는 걸 할 수 있거든. 어쨌든 대중 앞에서 망신을 준 것은 사과할 테니 여기서 상황을 끝내는 게 어때? 싫다면 할 수 없고."

그 말을 들은 닌자들은 곧 눈을 번뜩이며 품에서 둥글게 뭉쳐진 작은 폭약 하나를 꺼내 바닥에 던졌다. 연막탄이었다.

뿌연 연기가 그들이 있던 장소에서 뭉게뭉게 피어 올랐다. 그것을 통해 그들이 이동한 것을 확인한 리오는 독한 연기 속에서 씩 웃으며 검을 거뒀다.

연기가 걷히고 남은 건 핏자국과 연막탄이 터진 흔적뿐이었다.

멍하니 그 장면을 지켜보던 군중들은 곧 박수를 치기 시작했다. 멋진 쇼가 끝난 후엔 박수가 따르는 법이었다. 리오는 화장실 앞에서 있는 바이칼을 데려가기 위해 그곳으로 가다가 아차 하며 재빨리 몸을 날렸다.

'얼굴 가리는 것을 잊었군. 큰일이다!'

"아, 리오 님 멋있어요. 하지만 맞은 사람들은 꽤 아플 것 같은데…… 앗?"

리오는 바이칼의 말을 들을 새도 없이 그녀를 데리고 그곳에서 사라졌다. 멋진 엔딩이라 생각한 사람들의 박수 소리는 더 커졌다.

물론 실제 상황이라는 것을 알고 있는 헤이그와 케빈의 얼굴은 그리 밝지 않았다. 챠오나 리진, 프시케 등은 오히려 안심하고 있었지만.

복장을 바꾸고 세이아와 라이아가 있는 곳으로 돌아가던 리오는 머리를 긁적이며 고민했다.

얼굴에 복면을 하지 않고 긴 시간 동안 사람들 앞에서 '쇼'를 했기 때문이다. 그가 그나마 바라고 있는 것은 자신의 모습이 TV에 나오지 않는 것이었다.

"어머, 지금 돌아오세요? 그런데 안색이 좀 안 좋으신 것 같은데……?"

도시락을 정리하고 한참이나 그들을 기다리던 세이아는 리오의 표정이 좋지 않자 놀라며 말했다. 리오는 애써 웃음을 지으며 그녀를 안심시키려 했다.

"아, 아닙니다. 자, 점심 식사도 끝났으니 이제 다른 곳으로 가볼까요? 아직 타 보지 못한 게 많으니까요."

그들은 곧 자리를 정리하고 다른 곳으로 향했다. 하지만 리오도 까맣게 잊어버린 것이 있었다.

세이아와 라이아를 향해 가던 네 개의 살기가 어떻게 됐는지 잊

어버린 것이다. 물론 그 네 개의 살기는 근처 나뭇가지에 의식을
잃고 걸려 있었다.

　그 닌자들이 누구에게 당했는지 알고 있는 세이아와 라이아는
뒤돌아 가면서 흘끔흘끔 그들을 바라볼 뿐이었다.

〈계속〉

가즈 나이트 오리진 6

© 이경영, 2016

초판 1쇄 인쇄일 2016년 5월 25일
초판 1쇄 발행일 2016년 5월 31일

지은이   이경영
펴낸이   정은영
편집국장 사태희
책임편집 이지웅

펴낸곳   (주)자음과모음
출판등록 2001년 11월 28일 제2001-000259호
주소   04083 서울시 마포구 성지길 54
전화   편집부 (02)324-2347, 경영지원부 (02)325-6047
팩스   편집부 (02)324-2348, 경영지원부 (02)2648-1311
E-mail   neofiction@jamobook.com

ISBN 978-89-544-3567-3 (04810)
      978-89-544-3561-1 (set)